KRONDOR :
LA GUERRE DES SERPENTS 2
L'ascension d'un prince marchand

Du même auteur
aux Éditions J'ai lu

Krondor : La Guerre de la Faille
1a – Pug, l'apprenti, *J'ai lu* 5823
1b – Milamber, le mage, *J'ai lu* 6035
2 – Silverthorn, *J'ai lu* 6150
3 – Ténèbres sur Sethanon, *J'ai lu* 6379

Krondor : L'Entre-deux-guerres
1 – Prince de sang, *J'ai lu* 7667
2 – Le boucanier du roi, *J'ai lu* 7760

Krondor : La Guerre des Serpents
1 – L'ombre d'une reine noire, *J'ai lu* 8187
2 – L'ascension d'un prince marchand, *J'ai lu* 8444

Krondor : La trilogie de l'Empire
1 – Fille de l'Empire, *J'ai lu* 8009
2 – Pair de l'empire, *J'ai lu* 8140
3 – Maîtresse de l'empire, *J'ai lu* 8260

RAYMOND E. FEIST

KRONDOR :
LA GUERRE DES SERPENTS 2
L'ascension d'un prince marchand

Traduit de l'américain
par Isabelle Pernot

Titre original :
RISE OF A MERCHANT PRINCE
VOLUME TWO OF THE SERPENTWAR SAGA

© Raymond E. Feist, 1995

Pour la traduction française :
© Bragelonne, 2004

Ce livre est dédié à mes bons amis,
Diane et David Clark

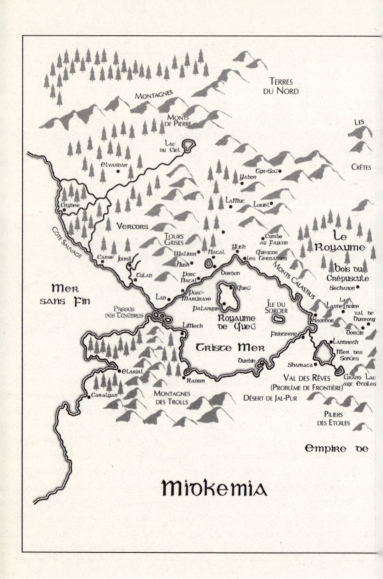

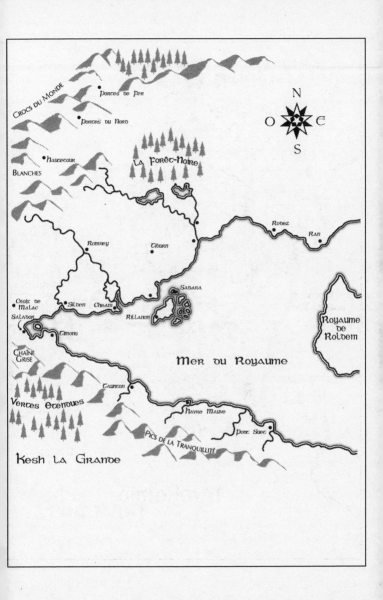

Protagonistes

Aglaranna : reine des Elfes en Elvandar
Alfred : caporal originaire de la Lande Noire
Avery, Abigail : fille de Roo et de Karli
Avery, Duncan : cousin de Roo
Avery, Helmut : fils de Roo et de Karli
Avery, Rupert « Roo » : jeune marchand de Krondor,
   fils de Tom Avery
Avery, Tom : conducteur de chariot, père de Roo
Aziz : sergent de la garnison de Shamata

Betsy : serveuse à l'*Auberge des Sept Fleurs*
Boldar Blood : mercenaire engagé par Miranda dans
   le Couloir entre les Mondes
Borric : roi des Isles, frère jumeau du prince Erland,
   frère du prince Nicholas et père du prince Patrick

Calin : elfe, héritier du trône d'Elvandar, demi-frère
   de Calis, fils d'Aglaranna et du roi Aidan
Calis : duc connu sous le nom de « l'Aigle de Kron-
   dor », agent spécial du prince de Krondor, fils
   d'Aglaranna et de Tomas, demi-frère de Calin
Carline : duchesse douairière de Salador, tante du roi
Chalmes : l'un des magiciens qui dirigent le port des
   Étoiles
Crowley, Brandon : marchand au *Café de Barret*

De la Lande Noire, Erik : soldat appartenant à la compagnie des Aigles cramoisis de Calis

De la Lande Noire, Manfred : baron de la Lande Noire, demi-frère d'Erik

De la Lande Noire, Mathilda : baronne de la Lande Noire, mère de Manfred

De Loungville, Robert « Bobby » : sergent-major des Aigles cramoisis de Calis

De Savona, Luis : ancien soldat, assistant de Roo

Dunstan, Brian : le Sagace, chef des Moqueurs, connu autrefois sous le nom de Lysle Rigger

Ellien : jeune fille de Ravensburg

Erland : frère jumeau du roi Borric, frère du prince Nicholas, et oncle du prince Patrick

D'Esterbrook, Jacob : riche marchand de Krondor, père de Sylvia

D'Esterbrook, Sylvia : fille de Jacob

Fadawalı, général : chef suprême des armées de la reine Émeraude

Freida : mère d'Erik

Galain : elfe d'Elvandar

Gamina : fille adoptive de Pug, sœur de William, épouse de James, mère d'Arutha

Gapi : général dans l'armée de la reine Émeraude

Gaston : vendeur de chariots à Ravensburg

Gordon : caporal de Krondor

Graves, Katherine « Kitty » : jeune voleuse de Krondor

Greylock, Owen : capitaine au service du prince de Krondor

Grindle, Helmut : marchand, père de Karli, partenaire de Roo

Grindle, Karli : fille d'Helmut, puis épouse de Roo Avery, mère d'Abigail et d'Helmut

Gunther : apprenti de Nathan

Gwen : jeune fille de Ravensburg

Hoen, John : gérant du *Café de Barret*

Hume, Stanley : marchand au *Café de Barret*

Jacoby, Frederick : marchand, fondateur de Jacoby & Fils

Jacoby, Helen : épouse de Randolph

Jacoby, Randolph : fils de Frederick, frère de Timothy, époux d'Helen

Jacoby, Timothy : fils de Frederick, frère de Randolph

James : duc de Krondor, père d'Arutha, grand-père de James et Dash

Jameson, Arutha : lord Vencar, baron de la cour de Krondor, fils du duc James

Jameson, Dashel « Dash » : fils cadet d'Arutha, petit-fils de James

Jameson, James « Jimmy » : fils aîné d'Arutha, petit-fils de James

Jamila : tenancière de la maison close *L'Aile Blanche*

Jason : serveur au *Café de Barret*, puis comptable d'Avery & Fils et de la compagnie de la Triste Mer

Jeffrey : conducteur de chariot pour Jacoby & Fils

Kalied : l'un des magiciens qui dirigent le port des Étoiles

Kurt : serveur au *Café de Barret*

Lender, Sebastian : avocat-conseil au *Café de Barret* à Krondor

McKeller : maître d'hôtel au *Café de Barret*

Milo : propriétaire de l'*Auberge du Canard Pilet* à Ravensburg, père de Rosalyn

Miranda : magicienne, alliée de Pug et de Calis

Nakor l'Isalani : joueur, magicien, ami de Calis

Nathan : forgeron de l'*Auberge du Canard Pilet* à Ravensburg

Patrick : prince de Krondor, fils du roi Borric, neveu des princes Erland et Nicholas

Pug : magicien, duc du port des Étoiles, cousin du roi, père adoptif de Gamina

Rivers, Alistair : propriétaire de l'Auberge du *Joyeux Sauteur*

Rosalyn : fille de Milo, épouse de Rudolph, mère de Gerd

Rudolph : boulanger de Ravensburg

Shati, Jadow : caporal de la compagnie de Calis

Sho Pi : Isalani, disciple de Nakor

Tannerson, Sam : voleur de Krondor

Tomas : chef de guerre d'Elvandar, époux d'Aglaranna, père de Calis

Vinci, John : marchand de Sarth

William : maréchal de Krondor, fils de Pug, frère adoptif de Gamina et oncle de Jimmy et Dash

LIVRE DEUXIÈME

L'histoire de Roo

Même suspect, l'argent produit en Angleterre
Des sires des outils et de la mécanique ;
Superflues la naissance les racines antiques
L'audace et la richesse donnent vie à des pairs.

Daniel Defoe
The True-born Englishman, Pt. I

Prologue

DEMONIA

L'âme hurla.

Le démon se retourna. Sa gueule béante lui donnait l'air de sourire en permanence, aussi était-il difficile de deviner son humeur. Seul le léger écarquillement de ses yeux montrait à quel point il était ravi. Ses orbites noires, mornes et sans vie, semblables à celles d'un requin, contemplèrent pendant un moment le bocal qui constituait son unique bien.

L'âme enfermée à l'intérieur se montrait particulièrement active. C'était une chance pour le démon d'avoir pu s'en emparer et la garder. Il plaça le bocal sous son menton et ferma les yeux afin de laisser l'énergie qui en émanait envahir son être. Le bonheur ne faisait pas partie de la gamme de ses émotions, car il ne connaissait que la peur ou la colère. Pourtant la sensation qui jaillit en lui à cet instant était très proche de la joie. Chaque fois que l'âme se débattait dans sa prison, l'énergie qu'elle créait remplissait l'esprit du petit démon de nouvelles idées.

Brusquement, il regarda autour de lui, effrayé à l'idée que l'un de ses frères plus puissants lui prenne son jouet. Il se trouvait dans l'une des nombreuses salles du grand palais de Cibul, la capitale des Saaurs, aujourd'hui disparus.

Puis la créature se souvint. Les Saaurs n'étaient pas tous morts. Certains avaient réussi à s'enfuir grâce à

15

un portail magique. La colère l'envahit à nouveau, avant de disparaître aussi vite. En tant que démon mineur, il n'était pas intelligent, seulement rusé. Il ne comprenait donc pas pourquoi la fuite de quelques représentants de cette race presque éteinte avait de l'importance. Pourtant, ça en avait, car en ce moment même, les Seigneurs Démons étaient réunis à l'est de la cité de Cibul pour examiner le site où s'était ouverte la faille par laquelle les Saaurs s'étaient enfuis.

Les seigneurs du Cinquième Cercle avaient déjà tenté de rouvrir ce portail et avaient réussi à le garder ouvert le temps qu'un minuscule démon se glisse à l'intérieur. Puis le passage s'était refermé, scellant la faille entre les deux mondes et isolant le démon de l'autre côté. À présent, les grands démons débattaient pour savoir s'il fallait rouvrir le passage et prendre pied sur ce nouveau monde.

Le démon erra à travers le palais sans prêter attention aux ravages qui l'entouraient. Des tapisseries qui avaient demandé le travail d'une génération avaient été arrachées, piétinées, souillées par la poussière et le sang. Le démon sentit la côte d'un Saaur craquer sous ses pas et lui donna un coup de pied, sans y penser. Enfin, il arriva dans sa pièce secrète, celle qu'il avait faite sienne lorsque l'armée du Cinquième Cercle s'était établie sur cette planète froide. Le fait de quitter la dimension démoniaque avait été terrible pour la jeune créature, car c'était son premier voyage. Il n'était pas sûr d'apprécier la douleur engendrée par la transition.

Le festin avait été glorieux. Jamais encore, il n'avait vu une telle abondance de nourriture, même si la sienne se limitait aux miettes ramassées au bord des fosses où se nourrissaient les plus puissants. Cependant, miettes ou pas, le démon avait beaucoup mangé et s'était mis à grandir, ce qui commençait à poser un problème.

16

Il s'assit et tenta de trouver une position confortable pour son corps en pleine mutation. Le festin avait duré presque un an et beaucoup de démons inférieurs avaient grandi. Lui en particulier avait poussé plus vite que les autres, même s'il n'avait pas encore assez mûri pour pouvoir développer une véritable intelligence ou trouver une identité sexuelle.

Il regarda son jouet et éclata de rire, une mimique étrange et silencieuse, mâchoires grandes ouvertes pour aspirer de l'air. L'œil d'un mortel n'aurait pu voir la chose emprisonnée à l'intérieur du bocal. Le démon, qui n'avait pas encore de nom, avait vraiment eu de la chance de capturer cette âme-là. Un grand capitaine de l'armée démoniaque, presque un seigneur, était tombé, victime d'une puissante magie, alors même que le grand Tugor brisait et dévorait le chef des Saaurs. Un puissant magicien saaur avait réussi à détruire le capitaine en sacrifiant sa propre vie. Le petit démon avait beau ne pas être intelligent, il n'en était pas moins rapide. Sans hésiter, il s'était emparé de l'âme du magicien lorsque celle-ci avait quitté son corps.

De nouveau, le petit démon examina le bocal et lui donna de petits coups. L'âme le récompensa en se débattant violemment – dans la mesure où une chose dépourvue de corps pouvait se débattre.

Le démon modifia sa position. Il savait qu'il devenait de plus en plus puissant, mais le festin, pratiquement ininterrompu depuis son arrivée, touchait à sa fin. Les derniers Saaurs étaient morts et l'armée démoniaque dépendait désormais de bêtes inférieures pour se nourrir. Mais leur force d'âme était négligeable. Bien sûr, il restait quelques races pouvant donner naissance à des enfants qui finiraient dans les fosses à festin, mais cela voulait dire que les démons ne grandiraient plus que lentement sur ce monde. Le corps du petit démon continuerait à évoluer, mais ne recommencerait à changer de manière significative que le jour où il entrerait dans une autre dimension.

Froid, pensa la créature en balayant la salle du regard. Il ne savait pas qu'à l'origine, cette pièce servait de chambre à coucher à l'une des nombreuses épouses du chef saaur. Il était né dans une dimension où il faisait chaud et où les énergies violentes abondaient. Les démons du Cinquième Cercle y poussaient comme des herbes folles, s'entre-dévorant jusqu'à devenir assez forts pour s'échapper et servir le Roi Démon et ses seigneurs. La créature n'avait que de vagues souvenirs de ses origines. Elle ne se rappelait que la colère et la peur, et parfois le plaisir lorsqu'elle dévorait quelque chose.

Le démon renonça finalement à trouver une position confortable et s'installa du mieux qu'il put à même le sol. Son dos le démangeait, si bien qu'il était certain que des ailes n'allaient pas tarder à apparaître. D'abord minuscules, elles pousseraient à mesure qu'il deviendrait plus puissant. Le démon était assez malin pour savoir qu'il allait devoir se battre pour accéder à un nouveau rang. Il lui fallait donc se reposer en attendant. Jusqu'ici, il avait eu de la chance, car les périodes les plus critiques de sa croissance s'étaient déroulées sur ce monde, pendant la guerre. Les membres de l'armée étaient trop occupés à dévorer les habitants de Shila pour se battre entre eux.

Mais ils recommençaient à le faire désormais et les perdants donnaient leurs forces aux gagnants qui les dévoraient. Tous les démons de rang inférieur servaient de cibles aux autres, sauf si un seigneur ou un capitaine exigeait leur obéissance. Cela faisait simplement partie des caractéristiques de leur race, et tous ceux qui succombaient ne méritaient pas qu'on s'attarde sur eux. La créature se dit qu'il devait y avoir un meilleur moyen que les duels et les défis pour obtenir plus de force. Mais elle ne parvenait pas à trouver lequel.

Elle balaya de nouveau du regard la chambre royale, autrefois richement meublée. Puis elle ferma les yeux, non sans contempler une dernière fois le bocal contenant l'âme du magicien. Elle devrait peut-être arrêter de se nourrir pendant quelque temps, et donc de grandir, mais elle avait appris pendant la guerre que la croissance physique n'est pas aussi importante que la connaissance. Le bocal abritait un être doué d'un grand savoir et le petit démon avait bien l'intention de se l'approprier. Il appuya son front contre le récipient et tourmenta mentalement son jouet. Celui-ci se débattit plus encore et l'énergie qui en résulta envahit le démon. Cette sensation puissante était l'une des plus prisées par les démons et agissait telle une drogue sur un mortel. Le démon expérimenta alors une émotion nouvelle : la satisfaction. Bientôt, il deviendrait plus intelligent et n'aurait plus à recourir uniquement à la ruse animale pour s'élever et obtenir plus de pouvoir.

Et lorsque les Seigneurs Démons découvriraient enfin un moyen de rouvrir complètement le portail par lequel s'étaient enfuis les Saaurs, l'armée démoniaque du Cinquième Cercle franchirait la faille à son tour. Elle aurait alors largement de quoi se nourrir grâce aux Saaurs et aux autres créatures intelligentes et douées d'une âme qui vivent sur le monde de Midkemia.

Chapitre 1

RETOUR À KRONDOR

Un trois-mâts se dessinait à l'horizon.

Noir et menaçant, il avançait tel un chasseur ténébreux épiant sa proie. Toutes voiles dehors, il fit une entrée majestueuse dans la rade de la grande cité, tandis que d'autres bateaux s'écartaient sur son passage. Le navire de guerre ressemblait à l'un de ces grands vaisseaux pirates originaires des lointaines îles du Couchant, mais il battait pavillon royal. Tous ceux qui l'aperçurent comprirent que le frère du roi était de retour chez lui.

Tout en haut, dans la mâture de ce navire, un jeune homme travaillait avec efficacité et rapidité pour amener le perroquet de fougue. Roo fit une pause de quelques instants après avoir arrimé la voile et regarda au-delà du port en direction de Krondor.

La cité princière bordait les quais, s'élevait au sud sur les collines et s'étendait à perte de vue en direction du nord. Vu de la mer, le panorama était impressionnant. Le jeune homme, qui aurait dix-huit ans lors du prochain solstice d'été, avait bien cru ne jamais revoir cette ville au cours des deux années qui venaient de s'écouler. Pourtant, il était de retour, terminant son quart au sommet du mât d'artimon du *Ranger de Port-Liberté*, un navire commandé par l'amiral Nicholas, frère du roi des Isles et oncle du prince de Krondor.

Deuxième plus grande cité du royaume, Krondor était la capitale de l'Ouest. C'était là que résidait le prince de Krondor, héritier du trône des Isles. Roo contempla la multitude de petites constructions éparpillées sur les coteaux autour du port. Le palais du prince les dominait toutes, dressé au sommet d'une colline escarpée, située au bord de l'eau. Le caractère majestueux du palais contrastait avec les bâtiments grossiers qui s'élevaient au bord de la jetée : entrepôts, magasins de fournitures pour bateaux, voileries, ateliers de charpenterie et tavernes à matelots. Le port, tout comme le quartier pauvre, servait de refuge aux voleurs et aux brigands de toutes sortes, et la proximité du palais lui donnait un aspect plus misérable encore.

Malgré tout, Roo était content de revoir Krondor, car il était de nouveau un homme libre. Il jeta un dernier coup d'œil à la voile pour s'assurer qu'il avait bien fait son travail. Puis il se déplaça d'un pied sûr sur les marchepieds, une technique qu'il avait apprise et perfectionnée sur des mers houleuses durant ces deux dernières années.

Il trouvait étrange de voir revenir le printemps alors qu'il n'avait pas connu d'hiver depuis trois ans. Les saisons étaient inversées sur le continent qu'il avait visité, à l'autre bout du monde, c'est pourquoi Roo et Erik, son ami d'enfance, se retrouvaient dans une situation qu'ils trouvaient à la fois amusante et déconcertante.

Le jeune homme descendit le long d'une écoute. Il n'aimait pas particulièrement travailler dans la mâture, mais il était l'un des plus petits et des plus souples à bord, si bien qu'il recevait souvent l'ordre de déployer ou d'amener les perroquets et les cacatois. Il continua à descendre grâce aux enfléchures disposées dans les haubans et atterrit avec légèreté sur le pont.

Erik de la Lande Noire, seul ami de Roo lorsqu'ils étaient enfants, passa le bras de la vergue dans un taquet et courut jusqu'au bastingage pour admirer les autres bateaux. Erik faisait deux têtes de plus que Roo et deux fois sa carrure, si bien que les deux jeunes gens formaient un duo plutôt inattendu. Erik était plus costaud que tous les autres garçons de Ravensburg, alors que Roo faisait partie des plus petits. Le premier n'était pas beau, mais sa physionomie franche et ouverte le rendait sympathique. Roo, pour sa part, ne se faisait aucune illusion quant à son apparence. Il était laid. Ses yeux étroits ne cessaient de lancer des regards nerveux, comme à la recherche d'une menace. Quant à son visage pincé, il affichait presque en permanence une expression sournoise. Cependant, lors des rares occasions où il souriait, ses traits s'éclairaient d'une lueur chaleureuse qui le rendait attirant. C'étaient d'ailleurs son humour de gredin et sa propension à s'attirer des ennuis qui lui avaient valu l'amitié d'Erik lorsqu'ils étaient enfants.

Erik tendit le doigt devant lui. Son ami acquiesça en regardant les navires s'écarter sur leur passage. Le *Ranger de Port-Liberté* avait la priorité car il battait pavillon royal.

L'un des vieux marins éclata de rire derrière les deux jeunes gens.

— Qu'est-ce qu'il y a ? lui demanda Roo.

— Le prince Nicky recommence à irriter le commissaire du port.

Erik, ses cheveux blonds devenus presque blancs à cause du soleil, regarda le marin, dont les yeux bleus se détachaient nettement au milieu d'un visage tanné.

— Comment ça ?

— Regardez ce bateau, c'est celui du commissaire du port, répondit le marin.

Roo regarda dans la direction indiquée.

— L'amiral ne ralentit pas. Il ne va pas faire monter de pilote à bord ! s'exclama le jeune homme.

Le vieux marin éclata de rire.

23

— C'est que notre amiral a été à bonne école. Le vieux Trask faisait pareil mais lui, au moins, il laissait monter le pilote à bord, même s'il refusait de se laisser remorquer à quai. L'amiral Nicky est le frère du roi, alors il ne s'embarrasse même pas de ces formalités.

Roo et Erik jetèrent un coup d'œil en direction de la mâture. Là-haut, de vieux marins attendaient, prêts à amener les dernières voiles sur ordre de l'amiral. Roo leva les yeux vers la dunette et vit Nicholas, autrefois prince de Krondor et désormais amiral de la flotte de l'Ouest, donner le signal. Aussitôt, les matelots remontèrent et attachèrent la lourde toile. En quelques secondes, Roo et ses compagnons sentirent le navire ralentir alors qu'il s'approchait des quais royaux, au pied du palais.

La vitesse du *Ranger* continua à diminuer, mais Roo avait l'impression qu'il allait trop vite, malgré tout, et qu'il risquait de heurter les quais. Comme s'il lisait dans ses pensées, le vieux loup de mer décela l'inquiétude du jeune homme et lui expliqua ce qui se passait :

— À cette allure, nous propulsons une grande quantité d'eau devant nous, sur les quais. C'est elle qui nous repoussera au moment d'accoster et nous ralentira au point de nous arrêter presque totalement. Bien sûr, les taquets vont grogner un peu, mais tout se passera bien. (Il se prépara à lancer l'une des amarres à ceux qui attendaient sur le quai.) Donnez-moi un coup de main, les garçons.

Ces derniers attrapèrent chacun un cordage et se tinrent prêts. Lorsque Nicholas cria : « Larguez les amarres », Roo lança la sienne à l'un des hommes qui attendaient. Il l'attrapa avec une dextérité d'expert et l'attacha rapidement à un gros taquet en fer. Comme l'avait prédit le vieux marin, les taquets protestèrent contre ce traitement lorsque les cordages se tendirent à l'extrême, mais l'eau propulsée contre le quai de pierre revint heurter la coque telle une vague de fond.

L'immense navire accosta alors d'un seul mouvement fluide, en soupirant, comme soulagé d'être de retour à la maison.

Erik se tourna vers son ami.

— Je me demande ce que le commissaire du port va dire à l'amiral.

Roo regarda Nicholas descendre sur le pont principal. La première fois qu'il avait vu cet homme, c'était lors de leur procès, lorsqu'Erik et lui avaient été jugés pour le meurtre du demi-frère d'Erik, Stefan. La deuxième fois, c'était au large de Maharta, lorsqu'il avait récupéré les survivants de la compagnie de mercenaires à laquelle Roo et Erik appartenaient. Pour avoir servi sous les ordres du prince pendant le voyage de retour, Roo croyait savoir comment le commissaire allait réagir.

— Je parie qu'il ne dira rien. Je suis sûr qu'il va rentrer chez lui et se soûler.

Erik se mit à rire. Lui aussi savait que Nicholas faisait preuve, calmement, d'une grande autorité, et qu'il pouvait, d'un seul regard et sans dire un mot, mortifier l'un de ses subordonnés. Il s'agissait d'un trait de caractère qu'il partageait avec Calis, le capitaine des Aigles cramoisis, la compagnie d'Erik et de Roo.

Sur la centaine d'hommes qu'elle comptait au départ, moins d'une cinquantaine avaient survécu : aux six guerriers qui s'étaient enfuis en compagnie de Calis s'ajoutaient les quelques retardataires qui avaient réussi à atteindre la Cité du fleuve Serpent avant le départ du *Ranger*. L'autre navire de Nicholas, le *Revanche de Trenchard*, était resté dans la cité un mois de plus au cas où d'autres survivants feraient leur apparition. Tous ceux qui ne se trouveraient pas à son bord lorsque ce navire lèverait l'ancre à son tour seraient considérés comme morts.

Les marins abaissèrent la passerelle. Roo et Erik regardèrent Nicholas débarquer le premier en compagnie de Calis. Sur le quai les attendaient son neveu

Patrick, prince de Krondor, et son frère, le prince Erland, ainsi que d'autres membres de la cour.

— L'ambiance n'est pas vraiment à la fête, fit remarquer Erik.

Roo ne put qu'acquiescer. Trop d'hommes étaient morts pour ramener les maigres informations que Nicholas n'allait pas tarder à transmettre à son neveu.

Roo dévisagea les membres de la famille royale. Nicholas, qui avait été prince de Krondor jusqu'à ce que son neveu quitte la capitale du royaume des Isles pour le remplacer, ne ressemblait en rien à son frère. Erland avait les cheveux presque entièrement gris désormais, mais on voyait par endroits qu'il avait été roux autrefois. Nicholas, pour sa part, était un homme au regard intense, dont les cheveux noirs grisonnaient aussi. Le physique de Patrick, le nouveau prince de Krondor, se situait à mi-chemin entre celui de ses deux oncles : il avait la peau plus sombre et les cheveux châtains. Il paraissait avoir emprunté à Erland sa puissante carrure et à Nicholas son intensité.

— Tu as raison, dit le jeune homme à son ami. Ce n'est pas ce qu'on peut appeler un accueil en fanfare.

— En même temps, ils doivent déjà savoir que notre entreprise n'avait rien de glorieux, ajouta Erik. Le prince et son oncle sont sûrement impatients d'entendre ce que Calis et Nicholas ont à leur annoncer.

— Les nouvelles ne sont pas bonnes, soupira Roo. Et ça ne va pas s'arranger.

Brusquement, les deux jeunes gens sentirent qu'on leur donnait une tape amicale dans le dos. Ils se retournèrent et virent qu'elle venait de Robert de Loungville. Le sergent souriait d'une manière qui, jusqu'à récemment, leur aurait inspiré les pires craintes. Mais cette fois, ils savaient qu'il ne faisait qu'afficher le côté le plus affable de sa personnalité. Il avait le front dégarni et les cheveux coupés ras, mais il aurait bien eu besoin de se raser.

— Alors, les garçons, où irez-vous en descendant de ce bateau ?

Roo fit tinter la bourse pleine d'or qu'il abritait sous sa chemise.

— Je pense que je vais m'offrir une bonne bière et les tendres attentions d'une femme de mauvaise vie. J'attendrai demain pour m'inquiéter de mon avenir.

Erik, quant à lui, haussa les épaules.

— Moi, j'ai réfléchi et je veux bien accepter votre offre, sergent.

— C'est une bonne chose, répondit de Loungville, sergent de la compagnie de Calis.

Il avait offert à Erik une place au sein de l'armée, dans une unité spéciale qu'allait créer Calis, le mystérieux allié, pas tout à fait humain, du prince Nicholas.

— Présente-toi au bureau de messire James demain à midi. Je dirai aux gardes du palais de te laisser passer.

Roo contemplait toujours les nobles sur le quai.

— Notre prince est un homme impressionnant.

— Je vois ce que tu veux dire, approuva Erik. On dirait que son oncle et lui ont déjà connu la guerre.

— Ne vous laissez pas abuser par leur rang, les garçons, leur conseilla de Loungville. Erland et notre roi, tout comme leurs fils après eux, ont passé quelque temps sur la frontière septentrionale pour combattre les gobelins et la confrérie de la Voie des Ténèbres. (C'était ainsi que l'on appelait communément les Moredhels, les elfes noirs qui vivaient de l'autre côté des Crocs du Monde.) J'ai même entendu dire que le roi a vécu une dangereuse aventure à Kesh dans sa jeunesse ; je crois bien qu'il a eu affaire à des esclavagistes ou quelque chose dans ce genre. Quoi qu'il en soit, depuis qu'il en est revenu, il fait preuve de beaucoup de considération envers le peuple.

» On n'a plus eu de roi élevé à la cour depuis Rodric, le prédécesseur du vieux roi Lyam, et ça remonte à avant ma naissance. Ceux-ci sont des hommes endurcis qui ont passé quelques années à jouer les soldats et il faudra attendre encore quelques générations avant que cette famille se ramollisse. Le capitaine veillera à ce que ça n'arrive pas de sitôt.

Un léger tremblement dans la voix du sergent le trahit ; il paraissait en proie à de vives émotions. Roo lui lança un regard en coin pour essayer de comprendre de quoi il s'agissait, mais de Loungville affichait à nouveau un large sourire.

— À quoi penses-tu ? demanda Erik à son meilleur ami.

— Je me disais juste à quel point les familles peuvent être bizarres, répondit le jeune homme en désignant le groupe rassemblé sur les quais où tout le monde écoutait Nicholas avec attention.

— Regarde notre capitaine, lui dit Erik.

Roo hocha la tête. Calis se tenait en retrait, avec juste assez de distance entre lui et les autres pour rester à l'écart tout en pouvant répondre aux questions si on lui en posait.

— Ça fait vingt ans qu'on est amis, lui et moi, reprit de Loungville. À l'époque, je servais sous les ordres de Daniel Troville, le baron de Hautetour. Calis m'a entraîné loin des guerres frontalières pour me faire visiter les endroits les plus étranges qu'on puisse imaginer. J'ai passé plus de temps avec lui qu'aucun des membres de cette compagnie, j'ai partagé mes rations avec lui, j'ai vu des hommes mourir dans ses bras et je l'ai même laissé me porter pendant deux jours après la chute d'Hamsa. Pourtant, je serais bien en peine de dire que je le connais.

— C'est vrai qu'il est à moitié elfe ? voulut savoir Erik.

De Loungville se frotta le menton.

— Je ne sais pas. Il m'a dit que son père était originaire de Crydee. D'après lui, c'était un garçon de cuisine. Mais Calis n'est pas quelqu'un qui parle beaucoup de son passé. La plupart du temps, il ne pense qu'à l'avenir et transforme en soldats des rats d'égout comme vous deux. Mais ça en vaut la peine. Je n'étais guère plus qu'un rat d'égout moi-même quand il m'a trouvé. Et regardez jusqu'où je me suis élevé.

Son sourire s'élargit sur ce dernier commentaire, comme s'il n'était qu'un simple soldat et cette remarque une plaisanterie. Mais les deux jeunes gens savaient qu'il occupait une position élevée à la cour, en plus de son grade militaire.

— C'est pour ça que je ne lui ai jamais posé de questions personnelles, ajouta-t-il. C'est un type qui vit dans le présent, pas dans le passé. (Puis il redevint sérieux et baissa la voix, de peur que Calis, pourtant en bas sur le quai, puisse surprendre ses paroles.) C'est vrai qu'il a ces oreilles pointues... D'un autre côté, je n'ai jamais entendu parler d'une telle créature, moitié homme, moitié elfe, mais lui peut faire des choses qu'aucun homme au monde n'est capable d'accomplir.

» Dans tous les cas, la seule chose qui compte, c'est de savoir qu'il nous a sauvés la mise plus d'une fois. On s'en fout de savoir qui sont ses parents. Notre rang à la naissance ne veut rien dire. On ne peut pas changer ça. Ce qui importe, c'est la façon dont on vit et ce qu'on devient. (Il donna une tape sur l'épaule des deux jeunes gens.) Vous n'étiez que des gredins tout juste bons à nourrir les corbeaux quand je vous ai trouvés et regardez-vous maintenant !

Erik et Roo se regardèrent avant d'éclater de rire. Tous deux portaient encore les vêtements qu'ils avaient sur le dos quand ils s'étaient enfuis de Maharta. Ces guenilles, fréquemment rapiécées et tachées au point d'être irrécupérables, leur donnaient l'apparence de deux voleurs des rues.

— Moi, je dirais qu'on a besoin de nouveaux vêtements, répliqua Roo. On ressemble à des chiffonniers, même Erik avec ses belles bottes.

29

— Tu parles, elles ont besoin d'être réparées, répliqua son ami en baissant les yeux.

Ces bottes étaient tout ce qui lui restait de son père, le baron de la Lande Noire. Ce dernier ne l'avait jamais reconnu, mais il ne l'avait jamais renié non plus, lui laissant ainsi le droit de porter le nom « de la Lande Noire ». Erik avait reçu pour seul héritage cette paire de bottes de cavalerie, mais il les avait tellement portées que les talons avaient pratiquement disparu et que le cuir, soumis à la rigueur des éléments, s'était craquelé.

Sho Pi, un jeune Isalani originaire de l'empire de Kesh la Grande, monta sur le pont avec à la main son sac de voyage. Devant lui se trouvait son compatriote Nakor, un petit homme aux jambes arquées que Sho Pi considérait comme son maître. Il paraissait âgé, mais se déplaçait d'un pas alerte. Roo et Erik le connaissaient bien, car il leur avait appris l'art du combat à mains nues. Cet étrange personnage, tout comme Sho Pi d'ailleurs, était aussi dangereux sans armes que la plupart des hommes avec une épée. Roo n'avait jamais vu quelqu'un bouger aussi vite que Nakor, même s'il était persuadé en son for intérieur que l'Isalani pouvait se montrer bien plus rapide encore. Mais le jeune homme n'était pas sûr de vouloir assister à pareille démonstration. Roo était le meilleur élève de Nakor et de Sho Pi et surpassait tous les autres membres de la compagnie de Calis. Mais il savait que les deux Isalanis auraient facilement pu le tuer d'un seul coup de pied bien placé.

— Fiston, je ne vais pas te laisser me suivre partout comme un petit chien, criait Nakor par-dessus son épaule. Ça fait presque vingt ans que je n'ai pas mis les pieds dans une cité digne de ce nom. Toutes celles que j'ai vues jusqu'à présent ont été rasées ou envahies par des soldats, alors j'ai bien l'intention de profiter de Krondor. Ensuite, je retournerai sur l'île du Sorcier.

Sho Pi, doté d'une belle crinière noire, dépassait Nakor d'une bonne tête. Mais en dehors de ces caractéristiques, il ressemblait en tout point au petit homme car il était aussi maigre et nerveux que lui.

— Si vous le dites, maître, répondit-il.

— Ne m'appelle pas comme ça, insista Nakor en mettant son sac sur son épaule. Erik, Roo ! Où allez-vous ?

— Boire un verre, trouver une putain et acheter de nouveaux vêtements, annonça Roo.

— Ensuite, moi, je rentrerai à la maison voir ma mère et mes amis, ajouta Erik.

— Et vous ? demanda son ami.

— Je vous suis, répliqua Nakor, en tout cas jusqu'à ce que vous repartiez chez vous. Ensuite, j'engagerai un équipage pour me conduire jusqu'à l'île du Sorcier.

Il regarda en direction de la passerelle en ignorant son jeune compatriote, qui ne le lâchait pas d'une semelle. Erik jeta un coup d'œil en direction de Sho Pi avant d'expliquer :

— On doit redescendre dans la cale pour prendre nos affaires. On vous retrouve sur le quai.

Les deux jeunes gens, Roo en tête, s'empressèrent donc de descendre et en profitèrent pour dire au revoir aux marins qui étaient devenus des amis. Dans la cale, ils trouvèrent Jadow Shati, un autre membre de leur compagnie « d'hommes désespérés », qui finissait de rassembler ses quelques affaires.

— Qu'est-ce que tu vas faire ? lui demanda Roo en attrapant son petit baluchon.

— Prendre un verre, je pense.

— Viens avec nous, lui proposa Erik.

— Avec plaisir, dès que j'aurai dit à monsieur Robert de Loungville, ce petit salopard, que j'accepte de devenir son caporal.

Erik cligna des yeux, surpris.

— Caporal ? Mais c'est à moi qu'il a proposé ce poste.

Roo intervint avant que les deux hommes se disputent.

— D'après ce qu'il a dit, j'ai l'impression que deux caporaux ne seront pas de trop dans son armée.

Ses camarades, aussi grands et corpulents l'un que l'autre, échangèrent un regard avant d'éclater de rire. Le visage de Jadow s'illumina d'un sourire. Ses dents blanches se détachaient nettement sur sa peau d'ébène. Comme toujours, son expression était si joyeuse que Roo ne put s'empêcher de sourire en retour. Comme tous les autres désespérés de Bobby de Loungville, Jadow était autrefois un tueur, un criminel endurci. Mais au sein de la compagnie de Calis, il avait rencontré des hommes pour qui il aurait volontiers sacrifié sa vie et qui étaient également prêts à mourir pour lui.

Roo détestait l'admettre, car il se flattait d'être un grand égoïste, mais il aimait ses camarades presque autant qu'Erik. Tous aussi brutaux et dangereux les uns que les autres, ils avaient traversé ensemble une épreuve sanglante et savaient désormais qu'ils pouvaient compter les uns sur les autres.

Roo pensa à ceux qu'ils avaient perdus au cours de leur périple : le gros Biggo, rieur et étrangement pieux ; Jérôme Handy, le géant au caractère violent qui savait raconter une histoire mieux qu'un acteur et qui projetait sur un mur des ombres si réalistes qu'elles prenaient vie ; et Luis de Savona, l'assassin rodezien à l'esprit aussi acéré que sa dague, qui connaissait aussi bien les intrigues de cour que les bagarres dans les ruelles sombres et qui savait se montrer étrangement loyal en dépit de son mauvais caractère.

Roo finit de nouer son baluchon et s'aperçut que Jadow et Erik le dévisageaient d'un drôle d'air.

— Qu'est-ce qu'il y a ?

— On aurait dit pendant un moment que tu étais perdu dans tes pensées, répondit Erik.

— Je pensais à Biggo et aux autres...

Erik acquiesça :

— Je comprends.

— Peut-être qu'on en retrouvera certains quand le *Revanche de Trenchard* accostera, avança Jadow.

— Ce serait chouette, admit Roo. Mais Biggo et Billy ne reviendront pas, eux, ajouta-t-il en balançant le sac sur son épaule.

Erik baissa la tête. Tout comme Roo, il avait vu Biggo mourir à Maharta. Quant à Billy, il l'avait vu tomber de cheval et se fendre le crâne sur un rocher.

Les trois hommes remontèrent sur le pont en silence et se hâtèrent de descendre à terre. Robert de Loungville les attendait en bavardant avec Nakor et Sho Pi.

Brusquement, Jadow interpella violemment et sans autre forme de cérémonie l'homme qui avait contrôlé sa vie pendant près de trois ans :

— Maintenant, à nous deux, espèce de sale nabot !

De Loungville se retourna.

— À qui est-ce que tu crois parler comme ça, salaud de Keshian ?

— À toi, sergent Bobby de Loungville ! répliqua Jadow d'un ton tout aussi mordant.

Mais Erik s'aperçut que les deux hommes affichaient une expression moqueuse. Les combats l'avaient rendu très sensible à l'humeur de chacun de ses compagnons, et il se rendait compte que ces deux-là s'amusaient.

— Et d'abord, qui c'est que tu traites de salaud, mec ? Nous, les hommes du val, on est les meilleurs guerriers du monde, t'es pas au courant ? D'habitude, on se sert des types comme toi pour nettoyer nos bottes.

Il renifla bruyamment et se pencha comme pour s'assurer que de Loungville était bien la source d'une

33

odeur désagréable. Le sergent lui pinça la joue, comme une mère l'aurait fait à son enfant.

— Tu es si mignon que je devrais t'embrasser, tiens. Mais pas aujourd'hui, ajouta-t-il en lui donnant une claque, pour rire. (Puis il se tourna vers le groupe.) Où allez-vous comme ça ?

— Prendre un verre ! annonça Nakor en souriant jusqu'aux oreilles.

De Loungville leva les yeux au ciel.

— Essayez au moins de ne tuer personne. Jadow, tu reviendras ?

Le Keshian sourit.

— Je sais pas pourquoi, mec, mais j'accepte.

Le sourire du sergent disparut.

— Si, répliqua-t-il. Tu sais très bien pourquoi.

Aussitôt, leur bonne humeur s'envola. Ils avaient tous été témoins des mêmes horreurs et ils savaient qu'un terrible ennemi, au-delà des mers, se préparait à les envahir. Peu importaient leurs récents exploits, car la lutte ne faisait que commencer. Il s'écoulerait peut-être plus d'une décennie avant l'ultime confrontation avec les armées rassemblées sous la bannière de la reine Émeraude, mais en fin de compte, chaque habitant du royaume devrait se battre ou mourir.

Après quelques instants de silence, de Loungville leur fit signe de partir.

— Allez, fichez-moi le camp. Et ne vous enivrez pas trop. (Comme le groupe s'éloignait, le sergent les rappela :) Erik, toi et Jadow, vous devez venir chercher vos papiers demain. Si vous n'êtes pas là, vous serez considérés comme déserteurs. Et vous savez qu'on pend les déserteurs !

— Ce mec changera jamais, fit remarquer Jadow tandis qu'ils remontaient la rue à la recherche d'une auberge. Toujours à proférer des menaces ! Sa passion pour la pendaison est un peu malsaine, vous trouvez pas ?

Roo éclata de rire. Les autres ne tardèrent pas à l'imiter et l'humeur de la troupe s'allégea. Au même moment, une auberge apparut comme par magie au détour d'une autre rue.

Roo se réveilla, le cœur battant et la bouche sèche. Il avait l'impression d'avoir du sable sous les paupières et une haleine de chameau, comme si quelque chose avait rampé à l'intérieur de sa bouche avant d'y crever. Il bougea et entendit Erik grogner, si bien qu'il se tourna de l'autre côté, uniquement pour se faire repousser par Jadow, tout aussi bougon.

N'ayant plus d'autre choix à sa disposition, il s'assit, geste qu'il regretta aussitôt. Il s'efforça d'empêcher son estomac de se vider de son contenu, quel qu'il soit, et réussit enfin à ouvrir les yeux.

— Oh, ça, c'est merveilleux, gémit-il.

Le simple fait de parler lui arracha une grimace. Le son de sa propre voix faisait empirer son mal de tête.

Ses compagnons et lui se trouvaient dans une cellule. Et à moins d'une erreur, Roo savait exactement de laquelle il s'agissait. La pièce, toute en longueur, s'ouvrait d'un côté sur un couloir dont elle était séparée par des barreaux qui montaient du sol jusqu'au plafond et par une porte munie d'un solide verrou en fer forgé. En face des barreaux, à hauteur des yeux, se découpait une fenêtre qui prenait toute la longueur de la cellule et qui faisait un petit peu plus de soixante centimètres de hauteur. Le jeune homme savait que la cellule était partiellement enterrée, afin de donner aux prisonniers un angle de vue assez particulier sur le gibet qui trônait dans la cour. Il était de retour dans la cellule de la mort du palais de Krondor.

Il secoua Erik, qui gémit comme si on le torturait. Cependant, Roo insista et son ami finit par se réveiller.

— Qu'est-ce qu'il y a ? demanda-t-il en essayant de distinguer plus clairement le visage flou de son ami. Où sommes-nous ?

— De retour dans la cellule de la mort.

Erik parut aussitôt retrouver ses esprits. Il regarda autour de lui et aperçut Nakor en train de ronfler, en boule dans un coin, tandis que Sho Pi gisait un peu plus loin.

Les deux jeunes gens réveillèrent leurs camarades et firent le point sur la situation. Certains d'entre eux étaient éclaboussés de sang séché et tous souffraient de divers bleus, coupures et égratignures.

— Qu'est-ce qui s'est passé ? s'enquit Roo d'une voix rauque – on aurait dit qu'il avait avalé du sable.

— Tu te rappelles de ces marins quegans ? demanda Jadow.

Sho Pi et Nakor paraissaient être les membres les plus frais du groupe.

— L'un d'entre eux a essayé de te prendre la jeune fille qui se trouvait sur tes genoux, Roo, expliqua Nakor.

Le jeune homme hocha la tête et regretta aussitôt son geste.

— Je m'en souviens maintenant.

— J'ai assommé quelqu'un avec une chaise..., ajouta Jadow.

— Peut-être qu'on a tué ces Quegans, suggéra Nakor.

Erik, dont les genoux tremblaient en raison de sa gueule de bois, s'appuya au mur pour ne pas tomber.

— Si c'est vrai, c'est une blague sinistre que nous jouent les dieux. Après tout ce qu'on a traversé, se retrouver de nouveau bons pour la potence !

Roo se sentait vaguement coupable, comme toujours lorsqu'il avait trop bu la veille. Étant donné sa maigreur, c'était stupide de sa part de vouloir boire autant de verres que des hommes aussi corpulents qu'Erik et Jadow, même si Erik ne buvait pas beaucoup, en général.

— Si j'avais tué quelqu'un, je pense que je m'en souviendrais quand même, marmonna Roo.

— Dans ce cas, explique-moi ce qu'on fait ici, mec, répliqua Jadow, assis dans un coin de la pièce et visiblement perturbé par la situation. Je suis pas allé me battre à l'autre bout du monde pour que Bobby de Loungville puisse me pendre au moment où je rentre enfin chez moi.

Alors même qu'ils essayaient de rassembler leurs esprits, la porte du couloir s'ouvrit brutalement et alla heurter le mur opposé. Le bruit fit grimacer tous les occupants de la cellule. De Loungville entra en criant :

— Tout le monde debout, bande de chiens !

Sans réfléchir, tous s'empressèrent de se lever, à l'exception de Nakor. Un instant plus tard, chacun se mit à gémir. Jadow Shati tourna la tête et vomit dans le pot de chambre, puis cracha. Les autres tenaient debout tant bien que mal. Erik dut agripper les barreaux pour ne pas tomber.

— Quel joli tableau vous faites, leur dit de Loungville en souriant.

— Qu'est-ce qu'on fait ici, sergent ? demanda Nakor.

De Loungville s'avança et ouvrit la porte de la cellule, qui n'était pas verrouillée.

— On ne savait pas où vous mettre en attendant votre réveil. Vous savez qu'il a fallu pas moins d'une escouade entière de gardes de la cité et de gardes du palais pour vous arrêter ? (Il rayonnait tel un père fier de sa progéniture.) Vous vous êtes bien battus. Et vous avez eu la bonne idée de ne tuer personne, même si vous en avez abîmé quelques-uns.

D'un geste de la main, le sergent leur fit signe de le suivre.

— Le prince Patrick et ses deux oncles se sont dit qu'il valait mieux vous garder à portée de main pour le reste de la nuit, ajouta-t-il.

Roo regarda autour de lui et se remémora la dernière fois où il avait emprunté ces passages, lorsqu'à l'issue du simulacre de pendaison, on l'avait ramené à l'intérieur du palais, premiers pas sur un chemin qu'il n'aurait jamais imaginé prendre en quittant Ravensburg. Il avait d'ailleurs beaucoup de mal à se rappeler le premier trajet qu'il avait fait au sortir de cette cellule, deux ans plus tôt, tant sa terreur était grande à l'époque. Aujourd'hui, il avait également du mal à se concentrer, mais c'était dû à l'abus d'alcool de la nuit précédente.

Erik et lui s'étaient enfuis de Ravensburg après avoir tué Stefan, tout juste devenu baron de la Lande Noire. S'ils étaient restés pour faire face à leurs responsabilités, ils auraient peut-être réussi à convaincre un juge qu'ils avaient agi en état de légitime défense. Mais leur fuite avait lourdement pesé contre eux et ils avaient été condamnés à mort.

Ils arrivèrent devant les marches qui menaient à la cour où se dressait la potence. Mais cette fois, ils se contentèrent de passer devant.

— Vous avez l'air complètement débraillés, leur expliqua de Loungville – l'homme qui avait tenu leurs vies entre ses mains depuis le moment où ils étaient retombés sur le dur plancher en bois de la potence jusqu'à ce qu'ils descendent du navire la veille. Je me suis dit qu'il fallait vous faire faire un brin de toilette avant l'audience.

— Quelle audience ? s'enquit Erik, qui gardait encore des séquelles du combat de la nuit précédente.

Le jeune homme était indubitablement le garçon le plus costaud de Ravensburg, et l'un des types les plus forts que Roo ait rencontrés. La veille, il avait lancé un garde à travers une fenêtre juste avant qu'on lui brise un pichet de vin sur la tête. Cependant Roo n'aurait su dire si c'était le coup qu'Erik avait reçu ou le vin qu'il avait bu qui le tourmentait le plus, car son ami n'avait jamais bien supporté l'alcool.

— Certains personnages importants aimeraient s'entretenir avec vous et il ne serait pas convenable de vous faire paraître à la cour dans l'état où vous êtes. Alors, tout le monde à poil ! ordonna le sergent en ouvrant la porte d'une salle.

Des baignoires remplies d'eau chaude et savonneuse les y attendaient. Les cinq hommes firent ce qu'on leur demandait, car ils avaient passé deux ans à suivre les instructions du sergent sans poser de questions et c'était une habitude difficile à perdre. Ils ne tardèrent pas à se retrouver assis dans les baignoires tandis que les pages du palais leur frottaient le dos à l'aide d'une éponge.

On leur distribua également des pichets d'eau froide, afin qu'ils puissent boire tout leur soûl. Avec le bain très chaud et la grande quantité d'eau froide qu'il avala, Roo recommença à penser que la vie valait la peine d'être vécue.

Lorsqu'ils furent propres, ils s'aperçurent qu'on leur avait pris leurs vêtements. De Loungville désigna deux tuniques noires ornées d'un emblème familier sur la poitrine.

— L'Aigle cramoisi, murmura Erik en prenant l'une des chemises.

— Nicholas trouvait que cela s'imposait et Calis ne s'y est pas opposé, expliqua de Loungville. C'est l'emblème de notre nouvelle armée, Erik. Toi et Jadow, vous êtes mes deux premiers caporaux, alors enfilez ça. Pour les autres, il y a des habits propres dans le coin, là-bas.

Nakor et Sho Pi affectionnaient les robes et ne portaient que ça, si bien qu'il était étrange de les voir en tunique et en pantalon, pour une fois. Roo, pour sa part, trouva que ces nouveaux vêtements amélioraient grandement son apparence. La chemise était peut-être un peu trop large au vu de sa maigreur, mais c'était certainement la plus belle qu'il eût jamais portée, et le pantalon lui allait à la perfection. Il était toujours pieds nus, mais les mois passés en mer avaient endurci la plante de ses pieds, au point qu'il ne s'embarrassa même pas de ce détail.

Erik remit ses vieilles bottes, mais Jadow, tout comme ses autres compagnons, resta pieds nus.

Dès qu'ils furent habillés, les cinq hommes suivirent le sergent jusqu'à une salle qu'ils connaissaient bien : c'était là que les « désespérés » dont Calis avait besoin avaient été jugés par le prince de Krondor – qui, à l'époque, se trouvait être Nicholas. La pièce n'avait pas beaucoup changé, se dit Roo. Mais il était à ce point terrorisé la dernière fois qu'il y était venu qu'il avait à peine remarqué ce qui l'entourait.

De très vieilles bannières étaient suspendues à chacune des poutres du plafond et plongeaient la salle du trône dans la pénombre en masquant la lumière des verrières qui s'ouvraient très haut dans la voûte. Des torches brûlaient dans des appliques en fer pour fournir un peu d'éclairage, car la salle était si vaste que la lumière qui tombait des grandes fenêtres à l'autre bout de la pièce ne suffisait pas. Roo songea qu'à la place du prince, il aurait fait enlever les bannières.

Le long des murs s'alignaient les courtisans et les pages prêts à satisfaire les moindres volontés du roi et des princes. Le maître des cérémonies, vêtu de façon très formelle, frappa le sol de son bâton, annonçant l'arrivée du baron Robert de Loungville, agent spécial du prince de Krondor. Amusé, Roo secoua discrètement la tête, car pour lui, de Loungville était son sergent, et cela faisait bizarre de l'imaginer sous les traits d'un baron de la cour.

Ils s'avancèrent jusqu'au pied du trône, sous le regard attentif des courtisans. Roo s'efforça de calculer la quantité d'or utilisée pour décorer les chandeliers près du mur le plus proche. Il parvint à la conclusion que le prince ferait bien mieux de remplacer l'or par du cuivre – tout aussi décoratif, mais bien moins coûteux. Patrick serait libre d'investir la richesse ainsi obtenue dans des entreprises rentables.

Mais Roo doutait de pouvoir un jour aborder un tel sujet avec le prince.

Il tourna alors son attention vers l'homme qui avait décrété sa mise à mort. Nicholas, devenu à présent l'amiral de la flotte de l'Ouest, se tenait à droite du trône, en compagnie de son successeur et neveu, le prince Patrick. De l'autre côté se trouvaient Calis et le duc de Krondor, James, qui discutaient avec l'homme que Roo avait aperçu sur les quais, le prince Erland. Sur le trône était assis le jumeau de cet homme. Soudain Roo rougit en réalisant qu'ils allaient être présentés au roi en personne !

— Votre Majesté, Vos Altesses, les salua de Loungville en s'inclinant tel un courtisan. J'ai l'honneur de vous présenter cinq hommes qui ont fait preuve d'honneur et de bravoure au service du royaume.

— Ils ne sont que cinq à avoir survécu ? s'étonna le roi Borric.

C'était, tout comme son frère, un homme d'une carrure impressionnante. Mais il émanait de lui une impression d'endurance qui allait bien au-delà du physique pourtant puissant d'Erland. Sans pouvoir se l'expliquer, Roo devina, instinctivement, que le roi était un adversaire bien plus dangereux que son frère.

— Il y en a d'autres, expliqua de Loungville. Certains vous seront présentés cet après-midi, il s'agit de soldats originaires de plusieurs garnisons du royaume. Mais ceux-ci sont les seuls condamnés à avoir survécu.

— Pour ce qu'on en sait, lui rappela Nakor.

De Loungville se tourna vers le petit homme sans prendre la peine de dissimuler l'irritation que lui inspirait ce manquement à l'étiquette. Mais Borric sourit.

— Nakor, c'est donc toi sous ce déguisement ?

L'Isalani rendit au roi son sourire et s'avança vers lui.

— C'est bien moi, Majesté. J'ai accompagné ces hommes et suis revenu de Novindus avec eux. Owen

Greylock se trouve sur le deuxième navire. Il doit avoir à ses côtés tous ceux qui ont survécu mais qui ne sont pas arrivés à temps à la Cité du fleuve Serpent pour embarquer sur le *Ranger*.

De Loungville ravala la remarque qu'il était sur le point d'adresser à Nakor. Il était évident, vu leur attitude, que le roi et l'Isalani se connaissaient. Nakor hocha la tête à l'intention d'Erland, qui lui sourit.

Le roi s'adressa alors aux quatre anciens prisonniers :

— À compter de ce jour, vos crimes vous sont pardonnés et votre condamnation à mort est annulée. Nous sommes heureux de voir que certains d'entre vous se sont engagés dans notre armée, ajouta-t-il à l'adresse d'Erik et de Jadow.

Erik se contenta d'acquiescer, alors que Jadow bégaya une réponse :

— Oui oui, Votre Majesté.

— Mais ce n'est pas le cas de vous deux, remarqua le roi en dévisageant Sho Pi et Roo.

Sho Pi inclina la tête.

— Je souhaite suivre mon maître, Majesté.

— Arrête de m'appeler maître ! protesta Nakor. (Il se tourna vers le roi.) Le gamin pense que je suis une espèce de sage et insiste pour me suivre partout comme un petit chien.

— Je me demande bien pourquoi il pense ça, intervint le prince Erland. Ce ne serait pas parce qu'il t'a vu jouer les mystiques pour arnaquer les foules, par hasard ?

— À moins qu'il lui ait fait le coup du prêtre itinérant, renchérit le roi.

Nakor sourit en se frottant le menton.

— À dire vrai, ça fait un moment que je n'ai pas fait ça. (Puis son expression s'assombrit.) Mais je n'aurais jamais dû vous en parler à tous les deux.

— Dans tous les cas, emmène le garçon avec toi, conclut le roi. Tu auras peut-être bien besoin de bras supplémentaires sur la route.

— Quelle route ? Je retourne sur l'île du Sorcier.

— Pas tout de suite, non, lui apprit le roi. Nous avons besoin que tu ailles au port des Étoiles en tant que représentant de la couronne, pour parler aux dirigeants de l'académie.

Le visage du petit homme s'assombrit plus encore.

— Tu sais que j'en ai fini avec le port des Étoiles, Borric, et tu sais très bien pourquoi, il me semble.

Le roi n'aimait peut-être pas qu'on s'adresse à lui de façon aussi cavalière, mais il n'en laissa rien paraître.

— C'est vrai, nous le savons. Mais toi aussi, tu sais très bien ce qui nous menace. Tu t'es rendu deux fois sur le continent de Novindus. Nous avons besoin de toi pour convaincre les magiciens du port des Étoiles de la réalité du danger auquel nous faisons face. Le moment venu, nous aurons besoin de leur aide.

— Alors adresse-toi à Pug. Lui, ils l'écouteront.

— Si nous savions où il se trouve, nous irions lui parler, avoua le roi, qui se laissa aller contre le dossier de son trône en soupirant. Il nous laisse des messages ici et là, mais nous n'avons pas réussi à le convaincre de venir nous parler en personne.

— Eh bien, essaye encore, répliqua Nakor.

Borric sourit.

— Nous n'avons que toi, mon ami. C'est pourquoi tu accorderas bien cette petite faveur à un vieil ami. Sinon, nous serions dans l'obligation d'alerter toutes les maisons de jeux du royaume en leur révélant comment tu manipules les cartes et les dés.

Nakor prit un air dégoûté et balaya cette remarque d'un geste de la main.

— Bah ! Je t'aimais mieux quand tu te faisais appeler le Fou.

Il continua à bouder pendant quelques instants, tandis que Borric et Erland échangeaient un regard amusé. Puis le roi se tourna vers Roo.

— Et qu'en est-il de vous, Rupert Avery ? Ne pouvons-nous pas compter sur votre aide ?

Le fait que le roi s'adresse à lui personnellement laissa le jeune homme momentanément sans voix. Puis il avala nerveusement sa salive et réussit à répondre :

— Désolé, Votre Majesté. Je me suis promis de devenir riche si je survivais à cette aventure. Aujourd'hui, me voilà de retour chez moi et c'est bien ce que je compte faire. Je veux faire du commerce et ça me serait impossible si j'entrais dans l'armée.

Le roi hocha la tête.

— Le commerce, dites-vous ? C'est un métier honorable. (Il évita de faire la moindre allusion au passé de Roo.) Cependant, vous avez été témoin d'événements dont peu de personnes ont eu connaissance. Nous comptons sur votre discrétion. Pour être exact, nous exigeons votre discrétion.

Roo sourit.

— Je comprends, Votre Majesté. Et je vous promets au moins ceci : le moment venu, je vous aiderai du mieux que je pourrai. Si les serpents débarquent à Krondor, je les combattrai. En plus, ajouta-t-il, le sourire aux lèvres et les yeux brillants de malice, le jour viendra peut-être où je vous serai plus utile qu'une simple épée.

— Peut-être, Rupert Avery. Vous ne manquez certainement pas d'ambition. Messire James, si cela ne porte pas atteinte à notre dignité, voyez si nous ne pouvons pas aider monsieur Avery dans son projet. Une lettre de recommandation ferait peut-être l'affaire.

Il fit signe à un écuyer qui distribua un sac à chacun des cinq hommes.

— En remerciement du service rendu à la couronne, expliqua le roi Borric.

Roo soupesa le sac. Il comprit qu'il renfermait une petite fortune en or, à en juger par son poids. Après un rapide calcul, le jeune homme conclut qu'il était en avance d'un an sur ses prévisions pour devenir

44

riche. Puis il s'aperçut que les autres venaient de s'incliner devant Leurs Altesses et qu'ils faisaient à présent demi-tour. Roo s'empressa donc de saluer le roi de façon maladroite, avant de rattraper ses camarades.

— Vous voilà de nouveau des hommes libres, annonça de Loungville au sortir de la salle du trône. Erik, Jadow, veillez à ne pas vous attirer d'ennuis et soyez de retour au palais le premier jour du mois prochain. Nakor, Sho Pi, la lettre du roi sera prête demain. Voyez avec le secrétaire du duc James, il vous remettra des laissez-passer et de l'argent pour le voyage.

» Quant à toi, Avery, ajouta-t-il en se tournant vers le jeune homme, tu n'es qu'un rat, mais j'en suis venu à apprécier ta triste figure. Si jamais tu changes d'avis, tu sais que j'aurai toujours besoin de soldats aguerris.

Roo secoua la tête.

— Merci, sergent, mais je veux commencer à faire fortune et je dois reprendre contact avec un marchand qui cherche à marier son laideron de fille.

De Loungville s'adressa alors de nouveau au groupe complet :

— Si vous tenez à profiter des plaisirs de la chair avant de rentrer chez vous, allez donc faire un tour à *L'Aile Blanche*, près de la porte des Marchands. C'est une maison close plutôt chic, alors n'allez pas répandre de la boue partout. Dites à la dame qui tient la maison que vous venez de ma part. Elle ne me pardonnera peut-être jamais, mais elle me doit une faveur. Veillez à ne pas déclencher une bagarre là-bas, parce que je risque d'avoir du mal à vous faire sortir de prison deux fois d'affilée. (Il les dévisagea un par un.) Quand on y réfléchit bien, les garçons, vous avez fait du bon boulot.

Personne ne réagit jusqu'à ce qu'Erik prenne enfin la parole :

— Merci, sergent.

Ce dernier avait encore un conseil à leur donner :

— Erik et Jadow, en sortant, passez par le bureau du maréchal pour obtenir votre brevet. Vous êtes les hommes du prince, désormais. À compter d'aujourd'hui, vous n'aurez plus à répondre de vos actes que devant Patrick, Calis et moi.

— Où se trouve ce bureau ? demanda Erik.

— Au bout du couloir, vous prenez à droite et ce sera la deuxième porte. Maintenant, fichez-moi le camp avant que je change d'avis et que je vous fasse tous arrêter, bande de voyous.

Au passage, il donna une tape amicale à Roo, sur l'arrière du crâne, puis il s'en alla dans la direction opposée vaquer à ses propres affaires.

— J'ai faim, annonça Nakor.

— Toi, t'as toujours faim, mec, lui rappela Jadow en riant. Moi, ma tête me rappelle que j'ai pas été raisonnable cette nuit. Mon estomac m'a pas encore pardonné, lui non plus. Mais je mangerais bien un morceau, finalement, ajouta-t-il après réflexion.

— Moi aussi, je suis affamé, avoua Erik en riant.

— Alors, trouvons une auberge..., suggéra le petit homme.

— Une auberge calme, intervint Roo.

— Une auberge calme, donc, reprit Nakor, où nous pourrons déjeuner.

— Et après, qu'allons-nous faire, maître ? demanda Sho Pi.

Nakor fit la grimace.

— Après, mon garçon, on va tous à *L'Aile Blanche*. (Il secoua la tête en montrant son jeune compatriote.) Ce gamin a encore beaucoup à apprendre.

L'Aile Blanche ne ressemblait en rien aux attentes de Roo. Mais il est vrai qu'il ne savait pas vraiment à quoi s'attendre. Il avait déjà couché avec des prostituées, mais c'était au beau milieu d'un campement militaire, et il s'agissait de filles à soldats qui se donnaient à lui à côté de ses camarades et s'en allaient dès qu'elles avaient touché leur argent.

L'Aile Blanche appartenait à un monde différent. Les cinq compères, légèrement ivres, durent demander leur chemin à plusieurs reprises avant de découvrir un modeste bâtiment en bordure du quartier des marchands. L'enseigne à l'extérieur était presque impossible à discerner, car il ne s'agissait que d'un simple morceau de métal en forme d'aile, peint en blanc, beaucoup plus discret que les grosses pancartes multicolores vantant des commerces plus traditionnels.

Un serviteur leur ouvrit la porte et les fit entrer sans mot dire. Il les laissa patienter dans une minuscule antichambre dépourvue d'ameublement, uniquement décorée par des tapisseries aux couleurs indéfinissables. En face de l'entrée se trouvait une porte en bois peint, sans fioritures. Elle s'ouvrit sur une femme élégamment vêtue, aux allures de matrone.

— Que puis-je pour vous ?

Les cinq compères se regardèrent, indécis. Ce fut Nakor qui finit par expliquer :

— Un ami nous a dit de venir ici.

— Et qui est cette personne ?

Elle ne paraissait pas très convaincue.

— Robert de Loungville, souffla Erik, comme s'il avait peur d'élever la voix.

Aussitôt, l'expression de la femme se fit joyeuse.

— Ce vieux Bobby ! Si vous êtes de ses amis, alors vous êtes les bienvenus dans cette maison.

Elle frappa dans ses mains. La porte par laquelle elle était entrée s'ouvrit en grand sur un couloir protégé par deux gardes armés. Ils s'écartèrent, mais pour Roo il était clair que leur rôle était de veiller à la sécurité de cette femme.

— Je suis Jamila, votre hôtesse. Et voici l'entrée de la maison de *L'Aile Blanche*, ajouta-t-elle en ouvrant une autre porte.

Les cinq hommes en restèrent bouche bée. Même Nakor, qui pourtant avait connu les splendeurs de la cour de l'impératrice de Kesh, se figea, muet de stupéfaction. La pièce n'affichait pourtant pas la même opulence que la cour en question, loin de là. En réalité, c'était plutôt l'absence d'ornements criards qui rendait le cadre si impressionnant. Tout dans cette pièce était subtil et de bon goût, même si Roo aurait eu bien du mal à expliquer cette impression. Des chaises et des divans étaient répartis de façon à ce que leurs occupants restent toujours visibles les uns par rapport aux autres et pourtant on sentait bien que la salle se divisait en plusieurs parties, nettement définies. Comme pour illustrer ce fait, un homme richement vêtu se prélassait sur un divan et buvait du vin pendant que deux jolies jeunes femmes lui prodiguaient leurs attentions. L'une était assise sur le sol et le laissait caresser sa nuque et ses épaules, tandis que l'autre tournait autour de lui et lui présentait des douceurs sur un plateau doré.

Comme par magie, d'autres jeunes filles apparurent, écartant plusieurs rideaux. Toutes étaient modestement vêtues et portaient des robes amples, au tissu presque transparent, comme les deux qui étaient déjà présentes dans la pièce. Elles étaient couvertes du cou jusqu'aux chevilles, mais cela ne dissimulait en rien les courbes de leur corps.

Elles s'avancèrent pour accueillir ces nouveaux hôtes. Deux par deux, elles guidèrent chacun jusqu'à une chaise ou un canapé et le laissèrent se détendre comme il le souhaitait, assis ou étendu. Avant même de comprendre ce qui lui arrivait, Roo fut emmené jusqu'à un divan où on le fit s'asseoir en le poussant gentiment. Puis on lui souleva les pieds pour qu'il étende ses jambes et on lui offrit un verre de vin. Il n'eut pas le temps d'ouvrir la bouche que déjà l'une des filles commençait à lui masser les épaules.

— Les filles vous montreront votre chambre dès que vous le souhaiterez, annonça Jamila.

Jadow passa un bras musclé autour de la taille d'une des jeunes filles et lui planta un gros baiser sur la joue.

— Par tous les dieux, je suis mort et je me réveille au paradis !

Cette remarque déclencha l'hilarité générale. Roo se laissa aller au fond du divan tandis que les mains de la fille lui dénouaient les muscles des épaules. Il n'avait pas connu pareil sentiment de détente depuis des années.

Chapitre 2

RETOUR À RAVENSBURG

Roo bâilla.

À côté de lui, quelqu'un remua sous les draps blancs. Alors, le jeune homme se rappela où il était et sourit en pensant à la nuit qui venait de s'écouler. Il glissa la main sous les draps et caressa le dos de la jeune femme allongée à ses côtés. Il n'arrivait pas à la considérer comme une prostituée. Pour lui, ce terme désignait les femmes qui suivaient les soldats d'un camp à l'autre ou qui se penchaient aux balcons du quartier pauvre de Krondor en lançant des remarques coquines ou des insultes à l'adresse des ouvriers et des marins. À ses yeux, les pensionnaires de *L'Aile Blanche* étaient de véritables dames qui ne ressemblaient en rien à l'image qu'il se faisait des femmes lorsqu'il était plus jeune.

Elles paraissaient bien éduquées et affichaient des manières impeccables tout en flirtant avec les hommes qui venaient les voir. Elles faisaient également preuve de créativité et d'enthousiasme, comme Roo avait pu s'en rendre compte. En une nuit, il avait plus appris aux côtés de celle qui partageait son lit qu'avec toutes les femmes qu'il avait connues jusque-là. De plus, sa peau dégageait une merveilleuse odeur, une fragrance florale et épicée. Le jeune homme sentit l'excitation l'envahir à nouveau et continua, le sourire aux lèvres, à caresser le corps de sa compagne.

Celle-ci ouvrit les yeux. Si elle était mécontente d'être réveillée ainsi, elle le dissimula avec une incroyable habileté. En fait, on eût même dit qu'elle était ravie de découvrir Roo allongé à côté d'elle.

— Bonjour, lui dit-elle avec un grand sourire. Quel agréable réveil, ajouta-t-elle en laissant courir ses doigts sur le ventre du jeune homme.

Il la prit dans ses bras en s'émerveillant de la chance qu'il avait. Il ne se faisait aucune illusion quant à son physique : il était sans conteste le garçon le plus laid de tout Ravensburg, mais cela ne l'avait pas empêché de coucher avec deux des filles de la ville avant de devoir s'enfuir en compagnie d'Erik. Il savait qu'avec le temps, il parvenait à charmer la plupart des femmes mais il s'en donnait rarement la peine. Et voilà qu'il était bien vivant, avec de l'or en poche et une femme prête à lui faire croire qu'il était beau. Cette journée s'annonçait merveilleuse.

Plus tard, il dit au revoir à la jeune femme et s'aperçut qu'il ne savait pas si elle s'appelait Mary ou Marie. Erik était déjà prêt et l'attendait dans l'antichambre en bavardant avec une blonde particulièrement jolie.

— Prêt à partir ? demanda le jeune homme en voyant arriver son ami.

Roo acquiesça.

— Et les autres ? demanda-t-il.

— Nous les reverrons à notre retour. Ou du moins, moi je les reverrai.

Il se leva mais continua à tenir la main de la jeune femme. Son attitude intrigua Roo qui lui fit remarquer, après avoir quitté la maison close :

— Tu as l'air de t'être entiché de cette jolie fille.

Erik rougit.

— Bien sûr que non. C'est une...

— Une putain ? suggéra son ami après quelques instants de silence.

Il régnait une grande animation en ville à cette heure de la matinée. Les deux jeunes gens étaient obligés de se frayer un chemin à travers la foule.

— Oui, je suppose. Mais je la considère plutôt comme une dame.

Roo haussa les épaules, un geste qu'Erik ne vit pas.

— En tout cas, ce qui est sûr, c'est qu'on les paye bien, dit-il.

Même si elle avait été très agréable, la nuit lui avait coûté une certaine quantité d'or. Il décida qu'à l'avenir, il lui faudrait se montrer un peu plus prudent avec son capital. Il y avait en ville des putains qui coûtaient bien moins cher.

— Quel est le prochain arrêt ? demanda-t-il à Erik.

— Il faut que je parle à Sebastian Lender.

Le visage de Roo s'éclaira. Le *Café de Barret* était justement l'un des établissements qu'il souhaitait visiter. Erik lui fournissait une excellente occasion car Sebastian Lender était l'un des avocats-conseils qui exerçaient leur métier dans cet établissement.

Les deux jeunes gens se rendirent dans cette partie de Krondor connue sous le nom de « quartier des marchands », même si le nombre de commerçants y était à peine plus élevé que dans le reste de la cité. En revanche, on y trouvait beaucoup de demeures huppées, dont la plupart avaient été édifiées derrière ou au-dessus du magasin qui générait la fortune de leur propriétaire. C'était là que vivaient les hommes qui possédaient une certaine influence à Krondor sans pour autant appartenir à la noblesse.

Les artisans avaient leur propre guilde – les voleurs aussi, d'ailleurs. Les nobles détenaient un certain rang dès la naissance, mais ceux qui faisaient fortune grâce au commerce ne disposaient que de leur intelligence. De temps en temps, certains d'entre eux se regroupaient en association, mais la plupart des hommes d'affaires restaient indépendants et devaient faire face à de nombreux concurrents.

C'est pourquoi ceux qui réussissaient ne connaissaient pas beaucoup de personnes avec lesquelles ils pouvaient partager leur fierté et se vanter de leur perspicacité et de leur bonne fortune. Quelques-uns, comme Helmut Grindle, un marchand que Roo connaissait, préféraient rester modestes en apparence, comme s'ils avaient peur de se retrouver ruinés en attirant l'attention d'autrui. Mais les autres affichaient leur succès de façon ostentatoire en construisant dans toute la ville d'immenses maisons rivalisant avec celles de la noblesse. Ainsi, au fil des ans, la nature du quartier des marchands avait évolué.

Comme les riches commerçants étaient de plus en plus nombreux à acheter une propriété dans cette partie de la cité, le prix de la terre avait grimpé au point que les personnes qui y travaillaient ne pouvaient plus s'y offrir un logement. On y trouvait encore quelques modestes entreprises fondées par le père ou le grand-père des gérants actuels. Il s'agissait par exemple de boulangers ou de cordonniers qui continuaient à fournir des biens et des services aux habitants du quartier. Mais ces commerces disparaissaient rapidement au profit des boutiques spécialisées dans les articles de luxe. Bijoutiers, tailleurs ne travaillant que les tissus les plus nobles et négociants en objets rares remplaçaient peu à peu les modestes artisans. D'ailleurs, seuls les très riches marchands, ceux qui possédaient un empire financier qui s'étendait en province ou à de lointaines cités, venaient encore s'installer dans le quartier. Avec le temps, les derniers petits commerçants finiraient par vendre leurs fonds, lorsque les offres de rachat deviendraient trop alléchantes pour que l'on puisse les refuser. Ils iraient s'établir ailleurs, dans le faubourg à l'extérieur de la cité.

Le *Café de Barret* s'élevait au coin du boulevard Arutha et de la route du Meunier. Le premier avait été baptisé ainsi en l'honneur du défunt prince de Krondor, le père du roi, mais la plupart des habitants continuaient à l'appeler la promenade de la Plage. Quant à la route du Meunier, elle portait ce nom parce qu'elle partait autrefois d'un moulin pour finir devant les portes d'une ferme, deux édifices qui avaient disparu depuis longtemps. Le café occupait un bâtiment de deux étages, avec une porte donnant sur chacune des rues. Un serveur, vêtu d'une tunique blanche, d'un tablier rayé bleu et blanc, d'un pantalon et de bottes noirs attendait devant chaque entrée.

À ce carrefour se dressaient également une taverne, les bureaux d'un armateur et une maison abandonnée. Cette demeure avait dû être splendide autrefois, peut-être l'une des plus belles de Krondor, mais le malheur avait dû frapper son propriétaire, à en juger par les apparences. On avait commencé à la négliger bien avant de l'abandonner et sa gloire passée disparaissait sous la peinture écaillée, les planches clouées aux fenêtres, les tuiles manquantes et, partout, la poussière.

Roo jeta un coup d'œil en direction de cette demeure.

— Peut-être qu'un jour, j'achèterai cette maison et la rénoverai.

Erik sourit.

— Je n'en doute pas, Roo.

Les deux jeunes gens passèrent devant le serveur qui attendait du côté de la route du Meunier et entrèrent dans le café. Les portes s'ouvraient sur une petite réception, simplement meublée de plusieurs chaises bien rembourrées et séparée du rez-de-chaussée par une rambarde en bois. Il n'y avait qu'une seule ouverture, bloquée par un homme vêtu comme les serveurs à l'entrée, sauf que son tablier était noir.

Il était grand et regarda Erik droit dans les yeux, avant de pencher la tête pour dévisager Roo.

— Que puis-je pour vous ?

— Nous venons voir Sebastian Lender, expliqua Erik.

L'individu hocha la tête.

— Suivez-moi s'il vous plaît.

Il tourna les talons et rentra au rez-de-chaussée du café.

Roo et Erik le suivirent et traversèrent une salle meublée de petites tables. Plusieurs étaient occupées par des hommes qui buvaient du café tandis que des serveurs couraient d'une table à l'autre. Lorsqu'ils arrivèrent au centre de la pièce, les jeunes gens virent sur leur gauche un escalier qui conduisait à un balcon. Il n'y avait pas de véritable premier étage, juste une galerie ouverte en son centre sur un haut plafond voûté. Roo leva les yeux et s'aperçut qu'il n'y avait pas de deuxième étage, mais quatre grandes fenêtres surplombant le balcon du premier. De ce fait, le café était un établissement très ouvert et très bien éclairé. Ils arrivèrent devant une nouvelle rambarde, qui leur arrivait à la taille, et qui délimitait le dernier tiers de la salle.

— Attendez ici, je vous prie.

Leur guide ouvrit un portillon monté sur charnières, et se dirigea vers une table située à l'autre bout du café. Roo tendit le doigt en direction du balcon. Erik leva les yeux. Au-dessus d'eux étaient assis plusieurs hommes.

— Ce sont les courtiers, expliqua Roo.

— Comment le sais-tu ?

— Je m'y connais un peu.

Erik se mit à rire en secouant la tête. C'était sûrement Helmut Grindle, le marchand en compagnie duquel ils étaient venus jusqu'à Krondor, qui lui en avait parlé. Roo et Grindle avaient beaucoup discuté de commerce ensemble. Bien qu'Erik ait parfois trouvé la conversation distrayante, elle lui avait surtout donné envie de dormir.

55

Quelques instants plus tard, un homme digne, vêtu d'une tunique coûteuse mais sans fioritures, d'un gilet et d'une cravate, s'avança à leur rencontre. Il les dévisagea quelques instants avant de s'exclamer :

— Ça alors ! Mais c'est le jeune de la Lande Noire et monsieur Avery, si je ne m'abuse !

Roo hocha la tête tandis qu'Erik répondait :

— En effet, monsieur Lender. Le prince nous a graciés.

— Voilà qui est très inhabituel.

L'avocat fit signe au serveur d'ouvrir la rambarde pour lui permettre de sortir.

— Seuls les membres ont le droit d'entrer dans cette partie du café, expliqua-t-il.

D'un geste, il fit signe aux deux jeunes gens de s'asseoir à une table libre, non loin de là. Puis il héla un serveur pour lui commander trois cafés.

— Avez-vous pris votre petit déjeuner ce matin ? demanda-t-il en regardant Roo et Erik.

Lorsqu'ils répondirent par la négative, Lender ajouta à l'adresse du serveur :

— Apportez-nous des petits pains, de la confiture, du miel, des saucisses et un plateau de fromages.

Puis il se tourna à nouveau vers les deux jeunes gens, tandis que le serveur s'empressait d'aller porter la commande.

— Puisque vous avez été graciés, vous n'avez plus besoin de mes services en tant qu'avocat, de toute évidence. Peut-être cherchez-vous des conseils ?

— Pas vraiment, avoua Erik. Je suis venu vous payer vos honoraires.

Lender fit mine de protester, mais le jeune homme ne le laissa pas faire.

— Je sais que vous avez refusé d'être payé après le procès parce que vous aviez perdu. Mais nous sommes libres et bien vivants, alors je trouve que vous avez le droit de toucher vos honoraires.

Il prit sa bourse et la posa sur la table. Les pièces d'or s'entrechoquèrent à l'intérieur.

— Je vois que vous avez fait fortune, messieurs, remarqua Lender.

— Nous avons reçu cet or pour nous récompenser des services rendus au prince, expliqua Roo.

Lender haussa les épaules et ouvrit la bourse. Il y prit quinze souverains d'or, puis la rendit à Erik.

— Est-ce suffisant ? s'inquiéta le jeune homme.

— Si j'avais gagné, cela vous aurait coûté cinquante souverains, annonça Lender au moment où le café leur fut servi.

Roo n'avait jamais apprécié cette boisson, si bien qu'il n'en prit qu'une petite gorgée, prêt à mettre la tasse de côté et à l'oublier. Mais, à sa grande surprise, le café avait un goût riche et complexe qui ne ressemblait en rien au breuvage amer qu'il connaissait.

— Hé, mais c'est bon ! s'exclama-t-il étourdiment.

Erik éclata de rire et goûta à son tour.

— C'est vrai que c'est bon, admit-il.

— Ça vient de Kesh, leur apprit l'avocat. Il est bien meilleur que celui que l'on cultive ici, dans le royaume. Il a plus de goût et moins d'amertume. (Il balaya la salle d'un geste de la main.) *Barret* est le premier établissement de Krondor à se spécialiser exclusivement dans les cafés de qualité. Pour preuve de sa grande sagesse, le fondateur a ouvert son premier établissement ici, au cœur du quartier marchand, plutôt que d'essayer de vendre ses produits à la noblesse.

Roo parut aussitôt intrigué, car les histoires contant la réussite des marchands l'intéressaient beaucoup.

— Pourquoi était-ce plus sage ?

— Parce qu'il n'est pas facile d'approcher les nobles, qu'ils s'attendent à ce qu'on leur fasse de très grosses réductions et qu'ils payent rarement en temps et en heure.

Roo se mit à rire.

— C'est ce que disent aussi les vignerons de Ravensburg.

— Monsieur Barret savait que les commerçants ont besoin d'un endroit, autre que leur foyer ou leur bureau, pour parler affaires autour d'un repas, sans pour autant être dérangés comme dans la salle commune d'une auberge, poursuivit Lender.

Erik acquiesça, car il avait passé une grande partie de sa vie dans la salle commune de l'auberge où il avait travaillé, enfant.

— C'est ainsi qu'est né le *Café de Barret*, qui n'a pas cessé de prospérer depuis le premier jour. Ce n'était à l'origine qu'une modeste entreprise, mais elle existe maintenant depuis près de soixante-quinze ans, et occupe ces lieux depuis près de soixante ans.

— Qu'en est-il des courtiers, et des syndicats de placement, et de... vous ? demanda Roo.

Lender sourit. Un serveur leur apporta sur un plateau des petits pains chauds, de la viande, du fromage et des fruits, ainsi que des pots de confiture, de miel et de beurre.

Roo s'aperçut brusquement qu'il était affamé et prit un petit pain sur lequel il étala du beurre et de la confiture. Pendant ce temps, Lender répondit à sa question :

— Certains commerçants, qui ne possédaient pas de bureaux, ont pris l'habitude de passer la journée au café pour y mener leurs affaires. Pour ne pas mécontenter Barret, ils prenaient régulièrement du café, du thé et de la nourriture. Considérant qu'il s'agissait d'un bon moyen de ne pas avoir toutes les tables vides entre les repas, monsieur Barret a décidé de réserver certaines tables à ces hommes d'affaires.

» Ceux-ci ont formé les premiers syndicats et créé les premières alliances de courtage. Ils avaient besoin d'être représentés (il posa la main sur sa poitrine et s'inclina légèrement), c'est pourquoi les avocats-conseils sont devenus des habitués de l'établissement.

Lorsque tout ce petit monde a commencé à se sentir à l'étroit, le fils de monsieur Barret a emménagé dans cette auberge. Il a supprimé le deuxième étage et créé la partie réservée aux membres exclusifs du café, qui se trouve au-dessus de nos têtes. Depuis, la tradition se perpétue. (Il désigna la deuxième rambarde.) Certains membres ont été obligés de s'installer au rez-de-chaussée, c'est pourquoi on a posé une nouvelle séparation. Aujourd'hui, si un syndicat de placement ou des courtiers désirent occuper un emplacement dans cette salle, ils sont obligés de le louer, sinon ils risquent de ne pas trouver de table à laquelle s'asseoir lorsqu'ils viennent ici pour affaires.

» Vous êtes actuellement au cœur de l'un des plus grands centres de commerce et d'échanges des Isles, ajouta l'avocat en regardant autour de lui. C'est sûrement le plus important du royaume de l'Ouest, et seuls ceux de Rillanon, de Kesh et de Queg rivalisent avec lui par la taille.

— Comment devient-on courtier ? demanda Roo.

— D'abord, il faut avoir de l'argent, répondit Lender, que ces questions semblaient ne pas rebuter. C'est pourquoi il existe tant de syndicats, parce que cela coûte très cher d'entreprendre la plupart des projets qui sont élaborés ici, au *Café de Barret*, ou qu'une personne extérieure à l'établissement nous propose.

— Mais comment fait-on pour débuter dans ce métier ? insista Roo. Bien sûr, j'ai un peu d'argent, mais je ne sais pas si j'ai envie d'investir dans une de vos entreprises ou de tenter ma propre chance.

— Aucun syndicat n'accepte d'accueillir un nouveau partenaire sans avoir une bonne raison, précisa Lender avant de prendre une gorgée de café. Au fil des ans, on a établi un ensemble de règles complexes qui ne cessent d'évoluer. Les nobles viennent souvent nous voir pour investir leur argent ou nous en emprunter. C'est pourquoi nous devons protéger soigneusement les intérêts des membres du *Barret*, qui sont issus du peuple. Donc, pour rejoindre un syndicat, il faut avoir beaucoup d'argent – moins, cependant, qu'il vous en faudrait pour devenir un courtier indépendant –, mais aussi un parrain.

— Un parrain ?

— Oui, une personne qui est déjà membre du *Café de Barret*, ou très proche de l'un des membres, et qui peut se porter garant pour vous. Si vous disposez du capital, monsieur Avery, il ne vous manque plus que le parrain.

— Ça ne pourrait pas être vous ? s'enquit Roo, visiblement très désireux de devenir membre.

— Hélas, non, répondit Lender avec un petit sourire triste. Malgré ma position et l'influence dont je dispose, je ne suis qu'un invité au *Barret*. Cela fait presque vingt-cinq ans que j'ai mon bureau ici, mais seulement parce que je travaille pour trente syndicats et courtiers différents. Je n'ai jamais investi le moindre sou dans l'une de leurs offres.

— Qu'est-ce qu'une offre ? demanda Erik.

Lender leva la main.

— Cela fait beaucoup de questions, et je ne dispose pas de beaucoup de temps, jeune homme. (Il fit signe à l'un des serveurs, toujours prêts à répondre au moindre désir.) Dans mon coffre, vous trouverez un long sac en velours bleu. Apportez-le moi. (Il se tourna de nouveau vers Erik et Roo.) J'apprécie votre visite, car ça me change de la routine, mais je n'ai pas le temps de vous expliquer en détail comment fonctionne un établissement comme celui-ci.

— J'ai l'intention de devenir courtier, annonça Roo.

— Vraiment ?

Le visage de Lender s'illumina. Cette déclaration paraissait l'amuser.

— Quelle est donc cette entreprise dont vous parliez tout à l'heure ? lui demanda-t-il d'un ton sérieux.

Roo eut un geste de recul.

— Je regrette, mais ce serait trop long à expliquer.

L'avocat éclata de rire tandis qu'Erik rougissait de l'audace de son ami.

— Bien dit, commenta Lender.

— De plus, je pense qu'une certaine discrétion est de mise, ajouta le jeune homme.

— C'est souvent le cas, approuva l'avocat.

Le serveur lui amena l'objet qu'il avait demandé. Lender prit le sac en velours et en sortit une dague dans un fourreau d'ivoire incrusté d'un petit rubis et décoré d'or au sommet et à la pointe. Il tendit l'arme à Erik.

— C'est la deuxième partie de l'héritage que vous a laissé votre père.

Le jeune homme prit la dague et la sortit du fourreau.

— Impressionnant. Je n'ai pas souvent fabriqué d'armes lorsque je travaillais à la forge — les fers à cheval me sont plus familiers. Mais je reconnais là un excellent travail.

— Elle vient de Rodez, je crois, expliqua Lender.

— Le meilleur acier du royaume, approuva Erik.

Les armoiries de la famille de la Lande Noire étaient délicatement gravées sur la lame. La dague était bien équilibrée, à la fois très décorative et meurtrière. La poignée était probablement sculptée dans les bois d'un élan ou d'un orignal, et couronnée d'or pour l'assortir au fourreau.

Lender repoussa sa chaise.

— Messieurs, le travail m'appelle, mais n'hésitez pas à profiter de votre petit déjeuner. Si jamais vous avez besoin d'un avocat-conseil, vous savez où me trouver, ajouta-t-il en désignant d'un geste vague l'endroit où il travaillait. Au revoir. J'ai été ravi d'apprendre que tout va bien pour vous.

Erik se leva, tout comme son ami. Ils dirent au revoir à leur hôte puis échangèrent un regard. Ils étaient amis depuis longtemps et n'eurent aucun mal à savoir ce que l'autre pensait.

61

— Rentrons chez nous, dit Roo.

Ils traversèrent en sens inverse la salle du rez-de-chaussée, bondée. Roo trouvait cet endroit à la fois étrange et excitant. Devant la porte, Erik se tourna vers l'un des serveurs pour lui demander :

— Où peut-on acheter un bon cheval ?

— À un prix raisonnable ! intervint Roo.

— À la porte des Marchands, répondit le serveur sans hésiter, en indiquant le boulevard Arutha. Vous y trouverez plusieurs maquignons. La plupart sont des voleurs, mais je connais quelqu'un du nom de Morgan et je sais qu'on peut lui faire confiance. Dites-lui que vous venez de la part de Jason, du *Café de Barret*. Il vous traitera bien.

Roo dévisagea le jeune homme, qui avait les cheveux bruns et des taches de rousseur.

— Je me souviendrai de toi si lui t'a oublié.

Le jeune homme fronça légèrement les sourcils.

— Il est honnête, monsieur, protesta-t-il.

— Et si on veut de nouveaux vêtements ? demanda encore Erik.

— Mon cousin est tailleur à l'angle de la rue de la Porte-Neuve et de la rue Large. Dites-lui que c'est Jason qui vous envoie et il vous fera un prix raisonnable.

Roo n'avait pas l'air convaincu, mais Erik remercia le serveur et emmena son ami. Ils parcoururent en silence les rues encombrées de la cité. Il leur fallut presque une heure pour trouver le tailleur et encore une autre pour choisir des vêtements qui leur allaient et qui convenaient pour voyager. Erik choisit une cape de cavalier pour couvrir son uniforme, tandis que Roo prenait une tunique et un pantalon peu coûteux. Il compléta l'ensemble par l'achat d'une cape et d'un chapeau mou à large bord. Erik trouva également un cordonnier qui lui donna des bottes à porter en attendant que celles léguées par son père soient réparées. Roo, habitué à se déplacer pieds nus à bord du navire, acheta une paire de bottes de cavalerie.

Peu après, ils se retrouvèrent à la porte des Marchands et passèrent encore une heure à marchander pour acheter deux chevaux. Cependant, le serveur ne leur avait pas menti, Morgan était un marchand honnête. Erik choisit deux hongres vigoureux, un bai pour lui et un gris pour Roo. Ils emmenèrent les bêtes par le licol jusqu'à une sellerie située à moins d'un pâté de maisons. Rapidement, les chevaux furent sellés et prêts à partir.

Roo monta en disant :

— Peu importe le temps que j'ai déjà passé à cheval, je ne m'y ferai jamais.

Erik éclata de rire.

— Tu es un cavalier plus qu'honnête, Roo, malgré ce que tu en dis. Et cette fois, tu n'as pas à t'inquiéter, on ne sera peut-être pas obligés de se battre à dos de cheval.

Le visage de son ami s'assombrit.

— Qu'y a-t-il ? s'enquit Erik.

— Comment ça, « peut-être » ?

Son compagnon se mit à rire encore plus fort.

— Rien n'est sûr dans cette vie, mon ami.

Sur ce, il piqua des deux, et sa monture avança d'un pas rapide en direction de la porte des Marchands et de la route qui partait vers l'est.

— En route pour Ravensburg ! s'écria-t-il.

Roo ne put s'empêcher de rire, car la joie de son ami était communicative. Il le suivit et s'aperçut que son cheval avait envie de contester chaque ordre qu'il recevait. Le jeune homme savait que plus tôt la bataille serait menée, plus tôt il la gagnerait. Il saisit donc les rênes d'une main ferme et enfonça ses talons dans les flancs du hongre. Les deux jeunes gens sortirent de la cité et prirent la route de leur ville natale.

63

La pluie battante les assaillait sans relâche. La nuit tombait rapidement et il n'y avait plus sur la route que des commerçants de la région et des fermiers qui se hâtaient de rentrer chez eux. Un charretier, l'air résigné, prêta à peine attention à Erik et à Roo lorsqu'ils passèrent à côté de lui, trop occupé à convaincre ses chevaux de continuer à cheminer dans la boue, même lentement. Certes, la route du Roi était semblable à une artère qui charriait le précieux sang du commerce d'une frontière à l'autre, mais lorsque la pluie tombait sur la baronnie de la Lande Noire, ce sang ne coulait plus, il suintait.

— Lumières droit devant ! s'écria Erik.

Roo jeta un coup d'œil par-dessous le bord détrempé de son chapeau, pourtant si joli quelques heures plus tôt.

— Tu penses que c'est Wilhemsburg ?

— Je crois, oui. On devrait arriver à la maison demain dans l'après-midi.

— Bien sûr, il est inutile d'essayer de te convaincre de passer la nuit dans la grange d'un étranger, je suppose ? s'enquit Roo, qui avait déjà dépensé plus d'or qu'il le souhaitait pour ce voyage.

— Non, répondit Erik sans la moindre trace d'humour. Moi, je suis pour un lit bien sec et un repas chaud.

Cette idée vint à bout des réticences de Roo, qui suivit son ami en direction des lumières de la ville. Ils trouvèrent une modeste auberge, dont l'enseigne, à l'image d'un soc de charrue, se balançait au vent. Ils entrèrent par la porte de côté et allèrent jusqu'à l'écurie. Erik cria pour signaler leur présence. Un palefrenier, emmitouflé pour se protéger de la pluie, vint prendre leurs montures. Il écouta poliment les instructions d'Erik en hochant la tête, mais le jeune homme se dit qu'il ferait mieux de revenir après souper pour s'assurer que ce gamin prenait bien soin des chevaux comme il l'avait demandé.

Puis ils se hâtèrent d'entrer dans la salle commune et secouèrent leurs manteaux pour les égoutter.

— Bonsoir, messieurs, leur dit une jolie jeune fille, aux yeux et aux cheveux bruns. Avez-vous besoin de chambres pour la nuit ?

— J'ai l'impression, répondit Roo.

Il était visiblement mécontent d'avoir à effectuer cette dépense supplémentaire, ce qui ne l'empêchait pas de se réjouir, maintenant que ses os commençaient à se réchauffer, de ne pas avoir à retourner sous la pluie.

— On dirait qu'on va avoir droit à une sacrée tempête, ce soir, commenta l'aubergiste en s'avançant pour prendre leurs capes et leurs chapeaux. Souhaitez-vous dîner avant de vous reposer ?

Il donna capes et chapeaux à la jeune fille, qui les emmena dans un endroit chaud pour les suspendre et les faire sécher.

— En effet, répondit Erik. Quel vin avez-vous à nous proposer ?

— Un vin digne d'un noble seigneur, répliqua l'homme en souriant.

— Vous en avez qui vient de Ravensburg ? s'enquit le jeune homme en se dirigeant vers une table libre.

À l'exception d'un homme seul, armé d'une épée, assis dans le coin le plus reculé de la pièce, et de deux marchands qui devisaient nonchalamment devant la cheminée, la salle était déserte. L'aubergiste suivit ses deux nouveaux clients.

— Nous en avons, monsieur, en effet. Seules deux villes nous séparent de Ravensburg.

— Donc, nous sommes bien à Wilhemsburg, commenta Roo.

— C'est exact, acquiesça l'aubergiste. Vous connaissez bien notre région ?

— Nous sommes originaires de Ravensburg, expliqua Erik. Mais ça fait un moment que nous ne sommes pas passés par ici. C'était difficile de reconnaître la ville dans le noir.

— Apportez-nous du vin, s'il vous plaît, puis notre dîner, demanda Roo.

Le repas était nourrissant sans être mémorable, et le vin meilleur que ce à quoi les jeunes gens s'attendaient. Il avait sans conteste un goût et un parfum qui leur étaient familiers à tous les deux. Ce n'était qu'un vin de table, en provenance de Ravensburg, mais comparé à ce qu'ils avaient bu ces deux dernières années, on eût dit un breuvage digne de la table du roi. Erik et Roo sombrèrent dans le mutisme, chacun pensant aux retrouvailles qui l'attendaient le lendemain.

Roo ne revenait pas à Ravensburg par nostalgie de son passé. Son père, Tom Avery, était sa seule famille, mais cet ivrogne, charretier de son état, ne lui avait pas apporté grand-chose. Il s'était contenté de le battre et de lui apprendre à conduire un attelage. En réalité, si le jeune homme revenait chez lui, c'était pour s'entretenir avec quelques vignerons de moindre importance et passer avec eux un accord qui, espérait-il, serait un premier pas vers la fortune.

Erik, lui, rentrait à Ravensburg pour retrouver sa mère et le rêve brisé de sa jeunesse : une forge et une famille. Il avait aidé le vieux forgeron Tyndal pendant des années puis, à la mort de ce dernier, avait été, pendant plus d'un an, l'apprenti de Nathan, qu'il considérait comme un père. Mais sa vie avait pris un cours différent et ne ressemblait en rien aux rêves qu'il faisait, enfant.

— À quoi penses-tu ? demanda Roo. Tu es bien silencieux, depuis un moment.

— Je ne crois pas t'avoir entendu beaucoup parler toi non plus, répliqua son ami, le sourire aux lèvres. Je pensais juste à ma vie d'avant... tu sais quoi.

Il était inutile d'en dire plus. Ils ne se rappelaient que trop bien le jour où leurs destins avaient basculé, lorsque la bagarre avec Stefan, le demi-frère d'Erik, s'était terminée par la mort du jeune noble. C'était Roo qui lui avait enfoncé une dague dans la poitrine pendant qu'Erik l'immobilisait. À la suite de ce tragique événement, ils avaient dû fuir Ravensburg et n'avaient pas revu leurs familles ou leurs amis depuis.

— Je me demande si quelqu'un leur a dit qu'on est vivants ? dit Roo.

Erik se mit à rire.

— S'ils ne sont pas au courant, notre arrivée demain va leur causer un choc.

La porte de l'auberge s'ouvrit. Les deux jeunes gens se tournèrent dans sa direction en entendant hurler le vent. Quatre soldats vêtus de l'uniforme aux couleurs de la baronnie entrèrent en maudissant la tempête.

— Aubergiste ! s'écria le caporal en retirant sa grande cape, complètement trempée. Nous voulons un bon repas et du vin chaud !

Son regard balaya la pièce et s'arrêta sur Erik et Roo. Surpris, il écarquilla les yeux.

— De la Lande Noire ! s'exclama-t-il, incrédule.

Les trois autres se déployèrent aussitôt. Ils ne savaient pas très bien pourquoi leur supérieur avait prononcé le nom de leur baron, mais le ton de sa voix indiquait clairement qu'il y avait un problème.

Erik et Roo se levèrent. Les deux marchands les imitèrent et s'écartèrent des chaises placées devant la cheminée pour se coller contre le mur. Le seul autre client, l'homme à l'épée, observait la scène avec intérêt mais ne fit pas mine de bouger.

Le caporal dégaina son épée. Roo voulut faire de même, mais Erik lui fit signe de laisser sa lame au fourreau.

— Nous ne voulons pas d'ennuis, caporal.

— On a entendu dire que vous aviez été pendus. Je ne sais pas comment vous avez fait pour vous échapper, toi et le maigrichon, mais on va remédier à ça. Arrêtez-les, ordonna-t-il à ses hommes.

— Attendez une minute..., protesta Roo.

Les soldats avancèrent rapidement, mais Erik et Roo étaient plus rapides. Les deux premiers qui tentèrent de leur mettre la main dessus se retrouvèrent sur le plancher, étourdis par les coups habiles qu'ils avaient reçus. Les deux marchands repérèrent un chemin qui leur permettait d'éviter la bagarre et sortirent en courant de la salle, s'enfonçant dans la nuit et sous la pluie sans leurs capes ni leurs chapeaux. L'homme à l'épée éclata de rire.

— Bien joué ! s'exclama-t-il.

Le caporal leva son épée pour donner un coup de taille, mais Erik se glissa sur le côté et lui attrapa le poignet avant qu'il puisse réagir. Le jeune homme, l'un des garçons les plus costauds que Roo ait jamais vus, avait également été entraîné au combat à mains nues. D'une poigne de fer, il fit lâcher son épée au caporal, qui en eut le souffle coupé par la douleur.

De son côté, Roo se contenta de frapper avec la main, paume en avant et doigts écartés. Il atteignit le dernier soldat sous le menton et l'expédia, complètement sonné, sur le plancher.

— Maintenant, tout le monde se calme ! ordonna Erik sur le ton qu'il avait appris à utiliser en revenant de Novindus, depuis que de Loungville l'avait nommé caporal.

Les deux premiers soldats se relevèrent lentement et eurent l'air d'hésiter.

— Bon sang ! J'ai dit : « ça suffit ! » cria-t-il.

Il lâcha le poignet du caporal et repoussa son épée d'un coup de pied, pour qu'il ne puisse pas la reprendre facilement. Puis il écarta les mains, pour bien montrer qu'il n'avait pas d'armes.

— J'ai un sauf-conduit, expliqua-t-il.

Avec une lenteur délibérée, il mit la main à l'intérieur de sa tunique, en retira le document qu'un officier lui avait donné la veille dans le bureau du maréchal, et le tendit au caporal.

Ce dernier, toujours assis sur le plancher, prit le papier et y jeta un coup d'œil.

— C'est bien le sceau de Krondor, là, en bas, reconnut-il à contrecœur. Mais je ne sais pas lire.

L'homme à l'épée se leva et rejoignit Erik et le soldat d'une démarche nonchalante.

— Si je puis vous être utile, caporal, proposa-t-il en tendant la main.

Le soldat lui remit le document, qu'il commença à lire à voix haute :

— « Sachez par la présente, écrite de ma main et scellée par mon sceau, qu'Erik de la Lande Noire a prêté serment avant d'entrer à mon service... » (Les yeux de l'individu balayèrent le sauf-conduit.) C'est écrit en jargon juridique, caporal. Pour résumer, vous avez essayé d'arrêter l'un des membres de la garde personnelle du prince Nicholas. D'après ce document, il a le grade de caporal, tout comme vous.

— Vraiment ? fit le caporal, les yeux écarquillés.

— Oui. Non seulement ce sauf-conduit est signé par le maréchal de Krondor, mais il porte également la signature du prince en personne.

— Vous en êtes sûr ? insista le caporal en se remettant lentement sur pieds.

— Certain, répondit l'étranger. Et rien qu'à voir la façon dont il vous a pris votre épée, je ne suis pas surpris qu'il soit au service du prince.

Le caporal se frotta le poignet.

— Peut-être. (Il plissa les yeux.) Mais on n'en a jamais entendu parler par ici. La dernière fois que quelqu'un a prononcé le nom d'Erik, c'était pour nous avertir qu'il allait être pendu pour avoir assassiné notre jeune baron.

— Le prince nous a graciés, soupira Erik.

— Ça, c'est ce que vous dites. Moi et mes gars, on va se dépêcher de rentrer à la Lande Noire. On verra bien ce qu'en pense messire Manfred.

Il ramassa son épée et fit signe à ses hommes de partir. L'un d'eux secoua la tête, dépité à l'idée de devoir renoncer à un repas chaud. Un autre lança un regard noir aux deux jeunes gens en aidant à se remettre debout le camarade que Roo avait sonné.

— On s'en va ? On a déjà mangé ? C'est le matin ? demanda le malheureux.

— La ferme, Bluey, répliqua l'autre. L'averse te fera vite reprendre tes esprits, tu vas voir.

Les soldats quittèrent l'auberge. Erik se tourna vers l'inconnu et le remercia. L'autre haussa les épaules.

— Si je n'avais pas été là, l'aubergiste ou une autre personne aurait lu le document.

Erik se présenta en lui tendant la main :

— Erik de la Lande Noire.

— Duncan Avery, répondit l'inconnu en lui serrant la main :

Roo écarquilla les yeux.

— Cousin Duncan ?

L'homme qui disait s'appeler Avery plissa les yeux en dévisageant Roo.

— Rupert ? fit-il au bout d'un long moment.

Brusquement, ils éclatèrent de rire et s'étreignirent brièvement.

— La dernière fois que je t'ai vu, gamin, tu n'étais qu'un têtard.

Il recula avec un sourire malicieux. Le regard d'Erik passa de l'un à l'autre sans parvenir à trouver la moindre ressemblance entre les deux. Roo était un petit maigre nerveux et globalement peu attirant, tandis que Duncan Avery était grand, mince, et beau, avec des épaules larges. De plus, il s'habillait comme un dandy, à l'exception de son épée, qui visiblement avait beaucoup servi et dont il prenait grand soin. Il se rasait de près, en dehors d'une petite moustache. Ses cheveux, dont les pointes étaient taillées avec soin et recourbées vers l'intérieur, lui arrivaient aux épaules.

Duncan prit une chaise à la table de Roo et d'Erik et fit signe à la serveuse de lui apporter son assiette et son verre.

— Je ne savais pas que tu avais un cousin, Roo, lui fit remarquer Erik.

— Bien sûr que si, protesta son ami.

Erik balaya sa remarque précédente d'un geste de la main.

— Non, je sais que tu en as plein du côté de Salador et dans l'Est, mais tu ne m'as jamais parlé de ce monsieur ici présent.

Duncan remercia la serveuse et lui fit un clin d'œil. La jeune fille s'éloigna en gloussant.

— J'ai le cœur brisé, Rupert. Qu'est-ce que ça veut dire, tu n'as jamais parlé de moi à ton ami ?

Roo se renfonça sur sa chaise en secouant la tête.

— Ce n'est pas comme si on était proches l'un de l'autre, Duncan. Je t'ai vu, quoi ? Trois fois dans ma vie ?

Son cousin se mit à rire.

— Quelque chose dans ce genre. J'ai essayé de devenir charretier quand j'étais plus jeune, expliqua-t-il à l'intention d'Erik. C'est le père de Roo qui m'a appris. Mais je ne suis pas allé plus loin que la Croix de Malac. J'ai préféré démissionner. (Son visage redevint sérieux.) C'est la seule fois où j'ai rencontré sa maman.

— C'était quand, la dernière fois qu'on s'est vus ? lui demanda Roo.

Duncan se frotta le menton.

— Je ne m'en souviens pas vraiment. Tout ce que je me rappelle, c'est qu'il y avait une jolie fille à la fontaine : la taille étroite mais les hanches et la poitrine généreuses... Et puis elle savait se montrer accommodante. Qui était-ce ?

— Gwen, répondit Roo. Ça doit remonter à quatre ou cinq ans. (Il pointa sa fourchette en direction de son cousin.) Tu étais son premier. (Il sourit.) La plupart des garçons de Ravensburg devraient te remercier. Tu as éveillé un certain... enthousiasme chez Gwen, que nous avons pu apprécier.

Erik rit à son tour.

— Pas moi, en tout cas.

— Oh, tu es sûrement le seul garçon de Ravensburg qui n'ait pas couché avec elle, admit Roo.

— Tu viens de quel côté de la famille ? demanda Erik à Duncan.

— Mon père est le cousin du père de Roo. Mais ces deux valeureux personnages n'ont que faire de moi. Comment va ton père, cousin ?

Ce dernier haussa les épaules.

— Ça doit faire deux ans que je ne l'ai pas vu, en fait. On retourne à Ravensburg demain. Et toi, tu vas où ?

— Dans l'Est, pour chercher fortune, comme toujours. J'ai essayé de jouer les mercenaires dans le val des Rêves, mais c'est un boulot dangereux et les femmes le sont tout autant (cette remarque fit rire son auditoire). En plus, c'est mal payé. Alors je vais tenter ma chance dans les cours de l'Est, où un homme peut se servir de sa tête autant que de son épée.

— Je pourrais bien en avoir besoin, de ta tête.

— C'est quoi, le plan ? s'enquit Duncan, brusquement intrigué.

— Rien d'illégal, répondit Roo. Juste du commerce honnête, mais j'aurais bien besoin de quelqu'un qui sait comment se comporter en bonne compagnie.

Son cousin haussa les épaules.

— Je vais t'accompagner jusqu'à Ravensburg, comme ça, on pourra parler en chemin. Dans tous les cas, tu as piqué ma curiosité.

— Pourquoi ? voulut savoir Erik.

— Faut voir la façon dont vous avez combattu... La dernière fois que j'ai vu Rupert, c'était qu'un gosse maigrichon qui arrivait même pas à pisser droit. Mais il avait l'air carrément menaçant quand il a assommé ce soldat. Où est-ce que vous avez appris à vous battre comme ça, tous les deux ?

Roo et Erik échangèrent un regard. Ils n'avaient pas besoin qu'on leur rappelle que les agents de la reine Émeraude avaient établi un réseau d'espions à l'intérieur du royaume. Duncan avait beau être un lointain parent, Roo ne se faisait aucune illusion quant à son honnêteté.

— Oh, dans différents endroits, répondit-il.

— Non, ça c'était du combat à mains nues comme le pratiquent les Isalanis, j'en mettrais ma main à couper.

— Tu as déjà vu ça ? Où ? voulut savoir Erik.

— Comme je l'ai déjà dit, je reviens tout juste du val. Il y a des Isalanis là-bas, et quelques Keshians qui ont appris à se battre comme eux. (Il se pencha en avant en baissant la voix.) J'ai entendu dire que ces hommes-là sont capables de te briser le crâne à mains nues.

— Oh, ça c'est facile, répliqua Erik. T'as juste besoin d'un marteau de forgeron pour le frapper.

Duncan dévisagea le jeune homme pendant un long moment avant d'éclater de rire.

— Celle-là, elle est bien bonne, gamin, dit-il en attaquant son repas. Je crois que je vais bien t'aimer.

Ils continuèrent à discuter tout en mangeant. Puis, après le dîner, Erik retourna voir les chevaux pour s'assurer qu'ils étaient bien traités. Quand il revint, il monta tout de suite se coucher en compagnie des deux cousins dans le dortoir au premier étage de l'auberge. Ils souhaitaient se lever tôt le lendemain pour partir de bonne heure.

Leur village n'avait pas changé et pourtant il leur parut plus petit.

— Je ne vois pas de différence, fit remarquer Roo.

Les trois jeunes gens chevauchaient au pas, car ils venaient de franchir le coude de la route et pouvaient voir Ravensburg à présent. Depuis une heure, ils ne cessaient de passer devant des fermes familières, ainsi que des vignes et des champs de blé, d'avoine et de maïs.

Erik resta silencieux. Ce fut Duncan qui répondit :

— Moi non plus, je ne vois pas de différence, et pourtant ça fait des années que je ne suis pas venu par ici.

En passant devant des points de repère familiers, Roo se dit qu'il avait tort. Rien n'avait changé, mais lui était différent, et cela modifiait son point de vue. Ils arrivaient devant l'*Auberge du Canard Pilet* lorsqu'Erik fit la même remarque, comme en écho aux pensées de son ami :

— Peu de choses changent par ici, mais nous, nous avons évolué.

— Je suppose que ça se passe toujours comme ça, intervint Duncan.

Erik s'était pris d'affection pour cet homme, qui était d'agréable compagnie. Cela faisait plaisir à Roo, car il aimait bien son cousin, même s'il ne lui faisait pas vraiment confiance. Après tout, c'était un Avery, et le jeune homme savait ce que cela signifiait. L'un de ses lointains parents, l'oncle John, s'était taillé une terrible réputation de pirate, bien avant la naissance de Roo, et plus de la moitié de ses oncles ou de ses cousins qui étaient morts lorsqu'il était petit avaient été pendus ou tués au cours d'une tentative de vol. Cependant, quelques Avery avaient choisi un métier honnête, ce qui, aux yeux du jeune homme, lui donnait une chance de s'enrichir sans avoir recours au vol ou au meurtre.

Un garçon sortit en courant de l'écurie au moment où les trois hommes mettaient pied à terre.

— Vous souhaitez que l'on s'occupe de vos montures, messieurs ?

— Qui es-tu ? lui demanda Erik.

— Je m'appelle Gunther. Je suis l'apprenti du forgeron, monsieur.

Erik lui lança les rênes de son cheval.

— Est-ce que ton maître est dans le coin ?

— Il prend son repas de midi à la cuisine. Voulez-
vous que j'aille le chercher ?

— Pas la peine, je trouverai mon chemin tout seul,
répliqua Erik.

Le garçon prit les rênes des trois chevaux et les
emmena dans l'écurie.

— C'est ton remplaçant, Erik ? s'étonna Roo.

— On dirait, répondit son ami en secouant la tête.
Il ne doit pas avoir plus de douze ans.

— Tu étais plus jeune que ça quand tu as commencé à aider Tyndal à la forge, lui rappela Roo.

Il suivit Erik jusqu'à la porte arrière de l'auberge,
celle qui donnait directement sur la cuisine, et le
laissa entrer le premier.

Freida, la mère d'Erik, était assise à table et parlait
avec Nathan, le forgeron. Elle leva les yeux et pâlit
brusquement lorsque son fils franchit le seuil de la
pièce. Elle fit mine de se lever, mais ses yeux se révulsèrent et elle s'évanouit. Le forgeron la rattrapa avant
qu'elle tombe.

— Que je sois pendu, murmura Nathan. C'est toi,
Erik. C'est vraiment toi.

Le jeune homme s'empressa de faire le tour de la
table et prit la main de sa mère.

— Amène-moi de l'eau, ordonna-t-il à Roo.

Ce dernier prit un pichet et le remplit à la pompe,
au bord de l'évier. Puis il s'empara d'un torchon propre qu'il mouilla avant de le déposer sur le front de
Freida.

Erik regarda par-dessus le corps immobile de sa
mère en direction de l'homme avec lequel elle était
en train de déjeuner avant qu'il les interrompe. Le
forgeron dévisageait son ancien apprenti avec stupéfaction, les yeux brillants de larmes.

— Tu es vivant. Nous ne le savions pas.

Erik poussa un juron.

— Quel imbécile je fais.

Roo ôta sa cape et s'assit, tout en faisant signe à Duncan de faire de même.

— Rosalyn ! s'écria-t-il. Il nous faut du vin !

Nathan secoua la tête.

— Rosalyn n'est plus là. Je vais nous chercher une bouteille. On dirait que nous avons plein de choses à nous dire, ajouta-t-il en se levant.

Quelques instants plus tard, il revint en compagnie de Milo, l'aubergiste.

— Par tous les dieux ! Erik ! Roo ! Vous êtes vivants !

Les deux jeunes gens échangèrent un regard.

— C'est que c'était un secret, expliqua Roo maladroitement.

— Vous êtes recherchés ? demanda aussitôt Nathan.

Le jeune homme éclata de rire.

— Non, maître forgeron. Nous sommes à nouveau des hommes libres, et ce grâce au roi lui-même. Et nous avons prospéré depuis notre dernière rencontre, ajouta-t-il en faisant sonner l'or de sa bourse.

Nathan déboucha la bouteille de vin qu'il avait apportée et servit à boire à tout le monde. Pendant ce temps, Freida reprit conscience.

— Erik ? demanda-t-elle en clignant des yeux.

— Je suis là, mère.

Elle lui passa les bras autour du cou et se mit à pleurer.

— On nous a dit que tu avais été jugé et reconnu coupable.

— C'est vrai, avoua Erik à voix basse, mais nous avons été graciés et libérés.

— Pourquoi ne nous as-tu pas prévenus ? lui demanda-t-elle, avec un soupçon de reproche dans la voix.

Tout en discutant, elle lui caressait le visage, comme si elle doutait de la réalité de sa présence.

— C'était impossible. Nous étions en mission pour le prince et... (Il balaya la pièce du regard) nous n'étions pas autorisés à mettre quelqu'un au courant. Mais tout ça appartient au passé, maintenant.

Stupéfaite, elle secoua doucement la tête. Puis elle lui caressa la joue, avant d'y déposer un baiser.

— Mes prières ont été exaucées, conclut-elle en posant la tête sur l'épaule de son fils.

— Et je peux te dire qu'elle a prié, mon garçon, intervint Nathan en essuyant une larme. Nous l'avons tous fait.

Roo vit que l'émotion de son ami menaçait de déborder, mais Erik la ravala, car il n'était pas du genre à pleurer ouvertement. Roo prit une profonde inspiration, brusquement gêné d'avoir les larmes aux yeux.

— Et vous, alors ? s'enquit Erik. Comment allez-vous ?

Freida se rassit sur sa chaise et prit la main de Nathan.

— Il y a eu quelques changements.

Le jeune homme regarda sa mère, puis le forgeron, qui sourit en expliquant :

— Nous nous sommes mariés l'été dernier. (Son visage se fit menaçant.) Tu n'y vois pas d'objections, j'espère ?

Erik laissa échapper un cri de joie et se pencha par-dessus la table pour serrer son beau-père dans une étreinte virile. Ce faisant, il faillit renverser la bouteille de vin ; seuls les réflexes rapides de Roo permirent de la rattraper à temps.

— Au contraire ! protesta Erik. Nathan, vous êtes le meilleur homme que je connaisse, et si j'avais pu choisir mon père, ç'aurait été vous.

Il se rassit et regarda sa mère, tandis qu'une larme dévalait sa joue, sans qu'il en eût honte. Puis il la prit dans ses bras et la serra contre lui à son tour.

— Je suis si content pour toi, mère.

Freida rougit comme une jeune mariée.

— Nathan a été si gentil avec moi quand tu t'es enfui, Erik. Il a pris soin de moi tous les jours. (Elle caressa la joue de Nathan, et il y avait plus de tendresse dans ce geste qu'elle n'en avait jamais fait preuve envers quiconque, y compris son fils.) Il m'a redonné envie de vivre.

— Il faut fêter ça ! décida Erik en tapant du plat de la main sur la table. Milo, sors-nous ta meilleure bouteille et fais-nous un repas digne de l'impératrice de Kesh !

— Volontiers, répliqua Milo, les yeux brillants. Je te ferai juste payer le prix coûtant.

Roo éclata de rire.

— Vous n'avez pas changé, maître aubergiste.

— Où est Rosalyn ? demanda Erik.

Milo et Nathan se regardèrent.

— Elle est avec sa famille, Erik, répondit le forgeron.

Le jeune homme regarda autour de lui sans comprendre.

— Sa famille ? Mais, Milo, tu es son père...

Roo tendit la main et serra le bras de son ami.

— Elle est avec son mari, Erik. C'est bien ce que voulait dire Nathan, n'est-ce pas, Milo ?

Ce dernier acquiesça.

— Et je suis même grand-père.

Erik paraissait bouleversé.

— Elle a eu un bébé ?

Milo le regarda.

— Oui, Erik, elle a eu un bébé.

— Et qui est le père ?

L'aubergiste regarda autour de lui avant de répondre.

— Elle a épousé le jeune Rudolph, l'apprenti du boulanger, tu te souviens de lui ? (Erik acquiesça.) Il a le statut d'artisan, maintenant, et il ne va pas tarder à avoir son propre fournil. Rosalyn vit avec sa famille, près de la place.

Erik se leva.

— Je connais la maison. Je veux la voir.

— Vas-y doucement, mon petit, l'avertit Freida. Elle aussi te croit mort.

Le jeune homme se pencha pour embrasser de nouveau sa mère.

— Je sais. Je vais essayer de ne pas la faire mourir de peur. Je veux juste qu'elle soit là ce soir, pour fêter notre retour. Et Rudolph aussi, ajouta-t-il après une brève pause.

— Je t'accompagne, annonça Roo.

Freida serra la main de son fils.

— Ne sois pas trop long, sinon, je vais croire que ce n'était qu'un rêve.

Erik se mit à rire.

— Je ne crois pas. En revanche, Duncan, le cousin de Roo, risque de te charmer avec ses histoires aussi merveilleuses qu'invraisemblables.

Les deux cousins échangèrent un sourire. Nathan regarda le beau Duncan de travers avant de répliquer :

— Il ne risque pas de la charmer de sitôt, crois-moi.

Son ancien apprenti rit de plus belle.

— On n'en a pas pour longtemps, promit-il.

Les deux amis d'enfance sortirent de la cuisine en courant, traversèrent la salle commune de l'auberge et quittèrent le bâtiment par la porte principale. Ils remontèrent au pas de course la rue qui conduisait à la place sans prêter attention aux quelques habitants qui s'arrêtèrent, stupéfaits, pour les dévisager. L'un des badauds, les yeux écarquillés, laissa même tomber sa cruche de vin en voyant passer devant lui deux individus présumés morts. Certains tentèrent même de les aborder, mais ils n'eurent même pas le temps de dire bonjour que Roo et Erik étaient déjà loin.

En arrivant sur la place, ils tournèrent à gauche et se dirigèrent vers la boulangerie où Rudolph travaillait et vivait. Devant la porte d'entrée, Roo vit Erik hésiter. Il savait que les sentiments que son ami éprouvait envers Rosalyn n'avaient jamais été simples. Elle était comme une sœur pour lui, mais leur relation était plus profonde que ça. Tous les jeunes de la ville savaient que Rosalyn était amoureuse d'Erik, même s'il était trop bête pour s'en rendre compte. En tout cas, il avait commencé à comprendre, juste avant son départ de Ravensburg, que les sentiments de la jeune fille à son égard n'avaient rien de fraternel. Il en avait discuté plus d'une fois avec Roo, qui comprit que son ami ne savait toujours pas ce qu'il ressentait exactement pour elle.

Brusquement embarrassé par sa propre hésitation, Erik entra dans la boulangerie. Rudolph se tenait derrière le comptoir et leva les yeux vers eux.

— Puis-je vous aider... (Il écarquilla les yeux.) Erik ? Roo ?

Erik lui fit un sourire amical.

— Bonjour, Rudolph.

Il franchit le petit espace qui séparait la porte du comptoir et tendit la main à l'artisan. Roo l'imita.

Rudolph ne faisait pas partie de leurs amis, même si, dans une ville aussi petite que Ravensburg, les enfants du même âge se connaissaient tous.

— Je vous croyais morts, murmura-t-il à voix basse, comme s'il avait peur que quelqu'un l'entende.

— C'est ce que tout le monde croyait, apparemment, répliqua Roo. Mais le roi nous a libérés.

— Le roi en personne ? s'étonna Rudolph, visiblement impressionné.

Il serra la main d'Erik, par politesse, puis celle de Roo.

— Hé oui. Alors, je suis revenu.

L'expression de Rudolph s'assombrit, si bien que le jeune homme s'empressa d'ajouter :

— Mais seulement pour quelques jours. Je suis au service du prince de Krondor, maintenant. (Il désigna l'emblème sur sa tunique.) Je dois retourner dans la capitale avant la fin du mois.

L'artisan parut se détendre.

— Dans ce cas, je suis content de te revoir. (Il le dévisagea de la tête aux pieds.) Je suppose que tu es venu voir Rosalyn ?

— Elle est comme une sœur pour moi, expliqua Erik.

Rudolph hocha la tête.

— Suivez-moi. On habite derrière la boulangerie.

Erik et Roo s'avancèrent jusqu'à l'extrémité du comptoir, que Rudolph souleva pour les laisser passer. Puis ils le suivirent à l'intérieur de la grande boulangerie et longèrent les fournils qui refroidissaient en attendant de chauffer à nouveau au crépuscule, car les boulangers travaillaient de nuit pour pouvoir vendre le pain frais dès les premières lueurs du jour. De longues tables bien propres attendaient, prêtes à l'emploi, tandis que les pétrins, pour l'instant vides, recevraient la pâte après le dîner. Des rangées de plats à tarte étaient prêtes à être remplies tandis que deux apprentis se reposaient dans un coin avant de faire face au travail qui les attendait dans la nuit.

Ils sortirent de la boulangerie et traversèrent une petite allée jusqu'à une pièce qui appartenait à la maison du boulanger, l'employeur de Rudolph.

— Attendez ici, leur recommanda l'artisan avant de rentrer chez lui.

Quelques instants plus tard, Rosalyn apparut sur le pas de la porte avec un enfant sur la hanche. Elle agrippa la poignée de la porte tandis que Rudolph s'avançait derrière elle pour la soutenir.

— Erik ? murmura-t-elle. Roo ?

Erik sourit. Rosalyn s'avança et lui passa le bras autour du cou en le serrant farouchement contre elle. Le jeune homme l'étreignit gentiment en faisant attention au bébé qui gigotait. Puis il se rendit compte qu'elle pleurait.

— Allons, allons, dit-il d'une voix douce en s'écartant. Ne pleure plus. Je vais bien. J'ai accompli une mission pour le prince de Krondor, qui m'a pardonné mon crime.

— Pourquoi ne nous as-tu pas prévenus ? demanda Rosalyn d'un ton sévère.

Roo fut surpris de déceler autant de colère dans sa voix. Erik jeta un coup d'œil en direction de Rudolph, qui hocha la tête.

— Nous n'en avions pas le droit. Je suis au service du prince, ajouta-t-il en désignant l'emblème sur sa tunique. Jusqu'à maintenant, j'avais ordre de n'en parler à personne.

Le bébé commença à geindre et à pleurnicher. La jeune femme s'efforça de le calmer.

— Chut, Gerd.

— Gerd ? répéta Erik, surpris.

— C'était le nom de mon père, expliqua Rudolph.

Erik hocha la tête en contemplant le petit garçon. Puis il écarquilla les yeux. Roo le vit vaciller et lui prit le bras pour le retenir.

— Qu'y a-t-il ? demanda le jeune homme en regardant le bébé à son tour.

Alors il comprit. Rudolph était un homme costaud, de petite taille, avec des cheveux brun-roux. L'enfant ne lui ressemblait en rien. Mais à voir son visage et sa taille, Roo comprit aussitôt ce qui était arrivé en leur absence.

Alors, à voix basse, il posa la question qui, visiblement, ne parvenait pas à franchir les lèvres d'Erik.

— C'est le fils de Stefan ?

Rosalyn acquiesça et répondit sans jamais quitter des yeux le visage de son frère de lait :

— Gerd est ton neveu, Erik.

Chapitre 3

TRANSACTIONS

Le bébé se mit à pleurer.

Roo éclata de rire en voyant Erik s'empresser de rendre le petit garçon à sa mère. C'était pourtant Erik lui-même qui avait proposé de prendre son neveu dans ses bras. Mais il avait fallu moins d'une minute pour qu'il ne sache plus quoi en faire.

Il régnait dans la salle commune du *Canard Pilet* une étrange atmosphère, mélange de joie et d'appréhension. Tout le monde était heureux de voir que Roo et Erik allaient bien, mais chacun savait que le demi-frère d'Erik n'allait pas tarder à apprendre qu'il était de retour. Certes, le prince de Krondor avait pardonné le crime d'Erik et de Roo, mais Manfred, le frère de la victime, risquait de ne pas être du même avis, et sa mère encore moins. Chacun savait qu'il existe un gouffre entre une loi et son application, surtout lorsqu'il est question de nobles désireux de se venger.

Milo et Nathan prirent Roo à part.

— Avez-vous l'intention de rester longtemps ? demanda le forgeron.

Roo jeta un coup d'œil en direction d'Erik qui, fasciné par cette jeune vie, ne cessait de contempler son neveu.

— Erik voulait surtout vous revoir, vous et Freida. Quant à moi, je dois m'occuper de quelques affaires. On partira d'ici une semaine environ.

— Le plus tôt sera le mieux, Roo, chuchota Nathan.

Le jeune homme acquiesça.

— Je sais. C'est à cause de Mathilda de la Lande Noire.

Milo se tapota l'aile du nez en hochant la tête. Roo avait vu juste.

— Mais Freida menaçait l'héritage des fils de Mathilda, leur rappela le jeune homme. Alors que vous racontez à qui veut l'entendre que Rudolph est le père du bébé, n'est-ce pas ?

— C'est vrai, admit Nathan.

— Mais tout le monde sait qui a engendré Gerd, ça se voit comme le nez au milieu de la figure, rétorqua Milo en regardant son petit-fils avec tendresse. Il n'y a pas de secrets dans cette ville. À présent, le baron est sûrement au courant de l'existence du bébé.

Roo haussa les épaules.

— Peut-être, mais j'ai entendu Manfred discuter avec Erik...

— Quand ? lui demanda Nathan dans un murmure inquiet.

— Au cours de la nuit qui a précédé notre pendaison, dans la cellule de la mort. Il est venu trouver Erik pour lui dire qu'il ne lui en voulait pas, que Stefan était un salaud.

Le forgeron secoua la tête.

— C'est facile de dire ça à un homme dont on croit qu'il va mourir le lendemain, mais c'est une autre paire de manches quand il s'agit d'un autre prétendant au titre de baron.

— Je ne pense pas que ce soit un problème, protesta Roo. Manfred a dit à Erik qu'il y avait d'autres bâtards, qu'il n'était pas le seul. Apparemment, le vieux baron aimait la compagnie de ces dames.

— C'est vrai, acquiesça Milo. J'ai entendu dire qu'il y a un gamin, dans le village de Wolfsheim, qui ressemble beaucoup à Erik.

— Dans tous les cas, reprit Nathan, veille à emmener Erik loin d'ici le plus vite possible. Nous ferons de notre mieux pour protéger le petit Gerd, mais je crains que la présence de son oncle attire l'attention sur le bébé...

— Je verrai ce que je peux faire, promit Roo. J'ai quelques affaires à régler. Plus vite ce sera fini, plus tôt nous partirons.

— Est-ce que nous pouvons t'aider ? demanda le forgeron.

Une lueur calculatrice apparut dans les yeux du jeune homme.

— Eh bien, maintenant que vous le dites, j'aurais besoin d'un chariot solide, mais pas trop cher, si vous voyez ce que je veux dire.

Milo leva les yeux au ciel, mais la remarque fit rire Nathan.

— Va donc chez Gaston. C'est encore le seul endroit où tu trouveras ce que tu cherches.

Erik jeta un coup d'œil en direction de son ami d'enfance, qui discutait, debout, avec le forgeron et l'aubergiste. Tous trois souriaient et Nathan éclata de rire en réponse à une remarque de Roo. Erik secoua la tête tout en souriant affectueusement. Roo le vit et lui rendit son sourire, comme pour dire : « Oui, c'est bon d'être de retour chez soi. »

Roo sortit de l'auberge aux premières lueurs de l'aube. Il ne souffrait que très légèrement de la gueule de bois et se dirigea d'un bon pas vers la périphérie de la ville.

— Gaston ! s'exclama-t-il en arrivant à destination.

Le bâtiment n'était guère plus qu'une grange délabrée, transformée en une espèce d'entrepôt et dotée sur le devant d'un petit appentis. Une enseigne s'y balançait, décorée de marteaux grossièrement peints et croisés comme les épées d'un noble.

Au moment où Roo arrivait devant la porte, un homme au visage étroit et à l'âge indéterminé sortit la tête.

— Avery ? s'écria-t-il, à la fois content de le voir et irrité par les manières du jeune homme. J'croyais qu'on t'avait pendu.

Roo lui tendit la main.

— C'est pas le cas.

— Ça me paraît plutôt évident, répliqua le dénommé Gaston.

Il s'exprimait avec un léger accent, commun aux habitants des petites villes isolées de la province de Bas-Tyra. Mais il vivait déjà dans la baronnie de la Lande Noire avant la naissance de Roo, à qui il serra la main en demandant :

— De quoi t'as besoin ?

— T'as un chariot à vendre ?

— Ouais, y'en a un derrière. Il a pas l'air comme ça, mais il est solide. L'a juste besoin de petites réparations.

Ils firent le tour du bâtiment, qui servait à la fois d'atelier de charpenterie, de tannerie et de quincaillerie. Gaston n'exerçait pas de métier en particulier mais savait réparer toutes sortes de choses pour une modique somme, si bien que l'on venait le trouver lorsque l'on n'avait pas les moyens de payer le forgeron ou le charpentier de la ville. Si un pauvre fermier possédait une faux dont il avait besoin pour une dernière récolte, il l'apportait chez Gaston et non à la forge où Erik avait travaillé. Roo avait entendu son ami expliquer que Gaston n'était peut-être pas un excellent forgeron mais qu'il possédait néanmoins des bases solides. D'ailleurs, le père de Roo faisait toujours réparer ses chariots chez Gaston.

Ils s'avancèrent jusqu'à une clôture peu élevée, composée de morceaux de bois ramassés ici et là. Gaston poussa la porte branlante dont les gonds rigidifiés par la rouille grincèrent. Lorsque Roo entra sur le terrain où Gaston entreposait la plupart de ses biens, il s'arrêta un moment et secoua la tête. Il y était pourtant déjà venu à d'innombrables reprises, mais il ne cessait de s'émerveiller devant la gigantesque collection de déchets que Gaston avait récupérés : des bouts de métal, un abri plein de tissus et une immense pile de bois recouverte d'une bâche. Gaston avait stocké ces objets selon une organisation connue de lui seul, mais qui fonctionnait de manière impeccable. S'il avait en réserve la pièce dont vous aviez besoin, il savait parfaitement où la trouver, et vous l'apportait en quelques instants.

— J'ai vu ton p'pa.

— Qu'est-ce qu'il fait maintenant ?

— Il dort pour cuver sa dernière cuite. Il revient juste de Salador. J'sais plus si y'avait six ou sept chariots, mais ils sont arrivés là-bas sans problèmes et ils ont même reçu un bonus. Ensuite, il a repris un chargement pour pas revenir ici à vide, alors hier soir, il a soufflé un peu.

Gaston passa le pouce par-dessus son épaule en direction d'un tas de chiffons allongé sous l'un des deux chariots garés le long de la grange, du côté abrité du vent. Roo s'en approcha et s'aperçut que les chiffons ronflaient. Il reconnut alors le deuxième chariot, qui appartenait à son père. Le véhicule lui était aussi familier que la paillasse sur laquelle il dormait à la maison. À dire vrai, il avait dormi dans le chariot aussi souvent que chez lui. Lorsque son père entrait dans une de ses rages d'ivrogne, Roo allait souvent se cacher sous la bâche et passait la nuit là, plutôt que de se faire cogner sans raison.

— Il était trop ivre pour rentrer à la maison ? s'étonna le jeune homme. C'est seulement à trois rues d'ici !

Il s'agenouilla et retira le chiffon qui se trouvait tout en haut de la pile. La puanteur qui assaillit ses narines lui fit regretter son geste. Son père n'avait pas pris de bain depuis un moment, mais son haleine sentait aussi mauvais que son corps. Il continua à ronfler, plongé de toute évidence dans un état comateux.

— Beurk ! s'exclama Roo en reculant de quelques pas.

— C'est vrai qu'on en a descendu quelques-unes, avoua Gaston en se frottant le menton. C'est Tom qui payait, alors j'allais pas le laisser allongé là, en plein milieu de la rue. Je l'ai ramené jusqu'ici, parce que j'allais quand même pas le reconduire jusque chez lui, quoi, merde.

Roo secoua la tête.

— Non, évidemment.

Il observa le visage de son père. Bizarrement, le vieil homme lui paraissait plus petit. Roo s'en étonna, tout en sachant que sa colère compenserait sa petite taille si son fils le réveillait au lieu de le laisser dormir.

Alors le jeune homme éclata de rire. Il n'était plus un gamin, désormais, et cela faisait des années que son père ne le dominait plus par la taille. Roo se demanda ce qu'il ferait s'il essayait de le frapper à nouveau. Risquait-il de se recroqueviller, comme tous les enfants le font devant un parent enragé ? Ou réagirait-il sans réfléchir en brisant la mâchoire de son père ?

— On va le laisser dormir, finit-il par dire, peu enclin à mettre la réflexion à l'épreuve. Je ne lui ai sûrement pas manqué pendant mon absence, alors je doute qu'il sera content de me revoir.

— Tu devrais pas dire ça, lui reprocha Gaston. Il était bien bouleversé quand il a appris qu'on allait te pendre. Il l'a dit plus d'une fois. Même qu'il disait que trente ans de travaux forcés, ça aurait suffi.

Roo secoua la tête et préféra changer de sujet.

— Où est le chariot dont tu m'as parlé ?

— C'est celui-ci, répondit Gaston en désignant celui qui se trouvait à côté du véhicule de son père.

Le chariot paraissait encore capable de rouler, même s'il avait besoin de quelques réparations et d'un bon coup de peinture. Roo l'examina rapidement et s'assura que les essieux et les roues étaient en bon état.

— Il va falloir remplacer certaines des ferrures sur le timon, mais ça devrait aller. Tu en veux combien ?

Les deux hommes commencèrent à marchander et parvinrent à un accord au bout d'une minute. Ils convinrent d'un prix légèrement supérieur à ce que Roo souhaitait payer, mais néanmoins honnête, d'autant que le chariot répondait exactement à ses besoins.

— Où est-ce que je peux trouver un attelage ? demanda-t-il après avoir payé la somme convenue.

— Martin reste toujours le moins cher, répondit Gaston. Ton p'pa a un attelage de plus en ce moment. Il l'a gagné aux dés le mois dernier.

Une expression intéressée apparut sur le visage de Roo.

— Merci de me l'avoir dit. C'est bon à savoir. (Il jeta un coup d'œil en direction de son père, toujours occupé à ronfler.) S'il se réveille avant mon retour, empêche-le de partir. Il faut que je lui parle avant de quitter la ville.

Roo se dirigea vers la clôture.

— Où tu vas, là ? lui demanda Gaston.

— À la halle aux vignerons. Il faut que j'achète du vin.

Le jeune homme quitta le terrain vague. Autour de lui, la ville se réveillait et chacun se lançait dans ses activités quotidiennes. Les magasins étaient déjà ouverts et les ménagères sortaient de chez elles pour aller faire leurs achats. Roo reconnut quelques visages familiers et les salua d'un signe de tête. Mais durant la plus grande partie du trajet, il marcha sans voir personne, perdu dans ses pensées, envisageant déjà la prochaine étape de son plan.

Lorsqu'il arriva sur la place, en face de la halle aux vignerons, le fracas des sabots sur les pavés l'avertit de l'arrivée d'une troupe de cavaliers. Ils allaient vite, à en juger par le boucan qu'ils faisaient. Quelques instants plus tard, la troupe apparut au détour d'une rue, juste à côté du bâtiment où Roo devait se rendre. Les cavaliers, portant les couleurs du baron de la Lande Noire, étaient au nombre de cinq et se déplaçaient au trot. Les piétons s'écartèrent sur leur passage. Roo reconnut le chef de la troupe, car il s'agissait du caporal qu'ils avaient rencontré, Erik et lui, à Wilhemsburg. Il comprit aussitôt que les soldats se rendaient à l'*Auberge du Canard Pilet*. Roo hésita et se demanda s'il ne ferait pas mieux de rejoindre son ami tout de suite. Mais il finit par décider du contraire, car il devait d'abord s'occuper de ses affaires. De plus, il s'agissait d'une histoire entre Erik et son demi-frère, Manfred. Si le baron voulait s'entretenir avec Rupert Avery, il l'enverrait chercher après avoir vu Erik. Roo chassa donc les soldats de ses pensées et entra dans la halle.

Erik, debout au centre de l'atelier, admirait la forge. Nathan et Gunther, son apprenti, lui montrèrent les changements qu'ils avaient apportés depuis son départ. Ils étaient mineurs, mais Erik mit un point d'honneur à admirer le travail du garçon. Visiblement, ce dernier adorait Nathan et le considérait comme un père adoptif, comme Erik avant lui. Les enfants du forgeron étaient morts au cours d'une terrible attaque presque oubliée de tous, si bien qu'il prenait grand soin de ses apprentis et s'attachait à eux.

— Tu as l'air en forme, lui fit remarquer Nathan. Tu aimes l'armée ?

— Il y a beaucoup d'aspects que je n'apprécie pas, mais... Oui, j'aime ce sens de l'ordre et le fait de savoir ce que l'on attend de moi.

D'un signe de tête, Nathan ordonna à Gunther de se remettre au travail et de les laisser seuls, Erik et lui.

— Et le fait de tuer des gens ?

Erik haussa les épaules.

— Je n'aime pas beaucoup ça. Certaines fois, on dirait que c'est comme couper du bois pour la cheminée. Un acte nécessaire. Parfois, aussi, je suis trop effrayé pour réfléchir. Mais la plupart du temps, c'est surtout... je ne sais pas... ce n'est pas beau à voir.

Nathan acquiesça de la tête.

— J'ai travaillé avec beaucoup de soldats au cours de ma carrière, Erik. Méfie-toi de ceux qui aiment la boucherie. Ils sont utiles lors des combats, mais mieux vaut faire comme avec un chien de garde : les garder au bout d'une courte laisse la plupart du temps.

Erik regarda Nathan droit dans les yeux puis sourit.

— Je te promets que je n'aimerai jamais ça.

— Alors tu t'en sortiras, répondit le forgeron en lui rendant son sourire. Mais c'est dommage, je suis sûr que tu serais devenu un très bon artisan.

— J'aime toujours la forge. Si tu veux bien me laisser te donner un coup de main...

Roo entra dans le bâtiment.

— Nathan ! Erik !

— Comment se déroule ta mystérieuse entreprise ? demanda son ami.

— Je viens juste de finir, répondit le jeune homme avec un grand sourire. Plus que deux ou trois choses à faire et je serai prêt à partir. (Il fit la grimace.) En plus, il y a des soldats en ville qui te cherchent.

Le fracas des cavaliers qui entraient dans la cour de l'auberge empêcha Erik de répondre. Les deux jeunes gens sortirent de la forge en compagnie de Nathan, firent le tour de l'écurie et arrivèrent dans la cour au moment où les cinq soldats du baron s'apprêtaient à mettre pied à terre.

Erik reconnut à son tour le caporal rencontré deux jours plus tôt.

— Vous deux, dit-il en désignant Erik et Roo. Le baron veut vous parler.

Roo leva les yeux au ciel et tapota la poche de sa tunique pour s'assurer qu'il portait toujours le sauf-conduit.

— Ça ne peut pas attendre ?

— Non ! Mais je vous laisse monter vos propres chevaux. Si vous refusez de nous suivre, je serai ravi de vous traîner derrière nous.

— Je vais chercher mon cheval, répliqua Roo.

Quelques minutes plus tard, Erik et Roo revinrent dans la cour. Ils étaient déjà en selle et firent passer leurs montures à côté des soldats.

— Attendez un peu ! s'écria le caporal. Vous croyez aller où comme ça ?

Ils ralentirent pour laisser à l'officier le temps de les rattraper.

— Vous êtes arrivés pratiquement au galop et pourtant vos chevaux sont à peine essoufflés et aucun ne transpire, expliqua Erik. Ce qui signifie que vous avez parcouru moins de deux kilomètres pour venir nous chercher. Manfred doit donc camper dans la vieille prairie aux moutons, à l'autre bout de la ville.

Le caporal parut surpris, mais Erik ne lui laissa pas le temps de répondre et talonna sa monture. Roo l'imita à peine une seconde plus tard et tous deux s'éloignèrent au petit galop. La troupe les imita et traversa Ravensburg derrière eux.

Quelques minutes plus tard, ils passèrent entre les derniers bâtiments, à la limite orientale de la ville. Comme Erik l'avait deviné, la tente de campagne de Manfred avait été érigée au milieu de la prairie, non loin de l'endroit où la route du Roi coupait celle du sud.

Erik mit pied à terre et lança les rênes de sa monture à un garde, debout près de l'entrée de la tente. Les cinq cavaliers entrèrent dans la prairie à leur tour. Erik se tourna vers le caporal :

— Quel est votre nom ?

— Alfred. Pourquoi ?

Erik sourit.

— Simple curiosité. Surveillez nos chevaux.

Roo et Erik s'avancèrent jusqu'à la tente. L'un des soldats écarta le rabat pour les laisser passer. Manfred, le demi-frère d'Erik, était assis à l'intérieur.

— Je dois avouer que je pensais ne jamais vous revoir, tous les deux, dit le baron en leur faisant signe de s'asseoir. Surtout compte tenu des circonstances de notre dernière rencontre.

— À l'époque, j'étais moi aussi persuadé de ne plus jamais te revoir, répliqua Erik.

Roo étudia les deux demi-frères. Ils ne se ressemblaient en rien. Erik était le portrait craché de leur père, ce qui avait poussé la mère de Manfred à exiger la mort d'Erik après le meurtre de Stefan. Manfred, en revanche, était le fils de sa mère. Il avait les cheveux sombres, le regard intense et un beau visage, quoiqu'un peu nerveux. Il portait une barbe taillée de près, ainsi que l'exigeait la nouvelle mode, que Roo trouvait un peu bête, même s'il gardait cette opinion pour lui.

— Messire le duc de Salador, qui est le cousin du roi, comme vous le savez peut-être, m'a ordonné d'envoyer une troupe de soldats à Krondor, pour une mission spéciale. On ne m'a donné aucun détail quant à la raison ou à la durée de cette mission. Tu es au courant de quelque chose ?

Erik hocha la tête.

— Oui.

— Tu m'expliques ?

— Je ne peux pas.

— Tu ne peux pas ou tu ne veux pas ?

— Les deux. Je suis un agent du prince. Il m'a demandé de ne pas en parler tant que je n'en aurai pas reçu l'ordre, et je lui obéis.

— En tout cas, j'aimerais que ces hommes rentrent à Krondor avec toi et ton ami, si tu n'y vois pas d'inconvénient.

— Une escorte ? dit Erik.

Manfred sourit. Son demi-frère surprit dans cette expression l'ombre de l'homme qui les avait engendrés.

— Façon de parler. Puisque tu es l'agent du prince, je les place sous ton commandement. Comme tu es un fidèle soldat, tu ne manqueras pas de les conduire auprès de notre noble prince aussi vite que possible.

Erik se pencha en avant.

— Manfred, si je pouvais te révéler le pourquoi de cette mission, je le ferais. Tu ne sauras jamais à quel point ça compte pour moi que tu sois venu me voir en prison. C'était très gentil de ta part et ça a changé beaucoup de choses. Mais quand tu finiras par apprendre pourquoi le prince organise ce rassemblement, tu comprendras aussi pourquoi je ne peux pas t'en parler maintenant. C'est de la plus haute importance.

Manfred soupira.

— Très bien, je n'insiste pas. Je suppose qu'aucun de vous ne compte s'attarder à Ravensburg ?

Erik haussa un sourcil.

— Pour ma part, je dois rentrer à Krondor avant la fin du mois, mais Roo est un homme libre et pourrait bien décider de rester.

Manfred sourit.

— Ton ami est effectivement libre de ses décisions, mais s'il veut faire preuve de sagesse, il ferait mieux de quitter rapidement la ville. (Il regarda l'intéressé.) Ma mère ne vous a pas pardonné et, même si je ne vous veux aucun mal, je ne peux pas vous protéger de ses agents. Si tu souhaites vivre vieux, tu ferais mieux d'aller t'établir ailleurs. (Il se pencha vers Erik et baissa la voix en cessant de sourire :) Tu ne peux imaginer quelle protection t'offre le port de cette nouvelle tunique, Erik. Même ici, dans cette ennuyeuse région, nous avons entendu parler de l'Aigle de Krondor. Tu es l'agent de l'agent du prince. Mais ton ami

94

Rupert ne bénéficie pas d'un tel parrainage et il n'a pas beaucoup d'amis. Ce serait mieux pour tout le monde si tu l'emmenais avec toi.

— Je suis en train de rassembler une cargaison de marchandises, expliqua Roo. Je partirai dans deux jours avec mon cousin.

— Veille à ne pas traîner. Il serait plus sûr pour tous les deux que vous soyez déjà partis quand ma mère apprendra que vous êtes vivants et à portée de main. Même à Krondor, surveillez vos arrières, ajouta-t-il en regardant les deux jeunes gens.

— Qu'en est-il de l'enfant ? demanda Erik.

— Mère ne sait toujours pas qu'il existe et j'aimerais que ça continue. (Il eut l'air troublé.) C'est un cas un peu différent du tien, Erik. Cet enfant est le bébé de Stefan, non celui de son mari volage. Ce qui veut dire que c'est son petit-fils. Mais c'est un bâtard, et comme je ne suis pas encore marié...

— J'ai compris.

— Ta présence à Ravensburg pourrait la monter contre l'enfant. As-tu pensé à ça ?

Erik haussa les épaules.

— Je ne voyais pas les choses de cette façon. Pour être franc, Manfred, je n'ai pas beaucoup réfléchi ces deux dernières années. J'étais trop occupé.

Manfred secoua la tête.

— Tu as changé. Tu n'étais qu'un gamin quand on s'est rencontrés et maintenant... tu t'es endurci.

Erik dévisagea son demi-frère.

— Toi aussi, je pense.

Manfred se leva.

— Je me suis absenté pour chasser, soi-disant. Mieux vaut que je rapporte du gibier à ma mère quand je rentrerai ce soir au château. Tu n'as qu'à vaquer à tes occupations en attendant les soldats. Je les enverrai demain à l'auberge où tu vivais avant.

Erik et Roo suivirent le baron à l'extérieur.

— Un de ces jours, j'espère qu'on pourra se revoir dans des circonstances plus favorables, Manfred, dit Erik.

Son demi-frère éclata de rire, ce qui lui donna de nouveau un air de ressemblance avec leur père.

— J'en doute. Nous avons une vie et un destin très différents, Erik. Tant que tu seras en vie et que je n'aurai pas d'enfant, ma mère te considérera comme une menace pour sa lignée. Ce n'est pas plus compliqué que ça.

— Dans ce cas, vous n'avez qu'à vous marier et faire des gosses, répliqua sèchement Roo.

— J'aimerais que ce soit aussi simple. J'obéis au bon plaisir de mon roi et du duc de Salador. Mais ils ne m'ont pas encore dit quelle fille de la noblesse ferait une bonne épouse pour moi. (Il poussa un discret soupir, qui n'échappa pas à Erik.) Pour être franc, je ne les presse pas pour qu'ils se décident. Je trouve la compagnie des femmes... difficile.

— Tu aimes déjà quelqu'un ? demanda Erik, qui devina brusquement que son demi-frère, pourtant un étranger, parvenait à peine à contenir un certain chagrin.

L'attitude de Manfred devint complètement neutre.

— Je n'ai pas envie d'en parler.

Erik ne trouva rien d'autre à dire. Son demi-frère ne lui tendit pas la main. Aussi Erik le salua-t-il et s'apprêta, Roo sur les talons, à retourner à l'endroit où attendaient les chevaux. Puis il s'arrêta brusquement et se retourna vers Manfred.

— Ton caporal, Alfred.

— Oui ?

— Envoie-le moi avec les autres soldats.

Manfred hocha la tête et esquissa un léger sourire.

— Tu as un compte à régler avec lui ?

— En quelque sorte, répondit Erik.

Le baron haussa les épaules.

— Il n'est pas très recommandable. C'est un bagarreur. Il ne deviendra jamais sergent à cause de ça.

— Les bagarreurs sont parfois utiles. On a besoin d'hommes comme eux, à condition de savoir les mater et de leur faire perdre cette habitude.

— Dans ce cas, il est à toi.

Roo et Erik retournèrent à leurs chevaux et se mirent en selle.

— Au revoir, caporal, dit Erik.

— On se reverra, bâtard, répliqua Alfred en lui lançant un regard meurtrier.

— Oh, tu peux compter là-dessus.

Erik lui rendit son regard noir.

— Plus tôt que tu le crois, ajouta Roo avec un sourire diabolique.

Les deux jeunes gens talonnèrent leur monture et prirent la direction de Ravensburg en laissant les soldats derrière eux.

— Et moi, je te dis que si tu rajoutes encore du poids sur ce chariot, tu vas briser un essieu ! s'écria Tom Avery.

Roo se tenait nez à nez avec son père, qui le dépassait très légèrement.

— Tu as raison, finit-il par admettre au bout de quelques instants.

Tom cligna des yeux, puis hocha brusquement la tête en disant :

— Bien sûr que j'ai raison !

Les deux chariots se trouvaient sur le terrain vague derrière l'échoppe de Gaston. Roo venait d'y charger de petites barriques de vin et Duncan examinait soigneusement chaque nœud pour la troisième ou quatrième fois. Il avait l'air de douter que tant de barriques puissent faire le voyage sans bouger.

Roo avait passé la journée à faire du commerce et avait dépensé jusqu'à son dernier sou, ainsi que l'argent qu'Erik lui avait donné, pour acheter du vin de modeste qualité qui, il l'espérait, lui permettrait de réaliser des bénéfices importants à son arrivée à Krondor.

Le jeune homme n'était pourtant pas un expert en matière de vin, mais il avait grandi à Ravensburg et, de ce fait, s'y connaissait mieux que la plupart des marchands de la capitale. Il savait par exemple que le prix du vin dans la cité du prince était élevé parce que cela coûtait cher de l'expédier là-bas en bouteilles. Seule la piquette arrivait par tonneaux entiers. Quant aux petites barriques de vin de modeste qualité, que l'on servait dans les auberges de la baronnie, elles n'allaient jamais plus loin que le village voisin, car elles ne rapportaient pas assez de bénéfices dans une région où le vin de très grande qualité coulait en abondance. Certes, le vin que Roo venait d'acheter n'était pas aussi fin que les grands crus réservés à la noblesse, mais il se distinguait nettement de la piquette que l'on servait habituellement dans les auberges de Krondor. Roo avait judicieusement pris soin d'acheter des crus situés un cran ou deux au-dessus de ceux qu'il avait goûtés dans la capitale. Il estimait que si les auberges et les tavernes fréquentées par les hommes d'affaires du quartier des marchands lui achetaient son vin, il parviendrait à tripler sa mise de départ, en comptant le prix des chariots et des chevaux.

— Tu es sûr que tu sais comment conduire ce machin ? demanda Duncan.

Tom se retourna pour faire face à son neveu :

— Roo est un conducteur de tout premier ordre, répliqua-t-il, comme t'aurais pu l'être si t'étais pas parti pour courir après cette fille...

Duncan sourit à ce souvenir et interrompit son oncle :

— Alice, elle s'appelait. Ça n'a pas duré longtemps. (Il posa la main sur le pommeau de son épée.) C'est grâce à ça que je gagne ma vie depuis quinze ans.

— On en aura besoin, admit Tom en se frottant le menton.

C'était là que Roo l'avait frappé à son réveil, lorsque le vieil homme avait tenté de cogner son fils. Trois fois, il avait essayé de poser les mains sur son gamin et trois fois, il s'était retrouvé dans la poussière à être obligé de lever les yeux vers lui. Roo s'était impatienté et le lui avait montré avec un crochet du droit au visage. Après ça, Tom Avery l'avait regardé d'un œil nouveau, avec respect.

— T'es sûr que tu connais bien la route dont tu m'as parlé ? demanda-t-il en se tournant vers son fils.

Roo hocha la tête. Il s'agissait d'une route traversant l'arrière-pays, guère plus qu'une piste par endroits. C'était là qu'Erik et lui avaient rencontré Helmut Grindle, un marchand de Krondor. Roo avait ainsi appris qu'il existait un moyen d'aller de Ravensburg à la capitale sans payer le péage sur la route du Roi. Certes, le prince avait donné à Erik des papiers qui leur avaient évité de payer la taxe en venant à Ravensburg, mais le jeune homme avait quitté la ville le matin même avec les soldats de la Lande Noire ; il devrait arriver à Krondor une semaine avant son ami, ralenti par les chariots.

Roo savait que les véhicules étaient chargés au maximum de leur capacité et qu'au moindre problème, il risquait de se retrouver coincé dans les sous-bois avec la moitié de sa cargaison. Cependant, si son plan réussissait, il disposerait d'un capital suffisant pour tenter quelque chose de plus audacieux. Dans tous les cas, il était sûr que ce voyage lui rapporterait suffisamment pour bien démarrer sa carrière.

— Bon, y'a pas de raison de s'attarder. Plus tôt on partira, plus tôt on arrivera.

Roo passa sous silence l'avertissement de Manfred au sujet de la baronne. Il ne faisait pas assez confiance à Duncan qui risquait de le laisser tomber en apprenant qu'une femme de la noblesse allait peut-être lancer ses agents à la poursuite de son cousin. Quant à son père, Roo savait qu'il pouvait lui confier son chariot : on pouvait dire ce qu'on voulait de Tom Avery, mais il s'appliquait à son travail lorsqu'il était sobre. Cependant, dans un combat, il ne servirait à rien, même s'il se vantait du contraire dans ses moments d'ivresse.

— Monte avec moi, proposa Roo à Duncan. Je vais te réapprendre à diriger un attelage.

Son cousin leva les yeux au ciel mais grimpa sur le chariot. Il avait vendu son cheval pour une modique somme qui lui avait permis de prendre des parts dans l'entreprise de Roo et se retrouvait maintenant actionnaire minoritaire à la tête d'un chariot, de quatre chevaux et d'une grande quantité de vin. Tom avait pour sa part insisté pour ne recevoir que son salaire habituel, ni plus ni moins, ce dont Roo se réjouissait en silence. Il appréciait de voir son père le traiter comme n'importe quel autre marchand.

Gaston agita la main pour leur dire au revoir. Ils sortirent du terrain vague et s'engagèrent dans les rues pavées de Ravensburg. Les chariots grincèrent et gémirent sous le poids de leur chargement et les chevaux renâclèrent, mécontents d'avoir à travailler, mais Roo se sentit gagné par l'excitation. Enfin, ils étaient en route.

— Essayez de ne pas vous faire tuer, leur recommanda Gaston en refermant la barrière.

Roo plongea derrière le chariot au moment même où une deuxième flèche traversait l'air à l'endroit qu'il venait juste de quitter. La première était passée à quelques centimètres à peine de son crâne. Il cria pour alerter son père et Duncan et se faufila sous le véhicule. Puis il tira son épée tout en essayant de deviner de quelle direction venaient les flèches. Un troisième projectile surgit de la pénombre vespérale. Roo marqua dans sa tête l'emplacement d'où il avait dû être tiré. Il fit comprendre à Duncan, par gestes, qu'il allait reculer entre les chariots et faire le tour pour prendre leurs assaillants par surprise. Son cousin hocha la tête pour lui montrer qu'il avait compris et désigna le campement pour lui recommander de faire attention aux autres agresseurs.

Ils étaient partis depuis près d'une semaine et avaient quitté la route du Roi à l'ouest de Ravensburg avant de traverser la campagne pour retrouver la petite piste que Roo et Erik avaient empruntée pour s'enfuir, deux ans plus tôt.

Le voyage s'était déroulé sans incident. Les chariots tenaient bien le coup et les chevaux étaient en bonne santé. L'optimisme de Roo n'avait donc fait que croître à mesure que les jours passaient. Son père trouvait peut-être stupide de transporter une cargaison aussi grosse et aussi lourde, mais en tout cas, il gardait cette opinion pour lui. Il conduisait des chariots depuis des années et avait déjà transporté des cargaisons bien plus étranges que plusieurs douzaines de petites barriques de vin.

Ils montaient le camp chaque soir au coucher du soleil et laissaient les chevaux manger l'herbe autour du piquet auquel ils étaient attachés. Pour compléter ce régime, Roo leur donnait également un peu de grain, mélangé à du miel et à des noisettes, ce qui permettait de les garder en bonne santé et de leur donner de l'énergie. Chaque jour, le jeune homme mettait à profit ce qu'il connaissait de ces animaux pour vérifier leur état. Plus d'une fois, il regretta l'absence d'Erik, qui aurait trouvé tout ce que lui-même ne voyait pas. Mais il fut surpris de découvrir que son père en savait autant que son meilleur ami, du moins en ce qui concernait les chevaux de trait. Chaque jour, le vieil homme examinait les bêtes avec son fils et jugeait de leur aptitude à reprendre la route.

Et voilà que Roo était obligé de ramper, entre les chariots. Lorsqu'il eut mis les deux véhicules entre lui et l'archer, le jeune homme se leva et courut dans les bois. Ses deux années de combat et d'entraînement intenses lui sauvèrent la vie, car un deuxième bandit s'était approché de lui. Il tenta de l'empaler sur son épée mais réussit seulement à mourir sans un bruit. Roo prit à peine le temps de ralentir pour le transpercer, tout en sautant de côté sous les arbres obscurs au cas où un autre assaillant l'attendrait à proximité.

Mais seul le silence lui répondit lorsqu'il fit une pause pour réfléchir à sa prochaine action. Il ralentit le rythme de sa respiration et regarda autour de lui. Le soleil s'était couché moins d'une heure auparavant et le ciel à l'ouest retenait encore quelques lueurs, mais sous le couvert des arbres, très denses, il aurait très bien pu être minuit. Roo tendit l'oreille. Quelques instants plus tard, il entendit une autre flèche s'élever dans les airs. Alors le jeune homme s'élança.

Décrivant un cercle dans l'obscurité aussi silencieusement que possible, il courut avec souplesse jusqu'à l'endroit où l'archer devait se cacher. Roo était déjà convaincu qu'il s'agissait de deux pauvres bandits désireux de piller le convoi qui s'aventurait si loin de la justice du roi.

Le jeune homme attendit. Au bout de quelques instants de silence supplémentaires, il entendit quelqu'un bouger dans le bosquet juste en face de lui. Aussitôt, il réagit. Aussi vif qu'un chat prêt à bondir sur une souris, il pénétra dans le bosquet et se jeta sur le dernier bandit. Très vite, la lutte prit fin. L'homme essaya de laisser tomber son arc pour prendre son couteau, mais il mourut avant d'avoir sorti l'arme de sa ceinture.

— C'est fini, annonça Roo.

Quelques secondes plus tard, Tom et Duncan apparurent, semblables à des spectres dans la pénombre.

— Ils n'étaient que deux ? s'étonna Duncan.

— S'il y en avait un autre, j'parie qu'il est déjà à mi-chemin de Krondor, répliqua Tom.

Visiblement, il était tombé, car il avait un hématome sur la joue gauche et son côté gauche était couvert de terre des pieds au sommet du crâne. Il se tenait le biceps avec le bras droit et plia les doigts de la main gauche.

— Qu'est-ce qu'il y a ? s'inquiéta Roo.

— Je suis mal retombé sur ce bras, j'imagine, répondit son père. Il est tout engourdi et ça pique.

Il parlait bizarrement, le souffle court, et laissa échapper un profond soupir avant d'ajouter :

— Sale rencontre. J'ai pas honte d'admettre que j'ai eu peur, passé un moment.

Duncan s'agenouilla et fit rouler le bandit sur le dos.

— On dirait un chiffonnier.

— Y'a pas beaucoup de marchands honnêtes et encore moins malhonnêtes qui osent passer par ici, rétorqua Tom. J'ai jamais entendu parler d'un riche hors-la-loi, et sûrement pas dans le coin.

Il secoua la main comme pour essayer de réveiller un membre engourdi.

Duncan prit la bourse du bandit.

— Il n'était peut-être pas riche, mais pas non plus sans le sou.

Il ouvrit la bourse et y trouva quelques pièces en cuivre et une gemme. Il retourna auprès du feu de camp et s'agenouilla pour examiner la pierre.

— Rien de bien joli, mais ça devrait pouvoir rapporter une pièce ou deux.

— Je ferais bien d'aller voir si l'autre est mort, annonça Roo.

Il retrouva le premier bandit à l'endroit où il l'avait laissé, gisant face contre terre dans la boue. Lorsqu'il le fit rouler sur le dos, il découvrit que le cadavre avait le visage d'un enfant. Dégoûté, le jeune homme secoua la tête et s'aperçut, après l'avoir fouillé, que le malheureux n'avait même pas de bourse, contrairement à l'autre.

Il retourna près des chariots et vit Duncan poser l'arc qu'il avait pris au premier bandit.

— Ils étaient drôlement pauvres, annonça-t-il en jetant l'arme. Ils sont tombés à court de flèches.

Roo s'assit en poussant un soupir bien audible.

— Qu'est-ce qu'ils auraient fait de tout ce vin, à votre avis ? demanda Duncan.

— Ils en auraient probablement bu une partie, répondit Tom. Mais ce qui les intéressait, c'étaient nos chevaux, notre or, nos épées et tout ce qu'ils auraient pu vendre.

— On les enterre ? s'inquiéta Duncan.

Roo secoua la tête.

— Ils ne l'auraient pas fait pour nous. En plus, on n'a pas de pelle. Et je n'ai pas l'intention de creuser leurs tombes à mains nues. (Il soupira de nouveau.) S'ils avaient été de véritables bandits, c'est nous qui servirions de nourriture aux corbeaux, à présent. Mieux vaut rester vigilants.

— Dans ce cas, je vais me coucher, annonça son cousin.

Tom et Roo restèrent assis devant le feu. En raison de son âge, Roo et Duncan laissaient le premier tour de garde au vieil homme. C'était le deuxième tour le plus ingrat, car le sommeil était entrecoupé de plusieurs heures de veille. Mais Roo savait que l'heure la plus propice pour une attaque, et donc la plus dangereuse pour lui, c'est juste avant l'aube, au moment où les gardes ont sommeil et se montrent le moins vigilants. Il était certain que si Tom avait le dernier tour de garde, il risquait de s'endormir et, en cas d'attaque, de mourir avant d'avoir eu le temps de se réveiller.

— Y'a longtemps, j'ai acheté une pierre comme celle que Duncan vient de trouver, dit brusquement Tom.

Roo ne répondit pas. Son père lui parlait rarement, une habitude prise lorsque Roo était enfant. Ils avaient souvent voyagé ensemble à cette époque, pour que le garçon apprenne le métier, mais même au cours des voyages les plus longs, de Ravensburg à Salador aller-retour, Tom ne prononçait pas plus de dix mots à l'intention de son fils. Lorsqu'ils rentraient à la maison, il buvait à l'excès. Au travail, il restait sobre mais stoïque.

— Je l'ai achetée pour ta mère, poursuivit-il.

Roo en resta sans voix. Qu'il soit sobre ou ivre, Tom ne parlait jamais de sa femme. Roo ne connaissait de sa mère que ce que les habitants de Ravensburg lui avaient raconté, car elle était morte à sa naissance.

— Elle était si petite, ta mère, ajouta Tom.

Roo savait que c'était d'elle qu'il tenait son physique chétif. Freida, la mère d'Erik, le lui avait dit plus d'une fois.

— Mais elle était forte.

Cette remarque surprit son fils.

— Elle avait du cran et elle savait se montrer tenace, continua Tom, les yeux brillant à la lueur du feu de camp. Tu lui ressembles, tu sais.

Il se tenait toujours le bras gauche, qu'il massait d'un air absent, et observait la danse des flammes comme s'il y cherchait quelque chose.

Roo hocha la tête, sans oser parler. Depuis qu'il avait frappé et jeté son père à terre, le vieil homme le traitait avec un respect nouveau.

— Elle te voulait vraiment, fiston, soupira Tom. Le prêtre lui a dit que ce serait risqué, vu qu'elle était si petite. (Il se frotta le visage, puis regarda ses grosses mains calleuses et scarifiées.) J'avais peur de la toucher, tu sais, parce qu'elle était si fragile et que moi j'étais brusque. J'avais peur de lui faire mal. Mais elle était plus solide qu'elle en avait l'air.

Roo avala sa salive et s'aperçut qu'il avait du mal à s'exprimer.

— Tu ne m'as jamais parlé d'elle, chuchota-t-il d'une voix rauque.

Tom acquiesça.

— J'ai connu si peu de joies dans cette vie, fiston. Elle était mon seul bonheur. Je l'ai rencontrée à la fête du solstice d'été. Elle ressemblait à un oiseau timide, là, toute seule, au bord de la foule. Je venais juste de ramener un chariot de Salador, pour le compte de mon oncle, le grand-père de Duncan. J'étais à moitié ivre et là elle s'est présentée devant moi, audacieuse comme du cuivre brillant, et elle m'a dit : « Danse avec moi. » (Il soupira.) Et je l'ai fait.

Il se tut quelques instants, les bras serrés autour du corps. Il paraissait avoir du mal à respirer et dut avaler sa salive pour pouvoir parler.

— Elle était un peu comme toi : pas très attirante avec son visage étroit et ses dents inégales. Mais quand elle souriait... Alors son visage s'illuminait et devenait beau. La pierre dont je t'ai parlé, je la lui ai achetée pour notre mariage. Je l'ai fait sertir dans une bague.

— Comme pour une dame, commenta Roo, qui se força à répondre sur un ton plus léger.

— Comme pour la reine elle-même, répliqua Tom avec un rire creux. Elle m'a dit que j'étais fou et que je devrais la revendre pour acheter un nouveau chariot, mais j'ai insisté pour qu'elle la garde.

— Tu ne m'en as jamais parlé, répéta doucement Roo.

Tom haussa les épaules et se tut. Puis il prit une profonde inspiration avant de reprendre :

— Tu es un homme, maintenant. J'ai compris ça quand je me suis réveillé chez Gaston et que tu te tenais au-dessus de moi. J'ai jamais pensé que tu valais grand-chose, mais t'es un rusé. Vu que tu as réussi à échapper au bourreau du roi en personne et que tu as appris à te battre, au point que je peux plus lever la main sur toi, je suppose que tu deviendras quelqu'un de bien, au bout du compte. (Tom eut un petit sourire.) Là aussi, tu ressembles à ta mère. Tu es plus résistant que tu en as l'air.

Roo garda le silence, car il ne savait pas trop quoi dire. Une minute s'écoula avant qu'il reprenne la parole :

— Tu devrais aller te coucher, père. Il faut que je réfléchisse.

Tom hocha la tête.

— Je crois que je vais suivre ton conseil. J'ai mal au cou. (Il fit bouger son épaule gauche, comme pour détendre ses muscles.) J'ai dû me tordre le bras en tombant quand ces types ont commencé à nous tirer dessus. J'ai mal du poignet jusqu'à la mâchoire. (Il essuya la sueur qui perlait sur son front.) On dirait que j'ai un peu de fièvre, aussi.

Il prit une grande inspiration et relâcha aussitôt son souffle, comme si le simple fait de se mettre debout l'épuisait.

— Je deviens trop vieux pour ce boulot. Quand tu seras riche, tu te souviendras de ton vieux père, hein, Roo ?

Roo sourit et voulut répondre, mais les yeux de son père se révulsèrent. Le jeune homme le vit tomber en avant, tête la première dans le feu.

— Duncan ! s'écria Roo en tirant son père loin des flammes.

Son cousin le rejoignit en un instant et s'agenouilla à côté de lui. Tom avait le teint cireux, les yeux blancs et des brûlures fumantes sur les joues et le cou.

— Il est mort, annonça Duncan.

Roo resta immobile à contempler en silence l'homme qui avait été son père et qui était mort en restant pour lui un étranger.

Chapitre 4

REVERS DE FORTUNE

Roo fit signe à son cousin.

Duncan tira sur les rênes de son attelage, et le deuxième chariot s'arrêta derrière le premier. Roo se leva et se retourna en criant :

— Voilà Krondor !

Depuis qu'ils avaient enterré Tom, dans une tombe que Roo avait creusée à mains nues et qu'il avait recouverte de pierres pour tenir les charognards à l'écart, Duncan était devenu conducteur. Il s'était souvenu des quelques conseils que Tom lui avait prodigués lorsqu'il était plus jeune, et Roo l'avait aidé à s'améliorer jusqu'à ce qu'il n'ait plus à s'inquiéter du deuxième chariot et de sa cargaison.

La mort de son père troublait encore le jeune homme. Il ne pouvait s'empêcher de penser qu'il avait entrevu quelque chose chez le vieux Tom lorsque celui-ci s'était mis à parler de sa femme. Roo savait qu'il restait beaucoup de pans de sa propre histoire qu'il ne connaissait pas. À présent, Roo comprenait en partie pourquoi son père s'était toujours montré solitaire lorsqu'il ne buvait pas, et violent lorsqu'il était ivre : chaque fois qu'il posait les yeux sur son fils, il retrouvait la vivante image de la femme qu'il avait aimée au-delà de toute mesure et qui lui avait été arrachée à la naissance de l'enfant.

Mais son histoire familiale ne s'arrêtait pas là et Roo avait encore des dizaines de questions à poser, auxquelles son père ne répondrait jamais. Il se jura de retourner à Ravensburg pour essayer de retrouver les quelques personnes que Tom considérait comme des amis, pour leur poser ces questions. Peut-être même se rendrait-il jusqu'à Salador pour rendre visite à l'autre branche de la famille, dont Duncan descendait. Il voulait des réponses. Avec la mort de Tom, il venait de prendre brusquement conscience du fait qu'il ne savait pas vraiment qui il était. Mais il écarta cette pensée de son esprit en essayant de se convaincre qu'il était plus important de savoir ce qu'il allait devenir. Il était bien déterminé à devenir un homme riche et respecté.

Duncan attacha les rênes de l'attelage et sauta à bas du chariot pour rejoindre Roo. Ce dernier en était venu à apprécier son cousin, même si Duncan avait toujours des manières de gredin et ne parvenait pas à lui inspirer la confiance que Roo éprouvait envers Erik et les autres membres de la compagnie de Calis. Mais ça ne l'empêchait pas de bien aimer le personnage et de se dire qu'il pourrait lui être utile, car il avait suffisamment d'expérience auprès de la noblesse pour apprendre à Roo les bonnes manières et l'étiquette.

Duncan grimpa sur le premier chariot et regarda la cité au loin.

— Tu veux qu'on entre en ville dès ce soir ? demanda-t-il à son cousin.

— Je ne pense pas, répondit Roo en jetant un coup d'œil au soleil couchant. Il faudrait laisser les chariots et le vin dans la cour d'une écurie en attendant le matin pour pouvoir commencer à le vendre. On est encore à plus d'une heure de route des portes de la ville. Montons le camp ici. On entrera à Krondor demain aux premières lueurs de l'aube pour essayer de vendre du vin avant que les aubergistes soient trop occupés.

Ils établirent donc leur campement et mangèrent un repas froid devant un petit feu, tandis que les chevaux, attachés à un piquet, paissaient l'herbe au bord de la route. Roo venait de leur donner le grain qui restait et les bêtes émettaient de petits bruits de satisfaction.

— Qu'est-ce que tu vas faire des chariots ? demanda Duncan.

— Les revendre, je pense.

Roo n'était pas sûr d'avoir envie de dépendre d'un transporteur. Mais ce n'était pas en conduisant des chariots entre Ravensburg et Krondor qu'il emploierait le mieux son temps.

— Ou alors, peut-être que j'embaucherai un autre charretier et que je vous enverrai tous les deux chercher une autre cargaison quand j'aurai fini de vendre celle-ci.

Duncan haussa les épaules.

— Pas vraiment excitant, ce voyage, sauf si tu comptes les deux malheureux qui nous ont attaqués.

— Au cas où tu aurais oublié, l'un de ces « malheureux » a failli me planter une flèche dans la tête, protesta Roo en se tapotant le crâne.

— C'est vrai, soupira Duncan. Mais je voulais parler des femmes et de la boisson.

— On pourra se rattraper un peu demain soir. (Roo regarda autour de lui.) Va te coucher, je prends le premier tour de garde.

— C'est pas moi qui vais te contredire, répliqua Duncan en bâillant.

Roo resta assis près du feu pendant que son cousin attrapait une couverture et se glissait sous un chariot pour se protéger de la rosée qui se formerait durant la nuit. Aussi près de l'océan, ce genre de phénomène n'était plus une possibilité mais une certitude et se réveiller mouillé n'était pas, pour les deux hommes, le meilleur moyen de démarrer la journée.

Roo réfléchit à ce qui l'attendait le lendemain dès l'aube et mit au point plusieurs discours qu'il répéta en rejetant telle ou telle phrase, car il essayait de déterminer quels arguments seraient les plus efficaces. Il n'avait jamais été du genre à beaucoup réfléchir dans sa jeunesse, mais tant de choses dépendaient de sa réussite qu'il se perdit dans ses pensées. Ce n'est qu'en remarquant que le feu allait s'éteindre qu'il se rendit compte à quel point le temps était passé vite. Il se demanda s'il devait réveiller Duncan, mais il décida finalement de passer à nouveau en revue ses arguments de vente et rajouta du bois dans le feu.

Il répétait encore son discours lorsque le ciel s'éclaircit. Il détourna enfin le regard des braises qui rougeoyaient faiblement et se secoua pour sortir de sa rêverie. Il s'aperçut alors qu'il n'avait pas du tout dormi de la nuit. Mais il était excité et prêt à se précipiter tête la première dans sa nouvelle vie ; Duncan serait sûrement bien content d'avoir eu droit à du sommeil en plus. Le jeune homme se leva, les genoux raides à force d'être resté assis sans bouger pendant des heures, dans l'air nocturne, froid et humide. Il avait même les cheveux mouillés et son manteau était brillant de rosée.

— Debout, Duncan ! cria-t-il pour réveiller son cousin. On a du vin à vendre !

Les roues des chariots résonnèrent avec fracas sur les pavés des rues de Krondor. Roo fit signe à Duncan de s'arrêter derrière lui, le long des bâtiments, pour permettre le passage d'autres véhicules dans la rue étroite. Il avait choisi pour premier arrêt une modeste auberge appelée *Le Joyeux Sauteur*, située en bordure du quartier des marchands. L'enseigne montrait deux enfants qui faisaient tourner une corde pour un camarade, suspendu dans les airs.

Roo ouvrit la porte et entra dans la salle commune, déserte à cette heure de la journée. Un homme corpulent nettoyait des verres derrière le comptoir.

— Oui, monsieur ? s'enquit l'aubergiste.

— Êtes-vous le propriétaire des lieux ?

— Alistair Rivers pour vous servir. Que puis-je pour vous ?

Il était gros, mais Roo devina que sous cette graisse se cachait une force impressionnante – il fallait bien que les aubergistes aient à leur disposition un moyen de maintenir l'ordre dans leur établissement. Il faisait preuve de politesse mais se montrerait distant tant qu'il ne saurait pas ce que Roo lui voulait.

— Rupert Avery, annonça ce dernier en tendant la main. Je suis marchand de vin et je viens de Ravensburg.

L'aubergiste lui serra la main par politesse.

— Vous avez besoin d'une chambre ?

— Non, j'ai du vin à vendre.

Rivers afficha un manque d'enthousiasme prononcé.

— J'ai tout le vin dont j'ai besoin, merci beaucoup.

— Mais quels sont ses qualités et son caractère ?

L'aubergiste toisa le jeune homme avant de dire :

— Allez-y, faites votre présentation.

— Je suis né à Ravensburg, monsieur, entonna Roo.

Il se lança alors dans une brève comparaison entre les mérites de la production vinicole de sa ville natale et la piètre qualité du vin qui se buvait quotidiennement dans les établissements les plus modestes de Krondor.

— On n'expédie dans la capitale que de la piquette pour le peuple et des crus incroyablement chers pour la noblesse, insista le jeune homme à la fin de son discours. Mais il n'y a pas de catégorie intermédiaire destinée aux commerçants souhaitant attirer une clientèle de qualité. Mais aujourd'hui, tout cela va changer.

Je peux vous procurer du vin de qualité supérieure, au prix de la piquette, parce que je ne le transporte pas en bouteilles.

L'aubergiste se donna une minute de réflexion avant de dire :

— Vous pouvez me le faire goûter ?

— Bien sûr. Je reviens tout de suite.

Il s'empressa d'aller chercher dans son chariot la barrique de vin qu'il avait remplie à Ravensburg en vue, justement, de faire goûter ses acheteurs. Lorsqu'il revint dans la salle commune, il vit deux verres qui l'attendaient sur le comptoir. Il ôta la bonde et les remplit.

— Il est un peu secoué, car nous sommes arrivés à Krondor ce matin même. Mais laissez-le reposer une semaine ou deux avant de le servir, et vous verrez que vous attirerez plus de clients que toutes les autres auberges du coin.

Rivers ne paraissait pas convaincu mais goûta quand même le vin. Il le garda en bouche en le faisant rouler sur sa langue, puis le recracha dans un seau. Roo fit de même. L'aubergiste attendit encore un peu avant de dire :

— Il est un peu secoué à cause du voyage, comme vous l'avez dit, mais il a du corps et un goût fruité. La plupart de mes clients ne remarqueront même pas la différence par rapport à la piquette qu'on sert par ici. Mais les quelques hommes d'affaires qui fréquentent mon établissement risquent d'apprécier le changement. Ça m'intéresserait de vous en prendre une demi-douzaine de barriques.

Roo réfléchit avant de donner un prix trois fois supérieur à ce qu'il voulait bien accepter et seulement quinze pour cent moins cher que ce que les plus grands crus de Ravensburg rapporteraient. Rivers cligna des yeux :

— Pourquoi ne pas me demander de raser mon auberge, pendant que vous y êtes ? grommela-t-il. Comme ça, je serais ruiné bien plus vite.

113

Il lui proposa un prix par barrique légèrement inférieur à ce que Roo avait payé aux vignerons de Ravensburg. Alors les deux hommes commencèrent à marchander pour de bon.

Roo était attendu lorsqu'il sortit de la troisième auberge vers une heure de l'après-midi. Ses deux premières négociations s'étaient avérées profitables, car il avait gagné plus d'argent qu'il ne s'y attendait. Il avait obtenu d'Alistair Rivers un prix dix pour cent plus élevé que ce qu'il avait espéré, si bien qu'il avait marchandé plus âprement à l'*Auberge des Nombreuses Étoiles*. L'aubergiste et lui avaient finalement convenu d'une somme à peu près égale à celle versée par Rivers. Roo pensait bien obtenir la même chose à la *Taverne du Chien et du Renard* et les négociations étaient donc allées très vite.

— Duncan ! s'écria-t-il en sortant. Il faut décharger cinq barriques.

Puis il s'arrêta net. Duncan hocha discrètement la tête en direction de l'homme assis tout près de lui sur le chariot. L'individu tenait une dague contre les côtes du cousin de Roo, même si, aux yeux des passants, il paraissait simplement discuter à voix basse avec lui.

Un autre homme s'avança.

— Z'êtes le propriétaire de ces chariots ?

Roo hocha la tête en dévisageant l'individu. Il était grand et mince, au point de paraître émacié, mais ses mouvements trahissaient une certaine rapidité et donnaient une impression de danger. Il n'avait pas d'armes apparentes, mais avait dû en dissimuler plusieurs sur sa personne, toutes à portée de la main. Son visage étroit était recouvert d'une barbe de trois jours, striée de gris, et encadré par une chevelure noire et mal taillée qui pendait sur son front et sa nuque.

— Les gars et moi, on vous a vus faire le tour des tavernes et effectuer des livraisons. Me suis demandé si vous êtes nouveau en ville ?

Roo regarda l'individu qui lui faisait face, puis jeta un coup d'œil à celui qui menaçait Duncan, en se demandant s'ils n'étaient que deux. Malheureusement, il y en avait deux autres, qui traînaient à proximité des chariots sans attirer l'attention des passants, mais qui étaient prêts à intervenir en moins d'une seconde pour aider leurs compagnons.

— Je suis déjà venu, mais là, je viens juste d'arriver ce matin avec les chariots.

— Ah ! s'exclama l'individu, dont la voix était étonnamment grave pour quelqu'un d'aussi maigre. Dans ce cas, vous pouvez pas savoir pour les licences à obtenir et les taxes à payer, pas vrai ?

Roo plissa les yeux.

— En entrant dans la capitale, on a déclaré nos marchandises au magistrat du prince, mais il ne m'a pas parlé de licences et de taxes.

— Ben, c'est-à-dire que ce sont pas les licences et les taxes du prince, en fait. (Il baissa la voix.) Y'a certaines façons de faire des affaires en ville, et puis y'en a d'autres, moins officielles, si vous voyez ce que je veux dire. On représente des intérêts qui veulent vous éviter de rencontrer des difficultés à Krondor, si vous me suivez.

Roo s'adossa au chariot pour essayer d'avoir l'air détendu, tout en se demandant avec quelle rapidité il serait capable de tuer cet homme. Duncan parviendrait-il à désarmer l'individu qui le menaçait d'une dague ? Pour le premier, Roo ne se faisait pas de soucis. Il était certain de pouvoir le tuer avant que ses compagnons aient fait deux pas dans sa direction. Mais Duncan n'avait pas reçu le même entraînement que son cousin et risquait de mourir, même s'il était bon épéiste.

— Je suis pas très intelligent aujourd'hui, répliqua le jeune homme. Faites comme si je savais rien et expliquez-moi.

— Ben, y'a des personnes comme moi à Krondor qui font en sorte que les affaires quotidiennes de la cité soient pas perturbées, si vous voyez ce que je veux dire. On aime pas beaucoup la guerre des prix à tout va et les grandes fluctuations entre l'offre et la demande. Alors on veille à ce que tout ce qui entre en ville obtienne un bénéfice raisonnable, de façon à ce que personne soit avantagé, vous voyez ? Comme ça, les choses restent dans l'ordre. On empêche aussi les bandits de s'attaquer aux marchands et de détruire leurs biens et on protège les citoyens qui peuvent dormir la nuit sur leurs deux oreilles sans avoir peur qu'on leur coupe la gorge. Pigé ? Mais forcément, faut qu'on se fasse payer pour nos efforts.

— Je vois, fit Roo. Combien ?

— Vu vos marchandises, je dirai vingt souverains d'or (Roo écarquilla les yeux) pour chaque chariot.

Cette somme correspondait peu ou prou à la moitié des bénéfices qu'il s'attendait à faire sur sa cargaison complète. Il fut incapable de contenir son indignation.

— Quoi, vingt souverains d'or ? Vous êtes cinglé ! (Il recula d'un pas.) Certainement pas !

L'homme avança d'un pas pour suivre Roo, qui avait anticipé cette réaction.

— Si vous tenez à ce que votre ami, là, reste en bonne san...

Brusquement, Roo sortit son épée et la pointa sur la gorge de l'individu avant qu'il ait le temps de s'éloigner. Le bandit était rapide et tenta de reculer, mais Roo le suivit, la pointe de sa lame appuyée contre la peau tendre du cou.

— Ah, ah ! s'exclama le jeune homme. Ne bougez pas trop vite, je pourrais glisser et on retrouverait du sang partout. Si votre ami n'éloigne pas sa dague des côtes de mon cousin, ou si l'un de vos complices de l'autre côté de la rue fait mine d'avancer, vous respirerez bientôt par un nouveau trou.

116

— Ne bougez pas ! s'écria l'autre, paniqué. Bert, descends ! ajouta-t-il en jetant un regard en coin, sans pour autant tourner la tête.

Le dénommé Bert, assis à côté de Duncan, descendit du chariot sans poser de questions.

— Vous faites une grave erreur, ajouta l'individu que Roo menaçait de son épée.

— Si c'est vrai, ce ne sera pas la première.

— Ça risque bien d'être la dernière, si vous contrariez le Sagace.

— Le Sagace ? Et de qui s'agit-il ? s'enquit Roo.

— Un personnage important de la cité, répondit l'escroc. Disons qu'il s'agit d'un malentendu et profitez-en pour vous renseigner à notre sujet. Mais quand on reviendra demain, faudra vous montrer plus poli.

Il fit signe de partir à ses deux lointains compagnons, qui se perdirent rapidement dans la foule de ce début d'après-midi. Certains piétons s'étaient arrêtés pour observer la scène, car il n'était pas fréquent de voir un homme en menacer un autre d'une épée. Visiblement, le maigre bandit n'appréciait pas de se retrouver ainsi exposé aux regards. Un commerçant sortit de son échoppe et commença à crier pour avertir le guet.

— Vous risquez d'avoir encore plus d'ennuis si je me fais arrêter par les hommes du guet.

Il s'humecta les lèvres, nerveusement. Un sifflement strident retentit un pâté de maisons plus loin. Roo baissa son épée. Aussitôt, l'individu s'élança et se perdit à son tour dans la foule.

— C'était quoi, ce cirque ? s'écria Duncan.

— Une tentative de chantage, répondit Roo.

— C'étaient les Moqueurs.

— Et qui sont-ils ?

— La guilde des voleurs, expliqua Duncan en se tapotant les côtes pour s'assurer qu'il n'avait rien.

— Oui, ça doit être eux. Ce type a parlé d'un autre individu qui se fait appeler le Sagace.

— Alors, c'étaient bien les Moqueurs. On peut pas faire du commerce dans une ville de la taille de Krondor sans avoir à verser un pot-de-vin à quelqu'un.

— Que je sois pendu si j'accepte de me laisser détrousser, répliqua Roo en grimpant à bord de son chariot.

Duncan lui répondit peut-être, mais son cousin ne l'écouta pas, trop occupé à baisser le hayon et à détacher la corde qui retenait les barriques. En revanche, il entendit des hommes descendre la rue en courant et quelqu'un crier derrière lui. Il jeta un coup d'œil par-dessus son épaule et aperçut deux soldats du guet, vêtus d'une tunique bleue, un gros gourdin à la main. Ils s'arrêtèrent pour parler au marchand qui les avait appelés. Celui-ci pointa dans la direction du jeune homme, qui jura à voix basse.

— Ce monsieur prétend que vous vous êtes battus dans la rue ? demanda l'officier en s'approchant de Roo.

Le jeune homme lança la corde à Duncan.

— Moi, me battre ? Désolé, mais il s'est trompé. Je suis simplement en train de livrer du vin à cette auberge.

Du menton, il indiqua l'établissement en question. Duncan sauta à bas du chariot pour l'aider à descendre les barriques.

— Bon, fit l'autre, visiblement réticent à l'idée d'enquêter sur l'incident alors qu'il y avait déjà tant de troubles dans les rues de Krondor. Veillez à ce que ça continue comme ça.

Il fit signe à son partenaire de le suivre et repartit comme il était venu.

— Certaines choses ne changeront jamais, commenta Duncan. Si je ne me trompe pas, ces deux-là vont retourner à la pâtisserie où ils se trouvaient avant d'entendre le coup de sifflet.

Roo éclata de rire. Il déposa les cinq barriques dans la rue, avec l'aide de son cousin, et réussit à convaincre l'aubergiste de lui envoyer l'un de ses employés pour aider Duncan à porter le vin à l'intérieur de l'établissement. Pendant ce temps-là, Roo pourrait rester à l'extérieur pour protéger le reste de sa cargaison. Lorsque la livraison fut effectuée, les deux jeunes gens s'assurèrent que les autres barriques étaient bien attachées, puis ils remontèrent sur les chariots et s'en allèrent démarcher un nouvel aubergiste.

Lorsqu'au coucher du soleil, ils firent le bilan de cette première journée, ils s'aperçurent qu'ils avaient déjà vendu un tiers du vin acheté à Ravensburg. Mieux encore, ils avaient pratiquement récupéré la somme investie par Roo. Ce dernier estimait qu'il allait pouvoir tripler sa mise de fonds si les affaires allaient aussi bon train le lendemain.

— Où veux-tu passer la nuit ? demanda Duncan. Et où veux-tu manger ? Je meurs de faim.

— Essayons de trouver une auberge avec une vaste cour, pour pouvoir protéger le vin de nos amis de ce matin.

Duncan hocha la tête, sachant parfaitement à qui son cousin faisait allusion. Ils se trouvaient dans une partie de la cité que Duncan, qui avait pourtant séjourné plusieurs fois déjà à Krondor, ne connaissait pas. À en juger par la qualité des marchandises exposées en vitrine, ce quartier n'était d'ailleurs pas très prospère.

— Faisons le tour du pâté de maisons, proposa Roo. Comme ça, on pourra revenir sur nos pas. J'ai bien peur qu'on laisse la prospérité derrière nous si on continue tout droit.

Duncan acquiesça et regarda son cousin diriger son attelage au milieu de la circulation qui encombrait la rue. En effet, les habitants venaient de terminer leur journée de travail et rentraient chez eux ou se rendaient à la taverne ou au magasin du coin. Certains commerçants s'apprêtaient à fermer leur échoppe, tandis que d'autres allumaient des lanternes, indiquant par là qu'ils restaient ouverts après la tombée de la nuit, pour les gens qui ne pouvaient faire leurs emplettes que le soir.

Les deux chariots avançaient lentement parmi toute cette foule. Roo s'engagea dans une rue, sur sa droite. Duncan le suivit. Il leur fallut presque une heure pour trouver une auberge dont l'écurie était assez grande pour abriter leurs véhicules derrière des portes fermées à double tour. Roo s'arrangea avec le garçon d'écurie, prit le tonnelet qui lui servait à faire goûter son vin et conduisit son cousin à l'intérieur.

L'*Auberge des Sept Fleurs* était un établissement modeste où l'on rencontrait autant de marchands que d'ouvriers. Roo aperçut une table près du comptoir et fit signe à Duncan de s'y asseoir. Puis il dénicha une jeune serveuse qui éveilla son intérêt. Elle avait le visage un peu trop allongé, mais une poitrine et des hanches généreuses.

— Quand vous aurez une minute, apportez-nous des chopes de bière et de quoi manger, lui dit-il en désignant la table où se trouvait son cousin.

La serveuse regarda dans la direction indiquée et sourit à la vue du beau Duncan. Roo s'aperçut, pour sa part, qu'il avait du mal à détacher son regard de la poitrine de la jeune femme, qui tendait le tissu de son corsage.

— Si vous êtes libre à la fin de la soirée, joignez-vous à nous, ajouta-t-il en faisant de son mieux pour avoir l'air aimable.

Mais elle répondit à sa proposition d'un air neutre et par des mots vagues.

— Qui est le propriétaire ? demanda-t-il.

La serveuse désigna un homme costaud de l'autre côté du comptoir. Roo se fraya un passage entre une demi-douzaine de clients et entama son discours. Après avoir fait goûter son vin à l'aubergiste et débattu d'un tarif convenable, le jeune homme parvint à un accord qui comprenait le prix d'une chambre et de deux repas. Alors seulement, il alla rejoindre Duncan à table.

La nourriture, abondante, était de qualité moyenne. Cependant, elle leur parut excellente, comparée à ce qu'ils avaient mangé sur la route pendant deux semaines. La bière n'était pas meilleure, mais tout aussi abondante, et fraîche. Après le dîner, lorsque les choses commencèrent à se calmer, Duncan fit son numéro de charme à la serveuse, une femme d'une trentaine d'années prénommée Jean. Une autre serveuse, une mince jeune fille du nom de Betsy, les rejoignit et finit par se retrouver assise sur les genoux de Roo. Duncan leur raconta des histoires qui les firent tous rire, mais difficile de savoir si c'était dû à ses talents de conteur ou si la bière les rendait tous plus tolérants et sensibles à son humour. À deux reprises, l'aubergiste vint les trouver et ordonna à ses serveuses de se remettre au travail. Mais à mesure que la soirée s'écoulait, les jeunes femmes trouvèrent le moyen de s'asseoir à nouveau avec les deux cousins.

Duncan avait attiré l'attention des deux serveuses, mais Jean, la plus attirante, lui avait très vite mis le grappin dessus. Cependant, Betsy paraissait contente de passer du temps avec Roo, qui la caressait. Ce dernier ne savait pas s'il lui plaisait vraiment ou si elle attendait une récompense, mais il s'en moquait. La douce chaleur de la chair sous les vêtements l'excitait. D'ailleurs, il finit par dire au bout d'un moment :

— Allons là-haut.

La jeune fille ne répondit pas, mais se leva, lui prit la main et le conduisit à l'étage. Roo était ivre et n'entendit pas Duncan et Jean entrer dans la chambre en même temps que lui et Betsy. D'ailleurs, il se perdit bientôt dans les sensations, l'odeur, le goût et la chaleur de la jeune fille.

Il était vaguement conscient de la présence de Duncan et de Jean sur la paillasse à côté de celle qu'il partageait avec Betsy, mais il les ignora. Lorsqu'il faisait partie de la troupe de Calis, il avait couché avec des prostituées à moins d'un mètre des autres soldats. La situation ne le dérangeait donc absolument pas.

Il retira rapidement ses vêtements et ôta ceux de la jeune fille en un tour de main. Il était perdu en pleine passion lorsqu'il entendit quelqu'un crier à l'extérieur. Peu après résonna un autre bruit, comme si l'on fendait du bois. Tout d'abord, il faillit ne rien remarquer, mais un autre craquement retentit. Brusquement, sans même réfléchir, il se retrouva debout et sortit son épée du fourreau.

— Duncan ! s'écria-t-il. Le vin !

Nu comme un ver, Roo dévala les escaliers et traversa la salle commune en courant. Déserte et plongée dans le noir, la pièce se métamorphosa en véritable course d'obstacles. Le jeune homme essaya d'atteindre la porte de la cour sans se cogner à une chaise ou au coin d'une table. Des jurons enivrés retentirent derrière lui. Duncan éprouvait les mêmes difficultés.

Roo trouva la porte, l'ouvrit et se précipita dans l'écurie où étaient ses chevaux et ses chariots. Il sentit de l'humidité sous ses pieds tandis qu'une odeur familière lui chatouillait les narines : celle du vin.

Il entra avec précautions dans le bâtiment obscur, prêt à se battre, car la poussée d'adrénaline avait fait disparaître son ivresse. Duncan le rejoignit. Dans le noir, Roo lui prit le bras en lui faisant signe de se déplacer pour longer la paroi de l'écurie. Quelque chose clochait, mais il n'aurait pas su dire quoi, jusqu'à ce qu'il voie le premier cheval. La pauvre bête gisait sur le sol, le sang giclant à flots de son cou. Rapidement, Roo fit le tour de l'écurie et s'aperçut que les quatre chevaux étaient morts. Tous avaient été égorgés de la même façon afin de les saigner le plus rapidement possible.

— Oh merde ! s'exclama Duncan.

Roo s'empressa de le rejoindre et aperçut le garçon d'écurie qui gisait dans son sang lui aussi.

Les deux jeunes gens coururent jusqu'aux chariots et virent que chaque barrique avait été éventrée ou que l'on avait retiré la bonde, si bien que le vin avait inondé le bâtiment et la cour. Le bois que Roo avait entendu craquer était celui des roues. Les bandits avaient utilisé de gros marteaux pour briser les rayons, de sorte que les chariots étaient désormais inutilisables, à moins d'engager de coûteuses réparations.

L'aubergiste traversa la cour au pas de course et s'arrêta en apercevant les deux jeunes gens, nus, une épée à la main.

— Que se passe-t-il ? demanda-t-il, comme effrayé à l'idée de s'approcher de ces deux étranges apparitions. Lui-même était vêtu d'une chemise de nuit et devait sûrement dormir lorsque l'attaque avait eu lieu.

— Quelqu'un a tué votre garçon d'écurie et mes chevaux, avant de détruire mes chariots et ma marchandise, expliqua Roo.

Brutalement, un cri s'éleva dans la nuit. Avant même que Duncan ait le temps de réagir, Roo passa en courant devant l'aubergiste. Il vola presque jusqu'à la porte de la salle commune, heurta une table et grimpa les marches deux par deux. Il arriva à la porte de la chambre qu'il partageait avec Duncan et avança d'un pas, l'épée levée.

Mais il chancela, au moment même où son compagnon arrivait en haut de l'escalier. Duncan regarda par-dessus l'épaule de son cousin, plus petit que lui, et répéta :

— Merde.

Jean et Betsy gisaient nues sur les paillasses. Leur regard vide apprit aux deux hommes qu'elles étaient mortes, avant même d'apercevoir les flaques sombres qui s'élargissaient autour de leur gorge tranchée. Les assassins étaient entrés par la fenêtre et les avaient tuées rapidement par-derrière avant de les déposer à nouveau sur les paillasses. Brusquement, Roo se rendit compte qu'il piétinait un liquide chaud et visqueux et comprit que les deux femmes étaient sûrement venues jusqu'à la porte après avoir vu leurs compagnons sortir en courant. Elles avaient dû mourir avant même de s'apercevoir que quelqu'un était entré par la fenêtre.

Puis le jeune homme vit que ses vêtements étaient éparpillés dans la pièce. Il les fouilla rapidement et regarda Duncan, au moment où l'aubergiste arrivait à son tour.

— Ils ont pris l'or, annonça-t-il.

Duncan parut défaillir en s'appuyant au chambranle de la porte.

— Merde, dit-il pour la troisième fois.

Le policier du guet de Krondor avait visiblement hâte de terminer son enquête. Il regarda les cadavres des chevaux et du garçon d'écurie, puis entra dans l'auberge pour examiner ceux des serveuses. Ensuite, il posa quelques questions à Roo et à Duncan. De toute évidence, il savait que les Moqueurs étaient impliqués et que ce crime serait qualifié de « non résolu ». À moins de les prendre sur le fait, il était rare de retrouver les criminels et de prouver leur culpabilité dans une cité de la taille de Krondor. Avant de quitter les lieux, le constable recommanda aux deux hommes de signaler toute information ou découverte susceptibles d'aider à résoudre l'affaire au quartier général du guet, situé dans le palais.

L'aubergiste était effondré par la perte de ses trois employés et avoua qu'il redoutait d'être condamné à les rejoindre bientôt. Il chassa Duncan et Roo de son établissement dès l'aube et se barricada dans sa chambre.

Alors que le jour se levait, les deux cousins quittèrent donc l'*Auberge des Sept Fleurs*. La foule du petit matin n'avait pas encore envahi les rues, mais déjà certains krondoriens se rendaient sur leur lieu de travail.

— Qu'est-ce qu'on fait maintenant ? s'enquit Duncan.

— Je ne sais pas..., commença à dire son cousin.

Il prit une longue inspiration en apercevant une silhouette familière de l'autre côté de la rue. Nonchalamment adossé au mur du bâtiment opposé se trouvait l'homme maigre qui les avait abordés la veille. Roo traversa la rue et faillit renverser un passant dans sa hâte. Lorsqu'il arriva devant l'individu, il l'entendit marmonner :

— Doucement, l'étranger, sinon mes amis vont devoir te tirer dessus.

Duncan rattrapa son cousin à temps pour surprendre cette remarque et regarda tout autour de lui à la recherche d'un archer. Il y en avait un sur le toit au-dessus de leurs têtes. Il avait bandé son arc, la flèche contre sa joue, et orientait la pointe dans leur direction.

— Je suppose que tous les deux, vous comprenez maintenant de quels ennuis on peut vous protéger, pas vrai ?

— Si j'étais sûr d'avoir une chance de te tuer sans que mon cousin se fasse tirer dessus, gronda Roo qui peinait à maîtriser sa colère, je t'arracherais le foie sur-le-champ.

— J'aimerais bien voir ça, répliqua l'autre. Tu m'as pris par surprise hier, mais ça risque pas de se reproduire. (Il sourit, une expression qui n'avait rien d'amical.) Y'a rien de personnel là-dedans, fiston. Les affaires sont les affaires. La prochaine fois que tu voudras faire du commerce à Krondor, accepte l'aide de ceux qui peuvent... te donner un coup de main.

— Pourquoi avoir tué le garçon d'écurie et les deux filles ? demanda Roo.

— Qui parle de tuer ? J'comprends rien à ce que tu racontes. Demande autour de toi et tout le monde

125

te dira que Sam Tannerson a joué au pokiir toute la nuit chez Maman Jamila, dans le quartier pauvre. Est-ce que des gens se sont fait tuer ? (Il donna un signal et commença à s'éloigner.) Quand tu seras prêt à te remettre en affaires, fais-le savoir. Sam Tannerson est pas dur à trouver. Et il est toujours content de pouvoir donner un coup de main.

Sur ce, il s'enfonça dans la foule qui commençait à envahir la rue et disparut rapidement.

Au bout d'un moment, Roo posa de nouveau sa question :

— Pourquoi avoir tué ces trois innocents ?

— Sans doute pour montrer aux gens ce qu'il en coûte de faire du commerce avec ceux qui sont trop têtus pour payer les Moqueurs.

— Je ne me suis jamais senti aussi démuni, sauf la fois où ils allaient me pendre.

Duncan connaissait déjà l'histoire de ce jour funeste où Erik et Roo étaient redescendus vivants du gibet après un simulacre de pendaison.

— Bon, tu n'es pas mort, mais qu'est-ce qu'on va faire ?

— Recommencer à zéro, répliqua Roo. Que faire d'autre ? Mais d'abord, on va aller faire un tour au palais, au quartier général du guet.

— Pour quoi faire ?

— Pour leur dire qu'on connaît le nom de l'homme qui se trouve derrière tout ça, un certain Sam Tannerson.

— Tu crois que c'est son vrai nom ?

— Sans doute pas, répondit Roo. Mais c'est celui qu'il utilise, ça devrait bien suffire.

Duncan haussa les épaules.

— Je ne sais pas à quoi ça pourra bien servir, mais vu que je n'ai pas de meilleure idée, pourquoi pas ?

Il emboîta le pas à son cousin et le suivit en direction du palais du prince de Krondor.

Erik contempla la cour où s'entraînaient les troupes levées dans les différentes régions du royaume. Il se rappelait, non sans un certain plaisir coupable, le malaise qu'Alfred, le caporal du baron de la Lande Noire, avait failli avoir lorsqu'il avait appris qu'il était rétrogradé au rang de simple soldat dans la nouvelle armée du prince de Krondor. Il avait fallu qu'Erik l'envoie mordre la poussière à trois reprises sur le terrain de manœuvres pour le convaincre de se taire et de faire ce qu'on lui demandait. Malgré tout, Erik le croyait capable de devenir un bon soldat, meilleur que la moyenne, s'il apprenait à maîtriser son mauvais caractère.

— Qu'en penses-tu ? demanda Robert de Loungville, debout derrière lui.

— Je pourrais vous répondre, répliqua Erik sans se retourner, si je savais exactement ce que les personnes que vous rencontrez tous les soirs – le duc, le prince et tous les autres – ont en tête.

— Tu es allé à Novindus. Tu sais ce qui va nous arriver, insista de Loungville sans la moindre émotion. Tu peux répondre.

— Je pense qu'on a quelques hommes ici qui s'en sortiront bien. Tous sont des vétérans, mais certains ne nous serviront à rien.

— Pourquoi ?

Erik se tourna vers l'homme auquel il faisait son rapport.

— Parce que ce sont des fainéants qui ne sont bons qu'à monter la garde en échange de trois repas par jour. Je suppose que leurs seigneurs se sont dit que ça leur coûterait moins cher si la couronne les nourrissait à leur place. D'autres sont... (Il hésita, cherchant les mots pour exprimer un concept.) Je ne sais pas, on dirait un cheval qu'on a entraîné à faire quelque chose et à qui on veut maintenant apprendre autre chose. Avant tout, il faut casser ses vieilles habitudes.

Robert acquiesça :

— Continue.

— D'autres encore sont incapables de penser par eux-mêmes. Si vous leur donnez des ordres au cours d'une bataille, ils s'en sortiront sans problèmes. Mais livrés à eux-mêmes... (Erik haussa les épaules.)

— Après le repas de midi, rassemble tous les fainéants et ceux qui n'arrivent pas à se défaire de leurs habitudes. On va les renvoyer chez leur maître. Rassemble les autres, ceux qui savent réagir lorsque les circonstances l'exigent, une heure après le départ du premier groupe. Il faut qu'on puisse les entraîner avant de commencer à recruter pour de bon.

— Comment ça ?

— Laisse tomber. Je t'expliquerai tout le moment venu.

Erik salua son supérieur. Il était sur le point de s'en aller lorsqu'un garde sortit du palais en courant.

— Sergent, le maréchal veut vous voir au quartier général du guet, vous et le caporal.

De Loungville sourit.

— Quelqu'un a des ennuis ? Tu veux parier que c'est l'un des nôtres ?

Erik haussa les épaules.

— Je préfère ne pas parier.

Il suivit le sergent dans le dédale de corridors qui parcouraient le palais princier. Le donjon d'origine avait été construit des siècles plus tôt pour protéger le port en contrebas des pirates et des bandits quegans. Mais le palais avait été agrandi jusqu'à couvrir la colline tout entière, avec le donjon à son sommet, et se composait désormais d'un vaste ensemble de bâtiments reliés les uns aux autres.

Erik commençait à avoir ses repères et à s'y sentir un peu plus à l'aise, mais il restait encore bien des choses qui échappaient à sa compréhension. Il n'arrivait pas à déterminer ce qui se passait à Krondor depuis son retour, car il avait à peine entrevu Bobby. Erik et Jadow avaient reçu le commandement d'une centaine d'hommes chacun, avec pour seule consigne de les mettre à l'épreuve et de garder un œil sur eux. Erik ne savait pas vraiment ce que ça signifiait, mais il avait mis au point avec l'autre caporal une série d'exercices basés sur ceux qu'ils avaient eux-mêmes endurés en entrant au service de Robert de Loungville. Au bout d'une semaine de ce régime, Erik savait maintenant qui était apte à entrer dans l'armée que Calis voulait réunir, et qui ne l'était pas.

Depuis qu'il était rentré de Ravensburg, le jeune homme n'avait pas revu son capitaine. Lorsqu'il demandait à de Loungville où se trouvait Calis, le sergent haussait les épaules et répondait qu'il était en mission. Cela mettait le jeune homme mal à l'aise, d'autant que la place qu'il occupait dans le plan de ses supérieurs ne lui paraissait pas très claire. Les gardes du palais l'évitaient ou le traitaient avec un respect inhabituel envers un simple caporal. Des sergents de la garde l'appelaient « monsieur » lorsqu'ils s'adressaient à lui, mais s'il leur posait des questions, il recevait des réponses brusques, voire parfois impolies. Visiblement, la garnison régulière éprouvait du ressentiment envers les membres de l'armée que Calis créait.

Lorsqu'ils arrivèrent au bureau du commandant du guet, Erik, sans réfléchir, porta la main à son épée à la vue de Roo, qui sortait de ce même bureau à reculons, l'épée levée. Un cri s'éleva à l'intérieur de la pièce :

— Il ne vous veut aucun mal ! Rangez-moi cette épée !

Erik reconnut la voix de William, maréchal de Krondor. Roo n'avait pas l'air convaincu du tout, mais Erik n'arrivait pas à voir ce qui l'inquiétait à ce point. Et il faillit tomber à la renverse tant il fut surpris par la vision qui s'offrit à lui. Sur le seuil du bureau du commandant du guet se trouvait un serpent aux écailles vertes avec de gros yeux rouges enchâssés dans une tête semblable à celle d'un alligator et dotée d'un long cou sinueux. Puis Erik aperçut le corps de la créature et vit qu'elle avait des ailes. Il s'agissait d'un petit dragon !

— Détendez-vous, dit Robert avant qu'Erik ait pu dire un mot. Fantus ! Espèce de vieux brigand !

Il s'agenouilla auprès de la créature et lui passa un bras autour du cou pour l'étreindre comme s'il s'agissait de son chien préféré.

— Cette bestiole est en quelque sorte l'animal de compagnie de messire William, expliqua le sergent à l'intention de Roo et d'Erik. Alors, n'allez pas énerver le cousin du roi en lui tuant son compagnon, d'accord ?

Soudain, Erik entendit William éclater de rire à l'intérieur du bureau.

— Fantus a dit qu'il aimerait bien voir ça !

Bobby chatouilla affectueusement la créature au-dessus de ses yeux rouges.

— Tu es toujours une vieille carne, hein ?

Erik crut le sergent sur parole. Il devait effectivement s'agir d'un animal de compagnie, même si ça dépassait son entendement. La créature le dévisagea de la tête aux pieds et le jeune homme eut brusquement la certitude qu'il y avait de l'intelligence au fond de ce regard.

Erik passa à côté de Roo, toujours collé contre le mur, et regarda à l'intérieur de la pièce. Le commandant du guet était debout, tandis que le maréchal se tenait à côté du bureau. Messire William était un homme de petite taille, à peine aussi grand que Bobby, mais il paraissait en forme pour son âge – il devait avoir une cinquantaine d'années. Il avait la réputation d'être l'un des conseillers militaires les plus rusés du royaume. On disait même qu'au cours des dernières années du règne du prince Arutha, il s'était entretenu presque chaque jour avec le vieil homme, pour apprendre. Les hauts faits d'Arutha appartenaient pour

130

moitié à l'Histoire et pour moitié à la légende, mais il avait été l'un des meilleurs généraux de toute l'histoire du royaume.

— Messire James devrait nous rejoindre dans une minute, annonça-t-il à Bobby. Messieurs, ajouta-t-il à l'adresse d'Erik et de Roo, l'un d'entre vous pourrait-il aller chercher de l'eau ? Votre ami s'est évanoui.

Erik baissa les yeux et aperçut les pieds de Duncan qui dépassaient en travers du seuil. Il avait dû être le premier à entrer dans le bureau et à apercevoir le petit dragon.

— J'y vais, dit Erik qui s'éloigna aussitôt.

Juste au moment où je pensais que la situation ne pouvait pas devenir encore plus étrange, ajouta-t-il en son for intérieur.

Chapitre 5

LE NOUVEAU VENU

Roo bâilla.

La discussion durait depuis des heures. Son esprit se mit à vagabonder, si bien que lorsque l'on lui posa une question, il fut obligé de dire :

— Excusez-moi, messire James ? Je suis désolé, je n'ai pas entendu ce que vous avez dit.

— Robert, je crois que notre jeune ami a besoin de se rafraîchir, dit le duc de Krondor. Emmenez-les au réfectoire, lui et son cousin, pendant que je parle avec William.

Ils discutaient dans le bureau du commandant du guet depuis l'arrivée de Roo. Mais jusqu'à ce que messire James parle de réfectoire et de rafraîchissements, le jeune homme avait pratiquement oublié que lui et Duncan n'avaient pas pris de petit déjeuner. De Loungville fit signe aux deux cousins de le suivre.

Ils sortirent du bureau et remontèrent le couloir.

— Que se passe-t-il, sergent ? demanda Roo. Je n'ai presque pas d'espoir de revoir mon argent, mais je veux la tête de ce bâtard de Sam Tannerson.

Robert lui sourit par-dessus son épaule.

— Tu n'es toujours qu'un sale petit rongeur, pas vrai, Avery ? J'admire ça chez un homme. Mais ce n'est pas aussi simple qu'il y paraît, ajouta-t-il tandis qu'ils traversaient le palais. Il ne suffit pas de rassem-

132

bler le guet pour aller arrêter ce Tannerson et le pendre.

— Parce qu'il n'y a pas de témoins, devina Duncan.

— Exactement, approuva Robert. D'autant qu'il y a le problème des meurtres.

— C'est vrai, pourquoi avoir tué ces trois personnes ? renchérit Roo. La destruction de ma cargaison était un avertissement bien assez clair.

Robert ouvrit une porte et leur fit signe d'entrer dans le réfectoire.

— Oh, je parie que c'est la question que se posent le duc et le maréchal en ce moment même.

Roo aperçut Erik et Jadow, debout de l'autre côté de la pièce, tandis qu'un groupe de soldats, vêtus d'une tunique et d'un pantalon gris, mangeait, assis autour d'une table. Le jeune homme agita la main en direction de son ami, qui s'avança à leur rencontre.

— Sergent de Loungville ? demanda Erik, prêt à obéir aux ordres.

— Dis à Jadow de continuer à surveiller ces recrues et rejoins-nous.

Erik fit ce qu'on lui demandait et vint s'asseoir avec les autres. Aussitôt, de jeunes serviteurs leur apportèrent de la nourriture et de la bière.

— Je pense qu'on va pouvoir s'amuser un peu ce soir, annonça Robert en entamant son repas.

— Comment ça ? demanda Roo.

— Eh bien, si je ne me trompe pas au sujet du duc, je pense qu'il va parvenir à la conclusion qu'il y a eu trop de meurtres ces derniers mois et qu'il est temps de s'occuper du problème.

— Mais comment ? s'enquit Duncan. Les Moqueurs contrôlent certaines parties de la cité depuis... avant ma naissance, c'est sûr.

— C'est vrai, admit Robert, mais on n'a jamais eu un duc de Krondor comme messire James, ça aussi, c'est sûr. (Il sourit et mordit dans une tranche de gigot

133

de mouton froid.) Vous feriez bien d'économiser votre énergie, les garçons, ajouta-t-il, la bouche pleine. Je crois qu'on a une longue nuit devant nous.

— On ? répéta Roo.

— Tu vas vouloir nous accompagner, Avery. C'est ton or qu'on essaye de récupérer, pas vrai ? En plus, qu'as-tu de mieux à faire ?

— Rien du tout, reconnut le jeune homme.

— On va te donner un lit, comme ça, tu pourras faire ta sieste pour être belle ce soir, se moqua de Loungville. Je crois qu'on va rester debout une partie de la nuit.

Roo haussa les épaules.

— S'il existe la moindre chance, aussi mince soit-elle, de récupérer mon or, je suis prêt à la tenter. Il s'agit à peu près de la somme avec laquelle j'ai démarré, alors je n'aurai rien perdu – sauf mon temps. (Il regarda Erik.) Il y avait aussi l'or que tu m'as prêté dans ce qu'on m'a volé.

Son ami haussa les épaules.

— On prend toujours un risque lorsqu'on investit de l'argent, même si l'entreprise est sûre. Ça fait partie du jeu.

— Je te rembourserai ton argent, lui promit Roo. (Il se tourna vers les soldats qui mangeaient à l'autre bout de la salle.) C'est votre nouvelle bande de « désespérés », sergent ?

De Loungville sourit.

— Ils ne le sont pas assez à mon goût, mais en fait, on n'a pas encore vraiment commencé avec eux. Pour l'instant, on est plutôt en train de faire le tri, pour renvoyer ceux qui n'ont pas les qualités requises, n'est-ce pas, Erik ?

— Exactement, sergent. Mais je ne sais toujours pas ce que nous sommes censés faire tous les trois.

— On trouvera, répondit Robert sans trop s'engager. Avec un peu de chance, le *Revanche de Tren-*

chard arrivera d'un jour à l'autre. Peut-être que quelques-uns de nos compagnons seront à son bord.

Duncan haussa les sourcils mais personne ne lui expliqua ce que signifiait cette étrange conversation.

— Où est le capitaine ? demanda Roo.

Robert haussa les épaules.

— Il est parti avec Nakor pour le port des Étoiles. Il devrait revenir d'ici quelques semaines.

— Je me demande ce qu'il a derrière la tête, remarqua Roo.

Une expression qu'il connaissait bien apparut sur le visage de Robert de Loungville. Aussitôt, le jeune homme regretta ses paroles. Tout le monde autour de la table, à l'exception de Duncan, partageait un secret connu de quelques personnes seulement. Roo risquait d'avoir de gros ennuis s'il continuait à parler aussi étourdiment.

Erik jeta un coup d'œil à son ami. Ils avaient développé depuis leur enfance une forme de communication silencieuse qui permit à Roo de comprendre qu'Erik aussi souhaitait qu'il se taise. Le jeune homme s'éclaircit la gorge.

— Je crois que cette sieste me fera du bien si je dois rester debout toute la nuit.

Robert hocha la tête. Erik sourit. Duncan, quant à lui, paraissait ne rien avoir compris à cet échange. La conversation tourna alors aux banalités.

Calis regarda par-dessus le bastingage.

— Tu as vu ça ?

Nakor plissa les yeux, aveuglé par le soleil de fin d'après-midi.

— C'est une patrouille keshiane.

Calis et ses compagnons se trouvaient à bord d'un bateau fluvial qui longeait la côte de la mer des Rêves, à quelques kilomètres de Port-Shamata.

— Ils sont bien loin de la frontière... et du mauvais côté, si on peut les voir d'ici.

Nakor haussa les épaules.

— Kesh et le royaume se disputent toujours le val des Rêves, à cause de ses riches terres agricoles et de ses routes commerciales. Mais aucun fermier n'arrive à faire de récoltes et les caravanes ne traversent plus cette région à cause des attaques frontalières. Et la situation stagne, comme un vieil homme trop malade pour vivre, mais pas encore prêt à mourir. (Il regarda son compagnon.) Tu n'as qu'à avertir le commandant de la garnison de Shamata et il enverra une escouade repousser ces Keshians au sud ! ajouta-t-il en souriant.

Calis secoua la tête.

— Je suis sûr que quelqu'un finira par le lui dire. (Il eut un sourire ironique.) Je ne crois pas avoir besoin de l'avertir. Si je le faisais, il pourrait avoir envie d'impressionner l'émissaire du prince de Krondor en provoquant une guerre pour me divertir.

Calis garda les yeux fixés sur l'horizon bien après que la patrouille keshiane eut disparu de sa vue. Port-Shamata était visible dans le lointain, au sud-est, mais ils n'y arriveraient pas avant une heure, car le vent ne soufflait pas très fort en ce milieu de journée.

— Que vois-tu donc au loin, Calis ? demanda Nakor avec une note d'inquiétude dans la voix. Tu es d'humeur mélancolique depuis que nous sommes rentrés.

L'intéressé n'avait pas besoin d'expliquer certaines choses à l'Isalani, qui comprenait mieux les prêtres-serpents panthatians et leur magie malfaisante qu'aucun être humain au monde. D'ailleurs, il avait certainement été témoin des pires conséquences de cette magie. Mais l'inquiétude qui rongeait Calis pour le moment n'avait rien à voir avec la lointaine menace qui pesait sur le royaume, et Nakor le savait. C'était un problème d'ordre personnel qui le tourmentait.

— Je pensais juste à quelqu'un, avoua-t-il.

Nakor sourit et regarda par-dessus son épaule en direction de Sho Pi, l'ancien moine de Dala qui, sur l'insistance de son « maître », dormait à présent sur une balle de coton.

— Comment s'appelle-t-elle ?

— Miranda. Tu m'as déjà entendu parler d'elle.

— Miranda ? répéta Nakor. Plusieurs hommes m'ont parlé d'elle. D'après vos témoignages à tous, il s'agit d'une femme très mystérieuse.

— C'est vrai qu'elle est étrange, admit Calis en hochant la tête.

— Mais attirante, d'après ce qu'on m'en a dit, ajouta Nakor.

— C'est vrai aussi. Il y a tant de choses que j'ignore à son sujet et pourtant, je lui fais confiance.

— Et elle te manque.

Calis haussa les épaules.

— Je ne suis pas d'une nature ordinaire...

— Tu es unique, approuva Nakor.

— ... et les relations avec l'autre sexe sont très compliquées pour moi, ajouta Calis.

— C'est compréhensible, répliqua Nakor. Je me suis marié deux fois. La première fois, j'étais très jeune et elle... Tu sais de qui il s'agissait.

Calis acquiesça. La femme que Nakor avait connue sous le nom de Jorna était devenue dame Clovis, un agent des Panthatians qu'ils avaient affronté plus de vingt ans auparavant, lors de leur premier séjour sur le continent de Novindus. Aujourd'hui, elle était la reine Émeraude, la personnification d'Alma-Lodaka – la Valheru qui avait créé les Panthatians – et la figure de proue de l'armée qui se rassemblait à l'autre bout du monde pour envahir le royaume des Isles.

— Ma deuxième épouse était gentille. Elle s'appelait Sharmia. Mais elle a vieilli et elle est morte. Moi aussi, j'ai du mal à aborder les femmes que je trouve attirantes, et pourtant j'ai six fois ton âge. (Nakor haussa les épaules.) Si tu dois tomber amoureux, Calis, j'espère que ce sera d'une femme qui vivra très longtemps.

— Je ne suis pas sûr de savoir ce qu'est l'amour, Nakor, répondit le demi-elfe avec un sourire contrit. Mes parents sont eux aussi uniques dans les annales de l'Histoire, et leur mariage a quelque chose de vraiment magique.

L'Isalani acquiesça. Tomas, le père de Calis, était né humain avant d'être transformé par une magie très ancienne en une créature mi-humaine, mi-Seigneur Dragon – le nom que les hommes donnaient aux Valherus. C'était en partie cet héritage antique qui avait attiré Aglaranna, la reine elfe d'Elvandar, et qui avait conduit à leur union.

— J'ai eu des aventures, comme tout le monde, poursuivit Calis, mais aucune femme n'a retenu mon attention...

— ... jusqu'à l'arrivée de Miranda, compléta Nakor. (Son compagnon hocha la tête.) C'est peut-être à cause du mystère dont elle s'entoure. Ou parce que tu ne la vois pas beaucoup. (Il pointa sur Calis un index accusateur.) Est-ce que Miranda et toi, vous avez...

Le demi-elfe éclata de rire.

— Bien sûr. Ce n'est pas pour rien que je suis attiré par elle.

Nakor fit la grimace.

— Il nous arrive à tous de nous croire amoureux sous la couette. Je me demande s'il y a un seul homme sur cette planète à qui ça n'est pas arrivé au moins une fois.

— Comment ça ? demanda Calis.

— C'est vrai, j'oubliais que même si tu as plus de cinquante ans, tu es encore très jeune aux yeux du peuple de ta mère.

— Pour eux, je ne suis qu'un enfant qui doit encore apprendre à se conduire comme un véritable Eledhel (C'est le nom que les elfes se donnent).

Nakor secoua la tête.

— Parfois je me dis que ces prêtres qui font vœu de chasteté comprennent à quel point c'est épuisant de penser constamment à la personne avec qui on va coucher.

— Les elfes ne sont pas du tout comme ça, expliqua Calis. Ils voient grandir les sentiments entre eux et la personne qui leur est destinée. Puis, à un moment donné, ils... savent, c'est tout.

Calis regarda de nouveau en direction du rivage alors que le bateau faisait voile vers le petit bras du canal qui conduisait à Port-Shamata.

— Je crois que c'est pour ça que je me sens plus attiré par mon héritage humain, Nakor. La ronde majestueuse des saisons en Elvandar est toujours identique et ça ne me rassure guère. Le chaos de la société humaine me parle plus que les clairières magiques de mon foyer.

L'Isalani haussa les épaules.

— Comment savoir ce qui est juste ? Tu ne ressembles à personne d'autre, mais comme tout homme ou femme en ce monde, peu importe ton héritage, c'est à toi qu'il revient de décider ce que sera ta vie, en fin de compte. Quand tu seras sorti de « l'enfance », tu décideras peut-être de vivre quelque temps parmi les sujets de ta mère. Souviens-toi des paroles qu'un vieil homme qui n'est pas très doué pour écouter les autres s'apprête à prononcer : chaque personne que tu rencontres, avec qui tu es en interaction, est là pour t'apprendre quelque chose. Parfois, il s'écoulera des années avant que tu comprennes ce qu'elle avait à te montrer.

Il haussa de nouveau les épaules et tourna son attention vers le paysage qui s'offrait à ses yeux.

À mesure que leur bateau se dirigeait tranquillement vers le rivage bordé de roseaux, ils virent apparaître des embarcations plus petites le long de la côte, chasseurs rabattant le canard et autre gibier d'eau, et pêcheurs tirant leurs filets. Nakor et Calis gardèrent le silence pendant le reste du trajet.

Sho Pi se réveilla lorsque les bruits de la ville devinrent plus forts. Lorsque le bateau accosta le long des quais, le jeune homme se tenait aux côtés de son « maître » et de Calis. Celui-ci aurait dû, en tant qu'émissaire du prince, descendre le premier à terre, mais il s'écarta de la passerelle pour permettre aux autres passagers de débarquer avant lui.

Lorsqu'il finit par descendre du bateau, Calis étudia la côte et la ville de Port-Shamata. Cent trente kilomètres de terres agricoles et de vergers séparaient le port et la cité de Shamata. Celle-ci n'abritait à l'origine qu'une garnison pour défendre la frontière méridionale contre les incursions des Keshians, mais elle était devenue depuis la deuxième plus grande ville du sud du royaume. Un détachement de soldats attendait Calis sur les quais. Mais au lieu de se rendre à la cité de Shamata, le demi-elfe et ses compagnons devaient suivre la côte de la mer des Rêves jusqu'à atteindre la rivière qui prenait sa source dans le grand lac de l'Étoile. Ils remonteraient ensuite le long de cette rivière jusqu'à la ville du port des Étoiles, qui se dressait sur la rive sud du lac, juste en face de l'île du même nom.

L'arrivée d'un bateau offrait toujours de nombreuses possibilités, légales ou non, si bien que l'on trouvait sur les quais les habituels mendiants, escrocs, ouvriers et colporteurs. Nakor sourit en disant à Sho Pi :

— Fais attention à ta bourse.

— Je n'en ai pas, maître.

Nakor avait fini par désespérer de convaincre le jeune homme de ne pas l'appeler maître, si bien qu'il se contentait de l'ignorer, à présent.

Calis éclata de rire.

— Ce n'est qu'une expression, Sho Pi, expliqua-t-il. Ça veut dire : « reste vigilant ».

Ils furent accueillis au pied de la passerelle par un sergent qui portait le tabard de la garnison de Shamata. Comme les barons du Nord, le commandant de Shamata ne recevait des ordres que de la couronne, si bien qu'il n'y avait pas d'étiquette à respecter dans le val des Rêves, contrairement à la cour de Krondor. Ravi de ne pas avoir à rendre une visite de politesse aux nobles de la région, Calis salua le militaire à son tour et lui demanda son nom.

— Je suis le sergent Aziz, m'sire.

— Pour ma part, je détiens le grade de capitaine. Nous avons besoin de trois chevaux et d'une escorte jusqu'au grand lac de l'Étoile.

— Les pigeons nous ont apporté la nouvelle il y a déjà plusieurs jours, capitaine. Nous entretenons une petite garnison ici, dans le port, qui abrite suffisamment de troupes et de chevaux pour répondre à vos besoins. Mon capitaine vous invite à venir dîner avec lui ce soir.

Calis jeta un coup d'œil en direction du ciel.

— Je ne peux accepter. Ma mission est urgente. En partant maintenant, nous pourrons chevaucher quatre heures avant la tombée de la nuit. Puisque vous envoyez quelqu'un chercher nos montures et des provisions, profitez-en pour transmettre mes regrets à votre capitaine. (Il regarda autour de lui et désigna une auberge d'aspect peu recommandable, de l'autre côté de la rue.) Nous vous attendrons là-bas.

— À vos ordres, répondit le sergent.

Il transmit les instructions à un soldat tout proche, qui salua et éperonna sa monture avant de s'éloigner rapidement.

— Ça ne devrait pas prendre plus d'une heure, capitaine. Votre escorte, les chevaux et les provisions devraient vite être là.

— C'est bien, dit Calis qui fit signe à Sho Pi et à Nakor de le suivre jusqu'à l'auberge.

L'établissement n'était pas le meilleur qu'ils aient connu, mais pas le pire non plus, et l'accueil y était cordial. C'était exactement ce qu'il fallait attendre d'une auberge située si près des quais : ils y passèrent un moment agréable, mais ce n'était pas le genre d'endroit qu'ils auraient choisi de fréquenter s'ils avaient pu trouver une autre taverne proposant des prix raisonnables. Calis commanda de la bière pour ses compagnons et lui en attendant l'arrivée de leur escorte.

Ils buvaient leur deuxième chope lorsqu'un bruit à l'extérieur attira l'attention de Nakor. Il entendit quelqu'un pousser une exclamation inarticulée et émettre une série de cris semblables à ceux d'un singe, suivie par des rires et des applaudissements. L'Isalani se leva et regarda par la fenêtre la plus proche.

— Je ne vois rien. Allons faire un tour dehors.

Calis voulut refuser mais Nakor avait déjà franchi le seuil. Sho Pi haussa les épaules et suivit son maître. Le demi-elfe se leva à son tour, préférant découvrir ce qui troublait son compagnon, avant que celui-ci s'attire des ennuis.

À l'extérieur, une foule s'était rassemblée autour d'un homme accroupi, occupé à ronger un os de mouton. Il s'agissait sans conteste de l'individu le plus sale que Calis ait jamais vu. On eût dit à le voir ainsi – et à le sentir – qu'il n'avait pas pris de bain depuis des années. Le demi-elfe avait passé trop de temps à voyager pour se préoccuper du niveau de propreté exigé à la cour de Krondor, mais l'homme qu'il avait sous les yeux était un cloaque ambulant, comparé à la foule de dockers et de pauvres voyageurs qui l'entourait.

Des débris et des miettes de nourriture avariée s'accrochaient à ses cheveux noirs, parsemés de fils gris et couverts de graisse et de saleté, qui lui arrivaient aux épaules. Son visage paraissait presque aussi noir en raison de la crasse qui s'y était accumulée, au-dessus d'une barbe également très sale. Le peu de peau apparent semblait brûlé par le soleil. Le malheureux portait une robe déchirée au point qu'il y avait apparemment plus de trous que de tissu. Il était impossible de dire la couleur du vêtement, car elle avait disparu depuis longtemps sous les tâches.

Il ne prêtait sans doute aucune attention à ce qu'il mangeait depuis des années, car il était famélique et avait des plaies sur les bras et les jambes.

— Allez, danse ! cria l'un des dockers.

L'homme accroupi gronda comme une bête. Mais la foule fit la même demande plusieurs fois, si bien qu'il posa par terre son os de mouton, presque entièrement nettoyé, et tendit la main.

— Pitiéééé, supplia-t-il d'un ton étonnamment plaintif, comme un enfant.

— Danse d'abord ! s'exclama quelqu'un dans la foule.

Alors le mendiant dépenaillé se leva et exécuta une série de mouvements furieux et désordonnés. Calis s'arrêta derrière Nakor, qui observait le malheureux avec attention. Le demi-elfe, intrigué, repéra dans cette danse des gestes vaguement familiers.

— Mais qu'est-ce que c'est ? demanda-t-il.

— Quelque chose de fascinant, répondit Nakor sans se retourner.

Le mendiant finit de danser. Tremblant de fatigue, il s'immobilisa et tendit la main. Quelqu'un dans la foule lui jeta la moitié de son morceau de pain, qui atterrit à ses pieds. Aussitôt, le malheureux s'accroupit pour le ramasser.

— Allez, maintenant, tout le monde retourne travailler, annonça le chef des dockers.

La plupart des badauds s'éloignèrent. D'autres s'attardèrent un moment pour observer le mendiant. Puis ils partirent à leur tour.

Calis se tourna vers un homme qui devait être de la région pour lui demander :

— Qui est-ce ?

— Un cinglé. Il est arrivé il y a quelques mois et dort où il peut. Il danse pour manger.

— D'où venait-il ? demanda Nakor.

— Personne ne le sait, répondit l'autre avant de s'éloigner.

Nakor s'avança vers le mendiant et s'agenouilla pour regarder son visage. Le malheureux gronda comme un animal et se tourna légèrement pour protéger son os dépourvu de viande et sa croûte de pain.

Nakor prit une orange dans son sac à dos et la pela avant d'en donner un quartier au mendiant. Celui-ci regarda le fruit pendant quelques instants puis l'arracha des mains de l'Isalani. Il essaya de fourrer le fruit entier dans sa bouche, mais le jus coula à flots dans sa barbe.

Sho Pi et Calis vinrent rejoindre Nakor.

— Que se passe-t-il ? demanda le demi-elfe.

— Je ne sais pas, répondit Nakor en se levant. Mais il faut emmener cet homme avec nous.

— Pourquoi ?

— Je ne suis pas sûr, avoua l'Isalani en regardant le mendiant qui grognait. Il y a en lui quelque chose de familier.

— Comment ça ? Tu le connais ?

Nakor se gratta le menton.

— Je ne crois pas, mais c'est difficile à dire, à cause de toute cette saleté. Mais je pense que c'est peut-être quelqu'un d'important.

— Vraiment ? Qu'est-ce qui te fait dire ça ?

Son compagnon sourit.

— Je ne sais pas. Disons que c'est une intuition.

Calis n'avait pas l'air convaincu, mais les intuitions de Nakor s'étaient révélées importantes, au fil des ans, et parfois même capitales. Le demi-elfe se contenta donc de hocher la tête.

Le bruit des sabots sur les pavés annonça l'arrivée de leurs montures et de leur escorte.

— D'accord, céda Calis, mais il va falloir le convaincre de monter à cheval.

Nakor se gratta la tête.

— Ça va être un sacré tour de force, convint-il.

— Et avant toute chose, il va falloir lui donner un bain.

Le sourire de Nakor s'élargit.

— Voilà qui risque d'être encore plus difficile.

Calis lui rendit son sourire.

— Tu ferais bien de savoir comment t'y prendre parce que, s'il le faut, je demanderai aux soldats de le jeter à la mer.

Tandis que les cavaliers s'avançaient à la rencontre de Calis, Nakor se tourna vers le mendiant et réfléchit aux choix qui se présentaient à lui.

Ils se retrouvèrent dans une modeste auberge du quartier des marchands, à quelques rues du quartier pauvre. Robert de Loungville présida la réunion dans l'arrière-salle de l'établissement, qui était sous le contrôle du prince de Krondor, ce que la plupart des clients ignoraient.

— Duncan, toi et William, ici présent (le sergent désigna un homme que Roo n'avait encore jamais vu), vous irez jusqu'à un petit étal au coin de la route des Chandelles et de la rue de Dulanic. Son propriétaire vend des foulards et des voiles mais, en réalité, c'est un mouchard qui fait partie des Moqueurs. Veillez à ce qu'il ne puisse avertir personne. Assommez-le s'il le faut.

Roo jeta un coup d'œil à Erik, qui haussa les épaules. Douze hommes qu'il ne connaissait pas se trouvaient dans la pièce en plus du sergent et des personnes qui avaient déjeuné avec lui ce même jour. Une heure s'était écoulée depuis le dîner. Auberges et tavernes se remplissaient après que la plupart des magasins eurent fermé leurs portes pour la nuit. Erik, Roo, Jadow et de Loungville devaient se rendre jusqu'à une échoppe en face de laquelle ils se posteraient pour attendre. Robert avait bien fait comprendre aux trois autres que, s'il leur en donnait l'ordre, ils devaient entrer dans cette échoppe aussi vite que possible. Il répéta cette consigne à deux reprises, si bien que Roo en déduisit qu'il s'agissait, pour de Loungville, d'une partie très importante de leur mission.

— Vous, vous et vous, ajouta Robert en désignant trois équipes qui avaient pour mission de neutraliser les espions des Moqueurs, sortez par la porte de derrière.

Il attendit quelques minutes, en silence, puis désigna Duncan et le dénommé William.

— À vous maintenant. Passez par-devant.

Les deux hommes obéirent. Au cours des dix minutes qui suivirent, les autres agents partirent à leur tour prendre la place qui leur avait été assignée. Lorsqu'il ne resta plus dans la pièce que Jadow, Erik, de Loungville et lui-même, Roo prit la parole.

— Qui étaient ces hommes ?

— Disons que le prince a besoin d'avoir beaucoup d'yeux et d'oreilles dans une ville comme Krondor, répondit le sergent.

— Ils font partie d'une police secrète ? demanda Jadow.

— Quelque chose comme ça, admit de Loungville. Avery, tu es le plus rapide de nous tous ; reste près de moi. Erik, toi et Jadow, vous êtes trop costauds pour ne pas attirer l'attention. Restez à l'endroit que je vous indiquerai et n'en bougez pas. Autre chose : plus un mot dès que nous serons sortis de l'auberge. Des questions ?

Ils n'en avaient aucune. De Loungville les fit sortir par la porte de derrière. Ils traversèrent les rues d'un bon pas, tout en essayant de passer inaperçus, comme s'ils n'étaient que quatre citoyens ordinaires, pressés certes, mais sans rien qui puisse les distinguer des autres.

Ils passèrent devant un étal dressé au coin d'une rue, à l'entrée du quartier pauvre, et aperçurent Duncan et William en pleine discussion avec le vendeur.

Roo remarqua que son cousin se tenait de telle manière qu'on avait du mal à voir qu'il tenait une dague appuyée contre les côtes de l'individu. William, pour sa part, restait sur ses gardes, prêt à empêcher quiconque de s'approcher trop près de l'étal.

Ils tournèrent dans une petite rue et s'engagèrent dans une avenue parallèle à la première. D'un geste de la main, de Loungville fit signe à Jadow et à Erik de se dissimuler dans l'embrasure d'une porte, très renfoncée et relativement sombre. Puis il traversa la rue en compagnie de Roo et lui indiqua, toujours par gestes, de se poster le long du mur, entre une porte et une fenêtre. Le sergent, quant à lui, prit position au coin du même bâtiment, entre la porte et une ruelle qui longeait l'édifice. Des bruits qu'il entendait, Roo déduisit qu'un marchand se trouvait à l'intérieur et déplaçait une partie de ses marchandises. Il résista à l'envie de jeter un coup d'œil par la fenêtre et essaya de faire comme s'il se reposait simplement pendant une minute ou deux. Mais il ne cessa de lancer des regards furtifs autour de lui, pour pouvoir réagir au moindre problème.

Une silhouette enveloppée dans une grande cape surgit de la pénombre. Derrière elle, d'autres silhouettes, plus vagues encore, parurent se fondre dans l'obscurité. Roo sentit plus qu'il ne vit ces autres personnes prendre position à proximité.

L'individu à la cape passa à côté de Roo sans ralentir et monta les trois marches qui menaient à la porte de l'établissement. Le jeune homme aperçut son visage et écarquilla les yeux. Mais l'autre ne lui laissa pas le temps de réagir et entra dans la boutique en refermant la porte derrière lui. Une voix s'éleva à l'intérieur :

— Puis-je vous être... ?

— Salut, l'interrompit une autre voix, familière celle-là.

Un long silence suivit cette entrée en matière.

— C'est toi, James ?

— Ça fait un bout de temps qu'on ne s'est pas vus, admit messire James, duc de Krondor. C'était il y a quoi, quarante ans ?

— Plus que ça.

Il y eut de nouveau un long silence. Puis le premier homme reprit la parole :

— Je suppose que tes hommes attendent dehors.

— Tu supposes bien. Ils sont là pour veiller à ce que cette conversation ne soit pas interrompue et se termine quand je l'aurai décidé.

Encore un silence, et le bruit de deux hommes qui bougent et de chaises que l'on déplace.

— Merci, dit James.

— J'imagine qu'il ne sert à rien de prétendre que je me suis rangé depuis longtemps et que je ne suis rien d'autre aujourd'hui qu'un simple marchand.

— Tu peux prétendre tout ce que tu veux, Brian, répliqua James. Il y a trente ans, lorsque j'ai entendu dire qu'un marchand du nom de Lysle Rigger venait d'arriver à Krondor, j'ai demandé au prince Arutha d'envoyer des agents te pister. Même pendant ces vingt dernières années, que j'ai passées à Rillanon, j'ai continué à recevoir régulièrement des rapports te concernant.

— Rigger. Ça fait des années que je n'utilise plus ce nom. Je ne m'en sers plus depuis... Où est-ce que nous nous sommes rencontrés ?

— À Lyton.

— Ah oui, je m'en souviens maintenant. J'ai rarement réutilisé ce nom depuis.

— Peu importe. (James soupira, distinctement.) Les agents du prince ont mis quelques années pour découvrir tous tes refuges et identifier tous tes hommes de main. Mais depuis, je n'ai aucun mal à te suivre à la trace.

— Vos hommes sont meilleurs qu'on le croyait. Nous sommes toujours sur nos gardes, à la recherche d'agents de la couronne.

— Vous ne les avez jamais trouvés parce que, jusqu'à ce soir, on se contentait d'observer. Souviens-toi, j'étais un Moqueur autrefois. Il y en a encore parmi vous qui se souviennent de Jimmy les Mains Vives.

— Et maintenant, que va-t-il se passer ?

— Il va falloir que tu changes de nom à nouveau et que tu modifies ton apparence physique. Sinon, les mendiants et les voleurs décideront qu'il est temps pour eux de se choisir un nouveau chef.

Roo entendit quelqu'un glousser et tendit l'oreille pour ne pas perdre une miette de la conversation.

— Tu sais, tout ça remonte à cette histoire avec le Rampant. S'il n'avait pas essayé de s'emparer de la guilde en premier lieu, la transition se serait faite avec beaucoup plus de discipline qu'il y en a eu avec le Vertueux. Ça a été la pagaille.

— C'est ce que j'ai entendu dire, admit James. Mais tout ça appartient au passé. Voilà ce qui m'amène ce soir, Lysle, ou Brian, si tu préfères : dernièrement, tu as perdu tout contrôle sur la guilde. De joyeux petits gredins parcourent librement les rues de ma cité en tuant les habitants qui respectent la loi et payent leurs impôts. Il est normal qu'il y ait des vols et de menus larcins dans une cité comme Krondor. Mais, la nuit dernière, l'un de tes bouchers a tué un garçon d'écurie, deux serveuses et quatre chevaux pour « avertir » un jeune marchand de vin qu'il avait besoin de payer pour sa protection.

— C'est excessif, reconnut le dénommé Brian.

— De même que le prix exigé pour sa protection.

— Qui a fait ça ? Je vais m'occuper de lui.

— Non, répliqua James, c'est moi qui vais m'occuper de lui. Mais si tu veux éviter la potence – mieux encore, si tu ne veux pas que les membres de ta propre guilde te choisissent un remplaçant avant même que ton corps soit refroidi, écoute-moi bien.

» Pour les quelques années à venir, je vais avoir besoin que le calme règne à Krondor et qu'il n'y ait pas de problèmes. En fait, il va même falloir que la cité soit plus riche et prospère que jamais. Les raisons que j'ai d'agir ainsi ne te regardent en rien, mais crois-moi si je te dis qu'au bout du compte, toi et ta bande de hors-la-loi, vous en profiterez comme tout le monde. C'est pourquoi je vais retrouver ce Sam Tannerson et ses petits camarades et les pendre publiquement. Tu vas me fournir un témoin crédible qui l'aura vu quitter l'*Auberge des Sept Fleurs* en tenant un couteau ensanglanté. Trouve-moi un gamin des rues à la mine honnête, une fille de préférence, qui réussira à convaincre le juge que Tannerson et ses copains valent à peine la corde pour les pendre.

» Puis tu diras à ta joyeuse petite bande de voleurs que de telles manigances sont devenues trop dangereuses. Le prochain qui aura la bonne idée de faire un exemple aussi « créatif » ne vivra pas assez longtemps pour être pendu. Je ne plaisante pas, Brian : si l'un de tes assassins sort du droit chemin, tu feras bien de le pendre avant moi, sinon je vous ferai fermer boutique une bonne fois pour toutes.

— Tes prédécesseurs ont déjà essayé. Et les Moqueurs sont toujours là.

Il y eut un long silence avant que James réponde :

— Je sais encore comment on fait pour aller chez Maman. Si je crie avant que tu aies le temps d'attraper la dague dissimulée dans ta botte, tu es un homme mort. En moins d'une heure, ton maître de nuit sera arrêté et mes hommes viendront tirer ton maître de jour hors de son lit pour l'emmener en prison lui aussi. Maman sera cernée et devra fermer boutique avant le lever du soleil. Les voleurs qui sont connus de mes services seront également arrêtés. Même si je n'en attrape pas la moitié, ce sera déjà bien suffisant. Il restera encore des voleurs et des mendiants à Krondor, Brian, mais il n'y aura plus de Moqueurs.

— Dans ce cas, pourquoi ne l'as-tu pas déjà fait ?

— Jusqu'ici, j'ai préféré vous observer. Mais comme je te l'ai déjà dit, maintenant, j'ai besoin de certaines choses. Nous savons tous les deux que je connais l'identité du successeur du Juste puisque je suis assis dans son magasin et que je bavarde avec lui en ce moment même. Si je te tue, il me faudra peut-être des années avant de trouver qui est devenu le chef des voleurs après toi.

Le silence s'installa de nouveau. Puis Roo entendit James ajouter :

— Tu sais comment j'ai su que tu étais de retour en ville il y a si longtemps ? C'est parce qu'on se ressemble comme deux gouttes d'eau, toi et moi. Plutôt ironique, tu ne trouves pas ? Je me suis toujours posé des questions à ce sujet. Tu crois qu'on a un lien de parenté ?

Il ne reçut pour toute réponse qu'un profond soupir.

— J'ai une théorie, admit James sans donner plus de détails. Fais-nous une faveur à tous les deux et garde bien tes animaux en laisse. Je fermerai les yeux sur quelques cambriolages au butin modeste, et un chantage ici ou là. Ça ne me dérange pas que des marchandises disparaissent des quais de temps en temps et que les agents des douanes acceptent parfois d'oublier leurs devoirs. Je pourrais même te donner des boulots qui t'assureront des bénéfices, à toi ainsi qu'à tes frères en haillons – appelle ça une commission, si tu veux. Mais cette fête du crime à outrance est finie et les meurtres s'arrêtent aujourd'hui même. Sinon, s'il me faut vous faire la guerre, je n'hésiterai pas. Est-ce clair ?

— Je ne suis toujours pas convaincu, mais j'y réfléchirai.

James éclata d'un rire que Roo trouva amer.

— Je ne crois pas, non. Tu acceptes ce marché tout de suite ou tu ne sors pas d'ici vivant.

— Voilà qui ne me laisse pas beaucoup le choix, répliqua vivement Brian.

Au ton de sa voix, on sentait qu'il contenait sa colère, mais qu'il n'en aurait pas fallu beaucoup pour qu'elle explose.

Roo regarda autour de lui. La conversation n'avait commencé que quelques minutes plus tôt, mais le jeune homme avait l'impression d'être là depuis des heures. Dans la rue, tout paraissait terriblement normal, même s'il savait qu'au moins une vingtaine d'agents du prince se trouvaient à une centaine de mètres du magasin.

— Il faut bien que tu comprennes, répliqua James, que si j'ai besoin d'une cité calme et prospère, ce n'est pas pour que mon souverain puisse mieux collecter ses impôts, ni pour qu'un groupe de marchands puisse s'enrichir – même s'il s'agit de buts louables en soi. En réalité, c'est la sécurité même de cette ville qui en dépend. Je n'en dirai pas plus, sauf que je n'hésiterai pas à t'écraser s'il le faut. Alors, est-ce que tu acceptes mon offre ?

— Oui, répondit le marchand d'une voix où la colère se mêlait à la résignation.

— Dans ce cas, laisse-moi t'annoncer une bonne nouvelle, reprit James. (Roo entendit que l'on repoussait une chaise à l'intérieur.) Lorsque je partirai, la porte qui mène à l'un de tes passages secrets – celui qui démarre dans la cave sous nos pieds et qui conduit dans les égouts – restera ouverte et sans surveillance. Je suis le seul à savoir qui tu es vraiment. Trouve-toi une nouvelle identité et prends le temps de souffler un peu et de réfléchir à mes paroles. Ensuite, envoie-moi un message. Fais savoir en ville que le Sagace s'est enfui et que le Juste est de retour ; dis à ton maître de nuit et à ton maître de jour que c'est pour faire croire aux autorités qu'elles ont réussi à te chasser. Si cette rumeur ne court pas les rues d'ici demain soir, j'en conclurai que tu as été trahi par les tiens ou que tu n'as pas pris mon avertissement au sérieux. Quoi qu'il en soit, les Moqueurs feraient bien de se préparer à la guerre.

Il s'ensuivit un silence lourd de sens, avant que James ajoute :

— C'est bien. Je sais qu'à ta place, j'aurais pensé un bref instant à prendre cette dague, mais je me suis dit aussi que tu finirais par y renoncer. Tu n'es pas stupide, sinon tu ne serais pas à la tête des Moqueurs.

— J'ai bien failli le faire, pourtant.

— Tu n'aurais pas vécu assez longtemps pour me poignarder, crois-moi. Comme je le disais à l'instant, tu as dix minutes pour t'enfuir. Retourne chez Maman et prends la nouvelle identité dont tu as besoin. Mes agents te connaissent de vue mais ne savent pas qui tu es. Ils pensent que tu n'es qu'un marchand que je fais surveiller. Certains croient sans doute que tu es un espion à la solde de Kesh la Grande ou de tout autre ennemi politique. Ceux qui te connaissent de réputation ne savent pas du tout à quoi tu ressembles. Au fond de moi, je suis resté un Moqueur, assez, du moins, pour te donner cette chance.

» Mais je serai toujours capable de te retrouver. N'oublie jamais ça, Lysle – car c'est toujours sous ce nom que je pense à toi.

— Je ne l'oublierai pas, Jimmy les Mains Vives. Une chose, cependant.

— Oui ?

— Est-ce que tout ce qu'on raconte sur toi est vrai ?

Un éclat de rire sardonique accueillit cette question.

— Non, Lysle, la moitié de ces rumeurs ne sont même pas fondées, je t'assure. J'ai été un meilleur voleur que je le croyais à l'époque, mais j'étais loin d'être aussi bon que je le prétendais. Cependant, c'est

153

vrai que j'ai fait des choses qu'aucun autre Moqueur n'a jamais essayées, et encore moins réussies.

— Par les dieux, c'est bien vrai, admit l'autre à contrecœur. Personne ne peut t'enlever ça, car on n'a jamais vu d'autre voleur s'élever au rang d'un putain de duc et devenir le type le plus puissant du royaume derrière le roi.

— Dis-moi où trouver Tannerson.

— Il se cache sûrement dans un bordel, celui de Sabella.

De Loungville, qui se tenait de l'autre côté du porche où se trouvait Roo, se tourna et siffla dans l'obscurité.

— Il est chez Sabella, dit-il à voix basse.

Roo aperçut alors une silhouette qui n'était pas là à peine quelques instants plus tôt et qui disparut rapidement dans les ténèbres.

— Je sais où c'est, répondit James. N'oublie pas, je veux qu'un témoin se présente au palais dès l'aube. Une fille, de préférence.

— Elle est déjà morte, tu le sais, ça ? Si elle balance Tannerson et ses copains, je vais devoir la condamner à mort. Tu connais la loi des Moqueurs.

— Trouve-moi une gamine. Si elle est jolie et intelligente, je lui trouverai un foyer dans une lointaine cité. Comme ça, au lieu de devenir la pensionnaire d'un bordel, elle pourra peut-être même vivre chez une famille noble et s'occuper de ses enfants. On ne sait jamais. Mais il vaut mieux qu'elle soit jeune, pour que ses habitudes criminelles ne soient pas trop ancrées en elle. (Il fit une brève pause.) Après tout, j'avais quatorze ans quand j'ai rencontré Arutha, mais je n'ai rien oublié de ma vie chez les Moqueurs.

— C'est bien vrai, Jimmy, les dieux en soient témoins.

Brusquement, la porte s'ouvrit et le duc James, toujours enveloppé de la tête aux genoux dans une grande cape, descendit les marches du perron. Il s'ar-

rêta un bref instant auprès de Robert pour lui demander :

— Tu as entendu ?

— Oui. J'ai fait passer le mot, répondit de Loungville.

Alors le duc de Krondor s'enfonça dans la nuit.
Malgré la pénombre qui régnait au bout de la rue,
Roo vit des silhouettes lui emboîter le pas. Quelques
secondes plus tard, le passage était à nouveau désert.

Le jeune homme jeta un coup d'œil à de Loungville,
qui leva la main pour lui faire signe d'attendre. Dix
minutes s'écoulèrent ainsi. Puis, brusquement, Robert
porta deux doigts à sa bouche. Un sifflement strident
retentit. Une troupe de soldats sortit d'une rue adja-
cente, tandis que Jadow et Erik accouraient vers leurs
compagnons.

— Vous ! s'écria de Loungville à l'intention des soldats. Entrez dans ce bâtiment et arrêtez toutes les
personnes que vous y trouverez. Confisquez tous les
documents et ne laissez personne entrer ni sortir une
fois que vous aurez posé les scellés. Roo, Jadow et
Erik, avec moi.

— On va chez Sabella ? demanda Roo.

— Oui, et si on a de la chance, ton copain Tannerson essayera de résister.

— Eh mec, on dirait que cette idée a l'air de lui
faire plaisir ! s'exclama Jadow.

— Ça fait trop longtemps que je n'ai pas eu une
bonne excuse pour tuer quelqu'un, Jadow, répliqua
le sergent.

Sur ce, ils s'enfoncèrent dans le quartier pauvre, en
courant et en silence.

Roo suivait de Loungville de très près et ils ne tardèrent pas à atteindre le passage où se trouvait l'établissement de Sabella, qui occupait le premier tiers
du pâté de maisons. Un homme les attendait au coin
de la rue.

155

— Est-ce que tout le monde est en place ? chuchota le sergent.

— On n'attend plus que vous. J'ai cru apercevoir quelque chose sur le toit il y a quelques minutes, mais ça devait être un chat. Tout est plutôt calme, par ici.

De Loungville acquiesça, un geste presque invisible dans la pénombre.

— Allons-y.

Ils entrèrent dans le bordel comme dans un camp ennemi. Avant que le gardien de la maison ait le temps de les empêcher d'entrer, Jadow lui donna un coup de poing sur la tempe qui l'envoya à genoux sur le plancher. Au passage, Erik lui porta un nouveau coup qui lui fit perdre conscience.

Roo passa devant de Loungville et deux jeunes femmes si surprises par une telle éruption de violence qu'elles restèrent assises sans bouger, bouche bée. Le jeune homme atteignit l'escalier au moment où une femme corpulente, d'âge moyen, se retournait pour voir ce qui se passait à la porte d'entrée. Elle se retrouva avec la dague de Roo appuyée contre sa gorge.

— Où est Tannerson ? demanda Roo d'une voix basse et menaçante.

Elle pâlit et répondit dans un murmure :

— En haut de l'escalier, première porte à droite.

— Si vous mentez, vous mourrez.

La femme regarda par-dessus l'épaule de Roo et aperçut Jadow et Erik qui venaient dans sa direction. Ils avaient l'air si imposants et dangereux qu'elle parut enfin comprendre la menace qui pesait sur elle.

— Non, je voulais dire première porte à gauche.

Roo bondit dans l'escalier, de Loungville sur les talons. Le sergent se retourna et ordonna à Erik et Jadow, par gestes, de rester au pied des marches pour empêcher quiconque de passer. Lorsqu'il se remit à monter, il vit Roo arriver en haut de l'escalier et hési-

156

ter. Le jeune homme fit signe à de Loungville de passer devant lui et s'accroupit.

Le sergent enfonça la porte d'un coup de pied. Roo bondit à l'intérieur, l'épée levée, et se ramassa sur lui-même. Mais c'était inutile. Sur le lit gisait Sam Tannerson, dont les yeux vides fixaient le plafond d'un air absent tandis que du sang s'écoulait de l'entaille qu'il avait à la gorge.

— Qu'est-ce que... ? s'écria de Loungville à la vue de ce tableau.

Roo se précipita vers la fenêtre ouverte et regarda dehors. Visiblement, quelqu'un était entré et sorti de la chambre quelques minutes à peine avant leur arrivée. Le jeune homme se tourna de nouveau vers l'intérieur et se mit à rire.

— Qu'est-ce qui est si drôle ? lui demanda Erik qui venait d'arriver, en jetant un coup d'œil dans la chambre.

Son ami désigna le cadavre sur le lit.

— Une vulgaire putain a tué Tannerson, tout ça pour lui voler mon or, je parie.

De Loungville regarda le corps du bandit.

— Peut-être. Mais on ferait mieux de partir et de parler de ça ailleurs.

Roo acquiesça, remit son épée au fourreau et suivit de Loungville à l'extérieur de la chambre.

La jeune fille, dissimulée de l'autre côté de la rue, vit les hommes qui avaient tenté de capturer Tannerson quitter le bordel. Ils traînaient derrière eux les habitués qui jouaient au poker au rez-de-chaussée avant leur irruption. D'autres hommes patrouillaient dans les rues à proximité pour s'assurer que personne ne les observait. Mais la jeune fille était certaine qu'ils ne l'avaient pas vue sortir de la chambre de Tannerson. Elle regarda ses mains, s'attendant presque à les voir trembler. Mais non, elles étaient posées fermement sur l'avancée du toit où la jeune fille se tenait accroupie, invisible dans les ténèbres. Elle n'avait jamais tué auparavant, mais jusqu'à hier, elle avait une sœur et aucune raison d'assassiner quelqu'un. Cependant, contrairement à ce qu'elle avait pensé, la rage froide qui avait alimenté son désir de vengeance n'avait pas disparu avec la mort de Tannerson. Elle avait cru qu'elle pourrait tourner la page, qu'elle aurait le sentiment que la dette avait été payée, mais il n'en était rien. La rage bouillonnait encore en elle car rien ne pourrait jamais lui ramener sa sœur.

Cependant, la curiosité la poussa à écarter sa douleur pour se demander qui étaient ces hommes. Il s'était écoulé à peine cinq minutes entre le moment où elle était sortie de la chambre et celui où elle avait entendu les voix en colère s'élever de l'autre côté de la rue. Elle avait laissé ses vêtements de travail dans un sac dissimulé derrière la cheminée de la maison située en face du bordel qui servait de quartier général à Tannerson. Elle savait qu'elle aurait besoin de changer sa tenue après avoir achevé sa sanglante besogne. Lorsqu'elle avait décidé de venger Betsy, elle avait juré qu'au moins un cadavre reposerait dans cette chambre cette nuit : si ce n'était pas celui de Tannerson, ce serait le sien.

S'introduire chez Sabella n'avait présenté aucune difficulté, de même qu'il avait été facile, en la payant, de convaincre une prostituée de dire à Tannerson que quelqu'un de spécial l'attendait dans sa chambre. La fille en question, stupide, n'avait vu qu'une chose : elle allait toucher une bourse pleine d'or sans devoir reverser la moindre pièce à Sabella. À présent, elle allait se taire, par peur d'être accusée.

Au cours des premières minutes de sa fuite, la peur avait bien failli submerger la jeune fille. Après être revenue sur ce toit, elle avait dû rester assise un moment, incapable de bouger. Mais le sang de Tannerson la recouvrait de la taille au menton et elle avait fini par retirer ses vêtements souillés. Puis elle avait entendu les hommes dans la rue en contrebas et la peur l'avait empêchée de partir. Tandis qu'elle attendait, la fatigue s'était abattue sur elle et l'avait fait somnoler – une minute ou une heure, elle n'aurait su le dire. Mais à présent, elle était parfaitement réveillée et vigilante. Si les hommes qui étaient entrés chez Sabella obéissaient aux ordres du maître de nuit, peut-être l'un d'entre eux l'avait-il aperçue et identifiée ? C'était une chose que d'être recherchée par la police du prince ; avoir les Moqueurs aux trousses en était une autre. Son seul espoir dans le deuxième cas serait de fuir la cité et de s'en aller le plus loin possible, jusqu'à LaMut ou Kesh.

La jeune fille rampa sur le toit jusqu'à l'endroit où elle avait laissé sa corde. Ayant jeté au loin le sac qui lui avait servi à transporter son pantalon, sa chemise et son gilet de tous les jours, ainsi qu'une dague et une paire de bottes – et qui contenait à présent un couteau et une tunique ensanglantés –, elle risqua un coup d'œil par-dessus l'avant-toit.

Deux individus, formant l'arrière-garde du groupe, traversèrent en courant la pénombre en contrebas. La jeune fille se déplaça vers une autre partie du toit, d'où elle vit d'autres hommes partir dans la même direction que ceux qui venaient juste de quitter le bordel. Elle s'assit de nouveau sur ses talons pour réfléchir. Elle n'avait aperçu aucun visage familier, or elle aurait dû reconnaître au moins l'un d'eux s'ils avaient été des Moqueurs. Les hommes qui étaient entrés chez Sabella appartenaient sans aucun doute à la police du prince, car personne d'autre dans la cité n'était capable de monter une opération pareille, surtout qu'ils semblaient surgir et se fondre dans les ténèbres comme les meilleurs représentants de la guilde des voleurs. Il devait s'agir des agents spéciaux du duc de Krondor, sa police secrète.

Mais que voulaient-ils à Tannerson et sa bande de brigands ? se demanda la jeune fille. Elle n'avait pas une grande expérience de ces histoires-là, mais elle était astucieuse, intelligente et curieuse. Elle évalua la distance qui la séparait du toit voisin, recula et franchit l'intervalle d'un bond, avec souplesse. Elle continua ainsi à suivre les agents du prince en utilisant la rue du Monte-en-l'Air. Cependant, elle commença à prendre du retard sur eux après avoir parcouru de cette façon tout un pâté de maisons. Elle dénicha rapidement une gouttière et regagna le sol.

À cette heure, les rues étaient plongées dans l'obscurité et pratiquement désertes, si bien qu'il lui fallut rester dans la pénombre pour ne pas attirer l'attention. À deux reprises, la jeune fille repéra des sentinelles chargées d'empêcher quiconque de les suivre, si bien qu'elle dut attendre que ces hommes se remettent en marche pour reprendre sa filature furtivement.

Une heure avant l'aube, elle perdit de vue le dernier d'entre eux, mais elle était pratiquement certaine de connaître leur destination : le palais du prince.

Ils avaient fait de nombreux détours et s'étaient donné beaucoup de mal pour éviter d'être suivis, mais la jeune fille avait su garder son calme, sans se précipiter. Sa persévérance était récompensée, car il était clair désormais qu'ils se rendaient au palais.

Elle s'arrêta et regarda autour d'elle. Les rues lui donnaient l'impression d'être désertes, mais un certain malaise naquit au creux de son estomac et lui fit brusquement regretter de s'être montrée si curieuse. L'épuisement menaçait de nouveau de la submerger, or il lui faudrait se présenter devant le maître de jour dans moins de deux heures. Elle avait peur d'aller dormir, car elle ne pourrait certainement pas se réveiller à temps. D'ordinaire, elle ne récoltait qu'une taloche ou une sévère réprimande si elle manquait une journée de boulot – elle détroussait les passants sur le marché. Mais au lendemain de la mort de Tannerson, elle ne bénéficierait pas d'une telle clémence. Il fallait absolument éviter d'attirer une attention indésirable sur ses activités de la nuit.

Tannerson était une brute et avait peu d'amis mais de nombreux alliés, car il avait acquis un certain pouvoir au sein des « gros bras », cette faction des Moqueurs qui n'hésitaient pas à recourir à des pratiques musclées telles que le vol à main armée, l'extorsion et le chantage à la « protection ». Tous ces procédés étaient contraires aux habitudes des mendiants et des autres membres de la guilde qui pratiquaient le larcin sous des formes plus subtiles. Cependant, le Sagace et ses deux lieutenants, le maître de jour et le maître de nuit, rechignaient à faire rentrer dans le rang Tannerson et ses semblables, car on pouvait dire ce qu'on voulait au sujet de ce salaud, toujours est-il qu'il ramenait beaucoup d'argent. Son règne de terreur sur les marchands qui officiaient près des quais et dans le quartier pauvre avait permis de doubler et même plus l'argent des « protections » l'année précédente.

En revanche, si la jeune fille rentrait au bercail en racontant qu'elle avait vu un groupe d'hommes dans les rues qui menaient au palais, elle parviendrait à détourner les soupçons, car le Sagace s'inquiéterait plus des agissements de la police secrète que d'une petite voleuse. Elle parviendrait peut-être même à leur faire croire que c'étaient les agents du prince qui avaient tranché la gorge de Tannerson.

La rêverie de la jeune fille, due en partie à l'épuisement et aux émotions liées au meurtre de l'assassin de sa sœur, avait émoussé sa vigilance. Elle venait à peine de prendre conscience d'une présence derrière elle lorsqu'elle tourna les talons et essaya de s'enfuir.

La main d'un homme saisit son poignet et la retint d'une étreinte d'acier. La jeune fille prit sa dague pour se défendre mais une autre main interrompit son geste. Elle plongea alors son regard dans les yeux bleus de l'individu. Elle n'avait jamais rencontré de type aussi costaud que lui, car elle était incapable de se libérer en dépit de ses efforts. Il était rapide aussi : lorsqu'elle essaya de lui donner un coup de pied dans le bas-ventre, il se tourna de côté si bien qu'elle ne heurta, sans lui faire mal, que ses cuisses aussi solides qu'un tronc de chêne.

D'autres hommes les rejoignirent. Dans la pénombre du petit matin, la jeune fille vit un cercle d'individus visiblement dangereux se refermer sur elle. Un petit bonhomme, laid et chauve, la regarda de la tête aux pieds avant de demander en lui arrachant sa dague :

— Qu'avons-nous là ?

Un autre type, dont elle ne parvint pas à distinguer les traits, répondit :

— C'est elle qui nous suivait.

— Qui es-tu, fillette ? s'enquit Robert de Loungville.

— Je crois qu'il y a du sang sur ses mains, expliqua le costaud qui la tenait.

Quelqu'un dévoila une lanterne ; brusquement la jeune fille put discerner le visage des individus qui l'entouraient. Celui qui la tenait n'était guère plus qu'un gamin, lui aussi : ils avaient l'air à peu près du même âge. D'ailleurs, il avait beau avoir les bras aussi gros que les cuisses de la jeune fille, il n'en était pas moins doté d'un visage doux et enfantin. Mais il y avait dans ses yeux une lueur qui la rendait méfiante.

Le petit bonhomme, qui semblait avoir le commandement, baissa les yeux pour regarder les mains de la jeune fille.

— Tu as de bons yeux, Erik. Elle a essayé de les essuyer, mais elle n'avait pas d'eau pour se nettoyer.

Il se tourna vers un type qui se tenait sur l'extérieur du cercle.

— Retourne du côté de chez Sabella et fouille les allées et les toits du quartier. Je pense que tu y trouveras l'arme du crime et les vêtements qu'elle portait quand elle a tué Tannerson. Elle n'a pas eu le temps de les jeter dans le port, sinon elle n'aurait pas pu nous rattraper.

Un autre individu, plus petit encore que le commandant, maigre à faire peur et aussi jeune que celui qui la retenait prisonnière, bouscula ses compagnons et colla son visage à quelques centimètres de celui de la jeune fille.

— Qu'est-ce que t'as fait de mon or ? voulut savoir Roo.

La gamine lui cracha au visage en guise de réponse. De Loungville dut retenir le jeune homme qui voulait répliquer en la giflant.

— Il commence à faire jour et nous sommes dans un endroit public, chuchota le bonhomme d'une voix rauque. Emmenons-la au palais, Erik. On l'interrogera là-bas.

La jeune fille décida qu'il était temps de ne plus rester passive et se mit à crier à pleins poumons, dans l'espoir que le dénommé Erik, surpris, relâche son étreinte et lui permette de s'échapper. Mais elle n'obtint pas le résultat escompté car une grosse main se referma aussitôt sur sa bouche.

— Si tu ouvres encore ton clapet, la prévint le petit commandant, je lui donnerai l'ordre de t'assommer pour te réduire au silence. Je n'ai pas besoin de me montrer tendre avec toi.

Elle savait qu'il ne s'agissait pas de menaces en l'air. Pourtant, elle n'en avait pas moins atteint son but, car des volets s'ouvrirent au-dessus de leur tête et deux gamins des rues risquèrent un coup d'œil au détour d'une ruelle toute proche. Avant même que la jeune fille ne soit entrée dans le palais, le maître de jour apprendrait que la voleuse du nom de Kitty avait été capturée par les agents du prince. Voilà qui expliquerait son absence lors du rassemblement matinal et qui lui fournirait une bonne excuse lorsqu'elle se présenterait chez Maman devant le maître de jour.

163

Mais tandis qu'Erik l'entraînait dans des rues que l'aube n'éclairait pas encore, la jeune fille corrigea sa dernière pensée : elle aurait une bonne excuse, à condition de pouvoir retourner chez Maman.

Lorsqu'ils arrivèrent au palais, l'humeur des hommes qui escortaient la prisonnière devint plus légère, à l'exception de celle de Roo, qui voulait savoir ce qui était arrivé à son or. Il fulminait et ne cessait de lancer des regards suspicieux à la jeune fille.

Ils entrèrent dans le palais par une petite porte et passèrent entre deux gardes vigilants qui ne prononcèrent pas un mot. Ils remontèrent un grand corridor éclairé par des torches accrochées au mur et continuèrent en silence jusqu'à un grand escalier qui conduisait à la partie inférieure du palais. Le groupe se sépara à cet endroit et plusieurs hommes s'éloignèrent, laissant la jeune fille à la garde d'Erik, de Loungville, Roo, Duncan et Jadow.

Erik lâcha le bras de la jeune fille, qu'il jeta plus qu'il ne la poussa à l'intérieur d'une cellule pour l'interroger. Des menottes pendaient au mur. Si la gamine avait pris le temps de les examiner, elle aurait vu qu'elles étaient rouillées à force de ne pas servir. Mais elle ne le vit pas et se retourna, tel un animal en cage, accroupie dans l'attente d'une attaque.

— Elle est plutôt coriace, vous ne trouvez pas ? fit remarquer de Loungville.

— Où est mon or ? demanda à nouveau Roo.

— Quel or ? répliqua la fille.

De Loungville s'avança.

— Assez ! (Il regarda la jeune voleuse.) Comment faut-il t'appeler ?

— Comme vous voulez ! répondit-elle d'un ton mordant. Quelle différence ça fait ?

— Tu nous as mis dans une situation très difficile, jeune fille, expliqua le sergent.

164

Il fit signe à Jadow de lui rapporter un petit tabouret en bois, sur lequel il s'assit.

— Je suis fatigué, reprit-il. La nuit a été longue, d'autant que j'ai vu des choses qui ne me plaisent pas beaucoup. Mais ce que j'aime le moins, c'est que tu as tué l'homme que j'allais pendre demain. Je ne sais pas quel grief tu avais envers Tannerson, petite, mais j'avais besoin de lui pour l'exécuter publiquement. (Il jeta un coup d'œil à ses compagnons qui s'alignaient le long des murs de la cellule.) Maintenant, il va falloir qu'on trouve quelqu'un d'autre à pendre.

— Peut-être que ça passerait si on lui coupait les cheveux et qu'on lui donne des vêtements d'homme, suggéra Jadow.

Si la menace impressionna la jeune fille, elle n'en laissa rien paraître. Elle se contenta de jeter un regard noir à chacun de ses geôliers, tour à tour, comme si elle cherchait à graver leurs traits dans sa mémoire afin de se venger par la suite.

— Il a tué ma sœur, finit-elle par avouer.

— Comment s'appelait ta sœur ? demanda de Loungville.

— Betsy. Elle était serveuse à l'*Auberge des Sept Fleurs* et elle... se prostituait aussi.

Roo se sentit rougir. Brusquement, il s'aperçut qu'il y avait bel et bien une ressemblance, même si cette fille était beaucoup plus jolie que sa sœur. Il fut surpris de sa propre réaction. Il était gêné. Il avait couché avec Betsy et ne tenait pas à ce que sa sœur apprenne qu'il était en sa compagnie lorsqu'elle s'était fait tuer.

— Quel est ton nom ? insista de Loungville.

— Katherine, répondit une voix derrière eux.

Roo se retourna et vit messire James, qui se tenait sur le seuil de la cellule.

— C'est une voleuse. (Il contourna de Loungville et s'approcha pour dévisager la jeune fille.) Ils te surnomment Kitty, n'est-ce pas ?

165

Elle acquiesça. Les autres l'effrayaient, car ils avaient l'air endurci, mais du moins étaient-ils vêtus comme des gens du peuple. En revanche, l'homme qui lui faisait face s'habillait comme un noble et s'exprimait comme s'il s'attendait à être obéi.

— J'ai connu ta grand-mère, lui dit-il.

L'espace d'un instant, Kitty parut perplexe. Puis elle écarquilla les yeux et pâlit.

— Par tous les dieux et les démons, vous êtes ce satané duc, pas vrai ?

James acquiesça et se tourna vers de Loungville.

— Comment avez-vous attrapé ce petit poisson ?

Le sergent expliqua que l'un de ses hommes, à l'arrière-garde, l'avait repérée lorsqu'elle était descendue le long d'une gouttière. Ils lui avaient alors tendu un piège.

— J'ai laissé Erik s'attarder dans la pénombre et il lui a suffi d'attraper la gamine quand elle est passée à côté de lui, conclut-il.

Il se leva et fit signe au duc de prendre le tabouret ; James s'assit et dit calmement :

— Tu ferais mieux de me raconter tout ce qui s'est exactement passé, jeune fille.

Elle obtempéra. Elle avait découvert que Sam Tannerson et ses gros bras étaient responsables du meurtre de sa sœur ; elle s'était alors arrangée pour l'attirer dans une des chambres de Sabella. Elle avait éteint la lampe et s'était allongée sur le lit, si bien qu'en entrant, Tannerson n'avait aperçu qu'une jolie jeune fille. Il n'avait rien soupçonné, jusqu'à ce qu'il se penche sur elle et sente la dague lui entailler la gorge.

Kitty avait alors roulé sur le ventre tandis qu'il s'effondrait sur le lit. Elle avait ensuite essayé d'enlever le plus de sang possible de ses mains et de ses vêtements avant de s'enfuir par la fenêtre.

Roo l'interrompit pour demander :

— Lui as-tu pris son or ?

— Il n'avait pas de bourse, en tout cas, je crois pas. Je me suis pas arrêtée pour regarder.

Roo jura.

— Quelqu'un t'aura entendue partir et lui aura pris son or après avoir jeté un coup d'œil dans la chambre et vu tout ce sang.

— Mais la porte était verrouillée, protesta de Loungville.

Ce fut le duc James qui répondit :

— On s'aperçoit souvent que les verrous ne sont pas aussi sûrs que l'on veut bien le croire, à condition de savoir trouver le défaut caché. C'est sûrement l'un des employés du bordel qui a ton or, Roo. Ils savaient comment positionner le loquet pour qu'il se remette en place après avoir fermé la porte. Si tu étais arrivé cinq minutes plus tôt, tu aurais peut-être pris le voleur sur le fait. Maintenant, c'est trop tard. Même si on attrapait le voleur et qu'on le fasse lentement rôtir à la broche, on ne retrouverait pas ton or.

Roo jura de nouveau.

— Tu me poses problème, Kitty, avoua James. Je suis parvenu à un accord avec le Sagace et ses compagnons et voilà que tu réussis à ruiner tous mes plans. (Il se frotta le menton.) En tout cas, ta carrière parmi les Moqueurs touche à sa fin.

— Qu'allez-vous faire de moi ? demanda la jeune fille d'une voix rendue faible par la peur.

— On va t'offrir un travail, répondit le duc en se levant. Nous avons besoin d'agents féminins, Bobby. Mais garde-la bien en laisse les premiers temps. S'il s'avère qu'on ne peut pas lui faire confiance, il faudra la tuer.

Il quitta la pièce. De Loungville fit signe à ses compagnons de faire de même. Resté seul, il s'avança vers Kitty et lui prit le menton.

— Tu es plutôt jolie, sous toute cette crasse.

— Toi, tu veux du sport, c'est ça ? répliqua-t-elle, une lueur de défi au fond des yeux.

— Et si c'était le cas ? chuchota le sergent d'une voix rauque.

Il attira le visage de la jeune fille vers le sien et lui donna un rapide baiser, tout en gardant les yeux ouverts, pour l'observer avec attention.

Elle s'écarta de lui.

— Tu serais pas la première brute à poser les mains sur moi, répliqua-t-elle sans la moindre émotion. On m'a prise jeune. Être baisée par toi ou par un autre, quelle différence ça fait ?

Elle recula et retira son gilet. Puis elle déboutonna sa tunique et l'enleva, ainsi que son pantalon et ses bottes.

De Loungville se tourna vers la porte de la cellule, où l'attendaient Erik et Roo. Il leur fit signe de s'en aller et contempla Kitty pendant un long moment. Elle avait un corps souple, de petits seins et des hanches étroites, mais l'ensemble n'en restait pas moins joli, d'autant qu'elle avait un long cou gracile et de grands yeux.

— C'est vrai que tu es plutôt mignonne. Maintenant, rhabille-toi, ajouta-t-il en lui tournant le dos. Je vais demander qu'on t'amène à manger. Repose-toi un peu, on reparlera plus tard. Et n'oublie pas : tu travailles pour moi, maintenant et, s'il le faut, je te trancherai la gorge ou je te prendrai dans mon lit, selon mon humeur.

Il quitta la cellule sans se retourner et verrouilla la porte derrière lui. Il rejoignit ensuite ses compagnons, qui l'attendaient.

— Erik, Jadow, retournez dans vos quartiers et tâchez de dormir un peu. J'ai besoin de votre vigilance d'ici deux heures. Entre le meurtre de Tannerson et la fuite du Sagace, les choses risquent de bouger en ville d'ici peu.

Les deux soldats partirent. De Loungville se tourna vers Roo et Duncan.

— À vous deux, maintenant. Que comptez-vous faire ?

Roo regarda son cousin, qui haussa les épaules.

— Je suppose qu'il va falloir trouver un boulot, répondit Roo.

— Tu peux travailler pour moi, l'offre tient toujours.

— Merci sergent, mais si je baissais les bras au premier revers de fortune, quelle sorte de marchand ferais-je donc ?

— C'est vrai, admit Robert. Bon, vous savez où se trouve la sortie. Si vous avez faim, n'hésitez pas à manger un morceau en cuisine avant de partir. On vous donnera un repas chaud sur le compte du prince, avec mes compliments.

Il s'éloigna, mais se retourna en disant :

— Et si tu changes d'avis, Roo, tu sais où me trouver.

Duncan attendit que de Loungville fût hors de portée pour demander :

— Qu'est-ce qu'on va faire maintenant ?

Son cousin poussa un bruyant soupir.

— Je n'en ai pas la moindre idée. (Il se dirigea vers les cuisines.) Mais si on doit chercher du travail, autant le faire le ventre plein.

Chapitre 6

LE CAFÉ DE BARRET

Roo sursauta.

Un serveur sortait de la cuisine du *Barret* au moment même où le jeune homme s'apprêtait à y entrer. Adroitement, le serveur fit un pas de côté pour éviter la collision. Roo put alors entrer dans la pièce où il posa son plateau en annonçant sa commande. Il régnait dans la cuisine un véritable chaos, par opposition à l'atmosphère calme et feutrée de la salle commune et du premier étage, réservé aux membres. Une double porte en chêne massif séparait la pièce du reste de l'établissement, afin que le bruit ne dérange pas les marchands et les négociants qui faisaient affaire à voix basse.

Roo avait cherché du travail pendant presque une semaine avant de penser au *Café de Barret*. Il s'était d'abord adressé à des marchands, mais ces derniers avaient dévisagé l'ancien soldat, pauvrement vêtu, d'un air peu amène. Apparemment, personne ne souhaitait prendre un associé, même adjoint, sans une grosse somme d'argent en contrepartie. Roo leur avait pourtant juré qu'il travaillerait dur et qu'il ferait preuve de diligence, de perspicacité et de loyauté mais, aux yeux de ces individus, les promesses importaient peu, seul comptait l'or.

La plupart des marchands se faisaient aider par leurs fils ou des apprentis et n'avaient pas de travail

170

à offrir en dehors d'une place de garde ou de laquais. Roo était sur le point de s'avouer battu lorsqu'il s'était souvenu de Jason, le jeune serveur du *Barret* qui lui avait indiqué, ainsi qu'à Erik, l'adresse du maquignon près des portes de la cité.

Roo s'était présenté au café et avait demandé à voir la personne qui s'occupait des serveurs, en mentionnant le nom de Jason. Après avoir rapidement consulté Sebastian Lender, le gérant de *Barret*, un dénommé Hoen, avait offert une place de serveur à Roo, à l'essai.

Grâce à Jason, Roo apprit rapidement les rudiments du métier. Il se prit d'amitié pour le jeune serveur, dont le père, un marchand, habitait un autre quartier de Krondor. McKeller, le maître d'hôtel, avait demandé à Jason « de mettre le nouveau gamin au parfum ». Roo n'aimait pas se faire traiter de gamin, mais il ne s'en formalisa pas trop, compte tenu de l'âge de McKeller. Même le duc James aurait eu l'air d'un gamin à côté du vieux maître d'hôtel.

Jason avait joué les professeurs de bonne grâce, sans taxer Roo de stupidité parce qu'il ne savait pas comment fonctionnait le café. Les années passées en compagnie d'Erik et de sa famille à l'*Auberge du Canard Pilet* aidèrent beaucoup le jeune homme, car il n'ignorait pas tout à fait ce qui se passait en cuisine et dans la salle commune.

Malgré tout, beaucoup d'éléments lui parurent inhabituels au *Café de Barret.* Tout d'abord, on lui demanda de prêter serment sur une relique du temple de Sung, la déesse de la Pureté, et de jurer qu'il ne révélerait à personne les paroles qu'il pourrait surprendre en servant les clients. Puis on prit ses mesures pour confectionner un uniforme à sa taille, composé d'une tunique, d'un pantalon, d'un tablier et d'une paire de bottes – apparemment, les siennes étaient trop usées. Il apprit par la suite que le prix de l'uniforme serait déduit de son salaire. Enfin, le jeune homme eut droit à une visite guidée de la cuisine et à un exposé sur les différentes variétés de café, de thé, de pâtisseries et les différents menus – petit déjeuner, déjeuner et dîner – que l'établissement proposait à ses clients.

Roo avait une bonne mémoire et retint le plus d'informations possible, tout en se disant qu'il apprendrait le reste au fur et à mesure de ses besoins. Lors des heures de pointe, le café se transformait en un chaos organisé qui, à bien des égards, rappelait au jeune homme les batailles auxquelles il avait pris part. Les ordres provenaient de chaque serveur, qui était censé se rappeler tout ce qu'on lui avait commandé, à quelle table, et quel gentilhomme ou quel noble avait choisi telle ou telle chose. La plupart du temps, on lui demandait un café, parfois accompagné d'un petit pain, mais souvent, il s'agissait d'un petit déjeuner ou d'un déjeuner complet. Les clients dînaient rarement au *Barret*, préférant prendre leur repas chez eux, en famille, mais les affaires se prolongeaient parfois bien au-delà de la fin d'après-midi. Le soleil était couché depuis deux ou trois heures que les serveurs et les cuisiniers travaillaient encore, jusqu'au départ du dernier client et la fermeture des portes. Au *Barret*, il était de coutume qu'elles restent ouvertes tant qu'il y avait encore ne serait-ce qu'un seul client à l'intérieur. Depuis sa création, l'établissement avait dû, à plusieurs reprises, rester ouvert toute la nuit, au plus fort des crises financières qu'avait connues le royaume. Dans ces cas-là, le gérant attendait de son personnel qu'il reste vigilant, bien habillé et prêt à répondre aux moindres besoins des hommes d'affaire et des nobles affolés.

Roo reprit son plateau sur le comptoir, vérifia la commande et se dirigea vers la porte. Il marqua un temps d'arrêt pour s'assurer que le léger mouvement de balancier de la porte était dû au passage d'un serveur et non à un quelconque imbécile s'étant trompé de porte. « Reste toujours à droite », lui avait-on dit.

Jason lui avait expliqué que leur plus gros problème venait des clients, qui prenaient parfois la porte de la cuisine pour celle des cabinets ou pour la sortie de derrière. Il en résultait quelquefois des collisions bruyantes et salissantes, pour le client et pour le serveur.

Juste avant d'atteindre la porte, Roo se retourna et la poussa du dos, puis entra dans la salle commune, avec des gestes fluides et gracieux, comme s'il faisait ça depuis des années. Seuls les réflexes acquis au combat lui permirent de ne pas heurter un client qui se déplaçait du même côté que lui. « Excusez-moi, monsieur », psalmodia le jeune homme, alors qu'en réalité, il aurait voulu dire : « Regarde où tu vas, cervelle de moineau ! ». Il se força également à sourire.

Jason lui avait bien fait comprendre que le salaire qu'on leur versait ici était modeste et que leur véritable source de revenus, c'était les pourboires. S'il se montrait rapide, efficace, poli et joyeux, un serveur pouvait gagner jusqu'à une semaine de salaire en une seule journée si les affaires étaient particulièrement bonnes. Il arrivait même de temps en temps qu'une seule table rapporte suffisamment d'argent à un serveur pour qu'il investisse dans l'une des entreprises les plus modestes.

C'est pourquoi Roo, en tant que membre le plus récent du personnel, avait hérité de la partie la plus pauvre de la salle commune. Il lança un regard de convoitise en direction des galeries où se rassemblaient courtiers, partenaires et associés. Ces derniers comptaient parmi eux plusieurs brillants jeunes hommes qui avaient commencé leur carrière en tant que serveurs dans cet établissement. On accédait peut-être rapidement à la fortune en s'en allant chercher un trésor dans des endroits lointains, mais le résultat au *Barret* pouvait être tout aussi spectaculaire.

Roo déposa sa commande devant ses clients, comme on le lui avait appris. Les deux négociants l'ignorèrent et poursuivirent leur discussion. Le jeune homme comprit alors que, plutôt que de parler affaires, ils discutaient des aventures extra-conjugales de la femme d'un associé. Il décida donc de les ignorer à son tour. Cependant, ils déposèrent sur son plateau une pièce de cuivre qui valait plus que le café et les petits pains réunis. Roo eut un bref hochement de tête et s'en alla.

Il fit le tour de cette partie de la salle dont il devait s'occuper et demanda poliment aux clients s'ils avaient besoin de quelque chose. Comme il n'eut pas de nouvelles commandes, il se plaça devant le mur, bien en vue, afin de pouvoir répondre au moindre appel.

Comme il disposait de quelques minutes rien que pour lui, il en profita pour balayer de nouveau la salle du regard, mémorisant les visages et les noms, persuadé qu'un jour de pareilles informations lui seraient utiles. Puis, de l'autre côté de la pièce, un individu lui fit signe. Roo reconnut un autre serveur, prénommé Kurt, un grand type, brutal et méchant, qui terrorisait la plupart de ses jeunes collègues. Comme il savait très bien lécher les bottes, il avait réussi à persuader Hoen et McKeller qu'il était un employé compétent et agréable, alors qu'en réalité, il ne possédait aucune de ces qualités. Il avait même convaincu les jeunes serveurs de faire une grande partie du sale boulot à sa place. Roo se demandait comment un tel rustre avait pu décrocher une place de serveur en chef au *Barret* et ignora ses grands gestes, si bien que l'autre finit par traverser la pièce pour le rejoindre.

Kurt se força à sourire, pour les clients. Il aurait pu être un beau jeune homme, se dit Roo, s'il n'avait eu les yeux aussi étroits et la bouche barrée d'un pli méchant.

— Je t'ai fait signe, siffla Kurt entre ses dents serrées.

— J'avais remarqué, répliqua Roo sans même le regarder – il continuait à observer les clients dont il avait à s'occuper.

— Pourquoi t'es pas venu ? demanda l'autre d'un ton qui se voulait menaçant.

— Parce que, jusqu'à preuve du contraire, ce n'est pas toi qui payes mon salaire, répondit Roo en s'avançant vers le client qui venait juste de lui donner une pièce de cuivre. Adroitement, il remplit la tasse à moitié vide, sans qu'on ait besoin de le lui demander. Les deux négociants continuèrent à discuter sans lui prêter attention.

Kurt posa la main sur le bras de Roo, au moment où celui-ci s'apprêtait à faire demi-tour. Le jeune homme jeta un coup d'œil à cette main en disant :

— Je te conseille de ne plus jamais me toucher.

Kurt faillit montrer les dents et répliqua à voix basse :

— Ah ouais ? Et qu'est-ce qui se passera si j'essaye ?

— Crois-moi, tu n'as pas envie de le découvrir, répondit Roo d'un ton calme.

— J'ai dévoré des types plus gros que toi pour mon petit déjeuner.

— Je n'en doute pas. Mais ta vie amoureuse ne m'intéresse pas. (Il baissa la voix.) Maintenant, lâche-moi.

Kurt retira sa main.

— Tu ne vaux pas la peine de faire une scène en plein boulot. Mais je ne t'oublierai pas, crois-moi.

— Je serai là tous les jours pour te le rappeler au cas où tu oublierais, répondit Roo. Maintenant, dis-moi pourquoi tu voulais que je vienne te voir ?

— Changement d'affectation. Tu t'occupes de l'entrée.

Roo lança un coup d'œil à la grosse horloge hydraulique, fabriquée à Kesh, qui pendait au plafond. Elle affichait l'heure grâce à une colonne d'eau bleutée qui s'écoulait, à un rythme bien précis, dans un tube transparent et gradué. En tant que nouveau serveur, Roo avait pour tâche d'arriver au café à l'aube et d'appuyer sur la valve qui permettait à l'étrange mécanisme de pomper toute l'eau dans le premier tube pour qu'elle recommence à s'écouler dans le deuxième. Ainsi, l'horloge était toujours parfaitement à l'heure. Roo ne comprenait pas vraiment pourquoi il était si important pour tous ces hommes d'affaires de toujours connaître l'heure. Mais le mécanisme le fascinait tout autant que le simple fait de jeter un coup d'œil au milieu de la pièce pour savoir quel moment de la journée il était.

— Pourquoi ? protesta-t-il en se dirigeant vers la cuisine, Kurt sur les talons. Le changement ne doit avoir lieu que dans une heure.

— Il pleut, expliqua l'autre serveur avec un sourire béat. (Il repoussa ses cheveux noirs en arrière et prit un plateau.) C'est toujours le petit dernier qui éponge la boue.

— C'est normal, je suppose, dit le jeune homme.

En réalité, il ne trouvait pas ça normal du tout, mais qu'il soit pendu s'il donnait à Kurt la satisfaction de protester. Il laissa son plateau et son chiffon sur une étagère prévue à cet effet, sortit de la cuisine et traversa la salle commune pour rejoindre la porte d'entrée, où l'attendait Jason.

Roo jeta un coup d'œil à l'extérieur et vit qu'une tempête en provenance de Kesh avait traversé la Triste Mer et noyait à présent Krondor sous une pluie abondante.

Un tas de chiffons humides s'accumulait déjà dans un coin de l'entrée.

— Entre la porte et la rambarde, on essaye de garder le sol le plus propre possible, pour ne pas avoir à passer la serpillière dans tout le café, expliqua Jason.

Roo hocha la tête. Jason lui lança un chiffon, avant de s'agenouiller pour commencer à nettoyer les éclaboussures boueuses projetées à l'intérieur par la violence de la pluie. Roo imita son compagnon et s'occupa de l'autre porte. Il avait le sentiment que la matinée allait être longue et fastidieuse.

Alors que le jeune homme venait de nettoyer l'entrée pour la quatrième fois, un gros chariot apparut au coin de la rue, à quelques mètres à peine du *Café de Barret*, et prit son virage à grande vitesse. Les projections de boue s'arrêtèrent à quelques millimètres des bottes de Roo. Ce dernier s'agenouilla rapidement et utilisa un chiffon pour nettoyer le plancher du mieux qu'il pouvait. La pluie continuait à tomber, toujours aussi régulière, et de petites flaques d'eau sale bordaient le plancher, mais le reste de l'entrée était encore propre.

— Tiens, fit Jason en lançant à Roo un chiffon propre.

— Merci. Mais je crois qu'on perd notre temps, ajouta-t-il en désignant la porte ouverte.

À l'extérieur, la pluie redoublait d'intensité. Il s'agissait d'une tempête caractéristique de l'automne au bord de la Triste Mer, susceptible de durer des jours entiers sans jamais s'arrêter. Les rues se transformaient peu à peu en fleuves de boue et chaque nouvel arrivant laissait derrière lui, sur le plancher du café, des traces marron foncé de plus en plus grandes.

— Pense à l'état dans lequel serait l'entrée si on arrêtait de nettoyer, suggéra Jason pour le réconforter.

— Qu'est-ce qu'on est censés faire, à part combattre la boue ?

— Eh bien, on aide les clients à descendre de leur carriole. Si l'une d'elles s'arrête devant ta porte, vérifie d'abord s'il n'y a que le cocher, ou s'il y a aussi un laquais à l'arrière. S'il n'y en a pas, ouvre la porte du véhicule. Normalement, il a l'un de ces nouveaux marchepieds, qu'il faut déplier pour aider la personne à descendre. Sinon, tu prends cette boîte, là-bas, et tu la déposes devant la portière de la voiture.

Le jeune serveur montra une petite boîte en bois, rangée dans un coin de l'entrée. Elle se trouvait dans une grande cuvette en métal, en compagnie de quelques chiffons sales.

Un carrosse s'arrêta devant l'établissement. Roo regarda Jason, qui hocha la tête. Il n'y avait pas de laquais, car il s'agissait d'un véhicule de louage et non d'une voiture privée. Il ne paraissait pas non plus être équipé de l'un de ces marchepieds à la mode. Roo attrapa donc la boîte et la déposa sous la porte de la voiture, sans se soucier de la pluie. Puis il ouvrit la porte et attendit. Un vieux gentilhomme descendit rapidement du carrosse et fit tout aussi vite les deux pas qui l'amenèrent à l'abri, tout relatif, de l'entrée.

Roo reprit la boîte. Il n'avait pas fait un pas que déjà le véhicule s'éloignait. Le jeune homme rentra à l'intérieur du café juste à temps pour entendre McKeller saluer le nouvel arrivant :

— Bonjour, monsieur d'Esterbrook.

Roo remit la boîte dans la cuvette destinée à recueillir l'eau sale et la boue, tandis que Jason nettoyait les bottes de monsieur d'Esterbrook. Roo voulut aider son camarade mais, le temps qu'il prenne un chiffon, le vieil homme avait déjà disparu à l'intérieur du saint des saints – la partie réservée aux membres.

— C'est bien Jacob d'Esterbrook ?

Jason acquiesça :

— Tu le connais ?

— Je connais ses diligences. Elles passent toujours par Ravensburg, expliqua Roo.

— C'est l'un des hommes les plus riches de Krondor, lui confia Jason tandis qu'ils finissaient de nettoyer le plancher. Et il a une fille étonnante.

— Comment ça, étonnante ? demanda Roo en mettant de côté le chiffon sale.

Jason était un jeune homme de taille moyenne, doté d'un teint pâle, de quelques taches de rousseur et d'une chevelure brune. Aux yeux de son camarade, sa physionomie n'avait rien de remarquable. Pourtant, il parut presque transfiguré lorsqu'il répondit :

— Comment t'expliquer ? C'est la plus belle fille que j'aie jamais vue.

Roo esquissa un large sourire.

— Tu es amoureux d'elle ?

Jason rougit, au grand amusement de Roo qui, pourtant, se garda de le railler.

— Non. Je veux dire, si je rencontrais une femme aussi belle, et qu'elle veuille bien me regarder, je déposerais des offrandes aux pieds de Ruthia, la déesse de la Chance, pour le restant de mes jours. Je suis sûr qu'elle épousera un type très riche ou un noble, mais c'est juste que...

— C'est le genre de personne à laquelle on rêve tout éveillé, acheva Roo.

Jason haussa les épaules et baissa les yeux.

— Tu devrais nettoyer tes bottes, dit-il en montrant les pieds de son camarade.

Roo baissa les yeux à son tour et fit la grimace en s'apercevant qu'il répandait des traînées de boue sur le plancher qu'ils étaient censés tenir propre. Il reprit son chiffon dans la cuvette en métal et nettoya ses bottes et les traces qu'il avait faites.

— On ne fait pas ce genre de choses quand on passe sa vie pieds nus.

— J'imagine, acquiesça Jason.

— Dis-moi, au sujet de cette merveille...

— Sylvia. Sylvia d'Esterbrook.

— C'est ça, Sylvia. Quand l'as-tu rencontrée ?

— Elle s'arrête parfois ici avec son père lorsqu'elle fait des courses en ville. Ils habitent dans une grande propriété en dehors de la cité, près de la route du Prince.

Roo haussa les épaules. Il savait qu'à Krondor, la route du Roi était surnommée « route du Prince ». Il l'avait parcourue en compagnie d'Erik la première fois qu'il était venu dans la capitale, mais ils l'avaient vite délaissée pour couper à travers champs et à travers bois. Plus tard, il avait effectué quelques trajets sur la route du sud, jusqu'au camp d'entraînement où il avait appris le métier de soldat. Le jeune homme n'avait donc jamais aperçu la propriété dont parlait Jason.

— Et à quoi elle ressemble, cette Sylvia ?

— Elle a d'incroyables yeux bleus et des cheveux si blonds qu'on dirait presque de l'or pâle.

— Les yeux bleus, vraiment ? Et elle est blonde ?

— Oui, en effet. Pourquoi ?

— Oh, juste pour être sûr. J'ai rencontré une très belle femme un jour, et j'ai bien failli me faire tuer à cause d'elle. Mais elle avait les cheveux noirs et les yeux verts. C'est pas grave, continue.

— Oh, il n'y a pas grand-chose à ajouter. Elle vient ici en carrosse avec son père et poursuit son chemin lorsqu'il descend de la voiture. Mais souvent elle me sourit et, une fois, elle a même pris le temps de me parler.

Roo éclata de rire.

— C'est pas rien, j'imagine !

Un cri à l'extérieur l'empêcha de poursuivre et le fit se retourner. Un gros chariot apparut au coin de la rue, tracté, non sans effort, par le cheval le plus vieux, le plus fatigué et le plus miteux que Roo ait jamais vu. Pendant quelques secondes, la bête parut vouloir entrer dans le café. Un violent grincement, ponctué par des jurons et le claquement d'un fouet, retentit lorsque l'une des roues du chariot érafla le chambranle de la porte ouverte.

Il ne fallut qu'un instant à Roo pour comprendre que le conducteur du véhicule ne possédait même pas les connaissances les plus élémentaires pour manœuvrer un chariot. Il avait pris son virage de façon trop abrupte, précipitant son véhicule contre le bâtiment.

Sans se soucier de la pluie battante, Roo s'avança et prit le cheval par la bride en criant :

— Holà !

La pauvre bête obéit et s'immobilisa, d'autant plus facilement qu'elle avait déjà bien du mal à bouger, à cause de la fatigue, de la boue et du véhicule coincé contre le café.

— Hé ! protesta le conducteur. Qu'est-ce qui se passe ?

Roo leva les yeux vers un homme jeune, qui ne devait avoir que quelques années de plus que lui. Maigre et trempé jusqu'aux os, il devait être un marin, de toute évidence, car il ne portait ni bottes ni chaussures, avait la peau tannée par le soleil et tenait une cuite carabinée.

— Mets-toi en panne, matelot, avant de t'échouer sur le rivage ! s'écria Roo.

Agressif, le jeune marin se mit à crier à son tour en essayant d'avoir l'air menaçant :

— Du vent ! T'es dans mes pattes !

Roo contourna le cheval, dont les flancs se soulevaient avec difficulté tant il était épuisé.

— Tu as pris ton virage trop serré, l'ami, et maintenant tu es bloqué. Est-ce que tu sais comment faire reculer cet animal ?

De toute évidence, le marin n'en avait pas la moindre idée. Il jura, voulut sauter à bas du chariot, perdit l'équilibre et s'étala tête la première dans la boue. Il glissa en essayant de se remettre debout, toujours avec force jurons.

— Maudit soit le jour où j'ai essayé de rendre service à un ami, dit-il en finissant par se redresser.

Roo jeta un coup d'œil au chariot surchargé, qui s'enfonçait dans la boue jusqu'au moyeu des roues. De hautes piles de caisses s'entassaient à l'arrière, couvertes et solidement arrimées à l'aide d'un morceau de toile.

— Ton ami, par contre, ne t'a pas rendu service, lui fit remarquer Roo. Avec un tel chargement, tu as besoin d'un attelage de deux chevaux, voire de quatre.

— Que se passe-t-il ? voulut savoir Jason juste à ce moment-là.

Avant que Roo ait eu le temps de répondre, il entendit s'élever la voix de Kurt :

— C'est vrai, Avery, c'est quoi ce cirque ?

— Même un aveugle serait capable de voir qu'on a un chariot coincé dans l'entrée, répliqua le jeune homme.

Il ne reçut pour toute réponse qu'un grognement inarticulé. Puis la voix de McKeller s'éleva pour couvrir le bruit du déluge.

— Qu'est-ce qui se passe ici ?

Roo s'écarta du marin couvert de boue et passa sous la tête de l'animal toujours essoufflé. Veillant à ne pas répandre davantage de boue dans l'entrée, il jeta un coup d'œil à l'intérieur. McKeller et quelques serveurs se tenaient en retrait de la porte pour ne pas se faire éclabousser et contemplaient, ahuris, le spectacle d'un cheval qui avait bien failli entrer dans l'établissement.

— Le conducteur est ivre, expliqua Roo.

— Je ne veux pas le savoir, répliqua le vieux maître d'hôtel. Dis-lui de sortir cet animal du café !

Roo s'aperçut que Kurt affichait un petit sourire satisfait. Il l'ignora et se tourna à nouveau vers le marin, qui commençait à s'éloigner. Aussitôt, Roo s'élança et courut pour le rattraper, ce qui ne fut pas chose aisée puisqu'il s'enfonçait jusqu'aux chevilles dans la boue.

— Attends une minute, l'ami, s'écria-t-il en le prenant par le bras.

— On est pas copains, toi et moi, mec, mais je t'en veux pas. T'as envie d'un verre ?

— T'as autant besoin d'un verre que ce cheval d'un coup de fouet supplémentaire, rétorqua Roo. Dans tous les cas, il faut que tu dégages ce chariot qui bloque l'entrée de mon patron.

Le marin semblait à mi-chemin entre la colère et l'amusement. Il afficha cette expression que prennent les gens ivres lorsqu'ils essayent de se maîtriser et d'avoir l'air sobre.

— Laisse-moi t'expliquer quelque chose, mon garçon, dit-il lentement. Un de mes copains, qui s'appelle Tim Jacoby – un ami d'enfance sur lequel je suis tombé ce matin – m'a convaincu qu'il valait mieux devenir charretier pour le compte de son père plutôt que de risquer un autre voyage en mer.

Roo jeta un coup d'œil par-dessus son épaule et s'aperçut avec horreur que le cheval essayait de s'agenouiller dans la boue, opération que son harnais rendait impossible.

— Par tous les dieux ! s'exclama le jeune homme en tirant sur le bras du marin pour essayer de le ramener au chariot. Cette bête est prise de coliques !

— Attends une minute ! protesta l'autre en essayant de se dégager. J'ai pas fini mon histoire !

— Peut-être, mais c'est fini pour ton cheval ! rétorqua Roo en l'attrapant de nouveau.

— Je disais donc que j'étais censé amener ce chariot chez Jacoby & Fils, transports de marchandises, et toucher ma paye.

Le cheval commença à émettre de petits grognements de douleur écœurants. La voix de McKeller retentit depuis l'entrée du café.

— Avery, dépêche-toi, veux-tu ? Le bruit commence à gêner les clients.

Roo poussa le marin en direction du chariot et vit que l'animal était à genoux et que ses postérieurs tremblaient violemment. Il sortit un couteau de sa tunique et coupa les liens du harnais. Comme s'il sentait le parfum de la liberté, le cheval lutta pour se remettre debout. Mais il trébucha et s'effondra tête la première dans la boue. Avec un soupir qui ressemblait beaucoup à du soulagement, la pauvre bête rendit l'âme.

— Que je sois pendu ! s'exclama le marin. Qu'est-ce que t'en penses, mec ?

183

— Je suis dans la merde, répondit Roo.

L'animal avait réussi à s'effondrer au coin du bâtiment, si bien qu'à présent la deuxième entrée était elle aussi à moitié bloquée. Les clients qui voudraient entrer ou sortir du café pouvaient désormais choisir la façon dont ils préféraient se mouiller et se salir : en contournant un chariot crasseux ou en enjambant le cadavre d'un cheval.

— Jason, demande aux autres garçons de t'aider et dégagez-moi cet animal et ce chariot de là, ordonna McKeller.

— Non ! s'exclama Roo.

— Pardon ? fit le maître d'hôtel.

— Ben, c'est-à-dire que je vous le déconseille, monsieur.

Roo vit McKeller jeter un regard par-dessus le chariot qui encombrait le seuil.

— Ah oui ? Et pourquoi ça ?

Roo désigna le cheval en tendant le pouce par-dessus son épaule.

— Cet animal avait beau être vieux et malade, c'était quand même un cheval de trait. Il doit bien peser six cents kilos au bas mot. Le personnel du *Barret* au complet n'arriverait pas à le sortir de ce bourbier. Quant au chariot, il est trop lourd pour qu'on puisse le tirer, on n'arrivera pas non plus à le faire bouger.

— Tu as quelque chose de mieux à suggérer, peut-être ? demanda McKeller.

Roo, complètement trempé désormais, plissa les yeux et esquissa un léger sourire.

— Je crois bien. (Il se tourna vers le marin.) Retourne voir ton ami et dis-lui que s'il veut ses marchandises, il n'a qu'à venir jusqu'ici les réclamer.

— Je crois plutôt que je vais repartir en mer, rétorqua le marin.

Il mit la main à l'intérieur de sa tunique et en sortit un portefeuille en cuir d'où dépassait une liasse de documents.

— Si vous voulez, monsieur, tout ça, c'est à vous, ajouta-t-il d'une voix enivrée en s'inclinant à moitié.

— Si tu essayes de te défiler, je jure de te retrouver et de te tuer de mes propres mains, lui promit Roo en prenant le portefeuille. Va dire au père de ton ami que ses marchandises l'attendent ici, au *Barret*. Qu'il demande à voir Roo Avery. Après ça, tu pourras te noyer dans la bière si ça te chante, ça m'est complètement égal.

Le marin ne prononça pas un mot tandis que Roo le poussait durement, mais il prit la direction de l'entreprise Jacoby, si l'on en croyait ses indications, et non celle du port.

— Jason !

— Oui, Roo ?

— Cours chercher un équarrisseur – non, attends ! se reprit-il. (L'équarrisseur allait lui demander de l'argent pour découper et transporter les restes de l'animal.) Va plutôt dans le quartier pauvre et trouve-moi un fabricant de saucisses. Explique-lui la situation et dis-lui que s'il vient chercher l'animal, il est à lui. L'équarrisseur vendra la viande pour en faire des saucisses de toute façon, alors pourquoi payer un intermédiaire ?

Jason demanda à McKeller s'il était d'accord. Lorsque le maître d'hôtel répondit par l'affirmative, le jeune serveur sortit sous la pluie et disparut rapidement en direction du quartier pauvre.

Ensuite, Roo examina le chariot et comprit qu'on ne le bougerait pas d'un pouce à moins de le débarrasser de son chargement.

— Je vais chercher des porteurs, cria-t-il à l'adresse de McKeller. Il faut d'abord décharger ces marchandises si on veut bouger ce mastodonte.

— D'accord. Mais fais vite, Avery.

Roo se mit à courir, s'engagea dans la rue voisine et remonta la suivante avant d'arriver devant le bâtiment qui abritait la guilde des porteurs. Lorsqu'il entra, il aperçut douze types costauds qui attendaient, assis autour d'un feu, qu'on vienne les engager. Roo s'avança jusqu'au bureau, derrière lequel un homme de petite taille était assis sur un tabouret.

— J'ai besoin de huit porteurs.

— Et vous êtes ? demanda le secrétaire, visiblement du genre zélé.

— Je travaille au *Café de Barret*. Un chariot s'est embourbé devant l'entrée et on a besoin de le décharger avant de pouvoir le déplacer.

Il lui suffit de mentionner le nom de Barret pour que l'individu fasse moins de manières.

— Combien d'hommes avez-vous dit ?

Roo n'avait pas oublié ses jeunes années, pendant lesquelles il avait côtoyé charretiers et porteurs, aussi répondit-il sans hésiter :

— Les huit plus costauds que vous avez.

Le secrétaire sélectionna aussitôt huit des douze hommes présents.

— Mais il vous en coûtera une petite somme supplémentaire, à cause du temps, signala-t-il.

Roo plissa les yeux et fit de son mieux pour répondre de la voix d'un homme qui ne souffre pas d'histoires :

— Pardon ? Les porteurs seraient-ils devenus des poules mouillées qui ne supportent plus la pluie ? N'essayez pas de m'arnaquer pour pouvoir boire un coup à l'œil, sinon je vais devoir avertir les maîtres de la guilde et leur révéler toutes les petites manigances que vous faites sûrement depuis des années. J'ai appris à charger un chariot alors que j'arrivais à peine à la hauteur du hayon, alors ne venez pas me parler du règlement de la guilde, je le connais par cœur.

En réalité, Roo ne savait pas du tout de quoi il parlait, mais il était capable de flairer un escroc les yeux fermés. L'individu devint tout rouge et émit des sons inarticulés, avant de réussir à dire :

— En fait, maintenant que j'y repense, cette règle s'applique au verglas et à la neige, pas à la pluie. Désolé.

Les huit porteurs suivirent Roo au cœur de la tempête, jusqu'au chariot. Le jeune homme rabattit le hayon et souleva la toile.

— Oh, mince, murmura-t-il.

La cargaison se composait de diverses marchandises, dont un gros rouleau de soie précieuse. Roo ne s'y connaissait pas bien en tissus de cette qualité, mais le rouleau devait valoir à lui seul plus d'or que le jeune homme était susceptible d'en gagner en deux ans. Cependant, si la soie prenait la pluie et se tachait de boue, elle ne rapporterait guère plus à son propriétaire qu'une étoffe tissée main.

— Attendez ici, recommanda-t-il en s'adressant au chef des porteurs.

Roo contourna le chariot pour parler à McKeller, qui se trouvait toujours sur le seuil, en compagnie de quelques serveurs et clients. Ces derniers contemplaient la scène avec un certain amusement.

— J'ai besoin de l'une de nos nappes, monsieur, la plus grande et la plus épaisse possible.

— Pourquoi ?

— Parce qu'il va falloir garder certaines marchandises au sec. (Son regard balaya les alentours et s'arrêta sur la grande bâtisse vide située dans la diagonale du café.) On pourrait les déposer là-bas pour le reste de l'après-midi par exemple. On aura sûrement moins de problèmes si on arrive à garder la cargaison intacte. On ne sait jamais, les propriétaires pourraient nous accuser d'avoir endommagé leurs biens et nous reprocher de les avoir déplacés.

Cet argument n'aurait sans doute convaincu aucun aubergiste ou tavernier de Krondor, car Roo était en train de suggérer qu'il allait peut-être ruiner une précieuse nappe pour la bonne cause. Mais le *Café de Barret* avait justement vocation à protéger les marchandises, entre autres investissements. McKeller donna sa permission. Il comptait plusieurs dizaines d'avocats parmi sa clientèle, aussi n'avait-il aucune envie d'avoir à se présenter devant un magistrat pour répondre de la détérioration d'une cargaison.

— Va chercher une grande nappe, ordonna-t-il à Kurt.

Ce dernier parut contrarié à l'idée de devoir aider Roo. Cependant, il se fraya un chemin entre les clients et revint quelques minutes plus tard avec l'objet demandé.

Roo serra la nappe contre lui et courba le dos pour essayer de la garder le plus au sec possible tandis qu'il courait de nouveau vers le chariot. Puis il la glissa sous la bâche et desserra deux des nœuds qui retenaient la toile. Il la souleva d'une main et grimpa maladroitement à l'arrière du chariot en veillant à ne pas toucher le précieux rouleau de soie. Puis il fit signe au porteur le plus proche.

— Grimpez par ici mais faites attention, ne touchez à rien. Si je vois de la boue sur cette étoffe, vous serez renvoyé sans toucher de salaire.

Le porteur avait entendu Roo parler au secrétaire et savait que ce gamin connaissait le règlement de la guilde, dont la raison d'être consistait justement à assurer le transport de marchandises sans les abîmer. Il fit donc tellement attention en rejoignant Roo qu'il en devint presque lent.

— Tenez la toile pour garder la soie au sec, ordonna Roo.

Il essaya de repérer l'agencement des marchandises, ce qui n'était pas évident car la lumière était très faible en raison de la tempête. Au bout d'un moment, il fut convaincu que le reste de la cargaison supporterait sans mal un peu d'humidité. Il déplia la nappe et veilla à ce que seul le côté propre touche la soie – de l'autre côté, le linge était taché de boue, récoltée au contact de sa tunique. Il fallut presque dix minutes au jeune homme pour enrouler plusieurs fois la soie dans la grande nappe. Après s'être assuré qu'il ne pouvait pas mieux la protéger, il ordonna :

— Maintenant, défaites les autres nœuds.

Les sept autres porteurs s'empressèrent d'obéir. Lorsqu'ils eurent terminé, Roo ajouta :

— Enveloppez ce paquet avec la toile.

Deux des porteurs grimpèrent dans le chariot à leur tour et firent ce qu'on leur demandait. De son côté, Roo sauta à terre et traversa la rue en courant.

— Amenez la cargaison ici ! cria-t-il par-dessus son épaule, en les encourageant à faire vite.

Il atteignit la porte de la demeure à l'abandon et aperçut une petite serrure décorée. Il l'examina et fit bouger la poignée. Puis, comme il ne savait pas du tout comment fracturer ce genre de serrure, il soupira et donna un grand coup de pied dans la porte. La serrure resta intacte, mais les quatre vis qui la retenaient furent arrachées et la porte s'ouvrit vers l'intérieur.

Roo entra dans la maison. La splendeur fanée du hall lui parut spectaculaire. Un grand escalier s'élevait en spirale jusqu'au couloir du premier étage, bordé d'une rambarde. Un gros chandelier en cristal était suspendu à la voûte du hall, mais la poussière qui le recouvrait étouffait le peu d'éclats que la faible lumière aurait pu allumer.

Roo entendit les porteurs arriver et décida de remettre à plus tard l'exploration de l'étage. Il traversa le hall et ouvrit une large porte coulissante, derrière laquelle se trouvait un salon, vide de tout ameublement. L'humidité avait épargné la pièce car les deux grandes fenêtres qui s'ouvraient dans le mur opposé étaient intactes.

— Apportez le rouleau dans cette pièce et déposez-le contre ce mur, demanda Roo.

Il désigna le mur le plus éloigné des fenêtres, juste au cas où quelqu'un réussirait à briser l'une d'entre elles. Cette soie n'avait de valeur pour lui que s'il réussissait à la garder en bon état. Les porteurs déposèrent l'étoffe par terre.

— Allez chercher le reste de la cargaison et amenez-le ici.

Il fallut moins d'une demi-heure aux huit hommes pour décharger le chariot. Roo en profita pour ouvrir le portefeuille ; il y trouva l'inventaire des marchandises, comme il s'y attendait, avec cependant une exception de taille : la soie n'y figurait pas. Chacun des colis portait le cachet de la douane et renvoyait à un document portant un cachet lui aussi ainsi qu'une signature. Mais pour la douane du roi, la soie n'existait pas.

Roo réfléchit à la question. Lorsque les porteurs vinrent déposer la dernière partie de la cargaison, il leur fit ramasser la soie et leur demanda de la mettre dans une autre pièce, à l'intérieur d'un petit placard sous l'escalier, à côté d'un seau en métal et d'une serpillière ratatinée.

Puis il escorta les huit hommes à l'extérieur et ferma la porte en replaçant les vis dans les trous qu'elles avaient faits dans le chambranle. Il ne pouvait la verrouiller, mais aux yeux des passants, la serrure paraîtrait intacte.

Pendant ce temps, Jason était revenu en compagnie d'un fabricant de saucisses et d'une demi-douzaine d'apprentis et d'employés. Depuis qu'il était rentré de Novindus, Roo n'avait plus croisé d'individus à l'air aussi peu recommandable. Il rejoignit Jason, aussi trempé que lui, et lui glissa à l'oreille :

— Rappelle-moi de te demander où tu as déniché cette bande, que je ne leur achète jamais de saucisses.

Jason fit la grimace.

— Crois-moi, il suffit de mettre le pied dans la boutique pour te décourager d'acheter quoi que ce soit. (Il les observa avec dégoût tandis qu'ils s'agenouillaient près du cheval avec de longs couteaux.) Je ne sais pas si je pourrai remanger de la saucisse un jour, même si elle vient de la table du roi en personne.

Il arrivait souvent que des chevaux, des chiens ou d'autres animaux meurent dans les rues de Krondor, si bien que la plupart des passants ne se retournèrent pas pour observer le spectacle sanglant des bouchers à l'ouvrage. En revanche, le gérant du *Barret* aurait été dans le plus grand embarras s'il avait dû demander à ses clients de contourner le cadavre d'un animal pour entrer ou sortir du café.

— Est-ce que vous voulez conserver les sabots, la peau et les os ? demanda le fabricant de saucisses par-dessus son épaule.

— Non, emportez tout, répondit Roo.

Au même moment, le chef des porteurs vint lui donner une tape sur l'épaule.

— Vous nous devez huit souverains.

Roo savait qu'il valait mieux ne pas négocier le prix de leurs services. Le secrétaire de la guilde, assis derrière son bureau, avait peut-être essayé de lui extorquer une ou deux pièces d'or, mais l'ouvrier, quant à lui, ne faisait que réclamer le prix fixé par sa guilde. Aucun marchand du royaume ne parviendrait à convaincre la guilde de baisser ses tarifs, ne serait-ce que d'une ou deux pièces de cuivre.

— Pas tout de suite, j'ai encore besoin de vous.

Roo fit signe aux porteurs de le suivre jusqu'au chariot.

— Tractez-le jusqu'à la cour qui se trouve derrière la bâtisse où nous avons déposé la cargaison.

— On est des porteurs, pas des putains de chevaux ! protesta leur chef.

Roo se retourna et lui lança un regard noir.

— Je suis trempé, j'ai froid, et je ne suis pas d'humeur à argumenter. Ça m'est égal si vous préférez le porter plutôt que de le tracter, du moment que vous le déplacez ! cria-t-il.

191

L'attitude du petit bonhomme dut vraiment impressionner le porteur, car il céda et fit signe à ses camarades de se rassembler. Quatre d'entre eux ramassèrent les traits en lambeaux tandis que les autres se postaient à l'arrière du véhicule, les uns pour pousser et les autres pour faire tourner les roues arrière à la main.

La manœuvre demanda bien des efforts et occasionna un certain nombre de jurons, mais au bout d'un moment, le chariot fut arraché à la gadoue et traversa la rue, tantôt roulant, tantôt en se faisant tracter. Il remonta ainsi la petite allée qui conduisait à la cour derrière la maison abandonnée.

— Comment savais-tu qu'il y a une cour derrière cette bâtisse ? demanda Jason.

Roo sourit.

— J'ai dit à un ami que j'achèterais bien cette maison un jour, alors j'en ai fait le tour, par curiosité. Il y a justement une petite allée qui fait tout le tour. J'ai aussi vu que les deux fenêtres du salon surplombent la cour en question. Je suis sûr que ce serait l'endroit idéal pour que la dame de la maison plante ses fleurs.

— Pourquoi, tu as l'intention d'épouser une dame ? l'interrogea Jason, ne sachant s'il fallait le prendre au sérieux.

— Je ne sais pas. Peut-être que j'épouserai cette Sylvia d'Esterbrook que tu tiens en si haute estime.

Le boucher, ses aides et ses apprentis eurent vite terminé leur sanglante besogne et emportèrent les restes du cheval, ne laissant derrière eux que quelques lambeaux de peau et fragments d'entrailles.

— La pluie va vite nous nettoyer tout ça, remarqua Roo.

Il s'apprêtait à rentrer dans le café, Jason sur les talons, lorsque les porteurs s'avancèrent vers lui.

— Hé là ! Et notre salaire alors ?

Roo leur fit signe de le suivre et se dirigea vers McKeller, qui attendait toujours sur le seuil.

— Monsieur, il faut payer ces hommes.

— Les payer ? s'étonna le maître d'hôtel.

De toute évidence, le vieil homme n'avait pas pensé à ce que ça lui coûterait lorsque Roo avait demandé la permission d'aller chercher des porteurs.

— Ils appartiennent à la guilde, monsieur, lui rappela son jeune employé.

McKeller esquissa une grimace à la mention du mot « guilde ». Comme n'importe quel commerçant de Krondor, il avait déjà fait appel à nombre d'entre elles. Les commerces ne faisaient pas long feu s'ils ne s'entendaient pas avec elles.

— Très bien, soupira-t-il. Combien ?

— Dix souverains d'or, monsieur, répondit Roo avant que le chef des porteurs ait eu le temps d'ouvrir la bouche.

— Dix ! s'exclama McKeller.

C'était plus que ce qu'un artisan de talent gagnait en une semaine.

— Ils sont huit, monsieur, et il pleut.

Sans un mot, McKeller ouvrit la grosse bourse accrochée à sa ceinture, en sortit les pièces et les tendit à Roo.

Ce dernier rejoignit les porteurs, qui se tenaient un peu en retrait, et donna neuf pièces à leur chef. L'individu fronça les sourcils.

— Vous avez demandé dix souverains au vieux chnoque...

Roo l'interrompit.

— Je sais ce que je lui ai demandé. Vous prenez ces neuf souverains, vous en donnez huit au secrétaire de votre guilde et il vous rendra votre part. Il ne se plaindra pas au sujet de la neuvième pièce parce qu'il ne connaîtra pas son existence. De votre côté, vous oubliez la dixième.

L'individu n'avait pas l'air ravi, mais il ne paraissait pas mécontent non plus. Grâce au souverain supplémentaire, chacun d'eux allait pouvoir toucher quelque argent en plus de son salaire, ce qui représentait un bonus appréciable. Le porteur glissa l'or dans sa tunique.

— Ça me va. On lèvera nos verres à votre santé ce soir.

Roo tourna les talons et rentra dans le café, où Jason était occupé à se sécher avec une serviette. Il s'aperçut que l'entrée était très sale, envahie par la pluie et la boue.

— On devrait fermer les volets, annonça McKeller comme le vent se renforçait. Comme ça, on pourra nettoyer toute cette saleté. À vous de vous en occuper, ajouta-t-il à l'adresse de Kurt et d'un autre serveur. (Il se tourna ensuite vers Roo et Jason.) Quant à vous deux, faites le tour du bâtiment et rentrez par-derrière dans la cuisine. Je ne veux pas que vous répandiez de la boue partout dans la salle. Mettez des vêtements propres et reprenez le travail.

Roo jeta sa serviette, sale et humide, dans la cuvette en métal, et vit Kurt lui lancer un regard noir, comme si Roo, et non le mauvais temps, était responsable de cette corvée supplémentaire. Le jeune homme lui sourit, ce qui ne fit qu'accentuer l'irritation de Kurt.

— Avery ? fit McKeller au moment où le jeune serveur s'apprêtait à sortir.

— Monsieur ?

— Tu as réfléchi et agi rapidement. C'est bien.

— Merci, monsieur.

Roo sortit à nouveau dans la tempête en compagnie de Jason.

— C'est rare, déclara ce dernier tandis qu'ils s'engageaient dans la ruelle qui contournait le café.

— Quoi donc ?

— Ce n'est pas souvent que McKeller complimente l'un des nôtres. Parfois, il nous dit calmement qu'on traîne, mais la plupart du temps, il se tait. Il s'attend toujours à ce qu'on fasse ce qu'il faut. Je crois que tu l'as impressionné.

Roo se frotta le nez.

— Je m'en souviendrai ce soir, quand je mourrai d'une pneumonie.

Ils entrèrent dans la grande cour, derrière le café, où les fournisseurs livraient leurs marchandises. Ils grimpèrent sur le quai de déchargement et rentrèrent dans la cuisine, qui leur parut bien chaude, comparée au froid de la tempête. Ils allèrent dans le coin où ils conservaient une tenue de rechange et commencèrent à ôter leurs vêtements mouillés.

Ils finissaient de nouer leur tablier lorsque Kurt rentra dans la cuisine.

— J'ai dû nettoyer ton bordel, Avery. Tu me revaudras ça.

— Ah bon ? fit Roo d'un ton où se mêlaient l'amusement et l'irritation.

— Tu m'as bien entendu. Normalement, je ne suis pas de service à l'entrée. À cause de toi, j'ai éponge plus de boue en une journée que depuis que je travaille ici.

— Je n'ai pas le temps pour ces querelles, répliqua le jeune homme en passant à côté de Kurt.

La main de ce dernier s'abattit sur son bras. Roo se retourna et utilisa une prise que Sho Pi lui avait enseignée au cours de leur voyage en mer, quand ils faisaient partie de la troupe de mercenaires de Calis. Il replia les doigts de Kurt à un angle très inconfortable, mais sans les casser. La douleur provoquée par cette méthode donna des résultats immédiats. Kurt perdit toute couleur et tomba à genoux, les yeux larmoyants.

— Je t'avais dit qu'il ne fallait plus me toucher, dit Roo d'une voix calme.

Il provoqua un nouvel assaut de douleur, puis libéra les doigts du serveur.

— La prochaine fois, je te brise les os de la main. On verra bien alors comment tu feras pour servir à table.

— Tu es cinglé ! chuchota Kurt.

Roo lut la peur dans ses yeux. Comme toutes les brutes, Kurt ne s'attendait pas à ce qu'on lui résiste. Venant d'un homme aussi petit que Roo, le choc était deux fois plus grand.

— Complètement, admit Roo. Je suis capable de te tuer à mains nues. Ne l'oublie pas. Si tu la boucles en ma présence, on devrait arriver à s'entendre.

Il s'en alla sans attendre de réponse et sans dire un mot au personnel de cuisine qui observait la scène. Il savait qu'il venait de se faire un ennemi, mais il ne redoutait pas la possible vengeance de Kurt, car il avait dit adieu à la peur quelques années plus tôt. Il faudrait plus qu'une grosse brute de citadin pour faire sentir de nouveau à Roo Avery le goût de la terreur.

Chapitre 7

OPPORTUNITÉ

Roo était content.

Le marchand vint le trouver en milieu de matinée. McKeller fit venir Roo de la cuisine, où il apprenait à préparer le café sous les directives de monsieur Hoen.

— C'est toi le gamin qui a volé mon chariot ? demanda le marchand sans même se présenter.

Roo s'arrêta et le dévisagea. De taille moyenne, le marchand ne le dépassait que d'une tête et avait le visage rond. Ses cheveux coupés court et enduits d'une huile parfumée, à la mode quegane, retombaient en mèches frisées sur son front. Il portait une chemise à col montant qui ne lui allait pas très bien à cause de son cou épais. Par ailleurs, le tissu était orné de trop de dentelles sur le devant. Roo le trouva comique avec sa veste et sa culotte étroitement ajustées. Mais derrière lui se trouvaient deux gardes du corps qui n'avaient pas du tout l'air de plaisantins. Ils ne portaient pas d'armes à l'exception d'un long couteau à leur ceinture, mais Roo pressentit immédiatement qu'il s'agissait de tueurs, car c'était avec ce genre d'hommes qu'il avait servi sous les ordres de Calis.

Quant au marchand, il s'habillait peut-être comme un dandy, mais la colère brillait dans ses yeux étroits. Roo devina qu'il était potentiellement aussi dangereux que ses deux sbires.

197

— Et vous êtes... ?

— Timothy Jacoby.

— Ah, fit Roo.

Il prit son temps pour s'essuyer les mains sur son tablier avant de tendre la droite à Jacoby.

— Votre ami l'ivrogne a mentionné votre nom. Est-ce qu'au moins il a réussi à revenir jusqu'à votre boutique hier soir ?

Aussitôt, la colère du marchand disparut, remplacée par la confusion. Visiblement, il s'attendait à ce que Roo nie avoir connaissance du chariot. Non sans réticence, il serra brièvement la main du jeune homme.

— Ce n'est pas mon ami, juste un marin à qui j'ai payé quelques verres et qui m'a... rendu service.

— Eh bien, de toute évidence, il a préféré reprendre la mer plutôt que de venir vous avouer qu'il a failli défoncer l'entrée du *Café de Barret* avec votre chariot.

— C'est ce que j'ai entendu dire, reconnut Jacoby. En tout cas, s'il s'est enfui, ça explique pourquoi j'ai dû acheter cette information à une commère qui m'a dit que quelqu'un avait déchargé mon chariot devant le *Barret* et déplacé toute la cargaison. J'ai cru que le marin avait été attaqué par des voleurs.

— Non, vos marchandises sont en sécurité, le rassura Roo.

Il sortit de sa tunique le gros portefeuille en cuir et le tendit à Jacoby.

— Voici les papiers de la douane. La cargaison au grand complet se trouve dans la maison en face. Je me suis dit qu'elle y serait en sécurité et au sec.

— Où sont le chariot et le cheval ?

— Le cheval est mort. Il a fallu couper les traits et faire appel à un boucher pour le découper en morceaux et l'emmener.

— Je ne donnerai pas un sou pour le boucher ! le prévint Jacoby. Je n'ai jamais autorisé une chose pareille. Un de mes autres attelages aurait pu venir chercher le cadavre du cheval et le chariot.

— Ça n'en valait pas la peine. Le chariot était trop abîmé, mentit Roo, alors je l'ai fait emporter. Laissez-moi le garder, pour couvrir les dépenses liées au boucher et aux porteurs, et nous serons quittes.

Jacoby plissa les yeux.

— Trop abîmé, tu dis ? Et comment tu sais ça, toi ?

— Mon père était conducteur de chariots et j'en ai moi-même conduit assez pour savoir que le vôtre ne servait pas régulièrement (ce qu'il savait être la stricte vérité). Étant donné qu'on a dû couper les traits, il ne reste plus guère que quatre roues et une planche (ce qui était aussi vrai).

Jacoby réfléchit pendant une minute ou deux, ses yeux noirs fixés sur Roo.

— Combien y avait-il de porteurs ?

— Huit, avoua le jeune homme, qui savaient que Jacoby n'aurait aucun mal à vérifier auprès de la guilde des porteurs.

— Montre-moi ma cargaison.

Roo se retourna pour regarder McKeller, qui hocha la tête. Il ne voyait pas d'inconvénient à le laisser s'absenter. Le jeune homme sortit donc du café. La tempête s'était arrêtée pendant la nuit, mais les rues ressemblaient toujours à un bourbier. Jacoby était venu en carrosse et Roo se réjouit en silence de voir ses jolies bottes et sa culotte se couvrir de boue épaisse.

Ils traversèrent la rue et arrivèrent devant la bâtisse abandonnée.

— Comment as-tu obtenu la clé ? demanda Jacoby en regardant l'imposante serrure.

— Je n'en ai pas eu besoin, répliqua Roo en tirant sur la serrure.

Les vis sortirent du bois et l'une d'elles tomba sur les dalles du porche. Roo la ramassa et la remit dans le trou.

— Visiblement le propriétaire ne s'attendait pas à ce que quelqu'un essaye de cambrioler sa maison.

Il poussa la porte et conduisit Jacoby jusqu'à la pièce où était cachée sa cargaison. Le marchand fit un rapide inventaire de ses biens avant de demander :

— Où se trouve le reste ?

— Quel reste ? demanda Roo d'un air innocent.

— Il y avait d'autres marchandises en plus de celles-ci, répondit Jacoby, qui maîtrisait à peine sa colère.

Roo comprit alors quel avait été le plan du marchand à l'origine. La soie keshiane était un produit de contrebande qu'il avait introduit à Krondor par voie de mer. Pour la récupérer et la transporter jusqu'à sa boutique, il avait fait appel au marin, en lui promettant un peu d'or facilement gagné. Si la douane royale l'avait arrêté, Jacoby aurait pu prétendre que la soie ne lui appartenait pas et que le marin l'avait ajoutée à sa cargaison sans qu'il le sache. N'importe quel charretier, même un indépendant comme son père, aurait vérifié la cargaison avant de se mettre en route pour s'assurer qu'il ne transportait pas quelque chose qu'il n'avait pas chargé lui-même. Mais un matelot ivre qui mentait lorsqu'il prétendait savoir diriger un cheval ne risquait sûrement pas de penser à vérifier les marchandises.

Roo dévisagea calmement le marchand.

— Si vous voulez, vous pouvez aller déposer plainte auprès de la police. Je serai ravi de vous accompagner, car je suis sûr qu'elle sera presque aussi intéressée que la douane d'apprendre que vous déplorez la disparition de marchandises qui n'apparaissent pas sur votre inventaire.

Jacoby fixa le jeune homme d'un œil noir, mais il était clair qu'il ne pouvait rien faire. Ils savaient tous les deux de quoi il retournait et Jacoby n'avait plus, à cet instant, que deux solutions. Il choisit la plus évidente et hocha la tête à l'intention de l'individu sur sa droite. Ce dernier sortit une dague de sa veste.

— Dis-moi ce que tu as fait de la soie ou je lui donne l'ordre de t'arracher le cœur.

Roo avança jusqu'au centre de la pièce afin de se donner de l'espace. Une dague était dissimulée dans l'une de ses bottes, mais il préféra ne pas la sortir tout de suite. Les deux brutes engagées par Jacoby étaient sûrement dangereuses dans le cadre d'une bagarre de taverne, surtout si elles prenaient l'avantage. Mais Roo n'était pas un quidam mal entraîné, il connaissait ses capacités. À moins que ces types soient aussi doués que ceux avec lesquels il avait appris à se battre, le jeune homme se savait capable de se défendre.

— Rangez ça avant de vous blesser, conseilla-t-il.

Jacoby s'attendait sans doute à une réaction, mais pas à celle-là.

— Attaquez-le ! ordonna-t-il à ses sbires.

L'un se jeta en avant tandis que l'autre prenait un couteau à sa ceinture. Roo attrapa le poignet du premier. Celui-ci sentit la douleur envahir son bras lorsque le jeune homme enfonça son autre pouce dans un réseau de nerfs particulièrement sensibles, à la hauteur du coude. Roo n'eut aucun mal à lui arracher sa dague qu'il laissa tomber par terre avant de l'envoyer au loin d'un coup de pied. Puis il s'occupa de son adversaire en lui donnant un coup de genou dans le bas-ventre. L'individu s'effondra en gémissant.

Le jeune homme s'occupa de l'autre brute tout aussi rapidement. Jacoby sortit alors sa dague. Roo secoua la tête en disant :

— Vous devriez vraiment arrêter ça.

Mais le mauvais caractère de Jacoby eut raison de sa prudence. Le marchand se jeta sur Roo en grondant. Le jeune homme l'évita aisément, lui prit le bras, comme il l'avait fait pour le premier sbire, et appuya sur le même réseau de nerfs. Mais au lieu de chercher à lui faire ouvrir la main, Roo enfonça son pouce dans

201

le coude de Jacoby, de toutes ses forces, pour provoquer la douleur la plus violente possible. Le marchand poussa un petit cri. Ses genoux plièrent sous lui et ses yeux se remplirent de larmes. Alors Roo relâcha son étreinte. La dague du marchand s'échappa de ses doigts engourdis. Le jeune homme la ramassa, calmement.

Jacoby tomba à genoux en se tenant le coude de la main gauche. Roo prit la dague par sa lame et la présenta au marchand, garde en avant.

— Vous avez laissé tomber ceci.

L'une des brutes essayait de se relever. Rien qu'à le voir, Roo devina qu'il aurait besoin de se plonger dans un bain d'eau froide pour que son aine puisse désenfler. L'autre garde regarda Jacoby d'un air indécis.

— Qui es-tu ? souffla le marchand.

— Je m'appelle Avery. Rupert Avery. Mes amis m'appellent Roo. Vous pouvez m'appeler monsieur Avery.

Il agita la dague sous le nez de Jacoby, qui prit l'arme et la contempla pendant quelques instants.

— Ne vous leurrez pas, je peux la reprendre à tout moment, le prévint Roo.

Jacoby se releva.

— Quelle sorte de serveur es-tu donc ?

— Du genre ancien soldat. Je préfère vous prévenir, inutile d'envoyer ces deux bouffons et leurs copains me « donner une leçon ». Je serais obligé de les tuer et alors il me faudrait révéler aux hommes du guet la raison pour laquelle vous vouliez me donner une leçon.

» Maintenant, je vous conseille de retourner à votre boutique et de faire venir un nouveau chariot et un attelage pour reprendre votre cargaison. Le propriétaire de cette maison pourrait bien vous demander un loyer s'il apprenait que vous entreposez vos marchandises ici.

Jacoby fit signe à ses sbires de sortir de la pièce, puis les suivit en direction de la porte. Sur le seuil, il se retourna et regarda Roo.

— Où est le chariot ?

— Vous en voyez un par ici ?

Jacoby garda le silence pendant un moment.

— Vous venez de vous faire un ennemi, monsieur Avery, finit-il par dire en le vouvoyant enfin.

— Vous n'êtes pas le premier, Jacoby. Maintenant, sortez d'ici, car ma patience a des limites. Et pensez à remercier Ruthia. Quelqu'un d'autre aurait pu s'emparer de toute votre cargaison et disparaître avec.

Lorsque le marchand fut parti, Roo secoua la tête.

— Il y en a, je vous jure, ils ne savent même pas dire merci.

Il referma la porte en sortant et traversa la rue pour retourner au café. McKeller l'attendait à l'entrée.

— Tu t'es absenté un long moment.

Au ton de sa voix, ce n'était visiblement pas une question.

— Monsieur Jacoby avait l'air de croire qu'une partie de sa cargaison avait disparu. Il était prêt à rendre Barret responsable de cette perte, mais j'ai pris soin de vérifier avec lui que toutes les marchandises notifiées sur l'inventaire étaient bien là. Il est parti satisfait.

McKeller n'était peut-être pas tout à fait convaincu, mais il parut avaler ce mensonge. D'un simple hochement de tête, il fit comprendre à Roo qu'il devait reprendre son service. Le jeune homme retourna en cuisine et tomba sur Jason, qui attendait à côté de la porte.

— C'est l'heure de ta pause ? demanda Roo.

Jason acquiesça.

— Rends-moi service, si tu veux bien : va à la maison des emplois et demande si mon cousin Duncan est toujours en ville.

Après la perte du vin et la destruction des chariots, Duncan s'était dit que le plan de Roo était tombé à

203

l'eau et que son cousin ne deviendrait pas riche aussi rapidement qu'il le pensait. Le jeune homme avait donc décidé de suivre son propre chemin et cherchait une place de garde auprès d'une caravane en partance pour l'Est.

— Et s'il est là, qu'est-ce que je lui dis ? s'enquit Jason.

— Que les affaires reprennent.

Si Jacoby avait l'intention de se venger de Roo, il ne devait pas être pressé. Cette nuit-là, le jeune homme dormit d'un sommeil léger dans la mansarde qu'il louait à monsieur Hoen, au-dessus de la cuisine de Barret. Duncan se trouvait à ses côtés. Il était revenu en compagnie de Jason et s'était plaint d'avoir dû renoncer à une place dans une grande caravane à destination de Kesh.

Roo soupçonnait son cousin d'avoir menti, car Duncan avait tendance à exagérer ses problèmes et à minimiser ceux des autres. Mais cela ne le gênait pas. Il savait que la soie dissimulée dans la bâtisse abandonnée valait bien plus qu'il ne l'avait d'abord pensé. Pour quelle autre raison Jacoby tenait-il tant à la récupérer ? C'est pourquoi il était important pour Roo d'avoir Duncan à ses côtés : il avait besoin de quelqu'un de confiance pour protéger ses arrières quand il ferait son entrée dans le monde du commerce.

La nuit s'écoula lentement tandis que Roo, allongé sur son lit, restait éveillé et rejetait tous les plans qu'il élaborait. La soie allait lui permettre de se refaire après le désastre du vin, mais il ne devait pas se précipiter tête baissée dans cette nouvelle aventure. La première fois, il avait mis au point pour vendre son vin une tactique efficace en théorie, mais qui n'avait servi qu'à révéler aux personnes mal intentionnées toute son inexpérience.

Le jour approchait à grands pas lorsque Roo se leva et s'habilla. Il sortit dans l'obscurité qui précède l'aube, attentif aux bruits de la cité. Le jeune homme avait grandi dans un petit village au cœur des montagnes, si bien qu'il trouvait les bruits de Krondor étranges et grisants, comme le cri plaintif des mouettes qui survolaient le port ou le grincement des roues sur les pavés, annonçant l'arrivée des boulangers, des laitiers ou des marchands de primeurs qui faisaient leur tournée. La rue était déserte, à l'exception d'un artisan qui cheminait prudemment dans la pénombre pour se rendre au travail. Roo traversa pour rejoindre la vieille maison. Il éprouvait envers cette demeure autrefois splendide une attirance qui ne s'était pas démentie depuis le premier jour. Il se voyait déjà, debout devant les grandes fenêtres du premier étage, contemplant le carrefour encombré qui séparait sa maison du *Café de Barret*. D'une certaine façon, cette bâtisse était devenue un symbole pour Roo, un but concret qui montrerait au monde qu'il était devenu un homme riche et important.

Il entra dans la demeure enténébrée et regarda autour de lui. La lumière grise qui provenait de l'entrée éclairait à peine l'escalier sous lequel il avait dissimulé la soie. Il se demanda soudain ce qui se trouvait à l'étage et monta l'escalier.

Il s'arrêta en haut des marches. Sur sa droite se trouvait un balcon surplombant le hall d'entrée. De l'endroit où il se tenait, il apercevait le contour indistinct du chandelier et se demanda à quoi il ressemblait lorsque toutes les chandelles étaient allumées.

Puis il se tourna vers la gauche et vit que le couloir s'enfonçait dans l'obscurité la plus complète. Il distinguait à peine la poignée de la première porte, sur la droite, celle de la pièce qui donnait sur la rue. Il y entra et la contempla dans la faible lueur de cette aube grise.

La pièce était vide à l'exception de quelques chiffons et débris de vaisselle. Roo s'avança jusqu'à la fenêtre et regarda l'entrée du *Barret*. Un frisson lui parcourut l'échine et il tendit la main pour toucher le mur.

Il resta ainsi, immobile, tandis que le soleil se levait, jusqu'à ce que les citadins envahissent la rue à ses pieds. Les bruits de la foule qui grossissait rapidement le privèrent de cette paix qu'il recherchait, et il en voulut aux passants de troubler ce moment.

Il visita rapidement les autres pièces, curieux d'inspecter le moindre recoin de la maison. Il découvrit ainsi une chambre de maître sur l'arrière de la demeure, de même que plusieurs autres chambres, une penderie et un escalier de service. Le deuxième étage paraissait divisé en deux parties : l'une servant de grenier et l'autre d'atelier pour les serviteurs. Roo y trouva des lambeaux d'étoffe de qualité et un dé à coudre. Ce devait être dans cette pièce que la dame de la maison s'entretenait avec sa couturière, il en était convaincu.

Le jeune homme parcourut toute la maison. Lorsqu'il eut terminé sa visite, il ressortit avec un pincement au cœur. Il referma la porte derrière lui et se promit de revenir un jour avec le titre de propriété en poche.

Au beau milieu de la rue, il s'aperçut qu'il tenait encore à la main un petit morceau de tissu fané. Il l'examina et vit qu'il s'agissait de soie, jaunie par le temps et la poussière. Sans très bien savoir pourquoi, il le glissa à l'intérieur de sa tunique et passa à côté de l'entrée du café.

Il entra par la porte de derrière et devina qu'il était en retard. Il aurait dû faire partie des serveurs qui ouvraient l'établissement. Il monta dans sa mansarde, mit son tablier et s'empressa de redescendre dans la cuisine, où il se mêla aux autres serveurs sans attirer l'attention. Duncan ne s'était même pas réveillé et la soie était toujours en sécurité sous l'escalier.

Roo savait que la journée allait être longue. Il lui tardait déjà d'être au soir, lorsqu'il serait libre de sortir faire fortune.

Duncan vint le trouver pendant sa pause déjeuner. Roo sortit avec lui dans la cour derrière le café et lui demanda :

— Qu'est-ce qu'il y a ?

— C'est pas très amusant de rester assis à l'étroit dans cette mansarde, cousin. Je pourrais peut-être commencer à chercher un acheteur pour...

Le regard que lui lança Roo le réduisit au silence.

— J'ai déjà un plan. Si tu veux vraiment te rendre utile, va donc jusqu'à la maison de l'autre côté du carrefour, et inspecte le chariot. Je voudrais que tu me donnes ton avis sur la réparation des traits. Tu n'es pas charretier de métier, mais tu as vu suffisamment de chariots pour commencer à bien t'y connaître. Dis-moi s'il faut racheter du cuir, parce que ce serait bien si on pouvait réparer le véhicule.

— Et après ? demanda son cousin.

Roo prit dans sa tunique la pièce d'or qu'il avait soutirée la veille à McKeller.

— Prends-toi quelque chose à manger et achète ce qu'il faut pour équiper le chariot.

— Pourquoi ? C'est pas avec ça que je pourrai acheter tout ce dont on a besoin, sans parler des chevaux. En plus, qu'est-ce qu'on va bien pouvoir transporter ?

— J'ai un plan, répliqua Roo.

Duncan secoua la tête.

— Tes plans ont l'air de conduire nulle part, cousin.

Les traits de Roo s'assombrirent. Il était sur le point de répondre avec colère lorsque Duncan reprit :

— Malgré tout, c'est ton or, et j'ai rien de mieux à faire.

Son sourire fit disparaître la colère de Roo avant même qu'il l'ait exprimée. Les manières coquines de son cousin arrivaient toujours à lui arracher un sourire.

— Allez, va-t'en. L'un de nous deux doit travailler pour nous faire vivre.

Le jeune homme retourna dans la cuisine car il devait servir en salle. Il regretta d'avoir passé sa pause en compagnie de Duncan. Il aurait plutôt dû manger un morceau, comme il avait pensé le faire à l'origine. Il s'aperçut brusquement qu'il avait faim et cela ne fit que rallonger cette interminable journée.

— Tu es sûr que tu sais ce que tu fais ? demanda Duncan.

— Non, mais je n'ai rien trouvé de mieux, répliqua Roo en ajustant l'extrémité du rouleau de soie qu'il portait sous le bras.

Ils se tenaient devant une modeste demeure située à l'autre bout du quartier des marchands, à l'opposé du *Café de Barret*. Duncan portait l'autre extrémité du rouleau de soie, toujours enveloppé dans la toile et la nappe du café. Le jeune homme regarda autour de lui d'un air dubitatif. Cette partie de la ville n'était pas particulièrement dangereuse, mais on n'y était pas non plus tout à fait en sécurité. Il suffisait de remonter la rue voisine pour tomber sur des maisons moins bien entretenues, où plusieurs familles d'ouvriers se partageaient souvent le même logis, à quatre ou cinq personnes par chambre. Roo secoua la tête, car cette maison correspondait tout à fait à l'image qu'il avait gardée d'Helmut Grindle. Il frappa à la porte.

Au bout d'une minute, une voix de femme s'éleva pour demander :

— Qui est-ce ?

— Je m'appelle Rupert Avery. Je souhaiterais parler à Helmut Grindle.

Un judas intelligemment dissimulé s'ouvrit dans la porte. Roo ne le découvrit qu'en raison d'un minuscule éclat de lumière. Au bout d'un moment, la porte s'ouvrit.

Une jeune fille apparut sur le seuil. Corpulente et dénuée de charme, elle avait les cheveux châtains, retenus par un serre-tête noir. Ses yeux bleus dévisagèrent Roo d'un air méfiant, mais elle s'écarta en disant :

— Vous pouvez attendre à l'intérieur, monsieur.

Roo et Duncan entrèrent dans le hall. La jeune fille tourna les talons. Roo remarqua qu'elle était vêtue simplement mais avec goût et qu'elle apportait visiblement beaucoup de soin à ses habits. Une possibilité traversa l'esprit du jeune homme, dont le visage s'assombrit.

— Qu'y a-t-il ? chuchota Duncan lorsqu'ils se retrouvèrent seuls.

— J'espère que c'est la servante, répondit Roo, mystérieux.

Quelques minutes plus tard, un homme voûté, à la carrure étroite, entra dans le hall et s'exclama en voyant Roo :

— Avery ! J'avais cru entendre dire que vous aviez été pendu !

— J'ai été gracié par le roi en personne. Ceux qui ne me croient pas sont libres de se présenter au palais pour le vérifier. Il suffit de demander mon bon ami le duc James.

Les prunelles de Grindle s'éclairèrent d'une vive lueur.

— Je pourrais bien envoyer quelqu'un au palais, en effet. (Il désigna une porte dissimulée derrière un rideau.) Venez, entrez.

Ils laissèrent derrière eux le hall, dépourvu de décoration, et entrèrent dans un salon meublé avec beaucoup de goût. Roo s'attendait à trouver pareil décor après les jours passés en compagnie d'Erik et de Grindle sur la route de Krondor.

Le marchand était spécialisé dans la vente de produits de luxe, petits et facilement transportables, auxquels il faisait traverser le royaume à bord d'un chariot ordinaire qui ne paraissait contenir que des choses sans valeur. En réalité, le chariot abritait plus d'or au

centimètre carré que n'importe quelle cargaison trans-
portée par Roo dans sa jeunesse.

La jeune femme revint.

— Karli, apporte-nous un peu de vin, lui demanda
Grindle.

Il fit signe aux deux hommes de s'asseoir. Roo présenta son cousin au marchand avant d'ajouter :

— J'espère que nous ne dérangeons pas.

— Bien sûr que vous dérangez, répliqua Grindle
sans le moindre tact. Mais je suppose que vous avez
en tête un plan qui pourrait m'intéresser, du moins
c'est ce que vous croyez. De temps en temps, je trouve
ce genre d'idioties divertissant. (Il jeta un coup d'œil
en direction du rouleau que les deux cousins avaient
posé en équilibre contre la chaise de Duncan.) Je
suppose que cela a un rapport avec ce que vous
cachez sous cette toile.

La jeune fille revint avec un plateau sur lequel se
trouvaient trois gobelets en argent et une carafe de
vin. *Décidément, ce doit être la servante*, se dit Roo.
En son for intérieur, il poussa un soupir de soulagement. Puis il but une gorgée de vin et sourit.

— Ce n'est pas votre meilleur cru, mais pas non
plus le pire, n'est-ce pas, maître marchand ?

Grindle sourit.

— C'est vrai que vous êtes originaire de la lande
Noire, je m'en souviens maintenant. Disons que si
vous me montrez quelque chose de valable, je débou-
cherai une bonne bouteille. Quel est votre plan et de
combien avez-vous besoin ?

Il s'exprimait d'un ton léger, mais Roo décela de la
suspicion dans son regard. Le jeune homme avait rarement rencontré un individu aussi rusé. Il pouvait flairer un piège avant même qu'il soit élaboré. Il n'y avait
rien à gagner à tenter de duper un homme pareil.

Sur un geste de son cousin, Duncan posa le rouleau
par terre et ouvrit la toile. Puis il commença à dérouler
la nappe et s'écarta lorsque la soie fut à découvert.

Grindle s'agenouilla aussitôt pour examiner l'étoffe. Il en souleva un coin en douceur, et le froissa entre ses doigts. Puis il soupesa le rouleau, estima le poids et, de là, calcula la longueur du tissu. D'après la taille du rouleau, il en connaissait déjà la largeur.

— Vous savez ce que vous avez là ? demanda-t-il.

Roo haussa les épaules.

— De la soie keshiane, je suppose.

— En effet. C'est de la soie impériale, destinée aux pagnes et aux vêtements légers que portent les sang-pur. (Une lueur calculatrice apparut dans ses yeux.) Comment êtes-vous entré en possession d'une telle étoffe ?

— C'est de la récupération, en quelque sorte. Quelqu'un est venu me la réclamer, mais comme il ne pouvait pas prouver qu'il en était le propriétaire...

Grindle éclata de rire et retourna s'asseoir.

— Non, bien sûr. C'est le plus grave des crimes que de voler cette soie à l'empire. (Il secoua la tête.) Ce n'est pas parce qu'il s'agit de la plus belle soie du monde, non, c'est juste que les sang-pur ne supportent pas qu'on s'approprie quelque chose lié à leur histoire et à leurs traditions. Ils ne supportent pas l'idée qu'une personne qui ne soit pas des leurs puisse posséder de telles choses, ce qui donne bien sûr beaucoup plus de valeur à ces marchandises aux yeux des nobles avides d'acheter ce qu'ils ne sont pas censés avoir.

Roo ne répondit pas et se contenta de regarder le vieil homme qui finit par dire :

— Alors, qu'est-ce que cette rare pièce de contrebande a à voir avec le plan retors que vous avez en tête, Rupert ?

— Je n'ai pas vraiment de plan, avoua le jeune homme.

Il lui expliqua comment il avait tenté d'importer du vin de meilleure qualité de la lande Noire. À sa grande surprise, Grindle n'émit aucun commentaire défavorable sur cette entreprise. Mais lorsque le jeune homme relata sa rencontre avec les Moqueurs et la mort de Sam Tannerson, Grindle lui fit signe de s'arrêter.

— Vous voici maintenant au cœur du problème, mon garçon. (Il but une gorgée de vin.) Quand on cherche à vendre ce genre de marchandise, il faut traiter avec les Moqueurs, ou en tout cas avec les négociants qui sont obligés d'avoir régulièrement affaire à eux. (Il se tapota le menton d'un index osseux.) Cependant, je connais des couturiers qui seraient prêts à payer cher pour une soie de cette qualité.

— Qu'est-ce qui la rend si rare, en dehors des sang-pur ? demanda Duncan.

Grindle haussa les épaules.

— D'après la rumeur, ce sont des vers ou des araignées géants qui la produisent, ou encore d'autres créatures fantastiques, au lieu des habituels vers à soie. Je ne sais pas si c'est vrai, mais elle possède en tout cas une qualité bien particulière : on peut la porter pendant des années sans qu'elle se déforme ou perde son brillant. Aucune autre soie ne peut rivaliser.

De nouveau, le silence se fit dans la pièce.

— Vous ne m'avez toujours pas dit ce que vous attendez de moi, reprit Grindle.

— Vous nous avez déjà été d'une grande aide, avoua Roo. Pour être franc, j'ai un chariot mais pas de chevaux et je songeais à vendre cette soie. Je me disais que peut-être vous pourriez me donner le nom d'un acheteur potentiel et me suggérer le prix de départ.

Une expression calculatrice apparut de nouveau sur le visage du marchand.

— Je pourrais faire ça. (Il hocha la tête.) Oui, je pourrais bien.

Duncan remballa la soie.

— Karli !

La jeune fille réapparut quelques instants plus tard.

— Ma fille, apporte-nous une bouteille de ce cru d'Oversbruk. Tu te rappelles de quelle année il s'agit ?

— Oui, père, je m'en souviens.

Roo regarda le père, puis la fille, et dut se forcer pour continuer à sourire. En effet, il avait deux raisons de se renfrogner. La première, c'est que Karli était la jeune fille de la maison et non la servante. Soupirant intérieurement, il se tourna vers elle et lui sourit. La deuxième raison, c'était le choix du vin. Il savait parfaitement ce que Grindle avait en tête en leur proposant l'un de ces vins advariens très sucrés qui s'épanouissaient sous le climat froid des ancêtres du marchand. Roo n'avait qu'une expérience limitée en matière de vins sucrés. Il n'en avait goûté qu'à une seule occasion, lorsqu'à Ravensburg il avait volé une bouteille d'un vin très rare, élaboré à partir de grains choisis un à un. Résultat, il avait trop bu et récolté la pire gueule de bois de sa jeune vie. Mais aujourd'hui il désirait par-dessus tout obtenir l'approbation d'Helmut Grindle et il se savait capable de boire la bouteille tout entière s'il le fallait. Puis il jeta un coup d'œil en direction de la jeune fille, ronde et sans grâce, et il comprit qu'il souhaitait également obtenir son approbation.

Son regard insistant fit rougir la jeune fille, qui sortit de la pièce pour aller chercher le vin.

— Pas de ça ici, jeune gredin, intervint Grindle.

Roo se força de nouveau à sourire.

— Désolé. C'est dur d'ignorer une jolie fille.

Le marchand éclata de rire.

— Je vous ai déjà dit une fois, Avery, que votre plus gros défaut, c'est de croire que les gens ne sont pas aussi intelligents que vous.

Roo eut la bonne grâce de rougir et ne dit pas un mot lorsque la jeune fille revint avec le vin blanc sucré. Ils portèrent un toast. Duncan jura de leur bonne foi et ajouta qu'il espérait que la chance leur sourirait – des paroles auxquelles Roo n'attacha aucune importance.

— Ça veut dire que l'on va faire affaire ensemble ?
demanda-t-il lorsque son cousin eut terminé.

L'expression d'Helmut Grindle passa du sourire
affable à la froideur de pierre.

— Peut-être, répondit-il avant de se pencher en
avant. Je peux lire en vous comme sur un parchemin
accroché au mur d'une taverne, Roo Avery, alors laissez-moi clarifier certains points.

» J'ai passé suffisamment de temps sur la route avec
vous et votre ami Erik pour commencer à bien vous
connaître. Vous êtes malin et astucieux, deux qualités
qu'il ne faut pas confondre. De plus, vous êtes d'une
nature fourbe mais je crois que vous avez envie d'apprendre. (Il baissa la voix.) Je suis un vieil homme et
ma fille est laide ; ceux qui la courtisent n'ont d'yeux
que pour ma bourse.

Il fit une pause. Comme Roo ne protestait pas, le
marchand hocha la tête et poursuivit :

— Mais je ne suis pas éternel. Lorsque je mourrai,
je veux être entouré de mes petits-enfants en larmes.
Si pour prix de cette vanité il me faut choisir mon
gendre parmi ceux qui convoitent ma bourse plus que
ma fille, alors soit. Mais je choisirai le meilleur d'entre
eux, celui qui sera capable de prendre soin de mes
petits-enfants et de leur mère. (Il baissa la voix plus
encore.) J'ai besoin de quelqu'un pour reprendre
mon commerce et s'occuper de ma fille. Je ne sais
pas si vous êtes la personne qu'il me faut, mais ça se
pourrait bien.

Roo plongea son regard dans les yeux du vieil
homme et y vit une volonté aussi dure et implacable
que celle d'un Bobby de Loungville.

— J'espère que je pourrai être à la hauteur, murmura le jeune homme.

— Dans ce cas, les dés sont lancés, comme disent
les joueurs.

Duncan paraissait ne pas tout à fait comprendre la
teneur de leur conversation, mais continua de sourire

comme s'il ne s'agissait que d'un bavardage amical autour d'un verre.

— Que devrais-je faire de la soie ? demanda Grindle.

Roo réfléchit avant de répondre :

— J'ai besoin d'argent pour me lancer. Prenez la soie et donnez-moi des chevaux, de quoi réparer mon chariot et une cargaison à livrer. Laissez-moi vous prouver ma valeur.

Grindle se frotta le menton.

— C'est vrai que la soie rapportera un bon prix. (Il balaya l'air de la main, comme s'il calculait la somme dans sa tête.) Encore une chose avant de vous donner ma réponse. Qui va vous tenir responsable de la perte de cette étoffe ?

Roo jeta un coup d'œil à son cousin, qui haussa les épaules. Duncan était au courant de l'incident avec Jacoby et semblait croire qu'il était inutile de mentir à ce sujet.

— Je pense que Tim Jacoby a fait venir la soie de Kesh, avoua Roo. Ou qu'il devait la recevoir, si ce n'est pas lui qui l'a fait passer. Quoi qu'il en soit, disons qu'il n'est pas du tout content de ne pas l'avoir récupérée.

— Jacoby ? répéta Grindle, qui sourit. Son père et moi sommes de vieux ennemis. On était amis avant, on a même grandi ensemble. J'ai entendu dire que son Randolph est un garçon bien mais que Timothy a mal tourné. Je ne me fais donc pas de nouvel ennemi en vous suivant dans cette aventure.

— Alors on va travailler ensemble ?

— On dirait bien, répondit le marchand qui resservit du vin à tout le monde. Levons à nouveau nos verres.

— Vous n'auriez pas une autre fille, par hasard ? demanda Duncan après ce deuxième verre. Une qui serait jolie ?

Roo se couvrit les yeux mais fut surpris d'entendre Grindle éclater de rire. Il retira sa main et s'aperçut, décontenancé, que cette question amusait réellement le marchand.

Ils vidèrent la bouteille et parlèrent de bien des choses. En réalité, c'était surtout Helmut Grindle et Rupert Avery qui bavardaient ensemble, élaborant des plans, discutant de diverses stratégies commerciales et des routes qu'il valait mieux prendre. Aucun des deux ne remarqua que Duncan avait fini par s'endormir sur sa chaise. Karli Grindle descendit pour emporter la bouteille vide et remplacer la chandelle dégoulinante de cire par une nouvelle. Puis elle se retira, laissant les deux hommes prolonger leur conversation très tard dans la nuit.

— Sois vigilant, avertit Roo.

Duncan hocha la tête.

— Je les vois.

Ils parcouraient à bord d'un chariot la route qui longeait la côte et se trouvaient juste au sud de Sarth, le port le plus sûr au nord de Krondor. Roo était satisfait de la qualité des réparations effectuées sur le véhicule et trouvait qu'on lui avait donné de bons chevaux. De plus, Grindle lui avait assuré que sa part des bénéfices rapportés par la vente de la soie suffirait largement à couvrir les frais de sa participation à cette entreprise.

Un groupe d'hommes armés se tenait au bord de la route, apparemment occupés à discuter. L'un de ces individus montra à ses compagnons le chariot qui venait à leur rencontre. Ils se déployèrent alors sur toute la largeur de la voie. Lorsque Roo et Duncan arrivèrent à leur hauteur, l'un d'eux s'avança et leva la main pour les arrêter.

— Qui conteste mon droit à circuler sur la route du Roi ? protesta Roo.

— Personne, mais nous venons de vivre des moments difficiles et nous devons vous demander si vous avez vu une bande armée chevaucher vers le sud.

— Non, on n'a vu personne, répondit Duncan.

— Qui sont-ils ? demanda Roo.

— Des bandits qui nous ont attaqués durant la nuit. Ils étaient vingt, peut-être même plus, répondit l'un des hommes.

Le chef lui lança un regard noir par-dessus son épaule puis se tourna de nouveau vers Roo.

— Des bandits, c'est vrai. La nuit dernière, ils ont dévalisé deux marchands et ravagé leur magasin avant de cambrioler les deux auberges de la ville.

Roo échangea un regard amusé avec Duncan. On était presque au milieu de l'après-midi et la présence d'un tonnelet de bière suffisait à convaincre Roo que ces « soldats » débattaient depuis l'aube de la stratégie à suivre.

— Vous faites partie de la milice de la ville ? demanda-t-il.

La poitrine du chef se gonfla d'orgueil.

— En effet ! Au service du duc de Krondor, mais nous sommes des hommes libres qui protégeons notre ville.

— Dans ce cas, reprit Roo en faisant avancer son attelage, vous feriez mieux de vous lancer à la poursuite de ces bandits.

— C'est bien ça le problème, pas vrai les gars ? On ne sait pas où ils sont allés, alors on ne sait pas trop quelle route il faut prendre.

— Celle du nord, suggéra Roo.

— C'est bien ce que je disais ! s'écria le type qui était déjà intervenu quelques minutes plus tôt.

— Pourquoi le nord ? demanda le chef à Roo.

— Parce qu'on n'a pas quitté la route du Roi depuis Krondor. Si vos bandits avaient fui vers le sud, on les aurait croisés. Or, on n'a vu personne ce matin, il est donc logique de penser qu'ils se dirigent au nord, vers la Combe-au-Faucon ou Questor-les-Terrasses.

Roo n'était pas féru de géographie, mais il connaissait suffisamment de voies commerciales pour savoir qu'au-delà de la portion de route qui conduisait au nord-est, vers les contreforts des monts Calastius, il n'existait pas de chemin facile au sud de Sarth.

— Et pourquoi qu'ils seraient pas partis à l'ouest ou à l'est ? demanda un autre des miliciens ivres.

Roo secoua la tête et regarda le chef en lui demandant :

— Vous avez le grade de sergent ? (L'autre acquiesça.) Sergent, s'ils se dirigeaient vers l'ouest, ils seraient à bord d'un bateau, pas sur le dos d'un cheval. Quant à prendre la direction de l'est, qu'est-ce qu'on y trouve ?

— Seulement la route qui mène à l'abbaye de Sarth et aux montagnes.

— Ils sont partis au nord, répéta Roo d'un ton catégorique. Je vous parie même qu'ils vont à Ylith, sinon où pourraient-ils bien revendre ce qu'ils vous ont volé ?

Ce résumé suffit au chef qui s'exclama :

— Tout le monde en selle !

La délégation de la milice obéit avec quelque chose qui ressemblait à de la hâte, même si certains des défenseurs de Sarth paraissaient avoir du mal à marcher droit.

Roo continua de suivre la route et regarda les miliciens se diriger vers différents endroits de la ville pour récupérer leurs montures.

— Tu crois qu'ils retrouveront ces bandits ? demanda Duncan.

— Seulement s'ils jouent vraiment de malchance.

— Mais où est l'armée du roi ?

— Occupée à remplir une mission pour le prince, je suppose, répondit Roo.

Sarth se trouvait à l'intérieur des frontières de la principauté de Krondor, ce qui signifiait que la ville n'avait pas un comte, un baron ou un duc à qui rendre des comptes ou demander protection. Les soldats krondoriens patrouillaient régulièrement à l'intérieur des frontières de la principauté, depuis le duché de Yabon jusqu'à la capitale elle-même. Cependant, c'était à la milice, au guet ou à la police de la ville de s'occuper des problèmes locaux jusqu'à l'arrivée d'une patrouille.

Mais cela ne concernait pas Roo et Duncan, pour qui ce voyage se présentait sous les meilleurs auspices. Roo avait présenté sa démission à McKeller et avait été surpris de percevoir une émotion proche du regret dans la voix du vieux maître d'hôtel. Le jeune homme avait également promis à Jason de lui trouver une place digne de son intelligence si la chance lui souriait.

Helmut Grindle s'était montré très direct dans sa façon d'amener Roo dans le monde du commerce. Il avait parlé à plusieurs reprises de fiancer le gamin, comme il l'appelait, avec sa fille Karli. La jeune fille avait surpris une ou deux de ces remarques qui l'avaient fait rougir. Mais pas une seule fois son père n'avait pris la peine de lui demander son avis sur la question.

Roo avait souvent plaisanté avec Erik à l'idée d'épouser la fille d'Helmut Grindle, que ce dernier prétendait si laide. Confronté à la réalité, le jeune homme regretta de s'être raillé de Karli. Elle n'était pas laide, seulement dénuée de charme, mais Roo n'était pas très séduisant non plus, si bien qu'il n'y pensait pas beaucoup. Il savait que s'il devenait suffisamment riche, il pourrait se payer de jolies maîtresses. Sa seule obligation envers Grindle serait d'engrosser sa fille et de veiller à ce que les petits-enfants du vieil homme soient toujours bien nourris et bien soignés. Roo savait aussi que s'il parvenait à faire fructifier le capital du marchand, il hériterait – ou plutôt, Karli hériterait, ce qui revenait au même – d'une belle somme grâce à laquelle il n'y aurait pas de limites à son avenir.

Roo avait présenté plusieurs de ses plans à Duncan mais ce dernier ne manifestait qu'un intérêt superficiel pour le commerce, qui se limitait au montant et à la date de sa paye. En dehors de ça, tout ce qui l'intéressait, c'était où trouver la putain ou la serveuse la plus proche. Roo subissait l'influence de Duncan, en choisissant notamment de passer la nuit dans les bras d'une fille de taverne plutôt que seul. Pourtant il ne cessait de s'émerveiller devant cette capacité qu'avait Duncan de se concentrer sur un seul but : faire la cour à une jolie fille. Son cousin éprouvait pour les femmes une passion qui allait bien au-delà de l'appétit ordinaire d'un jeune homme comme Roo.

D'un autre côté, Duncan ne partageait pas l'obsession de Roo pour la richesse. Il avait voyagé, combattu, fait l'amour, bu et mangé sans jamais partager ses rêves avec quiconque. L'argent facile l'attirait alors qu'il ne contemplerait jamais d'or durement gagné à la sueur de son front.

Roo, accompagné de son cousin, entra dans Sarth par le sud et s'arrêta dès qu'il vit un magasin à la porte défoncée.

— Surveille le chariot, recommanda-t-il à Duncan avant de sauter à bas du véhicule.

Il entra dans la boutique et s'aperçut tout de suite qu'elle avait été dévalisée.

— Bonjour, dit-il au marchand qui le dévisagea, partagé entre l'irritation et le désespoir.

— Bonjour monsieur. Comme vous pouvez le voir, je suis incapable de travailler aujourd'hui.

Roo dévisagea le malheureux, un homme d'âge moyen qui prenait du ventre.

— C'est ce que j'ai entendu dire. Je m'appelle Rupert Avery et je suis négociant, ajouta-t-il en tendant la main. Je dois me rendre à Ylith, mais j'ai pensé que je pourrais peut-être vous aider.

Le marchand lui serra la main d'un air distrait.

— Je m'appelle John Vinci. Que voulez-vous dire par là ?

— Comme je le disais, je suis négociant et je peux peut-être vous procurer certains articles pour remplacer ceux que l'on vous a volés.

Vinci changea aussitôt d'attitude et regarda Roo d'un air pensif, comme s'il venait de miser tout son or sur l'issue d'un pari.

— Quel genre d'articles ?

— Uniquement les meilleurs. Je vais à Ylith pour y acheter certaines marchandises avant de retourner à Krondor. Mais je peux vous donner un coup de main, étant entendu que vous me fournirez ces choses que je comptais acheter à Ylith.

— C'est-à-dire ?

— Des marchandises facilement transportables, en petite quantité, mais de qualité suffisamment élevée pour me rapporter un bénéfice.

Le marchand dévisagea Roo pendant quelques secondes, puis hocha la tête.

— Je vois. Vous achetez des bijoux de grande valeur que vous revendez à la noblesse.

— Quelque chose dans ce genre, en effet.

— Moi, je n'ai guère besoin d'articles de luxe. Ce qu'il me faudrait, en revanche, c'est une dizaine de rouleaux de lin solide, quelques aiguilles en acier et d'autres produits de première nécessité que réclament les gens de cette ville.

Roo opina du chef.

— Je peux faire une liste et revenir d'ici deux semaines. Qu'avez-vous à me proposer en échange ?

Vinci haussa les épaules.

— J'avais une petite cachette où je dissimulais de l'or mais ces bâtards l'ont vite trouvée.

Roo sourit. Le marchand avait sûrement mal dissimulé cette cachette afin de faire croire aux bandits qu'ils avaient trouvé son seul trésor, mais il en avait certainement une autre, bien remplie celle-là.

— Vous ne possédez aucun objet de valeur ?

Le marchand haussa de nouveau les épaules.

— Quelques-uns, peut-être, mais rien d'extraordinaire.

— Les articles qui sortent de l'ordinaire sont réservés à de très rares clients, rétorqua Roo en se frottant le menton. Je pensais plutôt à quelque chose qui aurait du mal à trouver acquéreur ici mais qui se vendrait rapidement à Krondor.

Vinci resta immobile quelques instants avant de dire :

— Suivez-moi.

Il sortit par l'arrière du magasin, traversa une petite cour et entra dans sa maison. Une jeune femme pâle travaillait dans la cuisine, tandis que deux jeunes enfants se disputaient un jouet.

— Attendez là, recommanda Vinci sans prendre la peine de présenter Roo à son épouse.

Il grimpa une volée de marches étroites et revint quelques minutes plus tard avec un écrin en cuir.

Roo le prit et l'ouvrit. À l'intérieur se trouvait un seul bijou, un collier proche du tour de cou, serti d'émeraudes assorties de diamants taillés, minuscules mais pleins d'éclat. Il s'agissait d'une belle pièce d'orfèvrerie. Roo n'aurait su estimer sa véritable valeur, mais le collier était assez joli pour attirer l'attention du plus blasé des bijoutiers.

— Combien en voulez-vous ?

— Je le gardais comme assurance en cas de désastre, expliqua le marchand, et je suppose que cette situation en est un. (Il haussa les épaules.) J'ai besoin de reconstituer mon stock, et vite. Mes affaires vont péricliter si je ne peux rien vendre aux habitants de cette ville.

Roo prit quelques instants pour réfléchir.

222

— Voilà ce qu'on va faire, annonça-t-il. Faites-moi la liste des articles dont vous avez besoin et examinons-la ensemble. Si on arrive à tomber d'accord sur le prix, je vous les rapporterai d'Ylith en moins de deux semaines. Comme ça, vos affaires pourront redémarrer.

Vinci fronça les sourcils.

— Un marchand quegan doit arriver en ville dans moins d'une semaine.

— Mais qu'est-ce qui vous garantit qu'il aura les articles dont vous avez besoin ? rétorqua vivement Roo. À quoi ça vous avancera si c'est un marchand d'esclaves ?

L'autre secoua la tête.

— À rien, mais il est vrai qu'on ne voit pas beaucoup de marchands d'esclaves par ici.

L'esclavage était interdit dans le royaume des Isles, à l'exception des criminels condamnés à ce châtiment. L'importation d'esclaves originaires de Kesh ou de Queg était donc illégale.

— Vous savez bien ce que je voulais dire, répliqua Roo. En échange d'une petite prime, je vous rapporte tout ce dont vous avez besoin.

Le marchand hésitait. Roo insista :

— Les enfants pourront continuer à manger à leur faim.

— Très bien, céda Vinci. Allez prendre une chambre à l'auberge au bout de la rue. Je vous y retrouverai pour dîner et on pourra examiner la liste ensemble.

Roo serra la main du marchand et se hâta de rejoindre Duncan, qui l'attendait en somnolant à moitié.

— Alors ? demanda-t-il d'une voix endormie tandis que Roo grimpait sur le siège du chariot.

— Direction l'auberge. On prend une chambre et on conclut une affaire.

— Si tu le dis, dit Duncan en haussant les épaules.

— Une affaire très profitable, renchérit Roo en souriant.

Helmut Grindle leva les yeux lorsque Roo entra dans son bureau.

— Alors comment nous en sommes-nous sortis, jeune Rupert ?

Roo s'assit et hocha la tête avec gratitude lorsque Karli entra et lui apporta un verre de vin. Il en but une gorgée avant de répondre :

— Très bien, je pense.

— Vous pensez ? répéta Grindle en se redressant sur sa chaise.

Il jeta un coup d'œil par la fenêtre, en direction de Duncan qui montait la garde près du chariot.

— Je ne vois pas de véhicule débordant de marchandises, je suppose donc que vous avez trouvé quelque chose de petite taille mais de grande valeur.

— C'est à peu près ça, approuva Roo. J'ai transporté nos marchandises à Ylith où il m'a fallu trois jours pour les vendre avec ce que je crois être de bons bénéfices. Ensuite, j'en ai profité pour nous réapprovisionner.

— Avec quoi ? s'enquit Grindle, les yeux étrécis.

Roo sourit malicieusement.

— Vingt rouleaux de bonne toile, deux grandes boîtes de clous, une centaine d'aiguilles en acier, une dizaine de marteaux, cinq scies, une grosse bobine de fil...

— Quoi ? l'interrompit Grindle en levant la main. Il s'agit là d'un inventaire ordinaire. Auriez-vous oublié nos longues discussions sur les marchandises rares pour de riches clients ?

— J'ai également rapporté un peu d'or, admit Roo.

Grindle se laissa aller contre le dossier de sa chaise et tripota le devant de sa chemise.

— Vous ne me dites pas tout. Qu'est-ce que vous me cachez ?

— J'ai conduit les marchandises en question à Sarth où je les ai échangées contre ceci.

Il tendit l'écrin en cuir. Grindle le prit et l'ouvrit. Puis il resta immobile pendant un très long moment, à contempler le collier.

— C'est une très belle pièce, finit-il par admettre. Mais elle ne vaut pas beaucoup plus que ce que je vous ai donné pour ce voyage dans le nord. Ce n'est donc pas une expédition très profitable.

Roo se mit à rire et sortit de sa tunique une grosse bourse qu'il lança sur la table où elle atterrit bruyamment.

— Comme je disais, j'ai également ramené un peu d'or.

Grindle ouvrit la bourse et compta rapidement l'or qu'elle contenait. Puis il sourit.

— Voilà des bénéfices dont on se souviendra, gamin.

— J'ai eu de la chance, répondit le jeune homme.

— La chance appartient à ceux qui sont prêts à profiter du moment.

Roo haussa les épaules et fit de son mieux pour avoir l'air modeste, en vain.

— Karli ! appela le marchand en se tournant vers l'arrière de la maison.

Au bout d'un moment, la jeune fille réapparut.

— Oui, père ?

— Karli, je viens de donner au jeune Avery, ici présent, la permission de te faire la cour. Il t'accompagnera lors de ta sortie, sixdi soir prochain.

L'incertitude inscrite sur le visage, la jeune fille regarda son père, puis Roo.

— Bien, père, dit-elle après avoir hésité. Nous nous reverrons donc sixdi, monsieur, ajouta-t-elle à l'intention de Roo.

Ce dernier resta assis, mal à l'aise, ne sachant pas quoi dire. Puis il hocha la tête en répondant :

— Je viendrai vous chercher après le dîner.

La jeune fille s'enfuit et passa entre les rideaux qui encadraient la porte, à l'autre bout de la pièce. Roo se demanda s'il aurait dû dire quelque chose de gentil, du genre, il avait hâte d'y être, ou sa robe lui allait bien. Il repoussa l'irritation que provoquait cette incertitude et se promit de demander à Duncan ce qu'il fallait dire à la jeune fille. Puis il revint au moment présent.

Grindle servit deux grands verres de vin sucré.

— Maintenant, racontez-moi comment vous avez fait, mon garçon, étape par étape.

Roo sourit, savourant l'approbation qu'il lisait dans les yeux rayonnants de Grindle, qui regardait de temps à autre le collier.

Chapitre 8

LES JOUEURS

Roo tendit le doigt.

— J'aperçois Greylock ! s'exclama-t-il.

Erik, Jadow, le duc James, Robert de Loungville et le maréchal William attendaient sur les quais royaux l'arrivée du *Revanche de Trenchard*. Ils balayaient le lointain navire d'un regard inquiet, à la recherche de camarades qui avaient survécu à l'attaque de la reine Émeraude contre la cité de Maharta.

— C'est facile de repérer sa crinière grise, ajouta Roo en levant la main pour protéger ses yeux de l'éclat du soleil – on était en plein après-midi.

Depuis qu'il était devenu l'associé d'Helmut Grindle le mois précédent, le jeune homme avait été trop occupé pour vraiment penser à ses anciens compagnons. Mais Erik avait envoyé quelqu'un le prévenir que l'autre navire en provenance de Novindus avait été aperçu au large du port de Krondor. Aussitôt, Roo était accouru pour assister à l'arrivée du navire, laissant Duncan superviser à sa place le chargement d'une cargaison à destination de Sarth. En effet, tout comme son ami d'enfance, Roo pleurait la perte de ces hommes qui avaient enduré en leur compagnie les rudes épreuves de ce voyage à l'autre bout du monde, deux ans plus tôt.

Soudain il aperçut une silhouette familière aux côtés de Greylock et s'écria :

— Luis ! C'est Luis !

— T'as raison, mec ! renchérit Jadow. Si c'est pas ce fils de pute de Rodezien qui a si mauvais caractère, moi, je suis un prêtre de Sung !

Roo agita le bras. Sur le pont du *Revanche*, Greylock et Luis firent de même. Mais l'humeur du groupe s'assombrit lorsque Roo annonça qu'il n'y avait pas d'autres survivants sur le pont.

— Peut-être que certains sont restés en cabine parce qu'ils sont malades, suggéra Erik, comme s'il lisait dans les pensées de son ami.

— Peut-être, admit ce dernier, d'un ton qui montrait qu'il n'y croyait guère.

Le temps s'écoula lentement tandis que le navire approchait des quais royaux. Contrairement à l'amiral Nicholas, le capitaine du *Revanche* reconnaissait les prérogatives du commissaire du port et de ses pilotes, si bien que le navire ralentit jusqu'à être suffisamment près des quais pour pouvoir être remorqué.

Dès que la passerelle fut abaissée, Greylock et Luis débarquèrent. L'ancien maître d'armes salua le duc James et le maréchal William tandis que Luis, Jadow, Erik et Roo se donnaient de grandes tapes dans le dos et pleuraient ouvertement de joie.

Brusquement, Roo fut frappé par un détail étrange et regarda Luis en disant :

— Qu'est-ce qui est arrivé à ta main ?

L'ancien courtisan rodezien, devenu meurtrier puis mercenaire, portait une veste à manches longues et des gants noirs. Il leva le bras droit et laissa la manche glisser, dévoilant sa main, figée telle une serre, les doigts immobiles. Une lueur de regret passa dans ses yeux, mais il répondit d'un ton léger :

— Paye-moi un verre et je te raconterai tout.

— D'accord ! répondit Erik avant de se tourner vers de Loungville. Enfin, si vous n'avez plus besoin de nous, sergent...

De Loungville hocha la tête.

— Allez-y, mais ne vous enivrez pas trop. J'ai besoin que vous ayez les idées claires demain, toi et Jadow. Et amenez Luis avec vous. J'ai des questions à lui poser et sa grâce à lui donner.

— C'est vrai ? s'étonna Luis. Je me souviens d'avoir entendu le capitaine en parler mais je ne pensais pas qu'il nous gracierait.

— Viens, lui dit Roo. On te racontera tout ce qui s'est passé depuis notre retour et on essayera de t'empêcher de t'attirer des ennuis avec le guet de la cité.

— C'est bon de vous revoir, maître Greylock, ajouta Erik avant de partir.

— Toi aussi, mon garçon. Je vais rester en ville un moment, alors on aura le temps de bavarder demain. (Une expression de tristesse passa sur son visage.) Nous avons beaucoup de choses à nous dire.

Erik acquiesça. De toute évidence, l'ancien maître d'armes voulait lui parler de ceux qui n'avaient pas survécu à la chute de Maharta ou à la fuite jusqu'à la Cité du fleuve Serpent.

Les survivants de la compagnie de Calis s'éloignèrent rapidement des quais royaux. Erik les conduisit dans une auberge proche que fréquentaient régulièrement les soldats du palais. Le jeune homme soupçonnait les employés de l'établissement de travailler pour le prince, car de Loungville avait clairement laissé entendre à ses hommes qu'il valait mieux pour eux se rendre à l'*Auberge du Bouclier Brisé* plutôt qu'à toute autre taverne. Cela ne dérangeait pas Erik car ici on en avait pour son argent : les boissons étaient bonnes et les femmes amicales et gentilles. De plus, l'établissement était situé suffisamment près du palais pour que le jeune homme puisse y venir sans négliger son travail.

Comme il n'était pas encore trop tard dans l'après-midi, il n'y avait pas beaucoup de monde. Erik fit signe au barman de leur apporter de la bière.

— Qu'est-ce qui t'est arrivé, Luis ? demanda Roo lorsqu'ils furent tous assis. On croyait t'avoir perdu dans le fleuve.

La compagnie de Calis avait été obligée de traverser à la nage l'embouchure de la Vedra pour pouvoir entrer dans la cité de Maharta. Comme ils portaient tous leur armure et leurs armes, un grand nombre de soldats n'était jamais arrivé de l'autre côté. Luis se frotta le menton de sa main valide.

— J'ai bien failli me noyer, admit-il d'une voix que son accent rodezien rendait étrangement musicale. J'ai eu une crampe à quelques mètres de cette petite île sur laquelle vous vous êtes hissés avant de continuer. Quand j'ai enfin réussi à ressortir la tête de l'eau, je me suis aperçu que le courant m'avait entraîné plus au sud. Alors j'ai essayé d'atteindre la rive mais la crampe est revenue.

Il secoua la tête. Roo s'aperçut alors à quel point son ami avait vieilli. Luis n'avait pas encore la cinquantaine et déjà sa chevelure et sa moustache se teintaient de gris. Il poussa un profond soupir lorsque le serveur déposa une chope en étain devant chacun d'entre eux et but une grande gorgée avant de poursuivre son récit.

— À ce moment-là, je n'ai pas hésité. J'ai laissé tomber mon bouclier et mon épée, pris mon couteau et coupé les liens de mon armure. Quand j'ai pu regagner la berge, j'étais à moitié mort et je ne savais plus où j'étais.

» Le ciel était noir et il ne me restait plus beaucoup de forces. J'ai vu un bateau et j'ai nagé dans sa direction. (Il leva sa main droite abîmée.) C'est comme ça que j'ai récolté ce souvenir. J'ai tendu la main pour agripper le plat-bord mais un pêcheur me l'a brisée à coups d'aviron.

Erik frémit.

— Par tous les dieux ! s'exclama Roo.

— J'ai dû crier, reprit Luis, mais je ne m'en souviens pas car je me suis évanoui. J'aurais dû me noyer mais quelqu'un m'a hissé à bord et c'est comme ça que je me suis retrouvé sur un bateau plein de réfugiés qui faisait voile vers la haute mer.

Luis raconta comment les pêcheurs, désespérés, étaient passés entre les navires de guerre qui pourchassaient les bateaux qui sortaient du port, ignorant les petites embarcations qui surgissaient de l'estuaire, près de la cité.

— On a commencé à prendre l'eau, expliqua-t-il, le regard perdu au loin dans ses souvenirs. On a accosté au nord-est de la cité, à environ une journée de marche. Ceux d'entre nous qui préféraient ne pas confier leur vie à la mer sont partis à pied. Les autres ont réparé le bateau, je suppose, à moins d'avoir été faits prisonniers par les envahisseurs. Je ne suis pas resté dans les parages pour m'en assurer.

» Je dois la vie à l'une de ces personnes, soupira-t-il, mais je n'ai jamais su qui m'a tiré de l'eau, ni pourquoi. Face à une telle épreuve, nous étions tous frères et sœurs. (Il montra de nouveau sa main.) Mais je les ai laissés, d'autant que ma main commençait à enfler, à noircir et à me faire un mal de chien.

— Comment as-tu fait pour te soigner ? s'inquiéta Roo.

— Je ne me suis pas soigné. Pour être franc, j'avais tellement mal au bout de trois jours que j'ai envisagé de la couper. Je dégoulinais de sueur à cause de la fièvre. J'ai essayé de faire du reiki, comme Nakor nous l'a appris, et ça a soulagé la douleur, mais ça ne m'empêchait pas d'être brûlant. Heureusement, le lendemain, j'ai trouvé un campement où il y avait un prêtre appartenant à un ordre que je ne connaissais pas. Il ne pouvait pas soigner ma main par magie, mais il l'a baignée dans de l'eau avant d'appliquer un cataplasme de plantes. Après, il m'a donné quelque chose à boire qui a fait tomber la fièvre. (Il se tut quelques instants.) Il m'a dit que seule une magie de guérison très puissante pourrait remettre ma main en état, le genre de magie que les temples te font payer une fortune et pour laquelle tu t'endettes à vie. Le prêtre m'a averti qu'en plus, ça risquait de ne pas marcher. (Luis haussa les épaules.) Comme je n'aurai sûrement jamais cet argent, je ne le saurai jamais.

Il repoussa sa chope vide avant d'ajouter :

— En tout cas, me voici de retour, et bientôt libre et gracié, si je comprends bien. Je dois donc penser à mon avenir.

Erik demanda une deuxième tournée au serveur.

— On est tous passés par là.

— Si tu n'as rien de prévu, intervint Roo, tu pourrais m'être utile. J'ai besoin de quelqu'un qui présente bien et qui sait comment traiter avec des gens importants.

— Vraiment ? s'étonna Luis.

Erik éclata de rire.

— Notre ami a réalisé son rêve et travaille dur en ce moment pour épouser la fille du riche marchand, tu sais, celle qui est laide.

Jadow regarda Roo en plissant les yeux.

— Tu prends pas de libertés avec cette tendre enfant, j'espère ?

Roo leva la main en faisant mine de vouloir se défendre :

— Jamais ! (Il secoua la tête.) Mais pour être franc, elle ne m'attire guère plus que toi, Jadow. Pourtant, elle est très gentille, très douce, et pas aussi laide que je l'imaginais, en fait. On peut même dire que son visage change lorsqu'elle arrive à décrocher un sourire. Mais en ce moment, je me bats sur tous les plans.

— On dirait que tu es désespéré, fit Erik.

— C'est-à-dire que j'essaye de donner le meilleur de moi-même pour impressionner son père, mais la fille sait que je suis sur le point d'être choisi pour devenir son époux et je ne crois pas qu'elle en soit ravie.

— Rends-la heureuse, suggéra Luis.

— Comment ?

— Courtise-la autant que son père, répliqua le Rodezien. Apporte-lui de petits cadeaux et parle-lui d'autres choses que de tes affaires.

Roo cligna des yeux. De toute évidence, cette idée ne l'avait jamais effleuré.

— Vraiment ?

Les trois autres éclatèrent de rire.

— Qui d'autre a réussi à rentrer ? demanda Luis lorsque leur hilarité prit fin.

Erik redevint sérieux tandis que le sourire de Jadow se transformait en mine renfrognée.

— Pas beaucoup d'entre nous, avoua Roo.

— Le capitaine et le sergent. Nakor et Sho Pi, décompta Erik. Nous tous ici présents, et quelques membres des autres troupes. Mais sur notre groupe de six, on est les seuls à être rentrés, avoua-t-il en désignant Luis, Roo et lui-même.

— C'est mieux que ma troupe, répliqua Jadow.

Tous acquiescèrent car les compagnons du Keshian étaient morts en voulant retarder les Saaurs tandis qu'il allait prévenir le capitaine.

— Parle-lui de Biggo, suggéra Roo.

Erik raconta à Luis comment le dernier membre de leur groupe était mort. Lorsqu'il termina son récit, tout le monde souriait à nouveau.

— Je vous jure qu'il avait l'air surpris. Malgré tout ce qu'il racontait sur la déesse de la Mort et alors qu'il était si pieux, on aurait dit qu'il...

— Qu'il quoi ? demanda Roo, qui n'avait pas vu leur ami mourir, mais qui avait déjà entendu l'histoire.

— Qu'il disait – Erik baissa la voix pour imiter celle de Biggo – « Oh, alors c'est à ça que ça ressemble ! ».

Puis le jeune homme écarquilla les yeux en feignant l'étonnement. Ses compagnons gloussèrent. Mais lorsqu'on leur servit la deuxième tournée, Luis leva sa chope en disant :

— Aux absents.

Ils burent et gardèrent le silence un moment.

— Qu'est-ce que vous faites tous les deux ? reprit Luis.

— On aide le capitaine à former son armée, répondit Jadow. Erik et moi, on est caporaux.

Erik sortit un petit livre de sa tunique.

— Mais ils nous font parfois faire des choses bizarres.

Luis prit le livre et regarda le titre inscrit sur la tranche.

— C'est du keshian ?

Erik hocha la tête.

— C'est pas dur d'apprendre à le lire une fois qu'on a appris à le parler, mais c'est long. J'ai jamais été un grand lecteur quand j'étais petit, contrairement à Roo.

— C'est quoi comme livre ? lui demanda ce dernier.

— Un texte ancien sur l'art militaire, qui vient de la bibliothèque de messire William, lui apprit Jadow. Je l'ai lu la semaine dernière. Cette semaine, il me fait lire un truc qui s'appelle *La Mise en place de lignes de ravitaillement efficaces en territoire hostile*, écrit par un noble quegan, je crois.

Luis parut impressionné.

— On dirait qu'ils essayent de faire de vous des généraux.

— Je ne sais pas si c'est vrai, mais ça correspond à ce que Natombi nous a dit quand on était à Novindus.

Luis acquiesça. Natombi avait fait partie de leur groupe, mais il était originaire du cœur de l'empire de Kesh où il avait servi dans la Légion intérieure, l'armée la plus efficace de l'histoire de Kesh la Grande, qui avait conquis plus des deux tiers du continent de Triagia. Il avait passé de nombreuses heures à parler avec Erik de la façon dont les anciennes légions déployaient leurs forces et organisaient leurs nombreuses campagnes. Étant donné l'étroitesse de leur tente à six places, Luis et Roo avaient écouté chacune de ces conversations, sauf lorsqu'ils étaient de garde.

— C'est vrai qu'on est en train de former une armée comme on n'en a jamais vu, souligna Jadow. Et vous savez pourquoi ? ajouta-t-il en baissant la voix.

Luis faillit éclater de rire et secoua la tête.

— Je parie que je le sais mieux que toi. (Il dévisagea chacun de ses compagnons.) À six reprises, je n'ai réussi à échapper que de quelques minutes aux unités en marche de l'envahisseur. Et je les ai vues massacrer ceux qui essayaient de leur échapper. (Il ferma les yeux une seconde.) Je suis un homme endurci, ou du moins je le croyais, mais j'ai vu là-bas des choses que je n'aurais jamais pu imaginer. J'ai entendu des sons qui ne veulent plus sortir de ma tête et j'ai reniflé des odeurs qui s'attardent dans mes narines, peu importe ce que je bois ou l'encens que je fais brûler.

L'humeur du groupe s'était à nouveau assombrie. Au bout d'une minute de silence, Roo intervint :

— Oui, nous savons tous ce qui se passe. Malgré tout, il faut continuer à vivre. Veux-tu travailler avec moi, Luis ?

Ce dernier haussa les épaules.

— Que devrais-je faire ?

— Tu as les manières d'un courtisan. Tu peux donc présenter certains articles aux gentilshommes et gentes dames de qualité, peut-être même à des nobles. Il te faudrait négocier les prix.

Luis haussa de nouveau les épaules.

— Je n'ai jamais vraiment su marchander, mais si tu me montres comment il faut faire, je pense que j'en serai capable.

Leur conversation s'arrêta lorsque la porte de l'auberge s'ouvrit et que Robert de Loungville entra, une mince jeune fille à ses côtés. Les quatre compagnons dévisagèrent ce couple improbable que formaient le sergent, petit, trapu et pugnace, et la jeune fille frêle mais séduisante. Elle était vêtue modestement d'une robe qu'elle avait dû coudre elle-même et de chaussures toutes simples. En dehors de ses cheveux courts, son apparence n'avait rien de remarquable.

Mais l'expression sur le visage d'Erik prouvait qu'il la connaissait.

— Kitty ? s'étonna-t-il.

De Loungville leva la main en guise d'avertissement.

— Voici ma fiancée, Katherine. Si je vois un seul d'entre vous, bande de salauds, lui donner des raisons de rougir, je vous embroche le foie.

Il s'exprimait d'un ton anodin mais la lueur dans ses yeux suffit à prévenir les quatre hommes qu'il se passait dans la vie du sergent quelque chose qu'ils n'avaient pas besoin de savoir. Or la sagesse voulait qu'ils obéissent même au plus vague des avertissements. La jeune fille parut irritée d'être présentée comme la fiancée du sergent mais ne dit pas un mot.

De Loungville alla voir le barman en compagnie de Katherine et lui parla un moment. Puis il hocha la tête et fit signe à la jeune fille de se rendre en cuisine. Elle lui lança un regard noir avant de s'en aller.

De Loungville revint vers la table des quatre compères et prit une chaise.

— Elle va travailler ici. Alors si l'un d'entre vous lui fait le moindre ennui...

Il ne prit pas la peine de formuler sa menace jusqu'au bout.

— Moi, ça ne risque pas, répliqua Roo en haussant les épaules. J'ai déjà une fiancée.

— Oh, vraiment ? dit de Loungville, une lueur diabolique au fond des yeux. Sait-elle que son promis est un ancien gibier de potence ?

Roo eut la bonne grâce de rougir.

— Je ne lui ai pas tout dit.

— Et il n'a pas encore fait sa demande, ajouta Erik. Pour l'instant, il est juste présomptueux.

— Je reconnais bien là notre Rupert, répliqua le sergent en demandant une bière.

— Ils me disaient avant votre arrivée que beaucoup de nos amis ne sont pas rentrés, intervint Luis.

De Loungville hocha la tête.

— C'est vrai. Mais ce n'est pas la première fois. (Ses traits s'assombrirent, tandis que le serveur déposait une chope devant lui.) Ça fait déjà deux fois que je reviens de ce satané continent. J'y ai laissé près de deux mille cadavres et ça me rend malade.

— C'est pour ça que le maréchal et vous nous obligez à lire ça ? demanda Jadow en montrant le livre d'Erik.

L'attitude du sergent se modifia. Il sourit et pinça la joue du Keshian.

— Non, mon mignon, c'est pour pouvoir regarder tes lèvres bouger. Ça me fascine.

Erik éclata de rire.

— En tout cas, quelle que soit la raison, je trouve qu'il y a plein de choses intéressantes dans ces livres. Mais je ne suis pas sûr de tout comprendre.

— Alors parles-en avec le maréchal, lui conseilla de Loungville. On m'a dit que si l'un de mes caporaux veut parler de ses lectures, il doit se présenter au bureau de messire William.

Il but une longue gorgée de bière et fit claquer ses lèvres d'un air exagérément satisfait.

— Le maréchal ? répéta Erik.

Il s'agissait du général le plus important du royaume de l'Ouest après le prince de Krondor. L'un des deux portait le titre de maréchal des armées de l'Ouest en temps de guerre et si l'on remontait dans l'histoire, on s'apercevait qu'il s'agissait du maréchal aussi souvent que du prince. Pour n'importe quel soldat, il était quelqu'un que l'on admirait avec un respect mêlé de crainte. Même s'il lui avait adressé la parole une demi-douzaine de fois, Erik ne s'était jamais entretenu avec lui pendant plus de quelques minutes, et jamais en privé. La perspective de tenir une conversation sur un sujet qu'il ne comprenait pas semblait de toute évidence angoisser Erik.

— Ne t'inquiète pas, le rassura de Loungville. Il sait bien que vous avez la tête dure comme de la pierre et il n'utilisera pas de grands mots.

Roo et Luis éclatèrent de rire, mais Erik ne dit rien.

— Moi, ça me paraît juste bizarre que le capitaine et vous pensez qu'on a besoin d'apprendre tout ça, sergent, insista Jadow.

De Loungville balaya la pièce du regard.

— Au cas où vous ne l'auriez pas encore compris, cette auberge appartient au duc de Krondor. Tous les hommes et femmes qui travaillent ici sont des agents de James. (Du pouce, il indiqua le comptoir, derrière lui.) Katherine va travailler ici pour pouvoir nous prévenir si elle voit un Moqueur tenter de nous espionner. Après notre prise de bec, le mois dernier, nous devons être sûrs qu'ils ne nous causeront plus de problèmes.

» Ce que j'essaye de vous expliquer, c'est que cette auberge est l'endroit le plus sûr, en dehors du palais, pour parler de notre voyage et de ce que nous avons vécu. (Il baissa la voix.) Mais aucun endroit n'est jamais vraiment sûr. (Il marqua une pause.) Vous devez apprendre autant que possible, car nous sommes en train de former une armée telle qu'on n'en a jamais vu. Vous devrez être capables de prendre le commandement de très nombreux hommes. Songez-y : si tous vos supérieurs meurent, ce sera vous, le général. On vous pousse donc à apprendre pour que vous évitiez de tout saloper, parce que si vous deviez vous retrouver à la tête des armées de l'Ouest, le sort du royaume, et celui du monde entier par la même occasion, reposerait entre vos mains.

Erik et Jadow échangèrent un regard mais ne dirent rien. Roo repoussa sa chaise.

— Je suis content d'avoir choisi le commerce. En tout cas, j'ai passé un excellent moment en votre compagnie, mais je dois retourner à mes chariots. Puis-je emmener Luis avec moi ? demanda-t-il à de Loungville.

Ce dernier acquiesça.

— Présente-toi au palais demain dans la matinée pour que l'on puisse signer ta grâce, dit-il à l'intention de Luis.

Roo fit signe à ce dernier de l'accompagner, puis dit au revoir à leurs compagnons et sortit de l'auberge.

— De quels chariots parlais-tu tout à l'heure ? s'enquit Luis.

— Je suis devenu négociant, je fais commerce d'objets de valeur. J'ai besoin que l'on m'apprenne à parler à la noblesse, et j'ai aussi besoin d'un agent.

Le Rodezien haussa les épaules en levant sa main droite.

— Je suppose que je n'ai pas besoin de ça pour parler.

— Ça te gêne beaucoup ? demanda Roo tandis qu'ils se frayaient un passage au milieu de la circulation.

— Oui et non. J'éprouve toujours des sensations, mais c'est comme si je portais un gant épais et je ne peux pas beaucoup remuer les doigts. (Brusquement, une dague apparut dans sa main gauche.) Celle-ci marche toujours aussi bien, par contre.

Roo sourit. Luis savait se servir d'une lame courte comme personne. Il n'était peut-être plus le soldat qu'il avait été, mais il n'en conservait pas moins certaines qualités.

— Où sont Sho Pi et Nakor ? demanda Luis tandis qu'ils se dirigeaient vers la maison d'Helmut Grindle.

— Avec le capitaine.

— Et où est-il ?

Roo haussa les épaules.

— En mission pour le roi. J'ai entendu dire qu'il se trouve du côté de Kesh. Peut-être qu'il est au port des Étoiles.

Les deux hommes poursuivirent leur chemin.

— Vous ne pouvez pas entrer, protesta l'étudiant qui gardait la porte.

Calis le repoussa et ouvrit d'un coup de pied la grande porte qui menait à la salle du conseil des magiciens, l'organe de direction de l'académie des magiciens du port des Étoiles. Nakor et Sho Pi suivirent le demi-elfe à l'intérieur.

Cinq magiciens levèrent les yeux. L'un d'entre eux fit mine de se lever.

— Que signifie cette intrusion ? demanda-t-il.

— Je me suis montré patient, Kalied, répondit Calis d'un ton froid et égal. Voilà plusieurs semaines que j'attends un signe de ce conseil. Mais je ne sais toujours pas si vous avez compris les problèmes qui nous menacent et si vous êtes prêts à nous aider.

Un deuxième magicien, un homme plus âgé, à la barbe blanche et aux cheveux blancs, prit la parole.

— Messire Calis...

— Capitaine, corrigea le demi-elfe.

— Capitaine Calis, donc, reprit le vieux magicien, prénommé Chalmes. Nous mesurons la gravité de votre avertissement et avons examiné la requête de votre roi...

— Mon roi ? répéta Calis, surpris. Dois-je vous rappeler qu'il est également le vôtre ?

Kalied leva la main, essayant de se montrer conciliant.

— L'académie considère depuis longtemps que les relations que nous entretenions avec le royaume des Isles ont pris fin avec le départ de Pug.

— Personne n'a pris la peine d'en informer le royaume, intervint Nakor.

240

Les cinq magiciens du conseil le regardèrent avec un mélange d'irritation et de malaise. Nakor disposait autrefois d'un siège à cette même table, quand la plupart de ses occupants actuels n'étaient encore que des étudiants ou des professeurs. Sur les cinq magiciens qui contrôlaient actuellement le port des Étoiles, seul Chalmes était un contemporain de Nakor.

Calis leva la main pour prévenir toute réplique.

— Plus grave encore, personne n'a pris la peine d'en informer Sa Majesté, souligna-t-il en dévisageant chaque magicien.

Le conseil se réunissait dans une pièce circulaire, très haute de plafond. Les torches profondément encastrées dans les murs éclairaient la salle d'une lueur vacillante. Seul un grand chandelier rond au-dessus des têtes fournissait assez de lumière pour permettre de distinguer clairement les traits de chacun.

Mais Calis voyait bien mieux qu'un simple humain et il nota le tremblement révélateur des paupières et les regards en coin que les magiciens se lancèrent. Kalied s'exprimait certes le premier, mais c'était Chalmes le véritable chef de cette assemblée. Nakor avait dépeint chaque magicien à Calis au cours des semaines qu'ils venaient de passer à attendre en vain une prise de position. Chalmes avait été l'élève de Körsh, l'un des deux magiciens keshians qui avaient dirigé avec Nakor la communauté insulaire pendant les cinq années qui avaient suivi le départ de Pug. Chalmes était entré dans le conseil à la mort de Körsh et tous les signes conduisaient à penser qu'il était aussi conservateur et intraitable que son prédécesseur. Les autres membres de l'assemblée étaient encore étudiants à l'époque où Nakor avait enseigné à l'académie, qu'il avait fini par quitter, dégoûté par l'insularité de l'administration.

— Laissez-moi vous présenter les choses de façon simple, afin qu'il n'y ait pas de malentendus, reprit Calis. Vous n'avez pas le droit de rompre vos liens

241

avec le royaume. Même si vous êtes tous originaires de nations différentes, cette île appartient au royaume. (Il pointa son index vers le sol pour mieux souligner ses propos.) Il s'agit d'un duché royal et ça le restera tant que Pug est en vie. Malgré son absence, il demeure un prince du royaume par adoption et un duc de la cour. S'il meurt, ses titres seront transmis à son fils, le maréchal de Krondor, ou à toute autre personne que le roi estimera digne de cet honneur.

Il se pencha en avant, les poings sur la table.

— Vous avez reçu l'autorisation de conduire librement vos affaires, mais cela ne vous permet en aucun cas de déclarer votre autonomie vis-à-vis du royaume. Me suis-je montré suffisamment clair ou dois-je envoyer quelqu'un à Shamata pour demander à un régiment d'occuper cette île pendant que le roi choisit lequel d'entre vous il pendra le premier pour trahison ?

Naglek, le plus jeune et le plus fougueux des magiciens, bondit de sa chaise.

— Vous n'êtes pas sérieux ! Vous osez venir nous menacer dans notre propre salle du conseil ?

Nakor fit un grand sourire.

— Il vient de vous expliquer un état de fait, pas de vous menacer. (D'un geste de la main, il fit rasseoir Naglek.) Et il est inutile de vanter vos pouvoirs magiques. Je connais d'autres magiciens qui soutiendraient volontiers le royaume pour reprendre le contrôle de cette île.

Il fit le tour de la table et se planta à côté de Naglek.

— Tu étais l'un de mes meilleurs étudiants. Tu as même été le chef des Cavaliers Bleus, pendant quelque temps. Qu'est-ce qui t'est arrivé ?

L'individu, qui avait le teint clair, rougit jusqu'à la racine de ses cheveux auburn.

— Les choses changent. Je suis plus vieux, maintenant, Nakor. Les Cavaliers Bleus...

— Leurs activités ont été restreintes, l'interrompit Chalmes. Vos opinions peu... conventionnelles provoquaient des frictions entre les étudiants.

Nakor balaya l'air de la main. Naglek s'écarta de sa chaise, où le petit Isalani prit place, en faisant signe à Sho Pi de le rejoindre.

— Maintenant, qu'allons-nous faire au sujet du problème qui nous préoccupe ?

Ce fut Chalmes qui répondit :

— Capitaine Calis, il est évident que certaines des informations que vous nous avez rapportées concernant vos voyages de l'autre côté de l'océan nous alarment. Nous sommes nous aussi persuadés que si cette reine Émeraude, dont vous nous avez parlé, tentait d'envahir le royaume, la situation deviendrait extrêmement difficile. Vous pouvez dire à Sa Majesté que si cet événement venait à se produire, nous examinerions ses requêtes avec le plus grand soin.

Calis garda le silence quelques instants et lança un regard à Nakor.

— Je t'avais bien dit que ça se terminerait comme ça, lui rappela ce dernier.

— J'ai voulu leur laisser le bénéfice du doute, répliqua Calis.

Le petit Isalani haussa les épaules.

— En attendant, on a perdu presque un mois.

— C'est vrai.

Il se tourna vers les magiciens du conseil.

— Je laisse Nakor ici en qualité de représentant de la couronne. Il régira l'île en mon absence.

— Vous n'êtes pas sérieux ! s'écria Kalied.

— On ne pourrait pas l'être davantage, répliqua Nakor.

— Vous ne disposez pas de l'autorité nécessaire, rétorqua un magicien du nom de Salind.

Nakor sourit.

— Vous avez devant vous l'Aigle de Krondor, l'agent personnel du roi. Il a le rang de duc en plus d'être le capitaine des armées de l'Ouest. Il pourrait tous vous faire pendre pour trahison.

— Je rentre à Krondor, conclut Calis, pour présenter mon rapport au prince et lui demander ses instructions. Je ne sais pas ce qu'il compte faire de vous jusqu'au retour de Pug.

— De quel retour parlez-vous ? protesta Chalmes. Voilà presque vingt ans que nous n'avons pas vu Pug. Qu'est-ce qui vous fait croire qu'il reviendra ?

Nakor secoua la tête.

— Parce qu'il le faut. Avez-vous donc l'esprit si étroit... (Il s'interrompit de lui-même.) Question stupide. Pug va revenir. En attendant, je crois que je vais devoir étudier ce qui a besoin de changer par ici.

Depuis son arrivée, Nakor n'avait pas cessé de fouiner, comme à son habitude, si bien que toutes les personnes présentes dans la pièce comprirent aussitôt qu'il avait déjà une longue liste de changements à faire. Les magiciens se regardèrent, puis se levèrent, Chalmes en tête.

— Très bien, dit ce dernier en s'adressant à Calis. Si vous croyez qu'une telle attitude vous permettra d'obtenir ce que vous recherchez, j'ai bien peur que vous vous trompiez. Mais en tout cas, nous ne nous opposerons pas activement à vous. Puisque vous laissez les rênes à ce... joueur, laissons-le travailler.

Sur ce, il sortit de la salle, suivi des quatre autres magiciens.

Calis les regarda partir, puis se tourna vers Nakor et Sho Pi.

— Est-ce que tout ira bien pour vous deux ?

— Je protégerai mon maître, affirma Sho Pi.

Nakor fit un geste dédaigneux.

— Bah, je n'ai pas besoin qu'on me protège de cette bande de vieilles femmes. (Il se leva.) Quand pars-tu, Calis ?

— Dès que mon cheval sera sellé, je repartirai pour Shamata. Nous ne sommes qu'au milieu de la journée, j'ai encore le temps d'y arriver.

— J'ai faim, annonça Nakor. Allons chercher quelque chose à manger.

Ils sortirent à leur tour de la salle et repassèrent devant le garde, totalement désorienté. Au bout du grand couloir, les trois hommes s'arrêtèrent pour se dire au revoir. Calis devait aller chercher les soldats qu'il avait amenés avec lui sur l'île et prendre le bac pour gagner la ville. Nakor et Sho Pi allaient de l'autre côté, vers la cuisine dans les communs.

— Faites attention à vous, recommanda Calis. Ils ont cédé trop facilement.

Nakor sourit.

— Oh, ils sont sans doute réunis là-haut dans la chambre de Chalmes à l'heure qu'il est, pour comploter. (Il haussa les épaules.) Je suis bien plus âgé qu'eux et si j'ai réussi à survivre jusque-là, c'est parce que j'évite de faire preuve d'insouciance. Je garderai l'œil ouvert. (Il redevint sérieux.) En tout cas, j'ai eu suffisamment de temps pour m'apercevoir de certaines choses. Dis au prince que seules quelques personnes ont ici le talent et le tempérament nécessaires pour nous aider. Les autres peuvent toujours se montrer utiles, de façon mineure, en portant des messages, par exemple, mais je le répète, je n'ai repéré qu'un petit nombre d'éléments talentueux. Je croyais qu'en vingt ans, ils seraient parvenus à rassembler des dizaines d'étudiants, mais je suppose que la plupart de ceux qui sont vraiment doués quittent cette île dès qu'ils le peuvent, soupira-t-il.

— Nous avons besoin de quelqu'un.

— Oui, nous avons besoin de Pug, approuva l'Isalani.

— Peut-on le trouver ? demanda Calis.

— C'est lui qui nous trouvera. Et ça se passera ici, je pense, ajouta le petit homme en parcourant le couloir des yeux.

— Mais comment saura-t-il que nous avons besoin de son aide ? insista Calis. Le prince a tenté d'utiliser le charme que Pug a donné à Nicholas, mais il n'y a pas eu de réponse.

— Pug saura. Peut-être même le sait-il déjà, affirma Nakor en regardant de nouveau autour de lui.

Calis garda le silence un moment, puis hocha la tête et tourna les talons. Il sortit sans rien ajouter.

Nakor prit Sho Pi par le bras.

— Allons chercher quelque chose à manger.

— Oui, maître.

— Arrête de m'appeler comme ça.

— Comme vous voulez, maître.

Nakor soupira.

— Que vois-tu ? demanda Miranda.

Pug se mit à rire.

— Nakor recommence à faire des siennes. Je n'ai pas entendu ce qu'ils ont dit, mais j'ai vu Chalmes et les autres sortir d'un air outré de la salle du conseil. Je soupçonne Calis d'avoir remis la direction de l'académie à Nakor.

Miranda secoua la tête. Une pluie de gouttelettes tomba sur le crâne et les épaules de Pug et vint brouiller la surface liquide qu'il avait utilisée pour observer la scène. L'image indistincte de la lointaine salle du conseil disparut parmi les ondulations.

— Hé ! protesta Pug, faisant semblant d'être irrité.

Miranda éclata de rire et secoua la tête de plus belle, faisant voler davantage d'eau. Elle venait juste d'émerger de la chaleur de l'océan et avait trouvé Pug occupé à espionner les faits et gestes de la communauté des magiciens dans un bassin d'eau calme.

Pug se retourna et voulut l'attraper, mais elle dansa hors de sa portée. Le rire du magicien se mêla au sien tandis qu'elle faisait demi-tour et se mettait à courir sur le sable, en direction des vagues.

Le cœur de Pug battit plus vite à la vue du corps de la jeune femme, mince mais musclé et brillant d'humidité. Cela faisait presque un an qu'ils vivaient sur cette île, et ils avaient bruni tous les deux.

Elle nageait bien mieux que lui, mais il était plus rapide à pied. Il lui fit un croche-pied juste avant d'atteindre la mer. Ils s'effondrèrent l'un sur l'autre. Les cris faussement outragés de la jeune femme se mêlèrent au rire de Pug.

— Espèce de monstre ! cria-t-elle.

Il la fit rouler sur le dos et la mordilla dans le cou, près de l'épaule.

— C'est toi qui as commencé, lui fit-il remarquer.

Allongée sur le sable, Miranda contempla le visage de Pug, tandis que les vagues venaient doucement les recouvrir. Depuis un an, ils étaient devenus amants et confidents, mais il restait encore des secrets entre eux. Pug ne savait presque rien de son passé, car elle évitait avec adresse de répondre directement aux nombreuses questions qu'il lui posait. D'ailleurs, il avait cessé d'en poser lorsqu'il était devenu clair qu'elle ne souhaitait pas parler de la vie qu'elle menait avant de le rencontrer. Pug gardait également beaucoup de choses pour lui, si bien que la relation était équitable.

— Qu'y a-t-il ? lui demanda Pug. Tu as encore cette drôle d'expression.

— Laquelle ?

— L'expression « j'essaye-de-lire-tes-pensées ».

— Je n'ai jamais appris ce genre de tour, avoua-t-elle.

— Peu de personnes en sont capables. Mais Gamina, elle, a toujours su le faire.

— Lire dans les esprits ?

— Dans le mien, en tout cas, répondit Pug en se tournant pour s'appuyer sur les coudes, étendu à côté d'elle. C'est devenu un problème lorsqu'elle a atteint l'âge de treize ans environ, et ça n'a fini par se solutionner que lorsqu'elle a eu presque vingt ans. (Il hocha la tête en se remémorant l'enfance de sa fille adoptive.) Elle est grand-mère à présent, ajouta-t-il à voix basse. J'ai un petit-fils, Arutha, et deux arrière-petits-enfants, James et Dashel.

Il sombra dans un silence méditatif. Le soleil caressait leur corps tandis que les vagues s'élevaient de plus en plus haut avec la marée montante. Les deux amants laissèrent le silence durer un moment. Puis, alors que la marée menaçait finalement de les submerger, Pug se leva et Miranda le suivit.

Ils firent quelques pas sur la plage, toujours en silence.

— Tu observes de plus en plus souvent ce qui se passe au port des Étoiles, finit par dire la jeune femme.

Pug laissa échapper un petit soupir.

— Les choses commencent à devenir plus... sérieuses.

Miranda glissa son bras sous le sien. Au contact de sa peau, Pug sentit de nouveau son cœur battre plus vite. Il avait aimé son épouse et crut qu'il ne pourrait plus jamais aimer quelqu'un d'autre après elle. Mais la femme à ses côtés, en dépit de son mystérieux passé, arrivait à atteindre des parties de son être qu'il pensait fermées à quiconque. Après un an passé ensemble, Miranda l'excitait et le troublait toujours autant, comme s'il n'était qu'un gamin et non un octogénaire.

— Où avons-nous laissé nos vêtements ? demanda-t-elle.

Pug se dressa sur la pointe des pieds et regarda aux alentours.

— Par là-bas, je crois.

Ils vivaient sur l'île, dans une hutte grossière que Pug avait bâtie à l'aide de palmes et de bambous. De temps à autre, lorsque l'envie leur en prenait, ils regagnaient l'île du Sorcier pour se réapprovisionner en nourriture. Le reste du temps, ils jouaient, faisaient l'amour et discutaient de nombreux sujets. Mais Pug savait depuis le début qu'il ne s'agissait que d'un répit, pour leur permettre de se reposer, d'oublier leurs soucis et de se préparer à affronter bien d'autres horreurs.

Pug suivit Miranda jusqu'à l'endroit où gisaient leurs vêtements et éprouva un instant de regret lorsqu'elle passa sa robe par-dessus sa tête. Lui-même enfila sa tunique noire en disant :

— Tu es pensive.

— Toujours, répliqua-t-elle avec un sourire empreint d'ironie.

— Non, tu pensais à quelque chose de bien précis. Je ne t'avais encore jamais vu une telle expression. Je ne sais pas si j'aime ça.

Des rides d'inquiétude apparurent sur le front de la jeune femme, pourtant lisse d'ordinaire. Elle vint vers Pug et l'entoura de ses bras.

— Je vais partir quelque temps.

— Où vas-tu ?

— Je crois que je dois retrouver Calis. Ça fait trop longtemps que je ne l'ai pas vu. Il me faut voir ce que je dois faire avec lui.

— Il y a plus d'un sens à cette phrase, devina Pug en entendant le nom de Calis, le fils de Tomas, son ami d'enfance.

Les yeux verts de Miranda accrochèrent le regard brun de Pug. Au bout d'un moment, elle eut un bref hochement de tête.

— Oui, dit-elle sans rien ajouter d'autre.

— Quand te reverrai-je ?

Elle l'embrassa sur la joue.

— Pas aussi rapidement que nous le voudrions, j'en ai peur. Mais je reviendrai.

— Il fallait bien que ça se termine, soupira Pug.

Miranda le serra contre elle.

— Ce n'est pas la fin, juste une interruption temporaire. Et toi, où vas-tu aller ?

— Tout d'abord sur mon île, pour parler à Gathis. Ensuite je retournerai au port des Étoiles pendant quelque temps. Après ça, j'entamerai ma quête.

Miranda savait qu'il avait l'intention de partir à la recherche de Macros le Noir.

— Crois-tu vraiment pouvoir trouver le sorcier ? Ça fait quoi, presque cinquante ans ?

— Depuis la fin du Grand Soulèvement, confirma Pug. Mais il est là, quelque part, ajouta-t-il en jetant un coup d'œil au ciel bleu. J'ai encore quelques endroits à explorer, et puis, il reste toujours le Couloir.

Brusquement, Miranda se mit à rire.

— Qu'y a-t-il ?

— Boldar Blood. J'ai laissé le mercenaire à l'*Auberge de Tabert* à Yabon. Je lui ai dit d'attendre jusqu'à ce que je lui demande de me rejoindre.

— Ça fait un an qu'il est là-bas ?

— C'est que tu as tendance à me distraire, ronronna-t-elle en lui mordillant le lobe de l'oreille.

— Arrête ça si tu ne veux pas repousser ton départ.

— Une heure ou deux, quelle différence ça fait ?

— Comment vas-tu payer Boldar ? demanda Pug tandis que leurs vêtements tombaient de nouveau sur le sable. Les mercenaires du Couloir coûtent cher.

Elle sourit à Pug.

— Il se trouve que mon amant est aussi duc à la cour.

Le magicien sourit d'un air contrit.

— Je verrai ce que je peux faire, dit-il en la prenant dans ses bras.

Chapitre 9

EXPANSION

Roo sourit.

Robert de Loungville venait d'entrer dans la boutique où résonnaient les coups de marteau des ouvriers. Le bâtiment avait connu la prospérité autrefois, lorsqu'il appartenait à des courtiers qui traitaient exclusivement avec des négociants traversant une passe difficile. Roo l'avait choisi à cause de la petite cuisine qui se trouvait sur l'arrière. Ainsi, Luis, Duncan et lui pourraient préparer leurs repas ; ils dormaient tous les trois dans un coin du grand entrepôt attenant à la boutique. Le jeune homme réalisait ainsi une double économie puisqu'il n'avait pas à embaucher de garde pour protéger ses marchandises ni de loyer à payer pour un logement.

— Bonjour sergent, dit Roo d'une voix assez forte pour couvrir le bruit des artisans.

De Loungville regarda autour de lui.

— Voici donc ta dernière entreprise ?

Roo sourit de nouveau.

— En effet. Nous sommes en pleine expansion, et il n'y a pas assez de place derrière la maison de mon associé pour plus de deux chariots.

— Combien en as-tu ? demanda Bobby.

— Six. J'ajoute maintenant d'autres marchandises à notre fonds de commerce qui devient, disons, plus exotique.

— C'est pour ça que je suis ici, annonça de Loungville.

Cette remarque éveilla aussitôt l'intérêt de Roo qui fit signe à son invité de le suivre à l'intérieur de l'entrepôt, derrière la boutique. Le bruit n'y était pas moins assourdissant, mais ils parvinrent à trouver un coin relativement calme pour discuter.

— Comment puis-je vous être utile ? demanda Roo.

— On a quelques ennuis au palais avec nos services de livraison, avoua de Loungville.

— Quel genre d'ennuis ? demanda Roo en plissant les yeux.

— Des ennuis, répéta Robert, laconique.

Roo hocha la tête, car il venait de comprendre. Les agents des Panthatians étaient depuis longtemps une source d'inquiétude constante pour le prince et le duc. Bien sûr, tout était fait pour que personne n'ait vent de leurs plans, en dehors du cercle de leurs hommes de confiance. Mais il y avait tellement de monde au palais tous les jours, tant de serviteurs dont on avait besoin, qu'il était impossible qu'il n'y ait aucune fuite. À leur retour de Novindus, de Loungville et Calis avaient décidé qu'il était moins risqué de cantonner leur nouvelle armée au palais afin de pouvoir surveiller de près les personnes qui entraient en contact avec les soldats.

— Nous avons besoin d'un nouveau transporteur pour effectuer des livraisons très importantes au palais.

Roo prit soin de dissimuler sa joie. Il savait qu'il n'y avait personne d'autre en compétition. Il était le seul transporteur à qui l'on pouvait faire confiance ; de Loungville savait que jamais il ne soufflerait mot de ce qu'il verrait au palais.

— Le problème, c'est les charretiers, affirma le jeune homme.

Bobby acquiesça. Roo prit soin de parler à voix basse de façon qu'on ne puisse pas surprendre leur conversation :

— Peut-être que certains des hommes que vous entraînez ne sont pas faits pour vous suivre, quels que soient vos plans, mais sont assez dignes de confiance pour transporter les marchandises dont vous avez besoin.

— Tu veux qu'on passe un contrat avec toi et qu'on te fournisse les charretiers par-dessus le marché ? protesta de Loungville.

— Pas tout à fait, répliqua Roo avec un grand sourire. Mais si vous avez déjà eu des problèmes avec votre transporteur actuel, je risque de courir le même risque en embauchant de nouveaux conducteurs. Pour l'instant, il n'y a que moi, Luis et Duncan pour livrer les marchandises de valeur, et trois gars assez fiables qui conduisent les autres chariots. Mais je ne suis pas prêt à me porter garant en ce qui les concerne.

— Je comprends, dit Bobby. Bah, on a réussi à convaincre James d'ouvrir une auberge, on devrait bien pouvoir te fournir quelques charretiers.

— Pourquoi ne pas organiser vos propres livraisons et y affecter vos soldats ? s'enquit Roo.

— Parce que ce serait trop évident. Nous faisons appel à toi parce que nous avons besoin d'une vraie compagnie de transport pour dissimuler ce que tu feras pour nous. Grindle & Avery est en pleine expansion depuis plusieurs mois maintenant et tu commences à te faire un nom dans le monde du commerce. Nous allons donc lancer un appel d'offres, discrètement mais sans rien cacher.

— Comme ça, je vous fais une offre et j'emporte le marché, ajouta Roo.

— Tu n'es pas aussi stupide que tu en as l'air, Avery. (De Loungville baissa la voix plus encore et posa la main sur l'épaule du jeune homme.) Écoute, tu sais pourquoi nous devons être prudents et ce qui est en jeu.

Roo hocha la tête, même s'il essayait de penser le moins possible aux épreuves qu'il avait subies à l'autre bout du monde lorsqu'il faisait partie de la compagnie de Calis.

— Voici les conditions de notre marché, reprit de Loungville. Tu veilles à ce que les livraisons dont nous avons besoin soient effectuées à temps et moi, de mon côté, je veille à ce que tu sois payé en temps et en heure. Et ne va pas croire que tu pourras nous facturer des sommes exorbitantes. Si tu es trop cher, on fera nos livraisons nous-mêmes.

De Loungville sourit. Sur son visage apparut une expression que Roo ne connaissait que trop bien : ce que le sergent était sur le point de dire risquait de ne pas être drôle.

— Mais pas avant que le duc et moi ayons trouvé un moyen de te mettre en faillite ou de te pendre pour un crime quelconque.

Roo ne douta pas un instant que de Loungville serait ravi de le pendre sous un prétexte quelconque, si à ses yeux la situation l'exigeait. Ce type tenait tellement à protéger le royaume que ça en devenait presque du fanatisme.

— Rien que le fait d'être payé en temps et en heure, ça me changerait, assura Roo. Vous n'avez pas idée de ce que je dois faire pour que certaines personnes s'acquittent de leurs factures.

Le sourire du sergent s'élargit et cette fois, son expression était véritablement amusée.

— Oh, mais si. Ce n'est pas parce qu'un homme a un titre de noblesse qu'il a de l'argent. Dis-moi, combien de chariots peux-tu affecter aux livraisons pour le palais ? ajouta-t-il en contemplant la cour.

— De combien de livraisons par semaine avez-vous besoin ?

De Loungville prit un parchemin à l'intérieur de sa tunique et le tendit à Roo.

— Ce navire doit arriver demain en provenance d'Ylith. Voici la cargaison destinée au palais. On

254

devrait recevoir des livraisons de ce genre environ deux à trois fois par semaine.

Roo écarquilla les yeux devant l'importance de la cargaison.

— C'est une sacrée armée que vous êtes en train de créer, sergent. Vous avez assez d'épées là-dedans pour envahir Kesh.

— S'il le faut. Peux-tu te charger de leur transport ?

Roo acquiesça.

— Je vais devoir acheter trois ou peut-être même quatre chariots, et si vous augmentez vos exigences en matière de livraisons... (Il dévisagea de Loungville.) Qu'en est-il des caravanes ?

— On récupère leurs cargaisons aux portes de la cité, et on aura besoin de toi pour les transporter jusqu'au palais.

Roo secoua la tête d'un air pensif.

— Je ferais bien d'acheter cinq chariots.

Après un rapide calcul mental, il s'aperçut qu'il allait manquer de fonds.

— Je vais avoir besoin d'or pour conclure ce marché, avoua-t-il sans changer d'expression.

— Combien ?

— Cent souverains. Ça me permettra d'acheter les chariots, les mules et d'embaucher les conducteurs. Mais veillez à me payer rapidement, parce que je n'ai pas la moindre réserve d'argent.

— Dans ce cas, je vais te donner plus. Je ne vais pas te laisser devenir insolvable parce que tu n'étais pas prêt.

De Loungville sortit une bourse de sa tunique et la donna à Roo. Puis il posa les mains sur les épaules du jeune homme et se pencha vers lui.

— Tu es bien plus important pour nous que tu le crois, Avery. Si tu ne nous poses pas de problèmes et que tu ne t'attires pas d'ennuis, au bout du compte, tu deviendras quelqu'un de très riche. Une armée a autant besoin d'intendants et de trésoriers que de sergents et de généraux. Évite de tout gâcher, compris ?

Roo acquiesça, mais il n'était pas sûr de comprendre.

— Laisse-moi te présenter ça autrement : si tu nous poses le moindre problème, à moi ou au capitaine, le fait que tu ne sois plus un soldat à nos ordres ne représentera qu'un détail insignifiant et ne t'empêchera aucunement d'en pâtir. Je n'hésiterai pas à t'embrocher, exactement comme si tu venais juste de redescendre de la potence, ce fameux jour où je me suis approprié ton existence. Tu comprends, maintenant ?

Le visage de Roo s'assombrit.

— Oui, mais je n'aime toujours pas les menaces, sergent.

— Oh, mais ce n'est pas une menace, mon mignon. Je ne fais qu'énoncer un simple fait. (Brusquement, il sourit.) Tu peux m'appeler Bobby, si tu veux.

Roo marmonna des paroles inintelligibles.

— Très bien, Bobby, finit-il par dire à contrecœur.

— Comment ça va, côté cœur ? Tu te maries bientôt ?

Roo haussa les épaules.

— J'ai fait ma demande à son père, qui m'a dit qu'il allait y réfléchir. S'il accepte, alors je lui demanderai à elle.

De Loungville se frotta le menton, couvert d'une barbe de quelques jours.

— D'après ce que tu nous as raconté il y a quelques semaines, je croyais que c'était déjà fait.

Le jeune homme haussa les épaules.

— Helmut a fait de moi son associé. Je dîne avec lui et Karli deux fois par semaine et j'accompagne la fille au marché tous les sixdis, mais...

Nouveau haussement d'épaules.

— Continue, ordonna de Loungville.

— Elle ne m'aime pas.

— C'est toi en tant qu'homme qu'elle n'aime pas ou c'est le fait que tu l'épouses à cause du commerce de son père ?

Roo esquissa encore le même geste, mal à l'aise.

— Luis dit qu'il faut gagner son cœur, mais...

— Mais quoi ?

— Je ne la trouve pas très intéressante, finit par avouer le jeune homme.

Le sergent réfléchit un moment avant de demander :

— Quand tu sors avec elle, Avery, et que tu essayes de lui faire la cour, de quoi vous parlez ?

— J'essaye de me rendre intéressant à ses yeux, alors je lui parle de ce que nous faisons, son père et moi, ou de ce que j'ai fait pendant la guerre.

L'expression du sergent se fit menaçante et Roo s'empressa d'ajouter :

— Bien sûr, je ne dis rien que le capitaine n'approuverait pas. Je sais rester discret.

— Voilà ce que je te suggère : pose-lui des questions.

— Quel genre de questions ?

— N'importe lesquelles. Pose-lui des questions sur elle. Demande son avis sur un sujet quelconque. (De Loungville sourit.) Tu découvriras sûrement que tu n'es pas un sujet de conservation aussi intéressant que tu aimerais le croire.

Roo soupira.

— Je suis prêt à essayer n'importe quoi.

Tandis qu'ils regagnaient la boutique, le jeune homme ajouta :

— Les chariots seront sur les quais demain à la première heure. Vos conducteurs devront donc se présenter ici une heure avant l'aube.

— Ils viendront, assura de Loungville.

Il sortit sans même se retourner et la porte se referma derrière lui. Roo jeta un coup d'œil au bon de livraison et commença à calculer.

Une heure plus tard, Helmut Grindle entra dans la boutique et fit signe à Roo, qui supervisait l'installation de portes en fer devant les box où les marchandises de valeur seraient entreposées en attendant le transport.

Roo vint rejoindre son associé qui allait bientôt devenir – du moins l'espérait-il – son beau-père.

— Qu'y a-t-il ?

— Je vais livrer nos marchandises de valeur à Ravensburg moi-même. Certains des articles les plus coûteux doivent être présentés à la mère du baron et je me suis dit qu'il valait mieux que tu ne fasses pas le voyage, étant donné la nature de vos relations.

— Bonne idée, approuva Roo. En plus, j'ai encore trop de choses à faire par ici pour pouvoir partir.

— Viens-tu dîner à la maison ? s'enquit Grindle.

Roo réfléchit.

— Je pense que je vais plutôt rester ici pour m'assurer que le travail avance. Voudriez-vous avoir la gentillesse de dire à Karli que je passerai la voir demain ?

Une expression indéchiffrable apparut sur le visage de Grindle, qui plissa les yeux.

— Je le lui dirai, promit-il.

Il partit sans faire d'autres remarques et Roo retourna à ses occupations. Il avait appris à bien connaître son associé depuis les quelques mois qu'ils travaillaient ensemble. Mais dès qu'il s'agissait de Karli, Roo n'arrivait pas à cerner avec certitude les pensées du vieil homme. Il se demanda à plusieurs reprises au cours de la soirée ce qui avait bien pu passer par la tête d'Helmut.

Roo était tranquillement assis dans le petit salon. C'était la première fois qu'il se retrouvait seul dans la maison avec Karli, puisque son père était parti livrer quelques articles de luxe à la Lande Noire. Habituellement, soit ils dînaient en compagnie d'Helmut, soit il accompagnait la jeune fille au marché ou à l'une des foires qui se tenaient en ville.

Roo avait passé une bonne partie de la soirée tout seul puisque Karli avait insisté pour cuisiner elle-même. Le jeune homme avait découvert qu'une cuisinière et une servante habitaient également dans la demeure apparemment modeste des Grindle, mais Karli ne laissait personne d'autre qu'elle prendre soin de son père.

Après avoir fini de dîner, ils étaient venus s'asseoir dans la pièce où Helmut invitait les gens avec qui il faisait affaire et qu'il appelait le salon. Roo admettait volontiers que le confort et le caractère intime de la pièce facilitaient la détente. Il était assis sur un petit divan et Karli sur une chaise à côté de lui.

La jeune fille prit la parole d'une voix douce, comme toujours :

— Quelque chose ne va pas ?

Roo sortit de sa rêverie.

— Non, non, tout va bien, vraiment. Je pensais juste qu'il est étrange de consacrer une pièce entière d'une maison au confort et à la discussion. Quand je vivais à Ravensburg, on ne parlait que pendant les repas à l'auberge où travaille la mère d'Erik, ou quand on sortait.

La jeune fille acquiesça, les yeux baissés. Le silence s'installa de nouveau entre eux.

— Quand votre père doit-il rentrer ? demanda Roo au bout d'un moment.

— Dans deux semaines, si tout va bien.

Roo observa la jeune fille trop ronde. Elle gardait les mains jointes sur ses genoux et se tenait très droite, mais sa posture n'avait rien de rigide. Ses yeux baissés permirent au jeune homme de contempler à nouveau son visage. Depuis leur première rencontre, il y cherchait en vain un détail, n'importe lequel, qui éveillerait en lui le désir. Il avait froidement monté son plan et savait qu'il devait courtiser cette fille, l'épouser et

259

utiliser les bons offices de son père pour s'élever en tant que marchand. Mais chaque fois qu'il avait l'occasion de lui faire sa demande, il ne trouvait rien à lui dire. Il finit par admettre que rien ne l'attirait chez elle.

Il avait pourtant couché avec des prostituées bien plus laides que Karli, qui avaient les dents gâtées et dont l'haleine puait la vinasse. Mais cela s'était produit durant la campagne de Novindus lorsque la perspective d'une mort imminente donnait à la moindre rencontre un caractère urgent. Cette fois, c'était différent.

Il s'agissait d'un engagement à vie, qui impliquait de grandes responsabilités. Il envisageait d'épouser cette fille et de lui faire des enfants, pourtant il ne connaissait rien d'elle.

Luis lui avait conseillé de la courtiser et de Loungville lui avait recommandé de ne plus parler de lui-même. Finalement, Roo se décida à prendre la parole :

— Karli ?

— Oui ? dit-elle en levant les yeux.

— Euh... Qu'est-ce que vous pensez de ce nouveau contrat avec le palais ? demanda le jeune homme d'une traite.

Il se maudit et se traita d'idiot avant même que ses mots aient fini de résonner dans l'air. Il essayait de convaincre la jeune fille qu'il serait un bon amant et un bon mari et la première question qu'il trouvait à lui poser, c'était sur les affaires !

Mais au lieu de la contrarier, cela la fit légèrement sourire.

— Vous voulez savoir ce que j'en pense ? demanda-t-elle timidement.

— Eh bien, oui. Vous connaissez votre père, vous l'avez vu à l'œuvre... toute votre vie, je suppose. (Plus les secondes s'écoulaient, plus il se faisait l'effet d'un idiot.) Je veux dire que vous avez dû en tirer quelques conclusions personnelles. Qu'en pensez-vous ?

Le sourire de la jeune fille s'élargit un peu plus.

— Je crois qu'il est bien moins risqué d'avoir un revenu régulier, même modeste, plutôt que de continuer à dépendre de la vente d'articles de luxe.

Roo hocha la tête.

— C'est ce que je pense aussi.

Il décida qu'elle n'avait pas besoin de savoir que le prince n'aurait pas fait confiance à un autre transporteur pour livrer au palais des marchandises aussi importantes.

— Père parle toujours de maximiser les bénéfices, mais pour cela il prend de gros risques. Il a eu des revers qui nous ont parfois rendu la vie très difficile.

Karli baissa la voix lorsqu'elle s'aperçut qu'elle avait l'air de critiquer son père.

— Il a tendance à ne se souvenir que des occasions fructueuses pour oublier les mauvaises.

Roo secoua la tête.

— En ce qui me concerne, j'aurais plutôt tendance à faire l'inverse. En fait, je me souviens trop facilement des mauvaises choses. Pour être franc, il n'y a pas eu beaucoup de bons moments dans ma vie, réalisa-t-il brusquement.

Comme elle ne répondait pas, il changea de sujet :

— Vous pensez donc que ce contrat avec le palais est une bonne chose ?

— Oui, dit-elle avant de se taire à nouveau.

Roo essaya de trouver un moyen de la faire sortir de son mutisme et finit par lui demander :

— Qu'est-ce qui vous paraît bien dans ce contrat ?

Karli sourit. Pour la première fois depuis leur rencontre, Roo surprit sur son visage une expression de réel amusement. À son grand étonnement, il découvrit qu'elle avait des fossettes et s'aperçut durant ce bref instant que lorsqu'elle souriait, son visage n'était pas aussi banal qu'il l'avait cru. Il se surprit à rougir sous le poids de ce regard amusé.

— Ai-je dit quelque chose de drôle ?

— Oui. (Elle baissa de nouveau les yeux.) Vous ne m'avez rien dit au sujet de ce contrat, alors comment pourrais-je savoir s'il est bon ?

Roo éclata de rire. De toute évidence, elle ne connaissait que les bases du contrat. Étant donné le peu d'informations qu'il avait pu partager avec Helmut, Roo comprit qu'elle en savait encore moins que son père.

— Voilà comment il se présente, commença-t-il.

Ils parlèrent longtemps. Roo fut surpris de découvrir que Karli en savait bien plus sur les affaires de son père qu'il ne l'aurait soupçonné. De plus, elle paraissait douée pour les affaires : elle posa des questions au bon moment et découvrit dans le contrat des faiblesses que Roo avait laissé échapper.

À un moment donné de la soirée, Roo ouvrit une bouteille de vin qu'ils burent ensemble. Il n'avait encore jamais vu Karli boire et se rappela, non sans gêne, qu'il n'avait jamais vraiment prêté attention à elle. Il essayait de la courtiser depuis des semaines, mais il n'avait fait que tenter de l'impressionner sans jamais chercher à la connaître.

À un autre moment, Karli se leva pour couper la mèche de la lampe. Puis, avant que Roo ait pris conscience du temps qui s'était écoulé, il entendit un coq chanter. Le jeune homme jeta un coup d'œil à la fenêtre et vit que le ciel s'éclaircissait.

— Par tous les dieux, j'ai parlé avec vous toute la nuit !

Karli se mit à rire en rougissant.

— J'ai beaucoup apprécié ce moment.

— Par Sung, moi aussi, approuva Roo en invoquant la déesse de la Chance. Ça fait longtemps que je n'avais pas eu quelqu'un avec qui parler...

Il s'arrêta car elle le dévisageait à présent en souriant. Mu par une impulsion, il se pencha et l'embrassa. Il n'avait encore jamais essayé de le faire et faillit reculer au dernier moment, tant il avait peur de dépasser les limites avec elle.

Mais elle ne résista pas et leur baiser fut doux et tendre. Puis Roo recula lentement, complètement désorienté.

— Ah, je... Je viendrai vous voir demain, non, ce soir, si ça ne vous dérange pas. Nous pourrions aller au marché de nuit – si vous en avez envie, ajouta-t-il précipitamment.

Embarrassée, Karli baissa encore les yeux.

— Oui, j'aimerais beaucoup.

Il recula en direction de la porte tout en continuant à lui faire face, comme s'il avait peur de lui tourner le dos.

— Nous pourrons parler, ajouta-t-il.

— Oui, dit-elle en se levant pour le raccompagner. J'aimerais beaucoup, vraiment.

Roo était si désorienté qu'il prit pratiquement la fuite. Une fois dehors, avec la porte fermée entre lui et Karli, il s'arrêta et s'essuya le front. Il transpirait et on aurait dit au toucher qu'il avait de la fièvre. *Que se passe-t-il ?* se demanda le jeune homme. Il allait devoir prendre le temps de réfléchir aux conséquences de la campagne qu'il menait pour gagner le cœur de la fille d'Helmut Grindle.

Tandis que la cité s'éveillait autour de lui, Roo retourna à sa boutique et au travail apparemment sans fin qui l'attendait.

Les six chariots avançaient en direction des portes du palais lorsqu'un garde fit signe à Roo de s'arrêter. Il portait le tabard aux armes du prince de Krondor : la silhouette brodée en jaune d'un aigle planant au-dessus d'un pic, enfermé dans un cercle bleu foncé. Roo s'aperçut qu'il y avait eu un léger changement, car le tabard gris était désormais bordé de pourpre et de jaune. De mémoire d'homme, c'était la première fois qu'un prince de la couronne, héritier du royaume des Isles, gouvernait le royaume de l'Ouest.

Roo dut faire un effort pour se rappeler ce que cela signifiait. Il se souvenait vaguement que, selon la tradition, le prince devait régner à Krondor jusqu'à ce qu'il récupérât le trône des Isles. Mais l'histoire récente avait placé Arutha, le père du roi, sur le trône de Krondor alors qu'il n'était pas l'héritier de la couronne. Roo se dit qu'il devrait poser la question à quelqu'un, si ça ne lui sortait pas de l'esprit avant.

— Que venez-vous faire au palais ? demanda le garde.

— J'ai une livraison pour le sergent de Loungville, répondit Roo, qui avait reçu la consigne de ne pas en dire davantage.

Dès que le nom du sergent fut prononcé, Jadow Shati parut surgir du néant, alors qu'en réalité il n'avait fait qu'attendre dans l'ombre de la guérite des gardes, à côté de la porte. Il portait la tunique noire des Forces spéciales de Calis, avec pour seul emblème l'aigle rouge au-dessus du cœur.

— Laissez-le entrer, dit-il de sa voix de basse. Ils s'habitueront à ta tête, Avery, ajouta-t-il en souriant.

Roo lui rendit son sourire.

— S'ils se sont habitués à la tienne, ils ne devraient pas avoir de mal avec moi.

Jadow éclata de rire.

— C'est vrai que t'es tellement beau, après tout.

Roo repéra un détail sur la manche de son vieux compagnon.

— Tu as obtenu un troisième galon ! Tu es devenu sergent ?

Le sourire de Jadow, pourtant déjà grand, parut s'élargir encore.

— C'est la vérité, mec. Erik aussi l'a eu.

— Et de Loungville alors ? s'enquit Roo.

Pendant ce temps, la porte s'était ouverte en grand. Il fit avancer son attelage de mules.

— C'est toujours notre seigneur et maître, le rassura Jadow. Mais il faut l'appeler sergent-major ou major-sergent, je me rappelle jamais. Erik te racontera, ajouta-t-il tandis que le premier chariot, que conduisait Roo, passait à côté de lui. Il doit superviser le déchargement.

Roo le salua d'un geste de la main et conduisit son attelage dans la cour. C'était sa première livraison au palais, et de loin la plus grosse qu'il ait faite. Une caravane en provenance de Kesh et du val des Rêves était arrivée à l'aube, amenant avec elle des marchandises destinées au palais et surtout au maréchal William. Le règlement stipulait désormais que tout ce qui était destiné aux Forces spéciales de Calis devait être envoyé au maréchal. Les courtiers du palais qui contrôlaient l'entrée et la sortie des marchandises dans le port et le caravansérail à l'extérieur de la cité avaient été avertis que de telles cargaisons devaient être transportées directement au palais à bord de chariots appartenant à l'entreprise Grindle & Avery.

Un entrepôt tout neuf se dressait le long du mur d'enceinte extérieur et occupait la moitié de la cour. Sa construction avait intrigué Roo lors de ses quelques visites au palais, mais il n'avait rien dit. Il arrêta son chariot devant l'entrée, où l'attendaient trois personnes.

Erik le salua d'un geste de la main, ainsi que Greylock, l'ancien maître d'armes du baron de la Lande Noire. À leurs côtés se tenait le maréchal en personne, accompagné de son animal familier, un lézard volant à écailles vertes, comme l'appelait Roo.

— Bonjour messieurs, dit le jeune homme en descendant du chariot. Où voulez-vous que nous déposions tout ça ?

— Nos hommes vont s'occuper du déchargement. Tout doit aller là-dedans, expliqua Greylock en désignant le nouvel entrepôt.

Sur un geste d'Erik, une escouade complète arriva en courant. Les soldats vêtus d'une tunique noire défirent la toile qui recouvrait le chariot, puis ils abaissèrent le hayon et commencèrent à décharger.

— Jadow m'a dit que des félicitations s'imposent, dit Roo.

Erik haussa les épaules.

— C'est vrai, on a eu une promotion.

Greylock posa la main sur l'épaule de Roo.

— Ils avaient tous les deux besoin de ce grade. Notre hiérarchie commence à émerger.

L'animal familier du maréchal, accroupi derrière ce dernier, émit un sifflement.

— Chut, Fantus, lui dit messire William. Rupert a déjà travaillé avec nous. Le capitaine Greylock n'est pas en train de divulguer nos secrets à l'ennemi.

Comme si elle comprenait, la créature – un dragonnet, Roo s'en souvenait à présent – se réinstalla aux pieds du maréchal. Il tendit son long cou en avant et messire William lui caressa le crâne.

— « Capitaine » Greylock ? Vous aussi, vous avez pris du grade ?

L'intéressé haussa les épaules à son tour.

— C'est pour faciliter les rapports avec l'armée régulière. Notre unité est plutôt... inhabituelle.

Il jeta un coup d'œil en direction de messire William pour s'assurer qu'il ne dépassait pas les limites de son autorité en parlant à Roo. Comme le maréchal ne disait rien, Greylock poursuivit :

— J'ai beaucoup de choses à faire. De cette façon, je n'ai besoin de demander la permission de personne.

— Sauf la mienne, bien entendu, corrigea le maréchal en souriant.

— Et celle du capitaine, ajouta Erik.

— Lequel ? demanda Roo.

Greylock sourit.

— Je suis « un » capitaine parmi d'autres, Roo. « Le » capitaine ne fait référence qu'à un seul homme et c'est Calis.

— Évidemment.

Roo se tourna vers le deuxième chariot, qui venait d'être déchargé, et fit un geste à l'adresse du conducteur.

— Ramenez-le à l'entrepôt, je ne tarderai pas à vous rejoindre.

L'homme, qui appartenait autrefois à cette unité dont parlait Greylock, agita la main en guise de réponse et fit faire demi-tour à son attelage avant de repartir en direction de la porte.

— Où est le capitaine, le seul et l'unique ? demanda Roo.

— À l'intérieur, il discute avec le prince, répondit l'autre capitaine.

À ces mots, le maréchal William lança un regard à Greylock et secoua discrètement la tête.

Roo regarda Erik, qui paraissait observer l'échange avec beaucoup d'attention. Au bout d'un moment, Roo finit par soupirer.

— Très bien, je ne dirai rien. Je voudrais juste savoir quand vous partez.

Le maréchal s'avança d'un pas et se planta devant le jeune homme.

— Qu'entends-tu par là ?

Roo sourit.

— Messire, je n'étudie peut-être pas l'art militaire comme mon ami Erik, mais j'ai été soldat. (Il jeta un coup d'œil en direction des marchandises qui commençaient à s'entasser dans l'entrepôt.) Il ne s'agit pas de fournitures en vue de cantonner un nouveau régiment au palais. En réalité, vous préparez une nouvelle expédition. Vous allez retourner là-bas.

— Tu serais bien avisé de garder tes suppositions pour toi, Rupert Avery, lui conseilla le maréchal William. On te fait confiance, mais seulement jusqu'à un certain point.

Roo haussa les épaules.

— En dehors de ces murs, je n'en dirai pas un mot, alors c'est inutile de vous inquiéter. (Puis il parut réfléchir.) Mais je ne dois pas être le seul à pouvoir deviner ce qui se passe ici rien qu'en observant ce qui entre et ce qui ne sort pas.

Cette remarque parut irriter messire William.

— Je vous laisse régler ça. Je crois qu'il faut que je parle au duc James.

Il claqua des doigts et tendit l'index vers le ciel. Aussitôt, le dragonnet s'éleva dans les airs en battant énergiquement des ailes

— Je lui ai dit d'aller chasser, expliqua William à l'intention d'un Roo très surpris. Il est vieux et prétend qu'il ne voit plus aussi bien qu'avant, mais la vérité, c'est qu'il est paresseux. Si je laissais le personnel des cuisines le nourrir, il deviendrait aussi gros qu'une de tes mules et ne pourrait plus décoller, ajouta-t-il avec un sourire contrit.

— « Il prétend qu'il ne voit plus aussi bien qu'avant » ? répéta Roo.

Erik se mit à rire.

— Ne sous-estime pas le maréchal. J'ai entendu les serviteurs du palais raconter des histoires à son sujet.

Greylock partageait son hilarité.

— Ils disent qu'il peut parler aux animaux et que ceux-ci lui répondent.

Roo se demanda s'ils se moquaient de lui. Erik reconnut l'expression sur le visage de son ami d'enfance et s'empressa d'ajouter :

— C'est sérieux, je t'assure. Je l'ai vu faire avec les chevaux, j'en prends les dieux à témoin. (Il secoua énergiquement la tête.) Imagine quel guérisseur de chevaux il aurait pu être ! ajouta-t-il en regardant le maréchal s'éloigner.

Greylock posa la main sur l'épaule d'Erik. C'était justement le don que le garçon avait pour soigner les chevaux qui avait attiré l'attention du maître d'armes plusieurs années auparavant et qui leur avait permis de devenir amis.

— Il ne suffit pas de connaître la cause des souffrances de l'animal, Erik. Est-ce qu'un cheval va pouvoir te dire qu'il a un os abîmé ou un abcès sous le sabot ? D'après ce qu'on raconte, tout ce que l'animal réussit à dire au maréchal, c'est qu'il a mal. Encore faut-il savoir trouver le problème et le guérir.

— Peut-être, admit Erik avant de se tourner vers Roo. Sais-tu comment nous pourrions dissimuler nos activités ?

— Là, comme ça, je n'en ai aucune idée. Peut-être que je devrais faire d'autres livraisons au palais, qui n'auraient rien à voir avec l'armée de Calis. Toi, de ton côté, tu pourrais faire acheminer de fausses cargaisons au nom du maréchal. (Il désigna le dernier chariot qui franchissait la porte du mur d'enceinte.) Fais-les passer par cette porte et envoie-les ailleurs, mais laisse leurs conducteurs voir ça, ajouta-t-il en désignant l'entrepôt.

— Les laisser voir ça, vraiment ? fit Greylock.

— Exactement, répondit Roo en affichant un sourire qu'Erik connaissait bien.

D'ailleurs, le soldat sentit qu'il souriait à son tour et regarda son vieil ami d'un air complice.

— Les laisser voir l'entrepôt, répéta-t-il. Oui, capitaine, c'est exactement ça ! On les laissera voir ce qu'il y a ici, mais seulement ce qu'on veut leur montrer.

Greylock se frotta le menton.

— Peut-être. Mais alors, que leur montrerais-tu ?

— Réfléchissez, fit Roo. Les lézards savent qu'on se prépare à leur venue. (Il désigna la façade d'un geste de la main.) Faites comme s'il s'agissait d'un nouveau baraquement. Ils ne feront pas beaucoup attention à un bâtiment destiné à abriter une grande armée à l'intérieur du palais.

— Ça pourrait marcher, admit Greylock.

Erik haussa les épaules ;

— Nous savons qu'ils ont des agents infiltrés en ville. Du moins, nous l'avons toujours présumé.

Juste à ce moment, un garde apparut à la porte et courut vers eux.

— Messire ! s'exclama-t-il.

Greylock sourit d'un air timide.

— Je ne m'y ferai jamais.

— On vous a anobli ? s'étonna Roo.

Erik sourit.

— Nous avons tous obtenu une espèce de titre officiel, pour que les courtisans de moindre importance ne nous embêtent pas. Personne ne sait vraiment qui est qui, alors les gens du palais s'adressent à nous de cette façon.

— Qu'y a-t-il ? demanda Greylock au soldat qui s'approchait.

— Un homme s'est présenté à la porte, messire, en demandant à voir le directeur de la compagnie de transport.

— Qui est-ce ? demanda Roo.

— Il dit qu'il est votre cousin... monsieur, ajouta le soldat après un moment d'hésitation.

Roo se mit à courir sans attendre et passa à côté de ses propres chariots qui s'apprêtaient à sortir. Il franchit la porte et trouva Duncan sur son cheval, l'air contrarié.

— Qu'y a-t-il ? demanda Roo.

— C'est Helmut. Il a été blessé.

— Où est-il ?

— Chez lui. Karli m'a envoyé te chercher.

— Descends de ton cheval, ordonna Roo.

Duncan obéit en disant :

— Je rentrerai avec les chariots.

Roo acquiesça, puis enfonça ses talons dans les flancs de sa monture et s'en alla au galop avant même que Duncan ait terminé sa phrase.

Roo faillit renverser une demi-douzaine de personnes lors de sa course folle à travers la cité jusqu'à la maison de son associé. Deux de ses employés attendaient à l'extérieur. Il leur lança les rênes de sa monture et entra dans la maison.

Luis l'attendait.

— On lui a tendu une embuscade, expliqua-t-il.

— Comment va-t-il ? demanda Roo.

Luis secoua la tête.

— Mal. Karli est en haut avec lui.

Roo grimpa les marches et s'aperçut qu'il n'était encore jamais monté au premier étage. En passant, il jeta un coup d'œil par une porte ouverte et vit une petite pièce modestement meublée, qui devait être la chambre de la servante. La suivante avait des rideaux en soie, des tapisseries colorées et de confortables tapis en laine : certainement celle de Karli, se dit Roo.

En arrivant au bout du couloir, il entendit justement la voix de la jeune fille venant d'une pièce dont la porte était ouverte. Roo entra et vit son associé étendu sur un lit, sa fille à ses côtés. Karli avait les traits pâles et tirés, mais elle ne pleurait pas. De l'autre côté du lit se tenait un prêtre de Killian, déesse protectrice des fermiers, des forestiers et des marins. Puisqu'ils vénéraient une déité de la nature, ses prêtres avaient la réputation de pouvoir guérir, même si leurs patients mouraient fréquemment.

— Comment va-t-il ? demanda Roo.

Karli ne fit que secouer la tête et ce fut le prêtre qui répondit :

— Il a perdu beaucoup de sang.

Roo s'avança jusqu'au pied du lit pour contempler Helmut. *Il a l'air extrêmement frêle !* se dit le jeune homme avec inquiétude. Alors qu'en temps ordinaire, Grindle faisait seulement ses cinquante ans, aujourd'hui il avait l'air vieux. Un bandage entourait son crâne, ainsi que sa poitrine.

— Que s'est-il passé ? demanda le jeune homme.

— Il a été attaqué la nuit dernière, en dehors des murs de la cité, répondit Karli dont la voix résonna comme celle d'un enfant. Ce matin, des fermiers l'ont trouvé dans un fossé et l'ont ramené ici alors que vous étiez déjà parti pour le palais. J'ai demandé à ce qu'un prêtre vienne le voir. À son arrivée, j'ai envoyé Duncan vous chercher.

Roo hésita. Puis, se rappelant les leçons que Nakor lui avait données, il esquissa une série de signes dans l'air et posa la main sur la poitrine d'Helmut. Aussitôt, il sentit la connexion s'établir tandis que l'énergie s'écoulait à flots de ses mains.

Le prêtre le dévisagea d'un air soupçonneux.

— Que faites-vous ?

— C'est un moyen de guérison que l'on m'a enseigné, expliqua Roo.

— Qui vous l'a appris ? insista le prêtre.

— Un moine de Dala, préféra répondre Roo plutôt que d'expliquer qui était Nakor.

Le prêtre hocha la tête.

— Je pensais bien avoir reconnu le reiki. En tout cas, ça ne peut pas lui faire de mal, ajouta-t-il en haussant les épaules. Ça ne fera qu'accélérer sa guérison ou l'aider à quitter cette vie.

» S'il reprend conscience, faites-lui boire ces herbes infusées dans une grande tasse d'eau chaude, recommanda-t-il à Karli. Dès qu'il le pourra, il faudra aussi qu'il mange quelque chose. Un peu de bouillon et du pain, ça serait bien.

Les yeux de la jeune fille se remplirent d'espoir.

— Vivra-t-il ?

Le prêtre avait tendance à se montrer brusque et répondit à voix basse :

— J'ai dit « s'il reprend conscience ». Cela dépend de la volonté de la déesse.

Sur ce, il sortit de la chambre, laissant Roo et Karli seuls avec le blessé. Les minutes s'écoulèrent. Au bout d'une heure de soins, pendant laquelle Roo fit tout ce qu'il pouvait pour Helmut, le jeune homme retira ses mains, qui picotaient encore d'avoir donné tant d'énergie au malheureux.

Il se pencha et chuchota à l'oreille de Karli :

— Je vais revenir. Je dois m'occuper de certaines affaires.

La jeune fille acquiesça. Il quitta la pièce et redescendit l'escalier. Duncan et Luis l'attendaient dans le hall.

— Comment va-t-il ? demanda son cousin.

— Mal, répondit Roo en secouant la tête, montrant par là que le vieil homme ne reprendrait peut-être pas conscience.

— Qu'est-ce qu'on fait maintenant ? demanda Luis.

— Retourne au bureau et veille à ce que tout le monde travaille normalement. (Luis hocha la tête et partit.) Duncan, va visiter les auberges près de la porte de la cité. Vois si tu peux trouver quelqu'un qui sait ce qui s'est passé. Essaye surtout de savoir qui sont les fermiers qui ont trouvé Helmut. Je veux leur parler.

— Tu ne crois pas que ce sont des bandits qui ont fait le coup ?

— Aussi près de la cité ? répliqua Roo. Non, ça ne colle pas. Je pense... Non, je préfère ne pas penser. (Il prit son cousin par le bras et l'accompagna en direction de la porte.) Je suis si fatigué que je n'arrive plus à voir clair, et cette journée n'en est même pas à la moitié, soupira-t-il. Fais de ton mieux pour dénicher des indices. Moi, je reste ici.

Duncan tapota l'épaule de son cousin et s'en alla. Roo se retourna et vit la servante qui se tenait près de la cuisine, visiblement inquiète.

— Mary, faites du thé pour Karli. Merci, ajouta-t-il lorsqu'il vit que la fille hésitait.

Cette fois, elle acquiesça et retourna à la cuisine. De son côté, Roo monta rejoindre Karli. Il hésita puis vint lui poser la main sur l'épaule.

273

— J'ai demandé à Mary de vous faire du thé, lui dit-il.

— Merci, répondit-elle sans quitter son père des yeux.

La journée passa lentement. Duncan revint à l'heure où les ombres de l'après-midi s'étiraient pour laisser place à la nuit. Il n'avait rien appris d'utile auprès des personnes qui prétendaient savoir quelque chose au sujet du blessé ramené en ville le matin même. Roo demanda à son cousin de retourner dans ces auberges pour y chercher une personne qui dépenserait sans compter ou qui se vantait d'une soudaine richesse. Roo ne savait pas ce qu'Helmut avait bien pu rapporter de la Lande Noire. En revanche, il connaissait la valeur exacte des marchandises qu'il avait emportées là-bas. La personne qui avait attaqué son associé avait dérobé à Grindle & Avery plus des deux tiers de leurs revenus actuels. Plus d'une année de bénéfices était partie en fumée.

La nuit s'installa. Mary leur apporta à dîner, mais les deux jeunes gens n'avaient pas faim. Ils continuèrent à observer la silhouette immobile d'Helmut qui se battait pour rester en vie. Sa respiration se fit moins laborieuse – du moins de l'avis de Roo –, mais il ne bougea presque pas durant les premières heures de la soirée.

Karli somnola, la tête appuyée sur le côté du lit, tandis que Roo s'endormait sur une chaise qu'il avait prise dans le salon. Il se réveilla en entendant quelqu'un l'appeler.

Tout à fait réveillé à présent, il se leva et se pencha au-dessus de Karli. Au même moment, Helmut battit des paupières et ouvrit les yeux. Roo comprit alors que c'était le vieil homme qui l'avait appelé.

— Père ! s'écria Karli en se penchant vers lui.

Roo resta silencieux tandis que la jeune fille étreignait son père. Le vieil homme chuchota quelque chose.

274

— Il a prononcé votre nom, dit Karli en s'écartant du lit.

Roo se pencha.

— Je suis là, Helmut.

Le blessé tendit la main vers lui en disant :

— Karli. Prenez soin d'elle.

Roo jeta un coup d'œil par-dessus son épaule et vit que la jeune fille n'avait pas entendu.

— Je veillerai sur elle, murmura-t-il. Je vous en donne ma parole.

Alors le vieil homme chuchota autre chose. Roo se leva et comprit que sa colère devait se lire sur son visage, car la jeune fille le regarda en disant :

— Qu'y a-t-il ?

Roo se força à retrouver son calme avant de répondre :

— Je vous expliquerai plus tard. Il a besoin de vous, ajouta-t-il en regardant Helmut dont les yeux se voilaient.

Karli se rapprocha de son père et lui prit la main.

— Je suis là, père, lui dit-elle, mais il venait de sombrer à nouveau dans l'inconscience.

Juste avant l'aube, Helmut Grindle mourut.

La cérémonie fut simple, car Roo savait que le vieil homme l'aurait voulue ainsi. Karli portait le voile noir du deuil et regarda en silence le prêtre de Lims-Kragma, déesse de la Mort, prononcer la bénédiction puis allumer le bûcher funéraire. La cour intérieure du temple était encombrée ce matin-là, car on y célébrait pas moins d'une demi-douzaine de funérailles. Chaque crémation se déroulait dans une partie de la cour délimitée par une haie qui faisait office d'écran. Mais l'on pouvait apercevoir la fumée qui s'élevait des autres cercueils en flammes.

Tous ceux qui assistaient à la cérémonie – Karli, Roo, Duncan, Luis, Mary et deux ouvriers qui représentaient les employés de Grindle & Avery – attendi-

275

rent en silence tandis que le corps se consumait. Roo regarda autour de lui en se disant que l'assemblée était bien modeste pour un homme qui avait passé sa vie à vendre des articles de luxe aux riches et aux puissants du royaume. Ces deux derniers jours, Karli avait certes reçu les condoléances de quelques négociants. Mais parmi les nobles, qui étaient pourtant les meilleurs clients d'Helmut, personne n'avait jugé bon d'envoyer ne serait-ce qu'un mot de réconfort à la fille du marchand. Roo se jura que lorsqu'il mourrait, les riches et les puissants du royaume assisteraient à ses funérailles.

Lorsqu'enfin le corps ne fut plus que cendres, Karli tourna les talons.

— Allons-nous-en, dit-elle.

Roo lui offrit son bras et escorta la jeune fille jusqu'à un carrosse de location.

— La tradition veut que j'offre aux employés un pot d'adieu à la mémoire d'Helmut, dit-il lorsque Karli et Mary furent installées. Nous allons faire ça à l'entrepôt. Vous pouvez rentrer seule ?

— Oui, ça va aller, répondit Karli.

En dépit de son teint pâle, sa voix était calme et ses yeux secs. Elle n'avait plus pleuré depuis la veille et faisait preuve d'une force que Roo trouvait étonnante.

— Je vous rejoindrai plus tard, promit-il. Enfin, si ça ne vous dérange pas, bien sûr.

— Non, ça me ferait plaisir, le rassura-t-elle en souriant.

Roo ferma la porte du carrosse.

— Ramenez-la chez elle, cocher.

Duncan, Luis et les ouvriers suivirent Roo en silence et quittèrent la place du temple.

— Dieux, je déteste les funérailles, avoua Luis quand ils eurent quitté le centre-ville et se trouvaient à mi-chemin de l'entrepôt.

— Je doute que même les prêtres de la déesse de la Mort les apprécient vraiment, rétorqua Duncan.

— Je vais puer la fumée pendant une semaine au moins, renchérit Roo.

— Et la mort aussi, ajouta l'un des ouvriers.

Roo lui lança un regard en coin, mais fut bien obligé d'en convenir. Une odeur de fumée planait en permanence sur le temple de Lims-Kragma, c'était même l'une de ses principales caractéristiques. Pourtant les prêtres déposaient des herbes dans les flammes et utilisaient des essences de bois parfumées, mais l'on percevait toujours une autre odeur derrière celle de la fumée, un relent auquel Roo préférait ne pas penser. Il l'avait respirée assez souvent au cours du siège de Maharta pour reconnaître la puanteur de la chair brûlée.

Ils entrèrent dans l'entrepôt où les attendaient les conducteurs de chariot et les autres employés. Plusieurs bouteilles de bière corsée, disposées sur un banc, furent rapidement ouvertes et distribuées à chacun. Lorsque tout le monde fut servi, Roo leva la sienne.

— À Helmut Grindle, un homme dur mais juste, un bon associé et un père aimant, qui méritait notre bonté.

— Puisse Lims-Kragma se montrer clémente envers lui, conclut Luis.

Tous burent à la mémoire d'Helmut et parlèrent de lui. Personne n'avait travaillé en sa compagnie aussi longtemps que Roo. En dépit de sa réussite, le marchand avait toujours fait cavalier seul jusqu'à ce qu'il s'associe avec Roo. En moins d'un an, ce dernier était parvenu à pratiquement quadrupler les revenus d'Helmut, c'est pourquoi sept ouvriers, sans compter Luis et Duncan, travaillaient désormais à plein temps pour Grindle & Avery.

Puisque ces employés n'avaient pas beaucoup connu le marchand, la conversation se porta rapidement sur les circonstances de la mort du vieil homme. Roo les écouta discuter un moment, puis les renvoya chez eux de bonne heure.

Lorsqu'ils furent partis, Roo s'entretint brièvement avec Luis et Duncan, à qui il révéla les dernières paroles d'Helmut. Ils discutèrent de ce qu'il convenait de faire et mirent un plan au point. Alors Roo s'en alla à son tour.

Il était à ce point rempli de colère et de pensées vengeresses qu'il dépassa la maison de Karli sans s'arrêter. Il revint en arrière et frappa à la porte. Mary lui ouvrit et s'effaça aussitôt pour le laisser entrer.

Karli s'était changée, abandonnant les traditionnels vêtements noirs du deuil au profit d'une tenue presque festive, une robe d'un bleu éclatant ornée de dentelle. Roo fut surpris de voir qu'un dîner complet l'attendait et se rendit soudain compte qu'il était affamé.

Ils mangèrent pratiquement en silence.

— Vous paraissez si distant, finit par lui reprocher Karli.

Le jeune homme rougit.

— Je me suis laissé absorber par ma colère au point d'en oublier l'épreuve que vous traversez. (Il tendit la main au-dessus du coin de table qui les séparait et serra doucement celle de la jeune fille.) Je suis désolé.

Elle lui serra la main à son tour.

— Ce n'est pas la peine. Je comprends.

Ils finirent de manger et Mary desservit la table tandis qu'ils se retiraient dans le salon. Roo garda le silence et laissa Karli lui servir un bien meilleur cognac que ce que son père avait l'habitude d'offrir à son associé. Envahi par une émotion aussi forte que soudaine et qui le surprit lui-même, Roo leva son verre.

— À Helmut, murmura-t-il avant de boire le cognac d'un trait.

Karli s'assit.

— J'ai encore du mal à réaliser qu'il ne passera plus jamais le seuil de cette porte.

Roo jeta un coup d'œil en direction de l'entrée et hocha la tête.

— Je comprends. Je ressens la même chose.

— Que vais-je faire maintenant ? lui demanda brusquement Karli.

— Que voulez-vous dire ?

— Eh bien, avec la mort de mon père...

Brusquement, elle éclata en sanglots. Roo passa les bras autour des épaules de la jeune fille et la laissa pleurer contre sa poitrine.

— J'ai promis à votre père que je prendrai soin de vous, avoua-t-il au bout d'un moment.

— Je sais que vous voulez bien faire, répliqua Karli, mais il est inutile de faire une promesse que vous regretterez plus tard.

— Je ne comprends pas.

La jeune fille s'obligea à expliquer d'une voix calme :

— Je sais que mon père avait l'intention de nous marier, Rupert. Beaucoup d'hommes sont venus le voir à mon sujet. Vous êtes le premier et le seul qu'il ait apprécié. Mais je sais aussi qu'il commençait à vieillir et s'inquiétait justement qu'une telle chose lui arrive. Il ne m'en a jamais parlé, mais j'ai bien compris au bout d'un certain temps qu'il s'attendait à ce qu'on prenne tout simplement la décision de... se marier. Mais aujourd'hui, c'est à vous que la décision revient. Il ne faut surtout pas vous sentir obligé.

Roo avait l'impression que la pièce tournait autour de lui. Il ne savait pas si c'était dû au cognac, aux longues heures d'attente dans le temple, à la colère qu'il éprouvait ou à cette étrange et souvent incompréhensible jeune fille.

— Karli, je sais que votre père avait une idée nous concernant, avoua-t-il lentement. D'ailleurs pour être franc, poursuivit-il en baissant les yeux, lorsque je me suis présenté ici la première fois, j'étais prêt à vous courtiser pour gagner son approbation, sans tenir compte de vous ou de vos sentiments.

Il se tut quelques instants avant d'ajouter :

— Je ne sais pas si je peux l'expliquer, mais aujourd'hui, je... tiens à vous. Je me suis aperçu que je... j'apprécie le temps que nous passons ensemble. Je me sens redevable envers votre père, c'est vrai, mais les sentiments que je vous porte vont au-delà de ça.

Karli le dévisagea un long moment avant de l'avertir :

— Ne me mentez pas, Rupert.

Il laissa ses bras autour de la taille de la jeune fille.

— Je ne ferai jamais ça. Je tiens à vous, Karli. Laissez-moi vous le prouver.

Elle garda le silence, observant à nouveau son visage. Tandis que les secondes passaient, elle le regarda droit dans les yeux et finit par lui prendre les mains.

— Venez avec moi.

Karli le conduisit à l'étage et le fit entrer dans sa chambre. Puis elle referma la porte derrière elle et posa la main sur la poitrine du jeune homme, qu'elle poussa jusqu'au pied de son lit, où il dut s'asseoir. Alors, elle défit rapidement les attaches de sa robe et la laissa tomber sur le plancher. Puis elle dénoua les liens qui retenaient sa courte chemise et, d'un coup d'épaule, la fit tomber par terre à son tour. Karli se présenta nue devant Roo à la seule lumière d'une chandelle sur la table de nuit.

Ses seins étaient jeunes et fermes, mais elle avait la taille épaisse, tout comme les hanches et les cuisses. De plus, il manquait toujours quelque chose à son visage pour qu'on puisse la qualifier de jolie. Il n'y avait que ses yeux qui brillaient dans la lumière.

— Voilà ce que je suis, dit-elle d'une voix pleine d'émotion. Je suis grosse. Je ne suis pas belle et je n'ai plus de père riche, désormais. Pouvez-vous aimer ce que vous voyez ?

Les yeux de Roo se remplirent de larmes. Il se leva et prit Karli dans ses bras. Il avait du mal à avaler sa salive et il dut faire un effort pour répondre d'une voix calme :

— Aucune femme ne m'a jamais trouvé à son goût, vous savez. (Une larme roula sur sa joue.) On m'a souvent appelé « face de rat » et bien pire encore. Le physique ne fait pas tout.

La jeune fille posa la tête sur la poitrine de Roo et lui demanda de rester.

Plus tard, le jeune homme resta allongé, les yeux grands ouverts dans le noir, tandis que Karli dormait dans ses bras. Ils avaient fait l'amour avec maladresse et frénésie car chacun avait cherché à se faire accepter de l'autre plutôt que de se donner librement. Karli n'avait fait preuve d'aucun talent et Roo avait dû se montrer plus attentif qu'il l'aurait souhaité.

À un moment donné, il avait promis de l'épouser et il avait vaguement conscience à présent qu'ils devraient se marier lorsque le deuil de la jeune fille prendrait fin. Mais dans les ténèbres de la chambre, son esprit retourna à sa colère et au plan qu'il avait mis au point avec Duncan et Luis. Il n'avait pas dit à Karli ce que lui avait chuchoté son père avant de mourir.

Il s'agissait d'un nom. Celui des Jacoby.

Chapitre 10

LE PLAN

Roo leva la main pour réclamer l'attention.

— Je dois discuter avec vous de trois choses.

Karli lui avait donné la permission d'utiliser la salle à manger pour se réunir avec Luis et Duncan. Elle parvint même à ne pas avoir l'air déçue lorsqu'il lui demanda de les laisser seuls.

Luis lança un regard interrogateur à Duncan, qui haussa les épaules pour montrer qu'il ne savait pas ce qui les attendait.

— Je vous ai demandé de venir ici plutôt qu'à l'entrepôt parce que je voulais être sûr que personne ne pourrait surprendre notre conversation.

— Tu soupçonnes l'un de nos employés d'avoir un lien avec cette sale histoire ? s'étonna Luis.

Roo secoua la tête.

— Non, mais moins il y aura de personnes au courant de notre projet, moins le risque sera grand que nos ennemis l'apprennent.

— « Ennemis » ? répéta Duncan. Contre qui sommes-nous en guerre ?

La voix de Roo se réduisit à un murmure :

— Un salaud du nom de Tim Jacoby. C'est lui qui a fait assassiner Helmut.

— Jacoby ? répéta Luis.

Duncan hocha la tête.

— C'est le fils du négociant Frederick Jacoby, de Jacoby & Fils.

— Jamais entendu parler, répondit Luis en secouant la tête.

— Passe encore quelques mois dans le milieu du transport à Krondor et tu entendras parler d'eux. Ce ne sont pas nos plus gros rivaux, mais ils sont assez puissants. (Roo recula sur sa chaise, la colère inscrite sur le visage.) Helmut m'a dit que ce sont les Jacoby qui lui ont volé son chariot.

— Peut-on s'en remettre au guet de la cité ? demanda Luis.

— Comment ? rétorqua Duncan. On n'a pas de preuves.

— Nous avons la dernière déclaration d'un mourant.

Duncan secoua la tête.

— Ça pourrait marcher si Roo était un noble ou si quelqu'un d'important, comme un prêtre ou un homme du guet, avait entendu la déclaration lui aussi. Mais là, c'est sa parole contre celle de Jacoby.

— Et son père a de très bonnes relations, ajouta Roo. Il travaille avec certaines des plus grandes entreprises du royaume de l'Ouest. Si je disais quoi que ce soit, Tim Jacoby me traiterait de menteur qui veut mettre leurs affaires à mal.

Luis haussa les épaules.

— C'est toujours comme ça avec les puissants. Ils ont le droit de faire ce qui nous est interdit, à nous pauvres mortels.

— J'ai bien envie d'aller rendre une petite visite à Tim Jacoby cette nuit, avoua Roo.

— Tu peux toujours essayer, jeune Avery. (Luis se pencha en avant et posa sa main déformée devant lui sur la table, en désignant Roo de l'index.) Mais pose-toi au moins cette question : qu'est-ce que tu vas y gagner, sinon te retrouver de nouveau bon pour la potence ?

— Il faut que je réagisse.

Luis acquiesça :

— Le temps te donnera l'occasion de te venger. (Il réfléchit quelques instants.) Tu as dit Jacoby & Fils, Duncan. Ce Tim a-t-il un frère ?

— Oui. Tim est l'aîné. Randolph, le deuxième, est quelqu'un de bien, à ce qu'il paraît, mais il est farouchement loyal envers sa famille.

— À Rodez, lorsqu'un homme fait du tort à un autre homme, on se bat en duel, expliqua Luis. Mais quand une famille s'en prend à une autre famille, on lui déclare la guerre. Ça ne fait jamais de bruit et ça peut durer sur plusieurs générations, mais en fin de compte, l'une des deux familles est détruite.

— Il va falloir que je me batte pour garder notre affaire en vie, Luis, rétorqua Roo. Ça coûte cher de faire la guerre.

Luis haussa les épaules.

— Mais elle a déjà commencé. Elle ne s'arrêtera pas avant la victoire de l'un d'entre vous, mais personne n'a décrété que la prochaine bataille devait avoir lieu ce soir. Attends ton heure. Prends des forces. Réduis la position de ton ennemi. Et quand l'occasion se présentera, tu n'auras plus qu'à la saisir. (Il ferma et serra son poing valide.) On te dira souvent que la vengeance est un plat qui se mange froid, mais c'est faux. Tu ne dois jamais perdre la chaleur de cette rage qui te pousse à te venger. La clémence est une vertu dans certains temples, ajouta-t-il en fixant le visage du jeune homme. Mais si tu n'es pas vertueux, alors étudie ton ennemi. Réfléchis. (Il se tapota le crâne.) Découvre ce qui le motive, quelles sont ses forces et ses faiblesses. Laisse le feu couver à l'intérieur de toi et complote la tête froide. Mais lorsque tout sera en place, libère les flammes de ta colère et savoure le flot brûlant de la vengeance.

Roo expira lentement, comme pour laisser échapper sa colère.

— Très bien. Nous attendrons. Mais préviens nos employés qu'ils doivent nous rapporter toutes les rumeurs concernant Jacoby & Fils.

— Qu'est-ce qu'on fait maintenant ? demanda Duncan. Je dois rendre visite à une dame...

Il adressa un large sourire à ses compagnons. Roo le lui rendit avant d'aborder le deuxième point qui le préoccupait.

— C'était Helmut qui tenait nos livres de compte, reprit Roo. Je m'y connais un peu, mais je ne suis pas un expert. L'un d'entre vous peut-il prendre la relève ?

Luis secoua la tête et Duncan éclata de rire.

— Je n'ai jamais été doué pour le calcul, tu le sais.

— Alors, il faut qu'on embauche quelqu'un.

— Oui, mais qui ? demanda Duncan.

— Je ne sais pas, avoua son cousin. Peut-être Jason, le serveur du *Café de Barret*. Je me souviens d'avoir remarqué en travaillant avec lui qu'il est doué pour les chiffres. McKeller lui faisait souvent faire les inventaires à la place des autres. Il arrive à se souvenir d'un tas de trucs, comme le coût et le nombre de sacs de café, et bien d'autres détails que je n'ai jamais réussi à comprendre. Je lui demanderai s'il veut venir travailler pour nous. Il a de l'ambition, ça l'intéressera peut-être.

— Avons-nous de quoi le payer ? objecta Duncan en riant.

— Nous avons le contrat avec le palais. Je vais demander à de Loungville de s'assurer qu'on nous paye en temps et en heure. Ça devrait nous permettre de nous en sortir.

— Quel est le troisième point dont tu souhaitais discuter avec nous ? s'enquit Luis.

L'expression sur le visage de Roo passa de la colère et l'inquiétude à l'embarras.

— Je vais me marier, annonça-t-il.

— Félicitations, lui dit Luis.

Il tendit la main à Roo qui la serra.

— Tu vas épouser Karli ? demanda Duncan.

— Qui d'autre ? répliqua son cousin.

Duncan haussa les épaules.

— Quand la cérémonie va-t-elle avoir lieu ?

— Sixdi prochain. Peux-tu te joindre à nous ?

— Bien sûr. (Duncan se leva.) Avons-nous terminé ?

— Oui, tu peux t'en aller, répondit Roo, déçu par le manque d'enthousiasme de son cousin.

Luis attendit que Duncan soit parti pour dire à Roo :

— C'est une responsabilité difficile à assumer.

— De quoi parles-tu ?

— Ce ne sont pas mes affaires. Je suis désolé d'avoir dit ça, regretta le Rodezien.

— Non, dis-moi ce que tu as derrière la tête.

Luis garda le silence un moment avant de se lancer :

— Tu as l'air de bien aimer cette fille, mais... Dis-moi que tu ne l'épouses pas parce que tu as l'impression que quelqu'un doit prendre soin d'elle et que tu es le seul à pouvoir le faire ?

Roo ouvrit la bouche pour nier et s'aperçut qu'il en était incapable.

— Je ne sais pas. Je l'aime bien, et puis... Une femme en vaut bien une autre, pas vrai ? Il faut que je me marie et que j'aie des enfants.

— Pourquoi ?

Roo parut complètement pris au dépourvu.

— Eh bien, je... j'en ai besoin, c'est tout. Je veux dire, j'ai l'intention de devenir quelqu'un d'important dans cette ville et pour ça, il me faut une femme et des enfants.

Luis dévisagea le jeune homme pendant quelques instants.

— Si tu le dis. Je vais retourner à la boutique avertir les employés qu'il y aura un mariage sixdi.

— J'avertirai Erik et Jadow demain. Le capitaine viendra peut-être lui aussi s'il est encore en ville.

Luis acquiesça. En passant derrière la chaise de Roo, il s'arrêta et posa la main sur l'épaule du jeune homme.

— Je te souhaite d'être heureux, mon ami, sincèrement.

— Merci, répondit l'intéressé.

Luis s'en alla. Quelques instants plus tard, Karli entra dans la pièce.

— Je les ai entendus partir, dit-elle.

Roo acquiesça.

— Je leur ai dit qu'on se mariait sixdi.

Karli s'assit sur la chaise qu'occupait Duncan un peu plus tôt.

— Tu es sûr de toi ?

Roo esquissa un sourire forcé.

— Évidemment, répondit-il en lui donnant une petite tape sur le bras.

Mais au fond de lui, le jeune homme mourait d'envie de quitter cette maison et de prendre ses jambes à son cou. Pourtant, il répéta :

— Je suis sûr de moi.

Il tourna la tête en direction d'une fenêtre, comme s'il pouvait voir à travers le rideau. Mais c'était le visage livide d'Helmut sur son lit de mort qu'il revoyait en esprit. Sa peau avait la couleur de l'ivoire, comme la soie que Roo avait volée. Dans le secret de son cœur, le jeune homme savait qu'il existait un lien entre ce rouleau d'étoffe et Helmut. Roo était responsable de la mort du père de Karli. C'est pourquoi, même s'il l'avait détestée, il aurait épousé la jeune fille, afin de réparer le mal qu'il avait fait.

Calis repoussa sa chaise loin de la table, se leva et se rendit à une fenêtre.

— J'ai un mauvais pressentiment, avoua-t-il en contemplant la cour en contrebas.

Le prince Nicholas regarda son neveu Patrick, puis le maréchal William, qui hocha la tête en guise d'approbation.

— C'est un pari désespéré, admit ce dernier.

Patrick, qui présidait ce conseil, intervint.

— Mon oncle, vous avez été personnellement témoin de certains événements. Vous vous êtes rendu sur ce continent à plusieurs reprises. (Il balaya la pièce du regard.) Je suis prêt à admettre qu'une partie de ma réticence vient du fait que je n'ai pas, moi, l'expérience du terrain, dirons-nous, et de ce que je n'ai jamais rencontré ces Panthatians.

— J'ai vu ce dont ils sont capables, Patrick, répondit Nicholas. Pourtant, j'ai du mal à croire ce que l'on vient de nous raconter.

Il désigna la pile de documents qui se trouvait devant eux sur la table. Les dépêches étaient arrivées la veille par courrier rapide, grâce à des navires qui s'étaient relayés entre Krondor, la Côte sauvage, les îles du Couchant et le lointain continent de Novindus. Elles étaient parties de Novindus moins d'un mois après le départ de Greylock et de Luis. Et les nouvelles n'étaient pas bonnes.

— Nous sommes conscients que nos prévisions étaient par trop optimistes, avoua le duc James, assis à côté du maréchal William. La destruction des chantiers navals de Maharta et de la Cité du fleuve Serpent ne nous a pas donné autant de temps que nous le pensions.

— Je me rappelle avoir pensé que ça leur prendrait dix ans pour reconstruire les chantiers et armer une flotte capable de transporter cette gigantesque armée, renchérit Calis.

— Qu'en pensez-vous maintenant, capitaine ? demanda Patrick.

Calis soupira. C'était la première fois que les personnes présentes dans la pièce le voyaient manifester une émotion quelconque depuis son retour du port des Étoiles.

— Je pense que ça ne leur prendra pas plus de cinq ans, peut-être même quatre.

— On ne pensait pas que notre ennemie serait prête à utiliser toutes les ressources à sa portée pour reconstruire ces chantiers et armer cette flotte.

— N'oublions pas qu'elle se moque de savoir si ses sujets mourront jusqu'au dernier, ajouta William. (Il s'écarta de la table à son tour et se leva comme si lui aussi ne supportait pas de rester assis.) Nous préparons la défense de notre royaume de façon assez peu discrète. Les Panthatians croient peut-être que nous ne traverserons pas l'océan pour les combattre à nouveau sur leur propre terrain.

Il rejoignit Calis à la fenêtre.

— Mais nous avons un avantage sur eux, poursuivit-il. Ils ne savent pas que nous connaissons l'emplacement de leur foyer.

Calis esquissa un petit sourire sans joie.

— Je ne pense pas que ça les préoccupe.

Il passa à côté de William et vint se planter face à Nicholas, tout en adressant sa remarque au prince Patrick :

— Votre Altesse, je ne suis pas sûr que cette mission nous rapporte quoi que ce soit.

— Vous pensez que cela ne sert à rien d'y retourner ? s'enquit Patrick.

— On part du principe qu'ils ne s'attendront pas à ce qu'on se glisse derrière leurs lignes pour détruire leur nid, expliqua William.

Calis leva l'index, tel un maître d'école.

— C'est bien là le problème : ce n'est qu'une supposition. (Il se tourna pour regarder William.) Tout ce qu'on a pu apprendre sur ces créatures nous montre qu'elles ne pensent pas comme nous. Elles meurent aussi volontiers qu'elles tuent. Même si nous massacrerons leurs enfants jusqu'au dernier, elles n'en auront cure du moment qu'elles pourront s'emparer de la Pierre de Vie. Elles sont persuadées qu'elles se réincarneront en demi-dieux pour servir leur Dame. La mort ne leur fait absolument pas peur.

» Je vais retourner là-bas, Patrick, ajouta-t-il. Je vais tuer pour vous, et je mourrai s'il le faut. Mais même si je réussis à m'en sortir, les survivants se lanceront à notre poursuite. Je crois que nous ne comprendrons jamais ces créatures.

— As-tu une meilleure idée à proposer ? demanda Nicholas.

William posa la main sur l'épaule du demi-elfe.

— Mon vieil ami, nous n'avons d'autre choix que l'attente. S'ils doivent traverser l'océan de toute façon, que risquons-nous à tenter pareille entreprise ?

— Perdre toujours plus d'hommes valeureux, répondit Calis d'une voix neutre.

— C'est le destin des soldats, capitaine, rétorqua William.

— Je ne suis pas obligé d'aimer ça pour autant, répliqua l'autre.

En dépit de la différence de grade, les deux hommes étaient de vieux amis. William ne s'irrita pas du ton qu'employait Calis, ni de son manque de respect. Chacun mettait son grade de côté au sein de ce conseil privé, car tous avaient prouvé à la couronne leur valeur et leur fidélité. Malgré son jeune âge – vingt-cinq ans à peine –, Patrick avait passé trois ans sur la frontière nord à combattre les gobelins et les elfes noirs. Calis avait à peu près le même âge que William, même si ce dernier paraissait approcher la soixantaine alors que le demi-elfe avait l'air à peine plus âgé que le prince Patrick.

— Que fera-t-on si l'opération est un échec ? insista Calis.

Ce fut James qui lui répondit :

— Ce ne sera pas le premier.

Calis dévisagea le vieil homme et éclata d'un rire contrit.

— Je me souviens d'une époque où c'était Nicky qui posait ce genre de questions, ajouta-t-il en se tournant vers l'intéressé.

— Nous ne sommes plus aussi jeunes qu'alors, Calis, rétorqua Nicholas.

— Quand comptez-vous partir ? demanda Patrick.

— Il nous reste encore des mois avant d'être prêts. Je ne peux compter que sur quatre hommes, en plus de vous tous ici présents : de Loungville, Greylock, Erik et Jadow. Ces quatre-là sont des chefs, même s'ils ne le savent pas encore. Tous savent ce qui nous attend là-bas et ont conscience des risques qu'ils courent. Il me reste aussi deux vétérans des deux dernières campagnes. Mais les autres ne sont bons qu'à suivre les ordres. C'est bien pour des soldats, mais pas suffisants pour des chefs.

— Comment allez-vous procéder ? voulut savoir Patrick.

Calis sourit.

— En attaquant ces maudits lézards par-derrière.

Il traversa la pièce pour se poster devant une grande carte accrochée au mur. Elle avait été redessinée à plusieurs reprises au cours des vingt dernières années, à mesure que de nouvelles informations leur parvenaient de ce continent situé à l'autre bout du monde.

— Nous partirons des îles du Couchant, comme toujours, mais c'est ici que nous accosterons, expliqua le demi-elfe en désignant un point sur la carte, à environ six cent quarante kilomètres au sud du long archipel. Il s'agit d'un lopin de terre qui ne figure sur aucune carte mais qui dispose d'un joli port. Nous en profiterons pour changer de navire.

— Pourquoi ? demanda Patrick.

Ce fut Nicholas qui lui répondit :

— Nos ennemis disposent à présent de la description de tous les navires de la marine de l'Ouest. Ils peuvent sûrement identifier n'importe lequel de nos vaisseaux rien qu'à son gréement. Je suis sûr aussi qu'ils savent lesquels de nos navires marchands sont en réalité des navires de guerre.

— Qu'avez-vous sur place, alors ? Un nouveau navire ?

— Non, un très vieux bateau, répondit Calis. Nous allons nous faire passer pour des Brijaners.

— Les pirates keshians ? s'étonna William en souriant.

— Nous possédons l'un de leurs navires-dragons. La marine de Roldem l'a capturé lors d'une attaque il y a deux ans. (Roldem était un petit royaume insulaire situé à l'est du royaume des Isles, un allié de longue date.) Le roi de Roldem a accepté de nous le « prêter ». On lui a fait discrètement contourner Kesh. (Nicholas sourit.) D'après les rapports, d'autres navires-dragons sont passés à portée de voix à deux reprises. Le capitaine originaire de Roldem leur a fait un beau sourire, les a salués de la main et a continué sa route sans poser de questions ni répondre aux leurs.

William éclata de rire.

— Ces bâtards arrogants n'imaginaient pas que l'on puisse naviguer dans leurs eaux sans être des leurs.

— J'espère que nous susciterons la même réaction.

— Comment ça ? demanda Patrick.

— Je ne ferai pas voile vers l'ouest pour atteindre Novindus. Je passerai par l'est, sous la corne de Kesh, pour traverser cette mer que l'on connaît maintenant sous le nom de Verte Mer. Nous accosterons près d'un petit village situé non loin de la cité d'Ispar. (Il désigna l'endroit sur la carte.) Nous arriverons de ce qui est l'ouest pour eux. J'espère que s'ils s'attendent à nous voir arriver, ils regarderont dans l'autre direction. Nous avons toujours eu la Cité du fleuve Serpent pour point de chute. Cette fois, si nous sommes interceptés par une patrouille, nous dirons que nous sommes des marchands brijaners que le vent a déviés de leur course.

— Pensez-vous qu'ils le croiront ? s'inquiéta Patrick.

Calis haussa les épaules.

— Ça s'est déjà produit, à ce qu'on m'a dit. Il existe un courant très rapide qui se déplace vers l'est près des banquises. Si on le récupère au sud de Kesh, on peut traverser la Verte Mer jusqu'à une grande étendue de glace qui pointe tel un doigt en direction de Port-Chagrin. On ne sera pas les premiers pirates keshians à surgir là-bas. Mais comme ça n'est pas très fréquent, les gens du coin ne verront pas la différence.

— Ensuite, que ferez-vous ?

— On achète des chevaux, on change de vêtements, et on se glisse discrètement hors de la cité, de nuit, pour prendre la direction du nord. (Calis désigna l'extrémité méridionale de la chaîne de montagnes qui descendait jusqu'à la mer, à l'ouest d'Ispar.) Je sais que je peux retrouver sans trop de difficultés l'issue par laquelle nous sommes sortis des cavernes la dernière fois.

Personne ne remit ce dernier point en question, car ses talents de pisteur étaient devenus légendaires. L'héritage de Calis était unique et, à bien des égards, surnaturel.

— Très bien, approuva Patrick. Et ensuite ?

Calis haussa les épaules.

— Ensuite, on détruit les Panthatians.

Patrick écarquilla les yeux.

— Combien d'hommes avez-vous l'intention d'emmener ?

— Dix équipes. Soixante personnes.

— Vous avez l'intention de détruire la nation de ces créatures qui utilisent la magie avec seulement soixante hommes ?

— Je n'ai jamais dit que ça serait facile, se défendit Calis.

Patrick se tourna vers Nicholas.

— Mon oncle, vous approuvez ce projet ?

— J'ai appris, il y a vingt ans, que lorsque Calis dit qu'une chose est possible, c'est qu'elle l'est. Qu'en dis-tu, Calis ?

— Ce que j'en pense, répondit le demi-elfe, c'est que le gros de leurs forces se trouve avec les armées de la reine Émeraude. (Il balaya la carte entre Maharta et la Cité du fleuve Serpent.) On ne les a jamais vus en grand nombre. L'escouade que j'ai aperçue dans les cavernes ne comptait pas plus de vingt soldats, et c'est le plus grand groupe que nous ayons jamais rencontré. Nous les craignons à cause de cette capacité qu'ils ont à nous faire mal, mais nous ne nous sommes jamais demandé combien ils sont en réalité. (Une expression de dégoût apparut sur son visage.) J'ai vu l'une de leurs crèches et elle n'était pratiquement pas protégée. Il n'y avait là qu'une demi-douzaine d'adultes, une douzaine d'enfants et une vingtaine d'œufs. Je n'ai pas vu de femelles.

— Qu'est-ce que ça signifie, d'après vous ? demanda Patrick.

— Pug et Nakor sont tous les deux persuadés que ces créatures ne sont pas naturelles. (Calis retourna à la table et s'assit.) Ils pensent qu'elles ont été créées par l'un des Seigneurs Dragons, Alma-Lodaka.

Calis baissa les yeux. William et Nicholas comprirent alors que cet homme étrange, à moitié elfe de par sa naissance, leur révélait des informations qu'aucun elfe véritable n'aurait accepté de partager avec eux. La partie humaine de sa nature n'était pas sensible à de tels interdits, car il savait qu'il servait une plus grande cause en révélant tout ce qu'il savait sur les hommes-serpents. Mais l'elfe qu'il abritait en lui ne l'acceptait pas facilement pour autant. Ces choses-là, il ne les avait pas apprises ; elles étaient innées.

— S'il en est vraiment ainsi, poursuivit-il, ça expliquerait leur taux de naissance relativement peu élevé, à moins qu'ils n'aient jamais été très nombreux. Peut-être même qu'ils ont des reines, comme les insectes, ou qu'il y a dans ces cavernes une partie spécialement réservée aux femelles. On ne sait pas. Mais puisqu'il y a une crèche, leurs femelles ne doivent pas être bien loin.

— Il reste encore un point à préciser, intervint Patrick. Si la majorité de leurs combattants et de leurs magiciens sont avec l'armée de la reine Émeraude, qu'avons-nous à gagner en attaquant ces crèches... ? (Il écarquilla les yeux et ne finit pas sa phrase.) Vous allez massacrer leurs petits ? comprit-il, suffoqué.

Calis demeura très calme.

— En effet.

— Vous parlez de tuer des innocents ! protesta Patrick d'un ton chargé de colère. Les Chiens Soldats de Kesh sont peut-être capables de massacrer des femmes et des enfants lorsqu'ils se déchaînent, mais la dernière fois qu'un soldat du royaume a fait ça, il a été pendu en présence de toute sa troupe.

Nicholas échangea un regard avec Calis, qui hocha la tête. Le duc James prit la parole :

— Patrick, vous êtes nouveau ici, et vous n'avez pas en votre possession toutes les informations...

— Messire, l'interrompit le prince, je sais que vous occupez une fonction importante à la cour depuis la jeunesse de mon grand-père et que vous avez été le premier conseiller de mon père à Rillanon, mais c'est moi désormais qui règne sur le royaume de l'Ouest. Si vous pensez qu'il y a encore des choses que je devrais savoir, pourquoi n'en ai-je pas déjà été informé ?

Le duc James regarda le prince Nicholas. Ce dernier se redressa sur sa chaise, conscient de l'humeur de son neveu. Le nouveau prince de Krondor se révélait être un jeune homme au tempérament instable et susceptible. Sujet à des sautes d'humeur, il ne se sentait pas très sûr de lui et avait tendance à exagérer le moindre affront, réel ou imaginaire.

Ce fut le maréchal William qui prit les choses en main.

— Votre Altesse, commença-t-il en insistant bien sur le titre du jeune homme, je crois que ce que messire James cherche à vous faire comprendre, c'est que nous avons tous été témoins de ces événements, alors que pour vous, ils ne sont que des rapports couchés sur du parchemin. (Il hésita avant de poursuivre.) Nous avons vu de nos propres yeux les dégâts que ces créatures sont capables de faire.

— N'est-il pas de mise de tuer un serpent venimeux parce qu'il est dans sa nature d'être une vipère ? ajouta Calis.

Patrick regarda le demi-elfe.

— Poursuivez.

— Certaines cités à l'intérieur de vos frontières appartenaient à Kesh autrefois. Ceux qui y vivent aujourd'hui sont des habitants du royaume, de par leur naissance, alors que la loyauté de leurs ancêtres allait à l'empereur de Kesh la Grande. Pour eux, ça ne fait aucune différence. Ils ont grandi au sein du royaume, ils parlent la langue du roi, et ils considèrent, comme nous tous, qu'il s'agit de leur terre natale.

— Qu'est-ce que cet exposé a à voir avec le sujet qui nous préoccupe ? rétorqua le jeune prince.

— Tout. (Calis se pencha en avant, les coudes sur la table.) Vous pensez peut-être que ces créatures naissent innocentes. Ce n'est pas le cas. D'après tout ce que nous avons appris à leur sujet, nous sommes en mesure de dire que les Panthatians n'ont pas plus tôt brisé leur coquille qu'ils ont déjà la haine au cœur. Ils ont été créés dans ce but. Même si nous parvenions à tuer tous les adultes et les enfants, et si nous ramenions les œufs pour les faire éclore ici, au palais, et les élever nous-mêmes, ils naîtraient avec la haine au cœur en cherchant à faire revenir cette déesse perdue en laquelle ils croient si aveuglément. C'est dans leur nature de se comporter ainsi, tout comme c'est dans la nature d'une vipère de mordre et d'empoisonner. Ils ne peuvent pas l'éviter, de même que la vipère.

Sentant vaciller les objections du prince, Calis se fit plus pressant :

— On parviendra peut-être un jour à conclure un traité avec la confrérie de la Voie des Ténèbres, comme vous appelez les Moredhels. Peut-être même que dans un futur vague, on verra des gobelins obéir à la loi du royaume et visiter nos marchés. Peut-être les frontières qui nous séparent de Kesh la Grande s'ouvriront-elles et l'on pourra alors voyager librement entre ces deux nations. Mais ce monde ne connaîtra pas un instant de paix tant qu'il restera un souffle de vie aux Panthatians, parce qu'il est dans leur nature de comploter, de tuer, et de tout faire pour s'emparer de la Pierre de Vie à Sethanon afin de ramener leur déesse perdue, cette Alma-Lodaka qui les a créés.

Patrick garda le silence un long moment avant de protester à nouveau :

— Mais c'est d'un génocide qu'il est question.

— Je ne pars pas avant au moins six mois, Altesse. Si un meilleur plan vous vient à l'esprit, je serai ravi de l'entendre. (Calis laissa retomber sa voix, ce qui remplit ses mots d'une urgence plus grande encore.) Mais si vous m'interdisez de partir, j'irai quand même. Si ce n'est pas à bord d'un navire du royaume, ce sera sur un navire de Queg ou de Kesh. Si ce n'est pas cette année, ce sera la suivante, ou celle d'après. Parce que si je ne le fais pas, tôt ou tard, les prêtres-serpents s'empareront de la Pierre de Vie et nous mourrons tous.

Patrick resta immobile pendant un très long moment mais finit par céder.

— Très bien. Il semble qu'il n'y ait pas d'autre solution. Mais si l'un d'entre vous apprend quelque chose de nouveau à ce sujet, il doit m'en informer immédiatement. (Il se leva et se tourna vers William.) Commencez les préparatifs, mais veillez à ce que ça se passe dans le calme.

Le prince sortit. James se tourna vers William.

— Il y a un autre événement dont il faut que je te parle.

William sourit et leva les yeux vers le duc, légèrement plus grand que lui.

— De quoi s'agit-il, Jimmy ?

James regarda Calis et Nicholas, puis se tourna de nouveau vers William.

— Helmut Grindle a été tué la nuit dernière à l'extérieur de la cité.

— Grindle ? répéta le maréchal. C'est l'associé de Roo Avery.

— Exactement, approuva Nicholas. C'était aussi un allié potentiel. Nous allons avoir besoin de marchands comme lui.

— Il y a des suspects ? demanda William à James.

— Nos agents sont pratiquement sûrs que Frederick Jacoby, ou l'un de ses fils, est derrière la mort de Grindle. Actuellement, les Jacoby sont alliés avec Jacob d'Esterbrook. Ce dernier est un homme d'une grande influence à Krondor, mais aussi à Kesh. (James se tut une seconde.) Pour le moment, espérons que monsieur Avery ne découvrira pas tout de suite l'identité du meurtrier de son associé.

— Que fait-on s'il sait déjà ou s'il a des soupçons ? demanda Calis. Je connais Roo Avery. C'est quelqu'un d'intelligent. D'autre part, Grindle a peut-être repris conscience et identifié son assassin avant de mourir.

— Peut-être, rétorqua James, mais tant que monsieur Avery ne posera pas de problèmes à monsieur d'Esterbrook et ses amis, tout ira bien. (Il sourit.) Nous avons besoin que les marchands travaillent dur et fassent des bénéfices sur lesquels nous prélèverons des impôts. Il ne faut pas qu'ils s'entre-tuent.

— Mais accepteront-ils de coopérer le moment venu, lorsqu'il leur faudra risquer leur fortune pour nous ? s'inquiéta le maréchal.

James regarda son vieil ami.

— Occupe-toi de l'aspect militaire de notre guerre, Willy. Moi, de mon côté, je veillerai à ce qu'elle soit payée. Les marchands du royaume nous suivront lorsqu'on leur aura bien fait comprendre qu'ils risquent de tout perdre s'ils ne nous aident pas. (Il regarda autour de lui.) Les Moqueurs sont à portée de la main, j'ai le trône derrière moi, et j'aurai bientôt la fortune du royaume à ma disposition. Et je n'hésiterai pas à saigner nos sujets à blanc s'il le faut. N'oubliez pas que je suis le seul dans cette pièce à avoir assisté à la bataille de Sethanon.

Personne n'avait besoin d'explications supplémentaires. Les pères de Nicholas, William et Calis étaient présents lors de cette bataille et tous les avaient entendu raconter en détail ce qui s'était passé lorsque les Panthatians avaient pour la première fois essayé de s'emparer de la Pierre de Vie. James, lui, avait été témoin de ces terribles événements.

— Je suis attendu à la cour dans un moment, annonça William. Si vous voulez bien m'excuser, j'aimerais pouvoir m'occuper d'autres affaires avant d'y aller. James ?

Le duc hocha la tête et attendit que le maréchal soit parti pour demander à Calis :

— Qui vas-tu emmener pour cette mission suicide ?

— Bobby, Greylock et Erik. C'est le plus intelligent de mes deux nouveaux sergents.

— Alors, laisse-le ici, conseilla James. Si tu dois condamner l'un des deux, laisse-moi le plus intelligent, afin qu'il puisse me servir si tu échoues. Prends plutôt Jadow avec toi.

— Entendu, répondit Calis.

— Et laisse-nous Bobby aussi.

— Il n'acceptera jamais de rester.

— Dis-lui que c'est un ordre.

— Il n'obéira pas.

— La fonction que tu remplis parmi nous est unique, mon ami, soupira James. Il faut donc que l'Aigle de Krondor nous revienne sain et sauf. Mais j'ai quand même besoin du terrible Chien de Krondor. (Il jeta un coup d'œil par la fenêtre.) Oui, aujourd'hui, j'ai plus besoin d'un sergent que d'un général ou... d'un capitaine, ajouta-t-il en lançant un coup d'œil à Calis.

Ce dernier affichait un petit sourire.

— Il va faire de ta vie un enfer.

James lui rendit son sourire.

— Ce n'est pas nouveau. Ce n'est pas comme si j'avais le choix.

— Très bien, céda Calis. Je te laisse Bobby et Erik et j'emmène Jadow et Greylock.

Il s'apprêtait à aller à la porte lorsque James lui demanda :

— Et Nakor alors ?

— Je suis presque sûr qu'il reviendrait si je le lui demandais. Mais je pense qu'il nous est plus utile au port des Étoiles. Ces magiciens sont trop prétentieux, il n'y a que lui pour en venir à bout et leur rappeler qu'ils habitent sur une île qui appartient au royaume.

— Mais tu vas devoir affronter une puissante magie, d'après ce que tu nous as raconté, insista James. Comment vas-tu faire ?

— Miranda a accepté de venir avec moi, répondit Calis d'un air presque embarrassé.

James dévisagea le demi-elfe avant d'éclater de rire.

— Malgré ton âge, tu me rappelles parfois mon fils.

Calis eut la bonne grâce de sourire.

— Puisqu'on en parle, quand Arutha doit-il rentrer ?

— D'un jour à l'autre, répondit le duc. Je pense que je vais l'envoyer au port des Étoiles pour qu'il puisse prendre les choses en main quelque temps. Mes petits-fils l'accompagnent, ajouta-t-il avec un sourire contrit.

— Jimmy et Dash doivent être des hommes à présent.

— C'est en tout cas ce qu'ils croient. (James se tourna vers Nicholas.) Tu ne sais pas ce que tu as manqué en refusant de te marier.

— Je ne suis pas encore trop vieux pour ça, protesta le prince. Amos avait presque soixante-dix ans lorsqu'il a épousé ma grand-mère.

300

— Tu ne connaîtras jamais les joies de la paternité si tu attends aussi longtemps, répliqua James en se dirigeant vers la porte. Quoique, quand je vois des gaillards comme Jimmy et Dash, je me dis que c'est peut-être toi qui as raison.

Les trois hommes sortirent de la salle de réunion. James se tourna vers Calis.

— Je sais que je ne suis pas le premier à en faire la remarque, mais ça ne me plaît pas du tout de savoir que ton amie la magicienne garde tous ses secrets. Cependant, comme elle ne cesse de nous prouver sa valeur depuis des années, je me contenterai de te recommander la prudence.

Calis acquiesça, perdu dans ses pensées. James et Nicholas, quant à eux, se remirent à parler famille et enfants.

Roo regarda autour de lui. Erik éclata de rire.

— On dirait que tu es sur le point de prendre tes jambes à ton cou.

— Pour être franc, c'est ce que je ressens depuis que j'ai fait ma demande, avoua son ami à voix basse.

Erik essaya d'avoir l'air compréhensif, mais ne parvint pas à dissimuler son amusement.

— Tu verras quand tu seras à ma place, insista Roo. Un jour, tu vas bien finir par demander cette prostituée en...

— Eh là ! protesta Erik, sa bonne humeur envolée.

— Non, attends ! Je suis désolé, affirma Roo. C'est juste que je ne suis pas sûr que ce soit une si bonne idée.

Erik balaya du regard le temple où Roo et Karli étaient sur le point de se marier.

— C'est un peu tard pour te le demander, chuchota-t-il.

Karli venait d'entrer dans le temple par une porte sur le côté, ainsi qu'une jeune mariée se doit de faire lorsqu'elle suit le culte de Sung la Blanche. À ses côtés se trouvait Katherine, la jeune fille qui avait été capturée par de Loungville avant d'entrer au service du prince. Karli n'avait pas d'amie à proprement parler et il n'aurait pas été convenable que Mary lui serve de témoin. C'est pourquoi Erik, qui était le témoin de Roo, avait amené la jeune serveuse qui, à la surprise générale, avait accepté de se prêter au jeu.

— Bon, eh bien, on y va, dit Roo.

Il s'avança dans l'allée centrale, Erik à ses côtés. Il n'y avait dans l'assistance que Luis et quelques-uns des employés de l'entreprise, ainsi que Jadow et les soldats qui avaient servi avec Roo dans la compagnie de Calis. Le prêtre devait en être à la cinquième ou sixième cérémonie de ce genre depuis le matin. Visiblement lassé, il expédia les rites.

Roo jura de prendre soin de Karli et de lui être fidèle. La jeune fille l'imita. Alors le prêtre leur dit, brusquement, que la déesse blanche était contente et qu'ils pouvaient partir. Erik donna au religieux l'offrande votive qui était de mise lors d'une telle cérémonie. Puis des frères à l'air soucieux raccompagnèrent les mariés et leur cortège à la porte du temple.

Roo et Karli furent escortés jusqu'à un carrosse loué pour l'occasion. Les autres les suivirent à pied ou à cheval jusqu'à la maison Grindle. Tandis que le carrosse parcourait les rues de la cité, Roo s'aperçut que Karli gardait les yeux baissés et contemplait ses mains.

— Qu'y a-t-il ? demanda le jeune homme. N'es-tu pas heureuse ?

Karli releva les yeux et son regard frappa Roo comme une gifle. Brusquement, il découvrit de la colère et du ressentiment derrière la façade très lisse de la jeune femme. Cependant, ce fut d'une voix calme et d'un ton presque contrit qu'elle lui répondit :

— Et toi, tu l'es ?

Roo se força à sourire.

— Bien sûr, mon amour. Pourquoi ne le serais-je pas ?

Karli regarda par la fenêtre.

— Tu avais l'air carrément terrifié au moment de remonter l'allée tout à l'heure.

Roo essaya d'en rire.

— C'est une réaction normale. Enfin, c'est ce qu'on m'a raconté, se hâta-t-il d'ajouter lorsqu'elle se tourna vers lui. C'est à cause de l'angoisse liée à la cérémonie et... au reste.

Ils firent la fin du chemin en silence. Roo regarda défiler les bâtiments et la foule de badauds, de négociants et de voyageurs. Le carrosse traversa majestueusement Krondor et s'arrêta devant la maison Grindle. Erik et les autres attendaient déjà le jeune couple.

En tant que témoin de Roo, Erik lui ouvrit la porte, tandis que Katherine aidait Karli à descendre du véhicule. La jeune fille n'était peut-être qu'une étrangère, mais elle prenait son rôle de témoin au sérieux.

La cuisinière leur avait préparé un énorme repas et avait débouché le meilleur vin de la cave. Mal à l'aise, Roo laissa Karli entrer avant lui, même si la tradition voulait qu'un mari fasse franchir le seuil à sa jeune épouse. Après tout, c'était la maison de Karli, pas la sienne.

— Je vais voir en cuisine, dit-elle après être entrée.

Roo la retint.

— Laisse faire Mary. Tu ne serviras plus jamais dans cette maison.

Karli le dévisagea pendant quelques instants. Puis un léger sourire apparut sur ses lèvres. Roo se tourna vers la cuisine et cria :

— Mary !

La servante apparut.

— Vous pouvez commencer à servir, lui dit le jeune homme.

Les invités prirent place autour de la table. La nourriture fut à la fois abondante et délicieuse. À l'issue de ce repas plus que satisfaisant, Erik se leva. Il balaya la pièce du regard et vit Katherine sourire de sa gêne.

Il s'éclaircit bruyamment la gorge, mais le bruit des conversations ne diminua pas.

— Écoutez tous ! finit-il par s'exclamer d'une voix plus forte qu'il ne l'aurait voulu.

Les autres se turent brusquement, puis éclatèrent de rire. Erik rougit violemment et leva la main pour réclamer de nouveau l'attention.

— Je suis désolé, dit-il, souriant de sa propre maladresse. Il est de mon devoir en tant que témoin de porter un toast aux jeunes mariés. C'est du moins ce qu'on m'a expliqué, ajouta-t-il en jetant un coup d'œil à Luis.

Ce dernier hocha la tête, sourit et fit un geste élégant pour l'inciter à poursuivre.

— Je ne suis pas doué pour ce genre de choses, avoua Erik, mais je peux au moins vous dire ceci : Roo est mon ami. Plus encore, il est comme un frère pour moi et je ne souhaite que son bonheur. (Il se tourna vers Karli.) J'espère que vous l'aimez autant que moi et qu'il vous aime comme vous le méritez. (Il leva son verre de vin.) Aux jeunes mariés ! Puissent-ils vivre vieux et ne jamais regretter une seule minute de leur vie ensemble ! Puissent-ils connaître le bonheur chaque jour de leur vie !

L'assemblée but et applaudit. Roo se leva.

— Merci. (Il se tourna vers Karli.) Je sais que nous venons de traverser des moments difficiles, dit-il en faisant allusion au meurtre de son père. Mais mon plus fervent désir est d'effacer ces mauvais souvenirs et de remplir tes journées de bonheur.

Karli sourit et rougit. Roo lui prit la main, maladroitement. Il avait bu trop de vin mais se sentait rempli de joie. Il remarqua qu'Erik avait passé beaucoup de temps à discuter avec Katherine alors que Karli n'avait pratiquement pas dit un mot pendant le repas.

Bientôt, les invités commencèrent à partir. Peu après la tombée de la nuit, Roo et Karli dirent bonsoir à Erik, qui fut le dernier à partir. Lorsque la porte fut refermée, Roo se tourna vers sa femme et s'aperçut qu'elle le regardait, une expression indéchiffrable sur le visage.

— Qu'est-ce qu'il y a ? lui demanda-t-il, brusquement dégrisé par la peur.

Quelque chose dans l'attitude de sa jeune femme lui donnait envie de tirer l'épée. Karli se jeta dans ses bras et posa la tête sur son épaule.

— Je suis désolée.

Roo sentit la tête lui tourner et ses genoux trembler, mais il se força à rester suffisamment conscient pour lui demander :

— De quoi parles-tu ?

— Je voulais tant que ce soit un jour heureux, expliqua-t-elle entre deux sanglots.

— Et ça ne l'est pas ?

Karli ne répondit pas. Ses larmes furent son seul aveu.

Chapitre 11

VOYAGE

Jason soupira.

La pile de cahiers et de livres de comptes qui s'amoncelaient devant l'ancien serveur de Barret avait de quoi le décourager.

— Bon, j'ai consulté tout ça, annonça-t-il en éloignant sa chaise de la table qu'on lui avait installée.

Les menuisiers avaient posé des étagères et construit une petite balustrade tout autour de son bureau, afin qu'il puisse voir les personnes qui entraient dans l'entrepôt tout en ayant droit à un peu d'intimité. Roo avait dit au jeune homme qu'il était responsable du bon fonctionnement de l'entreprise de transport si lui-même, Duncan et Luis étaient absents en même temps.

Duncan avait l'air de s'ennuyer, comme toujours dès qu'il était question de chiffres, à moins qu'il ne s'agisse de sa paye. Quant à Luis, il était taciturne, comme à son habitude. Ce fut donc Roo qui demanda :

— Et alors ?

— Eh bien, l'entreprise va mieux que tu le croyais, surtout si tu arrives à faire payer certains des débiteurs d'Helmut. (Jason tendit à son nouveau patron le parchemin sur lequel il avait travaillé pendant des jours.) J'ai dressé une liste de ces personnes avec la somme qu'elles te doivent.

Roo y jeta un coup d'œil.

— Il y a deux nobles sur cette liste !

Jason sourit.

— Ils mettent parfois très longtemps avant de payer leurs dettes, si j'en crois mon expérience au *Barret*. Si je peux me permettre un conseil, ajouta-t-il après une brève hésitation, tu ferais peut-être mieux de laisser courir certaines de ces dettes jusqu'à ce que tu aies besoin de la faveur d'une personne influente ou haut placée à la cour.

— Tes conseils sont les bienvenus, le rassura Roo.

— J'ai eu plus de problèmes avec celle-là, continua Jason en lui tendant une autre liste.

— Qu'est-ce que c'est ?

— Des personnes qui résident dans de lointaines cités et qui traitaient avec monsieur Grindle, mais dont l'identité n'est pas claire.

— Comment ça ? demanda Roo qui, visiblement, ne comprenait pas.

— Ce n'est pas rare. Souvent, ceux qui négocient des marchandises de valeur ne veulent pas que tout le monde apprenne qu'ils ont de tels objets en leur possession ou qu'ils ont besoin de les vendre. Ça explique les notations. Il s'agit d'un code. Mais seul monsieur Grindle connaissait l'identité de ces gens.

Roo passa la liste en revue.

— Peut-être que Karli en connaît quelques-uns. Elle en sait beaucoup sur les affaires de son père, bien plus qu'il le croyait.

— Qu'allons-nous faire maintenant ? intervint Duncan.

Ces derniers temps, Roo trouvait l'attitude de son cousin irritante, car il se plaignait souvent de ne pas avoir autant de responsabilités que Luis. Roo aurait pourtant aimé lui en confier davantage, mais il avait découvert que Duncan n'aimait pas travailler dur, contrairement à Luis. Ce dernier se plaignait rarement et accomplissait tout ce que Roo lui donnait à faire avec un soin méticuleux, alors que Duncan se montrait souvent négligent et laissait parfois les choses inachevées.

Roo ravala une réplique méchante et répondit :

— On part pour Salador ce matin. On a une livraison spéciale à effectuer.

— Salador, tu dis ? Je connais une serveuse là-bas.

— Tu connais des serveuses partout, Duncan.

— C'est vrai, admit l'ancien mercenaire, dont l'humeur parut s'améliorer à l'idée de changer de décor.

— Qu'est-ce que tu dois livrer ? demanda Luis.

Roo lui tendit un parchemin. Le Rodezien le déroula et le tint en hauteur pour le lire.

— C'est incroyable, murmura-t-il en écarquillant les yeux.

Cette remarque parut enfin éveiller l'intérêt de Duncan.

— Qu'est-ce que c'est ?

— On doit aller chercher des affaires au palais pour les livrer à la propriété du duc de Salador, répondit Roo.

— Le cousin du roi ? s'étonna Jason.

— Lui-même. Je ne sais pas du tout ce que nous allons devoir transporter, mais le prince de Krondor nous a demandé d'effectuer la livraison le plus rapidement possible. Le prix qu'il propose est trop élevé pour que l'on puisse refuser. Je profiterai de l'occasion pour essayer d'identifier ces deux noms sur la liste. Il y a aussi ceux de six autres personnes qui habitent à moins d'une semaine de route de Salador, je pense qu'on va livrer les marchandises du prince et essayer de fouiner un peu à l'Est.

» Je rentre à la maison voir Karli. Duncan, on se retrouve ici demain à la première heure. Tu as intérêt à être là et en forme quand j'arrive.

Son cousin fronça les sourcils. Mais ils savaient tous les deux que si on lui laissait le choix, il risquait d'arriver vers midi avec la gueule de bois.

— Luis, je te laisse l'entreprise pendant que Duncan et moi...

— Attends une minute, cousin ! Pourquoi n'emmènes-tu pas Luis avec toi pendant que moi je gère l'entreprise ?

Roo dévisagea son cousin pendant quelques instants. Il savait que cette remarque ne pouvait signifier qu'une chose : Duncan était tombé amoureux d'une nouvelle serveuse.

— Parce que quand je reviendrai le mois prochain, j'aimerais autant que l'entreprise existe encore, répliqua-t-il de mauvaise humeur.

Il choisit d'ignorer l'expression menaçante de Duncan et reprit ses instructions.

— Luis, tu es responsable de tout. Si tu as besoin de quelque chose, vois avec Karli. Jason connaît l'état de nos finances, alors si jamais il arrive quelque chose et si tu dois dépenser notre argent, veille au moins à ce que ce soit un investissement sûr.

Luis sourit, car il avait souvent répété à Roo qu'il n'existait pas « d'investissements sûrs ».

— Entendu, dit-il.

— Jason, reprit Roo, tu as fait du bon boulot sur les livres de comptes. Peux-tu en commencer un nouveau pour moi, à partir du jour où j'ai pris seul le contrôle de l'entreprise ?

— Bien sûr.

— Tant mieux. Intitule-les « Avery & compagnie ». (Il se dirigea vers la porte puis s'arrêta.) Au fait, évitez de parler du changement de nom à Karli avant mon retour.

Jason et Luis se regardèrent mais ne dirent rien. Roo quitta le bureau et entama la longue marche qui devait le ramener chez lui. Les rues de la cité étaient pleines de monde à l'approche du coucher de soleil. Les marchands ambulants criaient une dernière fois leurs prix avant de fermer boutique et de rentrer chez eux. Pendant ce temps, des messagers passaient entre les badauds pour livrer leurs derniers plis de la journée.

Roo se fraya un chemin à travers la foule. Le temps qu'il arrive chez lui, le soleil s'était déjà couché derrière les bâtiments situés face à la maison Grindle. Le jeune homme regarda autour de lui et réalisa brusquement à quel point l'endroit paraissait miteux, alors qu'il n'avait même pas encore été avalé par les ombres. Il se fit à nouveau la promesse d'emménager avec sa femme dans un quartier plus riche et plus récent dès qu'il le pourrait.

Il ouvrit la porte et entra. Karli était dans la cuisine, occupée à discuter avec Rendel, la cuisinière, et Mary, la servante. Ce fut cette dernière qui le vit la première et s'écria :

— Oh ! monsieur, c'est madame...

Depuis leur mariage, Mary ne parlait plus de Karli qu'en disant « la dame de la maison » ou tout simplement « madame », comme si la jeune femme appartenait à la noblesse. Roo s'était aperçu que ça lui plaisait, de même que s'entendre appeler « le maître » ou « monsieur ».

Il lui fallut un moment pour comprendre que quelque chose n'allait pas. Karli se tenait devant le plan de travail auquel elle s'agrippait fermement, au point que ses jointures avaient blanchi.

— Qu'est-ce qui ne va pas ? demanda Roo.

— Elle a du mal à garder la nourriture, pauvre petite chose, répondit Rendel, une femme énorme dont il ne connaissait pas l'âge exact.

Roo fronça les sourcils car il n'était pas sûr d'apprécier que l'on traite sa femme comme si elle était du bétail.

— Karli ?

— C'est juste un problème d'estomac... Je suis rentrée dans la pièce il y a quelques minutes et l'odeur de la nourriture...

310

Brusquement, elle devint plus pâle encore et porta la main à sa bouche pour essayer de ne pas rendre tout le contenu de son estomac. Elle tourna les talons et sortit par la porte de derrière pour courir jusqu'aux latrines.

— Je m'inquiète tellement pour madame, avoua Mary, une jeune femme un peu simplette, à l'intelligence limitée.

Rendel éclata de rire et se consacra de nouveau aux légumes qu'elle lavait dans une bassine dans l'évier.

— C'est inutile, bientôt, elle ira mieux.

Roo resta planté là à les regarder toutes les deux, car il ne savait pas quoi faire.

— Monsieur, vous croyez que je devrais aller voir madame ? demanda Mary.

— Non, je vais y aller.

Roo suivit sa femme et sortit de la maison. Celle-ci dissimulait derrière une façade banale un intérieur richement meublé et le joli petit jardin qui s'étendait au-delà. Karli y passait de longues heures et prenait soin aussi bien des fleurs que du potager, qui occupaient chacun la moitié de l'espace. Une petite cabane se dressait contre le mur du fond. Karli s'y trouvait, en train de vomir, à en juger par les bruits qui s'en échappaient.

Lorsque Roo arriva devant la porte, celle-ci s'ouvrit et une Karli très pâle sortit de la cabane.

— Est-ce que tu vas bien ? demanda le jeune homme, qui regretta aussitôt sa question, car l'expression sur le visage de sa femme montrait bien qu'il s'agissait de l'une des choses les plus stupides qu'il ait jamais dites.

— Oui, ça va aller, répondit-elle néanmoins.

— Est-ce que tu veux que j'envoie Mary chercher un guérisseur ?

Karli sourit de son inquiétude, si évidente.

— Non, un guérisseur ne pourra rien faire pour moi.

La panique transparut clairement sur le visage de Roo.

— Par les dieux ! Mais de quoi s'agit-il ?

Karli ne put s'empêcher de rire en dépit du malaise qu'elle éprouvait. Elle laissa son mari lui prendre le bras et l'escorter jusqu'à un petit banc de pierre, à côté d'une modeste fontaine.

— Il est inutile de t'inquiéter Roo. Je voulais être sûre avant de te le dire, ajouta-t-elle lorsqu'ils furent assis. Tu vas être papa.

Roo en resta sans voix pendant une minute.

— J'ai besoin de m'asseoir.

Karli rit de nouveau.

— Tu es déjà assis.

Aussitôt le jeune homme se leva, annonça : « Maintenant, j'ai vraiment besoin de m'asseoir », et joignit le geste à la parole. Puis son visage étroit s'illumina d'un sourire comme Karli n'en avait encore jamais vu.

— On va avoir un bébé ?

La jeune femme hocha la tête. Son mari s'aperçut alors qu'il ne l'avait jamais trouvée aussi jolie. Il l'embrassa sur la joue.

— Quand doit-il naître ?

— Dans sept mois.

Roo effectua un rapide calcul et écarquilla les yeux.

— Mais alors...

Elle acquiesça.

— Nous l'avons conçu la première nuit.

— Voyez-vous ça !

Roo resta immobile et silencieux pendant un long moment. Puis une pensée lui traversa l'esprit.

— Il faut que je demande à Luis de changer l'enseigne immédiatement ! Il va falloir écrire « Avery & Fils » !

Karli plissa les yeux.

— Tu veux changer le nom de l'entreprise ?

Roo lui prit la main.

— Mon amour, je veux que le monde entier sache que je vais bientôt avoir un fils. (Il se leva.) Il faut que j'avertisse Erik et Duncan avant de partir.

— Tu t'en vas ? s'écria-t-elle alors qu'il était déjà à mi-chemin de la maison.

Il s'arrêta, le temps de lui répondre.

— Oui, je pars demain. Le prince m'a demandé d'effectuer une livraison spéciale à Salador. Je te raconterai tout à mon retour. Mais d'abord, il faut que je dise à Erik et à Duncan que je vais être père.

Il sortit du jardin en coup de vent, sans attendre de réponse. Karli resta pensivement assise un moment, puis se leva lentement.

Et si c'est une fille ? se demanda-t-elle.

À la lueur du crépuscule, elle rentra dans le seul foyer qu'elle ait jamais connu. Mais elle se sentait à présent comme une invitée dans sa propre maison.

Roo gémit. Duncan éclata de rire et fit claquer les rênes pour encourager les chevaux à franchir les portes de la cité. Les deux cousins avaient fêté l'annonce de cette paternité en compagnie de Luis, d'Erik et des autres amis de Roo, lequel en payait le prix, à présent. Il n'était rentré chez lui qu'avec l'aide de Duncan, avant d'aller se coucher, dans un état presque comateux, à côté de Karli. Sans faire de commentaires, la jeune femme l'avait réveillé au petit matin lorsque, contre toute attente, Duncan était arrivé à l'heure.

L'aube n'était pas encore levée qu'ils étaient déjà à l'entrepôt pour atteler le chariot. Puis ils s'étaient présentés aux portes du palais. Un groupe de soldats les y attendait et les avait aidés à charger les affaires qu'ils devaient livrer à Salador.

Puis, à la grande surprise de Roo, Erik était arrivé, à cheval, avec une troupe de cavaliers.

— Moi non plus, je ne sais pas ce qu'il y a là-dedans, avait-il avoué.

Il était midi à présent, et le chariot avançait dans un bruit de ferraille mais à une bonne allure sur la route du Roi. Il venait d'entamer la longue ascension des contreforts méridionaux des monts Calastius.

— Il faut que les chevaux se reposent, annonça Roo.

Duncan arrêta l'attelage et s'écria :

— Erik ! Il est temps de faire une pause !

Le jeune soldat, qui chevauchait à une courte distance devant eux, hocha la tête et fit faire demi-tour à sa monture. Puis il mit pied à terre et demanda à ses hommes de faire de même. Il attacha son cheval au bord de la route afin qu'il puisse paître.

Duncan prit une gourde et but longuement puis la tendit à son cousin. Ce dernier se versa un peu d'eau sur la figure et s'essuya avant de boire à son tour.

Erik les rejoignit.

— Comment va ta tête ? demanda-t-il à Roo.

— Elle est trop petite pour contenir toute cette douleur. Pourquoi j'ai fait ça ? gémit son ami.

Erik haussa les épaules.

— C'est aussi la question que je me suis posée, à vrai dire. On aurait dit que tu faisais un gros effort pour avoir l'air heureux.

— Pour être franc, je suis mort de trouille. Moi, devenir père ! (Il prit Erik par le bras pour l'emmener à l'écart.) Duncan, occupe-toi des chevaux, tu veux ?

Il attendit de ne plus être à portée de voix avant de reprendre :

— Qu'est-ce que j'en sais, moi, de la paternité ? Tout ce que mon vieux a jamais fait pour moi, c'était de me donner des raclées. C'est vrai quoi, qu'est-ce que je suis censé faire une fois que le bébé sera là ?

— Ce n'est pas à moi qu'il faut demander ça, répliqua Erik. Moi, je n'ai jamais eu de père.

La panique s'inscrivit sur le visage de Roo.

— Qu'est-ce que je vais faire, Erik ?

Ce dernier sourit.

314

— Tu traverses une épreuve par laquelle on passe tous un jour, j'imagine. Il faut dire que c'est un grand bouleversement. D'abord, une épouse, et maintenant un enfant. (Il se frotta le menton.) Je me suis demandé ce que je ferais si je tombais amoureux, si je me mariais et si j'avais des enfants.

— Et ?

— Je ne sais vraiment pas comment je réagirais face à tout ça.

— Tu parles d'une aide !

Erik posa la main sur l'épaule de son ami.

— En fait, j'en ai tiré au moins une conclusion. Je pense que si jamais un jour, je deviens père et qu'il m'arrive un imprévu, je me demanderai : « Que ferait Milo à ma place ? »

Roo réfléchit à ça un moment. Puis il sourit.

— C'est le meilleur père que j'aie jamais rencontré, rien qu'à voir comment il vous traitait Rosalyn et toi quand vous étiez petits.

— C'est aussi ce que je me suis dit. Si un jour je commence à perdre pied, je me demanderai ce qu'au-rait fait Milo à ma place et j'essayerai de l'imiter.

Le visage de Roo s'éclaira, comme si, d'une cer-taine façon, la perspective de devenir père lui parais-sait moins effrayante.

— Bon, je crois que je vais boire encore un peu d'eau.

Erik éclata de rire.

— Vas-y doucement, Roo. Tu as tout ton temps pour récupérer de ta gueule de bois.

Son ami commença à retourner en direction du chariot.

— Si c'est vrai, pourquoi as-tu reçu l'ordre de nous escorter ?

— C'est moi qui ai demandé à le faire. Tout est sous contrôle au palais et le prince avait l'air de pen-ser que cette cargaison avait besoin d'une protection spéciale. En plus, ça fait un an que je ne suis pas rentré chez moi.

Roo cligna des yeux, surpris.

— C'est vrai que ça fait un an !

— Comme ça, on pourra les voir deux fois. On ne restera pas longtemps à l'aller, mais on pourra sûrement s'attarder un jour ou deux au retour pour vraiment se réunir.

— Il faut dire que tu as ta mère, Nathan, Milo et Rosalyn. Tu as beaucoup d'amis.

— Toi aussi, tu as des amis, Roo.

Ce dernier sourit.

— Je me demande comment va Gwen ?

Erik fronça les sourcils.

— Tu es un homme marié, Roo.

L'intéressé passa la main sous le siège du conducteur et en sortit un sac à provisions, dans lequel il prit un morceau de pain. Il en arracha un morceau qu'il engouffra avant de se rincer la bouche avec de l'eau.

— Ça n'empêche pas.

L'expression d'Erik s'assombrit davantage. Roo s'empressa de lever la main.

— Je veux dire, ça ne m'empêche pas d'être poli envers de vieilles copines.

Erik dévisagea son ami pendant quelques secondes avant de répliquer :

— J'espère que c'est bien ce que tu voulais dire.

Duncan revint à ce moment.

— J'ai examiné les chevaux. Tout va bien.

Roo remonta sur le siège en disant :

— Dans ce cas, remettons-nous en route. Le duc de Salador attend sa livraison et nous, on aura droit à un bonus si on fait vite.

Duncan soupira car leur siège était à peu près aussi confortable qu'un bloc de pierre.

— J'espère que c'est un très gros bonus, alors, répliqua-t-il sans prendre vraiment la peine de masquer sa mauvaise humeur.

Le voyage se déroula sans encombre. À deux reprises, la présence d'Erik permit d'accélérer les formalités auprès de la police locale, évitant ainsi à Roo la perte d'heures précieuses. Leur séjour à Ravensburg ne fut que de courte durée, car ils arrivèrent à l'*Auberge du Canard Pilet* après le coucher du soleil et repartirent avant l'aube sans avoir vu Rosalyn et sa famille. Erik promit à sa mère qu'il resterait plus longtemps au retour.

Lorsqu'ils traversèrent la Lande Noire, Erik et Roo furent peut-être reconnus par les soldats du baron, mais ces derniers les laissèrent passer sans rien dire. Malgré tout, Roo se sentit beaucoup mieux lorsqu'il laissa la cité derrière lui.

Il connaissait Salador, car il y avait accompagné son père à deux reprises lorsqu'il était enfant. Mais cette fois, il découvrait le royaume de l'Est avec des yeux d'adulte. L'on y cultivait la terre depuis des siècles et les fermes étaient jolies au point de ressembler à des tableaux, vues de loin. Comparé à cette région, le royaume de l'Ouest paraissait grossier et les terres qui s'étendaient de l'autre côté de la mer semblaient primitives et sauvages.

Les deux jeunes gens et leur escorte se présentèrent aux portes de la cité vers midi. Erik ralentit à peine l'allure et passa devant les hommes du guet en criant :

— Livraison pour le duc, de la part du prince de Krondor !

L'un de ses soldats avait emporté un fanion aux armes du prince Patrick qu'il déploya en entrant dans Salador. Le matin même, toute la troupe avait revêtu le tabard aux couleurs de Krondor qu'ils avaient transporté dans la sacoche accrochée à leur selle. Roo put ainsi se rendre compte qu'il ne s'agissait pas de simples soldats mais de membre de la garde du prince Patrick en personne. Il se demanda de nouveau ce qu'il transportait de si important, mais il était conscient qu'il ne le saurait peut-être jamais.

En traversant la cité, Roo s'étonna du nombre de gens qu'il voyait. Krondor avait beau être la capitale du royaume de l'Ouest, elle n'en paraissait pas moins toute petite comparée à plusieurs des villes de l'Est. Salador était la deuxième plus grande ville du royaume après Rillanon et Roo mit plus d'une heure à traverser la foule avec son chariot pour atteindre le palais ducal.

Celui du prince de Krondor se dressait sur une colline abrupte, juste au-dessus du port. Celui du souverain de Salador était également construit sur une colline, dont les flancs en pente douce s'enfonçaient très loin au cœur de la cité, mais le port s'étendait ici à plus de mille cinq cents mètres du palais.

— J'oublie toujours à quel point cette satanée ville est grande, murmura Duncan.

— Je ne m'en étais jamais aperçu, avoua Roo.

Ils se présentèrent au palais. Erik alla trouver les gardes et leur expliqua pourquoi les deux cousins étaient là. L'un des gardes leur fit signe d'entrer dans la cour tandis que l'autre courait jusqu'au château avertir le duc. Un troisième garde ordonna à Roo de garer son chariot devant une porte à double battant située sur le côté d'un grand escalier escarpé.

— Je parie que ce sont les gens importants qui montent ces marches-là, commenta Duncan. Ça, c'est bon pour le peuple, ajouta-t-il en désignant la porte d'un hochement de tête.

— Tu t'attendais à quoi ? rétorqua Roo.

Son cousin soupira, sauta à bas du chariot et se massa le postérieur en feignant le soulagement.

— Tout ce que je sais, c'est que ce soir je veux me plonger dans un bon bain brûlant avant de passer la nuit avec une jolie femme qui me tiendra chaud.

— Je suis sûr qu'on doit pouvoir arranger ça, répliqua Roo en souriant.

Les portes du palais s'ouvrirent. Un jeune homme élégamment vêtu descendit l'escalier, accompagné de sa suite. Roo remarqua alors que les courtisans étaient vaguement disposés en cercle autour d'une femme âgée. Elle devait bien avoir quatre-vingts ans, mais elle se tenait très droite et marchait d'un pas sûr. Certes, elle disposait d'une canne à pommeau d'or, mais elle s'en servait autant comme objet de décoration que comme soutien. Ses cheveux gris, retenus par des pinces en or, étaient majestueusement coiffés selon une mode que Roo ne connaissait pas.

Le jeune homme s'avança à la rencontre d'Erik, qui s'inclina.

— Messire.

— Grand-mère, la livraison est arrivée, annonça le jeune duc en se tournant vers la vieille femme.

La porte à double battant près des marches s'ouvrit. Des serviteurs en livrée accoururent et, sur un signe du jeune homme, commencèrent à ôter la toile qui recouvrait la cargaison. Puis ils sortirent les six grosses boîtes du chariot et les déposèrent sur le sol avec précaution.

— Ouvrez-la, ordonna la vieille femme en désignant la première boîte.

Les serviteurs obéirent. Du bout de sa canne, la vieille femme fouilla son contenu, un assortiment de vêtements.

— Une vie se résume à pas grand-chose, n'est-ce pas ?

Roo et Duncan échangèrent un regard interloqué. Le jeune duc se tourna vers Erik.

— Dites à mon cousin Patrick que nous le remercions de son geste. Grand-mère ?

La vieille femme sourit et Roo découvrit sur ses traits l'ombre de la beauté qu'elle avait dû être dans sa jeunesse.

— Oui, nous lui en sommes reconnaissants. (Elle fit signe aux serviteurs de ramasser les boîtes.) Arutha... J'ai toujours eu une relation privilégiée avec lui. C'est la personne qui me manque le plus, après mon mari bien entendu. (Elle parut se perdre dans ses pensées, puis se reprit.) Duncan ?

Le cousin de Roo s'avança, l'incertitude inscrite sur le visage, tandis que le duc se tournait vers la vieille femme en disant :

— Oui, grand-mère ?

Cette dernière dévisagea les deux hommes et sourit.

— Je m'adressais à mon petit-fils, monsieur, expliqua-t-elle à Duncan Avery. J'en conclus que vous vous appelez également Duncan ?

Le jeune homme retira son chapeau et l'utilisa pour faire sa plus belle révérence.

— Duncan Avery pour vous servir, madame.

La vieille femme se tourna vers son petits-fils.

— Dis à ton père que je ne tarderai pas à le rejoindre, Duncan.

Le jeune duc acquiesça, lança un coup d'œil à l'autre Duncan et remonta l'escalier en courant. Sa grand-mère, de son côté, vint se planter devant le cousin de Roo et scruta son visage.

— Je vous connais, dit-elle doucement.

Duncan lui offrit son plus charmant sourire.

— Je ne pense pas que ce soit possible, madame. Je suis sûr que si nous nous étions déjà rencontrés, je n'aurais pas pu l'oublier.

La vieille femme éclata de rire, un rire que Roo trouva étonnamment juvénile pour quelqu'un d'aussi âgé. Elle appuya l'index sur la poitrine de Duncan.

— J'avais raison. Je vous connais. Je vous ai épousé. (Elle tourna les talons et entreprit de rejoindre sa suite.) Ou du moins, j'ai épousé quelqu'un comme vous, il y a très longtemps. Et si jamais je vous vois approcher de l'une de mes petites-filles, ajouta-t-elle sans se retourner, je vous ferai chasser de la cité à coups de fouet.

Une expression de panique traversa le visage de Duncan. Puis la vieille femme se tourna de nouveau vers lui, au moment où elle posait le pied sur la première marche. Roo s'aperçut qu'elle souriait d'un air malicieux.

— À moins que je donne aux gardes l'ordre de vous amener dans mes appartements. Faites bon voyage, messieurs. Sergent, ajouta-t-elle à l'adresse d'Erik, dites à mon petit-neveu que je le remercie de m'avoir envoyé ces souvenirs de mon frère.

Erik s'inclina pour la saluer.

— Ce sera fait, madame, promit-il.

Roo rejoignit son ami.

— Qui c'était ?

— La tante du roi, dame Carline, duchesse douairière de Salador, répondit Erik.

Duncan éclata de rire.

— Elle devait avoir une sacrée personnalité dans le temps.

Roo lui donna un coup de coude dans les côtes.

— On dirait qu'elle l'a encore.

Ils retournèrent au chariot.

— Alors c'était ça la précieuse cargaison ? Rien que des vieux vêtements et quelques souvenirs ? commenta Duncan.

Roo monta sur le siège du conducteur.

— On dirait bien. Mais elle avait l'air d'y tenir beaucoup.

Duncan s'assit à côté de lui. Roo se tourna vers Erik.

— Où on va maintenant ?

— À l'*Auberge du Cocher Agile*. On est passés devant en venant. La famille royale y a un compte.

Cela signifiait que les deux cousins allaient passer la nuit aux frais du prince. Roo sourit. Chaque pièce d'or qu'il n'avait pas à dépenser pouvait être réinvestie dans l'entreprise pour compenser la perte des marchandises de valeur qu'Helmut avait sur lui lorsqu'il avait été assassiné. Mais au souvenir du meurtre de son associé, Roo sentit revenir sa colère et s'envoler sa joie.

L'auberge était modeste mais propre. Roo apprécia de pouvoir prendre un bain après ce long voyage. Duncan dénicha une serveuse, comme il se l'était promis, et laissa son cousin seul en compagnie d'Erik et des soldats. Roo demanda à son ami de venir s'asseoir avec lui et veilla à ne plus être à portée de voix des soldats avant de demander, dans un murmure :

— Est-ce que tu sais ce qui se passe ?

— Comment ça ?

— C'est quoi cette histoire de livraison urgente, tout ça pour de vieux vêtements ?

Erik haussa les épaules.

— Je pense que ce sont juste des affaires appartenant au défunt prince de Krondor. Le prince Patrick a dû se dire que sa grand-tante serait contente de les avoir.

— Ça, j'ai bien compris. Je sais aussi pourquoi c'est à moi qu'il demande d'effectuer des livraisons au palais. (Il passa sous silence ce qu'ils savaient tous les deux de ce contrat.) Mais n'importe qui aurait pu transporter ces vêtements, et puis, pourquoi le faire dans l'urgence ?

— La vieille dame est peut-être malade ? suggéra Erik.

Roo secoua la tête.

— Je ne crois pas, non. On aurait dit qu'elle allait baisser le pantalon de Duncan.

Son ami éclata de rire.

— C'est vrai qu'elle s'est montrée plutôt directe !

— De Loungville me ferait-il une faveur ? insista Roo.

Erik secoua la tête.

— Non, ce n'est pas lui. Il n'a rien à voir avec ça. Le fait est qu'aucun militaire n'en est responsable. C'est le bureau du chancelier qui t'a choisi.

— Le duc James, donc.

— Je suppose. (Erik bâilla.) Je suis fatigué. Tu t'inquiéteras de ça demain, d'accord ? En plus, qu'est-ce que tu en as à faire d'avoir effectué une livraison inutile, du moment que tu es bien payé ?

Il se leva et ordonna à ses hommes d'aller dormir. Roo resta assis, seul, pendant une longue minute. Une servante vint le trouver pour lui demander s'il avait besoin de quelque chose. Comme elle lui souriait, il la dévisagea avec des yeux de jeune homme, avant de refuser d'un signe de tête.

— Je tiens vraiment à Karli, finit-il par dire à la chaise qu'Erik venait de quitter.

Lorsqu'Erik revint à Ravensburg, l'accueil qu'on lui réserva fut bien plus joyeux que la première fois. En prévision de son retour, les habitants lui avaient préparé une petite fête.

Erik et ses soldats avaient quitté Salador au lendemain de la livraison. De leur côté, Roo et Duncan s'étaient lancés à la recherche des mystérieuses personnes inscrites sur le livre de comptes étudié par Jason. Karli en connaissait quelques-unes, auxquelles Roo rendit visite. Après leur avoir parlé, il réussit à identifier rapidement toutes celles qui vivaient dans les environs de Salador. Chaque fois, il s'aperçut qu'elles avaient leurs raisons, toutes différentes, pour exiger la discrétion d'Helmut Grindle. Toutes ces personnes, sauf une, acceptèrent de continuer à traiter avec Roo. Celle qui refusa lui paya tout ce qu'elle lui devait. Roo se remit en route, satisfait des résultats de cette tournée.

Erik avait quitté Salador avant lui afin de pouvoir passer quelques jours à Ravensburg. Roo ne ressentait pas particulièrement le besoin de s'attarder dans sa ville natale. Il était simplement content d'y passer une seule nuit avant de retrouver son nouveau foyer, à Krondor.

Soixante personnes au moins étaient rassemblées dans l'*Auberge du Canard Pilet*. Erik souriait, ravi de l'attention dont il était l'objet. Roo, debout de l'autre côté de la salle bondée, observait son ami avec envie. Lui-même avait toujours été considéré comme une espèce de voyou à Ravensburg. Il y connaissait tout le monde et pourtant il n'y avait pas beaucoup d'amis. Erik, au contraire, était l'ami de tous, y compris de Roo.

Ce dernier sourit en dépit de son humeur quelque peu morose. Freida, la mère d'Erik, venait d'entrer dans la pièce, rayonnante. Elle avait longtemps été le nuage qui planait sur leur amitié, à Erik et à lui. Mais là, elle sourit à la vue de son fils et de son mari qui bavardaient ensemble. Roo devait bien admettre que le mariage avait transformé Freida. Le jeune homme se demanda s'il parviendrait un jour à trouver pareil plaisir auprès de sa femme et de sa famille. Certes, lorsqu'il pensait à Karli, il éprouvait une certaine inquiétude, mais les femmes mettent des enfants au monde depuis la nuit des temps. Qu'aurait-il bien pu faire en restant près d'elle ? Devenir riche, afin de subvenir aux besoins de sa femme et de son enfant, voilà ce qu'il pouvait faire de mieux.

— Toi, on dirait que tu es perdu dans tes pensées, fit une voix féminine.

Roo leva les yeux vers un visage familier et sourit.

— Bonsoir, Gwen.

La jeune femme s'assit. Parce qu'ils étaient de vieux amis, elle se permit de tendre la main au-dessus de la table pour tapoter celle de Roo.

— Je me suis dit qu'en venant ici, j'allais sûrement vous croiser, ton cousin et toi.

D'un hochement de tête, elle désigna Duncan, assis de l'autre côté de la salle en compagnie d'une jeune fille que Roo ne connaissait pas.

— On dirait que c'est Ellien qui a trouvé Duncan la première, ajouta Gwen.

— C'est Ellien ? La petite sœur de Bertram ?

Roo regarda de nouveau la gamine et s'aperçut qu'elle était plus jeune qu'il l'avait cru lorsqu'il avait vu Duncan commencer à flirter avec elle. La dernière fois qu'il avait vu Ellien, elle était plate comme une planche à pain. Mais en trois ans, ses formes s'étaient épanouies, à en juger par le décolleté plongeant de son corsage.

— Et toi, qu'est-ce que tu deviens ? demanda Gwen en tortillant une mèche de ses cheveux.

— Je m'en sors plutôt bien. Je dirige une entreprise de transport, maintenant.

Le sourire de la jeune femme s'élargit.

— Vraiment ? Comment as-tu fait pour en arriver là ?

Roo raconta toute son histoire, en mentionnant la mort de son associé et en exagérant à peine l'étendue de ses propres talents. Pendant ce temps, Freida vint trouver le couple et remplit le verre de vin de Roo en souriant.

— Freida a changé, remarqua le jeune homme après son départ.

— Elle a trouvé quelqu'un de bien, répondit Gwen.

— Et toi, alors ? riposta Roo en buvant une longue gorgée.

La jeune femme poussa un soupir théâtral. Comme toutes les filles de son âge, Gwen avait passé ses soirées à la fontaine, au cœur du village, pour flirter avec les garçons. Mais aujourd'hui, elle était l'une des rares à ne pas être mariée.

— Tous les bons partis sont déjà pris, expliqua-t-elle en faisant la moue. Les choses ne sont plus les mêmes depuis que vous avez quitté Ravensburg, Erik et toi, ajouta-t-elle en parcourant le dos de la main de Roo avec son ongle.

— C'est devenu monotone ? répliqua le jeune homme avec un large sourire.

— On peut dire ça.

Gwen jeta un coup d'œil à Duncan, qui chuchotait quelque chose à l'oreille d'Ellien. Celle-ci écarquilla les yeux et rougit avant d'éclater de rire en se couvrant la bouche de la main.

— Je connais une petite fleur qui va se faire cueillir ce soir, murmura Gwen.

Roo ne manqua pas de remarquer son ton aigre et comprit qu'elle était venue dans l'espoir de voir Duncan.

Lorsqu'ils étaient plus jeunes, Roo avait couché avec la jeune femme à plusieurs reprises. À cet égard, Gwen était l'une des filles les moins timides de la ville et c'était probablement la raison pour laquelle aucun garçon ne l'avait demandée en mariage. De plus, il avait remarqué en grandissant que les filles étaient plus nombreuses que les garçons en ville. Il fallait donc bien que certaines restent sans mari. Malgré tout, il aimait bien Gwen.

— Tu devrais quitter la maison de ton père et trouver un emploi dans une auberge, lui conseilla-t-il.

— Et pourquoi devrais-je faire une chose pareille ?

Roo sourit, échauffé par le vin.

— Comme ça, tu pourrais jeter ton dévolu sur un riche marchand de passage et te faire aimer de lui.

Gwen éclata de rire.

— Riche comme toi ?

Roo rougit.

— Je ne suis pas riche, mais je travaille dur pour le devenir.

— Donc un jour, tu seras riche, insista Gwen.

— Laisse-moi t'expliquer ce que je vais faire, répondit le jeune homme qui sentait son moral remonter.

Gwen fit signe à Freida de leur rapporter du vin et s'installa confortablement pour écouter Roo lui dévoiler ses ambitions.

Roo fit la grimace quand il entendit claquer une porte dans le couloir. Puis il frissonna lorsqu'on frappa à la porte de sa chambre.

— Qu'est-ce qu'il y a ? croassa-t-il.

La voix d'Erik lui parvint à travers le panneau.

— Habille-toi, on part dans une heure.

Roo était dans le même état que le jour où il avait quitté Krondor.

— Il va falloir que j'arrête de faire ça, gémit-il.

— Quoi ? fit une voix endormie à côté de lui.

Brusquement Roo fut parfaitement réveillé et sobre. Il regarda sur sa droite et aperçut Gwen, enveloppée dans les draps.

— Par tous les dieux ! s'exclama le jeune homme à voix basse.

— Qu'est-ce qu'il y a ? insista la jeune femme.

— Qu'est-ce que tu fais ici ? répliqua Roo, qui se hâta de sortir du lit pour prendre ses affaires.

Gwen laissa retomber le drap et s'étira, exposant son corps sous un angle avantageux.

— Rejoins-moi, que je puisse te le montrer... encore une fois.

Roo enfila son pantalon.

— C'est impossible ! Par tous les dieux ! Je n'ai pas pu... Dis-moi que ce n'est pas vrai ?

L'expression de Gwen s'assombrit.

— Bien sûr que tu l'as fait, et plus d'une fois ! C'est quoi le problème, Roo ? Ce n'est pas la première fois qu'on s'amuse, toi et moi.

— Ah...

Il ne savait pas très bien ce qu'il devait dire pour s'expliquer. Il s'assit et mit ses bottes aussi vite qu'il le put.

— Ben, en fait, c'est juste que...

— Que quoi ? répliqua Gwen, certaine à présent qu'elle n'allait pas aimer ce qu'il avait à dire.

Roo coinça sa chemise sous son bras et ramassa son manteau sur le plancher.

— Ben, c'est juste que... Je croyais te l'avoir dit la nuit dernière... mais... je suis marié.

— Quoi ! hurla Gwen tandis qu'il ouvrait la porte. Espèce de salaud !

Elle attrapa la cuvette en porcelaine sur la table de nuit, à côté du lit, et la lança en direction du jeune homme. La cuvette se brisa bruyamment tandis que Roo dévalait les escaliers.

Il retrouva Duncan dans la cour de l'auberge.

— Est-ce que le chariot est prêt ? lui demanda-t-il.

Son cousin acquiesça.

— Quand j'ai vu tout à l'heure que tu descendais pas pour le petit déjeuner, j'ai demandé à l'apprenti du forgeron d'atteler les chevaux. Quelque chose ne va pas ? ajouta-t-il en voyant son cousin dans un état d'agitation extrême.

Comme pour répondre à sa question, un cri de rage s'éleva à l'intérieur de l'auberge. Freida, Nathan et Milo, qui venaient de dire au revoir à Erik, jetèrent un regard interloqué en direction du bâtiment, mais Roo ne se retourna pas. Il monta dans le chariot et prit les rênes en disant :

— On s'en va.

Erik hocha la tête et donna l'ordre à sa troupe de former les rangs et de suivre le chariot de son ami. Duncan fut obligé de sauter sur le siège du conducteur sous peine d'être laissé derrière.

— C'était quoi ce cri ? demanda Duncan en souriant.

Roo se tourna vers lui, l'air menaçant.

— Tu ne diras pas un mot de tout ça à quiconque. Pas un, tu m'entends ?

Duncan se contenta d'un hochement de tête avant d'éclater de rire.

Chapitre 12

EXPANSION

Le bébé gigotait.

Erik, debout à côté de Roo, souriait en regardant le prêtre de Sung la Blanche, déesse de la Pureté, bénir et baptiser l'enfant du nom d'Abigail. Le moment venu, Roo s'empressa de rendre le bébé à Karli.

— Abigail Avery, te voilà, pure et innocente, à l'aube de ta vie. Tu es bénie aux yeux de la déesse et si tu demeures sincère et bonne, sans faire de mal à quiconque, alors sa grâce te sera éternellement acquise. Béni soit son nom.

— Béni soit son nom, répétèrent Roo, Karli et Erik, concluant ainsi le rituel.

Le prêtre hocha la tête en souriant.

— C'est une belle petite fille.

Roo eut un sourire forcé. Il voulait tellement avoir un fils qu'il avait été totalement pris au dépourvu lorsque Karli avait accouché d'une fille, la semaine précédente. Avant la naissance, ils s'étaient disputés pendant des heures pour trouver le nom du garçon, car Roo voulait l'appeler Rupert, comme lui, afin de fonder la dynastie dont il rêvait tant. Karli, pour sa part, souhaitait le prénommer Helmut, comme son père. Lorsque la jeune femme avait demandé à son mari quel nom ils allaient donner à leur petite fille, Roo était resté muet, trop surpris pour en trouver un.

— Nous pourrions l'appeler Abigail, comme ma mère, avait suggéré Karli.

Roo s'était contenté d'acquiescer, incapable de trouver les mots pour lui répondre.

Lorsque le prêtre eut quitté la chambre, Karli mit l'enfant au sein. Erik fit signe à Roo de le suivre et sortit à son tour.

— C'est une gentille petite fille que tu as là, remarqua-t-il en descendant l'escalier.

Roo haussa les épaules.

— Je suppose. Pour être franc, je voulais un garçon. Ce sera pour la prochaine fois, peut-être.

— Ne sois pas trop déçu, ça risque de bouleverser Karli.

— Tu crois ? s'étonna Roo en levant les yeux vers l'étage. Dans ce cas, je vais y retourner, m'extasier devant le bébé et faire semblant d'être ravi.

Erik plissa les yeux mais ne répondit pas. Il se dirigea vers la porte et récupéra sa cape et son chapeau à large bord. Il pleuvait sur Krondor et le jeune homme était arrivé trempé pour assister à la cérémonie.

— Je pense que je ferais aussi bien de te prévenir tout de suite, annonça-t-il brusquement, la main sur la poignée de la porte.

— Qu'est-ce qui se passe ?

— On ne va sans doute pas se voir pendant quelque temps.

— Pourquoi ? s'écria Roo, dont le visage trahissait une émotion proche de la panique – Erik était l'une des rares personnes en ce monde en qui il avait confiance et sur qui il pouvait compter.

— Je m'en vais. Bientôt. C'était Jadow qui devait partir, mais il s'est cassé la jambe la semaine dernière. (Il baissa la voix.) Je ne peux pas te dire où on va, mais je te laisse deviner tout seul.

L'inquiétude transparut clairement sur les traits de son ami.

— Tu seras absent combien de temps ?

— Je ne sais pas. C'est un travail... sanglant qui nous attend. Disons que ça peut prendre très longtemps.

Roo agrippa le bras d'Erik comme pour l'empêcher de partir. Puis il le relâcha, au bout d'un moment.

— Fais attention à toi. Reste en vie.

— Si je peux.

Alors Roo prit son ami dans ses bras et l'étreignit avec force.

— Tu es le seul putain de frère que j'aie jamais eu, Erik de la Lande Noire. Alors je serais vraiment fâché d'apprendre que tu es mort avant d'avoir vu mon fils.

Erik lui rendit son étreinte, maladroitement, puis se libéra.

— Prends soin de Greylock pour moi. C'est lui qui devait nous accompagner, mais de Loungville s'est mis dans une telle colère quand il a appris qu'il n'était pas du voyage... (Erik réussit à sourire, avec ironie.) En tout cas, l'aventure promet d'être intéressante. Tu es sûr que tu ne veux pas venir avec nous ?

Roo laissa échapper un rire sans joie.

— Je m'en passerai très bien, je te remercie. (Il indiqua la chambre, à l'étage.) En plus, il faut que je m'occupe de certaines personnes.

— Tu as intérêt, répliqua Erik en souriant. Veille à bien prendre soin d'elles ou je reviendrai te hanter.

— Contente-toi de revenir tout court, après tu feras ce que tu voudras, lui promit Roo.

Erik acquiesça, ouvrit la porte et s'en alla. Jamais Roo n'avait éprouvé un pareil sentiment de perte et de solitude. Il resta ainsi quelques instants, sans bouger. Puis, lorsqu'il sortit enfin de sa rêverie, il décrocha sa cape et partit pour la boutique. Il oublia complètement de retourner à l'étage s'extasier devant le bébé.

Jason fit signe à Roo au moment où celui-ci traversait l'entrepôt bondé. Leurs affaires n'avaient cessé de prospérer durant les six derniers mois, si bien qu'Avery & Fils employait à présent vingt-six charretiers à temps plein ainsi qu'une vingtaine d'apprentis.

— Qu'est-ce qu'il y a ? demanda Roo.

Jason lui tendit un rouleau de parchemin dépourvu du moindre sceau. Il ne portait pour toute suscription que le nom de Roo.

— On vient juste de m'apporter ça. C'est arrivé par la poste royale.

Roo prit le document et l'ouvrit. Il était écrit : « Un négociant quegan vient d'accoster à Sarth. John. »

Roo fronça les sourcils en essayant d'évaluer l'importance du message.

— Dis à Duncan que nous partons tout de suite pour Sarth.

Jason obéit. Duncan sortit du petit appartement qu'il partageait toujours avec Luis sur l'arrière de l'entrepôt. Jason les y avait rejoints, remplaçant Roo qui vivait désormais avec sa famille.

— Qu'y a-t-il ? demanda Duncan, que l'on avait réveillé d'une sieste, visiblement.

— Tu te souviens de John Vinci, à Sarth ?

Duncan bâilla à s'en décrocher la mâchoire, puis hocha la tête.

— Qu'est-ce qu'il nous veut ?

— Il nous a envoyé un message.

— Pour dire quoi ?

— Qu'un négociant quegan vient d'accoster.

Duncan resta perplexe pendant quelques instants, puis son visage s'illumina d'un sourire.

— La présence d'un négociant quegan à Sarth ne peut signifier qu'une chose. (Il baissa la voix.) Il est question de contrebande.

Roo leva le doigt pour lui intimer le silence.

— C'est une affaire qui demande de la discrétion. Jason, quand je serai parti, envoie un mot à Karli pour lui dire que je serai absent pendant une semaine environ.

Tandis que son cousin préparait un chariot, récemment révisé, et chargeait de l'eau et des provisions à bord, Roo tenta d'imaginer ce que Vinci pouvait bien vouloir lui vendre. Même lorsqu'ils eurent franchi les portes de l'entrepôt et entamé leur périple vers le nord, il continua à réfléchir.

Le voyage se déroula sans encombre jusqu'à Sarth. Roo éprouva un étrange sentiment de malaise à écouter Duncan parler de telle ou telle serveuse, ou des parties de dés auxquelles il prenait part. Le jeune homme n'arrivait pas à mettre le doigt sur ce qui le gênait précisément, mais il avait l'impression d'avoir laissé quelque chose d'inachevé à Krondor. Le temps d'arriver à destination, il n'éprouvait plus un vague malaise mais une véritable inquiétude.

Ils entrèrent dans Sarth au coucher du soleil et se rendirent directement au magasin de John Vinci, devant lequel ils arrêtèrent le chariot.

— Laisse-moi lui parler un moment, demanda Roo en sautant à bas du véhicule. Ensuite, on ira à l'auberge.

— Très bien, dit Duncan.

Roo entra dans le magasin.

— Ah, c'est vous ! s'exclama Vinci. J'étais justement sur le point de fermer. Est-ce que vous aimeriez dîner avec moi et ma famille ?

— Certainement. Mais dites-m'en plus sur ce mystérieux mot que vous m'avez envoyé.

Vinci alla fermer la porte à clé, puis fit signe à Roo de le suivre dans l'arrière-boutique.

— Je vous ai fait venir pour deux raisons. La première, comme je vous l'ai expliqué par écrit, c'est qu'un navire quegan a accosté ici il y a un peu plus d'une semaine. Le capitaine était, disons... anxieux de se débarrasser d'un certain article. Quand je l'ai vu, j'ai pensé à vous.

333

Il prit une grosse boîte et l'ouvrit. Roo découvrit à l'intérieur une parure de rubis, très élégante, disposée dans un écrin. Le jeune homme n'avait jamais rien vu de tel, mais Helmut lui avait parlé de ces écrins dont on se sert pour exposer les bijoux. Il ne lui fallut que quelques secondes pour comprendre ce que ça signifiait :

— La parure a été volée.

— Je ne sais pas si c'est vrai, mais en tout cas le négociant était prêt à accepter n'importe quelle somme avant de retourner à Queg.

Roo réfléchit quelques instants.

— Combien l'avez-vous payée ?

John le regarda d'un air soupçonneux.

— Qu'est-ce que ça peut vous faire ? Combien ça vaut, à votre avis ?

— Votre vie, si le noble quegan qui a commandé les rubis pour les offrir à sa maîtresse apprend qu'ils se trouvent en votre possession. Il va falloir que je les expédie dans le royaume de l'Est si vous voulez que je vous en débarrasse. Aucun noble de l'Ouest ne courra le risque de les donner à sa femme. Imaginez qu'elle les porte à une réception en présence d'un ambassadeur quegan, ce dernier ne manquera pas de reconnaître leur provenance !

John parut moins sûr de lui.

— Comment un noble pourrait-il deviner que ça vient de Queg ?

Roo désigna les pierres précieuses.

— C'est une parure assortie, John. Regardez, on a là cinq rubis éclatants et une dizaine de plus petits, mais tous sont taillés à l'identique. Quant à l'écrin...

Il le prit, le ferma et le retourna.

— Regardez ici, ajouta Roo en désignant une inscription gravée dans le bois.

— Je ne sais pas lire le quegan.

— Et moi, je sais voler, répliqua Roo. Il ne faut jamais mentir à un menteur, John. Vinci, ce n'est pas un nom du royaume. Qu'est-ce que c'est, un raccourci pour Vincinti ?

John eut un large sourire.

— Vincintius. Mon grand-père était un esclave. Il a gardé le nom de son maître lorsqu'il s'est échappé de Queg. (Il jeta un coup d'œil à l'inscription.) D'accord. Cette parure a été faite sur commande de messire Vasarius, par Secaus Gracianus, maître joaillier. Et alors ? Trouvez un nouvel écrin.

— Vous pouvez être sûr que ce joaillier connaît ces rubis aussi bien que ses propres enfants, rétorqua Roo. Il a certainement fait savoir qu'on les lui a volés. Si jamais la parure réapparaît à l'ouest de la lande Noire, il saura en moins d'un mois qui l'a en sa possession et qui l'a vendue. Alors il se mettra en chasse. Il n'y a qu'une seule façon de sauver votre peau, John, alors arrêtez de tourner autour du pot et dites-moi combien vous avez payé ces pierres.

John ne paraissait toujours pas convaincu.

— Dix mille souverains.

Roo éclata de rire.

— Non, essayez encore.

— D'accord, cinq mille.

— Désolé, je ne vous entends pas très bien. Combien avez-vous dit ?

John céda.

— J'ai payé mille souverains d'or.

— Où avez-vous trouvé une somme pareille ?

— Je disposais d'une partie de l'or. Nous avons négocié le reste en marchandises. Il avait besoin de réapprovisionner sa cale.

— Il a mis le cap sur Kesh ou les Cités libres, pas vrai ? devina Roo.

— Et précipitamment qui plus est, ajouta John. Il a volé ou donné l'ordre de voler la parure avant de s'apercevoir à quel point il serait difficile pour lui de la revendre. (Il haussa les épaules.) Il y a perdu ; nous y gagnons.

Roo acquiesça :

— Voilà ce que je vous propose : soit je vous donne deux mille souverains d'or pour la parure, soit je vous donne, voyons... un tiers du prix qu'elle me rapportera dans l'Est, mais il vous faudra attendre.

John n'hésita pas longtemps.

— Je préfère prendre l'or maintenant.

— C'est bien ce que je pensais. (Roo plongea la main dans sa tunique et en sortit une bourse bien remplie.) Je peux vous donner cent souverains tout de suite et une lettre de change. L'or est à Krondor.

— Ce n'est pas ce que j'appelle « de l'or maintenant », Roo.

Ce dernier secoua la tête.

— Alors, disons deux mille cent souverains : cent maintenant et deux mille par lettre de change.

— Marché conclu. Je dois aller à Krondor le mois prochain ; je présenterai la lettre à ce moment-là.

— Venez à mon bureau. Je veillerai à ce qu'on vous paye. Mais vous pouvez aussi ouvrir un crédit chez nous, si vous préférez.

— C'est ça, pour que vous demandiez aux marchands de faire grimper les prix en échange d'une ristourne sur le transport ? protesta John. Non, je tiens à toucher la valeur réelle de mes deux mille souverains.

Roo éclata de rire.

— John, vous ne voudriez pas travailler pour moi ?

— Comment ça ?

— Laissez-moi racheter ce misérable magasin pour pouvoir le fermer. Amenez votre famille à Krondor, vous pourriez y tenir une boutique pour moi. Je vous verserais un salaire plus élevé que tout ce que vous avez pu gagner par ici. Vous gaspillez votre talent à Sarth.

— Krondor ? Je n'ai jamais vraiment voulu habiter dans une grande ville. Laissez-moi y réfléchir.

— Bien entendu. Je vais à l'auberge, ajouta Roo. Je reviendrai pour le dîner. Mon cousin est avec moi.

— Alors, amenez-le. Nous pourrons discuter de l'autre sujet dont je voulais vous parler.

— D'accord, à tout à l'heure.

Roo sortit du magasin. Il était de très bonne humeur, car ces rubis allaient sûrement lui rapporter un bénéfice d'au moins cinq mille souverains, même s'il mettrait peut-être deux mois à les vendre.

— Tu en as mis du temps, grogna Duncan lorsque son cousin remonta sur le siège du conducteur.

— Ça en valait la peine, répliqua Roo en souriant.

John vivait avec sa nombreuse progéniture dans une petite maison située derrière la boutique. Un jardinet où la femme du marchand cultivait des légumes séparait les deux bâtiments. John fit entrer Roo et Duncan. Tout en fumant la pipe, il leur servit à chacun une chope de bière blonde tandis que son épouse, Annie, préparait le dîner dans la cuisine, avec l'aide de plusieurs enfants. Les trois derniers jouaient et se bagarraient aux pieds des trois hommes, si bien que Roo ne tarda pas à trouver le vacarme éprouvant pour les nerfs, alors que John n'y prêtait pas attention.

— Vous ne trouvez pas ça énervant ? ne put s'empêcher de lui demander Roo.

— Quoi donc ?

— Le bruit.

John éclata de rire.

— On s'y habitue. Visiblement, vous n'avez pas d'enfants.

Roo se mit à rougir.

— En fait, j'en ai un. Ma femme vient d'avoir un bébé.

John secoua la tête.

— Alors, il va falloir vous habituer au bruit.

Duncan intervint :

— Votre bière est très bonne.

337

— Ce n'est pas grand-chose, mais j'aime bien boire une bonne bière quand je rentre de la boutique, en attendant le dîner.

— De quoi vouliez-vous me parler ? demanda Roo.

— Pendant que nous faisions affaire, le Quegan m'a donné une information qui devrait vous intéresser, je pense.

— De quoi s'agit-il ?

— Si jamais vous pouvez en tirer profit, à combien s'élèvera ma part ? voulut savoir John.

Roo lança un regard à son cousin.

— Ça dépend. Une information peut être utile pour certaines personnes et complètement dépourvue de valeur pour d'autres.

— Je connais l'existence de ces syndicats de placements à Krondor, insista John. Je suis sûr que vous êtes le genre de personne à en faire partie.

Roo éclata de rire.

— Pas encore, mais je connais bien le *Café de Barret*. Si je peux échanger l'information que vous détenez contre monnaie sonnante et trébuchante, je vous donnerai deux pour cent de ce que je toucherai.

John réfléchit.

— Non, je veux plus. Prenez les deux mille souverains d'or que vous me devez et investissez-les avec vos propres fonds. (Il se pencha en avant.) Je veux être votre partenaire.

— Entendu, mais pour cette transaction uniquement.

— D'accord, voilà ce que j'ai appris : le capitaine à qui j'ai parlé m'a raconté qu'un de ses amis a fait escale à Port-Margrave pour y livrer des marchandises. Une rumeur courait dans toute la cité comme quoi un fléau s'était abattu sur les champs de blé. (John baissa la voix comme s'il craignait d'être espionné dans sa propre maison.) Apparemment, ce seraient des sauterelles.

Roo eut l'air perplexe.

— Et alors ? Il y a des sauterelles partout.

— Mais ce ne sont pas n'importe quelles sauterelles. En réalité, il s'agit de locustes, ce qui est bien pire...

Roo se redressa, stupéfait.

— Si c'est vrai... (Il réfléchit rapidement.) Et si la nouvelle n'a pas encore atteint Krondor... (Il bondit sur ses pieds.) Duncan, on s'en va. John, je vais investir l'argent que je vous dois, parce que si cette rumeur est fausse, je serai dans tous les cas trop pauvre pour vous payer. Par contre, si c'est vrai... alors, nous serons tous les deux des hommes riches.

Duncan se leva, perplexe. Au même moment, Annie apparut sur le seuil de la cuisine en disant :

— Le dîner est prêt.

— On ne reste pas manger ? protesta Duncan.

Roo salua la femme de John.

— Je suis vraiment désolé, Annie. On doit filer.

Il poussa presque son cousin hors de la maison.

— Je ne comprends pas, protesta Duncan. Qu'est-ce qui se passe ?

— Je t'expliquerai en route. On mangera en conduisant.

Duncan poussa un soupir exaspéré et dut presque courir pour suivre Roo jusqu'à l'auberge, où ils allaient devoir atteler deux chevaux fatigués pour prendre le chemin du retour le plus rapidement possible.

— Il y a quelque chose devant nous, annonça Duncan.

Roo se réveilla aussitôt. Comme c'était au tour de son cousin de conduire l'attelage, il en avait profité pour piquer un petit somme. Jusqu'ici le trajet s'était déroulé sans incident, même s'ils poussaient les chevaux jusqu'à leurs dernières limites afin d'aller plus vite. De toute façon, il ne se passait jamais rien d'habitude sur la route entre Sarth et Krondor. Mais les bandits et les attaques éclair des gobelins n'avaient pas tout à fait disparu dans la principauté, que des soldats patrouillaient pourtant régulièrement.

Tandis qu'ils remontaient la route, les deux cousins virent un autre chariot, arrêté sur le bas-côté. Le conducteur agitait les bras. Roo fit halte près de lui.

— Est-ce que vous pouvez m'aider ? demanda l'individu.

— Quel est le problème ?

— J'ai un moyeu complètement bousillé, expliqua l'homme en désignant, d'un air nerveux, la roue arrière. Mon maître sera furieux si je livre cette cargaison avec du retard.

Roo examina le chariot de plus près.

— Qui est ton maître ?

— Je travaille pour Jacoby & Fils, répondit le charretier.

Roo éclata de rire.

— Je connais ton maître. C'est sûr qu'il ne sera pas content. C'est quoi la cargaison ?

Le charretier parut brusquement très mal à l'aise.

— Juste des marchandises... qui viennent de Sarth.

Roo lança un regard à Duncan qui hocha la tête et sauta à bas du véhicule.

— Nous allons te rendre service, l'ami, annonça-t-il en dégainant son épée, lentement, avant de la pointer en direction du chariot immobilisé. D'abord, on va prendre ta cargaison et la mettre dans notre chariot, qui pour l'instant est vide, comme tu peux le voir. Ensuite, nous allons remplacer nos chevaux fatigués par les tiens, qui sont reposés et en bonne santé.

Le charretier eut l'air de vouloir s'enfuir, mais pendant que Roo parlait, Duncan avait contourné ses bêtes et se tenait à présent entre l'individu et la liberté.

— Je vous en prie, ne me faites pas de mal, murmura le charretier, un homme timide.

Duncan sourit.

340

— On n'a pas du tout envie de te blesser, l'ami. Commence donc par décharger tes marchandises pendant que mon compagnon examine ton bordereau de livraison.

Le malheureux écarquilla les yeux mais se dirigea néanmoins vers l'arrière de son chariot.

— C'est un messager... qui délivre le bordereau, expliqua-t-il en dénouant la bâche.

Roo se mit à rire.

— Je suis sûr que les gardes aux portes de la cité te croiront, vu que Tim Jacoby a du leur verser un pot-de-vin.

Le charretier hocha la tête et soupira.

— Je vois que vous connaissez la combine.

Il prit une grosse boîte et la porta jusqu'au chariot de Roo. Duncan baissa le hayon et le charretier poussa la boîte le plus loin possible à l'intérieur du véhicule.

— Vous savez qu'ils me tueront pour ça ?

— J'en doute, répliqua Roo. Tu as un moyeu cassé. Lorsque tu arriveras à Krondor, tu pourras leur raconter avec force détails comment tu t'es courageusement battu contre des circonstances accablantes.

— On ne peut pas mettre ton courage en doute, renchérit Duncan, car tu as risqué ta vie face à six bandits – non, sept – pour protéger la cargaison de ton maître. C'est vrai, je serais prêt à te payer un verre dans n'importe quelle auberge de la ville rien que pour entendre à nouveau cette fabuleuse histoire !

— Que transportes-tu ? demanda à nouveau Roo.

— Maintenant, je peux bien vous le dire, répondit le charretier en déposant une deuxième boîte dans le véhicule du jeune homme. Ce sont des produits de luxe qui viennent de Queg. Mon maître m'a envoyé à Sarth rencontrer un capitaine quegan qui y faisait une escale imprévue. Les douanes royales sont fermées parce que leur officier est mort.

— Quand est-ce arrivé ? s'enquit Roo, brusquement intéressé.

— Il y a plus d'un an. (Le charretier laissa échapper un rire amer.) Je ne sais pas vraiment pourquoi, peut-être parce qu'il y a un nouveau prince, en tout cas l'officier n'a pas été remplacé depuis. C'est plus facile d'aller récupérer des marchandises là-bas et de les ramener à Krondor ensuite. Comme vous l'avez dit, si on sait quelle porte emprunter et quel sergent de garde demander, c'est pas dur de rentrer en ville avec n'importe quelle cargaison.

— Accepterais-tu de nous dire à quelle porte et à quelle heure nous devons nous présenter ?

— Qu'est-ce que je peux y gagner ? voulut savoir le charretier.

Brusquement, Roo éclata de rire.

— Ta loyauté envers les Jacoby est incomparable.

L'autre haussa les épaules, puis sauta dans son chariot pour attraper la dernière boîte.

— Vous connaissez Tim ?

— Plutôt bien, acquiesça Roo.

— Alors, vous savez que c'est un salaud. Du temps où son père, Frederick, dirigeait l'entreprise, c'était différent. C'était une vieille carne, mais il nous traitait de façon juste la plupart du temps. Si on faisait bien notre boulot, on avait droit à un petit bonus. Son fils Randolph aussi, c'est un type bien.

» Mais Tim, c'est un sacré morceau. Si vous faites du boulot parfait, il vous dira que c'est pour ça qu'il vous paye, alors qu'à la moindre erreur, même minuscule, on risque aussi bien de se retrouver avec un couteau dans la poitrine que de recevoir une tape sur l'épaule. Et ses deux sbires l'accompagnent partout où il va. C'est un gros dur.

Roo échangea un regard avec Duncan.

— En tout cas, c'est ce qu'il pense, répliqua-t-il. C'est quoi ton nom ?

342

— Jeffrey, répondit le charretier.

— Eh bien, tu nous as été d'une grande aide, Jeffrey. (Roo lui donna une pièce d'or.) L'heure et la porte ?

— Juste avant d'arriver à Krondor, prenez la piste qui longe la mer et entrez par la petite porte qui mène au port de pêche, au nord de la cité. En journée, c'est un sergent du nom de Diggs qui monte la garde. C'est lui qui prend l'or de Jacoby.

— Il te connaît ?

Jeffrey fit non de la tête.

— Mais Jacoby emploie beaucoup de conducteurs pour brouiller les pistes. Parfois même, il embauche des marins ou des fermiers lorsqu'il a peur de se faire prendre pour de la contrebande.

Roo hocha la tête au souvenir du marin ivre qui était rentré dans la façade du *Barret* avec son chariot.

— Quand vous arriverez à la porte, ajouta Jeffrey, demandez à voir Diggs en personne et dites-lui bien que vous ramenez des filets de Sarth.

— « On ramène des filets de Sarth », répéta Roo.

— C'est ça. Dites n'importe quoi d'autre et il se jettera sur vous comme des poux sur un mendiant. Mais si vous dites que vous ramenez des filets de Sarth, il vous fera simplement signe de passer. Ne mentionnez surtout pas Jacoby.

Roo sortit une deuxième pièce d'or et la lança au charretier que ce détournement de marchandises n'avait plus l'air de beaucoup déranger.

— Vous feriez mieux de m'abîmer un peu pour que Tim Jacoby me tue pas.

Roo acquiesça. Duncan frappa durement l'individu au visage, du revers de la main. Jeffrey tourna sur lui-même et tomba par terre. Roo vit une meurtrissure apparaître sur sa joue. Le malheureux secoua la tête et se releva.

— Ce serait bien que j'aie un œil au beurre noir, annonça-t-il en déchirant lui-même sa tunique.

343

Duncan hésita et regarda Roo, qui hocha de nouveau la tête en guise d'approbation. Cette fois, il leva le poing, prit de l'élan et l'abattit directement dans l'œil gauche de Jeffrey. Ce dernier bascula en arrière et son crâne alla heurter le chariot de Jacoby. Il tomba lourdement assis sur le sol et resta ainsi un moment, les bras ballants. Roo se demanda pendant quelques instants s'il n'avait pas perdu conscience, mais il le vit bientôt basculer sur le côté et rouler dans la poussière. Puis il se remit debout, les genoux tremblants.

— Un dernier coup devrait faire l'affaire, estima-t-il d'une voix rauque.

Roo leva la main pour retenir Duncan au moment où il s'apprêtait à frapper de nouveau le malheureux.

— Quand Jacoby te renverra, viens me demander du travail.

— Qui êtes-vous ? demanda le conducteur en plissant son œil encore valide.

— Rupert Avery.

L'individu laissa échapper un rire étranglé.

— Alors, ça c'est fort. Tim fait dans son pantalon dès qu'il entend quelqu'un prononcer votre nom. Personne ne sait ce que vous lui avez fait, mais il vous porte une sacrée haine, monsieur Avery.

— C'est réciproque. Il a tué mon associé.

— J'ai entendu des rumeurs à ce sujet, mais ça s'arrête là. Bon, si on pouvait en finir... Je me ferai discret un moment et ensuite je viendrai vous voir, monsieur Avery, à propos de ce boulot que vous m'offrez.

Roo hocha la tête. Duncan balança son poing de toutes ses forces, et frappa Jeffrey si durement qu'il le projeta dans les airs. Le charretier tomba de nouveau mais ne se releva pas cette fois. Duncan se pencha au-dessus du malheureux, qui avait perdu conscience.

— Il sait comment encaisser un coup, ça c'est sûr, admira-t-il.

— C'est un dur, approuva Roo. Même si je ne l'embauche pas, je veux qu'il me dise tout ce qu'il sait sur les Jacoby et leur façon de travailler.

344

— On ferait bien de se remettre en route avant l'arrivée d'une patrouille, suggéra Duncan. Sinon, on pourrait avoir du mal à expliquer tout ça.

Roo approuva d'un signe de tête. Les deux cousins remontèrent sur leur chariot et reprirent leur route.

Ils rentrèrent à Krondor sans rencontrer le moindre problème. Ils ne connurent qu'un moment de tension, lorsqu'ils se présentèrent à la porte que leur avait indiquée Jeffrey et que le garde leur demanda ce qu'ils transportaient. Roo demanda à voir le sergent Diggs en personne et lui dit qu'ils rapportaient des filets de Sarth. Après ça, le sergent n'hésita que quelques secondes avant de leur faire signe de passer.

Roo emprunta alors un chemin détourné à travers la cité, de peur d'être suivi. Puis il finit par rejoindre son entrepôt. Luis donnait des consignes à quatre de leurs charretiers qui devaient rejoindre une caravane à l'extérieur de la cité et récupérer des marchandises pour les livrer au palais. Roo déchargea rapidement les boîtes volées à Jacoby et ouvrit chacune d'entre elles pour examiner son contenu.

Il n'y avait là que des articles qui valaient très cher, ainsi que Roo s'en doutait. Deux petites boîtes renfermaient apparemment des drogues.

— Je ne suis pas un expert, annonça Duncan, mais on dirait qu'il s'agit de Rêve et de Joie. Je n'en ai jamais utilisé, mais j'ai surpris leurs effluves dans des endroits où je suis allé.

Le Rêve provoquait des hallucinations tandis que la Joie procurait un sentiment d'euphorie. Les deux drogues étaient dangereuses, illégales et rapportaient beaucoup d'argent.

— À ton avis, il y en a pour combien là-dedans ? demanda Roo à son cousin.

— Je te l'ai dit, je ne suis pas un expert, mais je crois que notre ami Jeffrey risque de finir à l'état de cadavre dans le port pour nous avoir laissés nous emparer de ces produits. Ça va peut-être chercher dans les dix mille souverains d'or, je ne sais pas. D'ailleurs, je ne sais même pas à qui on pourrait les revendre.

— Essaye de trouver un acheteur, veux-tu ? Tu n'as qu'à demander à cette fille qui travaille à l'*Auberge du Bouclier Brisé*, tu sais, Katherine. Elle faisait partie des Moqueurs, avant. Elle saura si un apothicaire serait prêt à acheter ces drogues.

Les autres boîtes contenaient quelques bijoux, qui avaient dû être volés, comme les rubis. Lorsque Duncan fut parti, Roo appela Jason.

— Combien d'or pouvons-nous obtenir le plus rapidement possible ?

— Tu veux un chiffre exact ou une estimation ?

— Pour l'instant, je me contenterai d'une estimation.

— Treize, peut-être quatorze mille pièces d'or, plus la somme que peut te rapporter tout ça, ajouta-t-il en désignant les boîtes.

Roo se frotta le menton en réfléchissant. La prudence lui dictait de vendre les bijoux le plus loin possible de Queg s'il ne voulait pas courir le risque de trouver un assassin dans sa chambre, une nuit, envoyé par un noble quegan en colère.

Luis regagna l'entrepôt après s'être assuré que les chariots étaient bien partis pour le caravansérail.

— Est-ce qu'Erik est déjà parti ? lui demanda Roo.

— Non, je l'ai vu encore hier soir à l'auberge. Pourquoi ?

— Je t'expliquerai tout à mon retour.

Il sortit du bâtiment en courant pour rattraper Duncan.

Roo balaya la pièce du regard et vit qu'Erik n'était pas là. En compagnie de Duncan, il s'avança pour parler à la jeune fille, Katherine, qui travaillait.

— Est-ce qu'Erik est déjà parti ?

Elle haussa les épaules.

— En tout cas, il est venu ici hier soir. Pourquoi ?

— Il faut que je lui parle. Duncan, vois si elle peut nous aider. Moi, je vais au palais. Je te rejoindrai ici quand j'aurai fini.

— Bonne idée, s'écria son cousin en frappant le comptoir du plat de la main et en adressant un clin d'œil à la jeune fille. J'ai la gorge sèche à force d'avaler la poussière de la route. En plus, ça fait des semaines que j'ai pas vu un joli minois.

Katherine lui lança un regard méprisant, tout en lui demandant :

— Qu'est-ce que je vous sers ?

— De la bière, ma belle, répondit Duncan tandis que Roo se hâtait de quitter l'auberge.

Il lui fallut quelques minutes pour convaincre le garde à la porte d'envoyer quelqu'un chercher Erik. Apparemment, le soldat ne savait pas à qui il avait affaire, car Roo s'était toujours présenté tôt le matin, à bord d'un chariot et non à pied, tard dans la journée.

Erik le rejoignit à la porte dix minutes plus tard.

— Que se passe-t-il ?

— Il faut que je te parle, je n'en ai pas pour longtemps.

Erik le fit entrer. Ils s'éloignèrent de la porte, afin de ne pas être entendus par les autres soldats.

— De combien d'or disposes-tu ? demanda Roo.

Surpris, Erik cligna des yeux.

— Pourquoi cette question ?

— J'ai besoin d'un prêt.

Erik éclata de rire.

— Pour quoi faire ?

— J'ai un tuyau, mais je n'ai pas beaucoup de temps. J'ai besoin de vingt mille pièces d'or. Je peux en avancer quatorze mille et peut-être en trouver trois ou quatre mille autres. Je me suis dit que je devais te demander si tu as envie de prendre part à cet investissement.

Erik réfléchit.

— Bon, c'est vrai que je ne vais pas avoir besoin de beaucoup d'or là où je vais.

Roo se rappela alors qu'Erik et lui s'étaient déjà dit au revoir.

— Quand pars-tu ?

— On lève l'ancre après-demain, mais personne n'est au courant.

— Je suis désolé, Erik. Je n'ai pas réfléchi. Tu dois être préoccupé et avoir beaucoup à faire.

— En fait, tout est maîtrisé. (Le jeune soldat dévisagea son ami.) C'est important ?

— Très, admit Roo. Je ne suis même pas encore rentré chez moi.

— Dans ce cas, suis-moi.

Il conduisit Roo à l'intérieur du palais, jusqu'au bureau du chancelier.

— Que puis-je faire pour vous, monsieur ? s'enquit le secrétaire du duc James.

— Je me suis aperçu que je n'ai pas retiré ma solde depuis un moment, expliqua Erik. Est-ce que vous pouvez me dire combien il y a sur mon compte ?

— Un moment, monsieur.

Le secrétaire ouvrit un gros livre de comptes à la couverture de cuir et le consulta. Au même moment, la porte s'ouvrit et messire James sortit des appartements où il travaillait. Il salua Erik d'un hochement de tête, avant de s'apercevoir de la présence de Roo.

— Avery ? Qu'est-ce qui vous amène ? Vous songez à rempiler ?

Roo sourit, même s'il ne trouvait pas cette remarque particulièrement drôle. Mais il s'agissait du duc de Krondor en personne, après tout.

— Bonjour, messire, le salua-t-il. Désolé de vous décevoir, mais je suis venu demander un prêt à mon ami, afin d'investir.

James s'arrêta net, les yeux étrécis.

— Vous cherchez des investisseurs ?

— En effet.

Le vieux duc dévisagea Roo pendant quelques instants, puis lui fit signe de le suivre.

— Venez avec moi, tous les deux.

Lorsqu'ils furent dans son bureau, James demanda à Erik de fermer la porte. Puis il s'assit et regarda Roo.

— Alors, c'est quoi l'arnaque ?

Roo battit des paupières.

— C'est pas une arnaque, messire. J'ai obtenu une information qui me permettra peut-être de faire de gros bénéfices.

James recula sur sa chaise.

— Cela vous dérangerait de partager cette information avec moi ?

— Avec tout le respect que je vous dois, messire, en effet, ça me dérange.

Le duc James éclata de rire.

— Vous êtes direct, c'est bien. Laissez-moi reformuler ma phrase. J'exige que vous me disiez quelle est cette information.

Roo regarda d'abord James, puis Erik avant de céder.

— Très bien, mais seulement si vous promettez de ne pas interférer avec mes projets, messire.

Erik parut scandalisé par cet affront fait à la dignité du duc, mais messire James avait simplement l'air amusé.

— Je ne fais jamais de promesse, jeune Rupert, mais faites-moi confiance si je vous dis que les sommes d'argent auxquelles vous pensez m'intéressent peu. Je ne me préoccupe pour ma part que de la santé et du bien-être du royaume.

Cette fois, Roo céda pour de bon.

— D'accord. C'est au sujet de la récolte de blé dans les Cités libres.

— Eh bien ? fit James, réellement intéressé à présent.

— Il y a une invasion de locustes.

Surpris, James battit des paupières avant d'éclater de rire.

— Et où avez-vous obtenu pareille information ?

Roo le lui expliqua, sans entrer dans les détails concernant la présence du marchand quegan à Sarth.

— Que comptez-vous faire ? lui demanda James lorsqu'il eut fini. Acheter tout le blé du royaume de l'Ouest afin de prendre les négociants des Cités libres en otages ?

Le jeune homme rougit.

— Pas tout à fait. J'ai l'intention de former un syndicat de placements afin d'assurer le plus grand nombre possible de livraisons de céréales à destination des Cités libres. Mais ça va prendre du temps, car il faut que je trouve une personne qui soit membre du *Barret* et qui accepte de se porter garant pour moi. Or, je n'ai pas beaucoup de temps, justement.

— Voilà un plan ambitieux commenta James.

Il prit une clochette et l'agita. Un battement de cœur plus tard, la porte s'ouvrit et le secrétaire du duc entra.

— Vous m'avez demandé, messire ?

— Combien d'or devons-nous au jeune de la Lande Noire ?

— Presque mille souverains, messire.

James se frotta le menton.

— Versez-lui en mille tout de suite, et avancez-lui deux mille autres souverains sur le solde que nous lui verserons l'année prochaine.

Si le secrétaire était curieux de savoir pourquoi, il n'en laissa rien paraître et se contenta de s'incliner légèrement. Il s'apprêtait à sortir en refermant la porte derrière lui lorsque le duc James ajouta :

— Et envoyez quelqu'un chercher mon petit-fils, Dash.

— Bien, messire, répondit le secrétaire en quittant la pièce.

Le duc se leva.

— Mes deux petits-fils ont quitté Rillanon pour travailler ici avec moi. Leurs parents sont restés vivre dans la capitale, car mon fils doit mettre de l'ordre dans ses affaires avant de nous rejoindre. (Il fit le tour de son bureau.) James, l'aîné, a très envie de rejoindre l'armée, comme son grand-oncle William. Mais Dashel... (James sourit.) Eh bien, disons que je cherche encore l'entreprise à laquelle il pourrait appliquer ses talents... inhabituels.

» Pensez-vous avoir besoin d'un garçon intelligent pour vous aider dans cette entreprise bientôt florissante dans laquelle vous voulez vous lancer, monsieur Avery ? ajouta James en posant la main sur l'épaule de Roo.

Ce dernier avait autant envie d'embaucher le petit-fils d'un noble que d'avoir un furoncle sur le derrière, mais il avait bien compris la direction que prenait cette conversation.

— Messire, je serai plus que ravi d'avoir à mes côtés un garçon brillant et talentueux... mais en qualité d'apprenti. Vous comprenez, je ne peux faire de favoritisme envers lui sous prétexte qu'il est d'un rang élevé.

Cette remarque fit rire James.

— Rupert, si vous connaissiez un tant soit peu mon histoire... mais peu importe. Mon petit-fils apprend vite, vous vous en rendrez compte très rapidement. De plus, il commence à se sentir un peu à l'étroit ici.

On frappa à la porte.

— Entrez, ordonna James.

La porte s'ouvrit sur un jeune homme qui entra dans la pièce. Le regard de Roo passa du duc à son petits-fils. La ressemblance était frappante. Ils faisaient la même taille à peu près, même si le jeune homme devait être légèrement plus grand. Sans leur différence

351

d'âge, ils auraient pu passer pour deux frères. Mais le garçon était glabre alors que son grand-père portait la barbe, et ses boucles brunes contrastaient avec la chevelure presque entièrement blanche du duc.

— Aimerais-tu t'essayer au commerce ? demanda James à son petit-fils.

— Qu'avez-vous donc dans votre manche, grand-père ? répondit le jeune homme.

— Un atout qui t'empêchera de passer ton temps dans les maisons de jeux et les tavernes, Dash. Voici ton nouvel employeur, monsieur Avery.

Roo salua le garçon d'un signe de tête. Une expression amusée, teintée d'ironie, apparut sur le visage de Dashel lorsqu'il apprit qu'il était désormais un employé de Avery & Fils. Cependant, il se contenta d'acquiescer à son tour en disant :

— Monsieur.

— Maintenant, accompagne monsieur Avery au *Café de Barret* et demande à voir Jérôme Masterson. Présentez-vous tous les deux et dites-lui qu'il me ferait une grande faveur s'il aidait monsieur Avery à fonder son petit syndicat.

» Bonne chance, ajouta-t-il à l'adresse de Roo. J'espère que vous ne ferez pas faillite trop rapidement. Erik, j'espère qu'un jour vous aurez l'occasion de profiter de l'immense fortune que Rupert va mettre de côté pour vous en attendant votre retour.

Erik acquiesça :

— Je ne dirai pas non à beaucoup d'argent, messire.

— Dash, reviens nous voir de temps en temps, jeune gredin, ajouta le duc.

— Ce qui veut dire que vous me renvoyez à nouveau du palais ? demanda l'intéressé.

James éclata de rire.

— On peut dire ça, en effet. Tu resteras l'apprenti de monsieur Avery jusqu'à ce qu'il te renvoie, ce qui signifie que tu vivras là où il te dira d'habiter.

Roo songea à l'appartement déjà trop petit qu'occupaient Luis, Duncan et Jason. Cependant, il ne protesta pas. Il quitta le bureau du duc en compagnie d'Erik et de Dashel et s'aperçut qu'il avait du mal à respirer tant il était excité par l'opportunité qui s'offrait à lui.

Il entendit à peine Erik lui dire au revoir et sortit du palais avec à ses côtés le petit-fils du noble le plus puissant du royaume, son nouvel apprenti.

Chapitre 13

LE PARI

Roo s'éclaircit la gorge.

Le serveur qui attendait à la porte du café se retourna. Roo fit la grimace en voyant qu'il s'agissait de Kurt. Son vieil ennemi plissa les yeux en disant :

— Qu'est-ce que tu veux ?

— J'aimerais parler à Jérôme Masterson, répondit Roo d'un ton égal en choisissant d'ignorer l'impolitesse de Kurt.

Ce dernier haussa un sourcil mais s'abstint de faire un commentaire. Il se tourna vers un autre serveur, que Roo ne connaissait pas, et lui chuchota quelque chose à l'oreille. Le garçon hocha la tête et partit d'un pas pressé.

— Attends ici, dit Kurt à Roo avant de s'éloigner.

— Quel petit con ! s'exclama Dash.

— Et encore, si tu savais tout ! répliqua Roo.

Kurt et le deuxième serveur revinrent quelques minutes plus tard.

— Monsieur Masterson est désolé, mais son emploi du temps ne lui permet pas de te recevoir. Une autre fois, peut-être.

La moutarde commençait à monter au nez de Roo.

— Laisse-moi deviner, Kurt. Tu as omis de préciser mon nom.

Roo poussa le portillon et Kurt recula d'un pas.

— Ne m'oblige pas à envoyer quelqu'un chercher les hommes du guet, Avery !

Le serveur fit signe à son jeune collègue d'approcher et lui demanda, avec une certaine hésitation :

— Qu'as-tu dit à monsieur Masterson ?

Le garçon regarda Kurt, puis Roo.

— Ce que tu voulais que je lui dise : qu'un ancien serveur demandait à le voir.

— C'est bien ce que je pensais, dit Roo en se tournant vers le jeune serveur. Retourne voir monsieur Masterson et dis-lui que Rupert Avery, d'Avery & Fils, et le petit-fils du duc de Krondor aimeraient qu'il leur consacre un moment.

Lorsque Roo mentionna le nom de son grand-père, Dash s'inclina de manière théâtrale, un sourire malicieux sur les lèvres. Le visage de Kurt perdit toute couleur. Il se tourna vers le jeune serveur qui avait l'air complètement perdu à présent.

— Fais ce qu'on te demande !

Le pauvre garçon revint quelques instants plus tard en compagnie de deux hommes. Roo fut surpris et ravi de découvrir que l'un d'eux n'était autre que Sebastian Lender.

— Bonjour, jeune Avery ! s'exclama Lender.

Les deux hommes se serrèrent la main.

— Messieurs, permettez-moi de vous présenter Dashel Jameson, le petit-fils du duc de Krondor et le membre le plus récent de ma compagnie.

— Quant à moi, permettez-moi de vous présenter Jérôme Masterson, rétorqua Lender en désignant l'individu trapu qui l'accompagnait.

Masterson avait les cheveux coupés court sur la nuque et une petite barbe noire mêlée de gris. Il portait des vêtements simples mais de bonne qualité et peu de bijoux.

— Je vous en prie, venez avec moi, dit-il en les faisant entrer dans la salle principale du café.

Roo se tourna vers Kurt, qui restait bouche bée :

— Mon cousin Duncan ne va pas tarder à arriver. Conduis-le jusqu'à notre table dès qu'il sera là, veux-tu ?

Ils s'installèrent autour d'une grande table d'angle et commandèrent du café.

— Votre grand-père et moi sommes de vieux amis, Dash, annonça Masterson. Nous nous sommes connus enfants.

Le jeune homme eut un grand sourire.

— Je vois.

Roo comprit également l'allusion. Compte tenu de la conversation qu'il avait entendue cette fameuse nuit à l'extérieur du quartier général du chef des Moqueurs, il devina que le duc n'était pas le seul voleur à avoir choisi une existence plus conforme à la loi. Cependant, il existait toujours une possibilité qu'il soit resté un voleur sous ses dehors respectables.

— Vous lui ressemblez beaucoup..., continua Masterson. Cette ressemblance existe-t-elle aussi dans d'autres domaines que le physique ? ajouta-t-il avec un clin d'œil.

Dash éclata de rire.

— Il m'est arrivé une ou deux fois d'escalader un mur, mais je n'ai jamais été doué pour m'emparer de la bourse d'autrui. Ma mère réprouvait ce genre d'activité.

Tout le monde rit à cette remarque. On leur apporta le café et chacun le sucra à sa guise.

— Je m'occupais d'une affaire de routine avec l'un de mes clients quand nous avons eu votre message, monsieur Avery, dit Lender. De quoi désirez-vous nous parler ?

Roo regarda Masterson, qui opina du chef.

— Lender est mon avocat et mon conseiller, c'est pourquoi il serait à cette table même si vous ne le connaissiez pas. J'ai raison de penser qu'il ne s'agit pas d'une visite de courtoisie, n'est-ce pas ?

— En effet, monsieur, approuva Roo. Je cherche à former un syndicat de placements, ajouta-t-il après s'être éclairci la gorge.

Lender jeta un coup d'œil à Masterson avant de demander :

— Vous voulez dire que vous cherchez à entrer dans un syndicat déjà existant ?

— Non, je veux en former un nouveau dans le cadre d'un investissement.

— Je fais déjà partie de plusieurs associations. Il serait plus facile de proposer votre candidature à l'une d'entre elles que d'en fonder une nouvelle.

— Je n'ai pas travaillé ici très longtemps, mais si j'ai bien compris le fonctionnement des syndicats, si je rejoins l'un d'eux et que je propose à mes partenaires d'investir dans une entreprise, mais qu'ils votent contre, alors tant pis pour moi.

— C'est exact, c'est ainsi que ça fonctionne, confirma Masterson.

— Mais si je propose de créer une association spécialement pour cette entreprise, seuls ceux qui souhaitent y prendre part s'y associeront et nous pourrons nous lancer.

— C'est vrai également, admit Lender.

— Mais avant que nous nous précipitions tête la première dans cette aventure, j'aimerais savoir de quoi il est question, ajouta Masterson, afin que je puisse décider s'il est sage ou non de créer un nouveau syndicat.

Roo hésita et ce fut Dash qui prit la parole :

— Tôt ou tard, il va bien falloir le dire à quelqu'un, monsieur Avery.

L'intéressé soupira. Il n'avait qu'une peur : livrer sa précieuse information à quelqu'un qui s'en servirait sans le faire bénéficier des retombées économiques. Il savait pourtant qu'une personne recommandée par le duc et conseillée par Lender était peu susceptible de faire une chose pareille, mais il hésitait malgré tout.

— Allez-y, racontez-nous, l'encouragea Lender.

— J'ai l'intention d'assurer l'expédition de certaines marchandises.

— Il existe déjà des dizaines d'associations de ce genre, répliqua Masterson. Pourquoi aurions-nous besoin d'en fonder une nouvelle ?

— Parce que je souhaite me spécialiser dans l'envoi de céréales vers les Cités libres.

Masterson et Lender échangèrent un regard.

— Il s'agit d'ordinaire d'une entreprise peu risquée mais qui ne rapporte guère, jeune homme – à moins que les Quegans soient d'humeur belliqueuse. Mais comme ils se tiennent tranquilles ces derniers temps, il me faut supposer que vous avez une raison particulière de vouloir vous lancer dans une entreprise relativement ennuyeuse.

Le visage de Roo se colora légèrement.

— J'ai quelques raisons de croire que la demande de céréales va bientôt augmenter et que les envois vers les Cités libres ne vont pas tarder à se multiplier. Je me suis donc dit qu'il vaudrait mieux à ce moment-là être capable d'organiser et de financer de tels envois.

Masterson regarda de nouveau Lender.

— Ce garçon s'y connaît. (Il se pencha en avant et baissa la voix.) Crachez le morceau, Rupert. Je vous donne ma parole que vous aurez droit à une part entière de cette association, basée sur votre participation et l'information que vous détenez.

Roo dévisagea les trois personnes assises autour de lui et avoua dans un murmure :

— Il y a eu une invasion de locustes.

— Je le savais ! s'écria Masterson en frappant la table du plat de la main.

— Vous saviez qu'il y a des locustes dans les Cités libres ? s'étonna Lender.

— Non, je savais que ça devait être quelque chose dans le genre, pour que notre ami soit sur des charbons ardents. (Il baissa de nouveau la voix.) Il existe un type d'insecte que l'on appelle « la locuste de vingt ans » et qui se reproduit là-bas. Normalement, elle ne devrait apparaître que l'année prochaine, mais il arrive qu'elle fasse son apparition un an plus tôt ou un an plus tard. Si l'on venait à apprendre qu'elle est déjà là... (Masterson leva les yeux et appela un serveur.) Voulez-vous bien vérifier si monsieur Crowley et monsieur Hume sont à l'étage ? Si c'est le cas, demandez-leur de bien vouloir nous rejoindre.

» Votre source est-elle fiable ? ajouta-t-il en se tournant de nouveau vers Roo.

Ce dernier n'avait pas très envie de lui dire que l'information venait d'un négociant quegan en fuite qui vendait des bijoux volés.

— Oui, très.

Masterson caressa sa barbe.

— Il y a plusieurs façons de s'y prendre. Mais le risque est aussi élevé que les gains potentiels.

Deux hommes approchèrent de la table. Masterson les invita à s'asseoir et fit les présentations. Hume et Crowley étaient deux investisseurs qui avaient participé à différentes associations en compagnie de Masterson.

— Notre jeune ami ici présent – il désigna Roo – vient de m'annoncer qu'il y a une pénurie de céréales dans les Cités libres. Comment réagissez-vous à cette nouvelle ?

— Quel genre de pénurie ? s'enquit Crowley, un individu maigre à l'air soupçonneux.

Roo répéta dans un murmure :

— Une invasion de locustes.

— Qui vous l'a dit ? demanda Hume, un homme au physique doux affligé d'une respiration sifflante.

— Un marchand quegan a fait escale à Sarth il y a deux semaines et a dit en passant à l'un de mes partenaires que l'on avait trouvé des locustes dans une ferme de Port-Margrave.

— C'est logique qu'elles apparaissent à cet endroit, commenta Masterson.

— Si c'est une invasion aussi terrible que lorsque j'étais enfant, ajouta Hume, elles pourraient même remonter jusqu'à Ylith et Yabon. Ce serait la pénurie de céréales la plus sérieuse de tout l'Ouest.

— Et ça pourrait devenir pire encore si elles traversaient les montagnes pour envahir la région de la Côte sauvage, renchérit Crowley.

Masterson se tourna vers Roo.

— Il y a trois façons de réagir à cette nouvelle, mon jeune ami. (Il déplia un doigt.) Nous pouvons tenter d'acheter des céréales maintenant pour les déposer dans des entrepôts et attendre l'augmentation de la demande. (Il déplia un deuxième doigt.) Nous pouvons aussi, ainsi que vous le suggérez, assurer le coût de transport de ces céréales vers les Cités libres, en faisant des bénéfices indépendamment de ceux que pourrait nous rapporter chaque livraison. (Il déplia un troisième doigt.) Ou nous essayons de contrôler les céréales sans les acheter.

— En mettant une option dessus ?

Masterson acquiesça.

— Connaissez-vous le système des options, Rupert ?

L'intéressé se dit qu'il ne serait pas bon, dans la situation présente, d'essayer de paraître plus intelligent qu'il ne l'était vraiment.

— Pas vraiment.

— Nous acceptons d'acheter du blé, à un prix donné, à un groupe de fermiers de la région. Mais plutôt que de le payer en totalité, nous acquérons le droit de l'acheter pour une petite partie du coût total. Si plus tard nous n'avons pas les fonds nécessaires pour réaliser l'achat, nous perdons l'or que nous avons versé pour l'option.

— Comme ça, on peut contrôler une énorme quantité de céréales en échange d'une somme relativement peu élevée.

— Mais on perd tout si le prix du blé chute, ajouta Dash.

— En effet, approuva Crowley. Vous avez tout compris.

— Je propose de couvrir nos arrières en achetant un peu de céréales sur le marché et en prenant des options sur le reste, suggéra Masterson.

— Et qu'en est-il du transport alors ? demanda Roo.

— Je n'ai jamais beaucoup aimé ça, avoua Masterson. Les navires font naufrage. Si votre information est vraie, nous allons envoyer du blé sur tout ce qui flotte, et certaines des embarcations vont certainement couler. Laissons ce risque à d'autres, nous ne payerons ainsi qu'une toute petite prime. (Il se tut un moment.) En fait, je pense que l'on devrait prendre une option sur la totalité du blé. La sécurité que nous assure l'achat est triviale si le prix ne monte pas. Nous ne diminuons guère le risque alors que nous diminuons de beaucoup nos bénéfices potentiels.

Hume soupira.

— Il faut dire aussi que tu gagnes toujours aux cartes. (Il réfléchit un moment.) Mais c'est sensé, ce que tu dis. Si nous devons parier, alors autant le faire jusqu'au bout.

— J'accepte, dit Crowley.

Roo tenta de rester calme en annonçant :

— Je peux mettre vingt mille souverains d'or sur la table d'ici la fin de la semaine.

— Jolie somme, commenta Masterson. À nous tous, nous devrions pouvoir réunir une centaine de milliers de souverains. Cela devrait suffire.

— À combien pourraient s'élever nos bénéfices ? s'enquit Dash en ignorant le fait qu'il était censé être l'assistant de Roo.

Hume éclata de rire avant de tousser.

— Si la pénurie est vraiment importante dans les Cités libres, un bénéfice cinq fois supérieur à la somme de départ n'est pas exclu. Si elle s'étend sur

Yabon et Crydee, nos gains pourraient représenter jusqu'à dix fois la somme investie.

— Si tout va comme nous l'espérons, monsieur
Avery, ajouta Masterson, vos vingt mille souverains
d'or pourraient bien vous en rapporter deux cent mille
d'ici trois mois.

Roo en resta presque sans voix, mais Lender intervint :

— Vous pourriez également vous retrouver ruiné.

Le jeune homme sentit un frisson glacé remonter
le long de son dos.

— Messieurs, je vous propose de former un nouveau syndicat, l'association des Négociants en céréales de Krondor, déclara Masterson. Pourriez-vous nous
préparer les documents nécessaires, monsieur Lender ?
(Puis il se tourna vers Roo et lui tendit la main.) Bienvenue, dans notre syndicat, monsieur Avery.

Roo se leva et serra solennellement la main de ses
trois nouveaux partenaires en affaires. Tandis que les
autres quittaient la table, Masterson ajouta :

— Nous allons afficher votre nom en qualité de
membre, et vous pourrez nous rejoindre là-haut.

Il désigna la galerie du premier étage, strictement
réservée aux membres des associations. Roo y avait
servi le café mais n'avait encore jamais eu l'autorisation d'y entrer en tant que marchand.

— Je vais vous raccompagner à la porte, ajouta
Masterson.

Lender retourna à son travail et Masterson posa la
main sur l'épaule de Roo tout en se dirigeant vers
l'entrée du café.

— Quand disposerez-vous de l'or, Rupert ?

— D'ici deux jours, monsieur Masterson.

— Appelez-moi Jérôme.

— Appelez-moi Roo, comme tout le monde.

— Entendu, Roo. Revenez aussi vite que possible.
Lender enverra quelqu'un à votre bureau lorsque les
documents seront prêts à être signés.

Lorsqu'ils arrivèrent devant la porte, Roo vit Duncan entrer d'un côté. De l'autre s'avançait un vieil homme que Roo reconnut comme étant Jacob d'Esterbrook. À ses côtés marchait une jeune femme si belle que Roo faillit trébucher. Il vit la bouche de Duncan s'ouvrir en grand à la vue de la belle.

Elle est parfaite, songea Roo. Ses cheveux étaient relevés, comme le voulait la mode, et des mèches bouclées encadraient son visage et retombaient sur sa nuque, tel un halo d'or. Elle avait des yeux immenses, bleus comme un ciel de fin d'hiver, et des joues légèrement colorées. Elle était svelte et avait un maintien digne d'une reine.

— Ah, d'Esterbrook ! s'exclama Masterson. J'aimerais vous présenter quelqu'un.

Le célèbre marchand inclina la tête tandis que Masterson lui ouvrait le portillon, au nez et à la barbe du serveur agité qui avait essayé d'arriver à temps après avoir ouvert la porte du carrosse des d'Esterbrook.

— Bonjour, Sylvia, ajouta Masterson en hochant la tête en guise de salut.

— Bonjour à vous aussi, monsieur Masterson, répondit la belle avec un sourire qui fit bouillir le sang de Roo.

— Jacob d'Esterbrook, vous qui êtes un de nos membres les plus importants, permettez-moi de vous présenter notre dernier compagnon, monsieur Rupert Avery.

L'expression de d'Esterbrook resta inchangée. Mais une certaine lueur dans ses yeux ennuya Roo.

— C'est vous qui dirigez Grindle & Avery ?

— C'est devenu Avery & Fils, monsieur, répondit Roo en tendant la main.

D'Esterbrook contempla pendant quelques instants cette main qu'on lui présentait, puis la serra brièvement pour bien signifier qu'il ne s'agissait pour lui que d'une formalité. Son attitude fit comprendre à Roo que monsieur d'Esterbrook ne faisait pas grand cas du nouveau membre du *Barret*.

Puis il s'aperçut que Sylvia d'Esterbrook le dévisageait avec froideur et la certitude jaillit en lui : les d'Esterbrook de Krondor ne souhaitaient guère la compagnie du sieur Rupert Avery. Alors il se tourna lentement vers Dash, car il avait du mal à détacher les yeux de Sylvia.

— Euh... Permettez-moi de vous présenter mon nouvel assistant.

Sylvia se pencha très légèrement en avant, comme pour mieux entendre.

— Oui ?

Dash prit les choses en main.

— Je m'appelle Dashel, dit-il en souriant et en faisant une grande révérence. Je pense que vous connaissez mon grand-père ?

— Vraiment ? dit d'Esterbrook de toute sa hauteur.

— Le duc James, expliqua Dash en feignant l'innocence.

Aussitôt, d'Esterbrook et sa fille changèrent d'attitude. Lui se mit à sourire tandis qu'elle, rayonnante, accentuait le sien. Le pouls de Roo battit plus vite encore.

— Mais bien sûr, dit d'Esterbrook en serrant chaleureusement la main de Dash. Rappelez-moi au bon souvenir de votre grand-père quand vous le verrez.

Sylvia tourna son sourire rayonnant en direction de Roo.

— Il faudra venir dîner à la maison, monsieur Avery. J'insiste.

L'intéressé pouvait à peine parler et hocha la tête.

— Ce sera avec plaisir.

Dash se tourna vers Masterson en souriant.

— Nous devons partir, monsieur. Nous reviendrons demain.

— Bonne journée alors, répondit Masterson.

D'Esterbrook et sa fille firent écho à cet au revoir.

364

Dash poussa gentiment Roo devant lui, puis il attrapa le bras de Duncan et obligea les deux cousins, toujours bouche bée, à sortir dans la rue.

— On dirait que vous n'aviez encore jamais vu une jolie fille, tous les deux, se moqua-t-il.

Roo rentra tard chez lui ce soir-là. Il avait passé la moitié de la journée à traiter les nouvelles rapportées par Duncan : il était à la fois possible et dangereux de revendre les drogues, mais les bénéfices pouvaient être très élevés. Cependant, Katherine avait été incapable de fournir le nom d'une personne susceptible d'acheter ce genre de produits.

Ensuite, il avait fallu s'occuper du logement de Dash. Roo promit de chercher un nouvel appartement pour Luis et Duncan dans les prochains jours, afin de permettre à Jason et à Dash de partager celui de l'entrepôt. Mais en attendant, le nouveau membre de l'entreprise allait devoir dormir dans une mansarde de fortune au-dessus des chariots. Si cette nouvelle déçut le petit-fils du noble le plus puissant du royaume, il n'en laissa rien paraître, affichant une bonne humeur à toute épreuve. Roo le soupçonnait d'avoir logé dans des quartiers bien plus inconfortables encore en dépit de sa jeunesse, car il avait demandé à son grand-père si on le jetait « de nouveau » hors du palais.

Roo passa également deux heures en compagnie de Jason à mettre au point la vente, le plus rapidement possible, des bijoux achetés à Sarth. Ils préparèrent un message à l'intention d'un joaillier de Salador qui traitait depuis longtemps avec Helmut Grindle. Ils décrivirent en détail ce que Roo avait à offrir. Lorsqu'ils eurent terminé, la nuit était déjà tombée.

Roo rentra chez lui et utilisa sa clé pour ouvrir la porte, plutôt que d'attendre que Mary vienne lui ouvrir. Il se rendit compte que tout le monde était déjà couché et monta l'escalier sans faire de bruit. Dans la chambre, il aperçut Karli, endormie dans le lit, un tout petit paquet à côté d'elle. Roo se pencha et vit le bébé.

La pièce était plongée dans l'obscurité, si bien que l'enfant n'était guère plus qu'une forme vague enveloppée d'une couverture. Roo avait même du mal à entrevoir son petit visage. Il s'attendait à ce qu'une forte émotion surgisse du plus profond de lui-même, un élan naturel d'un père envers sa fille, mais rien ne vint. Alors il regarda son épouse endormie et, de nouveau, ne ressentit pratiquement rien. Il se redressa en soupirant. Ce devait être à cause de la fatigue. Son esprit se tourna alors vers ses affaires et l'investissement à venir. S'il se trompait, il risquait de perdre tout ce qu'il avait patiemment construit ces deux dernières années. Certes, il était jeune et il pourrait toujours recommencer à zéro, mais un échec maintenant lui ôterait toute chance de devenir vraiment très riche un jour.

Une voix douce s'éleva depuis le lit tandis que le jeune homme retirait ses bottes.

— Roo ?

Il grogna en laissant tomber une botte sur le plancher.

— Oui, c'est moi, chuchota-t-il. Je suis de retour.

— Comment vas-tu ?

— Je suis fatigué. J'ai beaucoup de choses à te raconter. Je te dirai tout demain matin.

Le bébé s'agita puis se mit brusquement à pleurer.

— Qu'est-ce qui ne va pas ? demanda Roo.

Karli s'assit dans la pénombre.

— Ce n'est rien. Elle a faim, c'est tout. Elle a besoin de manger deux ou trois fois pendant la nuit.

Roo s'assit sur une chaise. Il avait toujours une botte au pied.

— Combien de temps ça va durer ?

— Encore quatre mois, je pense, peut-être plus.

Roo se leva et ramassa l'autre botte.

— Je vais aller dormir dans ton ancienne chambre. Ce serait bête d'être épuisés tous les deux demain, alors que j'ai beaucoup à faire. Je te raconterai tout quand je me lèverai.

Il ferma la porte derrière lui et entra dans l'ancienne chambre de Karli. Puis il ôta ses vêtements et se laissa tomber sur le lit où Karli et lui avaient conçu leur enfant. Dans l'obscurité, les émotions se mirent à bouillonner en lui. Tout d'abord, le jeune homme exulta à l'idée de toucher les bénéfices de dix années de commerce en seulement quelques mois. Puis la terreur l'envahit à l'idée de se retrouver ruiné. Mais ensuite, Roo réfléchit à la façon dont il pourrait agrandir son entreprise lorsqu'il aurait touché ses bénéfices. Mais la peur s'insinua de nouveau en lui lorsqu'il se demanda comment il pourrait retomber sur ses pieds si l'affaire tournait au désastre. Cependant, tandis que le sommeil l'envahissait peu à peu, il se surprit à revoir l'image d'un merveilleux visage, avec de grands yeux bleus et une chevelure dorée. Il entendit de nouveau le rire qui lui laissait l'estomac noué. Et le sommeil ne vint qu'à l'aube.

Roo descendit au rez-de-chaussée, l'esprit aussi embrumé que s'il avait bu la veille. Karli était dans la cuisine et donnait le sein à Abigail. Roo embrassa sa femme sur la joue, comme le bon mari qu'il voulait être.

— Tu nous as manqué, lui dit Karli.

— C'est bon d'être de retour.

Rendel, la cuisinière, lui servit une tasse de café fumant. Il avait pris l'habitude de commencer ainsi la journée lorsqu'il travaillait au *Barret* et avait acheté du café à moudre quand il était venu vivre dans cette maison.

Il contempla le bébé. La minuscule créature reposait dans les bras de sa mère et agitait les mains en ouvrant et en refermant ses petits yeux. De temps en temps, elle regardait dans sa direction et Roo se demandait ce qui se passait derrière ces pupilles bleu ardoise.

— Je n'ai jamais vu des yeux de cette couleur, remarqua-t-il.

Karli éclata de rire.

— La plupart des bébés naissent comme ça. Ses yeux deviendront bleus ou bruns lorsqu'elle grandira.

— Oh !

— Tu as fait bon voyage ?

— Oui, ça s'est très bien passé. J'ai appris une nouvelle intéressante.

Il se tut quelques instants avant d'annoncer brusquement :

— J'ai créé un syndicat en vue d'un investissement important.

— Père faisait toujours preuve de prudence avant de lier son avenir à d'autres personnes, répliqua Karli.

Roo n'était pas d'humeur à supporter la comparaison avec son défunt beau-père, que Karli vénérait presque. Aussi prit-il ce commentaire comme une simple remarque.

— Comme ça, il ne prenait pas de risques. Mais mes ambitions dépassent celles de ton père, Karli. Si je veux assurer un riche avenir pour toi et l'enfant, je dois courir quelques risques.

— Cette entreprise est donc risquée ?

La jeune femme ne paraissait pas particulièrement inquiète, plutôt intéressée. Roo ne pouvait mentir et s'en tirer avec un simple haussement d'épaules, aussi avoua-t-il que ça l'était, en effet.

— Tu penses que ça va marcher ?

— Je pense que d'ici quelques mois, nous serons plus riches que tu peux l'imaginer, acquiesça Roo.

La jeune femme réussit à esquisser un sourire.

— J'ai toujours pensé qu'on était riches. Je sais que la maison n'est pas très jolie, car Père préférait rester modeste en apparence, pour ne pas attirer l'attention.

Mais nous avons toujours eu de la bonne nourriture, du bon vin et de nouveaux vêtements. Si je voulais quelque chose, je n'avais qu'à demander.

La fatigue et la tension nerveuse rendaient cette conversation irritante pour Roo, qui finit son café et se leva.

— Il faut que je retourne à l'entrepôt.

De nouveau, il l'embrassa sur la joue, comme il se devait, et regarda le bébé qui s'était endormi. Roo se demanda s'il parviendrait un jour à éprouver de l'amour pour cette enfant, tant elle lui paraissait étrangère.

— Rentreras-tu pour dîner ? demanda Karli.

— Sûrement. Pourquoi ne rentrerais-je pas ?

Sans attendre de réponse, il se hâta de quitter la maison.

Duncan héla Roo dès qu'il entra dans l'entrepôt :

— Où étais-tu ?

— Je dormais, répliqua son cousin, irrité. Tu sais, quand tu fermes les yeux et que tu ne bouges pas pendant un long moment ?

Duncan eut un large sourire.

— Ah, tu veux dire quand on est mort ! Écoute, tes nouveaux associés aimeraient que tu les rejoignes au *Barret* le plus tôt possible.

— Jason ! s'écria Roo en tournant le dos à son cousin. Où es-tu ?

Jason et Dash sortirent du petit bureau.

— Qu'y a-t-il ? demanda l'intéressé.

— Où est notre or ? Dans le coffre-fort ?

— Oui.

— Combien avons-nous ?

— Certaines factures doivent nous être payées au cours de la semaine, mais pour l'instant on a vingt et un mille six cent quarante-sept pièces d'or et quelques-unes d'argent.

Roo se tourna vers Dash et Duncan.

— Mettez le coffre dans un chariot et apportez-le au café. Je pars maintenant.

Il sortit de l'entrepôt et remonta la rue d'un pas pressé. Se mouvoir au sein de la foule se révéla l'une des épreuves les plus difficiles que Roo ait connues, tant il était impatient que l'affaire soit conclue.

Il arriva devant le café et entra sans attendre que le serveur lui ouvre la porte. De même, il franchit le portillon qui séparait l'entrée de la salle sans demander l'avis du jeune employé, surpris. McKeller, le maître d'hôtel, s'avança à la rencontre de Roo et l'intercepta au moment où il se dirigeait vers l'escalier.

— Bienvenue, monsieur Avery.

Roo ne put s'empêcher de sourire. Il était membre du *Barret*, maintenant ! Il escalada les marches deux à deux et posa le pied à l'étage où jusqu'ici il n'était venu que tenant un grand plateau. Il regarda autour de lui et vit la table où étaient réunis ses trois nouveaux associés et Sebastian Lender.

— Je suis content que vous ayez pu vous joindre à nous, lui dit sèchement Masterson.

— J'espère que je ne vous ai pas fait trop attendre, messieurs, répondit Roo en s'asseyant. Ma femme vient d'avoir un bébé et la maison est sens dessus dessous. Je n'ai pas beaucoup dormi la nuit dernière.

Ses quatre compagnons émirent des murmures compréhensifs et firent quelques brefs commentaires au sujet de leurs enfants respectifs. Puis Masterson reprit les choses en main :

— Messieurs, voici les documents qui vont nous permettre de fonder notre nouvelle association.

Il en distribua les exemplaires à la ronde. Roo se mit à lire le document écrit d'une main nette. Il le relut une deuxième fois. Il croyait comprendre mais n'en était pas sûr, aussi désigna-t-il un paragraphe en demandant :

— Monsieur Lender, pourriez-vous m'expliquer ce passage, s'il vous plaît ?

Lender lut le paragraphe incriminé.

— Cela signifie simplement que vous vous engagez à hypothéquer vos biens et possessions si vos pertes venaient à dépasser la somme que vous allez investir dans cette entreprise.

Surpris, Roo battit des paupières.

— Comment pourrions-nous nous endetter au-delà de la somme sur laquelle nous nous sommes mis d'accord ?

— En règle générale, cela ne se produit pas, le rassura Masterson. Mais il arrive parfois que les associés doivent décider de prendre un crédit. Si nous avons besoin d'espèces sonnantes et trébuchantes mais que nous n'en disposions pas, il faut avoir recours à un prêt ou faire entrer de nouveaux associés. Si nous empruntons, il nous faut souvent hypothéquer nos commerces, parfois même nos maisons et notre héritage, c'est un gage de sécurité pour les personnes qui prêtent de l'argent. C'est normal.

Roo fronça les sourcils.

— Mais personne ne peut faire ça sans notre accord ?

Masterson sourit.

— Nous sommes quatre. Il faudrait que la décision soit votée à une majorité de trois contre un pour prendre effet.

Roo n'était pas sûr d'apprécier cette clause, mais il hocha la tête. Lender reprit la parole :

— Si chacun de vous veut bien signer les papiers qui lui ont été remis, puis les faire passer à son voisin de droite et signer de nouveau, cela permettra de remplir tous les documents.

Un serveur vint prendre leur commande. Roo demanda du café sans même lever les yeux. Il apposa quatre fois sa signature. Lorsqu'il eut terminé, il tenait entre ses mains son droit d'entrée dans la communauté des finances à hauts risques de Krondor.

— À présent, parlons des sommes que nous allons investir, suggéra Crowley.

— En ce qui me concerne, je peux sans problème amener quinze mille souverains, annonça Hume.

— Ce sera quinze mille pour moi également, reprit Crowley.

— Monsieur Avery ? s'enquit Masterson.

— Vingt et un mille souverains. Mais j'aurai peut-être plus d'ici la fin de la semaine.

Masterson haussa les sourcils.

— Très bien. Nous disposons donc pour l'instant d'un capital de cinquante et un mille souverains. (Ses doigts tambourinèrent sur la table un moment.) J'ai appris ce matin que l'on posait discrètement des questions concernant l'envoi de céréales vers les Cités libres, je commence donc à croire que notre jeune ami a bel et bien déniché une information qui vaut de l'or. Je vais donc investir une somme qui portera notre capital à cent mille souverains d'or. (Il regarda ses trois associés.) Si l'un d'entre vous souhaite investir plus d'argent, je lui céderai jusqu'à un tiers de mes parts en échange d'une prime qui dépendra du prix du blé à ce moment-là.

— Messieurs, vos lettres de crédit ? demanda Lender.

Crowley, Hume et Masterson sortirent une lettre de leur manteau. Roo prit un air perplexe.

— J'ai demandé à ce qu'on m'apporte l'or ici. Il devrait arriver d'ici quelques minutes.

Ses trois associés éclatèrent de rire.

— Monsieur Avery, il est d'usage de déposer son or sur un compte dans l'une des banques de la cité, expliqua Lender. On peut ensuite retirer des fonds grâce à des lettres de crédit. (Il baissa la voix.) Vous découvrirez qu'ici, au *Barret*, nous traitons des sommes si importantes qu'il faudrait plusieurs chariots pour transporter tout cet or.

Roo ne paraissait pas convaincu.

372

— Je n'ai pas de compte, avoua-t-il.

— Je vous aiderai à en ouvrir un dans l'une des banques les plus réputées de la cité, promit Lender. En attendant, je vais écrire que vous avez l'intention d'investir vingt et un mille souverains d'or.

Roo acquiesça.

— Mais si je reçois davantage de fonds d'ici la fin de la semaine, je souhaiterai peut-être acquérir certaines des parts de monsieur Masterson.

Lender nota également cette remarque.

— Nous sommes donc prêts ? demanda Masterson.

Roo se redressa. Il avait déjà assisté à l'événement qui allait suivre lorsqu'il n'était encore qu'un serveur. Il n'était pas sûr d'en comprendre tous les détails, mais jamais encore il n'avait éprouvé pareil intérêt pour l'annonce qui allait être faite.

Lender se leva et marcha jusqu'à la rambarde qui surplombait la grande salle. Alors il éleva la voix :

— Messieurs, j'ai ici une demande d'option sur du blé. Un nouveau syndicat vient d'être créé, il s'agit de l'association des Négociants en céréales de Krondor. Nous clôturons les comptes à la fin de la semaine, le capital est pour l'heure de cent mille souverains, mais il est sujet à révision.

Il y eut un brouhaha à l'énoncé de la somme, puis le bruit revint à son niveau normal. Les cinq hommes retournèrent s'asseoir. Au bout d'une demi-heure, un serveur leur apporta un mot et le tendit à Lender. Ce dernier le remit à Masterson qui le lut.

— Voici une offre de cinquante mille boisseaux, à deux pièces d'argent par boisseau, livrés sur les quais de Krondor dans soixante jours.

Roo fit les calculs de tête. Cela représentait dix mille pièces d'or.

— Combien de parts ? demanda Hume.

— Quinze pour cent.

Crowley éclata de rire.

— Laissez-moi deviner. Ça vient de Amested.

Masterson se mit à rire lui aussi.

— En effet.

— Il va à la pêche aux informations, devina Crowley. Il pense qu'on est sur quelque chose de gros et il veut savoir ce que c'est.

Il prit le message des mains de Masterson et écrivit quelque chose au verso.

— Je lui écris que nous payerons trois pour cent pour ses cinquante mille boisseaux, mais à quatre pièces de cuivre l'un, avec une pénalité de cinq pour cent par semaine de retard s'ils sont livrés au-delà de soixante jours.

Masterson manqua recracher son café tant il riait.

— Voilà qui va le rendre très curieux.

— Laissons le mariner.

Hume regarda Roo.

— Le moment venu, vous ne manquerez pas de rencontrer Amested et les autres. Il essaye toujours de savoir qui fait quoi, sans prendre lui-même de risques. S'il pense qu'il va y avoir quelque chose d'intéressant, il va essayer d'acheter tout le blé maintenant, à ce que nous appelons le futur prix, avant d'essayer de nous le revendre extrêmement cher, lorsque nous n'aurons plus d'options. Il vient de nous faire une offre à laquelle il savait que nous dirions non, et nous allons lui faire une contre proposition qu'il refusera également.

— Mais pourquoi ne pas lui donner un prix qu'il acceptera ? demanda Roo.

— Comment ça ? s'étonna Masterson.

— Son or vaut bien celui d'un autre. Peu importe qu'il gagne ou perde de l'argent, tant que nous, nous en gagnons. Utilisons cet Amested pour fixer un prix sur lequel il fera des commentaires. Alors la rumeur se répandra...

Roo haussa les épaules. Mais le visage de Crowley, tanné comme du cuir, se fendit en un large sourire.

— Vous êtes un jeune homme rusé, pas vrai, Avery ?

Masterson tendit la main et Crowley lui rendit le billet. Masterson le roula en boule et le jeta par terre. Puis il demanda au jeune serveur de lui apporter du parchemin et une plume. Lorsque ce fut fait, il écrivit un mot.

— Je lui dis que l'on va payer tout de suite. Dix pour cent contre une pièce d'argent par boisseau livré sur les quais dans soixante jours. Nous garantissons jusqu'à un million de souverains d'or avec une sécurité de cent mille souverains.

Le vieux Hume riait tellement qu'il en avait mal aux côtes.

— Oh, ça n'a pas de prix. Maintenant Amested va être persuadé que nous lui mentons et va essayer de deviner ce que nous avons réellement l'intention de faire, alors que nous ne faisons que placer des options.

Ils donnèrent le billet au serveur en lui disant de le remettre à Amested. Quelques minutes plus tard, Duncan et Dash firent leur apparition avec le coffre contenant l'or de Roo. Lender se leva aussitôt en disant :

— Nous ferions mieux de déposer ce trésor dans une banque avant que des bandits s'y intéressent.

L'or fut donc déposé sur un compte en banque. Roo reçut une lettre de crédit d'un montant de vingt et un mille souverains et la remit à Lender. Puis ils retournèrent au café.

Au cours de la journée, on ne cessa de leur apporter des billets. Masterson les lut, fit quelques commentaires et répondit à certains d'entre eux. Mais il arriva aussi qu'il dise simplement « non » en rendant le mot au serveur.

À la fin de la journée, il se leva en disant :

— C'est un bon début, messieurs. Je vous verrai demain.

Roo se leva et se rendit compte que Dash et Duncan avaient passé toute la journée en bas à l'attendre. Il maudit sa bêtise, car il était si anxieux au sujet de ce nouvel investissement qu'il en avait oublié son entreprise de transport.

— Retourne au bureau et dis à Jason que j'arrive, ordonna-t-il à Dash.

Lorsque le jeune noble fut parti, Roo se tourna vers son cousin.

— Mets-toi donc à la recherche d'un logement pour toi et Luis. Nos comptes sont réglés et je peux te payer un appartement plus confortable désormais.

Duncan sourit.

— Il était temps ! Et puisque nous allons passer plus de temps en compagnie de gens de qualité, cousin, il va falloir s'occuper de notre garde-robe.

Pour la première fois de sa vie, Roo se sentit effectivement mal habillé.

— On s'en occupera dès demain matin, promit-il.

Duncan s'en alla. Roo balaya la salle du regard, savourant le fait d'être désormais un investisseur. Il était sur le point de partir lorsqu'une voix surgit de la pénombre d'une table située sous la galerie.

— Monsieur Avery, j'aimerais vous parler.

Roo reconnut la voix de Jacob d'Esterbrook et se dirigea vers sa table. Deux personnes y étaient assises. Le pouls du jeune homme s'accéléra lorsqu'il reconnut la deuxième. C'était Tim Jacoby.

Ce dernier dévisagea Roo sans rien dire.

— Je crois que vous connaissez mon associé, monsieur Jacoby ?

— Nous nous sommes déjà rencontrés, admit Roo.

— J'espère qu'à l'avenir, vous saurez mettre vos différends de côté, messieurs. (Il ne cacha pas qu'il était au courant de la querelle entre Roo et Tim.) Je souhaite très sincèrement les voir disparaître à terme.

Jacoby se leva et regarda Roo, toujours sans lui adresser la parole.

— Jacob, je vous verrai demain.

Il s'en alla.

— Asseyez-vous, je vous prie, dit d'Esterbrook à l'intention de Roo.

Le jeune homme s'assit. Le marchand demanda qu'on leur apporte du café avant d'expliquer :

— Le père de monsieur Jacoby et moi-même sommes associés de longue date, et amis qui plus est. Frederick et moi avons débuté ensemble, ici, à Krondor, en tant que conducteurs d'attelage.

— C'était le métier de mon père.

Pour la première fois depuis leur rencontre, Jacob d'Esterbrook dévisagea Roo avec un réel intérêt.

— Vraiment ?

Roo hocha la tête.

— Savez-vous conduire un attelage, vous aussi, monsieur Avery ?

Roo sourit.

— Oui, monsieur d'Esterbrook. J'arrive à maîtriser six chevaux sans une goutte de sueur. À partir de huit, ça demande de la concentration.

L'autre éclata d'un rire sincère et peut-être même affectueux.

— Un vrai charretier, voyez-vous ça ! (Il soupira.) C'est peut-être pour ça que ma fille vous trouve si intéressant.

Le cœur de Roo se mit à battre plus vite à la pensée de Sylvia. Mais il se força à rester aussi calme que possible.

— Oh ? fit-il, tentant de paraître moyennement intéressé.

— Sylvia est une enfant... difficile, avoua d'Esterbrook. Elle a un esprit bien à elle. Je ne comprends pas grand-chose à ses envies. Ce qui m'amène à la raison pour laquelle je vous ai demandé de vous joindre à moi. Elle souhaite vous avoir à dîner à la fin de la semaine. Est-ce possible ?

Roo n'hésita pas une seconde.

— Bien sûr.

— Tant mieux, répliqua l'autre en buvant son café. Nous en profiterons pour discuter de ce qu'il convient de faire si vous décidez de tuer Tim Jacoby.

Roo eut l'impression de recevoir un seau d'eau glacée. Calmement, il répondit :

— Je le tuerai un jour, n'en doutez pas. Il a assassiné mon associé.

D'Esterbrook haussa les épaules comme si cela n'avait guère d'importance.

— Si nous pouvions trouver un moyen d'éviter une telle extrémité, ma vie en serait grandement facilitée. (Il reposa sa tasse.) Laissez-moi vous avertir également que vous n'êtes pas le seul à avoir des relations au sein du palais. Mon ami Frederick Jacoby dispose lui aussi d'amis puissants. (Il se pencha en avant.) Si vous devez vraiment tuer ses fils, faites-le discrètement, voulez-vous ? chuchota-t-il. De même, si vous en aviez l'occasion, j'aimerais que vous m'en avertissiez à l'avance, afin que je puisse prendre mes distances avec la famille Jacoby.

Il se leva, fit le tour de la table et donna une tape sur l'épaule de Roo.

— Mon carrosse m'attend dehors. Je vous verrai cinqdi pour le dîner.

Roo resta assis seul pendant une minute à se demander dans quel monde d'intrigues il venait d'entrer. Cette façon que d'Esterbrook avait de discuter poliment d'un meurtre le gênait autant que les horreurs dont il avait été témoin à Novindus.

Puis il se rappela qu'il allait revoir Sylvia ce cinqdi et son cœur faillit bondir de sa poitrine. S'obligeant à rester calme, il convint qu'il devait changer sa garde-robe, ainsi que Duncan l'avait suggéré.

Il se leva et quitta le *Café de Barret*. Mais jusqu'à ce qu'il arrivât au magasin, où Jason attira son attention sur des problèmes d'ordre commercial, Roo ne cessa de penser à Sylvia d'Esterbrook.

Cette semaine-là, Roo adopta une nouvelle routine. Il quittait la maison dès l'aube, s'arrêtait à l'entrepôt et passait en revue la liste des livraisons à effectuer avec Luis, Duncan, Jason et Dash. Puis il partait pour le *Barret*. Quelquefois, Duncan et Dash l'accompagnaient si l'on n'avait pas besoin d'eux à l'entrepôt. Les autres fois, il y allait seul.

Duncan avait trouvé une petite maison à louer, avec deux chambres, non loin du bureau. Roo lui dit d'engager une cuisinière. De leur côté, Jason et Dash aménagèrent l'appartement au fond de l'entrepôt. Ils paraissaient être devenus de bons amis tous les deux. Bien que Jason fût le plus vieux, il était clair, au vu de l'attitude et des commentaires de Dash, que ce dernier était mûr pour son jeune âge et avait une plus grande expérience de la vie que l'ancien serveur.

Roo suivit le conseil de Duncan et rendit visite à un tailleur que lui recommanda Lender. L'artisan fournit à Roo une garde-robe tout aussi convenable pour se rendre au *Barret* que pour répondre à ses obligations sociales. Duncan choisit pour sa part des habits plus hauts en couleur. Désormais, il ressemblait plus à un dandy de la cour qu'à un ancien mercenaire.

Jason vint trouver son employeur trois jours après la création de l'association.

— Puis-je vous poser une question sans vous vexer, monsieur Avery ? (Il s'était mis à vouvoyer son ancien collègue, en signe de respect.)

— Bien sûr, Jason. Tu as été le seul au *Barret* à vouloir m'aider quand Kurt et les autres voulaient ma peau. Nous sommes amis à mes yeux. Qu'est-ce qui ne va pas ?

— Je voudrais savoir ce que fait votre cousin, exactement.

— Que veux-tu dire ?

— Eh bien, Luis planifie les livraisons, fixe les prix et effectue quelques transports lui-même. Moi, je fais les comptes et je verse le salaire des employés, et Dash nous aide, Luis et moi, quand l'un de nous a besoin de lui. Mais Duncan, euh... Il est juste dans les parages, quoi.

Roo repensa au jour où il avait rencontré le conducteur des Jacoby sur la route. Duncan était souvent là avec son épée pour protéger les arrières de son cousin.

— Je comprends ton inquiétude. Disons simplement qu'il m'aide. Y a-t-il autre chose ?

— Non. C'est juste que... ça ne fait rien. Vous allez au café ?

Roo acquiesça :

— Tu n'as qu'à envoyer quelqu'un là-bas si tu as besoin de moi.

Le jeune homme arriva au *Barret* moins d'une demi-heure plus tard. Une certaine agitation régnait à l'étage. Masterson lui fit signe de le rejoindre à sa table.

— Il se passe quelque chose, annonça-t-il.

Plusieurs serveurs tournaient autour d'eux pour prendre de petits bouts de parchemin sur lesquels Hume et Crowley griffonnaient.

— Qu'est-ce que c'est ? demanda Roo.

— Nous recevons des offres. Beaucoup d'offres.

Roo fronça les sourcils.

— D'où proviennent-elles ?

— Mais d'autres membres, bien sûr, s'étonna Masterson.

— Non, je veux dire, d'où viennent toutes ces céréales ?

Masterson battit des paupières.

— Je ne sais pas.

Brusquement, Roo fut certain d'avoir trouvé la réponse. Il attrapa un serveur par le bras et lui dit :

— Faites porter un message à mon bureau, que mon cousin Duncan ou mon assistant Dash me rejoigne ici le plus vite possible. Avons-nous accepté des propositions ? ajouta-t-il en s'adressant à ses associés.

— Pas encore, répondit Crowley, mais le prix du boisseau diminue et je suis enclin à croire qu'il ne descendra pas plus bas.

— Combien ?

— Deux pièces d'argent pour trois boisseaux, en échange de huit pour cent assurés.

Roo baissa la voix :

— Je suis prêt à parier que l'un des négociants a envoyé quelqu'un dans le val des Rêves. Ce prix est-il raisonnable s'il s'agit de blé keshian importé par le val ?

— Qu'est-ce qui vous fait dire ça ? s'inquiéta Masterson.

— N'oubliez pas que je suis un bâtard sournois dont le père a voyagé dans tout le royaume, y compris le long de la frontière du val.

Bientôt Duncan fit son apparition.

— Il faut que tu ailles faire un tour dans les auberges près de la porte des Marchands, lui annonça son cousin. Vois si tu n'y trouves pas des hommes du val. J'ai besoin de savoir si quelqu'un a acheté du grain à Kesh et, si oui, qui est cette personne et en quelle quantité.

Duncan repartit aussitôt.

— Vous disposez d'un pouvoir magique dont nous ignorons l'existence, ou tout ça n'est qu'une supposition ? s'enquit Crowley.

— Ce n'est qu'une supposition, admit Roo. Mais je pense que d'ici le coucher du soleil, nous allons apprendre que le double de la quantité de blé dont nous avons besoin est en route pour Krondor, en provenance du val.

— Pourquoi ? insista Hume. Qu'est-ce qui vous fait croire ça ?

— C'est ce que je ferais si je voulais ruiner cette association, répliqua Roo d'un air sombre. Quelle assurance avons-nous concernant la livraison ?

— Toutes les options sont garanties. C'est pourquoi si la personne possédant le blé nous faisait faux bond, elle nous serait redevable aux yeux de la loi du prix de l'option et de l'or que nous perdrions en étant incapables de livrer les céréales. Accepter un contrat sans effectuer la livraison aurait des conséquences terribles pour la personne... à moins...

— À moins ? répéta Roo.

— À moins que l'association qui pourrait porter plainte devant la cour royale de justice ait déjà fait faillite et soit poursuivie pour rupture de contrat, elle aussi.

— Maintenant, je suis certain que quelqu'un essaye de nous ruiner. (Il réfléchit un moment.) Pouvons-nous légalement refuser le blé en raison de sa piètre qualité ?

— Non, affirma Masterson. Nous ne pouvons refuser une livraison que si le blé est pourri ou abîmé. Pourquoi ?

— Parce qu'ils nous proposent un prix très bas, c'est donc qu'ils vont importer le grain le moins cher. (Roo dévisagea ses trois associés.) Qui propose ces contrats ?

— Différents groupes, expliqua Crowley.

— Mais qui se trouve derrière eux ?

Les yeux de Masterson se posèrent sur une pile de notes, comme s'il essayait de leur trouver un point commun.

— C'est Jacob, murmura-t-il au bout d'un moment.

Roo sentit la panique lui étreindre la poitrine.

— D'Esterbrook ?

— Pourquoi se mêlerait-il de ça ? demandèrent Hume et Crowley.

— À cause de moi, j'en ai peur, avoua Roo. Il doit penser que les choses seront plus faciles pour lui si je me retrouve rapidement ruiné. Votre propre ruine ne serait qu'une conséquence malheureuse. N'y voyez rien de personnel en ce qui vous concerne.

— Qu'allons-nous faire ? s'enquit Crowley.

— On ne peut pas acheter du blé dont même le plus vénal des meuniers ne voudrait pas. (Roo réfléchit de nouveau quelques minutes en silence.) J'ai trouvé ! s'écria-t-il brusquement.

— Alors ?

— Je vous expliquerai quand Duncan reviendra. En attendant, ne faites rien et surtout, n'achetez rien.

Roo se leva et partit, bien décidé à dénicher des informations de son côté. Le soleil était sur le point de se coucher lorsqu'il retrouva son cousin dans une auberge. Duncan était assis à une table d'angle et devisait tranquillement avec deux hommes vêtus de façon étrange – des mercenaires à en juger par leurs armes et leur armure. Il fit signe à Roo de les rejoindre.

— Mes amis ont une histoire intéressante à te raconter.

Roo nota la présence de plusieurs chopes vides sur la table. Cependant, Duncan avait l'air aussi sobre qu'au jour de sa naissance et avait à peine touché à sa bière.

Roo s'assit et laissa son cousin faire les présentations. Les deux mercenaires lui racontèrent qu'on les avait embauchés pour protéger un courrier rapide de Shamata venu porter un message à un négociant de Krondor, concernant une très grosse livraison de céréales keshianes. Lorsque leur récit fut terminé, Roo se leva. Il jeta une petite bourse d'or sur la table en disant :

— Messieurs, je vous offre votre dîner, vos boissons et votre chambre. Duncan, viens avec moi.

Roo se dépêcha de retourner au *Barret* et trouva ses trois associés presque seuls à l'étage. Il s'assit et leur annonça :

— Quelqu'un est bien en train de faire venir à Krondor une très grosse quantité de blé de piètre qualité.

— Vous en êtes sûr ?

Crowley répéta la question qu'il avait déjà posée plus tôt dans la journée.

— Pourquoi acheter du blé que l'on ne peut pas vendre ?

— Quelqu'un sait que nous prenons des options. Cette même personne sait aussi que nous devons payer la totalité de la somme ou renoncer à l'or versé pour l'option. C'est pour ça qu'elle fait venir suffisamment de céréales pour répondre à la demande. Elle sait que nous refuserons de l'acheter, donc elle gardera l'argent des options et jettera le blé.

— Mais cette personne va perdre de l'argent ! protesta Crowley.

— Pas tant que ça. N'oubliez pas, l'argent des options est une compensation. Et si son but est de nous ruiner, pas de faire des bénéfices, elle se moquera de perdre un peu d'argent.

— Ce sont des manières de prédateur, commenta Hume.

— Mais il faut bien avouer que c'est brillant, ajouta Masterson.

— Qu'allons-nous faire ? insista Hume.

— Messieurs, j'ai été soldat, autrefois, leur apprit Roo. Voici venu le moment de mettre votre courage à l'épreuve. Soit nous arrêtons d'acheter et nous faisons une croix sur les options déjà prises, soit nous cherchons à tourner la situation à notre avantage. Mais il va nous falloir davantage d'or que le capital que nous avons déjà réuni pour que ça marche.

— Que proposez-vous ? demanda Masterson.

— D'arrêter de prendre des contrats. À partir de maintenant, il faut refuser et faire des contre-propositions qui soient si basses que personne ne les acceptera, tout en montrant que nous sommes toujours en activité.

— Pourquoi ? fit Crowley.

— Parce qu'en ce moment même, soixante chariots appartenant à Jacoby & Fils roulent vers Krondor avec à leur bord une énorme cargaison de blé. (Il jeta un coup d'œil à l'une des offres qui se trouvaient encore sur la table.) Laquelle sera livrée dans quarante-neuf jours. Chaque jour qui passera sans que son propriétaire puisse la revendre à quelqu'un ne fera qu'accroître son inquiétude, car si les céréales arrivent à Krondor avant d'être toutes revendues, il n'aura plus qu'à les jeter dans le port. En fin de compte, il revendra au prix que nous lui fixerons, en pensant qu'il arrivera malgré tout à nous ruiner.

— Comment éviter la catastrophe ? demanda Hume.

— En achetant tout le blé de Krondor, messieurs. Si nous possédons jusqu'au dernier grain de blé ayant poussé entre ici et Ylith, le jour où celui de Kesh arrivera, nous pourrons envoyer le nôtre, de très bonne qualité, dans les Cités libres et sur la Côte sauvage, récupérer notre mise de fonds et faire des bénéfices.

— Mais que ferons-nous du grain keshian ? protesta Masterson.

— Nous le revendrons aux fermiers pour leur bétail, ou à l'armée, en tant que fourrage. Si nous arrivons à revendre celui-là ne serait-ce qu'au prix coûtant, le blé de Krondor nous rendra bien plus riches que nous l'espérions. Imaginez un retour sur investissement de vingt, trente ou même cent pour cent !

Masterson prit une plume et commença à écrire. Il travailla ainsi en silence pendant plus de dix minutes.

— Étant donné ce que nous avons vu jusqu'ici, nous avons besoin d'au moins deux cent mille souverains d'or supplémentaires. Messieurs, il va falloir attirer de nouveaux partenaires. Je vous laisse le soin de vous en occuper.

Crowley et Hume se hâtèrent de quitter la table.

— J'espère que vous ne vous trompez pas, Roo, reprit Masterson.

— Quel prix avons-nous besoin d'atteindre pour en faire une proposition infaillible ?

Jérôme Masterson éclata de rire.

— Même si le blé était gratuit, je ne qualifierais pas cette proposition d'infaillible. Nous allons devoir l'entreposer. D'autre part, s'il n'y a pas de pénurie dans les Cités libres, nous pourrions bientôt tous nous retrouver à conduire des chariots pour Jacoby & Fils.

— Plutôt brûler en enfer, répliqua Roo.

Masterson appela un serveur.

— Apportez-moi le cognac que je vous fais mettre spécialement de côté, et deux verres. Maintenant, on attend, dit-il à l'intention de Roo.

Roo but le cognac qu'on lui servit et le trouva excellent. De son côté, Masterson examinait la pile de notes entassées devant lui. Il fronça les sourcils.

— Qu'y a-t-il ?

— Ça n'a pas de sens. Ce doit être une erreur. On dirait que le même groupe nous a offert deux fois le même contrat. (Il hocha la tête.) Ah, voilà. C'est facile de voir pourquoi j'ai cru à une erreur. Ce n'est pas le même groupe, c'est juste qu'ils se ressemblent.

Roo pencha la tête de côté, comme s'il entendait quelque chose.

— Qu'est-ce que vous venez de dire ?

— J'ai dit que ce groupe-là ressemble à ce groupe-ci, répondit Masterson en lui montrant les deux notes.

— Pourquoi ?

— Ils sont identiques, à l'exception d'un investisseur.

— Pourquoi feraient-ils une chose pareille ?

— Peut-être parce qu'ils sont cupides ? suggéra Masterson en soupirant. Parfois, les gens proposent des contrats qu'ils n'ont aucune intention de remplir, s'ils soupçonnent l'autre partie d'être sur le point de faire faillite. S'ils prennent notre argent maintenant et que nous nous retrouvons ruinés, ils se contenteront de hausser les épaules quand le contrat arrivera à échéance, puisqu'il n'y aura plus personne à livrer.

Ça signifie sans doute que la rumeur de notre possible déroute se répand.

— Notre déroute, répéta Roo machinalement.

Brusquement, une idée jaillit dans son esprit et un plan commença à voir le jour.

— Jérôme, j'ai trouvé ! s'écria-t-il.

— Quoi donc ?

— Non seulement nous allons retourner la situation à notre avantage, mais nous allons aussi ruiner les personnes qui voudraient nous voir faire faillite. (Il s'aperçut alors qu'il se montrait sans doute un peu excessif.) Du moins, si nous ne les ruinons pas, nous leur ferons en tout cas beaucoup de mal. (Il sourit.) Mais je sais comment réaliser d'énormes bénéfices grâce à cette histoire de blé, même s'il n'y a pas de pénurie dans les Cités libres, ajouta-t-il en regardant Masterson droit dans les yeux.

L'autre se montra aussitôt extrêmement attentif.

— Je vous le garantis, assura Roo.

Chapitre 14

SURPRISE

Le cavalier tira sur ses rênes.

Les fermiers qui rentraient chez eux à l'issue d'une longue journée dans leur champ de blé furent surpris de le voir tourner sa monture dans leur direction. Sans un mot, ils se déployèrent sur la route et attendirent. Bien que l'époque fût à la paix, le cavalier était visiblement armé et les fermiers ne savaient pas à quoi s'attendre de la part d'un étranger.

Ce dernier ôta son chapeau à large bord et se révéla être un jeune homme aux cheveux bruns bouclés. Lorsqu'il sourit, il fut évident qu'il sortait à peine de l'adolescence.

— Bien le bonsoir, dit-il.

Les fermiers répondirent à son salut à leur manière, en grommelant. Puis ils reprirent leur marche. Ces hommes fatigués par leur labeur n'avaient pas de temps à perdre en discussions avec un jeune noble oisif, sorti faire une balade au crépuscule.

— Comment s'annonce la moisson ? demanda le gamin.

— Bien, répondit l'un des fermiers.

— Avez-vous déjà fixé le prix de votre blé ?

À ces mots, les fermiers firent halte de nouveau, car le gamin venait d'aborder les deux sujets qui les intéressaient le plus en ce bas monde : leur blé et l'argent.

— Pas encore, répondit le plus bavard. Les négociants de Krondor et d'Ylith ne se présenteront pas avant deux ou trois semaines.

— Combien voulez-vous en échange de votre blé ? insista le jeune cavalier.

Cette fois, les fermiers gardèrent le silence en échangeant des regards surpris. Puis l'un d'eux demanda :

— Vous ne ressemblez pas à un négociant. Vous êtes le fils d'un meunier ?

Le gamin éclata de rire.

— Pas vraiment. Mon grand-père était un voleur, si vous voulez tout savoir. Mon père, quant à lui... Disons qu'il est au service du duc de Krondor.

— Pourquoi vous intéresser à notre blé alors ?

— Parce que je représente un homme qui cherche à acheter du blé et qui voudrait fixer un prix dès à présent.

À ces mots, les fermiers se mirent à discuter entre eux. Au bout d'une minute ou deux, le premier à avoir pris la parole se tourna de nouveau vers le cavalier :

— C'est très inhabituel. Nous ne sommes même pas encore sûrs de la quantité de blé que nous allons avoir à vendre cette année.

Le gamin dévisagea chaque fermier, avant de désigner l'un d'entre eux et de lui demander :

— Depuis combien de temps travaillez-vous sur ces terres ?

— Depuis toujours. Ce champ appartenait à mon père avant moi.

— Et vous êtes en train de me dire que vous ne savez pas, au grain près, combien de boisseaux votre champ produira une année comme celle-ci ?

L'autre rougit avant d'afficher un large sourire.

— Pour être franc, si, je le sais.

— Vous le savez tous, reprit le jeune homme. Voici mon offre : fixez un prix, là, maintenant, et vous serez payés tout de suite. Vous n'aurez plus qu'à nous livrer le blé après la moisson.

Les fermiers prirent un air stupéfait.

— On va être payés là, sur-le-champ ?

— Oui.

Aussitôt, ils se mirent tous à crier pour annoncer leurs prix, mais ils parlaient si vite que le cavalier n'en comprit aucun.

— Assez ! s'écria-t-il.

Il mit pied à terre, tendit les rênes de sa monture à l'un des fermiers, puis sortit de son sac de quoi écrire.

Le premier fermier annonça un prix pour mille boisseaux de blé. Le jeune homme hocha la tête et proposa une autre somme, moins élevée. Ils commencèrent alors à marchander. Lorsque tous eurent terminé, il écrivit le nom de chacun sur un parchemin. Puis il les fit signer en face de leur nom et du prix sur lequel chacun s'était mis d'accord. Le cavalier compta ensuite son or.

Lorsqu'il les quitta, les fermiers n'en revenaient toujours pas de la chance qu'ils avaient eue. Ils auraient peut-être pu obtenir un meilleur prix pendant la moisson, mais celui qu'ils avaient fixé avec le gamin n'en restait pas moins correct et, surtout, ils avaient déjà leur argent.

Dash prit la direction du nord, le dos et les épaules courbaturés. Il avait déjà traversé une dizaine de villages comme celui-ci et il savait que Duncan, Luis et Roo faisaient de même de leur côté. En poussant sa monture, il devrait atteindre le dernier village avant Sarth juste après le coucher du soleil. Il pourrait ainsi, après avoir marchandé le prix de leur blé avec les fermiers du secteur, transmettre quelques messages à John Vinci de la part de Roo et dormir du sommeil du juste dans une auberge. Il ne lui resterait plus qu'à repartir pour Krondor au petit matin.

Il talonna sa jument qui adopta un trot fatigué, tandis que le soleil sombrait à l'ouest.

La semaine touchait à sa fin lorsque quatre cavaliers épuisés rentrèrent à Krondor et se réunirent dans l'entrepôt de Roo. Dash s'exclama avec un grand sourire :

— S'il reste un seul grain de blé qui ne nous appartienne pas entre ici et Sarth, c'est qu'il doit servir de fourrage à un cheval !

— Même chose en ce qui concerne les fermes qui s'étendent entre ici et Finisterre, annonça Luis.

— Moi, je ne sais pas s'il reste du blé le long de la route qui mène au val, mais en tout cas, j'ai dépensé tout l'or que tu m'avais donné, intervint Duncan en remettant à son cousin la liste des fermes visitées et des sommes dépensées.

— Pour ma part, je suis allé jusqu'aux contreforts des Calastius, expliqua Roo en examinant les listes de ses compagnons. Si, malgré tous nos efforts, ça ne marche pas, nous ferions peut-être bien de revoir nos positions et de songer à entrer dans l'armée du roi.

— Moi, j'ai d'autres possibilités, rétorqua Dash. Enfin, je l'espère, ajouta-t-il avec un large sourire.

— Je vais rentrer chez moi pour me changer, annonça Roo. Je dîne avec Jacob d'Esterbrook ce soir.

Dash et Duncan échangèrent un regard entendu. Roo ne parvint pas à déchiffrer l'expression de son cousin, mais Dash souriait toujours.

— Vous croyez que Sylvia sera là ? demanda Jason.

Roo sourit.

— J'y compte bien.

Luis fronça les sourcils mais garda le silence.

Roo quitta l'entrepôt et se dépêcha de rentrer chez lui. Il trouva Karli dans le salon, occupée à bercer le bébé en lui fredonnant une chanson. Roo entra dans la pièce sur la pointe des pieds en voyant que la petite dormait.

— Elle s'est montrée difficile, aujourd'hui, chuchota Karli.

Roo se pencha et l'embrassa sur la joue.

— Est-ce que tout s'est bien passé ? demanda-t-elle.

— On le saura d'ici une semaine.

— J'aimerais beaucoup que tu me racontes tout ça au cours du dîner. Abigail devrait dormir un moment.

Le jeune homme rougit.

— Avec toute cette agitation, j'ai complètement oublié de te dire que je sortais dîner ce soir. Je suis désolé.

— Mais tu viens juste de rentrer à la maison, protesta Karli.

— Je sais, mais c'est important. Il s'agit d'un repas d'affaires.

— Et ça ne pouvait pas avoir lieu le midi ?

L'angoisse et l'épuisement, combinés à l'impatience de revoir Sylvia d'Esterbrook, poussèrent Roo à répondre d'une voix plus brutale qu'il ne l'aurait souhaité :

— Eh bien non ! Tu devrais être contente, je vais dîner avec l'un des hommes les plus influents du royaume !

Abigail se réveilla en sursaut et se mit à pleurer. Un éclair de colère passa dans les yeux de Karli, mais ce fut d'une voix soigneusement contrôlée qu'elle répliqua :

— Chut ! Tu as réveillé ta fille !

Roo balaya l'air d'un geste de la main.

— Désolé. Occupe-toi d'elle, moi il faut que je monte me laver et me changer. Mary ! s'écria-t-il en tournant les talons. Il faut remplir le baquet d'eau chaude, je veux prendre un bain !

Ses cris ne servirent qu'à faire pleurer sa fille davantage. Le visage de Karli était figé en un masque contrôlé, mais elle ne quitta pas son mari des yeux tandis qu'il montait l'escalier afin de se préparer.

Roo s'arrêta devant le portail de la demeure des d'Esterbrook. Il avait forcé l'allure pour ne pas arriver en retard, si bien qu'il avait chaud et se sentait de nouveau moite sous ses habits propres. Il aurait dû louer une carriole pour venir jusque-là, plutôt que de prendre sa monture. Il aurait voulu arriver calme et détendu et voilà qu'il se présentait pratiquement à bout de souffle.

Il frappa au portail. Presque instantanément, une petite porte s'ouvrit dans le mur juste à côté. Un valet en sortit.

— Que puis-je pour vous ?

— Je suis Rupert Avery. Je suis attendu pour dîner avec monsieur d'Esterbrook.

— Certainement, monsieur.

Le valet disparut derrière le portillon. Quelques instants plus tard, le portail s'ouvrit en grand pour laisser passer Roo.

Ce dernier entra dans la propriété des d'Esterbrook et fut, comme il s'y attendait, impressionné par ce qu'il voyait. La maison était bâtie au sommet d'une colline à l'est de la capitale, et se trouvait suffisamment éloignée de la propriété la plus proche pour donner l'impression d'être presque à la campagne. Cependant, Roo n'avait mis qu'une demi-heure à cheval pour y arriver. Un haut mur de pierre entourait le parc et avait dérobé la maison à sa vue tandis qu'il remontait la route étroite, depuis laquelle il n'avait aperçu qu'une espèce de petite tour.

Il s'aperçut en entrant qu'il s'agissait en fait d'une plate-forme d'observation couronnée d'un toit pointu et pourvue de fenêtres orientées dans chacune des quatre directions. Roo se demanda à quel usage était destinée cette plate-forme. En réfléchissant, il convint qu'il devait s'agir d'un endroit idéal pour observer les allées et venues dans le caravansérail au sud-est et dans le port. Deux lunes s'étaient levées ce soir-là, et Roo aperçut un éclat de métal à l'une des fenêtres de l'observatoire. Il sourit intérieurement en mettant pied à terre avant de tendre les rênes de sa monture au valet. D'Esterbrook devait avoir une longue-vue là-haut, un objet bien pratique de l'avis de Roo.

Pour le reste, la maison était telle qu'il s'y attendait, imposante et dotée de deux étages, sans pour autant ressembler à un palais. Elle devait être entourée de jardins car il sentait l'odeur des fleurs portée par la brise du soir. Plusieurs fenêtres étaient éclairées et l'on entendait des gens s'activer à l'intérieur.

Roo frappa à la porte qui s'ouvrit quelques instants plus tard. Le jeune homme s'attendait à ce qu'un serviteur vienne lui ouvrir. Il eut donc le souffle coupé lorsque Sylvia d'Esterbrook en personne apparut sur le seuil.

— Bonsoir, monsieur Avery, dit-elle avec un sourire qui noua l'estomac du jeune homme.

Elle portait une robe au décolleté plongeant qui montrait qu'elle n'était pas aussi mince qu'il l'avait cru. Le vêtement était d'une couleur bleu pâle destinée à souligner l'éclat des yeux de la jeune femme, qui n'avait pour tout bijou qu'un collier de diamants.

Roo eut du mal à articuler un « bonsoir » en entrant dans la maison.

— Puis-je prendre votre manteau ? demanda Sylvia.

Roo se battit avec le lien qui retenait la cape toute neuve sur ses épaules et finit par réussir à défaire le nœud.

— Père vous attend dans sa pièce privée. C'est au bout du couloir, sur la gauche, indiqua la jeune femme. Je vais accrocher votre vêtement et voir si le dîner est prêt.

Roo la regarda disparaître dans une pièce située sur sa droite et fut obligé de prendre une profonde inspiration. Enivré comme il l'était à la vue de la belle, il avait conscience qu'il allait être aussi dangereux de traiter avec son père que d'aller au combat.

Roo s'avança dans le couloir et jeta un coup d'œil en passant à l'intérieur de deux pièces ouvertes, meublées chacune d'un lit d'une personne, d'une console et d'une table de chevet. *Les quartiers des serviteurs, peut-être ?* songea-t-il.

Il finit par arriver devant une grande porte, tout au bout du couloir, à peine visible dans l'obscurité – seule une chandelle posée sur une table à mi-chemin de la porte éclairait le passage. Une voix résonna à l'intérieur de la pièce.

— Entrez, je vous en prie.

Roo ouvrit la porte et entra. Jacob d'Esterbrook était assis derrière une table de travail placée au centre d'une pièce qui ne pouvait être, aux yeux ignorants de Roo, qu'une bibliothèque. Il n'en avait vu qu'une auparavant dans sa vie, et c'était au palais, lors de son entraînement de soldat. Il fut surpris de découvrir qu'une personne qui n'appartenait pas à la famille royale pouvait posséder autant de livres. Deux chandelles éclairaient la salle, l'une posée sur le bureau de d'Esterbrook et l'autre sur un lutrin près du mur du fond, face à la porte. Toutes deux formaient des halos de lumière au sein d'une pièce par ailleurs plongée dans les ténèbres.

Jacob se leva pour saluer l'entrée de son visiteur. Alors qu'il s'approchait de la table de travail, Roo aperçut dans la pénombre une autre silhouette, qui se tenait contre le mur. Puis il vit qu'il n'y avait pas là une, mais deux personnes. Tim Jacoby s'avança dans la lumière des chandelles, suivi par un homme plus jeune qui lui ressemblait au point de devoir être son frère. Aussitôt, Roo porta la main à sa ceinture, par réflexe, à l'endroit où se trouvait d'ordinaire sa dague.

— Allons, allons, fit d'Esterbrook comme s'il s'agissait de calmer des enfants. Monsieur Avery, je crois que vous connaissez déjà Timothy Jacoby. Voici son frère, Randolph. (Il jeta un coup d'œil en direction de la porte.) Ils étaient sur le point de s'en aller.

Roo se tenait raide comme la justice, comme s'il était prêt à défendre sa peau. Tim Jacoby ne prononça pas un mot mais son frère salua Roo de la tête en disant : « Monsieur Avery ».

395

— Monsieur Jacoby, répondit Roo en hochant la tête à son tour.

Aucun des deux hommes n'offrit de serrer la main de l'autre.

Tim et son frère se retournèrent pour se diriger vers la porte.

— Je continuerai à vous donner de mes nouvelles, Jacob.

— Je n'en attends pas moins de toi, Timothy, répondit d'Esterbrook. Salue ton père de ma part.

— Je n'y manquerai pas, promit Tim.

— Il nous a fallu plus de temps que je l'avais prévu pour traiter le sujet qui nous préoccupait, expliqua d'Esterbrook lorsque les deux frères furent partis. Je suis désolé si leur présence vous a causé une quelconque inquiétude.

— Je ne m'y attendais pas, convint Roo.

— Asseyez-vous, dit son hôte en lui offrant une chaise face à son bureau. Nous avons un peu de temps devant nous avant que Sylvia vienne nous chercher pour le dîner.

» J'ai mené ma petite enquête à votre sujet, jeune Avery, ajouta d'Esterbrook en se laissant aller contre le dossier de sa chaise, les mains jointes sur l'estomac.

Roo, qui ne l'avait jamais vu sans son chapeau, s'aperçut que l'homme était chauve au-dessus des oreilles et qu'il laissait le reste de sa chevelure grise retomber librement sur sa nuque. Il se rasait de près, à l'exception des longs favoris qui lui dévoraient les joues. Une expression amusée, teintée d'ironie, passa sur le visage de d'Esterbrook.

— Ce n'était pas bête de vouloir importer du vin de table de la lande Noire. C'est même une idée qui a du mérite, et je crois qu'il s'agit là d'une entreprise digne d'être poursuivie. Comme il est dommage que vous vous soyez mis les Moqueurs à dos ! Si je vous avais connu à ce moment-là, j'aurais pu vous épargner de grosses pertes et prévenir la mort de Sam Tannerson.

— Je suis impressionné, admit Roo. Vous connaissez beaucoup de détails sur cette affaire.

D'Esterbrook eut un geste dédaigneux.

— Les informations s'achètent comme n'importe quelle marchandise et ne sont pas difficiles à obtenir si l'on a les moyens de les payer. (Il se pencha en avant.) D'ailleurs, retenez bien le petit conseil que voici : de tous les biens que s'échangent les hommes, ce sont les informations qui ont le plus de valeur.

Roo acquiesça, même s'il n'était pas sûr de tout à fait comprendre les paroles de d'Esterbrook ou d'être d'accord avec lui. Ceci n'était pas un débat ni même une discussion, il s'agissait plutôt d'un cours.

— Comme je vous l'ai déjà dit, j'espère qu'à l'avenir, vous et Timothy Jacoby saurez mettre vos différends de côté, quelle que soit l'animosité qui existe entre vous. En effet, il me sera sans doute difficile de faire des affaires avec deux hommes susceptibles de s'entre-tuer à tout moment.

— Je ne savais pas que nous allions faire des affaires ensemble, rétorqua Roo.

D'Esterbrook sourit, mais son expression n'avait rien de chaleureux ou d'amical.

— Je pense que les fées se sont penchées sur votre berceau, jeune Avery. Vous vous êtes élevé rapidement au sein de la société krondorienne. Le fait d'épouser la fille d'Helmut Grindle vous a permis d'accéder à des ressources que bien des hommes de votre âge doivent vous envier, mais vous avez prospéré au-delà de ce maigre héritage. De toute évidence, certaines personnes influentes au palais vous apprécient. Le père de monsieur Jacoby a été très ennuyé d'apprendre que votre entreprise, et non la sienne, avait été choisie pour effectuer des livraisons au palais. Il croyait être le seul choix logique.

» Je crois par ailleurs savoir que vous lui avez infligé des pertes sévères, et ce, à deux reprises, dans un domaine d'affaires, disons, moins respectable.

Roo fut obligé d'en rire.

— S'il y a bien une chose que j'ai apprise en dépit de mon jeune âge, monsieur d'Esterbrook, c'est de ne jamais rien avouer.

Son hôte éclata de rire à son tour, sincèrement amusé cette fois.

— Voilà qui est bien dit. (Il soupira.) En tout cas, quoi qu'il arrive, j'espère que nous pourrons tous réussir à travailler en harmonie.

— J'ai une dette à payer, monsieur d'Esterbrook, mais ça n'a rien à voir avec vous.

— Jusqu'ici, c'est vrai, en effet.

Au même moment, l'on frappa à la porte. Celle-ci n'était pas encore ouverte que Roo était déjà debout. Sylvia jeta un coup d'œil à l'intérieur de la pièce.

— Le dîner est servi.

— Alors il ne faut pas faire attendre la dame de la maison, répondit d'Esterbrook.

Roo hocha la tête, sans répondre. Il sortit de la bibliothèque derrière son hôte qui lui fit signe de passer devant. Roo suivit donc Sylvia le long du grand couloir. Lorsqu'ils furent à nouveau dans l'entrée, très bien éclairée, Roo ne put s'empêcher d'admirer encore une fois les reflets dorés qu'allumaient les chandelles dans les cheveux blonds de Sylvia.

Il la suivit jusqu'à la salle à manger, le cœur battant bien trop vite compte tenu du peu d'efforts que demandait cette petite promenade. Comme dans un brouillard, Roo s'assit sur une chaise devant une longue table, que d'Esterbrook vint présider à sa gauche tandis que Sylvia s'installait en face de lui. Il y avait encore de la place pour sept autres convives autour d'eux.

— Je n'ai jamais vu une table comme celle-ci, avoua Roo.

— J'en ai eu l'idée après avoir lu la description de la salle à manger d'une cour lointaine, appartenant à l'un des royaumes de la Confédération keshiane. Ce roi préférait les dîners intimes à l'habituel chaos de la cour, si bien qu'au lieu de siéger au milieu de la table, avec ses courtisans assis de part et d'autre, il décida de changer le sens de la table et de s'installer à son extrémité, afin de pouvoir parler à tout le monde.

— Autrefois, nous avions une très grande table ronde et il fallait crier pour se faire entendre de la personne en face de vous, ajouta Sylvia.

Roo sourit.

— J'aime cette disposition.

En son for intérieur, il se fit la promesse de se faire fabriquer une table identique à celle-ci. Puis il réalisa qu'il n'y aurait pas assez de place pour un meuble aussi imposant dans sa petite maison. Brusquement, il se souvint du pari qu'il avait pris avec ses associés. S'il réussissait, il aurait les moyens de faire construire une demeure aussi grande que celle-ci. Il préféra ne pas penser à ce qui se passerait s'il échouait.

La soirée passa rapidement sans que Roo parvienne à se souvenir de la moitié des paroles qui furent échangées. Tout au long du dîner, il s'efforça de ne pas dévisager Sylvia, mais ne parvint pas à s'en empêcher. Elle attirait son regard comme un aimant. Le repas n'était pas encore terminé que les traits de la jeune femme étaient déjà gravés dans la mémoire de Roo, telles les routes d'une carte menant au foyer de son cœur. À présent, il connaissait la courbe de son cou dans ses moindres détails, ainsi que le contour de ses lèvres et la légère imperfection de sa denture : l'une de ses dents de devant était quelque peu de travers et chevauchait sa voisine, le seul défaut que l'on pût trouver à sa beauté.

Sans vraiment savoir comment, il se retrouva à la porte, souhaitant bonne nuit à ses hôtes. Sylvia lui prit la main et la serra très fort en s'approchant de lui au point que les phalanges du jeune homme effleuraient le haut de sa poitrine.

— J'ai passé une merveilleuse soirée, monsieur Avery. J'espère que vous reviendrez nous voir très bientôt.

Roo promit, presque en bégayant, de revenir très vite. Puis il enfourcha sa monture et se dirigea d'un pas lent vers le portail. Incapable de penser clairement, il n'arrivait qu'à s'émerveiller de l'émotion magique qu'il éprouvait. Il était également stupéfait de voir qu'apparemment, Sylvia d'Esterbrook se plaisait en sa compagnie.

Sylvia attendit que la porte se soit refermée avant de jeter un coup d'œil par la fenêtre voisine pour regarder Roo s'éloigner. Puis elle se tourna vers son père.

— Que penses-tu de lui ?

— C'est un jeune homme au talent inattendu.

— Il est en tout cas bien laid. Mais il a de l'esprit et sait se montrer charmant à sa façon, en dépit de son visage de rongeur, commenta sèchement la jeune femme. Il a des mains étonnamment puissantes. (Songeuse, elle posa son index sur ses lèvres.) J'ai remarqué que les hommes maigres ont tendance à avoir... une grande vigueur.

— Sylvia, tu sais que je n'aime pas ce genre de discours, la réprimanda son père.

La jeune femme passa devant d'Esterbrook pour regagner sa chambre.

— Tu sais qui je suis, père. C'est toi qui as fait de moi la femme que je suis devenue. (Elle lui sourit par-dessus son épaule.) Est-ce que tu vas le tuer ?

— J'espère ne pas devoir en arriver là. Tu l'as dit toi-même, il est intelligent, et si j'en crois ce qu'on m'a raconté sur l'époque où il était soldat, il sait comment survivre en milieu hostile. Il vaut mieux l'avoir comme allié que comme ennemi, je crois.

Sylvia commença à monter l'escalier.

— Malgré tout, ça ne t'empêche pas d'essayer de le ruiner.

D'Esterbrook balaya ce commentaire d'un geste de la main et s'apprêta à retourner dans sa bibliothèque.

— Ruiner quelqu'un, ce n'est pas comme le tuer. S'il perd sa chemise dans cette spéculation sur les céréales, je lui offrirai peut-être même une place au sein de l'une de mes entreprises. Ainsi, je n'aurais plus à m'inquiéter d'un concurrent et il pourrait devenir, entre mes mains, un atout de grande valeur.

Sylvia disparut à l'étage et Jacob s'enfonça dans le couloir en direction de la bibliothèque.

— Qui plus est, s'il le faut, je laisserai Tim Jacoby le tuer pour moi, ajouta-t-il en se parlant à lui-même.

Roo but une gorgée de café. Il en était à sa cinquième ou sixième tasse de la journée et buvait par habitude et non par plaisir.

Dash monta les marches de l'escalier deux à deux pour rejoindre la table de Roo et de ses associés.

— J'ai un message pour vous, annonça-t-il en tendant un billet à son employeur.

Le joaillier de Salador proposait un prix plus bas que Roo ne l'aurait souhaité, mais suffisamment élevé quand même pour que le jeune homme décide de conclure l'affaire sans chercher de meilleure offre. Après un rapide calcul mental, il se tourna vers Dash.

— Fais-lui parvenir ma réponse par courrier rapide : « Envoyez l'or immédiatement ».

— Il faut aussi que vous sachiez que les gens commencent à gronder du côté des auberges. Hier soir, Duncan a entendu un meunier dire, alors qu'il était ivre, qu'il n'a pas un seul grain de blé à moudre parce que les fermiers n'en apportent pas en ville.

Roo hocha la tête.

— Continue à me tenir informé.

Dash repartit d'un pas pressé.

— Ça commence, annonça Roo.

Masterson hocha la tête et fit signe à un serveur. Le jeune homme s'avança et Masterson lui tendit un mot.

— Remettez ceci à monsieur Amested, je vous prie.

Roo soupira.

— Où en sommes-nous ?

— Nous avons pris des options sur du blé pour une valeur de six cent mille souverains d'or, répondit Masterson. Il s'agit de la plus grande saisie de blé qu'ait connue l'Histoire ! (Il se passa la main sur le visage.) Je doute qu'il reste un seul grain entre la Croix de Malac et la Côte sauvage qui ne porte notre nom lorsqu'il arrivera en ville d'ici deux semaines. J'espère qu'on ne s'est pas trompés, Roo.

Ce dernier sourit.

— Aucun de vous ne m'aurait suivi si vous aviez pensé que mon plan pouvait échouer. (Du pouce, il indiqua la salle en contrebas.) Tout cela ne repose que sur un seul fait, Jérôme. Toutes les personnes présentes, y compris vous et moi, ne sont que des bâtards cupides.

Masterson éclata de rire.

— Il y a du vrai dans ce que vous dites, Roo. (Il se pencha en avant.) Pour être tout à fait franc, lorsque j'étais gamin, je gagnais ma vie en volant la bourse des passants. On m'a donné une chance de me racheter et je l'ai saisie en entrant dans l'armée, pendant le Grand Soulèvement. Je n'étais qu'un gamin à l'époque, mais comme tous ceux qui ont servi avec moi, j'ai été gracié par le roi. J'ai alors décidé de monter un commerce et me suis aperçu que la plus grande différence entre le travail honnête et le vol, c'est la façon dont on approche son but. (Il se redressa.) Bien sûr, il ne s'agit pas de prendre tout son argent à quelqu'un. Si nous faisons du bon travail ensemble, chacun y gagne. Mais parfois, il arrive que je me montre aussi vicieux qu'à l'époque où je m'emparais d'une bourse et m'enfuyais en traversant le marché en courant.

— Où en sommes-nous du côté des prix ? voulut savoir Roo.

— Ils restent stables : trois pièces d'argent les dix boisseaux contre une garantie de six pour cent.

— Je suis trop fatigué pour faire le calcul, avoua Roo. Combien cela devrait-il nous rapporter ?

— Je n'en ai aucune idée, répliqua Masterson. Il faut encore que les négociants en céréales des Cités libres arrivent et fassent monter les prix.

— Nous n'avons plus que quelques jours à attendre, je l'espère, rétorqua Roo. Il faut encore contracter quelques-unes de ces options ridiculement faibles. (Il baissa la voix.) D'après Duncan, la rumeur qu'il n'y a plus de blé dans les fermes des environs commence à se répandre. D'ici quelques jours, plus personne ne fera d'offres. Il faut que nous terminions nos achats aujourd'hui, ou demain au plus tard.

— Je n'ai plus d'or et j'ai déjà hypothéqué tout ce que je possède. Je devrais être mort de trouille, ajouta Masterson en riant, mais en vérité je ne me suis jamais senti aussi heureux depuis l'époque où, gamin, je filais dans les rues de la cité avec les hommes du guet à mes trousses !

— Je vois ce que vous voulez dire, approuva Roo. C'est comme parier votre vie sur une partie d'osselets.

— Je n'ai jamais beaucoup aimé ce jeu, ni même les dés d'ailleurs. Je leur ai toujours préféré les cartes. J'adore le lin-lan ou le pokiir, quand on est seul contre les autres joueurs.

— Je dois recevoir de l'or en provenance de Salador, lui apprit Roo. Cela devrait nous faire encore dix mille souverains au cas où.

— On va en avoir besoin, répliqua Hume, qui venait d'arriver. Nous avons tellement dépensé que nous n'avons même plus de quoi payer nos cafés. (Il se pencha vers ses compagnons.) Gardez-le sur vous au cas où nous aurions à prendre la fuite rapidement.

Roo éclata de rire.

— Je ne pense pas que ça arrivera. La nouvelle que nous attendons tous peut tomber à n'importe quel moment et nous verrons bien ce qui se passera alors... (Il esquissa un large sourire.) Bientôt, ils seront tous à notre merci, ajouta-t-il en refermant brusquement le poing.

Quelques minutes plus tard, un serveur vint leur apporter deux billets. Masterson ouvrit le premier et annonça :

— Amested a accepté de nous rejoindre et participera à hauteur de dix mille souverains. Il ne tient plus en place tant il a envie de savoir ce que nous préparons, messieurs.

Crowley rejoignit ses associés à son tour et s'assit à la table.

— Qu'est-ce que je viens d'entendre ? Amested nous a rejoints ?

— En effet, acquiesça Masterson.

— Que dit l'autre message ? s'enquit Roo.

Masterson l'ouvrit. Un large sourire apparut sur son visage au fur et à mesure de sa lecture.

— Nous y voilà, dit-il.

— De quoi ça parle ? s'impatienta Crowley.

— Un autre syndicat nous propose trente mille boisseaux, à deux pièces d'argent les trois boisseaux, contre une option de dix pour cent.

Roo abattit sa main sur la table.

— Ce sont eux. Ça ne peut pas être autrement. Ces salopards n'ont pas pu résister. On les tient.

Masterson fit un rapide calcul.

— Non, pas encore.

Il se laissa aller contre le dossier de sa chaise et gonfla ses joues pour laisser s'échapper tout l'air de ses poumons.

— On n'a pas assez d'or, déclara-t-il.

Roo gémit.

— Combien nous manque-t-il ?

404

— On pourrait utiliser vos dix mille souverains qui doivent arriver de Salador.

— Est-ce que ce sera suffisant ?

— Presque. Mais il nous manquera encore deux mille pièces d'or.

Roo gémit de nouveau.

— Il faut que j'aille prendre l'air. Je trouverai bien une idée.

Il quitta ses compagnons et descendit l'escalier qui menait au cœur du café. Puis il sortit dans les rues relativement peu encombrées. Son regard s'arrêta sur la demeure où il avait un jour dissimulé la soie qui lui avait permis de se lancer dans le métier. Roo traversa alors la rue en évitant les flaques. Il avait beaucoup plu la nuit précédente, ce qui expliquait en partie le peu d'animation qu'il y avait ce jour-là.

En arrivant devant le porche de la maison abandonnée, Roo s'aperçut que personne n'avait remplacé le verrou qu'il avait forcé. Le propriétaire s'était contenté de remettre les vis qui avaient été arrachées, comme si la vue du verrou suffirait à éloigner les curieux. C'était sûrement la meilleure chose à faire puisqu'il n'y avait rien à voler, se dit Roo en poussant la porte pour l'ouvrir.

Il erra dans la maison et s'y sentit à son aise. Il n'avait rien dit à Karli, mais il avait l'intention d'acheter cette maison le jour où il serait riche. Il avait envie de vivre plus près du *Café de Barret* car il avait déjà décidé que sa compagnie de transport, tout en restant le noyau de son futur empire financier, ne serait que l'une des nombreuses aventures dans lesquelles il avait l'intention de se lancer.

Faire des affaires au *Barret* ne ressemblait à aucune des expériences qu'il avait déjà vécues. On y faisait des paris dont l'ampleur aurait fait rêver les soldats qui s'amusaient à perdre leur salaire dans une taverne. C'était tout simplement enivrant.

405

Il resta assis là longtemps, à ressasser les possibilités qui s'offraient à lui. La pluie tombait par intermittence et couvrait presque les bruits de la cité. La lumière déclina à mesure que le temps s'écoulait. Lorsque enfin Roo décida de retourner au café, le soleil était presque couché.

Il sortit de la demeure abandonnée et traversa la rue. Dash l'attendait à l'entrée du *Barret*.

— Luis vient de me prévenir de l'arrivée d'une première cargaison de blé. L'un des villages du côté de Finisterre a moissonné plus tôt que les autres.

Roo proféra un juron.

— Avons-nous de la place à l'entrepôt ?

— On devrait tout juste arriver à stocker le blé si on pousse tout le reste dans la cour et dans la rue.

— Voilà qui pourrait mal tourner. On n'a plus assez d'or pour louer des entrepôts sur les quais et il n'y a toujours pas de navires en provenance des Cités libres.

— Si, il y en a un, lui apprit Dash.

— Quoi ? s'écria Roo.

— Nous avons entendu dire qu'un négociant des Cités libres a accosté vers midi. Ça fait des heures que je vous cherche pour vous l'annoncer.

Roo écarquilla les yeux.

— Viens avec moi !

Il se hâta en direction du port, courant dans les rues dès que la circulation le permettait. Dash se maintint tout le temps à sa hauteur.

— Où est le navire ? demanda Roo en arrivant sur les quais.

— Il est ancré là-bas, regardez.

Ils coururent jusqu'à la guérite des douanes et y trouvèrent un clerc très occupé à passer des documents en revue, tandis que deux hommes impatients attendaient tout près.

— Le capitaine originaire des Cités libres s'est-il déjà présenté ? demanda Roo par-dessus le comptoir.

— Pardon ? fit le clerc.

— Je suis là, intervint l'un des deux hommes présents. Et j'attends encore que cette tête de mule veuille bien signer mes documents afin que je puisse remettre ma cargaison à son propriétaire, ajouta-t-il en désignant son compagnon.

— J'aurais des marchandises à destination des Cités libres, si votre cale n'est pas déjà réservée.

— Désolé, mon garçon, répondit le capitaine, mais c'est trop tard. J'ai sur moi des lettres de crédit ainsi qu'une autorisation signée par mon client, qui s'est montré particulièrement insistant. Si vos marchandises ne sont pas trop volumineuses, j'arriverai peut-être à leur trouver une petite place mais, pour le reste, j'ai reçu l'ordre de remplir mon navire de blé et de rentrer aussi vite que possible.

Roo sourit.

— Vous avez besoin de céréales ?

— Oui, mon garçon. Je dois acheter du blé de qualité à un prix raisonnable au regard du marché et ensuite lever l'ancre le plus tôt possible. (Il lança un regard noir en direction du clerc.) C'est pourquoi j'aimerais qu'on en finisse au plus vite avec les formalités afin que mes hommes puissent aller à terre. Ils ont passé trois semaines en mer et nous ne restons à Krondor qu'un jour ou deux.

— Avez-vous déjà contacté quelqu'un pour le blé ? demanda Roo.

— Non, pas encore, mais je ne vois pas en quoi ça vous regarde.

Roo se redressa de toute sa hauteur.

— Capitaine, il est vrai que j'en oubliais les bonnes manières. Je suis vraiment désolé. Permettez-moi de nous présenter, moi et mon compagnon. (Il se tourna vers Dash.) Voici Dashel Jameson, petit-fils du duc de Krondor. (Puis il posa la main sur sa poitrine, tandis que le capitaine et son compagnon se levaient en entendant parler du duc.) Je m'appelle quant à moi

407

Rupert Avery, de l'association des Négociants en céréales de Krondor. De quelle quantité de blé avez-vous besoin ? ajouta-t-il, presque incapable de se contenir.

— Suffisamment pour remplir la cale d'un navire, monsieur Avery.

Roo se tourna vers Dash.

— Le blé qui vient d'arriver y suffirait-il ?

— Je le pense.

— Bien. Parlons maintenant du prix. Combien m'en offrez-vous ?

— Le blé est ici, à Krondor ? s'étonna le capitaine.

— Oui, je peux vous le livrer sur le quai demain aux premières lueurs du jour.

Le capitaine prit un air songeur. Roo savait à quoi il pensait : s'il parvenait à acquérir du blé avant que les Krondoriens n'aient vent de la pénurie, il ferait peut-être assez de bénéfices pour convaincre ses hommes de renoncer à leur permission à terre.

— Je suis prêt à vous proposer deux pièces d'argent réglementaire – il s'agissait du poids en argent que contenaient les pièces, sur lequel les marchands des différentes Cités libres s'étaient mis d'accord – pour trois boisseaux de blé sur les quais demain matin.

— Moi, j'en demande une pièce d'argent par boisseau, répliqua Roo.

— Trois d'argent pour quatre boisseaux.

— Très bien, une d'argent et une de cuivre par boisseau.

— Attendez un peu ! protesta le capitaine. Vous veniez juste de proposer une d'argent et maintenant vous augmentez le prix ?

— En effet, et si on continue comme ça, dans une minute, j'en demanderai une d'argent et deux de cuivre. (Il se pencha en avant.) À cause des locustes, vous comprenez, ajouta-t-il à voix basse.

Le capitaine rougit. On eût dit que quelqu'un venait de mettre le feu à sa culotte. Il regarda méchamment Roo pendant un moment, puis finit par dire :

— Marché conclu ! Une pièce d'argent et une de cuivre par boisseau livré sur les quais demain à la première heure.

Roo tourna les talons, prit Dash par l'épaule et s'éloigna avec lui de la guérite.

— Ça va marcher, affirma-t-il.

Le lendemain matin, les chariots d'Avery & Fils défilèrent sur les quais pour décharger le blé sur des barges qui l'amenèrent jusqu'au navire. Roo et le capitaine se tenaient non loin de là pour faire les comptes tandis que les dockers sortaient les gros sacs de grain des chariots et descendaient les passerelles pour les déposer dans les barges.

Vers midi, les comptes étaient terminés et les deux hommes comparèrent leurs chiffres. Roo savait que le capitaine avait fait exprès de se tromper en annonçant six boisseaux de moins que lui. Comme cela ne représentait qu'un tout petit plus d'une demi-pièce d'or, Roo décida de laisser son interlocuteur goûter ce maigre triomphe.

— J'accepte vos chiffres, capitaine.

Ce dernier appela son second, qui lui apporta un coffre. Le capitaine en sortit plusieurs sacs d'or et laissa Roo inspecter le contenu de chacun. Lorsque la transaction fut terminée, Roo remit l'or à Duncan qui se tenait non loin avec un autre coffre, prêt à être déposé à la banque.

La longue file de chariots quitta alors les quais. Roo conduisait celui de tête, son cousin à côté de lui. Le jeune homme n'avait encore jamais éprouvé pareille allégresse.

— Ça va marcher, répéta-t-il, sans s'adresser à quelqu'un en particulier.

— Quoi donc ? demanda Duncan.

Roo ne put se contenir plus longtemps et rit très fort et très longtemps, avant de pousser un cri de triomphe.

— Je vais devenir quelqu'un de vraiment très riche, cousin !

— J'en suis ravi pour toi, déclara sèchement Duncan.

Roo ne remarqua pas le manque d'enthousiasme de son cousin, pourtant flagrant.

La grande salle du rez-de-chaussée du *Barret* était plongée dans le chaos. Des hommes pourtant adultes échangeaient des insultes en hurlant et les serveurs avaient déjà été obligés d'intervenir pour en séparer quelques-uns. On entendit McKeller crier à plusieurs reprises :

— Allons, messieurs, je vous en prie, reprenez-vous !

Un individu lança une table sur Roo, qui fut sauvé par ses réflexes d'ancien soldat. La table ne rencontra que de l'air à l'endroit où se tenait encore le jeune homme quelques instants plus tôt, et l'individu qui l'avait lancée s'assomma presque en heurtant une chaise du menton.

Roo monta les marches deux par deux et se retrouva face à deux serveurs postés à l'étage pour en barrer l'accès à ceux qui n'étaient pas autorisés à y entrer. L'ambiance qui y régnait n'était pourtant pas meilleure qu'en bas, mais au moins on ne s'y bagarrait pas. Certaines personnes semblaient sur le point de fondre en larmes ou de hurler leur rage, comme des enfants. Roo se glissa entre deux d'entre elles pour rejoindre sa table, cernée par plusieurs individus en colère auxquels faisait face un Masterson tout aussi furieux.

— Je me moque de vos promesses ! hurla-t-il en s'adressant à deux hommes penchés au-dessus de la table et qui avaient les jointures blanches à force d'en serrer le bois. Vous avez signé le contrat, vous nous fournissez le blé ou vous nous le remboursez au prix du marché. Je vous laisse trois jours !

L'un de ses deux interlocuteurs semblait fou de rage, tandis que l'autre paraissait prêt à supplier.

— Je vous en prie. J'en suis incapable. Il faudrait que je vende tout ce que j'ai acquis jusqu'aujourd'hui. Je me retrouverais ruiné.

La colère de Masterson menaçait de prendre le dessus.

— Il fallait y penser avant de me vendre du blé que vous ne possédez pas !

Roo prit son associé par le bras et dit par-dessus son épaule :

— Excusez-nous, messieurs, nous revenons dans un moment.

— Qu'y a-t-il ? demanda brutalement Jérôme, toujours en colère.

Roo essaya de garder une expression impassible. Comme il n'y arrivait pas, il tourna le dos aux personnes qui les attendaient à leur table, afin qu'elles ne le voient pas sourire.

— On en est à combien ?

— Ils nous doivent deux cent mille boisseaux de blé alors qu'ils n'en possèdent pas un seul grain !

Brusquement, il réalisa à qui il s'adressait et se mit à ricaner. Aussitôt, il se couvrit le visage de la main et fit semblant de tousser.

— Je n'aime pas beaucoup ce Meany, là-bas, et son cousin Meaks ne vaut guère mieux. Je me suis dit que j'allais les laisser mariner un peu.

— Sont-ils liés à Jacoby ? demanda Roo en veillant à ne pas parler fort.

— Non, du moins pas à ma connaissance. J'ai fait ce que vous m'avez demandé ; j'ai recensé tous les syndicats et associations dont Jacoby détient des parts et ils n'en font pas partie.

— J'ai beaucoup réfléchi, annonça Roo ; on ne peut pas ruiner tous les entrepreneurs de Krondor, sinon il ne restera personne avec qui faire des affaires. Que font ces deux-là ?

Masterson sourit.

— Meany possède un joli petit moulin qu'il ne gère pas très bien et Meaks tient une boulangerie prospère non loin de ce café. Ils ne font que spéculer et toujours de façon modeste. (Sa voix se réduisit à un murmure.) Quelqu'un a dû prévenir tout le monde qu'il allait y avoir une véritable saignée. Certains m'ont fait des propositions deux ou trois fois de suite, et elles sont bien supérieures à ce qu'ils pourront payer s'ils sont défaillants.

Roo hocha la tête.

— Imaginons que les Négociants en céréales de Krondor deviennent une association permanente, ça ne lui ferait pas de mal de posséder quelques commerces qui feraient régulièrement rentrer de l'or. Vous n'aimeriez pas posséder des parts d'une boulangerie ou d'un moulin ?

Masterson se frotta le menton.

— Ce n'est pas une mauvaise idée. Il va falloir en discuter avec Hume et Crowley. Nous n'aurons aucun mal à convaincre les associés qui nous ont rejoints depuis, mais Brandon Crowley et Stanley Hume sont avec nous depuis le début.

— Entendu.

Roo fit demi-tour et revint vers la table.

— Monsieur Meany ? appela-t-il.

— C'est moi, dit l'un des deux individus, celui qui avait l'air le plus en colère.

— Si je comprends bien, vous n'avez pas le blé que vous avez promis de nous livrer par contrat ?

— Vous savez bien que je ne l'ai pas ! s'écria Meany. Quelqu'un a acheté tout le blé qui a poussé d'ici à Kesh la Grande ! Tous les négociants en blé de la principauté m'ont fait savoir qu'il n'y a plus le moindre grain à vendre ! Comment allons-nous faire pour

412

respecter nos contrats si on ne peut pas acheter du blé ?

— Vous voilà en effet dans une situation difficile.

L'autre individu, Meaks, intervint :

— Je vous en prie. Si nous sommes obligés de payer à la date convenue, je serai ruiné. J'ai une famille à charge !

Roo fit mine d'hésiter, puis déclara :

— Nous allons y réfléchir, voir s'il n'est pas possible de vous faire crédit.

Les mots n'étaient pas plus tôt sortis de la bouche de Roo que Meaks s'écria :

— Oh, merci, monsieur !

Son soulagement était si grand que le malheureux paraissait au bord des larmes.

— Vous feriez ça, vraiment ? s'étonna Meany.

— Contre un taux d'intérêt raisonnable, et il est possible que nous réclamions l'une de vos possessions en guise de... (Roo se tourna vers Masterson.) Comment dit-on ? chuchota-t-il.

— Nantissement.

— Voilà, en guise de nantissement. Préparez-nous donc une liste de vos biens que vous nous apporterez à la date convenue. Nous trouverons bien une solution. Après tout, on ne peut pas jeter vos familles à la rue, n'est-ce pas ? ajouta Roo en s'adressant plus particulièrement à Meaks.

Les deux cousins s'en allèrent. Roo commença alors à négocier avec ceux qui étaient venus, comme eux, demander le report de l'échéance de leur contrat parce qu'il n'y avait plus de blé à acheter. Le jeune homme remarqua les notes que Masterson avait laissées de côté pour qu'il puisse les consulter. Il mémorisa la liste des noms qui y étaient inscrits. Aucun de ces individus ne vint les voir.

En fin de journée, Roo et ses trois associés se réunirent avec Sebastian Lender.

— Messieurs, je vous propose à présent de donner à notre association un caractère permanent.

— Poursuivez, l'encouragea Hume, intéressé.

— Nous avons, selon Jérôme, réussi à accomplir la plus extraordinaire manipulation du marché de toute l'histoire du *Barret*.

— Je pense qu'il n'exagère pas, approuva Lender.

— Aucun de nous ne s'attendait à la tournure que les choses ont prise, leur rappela Masterson.

— Là où je veux en venir, c'est que nous avons aussi brillamment réussi grâce à votre courage et à votre fermeté, messieurs. Vous avez continué quand d'autres auraient craqué et pris la fuite.

Crowley ne paraissait pas très convaincu par ce discours, mais la remarque plut à Hume.

— J'ai été soldat pendant deux terribles années, ajouta Roo, et je sais combien il est important d'avoir derrière soi des hommes en qui on peut avoir confiance. Ça n'a pas de prix. (Il dévisagea chacun de ses compagnons, tour à tour.) Je vous fais confiance, à tous les quatre.

Cette fois, ces paroles parurent émouvoir Crowley.

— Je vous propose de continuer à capitaliser notre nouvelle richesse afin de créer une nouvelle compagnie, plus grande, avec des activités plus diversifiées, que toutes celles que nous connaissons.

En son for intérieur, il savait qu'il suggérait la création, du jour au lendemain, d'une société de taille à rivaliser avec celle de Jacob d'Esterbrook.

— Et bien sûr, vous en serez le président ? demanda Crowley, une pointe de suspicion dans la voix.

— Non, répliqua Roo. Je ne suis encore qu'un novice dans ce milieu. Même si je crois être doué pour les affaires, je sais aussi que nous avons eu de la chance. (Il se mit à rire.) Je doute qu'à l'avenir dans ce royaume quelqu'un s'engagera à livrer du blé sans l'avoir acheté au préalable.

Les autres rirent à leur tour.

— Non, répéta Roo. Je me disais que vous devriez présider la compagnie, Brandon.

C'était la première fois qu'il appelait Crowley par son prénom.

— Moi ? s'écria l'intéressé, visiblement surpris.

— C'est-à-dire que monsieur Masterson et moi avons un passé guère... reluisant, dirons-nous, expliqua Roo en se tournant vers Jérôme, que cette remarque fit rire davantage. Et bien que j'éprouve le plus grand respect pour monsieur Hume, il me semble que c'est vous, Brandon, le membre le plus âgé de notre association. Votre âge et votre expérience nous seront précieux. Je propose donc que vous dirigiez cette compagnie, avec monsieur Hume agissant en qualité d'adjoint. Je me contenterai pour ma part d'une place d'associé, car je continuerai à faire beaucoup de commerce en dehors de la compagnie. Diriger Avery & Fils occupe une partie de mon temps. D'ailleurs, je suppose que nous avons tous des activités que nous souhaiterons poursuivre indépendamment de la compagnie. Mais nous allons être confrontés à de très nombreuses personnes incapables d'honorer les contrats passés avec nous.

Il relata la conversation qu'il avait eue avec Masterson et la proposition faite à Meaks et à Meany.

— Nous pourrions nous retrouver en possession de parts d'entreprises disséminées tout autour de la Triste Mer. C'est pourquoi, messieurs, je vous propose de créer dès aujourd'hui une société de participation financière que nous pourrions appeler « compagnie de la Triste Mer ».

Masterson frappa du poing sur la table.

— Ma parole, Avery, vous êtes une véritable étoile filante ! Je vous suis.

— Moi aussi, annonça Hume. Oh oui, vous pouvez compter sur moi.

— Président... murmura Crowley après quelques secondes d'hésitation. Ça me va. Moi aussi, je vous suis.

— Monsieur Lender, auriez-vous l'amabilité de préparer les documents nécessaires ? demanda Roo.

— J'en serai ravi, monsieur Avery.

Masterson se frotta les mains.

— Je crois, messieurs, qu'il est l'heure de porter un toast.

Il tourna la tête et demanda à un serveur de leur apporter du cognac – sa cuvée personnelle – et cinq verres. Lorsque tout le monde fut servi, Masterson leva le sien en disant :

— À monsieur Rupert Avery. Sans votre ténacité et votre conviction, non seulement nous ne serions pas sur le point de devenir très riches, mais au contraire nous serions sans doute déjà réduits à mendier dans les rues.

— Non, je vous en prie, ne m'attribuez pas tout le mérite, protesta le jeune homme. Chacun d'entre nous a contribué à cette réussite. Je préférerais porter un toast – il leva son verre – à la compagnie de la Triste Mer.

Ils répétèrent le nom de la société avant de boire leur cognac tous en même temps.

Chapitre 15

CONSOLIDATION

L'auberge était pleine de monde.

Dans un coin sombre de la salle étaient assis cinq hommes qui prenaient soin de discuter à voix basse en dépit du vacarme ambiant. L'un d'eux crachait presque ses mots tant sa colère était grande.

— Ce maudit salopard a étranglé le marché et va tous nous ruiner. Vous nous aviez assurés qu'on allait gagner de l'argent facilement, alors j'ai pris de nombreuses parts dans trois syndicats différents, en donnant à chaque fois le même nantissement. Si je suis incapable de remplir plus d'un contrat, je vais devoir fuir Krondor ou aller en prison ! Pourtant, vous aviez dit que c'était sans risque !

Timothy Jacoby se pencha en avant, en proie à une colère identique à celle de ses compagnons.

— Je ne vous ai rien promis du tout, deWitt. J'ai seulement dit que vous alliez avoir l'occasion de faire un malheur. Mais je n'ai jamais rien garanti !

— Il ne sert à rien de nous disputer, intervint un troisième homme. La question, c'est de savoir ce que nous allons faire.

— Je vais aller voir d'Esterbrook, répondit Jacoby en se levant si brusquement que sa chaise tomba à la renverse et alla heurter un ivrogne affalé sur la table voisine. Jacoby lança un coup d'œil en direction de

417

l'individu qui, plongé dans un état comateux, bougea à peine.

— Retrouvez-moi ici dans deux heures. J'aurai sûrement une réponse à vous donner.

Les cinq hommes se levèrent et quittèrent l'auberge. Moins d'une minute après, l'ivrogne se leva à son tour. Il s'agissait d'un jeune homme de taille moyenne qui n'avait rien de remarquable à l'exception de sa chevelure, dont le blond très pâle paraissait blanc à la lumière. Mais il portait un bonnet de marin en laine pour dissimuler ce détail physique inhabituel. Il traversa la salle d'un pas décidé et sortit de l'auberge peu après les cinq hommes.

Il regarda autour de lui, vit une silhouette se détacher de l'ombre d'une porte voisine et attendit qu'elle le rejoigne.

— Alors ? demanda Dash au faux ivrogne.

— Tu peux retourner dire à ton employeur qu'il vient de donner un coup de pied dans la fourmilière. À l'heure qu'il est, Tim Jacoby se rend chez Jacob d'Esterbrook pour lui demander des comptes. Je vais le suivre et essayer d'espionner leur conversation, pour savoir quels sont leurs plans.

— Au moins, tu ne seras pas obligé de grimper sur les toits et de te suspendre par les pieds à l'extérieur d'une fenêtre. Tu n'as jamais été très doué pour ça.

Jimmy sourit à son frère cadet.

— Et toi, tu n'as jamais vraiment réussi à chaparder la bourse des courtisans. (Il lui agrippa le bras.) Tu es sûr que notre père croit que nous sommes en train de dîner ensemble, toi et moi ?

Dash haussa les épaules.

— C'est ce que je lui ai dit. Ne t'inquiète pas. Si on a des ennuis, grand-père arrangera tout avec lui – à moins que tu te fasses tuer. Mais sinon, il réussit toujours à l'apaiser.

— Allez, va-t'en, répliqua Jimmy. Ils doivent se réunir de nouveau ici dans deux heures. Ce serait bien que vous ayez quelqu'un dans la place, au cas où je n'arriverais pas à devancer Jacoby. (Il donna une tape sur le bras de son frère.) On se voit tout à l'heure.

Dash s'enfonça de nouveau dans les ténèbres tandis que Jimmy partait chercher son cheval, qu'il avait caché non loin de l'auberge. Il se mit en selle et se dirigea vers la porte est, tout en regardant autour de lui pour s'assurer que personne ne l'avait remarqué ou ne le suivait.

Alors qu'il franchissait la porte de la cité, Jimmy aperçut Jacoby devant lui sur la route. Sa silhouette, éclairée par la plus grande des trois lunes juste au-dessus de sa tête, se découpait sur l'obscurité. Jimmy retint sa monture, de peur de se retrouver sur les talons de sa proie.

Lorsque Jimmy arriva devant le mur d'enceinte de la demeure des d'Esterbrook, il comprit qu'il allait être facile de rentrer dans la propriété. Mais il songea qu'il risquait d'être plus délicat d'en sortir.

Tout comme son jeune frère, Jimmy avait grandi au palais de Rillanon, où leur père, Arutha, travaillait avec leur grand-père, qui était à l'époque duc de Rillanon. Arutha – ainsi nommé en l'honneur du défunt prince de Krondor – avait eu une enfance bien plus calme que celle de son père James, qui avait été un célèbre voleur jusqu'à ce que le prince Arutha le prenne à son service.

Dash et Jimmy écoutèrent avec beaucoup d'attention les histoires de leur grand-père. Lorsqu'ils eurent respectivement cinq et sept ans, ils mirent le palais sens dessus dessous en escaladant les murs, en se baladant sur les toits, en forçant les serrures et en espionnant des réunions où l'on traitait des affaires du royaume. Ils ne cessaient de poser à leur entourage des problèmes bien complexes pour des enfants de cet âge et de cette taille.

Deux ans plus tard, leur père décida de les envoyer sur la frontière, en espérant que la vie qu'on y menait

419

les assagirait un peu. Les deux garçons furent donc expédiés à Crydee, foyer du duc Marcus, le cousin du roi.

Leur séjour dura deux ans. Lorsqu'ils revinrent à Rillanon, Jimmy et Dash avaient le teint hâlé et s'étaient endurcis au contact des gens de Crydee qui leur avaient appris à devenir plus autonomes, à traquer une proie et à mieux chasser. Résultat, ils étaient désormais parfaitement incorrigibles. Lors des cinq années qui suivirent, chacun fut renvoyé du palais à plusieurs reprises dans l'espoir qu'ils comprennent enfin la chance qu'ils avaient de faire partie de l'élite du royaume.

Les garçons s'en étaient toujours très bien sortis et avaient réussi à survivre grâce à leur intelligence et à leur ruse. Ils trouvaient toujours de quoi subsister en employant les techniques mises au point dans leur enfance pour distraire les serviteurs du palais. Ils avaient même réussi à se mettre à dos la guilde des voleurs de Rillanon sans pour autant y laisser leur peau, un exploit qu'ils ne se lassaient pas de raconter.

La dernière fois qu'ils s'étaient retrouvés à la rue, l'expérience avait duré trois semaines. Puis leur père, sa colère apaisée, était parti à leur recherche, pour s'apercevoir que ses enfants contrôlaient désormais l'un des bordels les plus miteux du port. Ils l'avaient gagné aux cartes.

Jimmy attacha son cheval à l'écart de la route, à un endroit où Jacoby ne risquait pas de le voir s'il quittait la propriété avant le jeune homme. Puis il courut jusqu'au portail. Il n'eut aucun mal à trouver deux prises commodes pour ses pieds et une pour ses mains. Il risqua un coup d'œil dans le parc. Il n'y avait personne en vue à l'exception d'un serviteur qui menait le cheval de Jacoby en direction des écuries. Jimmy entendit la porte d'entrée se refermer et se dit que Jacoby venait de pénétrer dans la demeure.

Le jeune homme se laissa tomber de l'autre côté du mur et courut en direction de la maison, en restant à l'écart de l'allée, plié en deux derrière une haie d'arbustes décoratifs. Puis il balaya les environs du regard en arrivant près du bâtiment. Il ne savait pas où se trouvait la bibliothèque de d'Esterbrook. Il avait simplement entendu son frère mentionner qu'elle se situait au rez-de-chaussée.

Jimmy se maudit en silence de ne pas avoir demandé plus de renseignements à Dash. Mais les préparatifs n'avaient jamais été son fort, songea-t-il pour se consoler. C'était Dash qui avait l'esprit le plus pratique.

Il jeta un coup d'œil par les fenêtres et ne vit personne bouger. Puis il finit par se retrouver devant une pièce obscure où ne brûlaient que deux chandelles, mais de laquelle provenaient des voix.

— Tu n'as pas le droit d'entrer ici comme ça et d'exiger quelque chose de moi, Timothy !

Jimmy se risqua à regarder de nouveau dans la pièce et en fut récompensé en voyant Tim Jacoby penché sur un bureau, les jointures blanches à force d'en serrer le bois.

— J'ai besoin d'or ! hurla-t-il au visage de Jacob d'Esterbrook. Beaucoup d'or !

D'Esterbrook balaya l'air de la main comme s'il désirait chasser une mauvaise odeur.

— Et je suis censé t'en donner comme ça, gratuitement ?

— Alors faites-moi un prêt, bon sang !

— Combien ? demanda d'Esterbrook.

— Je détiens des options d'une valeur de soixante mille souverains, Jacob. Si je ne peux pas remplir le contrat, je vais devoir vendre tout ce que je possède à moins que du blé arrive sur le marché d'ici trois jours.

— Tu vaux plus que soixante mille pièces d'or, Timothy, bien plus.

— Ce n'est pas le prix que j'ai payé ! répliqua l'autre, criant presque à nouveau. C'est la pénalité que l'on exigerait de moi si je ne livrais pas le blé. Par tous les dieux, le prix du boisseau a atteint les trois pièces d'argent et il grimpe encore ! Tous les meuniers du royaume sont à Krondor et hurlent sur les négociants. Quelqu'un a acheté tout le blé et l'on n'en trouve plus un seul grain à vendre.

— Qu'en est-il de ce blé au rabais que tu fais venir de Kesh ?

— Nous le livrerons demain, mais la quantité ne couvre pas la totalité des contrats que nous avons passés. Lorsque j'ai acheté ce blé, comment aurais-je pu me douter que ce petit insecte et ses associés allaient commander jusqu'à cinq fois cette quantité ? Au lieu de l'étouffer avec ce grain, nous sommes en train de l'enrichir !

Jacob pointa son index sur Timothy.

— Tu t'es montré cupide, ce qui n'est pas bon. Mais surtout, tu as fait preuve de stupidité, ce qui est pire. Tu as laissé la haine que tu éprouves envers ce Roo Avery affecter ton jugement. Pire encore, tu as tué un innocent simplement parce qu'il s'agissait de son associé. Tu es le seul marchand de Krondor qui ne pourra pas négocier pour sortir de ce guêpier.

— Innocent ! répéta Jacoby. Demandez donc à mon père ce qu'il pense d'Helmut Grindle. Il savait que la gorge d'un homme se trouve sous son menton et quel côté d'une lame est affûté. Il s'est juste trouvé en travers de mon chemin. Avery a le chic pour me voler des marchandises que j'ai du mal à remplacer, et les clients qui me les commandent sont tout sauf indulgents.

— Tu recommences donc à vendre de la drogue pour les Moqueurs, Tim ? (D'Esterbrook ne chercha pas à dissimuler son dégoût.) C'est toi qui as fait ce lit-là et je te laisserai y coucher seul.

— Est-ce que vous allez me prêter cet or, oui ou non ? insista Jacoby.

— Combien ?

— Si du blé arrive sur le marché d'ici deux jours, je pourrai survivre rien qu'avec les soixante mille souverains. Ça me permettra aussi de sortir d'affaire deWitt et ceux qui m'ont suivi dans cette galère. S'il n'y a toujours pas de blé, alors vous ne possédez pas assez d'or pour sauver mon entreprise et deWitt ne sera pas le seul à fuir la cité pour éviter la prison. (Il baissa la voix et Jimmy dut tendre l'oreille pour entendre son avertissement.) Mais si l'on m'arrête, Jacob, je connais certains secrets qui pourraient alléger ma condamnation si je les révélais aux magistrats. Moi, ce n'est pas si grave si je passe quelques années derrière les barreaux. Alors que vous, Jacob, vous n'êtes plus tout jeune. Pensez-y.

D'Esterbrook réfléchit et regarda par la fenêtre, si bien que Jimmy dut se baisser précipitamment pour ne pas être vu. Il entendit un bruit de pas se rapprocher et fit de son mieux pour rester immobile, tapi dans l'obscurité.

— J'ai cru apercevoir quelque chose, déclara d'Esterbrook.

— C'est sûrement un tour de votre imagination, répliqua Jacoby.

Jimmy entendit le raclement d'une plume sur un parchemin.

— Voici une lettre de crédit. Tu la donneras à mon banquier, dit d'Esterbrook. Mais je te préviens, malgré notre vieille amitié, je tiendrai ton père pour responsable si tu ne me rembourses pas.

— Merci, Jacob, répliqua Timothy d'une voix glaciale.

Jimmy entendit claquer la porte et calcula le temps qu'il lui fallait pour regagner le mur. Le cheval de Jacoby se trouvait dans les écuries. Si Jimmy se dépêchait, il pouvait peut-être récupérer sa propre monture avant que Jacoby quitte la propriété.

Il était sur le point de s'en aller lorsqu'il entendit quelqu'un entrer dans la bibliothèque.

— Père ?

Jimmy risqua de nouveau un coup d'œil par la fenêtre et vit une jeune femme d'une beauté stupéfiante s'avancer dans la pièce. Il admit que, pour une fois, Dash n'avait pas exagéré en décrivant la belle. Il était facile de voir pourquoi Avery, son cousin Duncan et le jeune Jason étaient fous d'elle. Dash et Jimmy avaient grandi au palais du roi, le siège du pouvoir dans le royaume des Isles, et les jolies femmes avaient été nombreuses à s'intéresser aux petits-fils du duc de Rillanon dès qu'ils étaient arrivés en âge d'apprécier leur compagnie. Les deux frères n'avaient pas manqué de profiter de cette attention, si bien qu'ils n'ignoraient rien, en dépit de leur jeunesse, des façons de satisfaire une femme. Mais à cause de ces mêmes expériences, ils éprouvaient envers le genre féminin une certaine méfiance. Jimmy, tout comme son frère, considérait Sylvia d'Esterbrook comme une créature très dangereuse capable de trouver de puissants alliés.

— Quelle était la raison de ce vacarme ? demanda-t-elle. Tim voulait-il t'intimider ?

— Il a essayé, répondit son père. Il semblerait que le jeune Avery n'a pas été ruiné, en dépit des efforts de Jacoby, mais qu'il a réussi à tourner la situation à son avantage, comme on dit. J'ai dû prêter de l'or à Jacoby pour lui éviter la banqueroute.

— Tim va donc essayer de tuer Rupert, alors ?

— C'est presque une certitude, approuva d'Esterbrook.

— Vas-tu le laisser faire ?

Jacob se leva et contourna le bureau pour se rapprocher de sa fille.

— Je crois que je vais rester en dehors du conflit et qu'il serait bon que nous nous rendions dans notre maison de campagne pendant quelques semaines. L'affaire devrait être réglée d'ici notre retour.

— Si tu dois faire assassiner quelqu'un, père, fais-le vite, je t'en prie. Je m'ennuie tellement loin de la cité.

Jimmy avait déjà rencontré des femmes froides et calculatrices dans les cours de l'Est, mais Sylvia d'Esterbrook était pire qu'elles, et de loin. Même s'il souhaitait continuer à écouter cette conversation, le jeune homme savait qu'il ne pouvait laisser Jacoby prendre trop d'avance. Il s'éloigna donc de la maison en se demandant s'il devait mettre Avery en garde. Puis il rejeta l'idée en la jugeant inutile. Avery n'était certainement pas habitué à être l'objet des attentions d'une femme aussi belle que Sylvia, il ne comprendrait pas l'avertissement.

Dans la pénombre, Jimmy entendit le cheval de Jacoby s'engager sur la route tandis que le portail se refermait. Le jeune homme s'aplatit au sol le temps de laisser le serviteur retourner jusqu'à la maison. Lorsque la porte d'entrée se referma, Jimmy se releva, courut jusqu'au mur et l'escalada rapidement.

Quelques minutes plus tard, il était sur sa monture, en direction de Krondor. Il espérait de tout cœur que Dash serait déjà à l'auberge, car il ne pouvait plus désormais rattraper Jacoby pour jouer à nouveau les ivrognes à côté de sa table.

À l'intérieur de la grande demeure, Jacob d'Esterbrook referma derrière lui la porte de sa bibliothèque en disant :

— La santé du vieux Frederick n'est plus ce qu'elle était et j'ai bien peur que Timothy ne soit bientôt plus du tout contrôlable. Il vaudrait mieux pour nous que lui ou Rupert disparaisse très vite du tableau. Ainsi, nous serions débarrassés, soit d'un jeune homme très dangereux qui pourrait bien continuer à s'élever jusqu'à menacer un jour notre puissance, soit d'un allié instable, potentiellement plus dangereux encore que notre adversaire. Dans les deux cas, nous en tirerons profit.

— Si Roo assassine Tim, quel profit pourras-tu bien en tirer ? protesta Sylvia. Il n'a encore jamais fait d'affaires avec toi. Crois-tu qu'il sera enclin à le faire lorsqu'il se rendra compte du rôle que tu as joué dans les événements de ces derniers mois ?

— Si Tim le tue, alors la question devient superflue. Mais si Rupert survit, il deviendra un jeune homme d'une grande influence, et il me faudra le convaincre de rejoindre notre cause. Je compte sur tes charmes pour l'inciter à faire affaires avec moi.

— Tu veux que je l'épouse ?

— Non, il est déjà marié.

Sylvia éclata de rire, un son à la fois cristallin et glaçant.

— Le sale petit cachottier. Il ne m'a jamais parlé de sa femme. Mais ça ne fait rien, je n'ai plus qu'à séduire ce vilain crétin et à devenir sa maîtresse.

— Mais seulement si Tim ne réussit pas à le tuer, ma fille.

— Oui, père. Maintenant, dis-moi, que dirais-tu d'aller dîner ?

Roo resta assis sans bouger à regarder Tim Jacoby s'avancer vers lui d'un air furieux. Ce dernier jeta sur la table une liasse de documents que ramassa Masterson.

— Vous avez donc le blé ? demanda ce dernier à Jacoby.

— Oui, je l'ai, répliqua l'autre, dont la rage se transforma en colère froide. Un négociant est arrivé en ville ce matin et j'ai pu lui acheter la quantité de blé dont nous étions convenus dans le contrat.

Roo dut se retenir de sourire. Il avait demandé à Luis de tenir le rôle du négociant et avait vendu du blé à Jacoby pour une somme supérieure à celle que Tim allait recevoir à présent. Non seulement Roo s'était arrangé pour vendre les céréales deux fois, mais en plus il en profitait pour faire des bénéfices à chaque fois.

Jacoby se tourna vers le jeune homme.

— Je ne sais pas comment vous avez réussi pareil tour de force, Avery, mais je subodore une arnaque qui pue aussi fort qu'un rat crevé. Quand je trouverai ce que vous avez fait et comment vous l'avez fait, on aura un compte à régler tous les deux, annonça-t-il d'une voix calme.

Roo se leva, lentement, pour éviter qu'une bagarre éclate au beau milieu de la galerie réservée aux membres du *Barret*. Puis il fit le tour de la table et leva les yeux vers son ennemi, plus grand que lui.

— Je vous ai déjà dit l'autre fois, quand je vous ai arraché votre couteau, que vous n'êtes pas le premier ennemi que je me suis fait. Mais vous êtes allé trop loin en tuant un vieil homme pour vous venger de moi, Jacoby. Si vous êtes prêt à mourir tout de suite, nous pouvons descendre dans la rue si vous voulez.

Jacoby battit des paupières et serra les dents. Il resta ainsi un moment, puis il fit demi-tour et s'éloigna, de nouveau furieux, en bousculant sur son passage d'autres négociants venus régler la dette qu'ils devaient à l'association des Négociants en céréales de Krondor. De son côté, Roo retourna s'asseoir.

— Le fait de lui vendre notre blé afin qu'il puisse honorer son contrat nous a sans doute fait gagner un peu plus d'or, Roo, mais nous dormirions peut-être mieux si Jacoby & Fils avait fait faillite à cause de nous, déclara Masterson.

— Si nous l'avions ruiné, nous serions déjà en train de cracher du sang, rétorqua le jeune homme. Croyez-moi, Jérôme, je connais bien la cellule de la mort et je n'ai aucune intention d'y retourner. (Puis il sourit.) Imaginez la réaction de Jacoby lorsqu'il découvrira que c'est nous qui lui avons vendu du blé afin qu'il puisse nous le revendre à perte.

427

Masterson acquiesça en souriant.

— Il pourrait bien exploser en apprenant la nouvelle.

Des marchands vinrent les trouver, certains pour leur livrer du blé au tiers du prix qu'il valait actuellement sur le marché et d'autres pour les supplier de leur accorder plus de temps ou pour leur proposer un compromis.

Comme convenu, les quatre associés examinèrent avec intérêt chacune de ces offres et s'emparèrent dans la plupart des cas d'une partie ou de la totalité de l'entreprise en danger. Lorsque la journée prit fin, la compagnie de la Triste Mer contrôlait deux moulins, seize navires, une demi-douzaine de boutiques disséminées dans la cité, et d'autres intérêts dans des villes aussi lointaines qu'Ylith, Carse et la Croix de Malac.

Roo se passa la main sur le visage.

— Combien avons-nous fait ?

Masterson regarda Lender, qui consulta le clerc chargé de tenir les comptes.

— Messieurs, durant ces quatre derniers jours, nous sommes entrés en possession de biens qui doivent valoir, au bas mot, plus d'un million quatre cent mille souverains d'or. Je situerais à présent les capitaux propres de la compagnie de la Triste Mer à plus de deux millions de souverains. Quand nous livrerons le blé que nous envoyons nous-mêmes à Bordon et à Port-Natal, ce chiffre pourrait grimper jusqu'à plus de trois millions.

Roo ne put s'empêcher de sourire en dépit de la fatigue qui l'engourdissait.

— Que je sois pendu, murmura-t-il doucement.

— Quand aura lieu la fête ? demanda Masterson.

— Pardon ? demanda Roo.

— La tradition veut que le membre le plus récent d'un syndicat donne une fête à laquelle participent ses associés et les personnes avec qui ils font affaires. Vu que vous travaillez à présent avec la plupart des intérêts marchands du royaume et la moitié de ceux de Kesh et de Queg, j'espère que vous avez une grande maison, plaisanta Masterson.

— Je dois donner une fête ? (Roo pensa alors à la maison de l'autre côté de la rue.) Je pourrai bientôt le faire, je pense. (Il se pencha vers Lender, assis en face de lui.) Pourriez-vous me trouver le propriétaire de la maison abandonnée, située en face du *Barret*, et lui demander s'il souhaite la vendre et à quel prix ? murmura-t-il.

Lender se leva.

— Je m'en occupe immédiatement.

Roo se leva à son tour.

— Je dois à présent rentrer chez moi, messieurs. J'ai passé deux fois plus de temps avec vous depuis le début de cette histoire de fous qu'avec ma femme. Il va me falloir renouer les liens avec elle et notre petite fille.

Avant de partir, il laissa la consigne au serveur qui était de garde devant la porte que si on cherchait à le joindre, il n'y avait qu'à se présenter chez Avery & Fils. Puis il rentra chez lui.

Karli leva les yeux lorsque Roo entra dans la salle à manger. Il sourit en disant :

— J'ai une grande nouvelle à t'annoncer.

Le bébé reposait dans les bras de Karli qui le nourrissait au sein.

— Laquelle ?

Roo prit une chaise, s'assit et passa un bras autour des épaules de sa femme.

— Tu es mariée à l'un des hommes les plus riches du royaume.

Il ne put s'empêcher de glousser. Karli recula.

— Tu es ivre ?

Roo se vexa.

— Bon sang, femme, non, je ne suis pas ivre ! (Il se leva.) Par contre, je suis affamé et très fatigué. Je vais prendre un bain. Si tu veux bien prévenir Rendel, j'aimerais dîner dès que possible.

— Tu ne veux pas dire bonjour à ta fille ?

Roo parut perplexe.

— Ce n'est qu'un bébé ! Comment peut-elle savoir si je lui dis bonjour ?

Cette remarque affligea Karli.

— Elle a besoin d'apprendre à connaître son père, Roo. (Elle leva le bébé et le mit contre son épaule.) Elle m'a fait un sourire aujourd'hui.

Roo secoua la tête.

— Je ne comprends vraiment pas de quoi tu parles. J'ai besoin de prendre un bain.

Il était sur le point de quitter la pièce lorsqu'il ajouta :

— T'ai-je dit que j'ai l'intention d'acheter une nouvelle maison ?

— Mais pourquoi ?

Roo se retourna brusquement, le visage figé en un masque d'indignation.

— Pourquoi ? répéta-t-il dans un cri qui fit pleurer la petite. Crois-tu que j'ai l'intention de passer le restant de mes jours dans cette minuscule baraque dont se contentait ton père ? Je vais nous acheter une grande maison juste en face du *Barret* ! Elle a deux étages et il y a assez de place derrière pour faire un grand jardin... (Il secoua de nouveau la tête et inspira profondément.) Je vais également nous acheter une maison de campagne. Je veux avoir des chevaux et des chiens pour chasser avec la noblesse.

Sa colère disparut au fur et à mesure qu'il parlait et il se sentit tout à coup pris de vertige. Il tendit la main pour se retenir à la poignée de la porte.

— Il faut vraiment que je mange quelque chose.

Il sortit de la salle à manger et s'engagea dans l'escalier, tandis que Karli essayait de calmer Abigail, qui pleurait toujours.

— Mary ! cria Roo. Remplissez le baquet d'eau chaude, je veux prendre un bain tout de suite !

Karli regarda son mari disparaître à l'étage. Sans se soucier de l'unique larme qui roulait sur sa joue, elle murmura à son bébé :

— Chut, mon amour. Ton père t'aime.

La musique résonnait dans la nuit. Roo, vêtu de ses plus beaux atours, se tenait à la porte pour accueillir chaque invité. Il était le héros du jour.

Tous les marchands influents étaient présents, ainsi que de nombreux nobles, qui n'avaient pas été invités mais qui prétendaient accompagner des amis. La nouvelle maison avait été nettoyée de fond en comble, décorée et remplie du meilleur mobilier que l'or puisse acheter. Il était clair, aux yeux des passants qui prenaient la peine de regarder, qu'un homme important avait élu domicile en face du *Café de Barret*.

Karli se tenait aux côtés de son mari. Elle était vêtue d'une robe qui avait coûté plus cher qu'elle aurait pu l'imaginer et tentait de prétendre qu'elle portait ce genre de tenue tous les jours. De temps en temps, elle regardait en direction de l'escalier en se demandant comment allait sa fille, car Abigail perçait des dents et le vacarme devait l'empêcher de dormir. Mary s'occupait d'elle mais Karli ne faisait confiance à personne pour prendre soin de son bébé.

Il leur avait fallu attendre plusieurs mois avant de déménager, le temps de retrouver le propriétaire et de se mettre d'accord sur le prix de la maison, qu'il fallut ensuite rénover avant de pouvoir s'y installer. Karli avait insisté pour garder la vieille maison dans laquelle elle avait grandi et Roo avait accepté, peu désireux de se disputer avec elle à ce sujet. Lorsque le calme revint sur le marché du blé à Krondor, il apparut que le jeune homme était devenu plus riche encore qu'il ne l'avait rêvé. Lorsque le dernier navire revint des Cités libres, les capitaux de la compagnie de la Triste Mer s'élevaient non pas à trois millions de souverains mais pratiquement à sept, car les locustes avaient également envahi la Côte sauvage et Yabon, et le prix du blé avait atteint des sommets. D'autre part, certaines des entreprises acquises au passage s'étaient révélées très lucratives en rapportant des bénéfices dès la prise de contrôle par Roo et ses associés.

Roo savait qu'il était désormais un homme influent puisque le ban et l'arrière-ban de la cité étaient venus lui témoigner leur respect. Il eut l'impression que son cœur allait éclater lorsqu'il vit arriver un carrosse escorté par une troupe de cavaliers. Du véhicule sortirent Dash, son frère Jimmy et leurs parents. Derrière venait un autre carrosse orné des armoiries de Krondor. Le duc et la duchesse étaient venus en personne lui rendre visite. Même ceux qui étaient venus à la fête par pure curiosité en se disant avec cynisme que Roo, le favori du moment, serait oublié d'ici un an, furent impressionnés par l'arrivée du noble le plus puissant du royaume après le roi.

Dash entra en souriant et serra la main de Roo avant de déposer un baiser sur celle de Karli.

— Permettez-moi de vous présenter mon frère, James. Nous l'appelons Jimmy, afin de ne pas le confondre avec notre grand-père.

Roo sourit à son tour en serrant la main du frère aîné de son assistant. Ils essayaient tous de cacher qu'en réalité ils se connaissaient déjà puisque Jimmy aidait son frère à faire de Roo un homme très puissant. Les deux jeunes gens s'écartèrent pour laisser la place à un homme qui ne pouvait être que leur père, tant la ressemblance était frappante.

— Voici mon père Arutha, lord Vencar, baron de la cour, annonça Dash.

Roo s'inclina légèrement.

— Messire, c'est un honneur de vous accueillir dans ma maison. Permettez-moi de vous présenter mon épouse, Karli.

On lui présenta en retour la duchesse Elena, la mère de Dash et de Jimmy. Cette femme d'une grande beauté s'exprimait avec un léger accent qui trahissait ses origines – elle venait de Roldem.

— Nous vous remercions de votre invitation, monsieur Avery. Nous sommes ravis de constater que notre fils s'est découvert un intérêt pour des activités légales. Cela nous change, ajouta-t-elle en lançant un regard à Dash.

Vinrent ensuite le duc James et la duchesse Gamina, que Roo salua chaleureusement.

— Vous ne pouvez imaginer à quel point je suis ravie de vous retrouver dans un tel décor, monsieur Avery, compte tenu des circonstances sinistres de notre dernière rencontre.

— Je partage votre point de vue, madame.

James se pencha pour murmurer à l'oreille du jeune homme :

— N'oublie pas, Rupert, tu n'es toujours qu'un simple mortel.

L'intéressé plissa les yeux, l'air un peu perplexe, mais le duc passa à côté de lui, majestueusement, et entra dans la grande salle située sur le côté de l'escalier. D'autres invités attendaient dans le jardin où tout était en pleine floraison, car Roo avait payé une grosse somme pour se faire livrer des plantes sur le point d'éclore. Pendant un court moment, Karli s'était réjouie à la vue de son nouveau jardin, mais Roo ne pouvait s'empêcher de penser qu'elle n'aimait pas leur nouvelle maison.

Jérôme Masterson sortit de la salle et rejoignit Roo pour lui chuchoter à l'oreille :

— Le duc de Krondor en personne ! Quelle réussite, mon garçon ! (Il donna une tape sur l'épaule de son associé.) Vous allez recevoir plus d'invitations à dîner que vous ne pourrez en honorer en un an. N'acceptez que les meilleures, et montrez-vous poli pour les autres.

433

De nouveau, il donna une tape sur l'épaule de Roo avant de retourner se perdre dans la foule.

— Je devrais aller voir si Abigail va bien, dit Karli.

Roo lui tapota la main.

— Ne t'inquiète pas, Mary est avec elle. Elle viendra te chercher s'il y a le moindre problème.

Ces paroles ne parurent pas rassurer Karli mais elle resta à côté de son mari.

Le fracas des sabots sur les pavés annonça l'arrivée de Jadow Shati et de plusieurs soldats de la garnison du palais. Roo les salua en leur serrant la main.

— Comment va ta jambe ?

Son ancien camarade sourit, dévoilant ses dents d'une blancheur remarquable.

— Beaucoup mieux. Je sais même prédire la venue de la pluie maintenant. (Il désigna sa jambe gauche.) Mais j'ai presque retrouvé toutes mes forces.

Roo présenta Jadow à sa femme, puis le laissa entrer en compagnie des autres soldats. Il n'en connaissait aucun, mais il s'agissait probablement des nouveaux compagnons de caserne de Jadow qui l'avaient accompagné afin de profiter de la nourriture et du vin offerts, songea Roo en riant à part lui.

La soirée se poursuivit. Karli finit par convaincre Roo qu'elle devait aller voir Abigail et monta à l'étage. Au même moment, un grand carrosse s'arrêta devant la maison et le cœur de Roo se mit à battre plus vite lorsqu'il en découvrit les occupants.

Jacob d'Esterbrook et sa fille descendirent de leur voiture. Roo eut l'impression que son cœur allait sauter hors de sa poitrine. Sylvia laissa le portier prendre son manteau. Roo vit alors qu'elle était vêtue à la nouvelle mode d'une robe si décolletée qu'on l'aurait jugée scandaleuse si l'étiquette de la cour avait été plus stricte. Son père portait une tenue tout aussi coûteuse, mais plus discrète : une courte veste noire sur une chemise ornée d'un simple jabot, une culotte noire et des souliers en cuir, noirs eux aussi, avec une boucle en argent. Il ne portait pas de chapeau et s'appuyait sur une canne à pommeau d'ivoire.

Roo prit la main de Sylvia pour y déposer un baiser et ne la libéra qu'à contrecœur. Puis il salua d'Esterbrook.

— Roo, dit ce dernier en lui donnant une ferme poignée de main, je dois admettre que vous avez fait des choses remarquables. Il faut absolument que nous nous rencontrions très bientôt pour discuter de quelques projets que j'ai en tête.

Il entra dans la grande salle mais Sylvia s'attarda.

— Nous venons juste de rentrer de la campagne et j'aimerais beaucoup vous avoir de nouveau à dîner, Roo.

Ses yeux ne lâchèrent jamais ceux de Roo tandis qu'elle parlait. La façon dont elle prononçait son nom donnait presque envie au jeune homme de défaillir. Elle se pencha en avant et murmura à son oreille :

— Ce sera pour très bientôt, j'espère.

Puis elle passa à côté de lui. Il sentit la poitrine de la jeune femme lui frôler le bras et se retourna pour la voir disparaître parmi les autres invités.

— Qui était-ce ? fit la voix de Karli.

Roo se retourna et s'aperçut que sa femme venait de redescendre et se tenait juste derrière lui.

— Euh, c'était Jacob d'Esterbrook et sa fille, Sylvia.

Karli renifla d'un air désapprobateur.

— Quelle honte, oser se montrer en public à demi-nue comme ça ! Regarde tous ces hommes qui tournent autour d'elle !

Roo plissa les yeux, car l'un des individus en question n'était autre que Duncan, qui se mit rapidement à barrer le chemin aux autres jeunes gens qui cherchaient à approcher Sylvia. Roo tourna le dos à la scène pour saluer son prochain invité et dit à sa femme :

— Bah, elle est jolie et son père est l'un des hommes les plus riches du royaume. Qui plus est, il n'a pas d'héritier mâle. Sylvia est vraiment un beau parti pour n'importe quel célibataire.

— Ce qui ne t'a pas empêché, à ce que j'ai pu voir, de baver sur son décolleté, comme d'autres hommes mariés.

D'un geste possessif, Karli lui prit le bras et ils restèrent plantés là jusqu'à ce qu'il devienne évident qu'ils n'attendaient plus personne.

La fête se poursuivit bien après minuit. Roo aurait été incapable de se rappeler la moindre parole échangée avec ses invités. Il se montra volontairement vague lorsque l'on aborda des questions de commerce, conseillant aux gens de s'adresser à Jérôme ou de passer au *Barret* lors de leur prochaine séance de travail.

Il essaya de retenir qui lui parlait de quoi, mais en vérité, il était ivre de succès et de vin. Certes, il n'était que l'un des quatre associés qui dirigeaient la compagnie de la Triste Mer, mais la rumeur prétendait qu'il était à l'origine de la création de cette nouvelle et puissante société. Les femmes flirtaient avec lui et les hommes cherchaient à engager la conversation, mais tout au long de la nuit, il ne se préoccupa que de deux choses : savourer son triomphe et ne pas perdre de vue Sylvia d'Esterbrook.

Chaque fois qu'il l'apercevait dans la salle, il retenait son souffle et il sentait la colère monter en lui lorsqu'il voyait un autre homme rôder autour d'elle. Karli l'obligea à se promener parmi ses invités, ne s'arrêtant que pour parler au duc et à sa famille. Tandis qu'elle bavardait amicalement avec la noblesse, la jeune femme oublia pour un temps qu'elle était furieuse de l'attitude que Roo avait envers Sylvia. À deux reprises, elle était allée allaiter Abigail ; à son retour, elle avait trouvé son mari occupé à contempler la fille de d'Esterbrook.

436

Enfin, les invités commencèrent à prendre congé de leurs hôtes. Roo et Karli retournèrent à la porte pour leur dire au revoir. Jacob vint vers eux et prit la main de Roo.

— Je vous remercie de nous avoir invités, ma fille et moi, à cette fête en l'honneur de votre nouvelle compagnie, Rupert. (Il sourit à Karli.) Madame Avery, j'ai été ravi de faire votre connaissance.

Karli sourit mais regarda par-dessus l'épaule du marchand en disant :

— Je ne vois pas votre fille, monsieur d'Esterbrook, où est-elle ?

Le sourire de Jacob s'accentua.

— Oh, quelque part dans la salle avec ses admirateurs, j'imagine.

Il prit le manteau que lui présentait le portier et le replia sur son bras en attendant l'arrivée de son carrosse.

— Je ne doute pas qu'une demi-douzaine de ces jeunes gens ont déjà accepté de la raccompagner à la maison. Pour ma part, je ne suis plus capable de rester debout aussi tard.

— Je vois, répliqua froidement Karli.

Le carrosse arriva et d'Esterbrook s'en alla. Un peu plus tard, ce fut au tour du duc James, de son épouse, et de leurs fils et belle-fille de s'en aller. Karli était si fière de les avoir reçus qu'elle en rayonnait presque en leur souhaitant le bonsoir. Il faut dire que de nombreux hommes riches et influents étaient venus rendre visite à son père dans leur modeste demeure, mais qu'aucun noble n'en avait jamais franchi le seuil. Elle se réjouissait donc d'avoir accueilli lors de la toute première réception dans sa nouvelle maison l'homme le plus puissant du royaume après la famille royale.

Voyant que ni Jimmy ni Dash n'accompagnaient leurs parents, Roo demanda à sa femme de l'excuser un moment et s'éloigna. Il trouva Jimmy en pleine conversation avec la très jolie fille d'un meunier qui travaillait désormais pour la compagnie de la Triste Mer. Il le prit par le coude et l'entraîna à l'écart sans même s'excuser auprès de la jeune fille.

— Où est Dash ?

Jimmy lança un regard de regret par-dessus son épaule en direction de la jeune femme, et lui fit comprendre, en articulant silencieusement, qu'il allait revenir.

— Il est là-bas, répondit-il en désignant un endroit de l'autre côté de la salle.

Sylvia d'Esterbrook trônait dans le salon, un cercle d'admirateurs à ses pieds. Duncan était debout à côté d'elle et affichait son sourire le plus charmeur en racontant ses aventures, pour le plus grand amusement de Sylvia et au grand dam des autres jeunes gens. Dash se tenait non loin du groupe et contemplait la scène avec beaucoup d'attention.

— C'est son tour, expliqua Jimmy.

— De faire quoi ?

— De s'assurer que personne ne pose les mains sur votre jeune mademoiselle d'Esterbrook, chuchota Jimmy.

Il regarda de nouveau en direction de la jeune femme avec laquelle il parlait avant que Roo les interrompe et ajouta :

— Cette jeune femme là-bas est, disons, très intéressante, et comme je ne travaille pas vraiment pour vous, contrairement à mon frère, Dashel a décidé qu'il était de son devoir de surveiller votre amie pendant que je... profitais de l'occasion de... faire connaissance avec cette douce jeune fille.

— « Ma » jeune mademoiselle d'Esterbrook ? Surveiller « mon » amie ? répéta Roo, le visage assombri.

— Il vaudrait mieux éviter que l'un de ces jeunes gens boive trop et se ridiculise à cause d'une trop jolie femme, n'est-ce pas ? murmura Jimmy. Surtout compte tenu de la position qu'occupe monsieur d'Esterbrook au sein de notre communauté.

— J'imagine que ce serait fâcheux, admit Roo.
C'est Dash qui va la raccompagner chez elle ?

— Soit lui, soit Duncan.

Roo hocha la tête.

— Retournez donc auprès de votre dulcinée.

Il se fraya un chemin parmi ses invités pour rejoindre Luis, qui était assis, très à l'aise, comme s'il était chez lui, sa main handicapée dissimulée dans une poche sur le côté de sa veste toute neuve.

Luis leva sa main valide, dans laquelle il tenait un verre.

— Señor, dit-il en accueillant Roo dans sa langue natale, le rodezien. Te voilà devenu quelqu'un d'important, visiblement.

— Merci, Luis. Qui garde l'entrepôt ?

— Bruno, Jack et Manuel, je crois. Pourquoi ?

— Je réfléchissais. (Il regarda autour de lui.) J'aimerais que vous vous arrêtiez là-bas en rentrant, tout à l'heure, juste pour vous assurer que tout va bien.

Luis regarda par-dessus l'épaule de Roo et aperçut Duncan en compagnie de Sylvia.

— Je comprends, dit-il en se levant. Mais cela m'amène à te parler d'un sujet qui me préoccupe.

— Qu'y a-t-il ? demanda distraitement Roo.

— Je voudrais me trouver un nouveau logement.

— Pourquoi ? s'étonna Roo en lui accordant toute son attention, cette fois.

Luis haussa les épaules.

— Disons que j'ai des besoins très simples, alors que ton cousin, comment dire... Il reçoit beaucoup d'amis. J'aime mon travail, mais je n'ai guère le temps de me reposer compte tenu du fait qu'il se couche souvent très tard... quand il se couche.

Roo réfléchit au problème et s'aperçut qu'avec le salaire qu'il lui versait, Duncan devait probablement ramener une serveuse ou une putain chez lui tous les soirs. La maison qu'il partageait avec Luis étant minuscule, nul doute que la situation était devenue pénible pour le Rodezien de nature solitaire.

— Tu peux chercher un nouveau logement dès demain. J'augmenterai ton salaire si nécessaire pour couvrir les frais supplémentaires. Trouve-toi un bel endroit au calme.

— Merci, dit Luis avec l'un de ses rares sourires. Maintenant, je vais aller expliquer à Duncan que l'on doit faire un détour par l'entrepôt en rentrant.

Roo acquiesça et revint auprès de Karli, qui disait bonsoir à d'autres invités.

— Ah, te voilà ! s'exclama-t-elle en lui lançant un regard noir. Où étais-tu ?

— Je parlais à Luis. (Roo souhaita bonne nuit à un autre convive et se tourna de nouveau vers sa femme.) Il m'a dit qu'il ne voulait plus partager la maison avec Duncan, alors je lui ai donné la permission de chercher un autre logement.

— Pauvre Luis, je peux le comprendre, commenta Karli.

Roo soupira. Il savait que sa femme n'avait pas réussi à se prendre d'affection pour Duncan les rares fois où ce dernier était venu les voir chez eux. Quelque chose dans l'attitude du jeune homme l'en dissuadait, et plus Duncan essayait de la charmer, plus elle détestait sa compagnie. Elle avait essayé de garder ce dégoût pour elle, mais Roo avait remarqué qu'elle n'aimait pas son cousin et elle avait fini par l'admettre après qu'il lui eut franchement posé la question.

Quelques minutes plus tard, Duncan et Luis s'apprêtèrent à prendre congé à leur tour. Tandis que le Rodezien souhaitait bonne nuit à Karli, Duncan se pencha pour dire à l'oreille de son cousin :

— J'aimerais vraiment rester plus longtemps, Roo.

— Et moi, je dormirais plus tranquille si tu allais faire un tour à l'entrepôt pour t'assurer que tout va bien.

Les traits de Duncan s'assombrirent.

— J'étais sûr que tu allais dire ça.

Roo lui prit le coude et l'entraîna à l'écart.

— J'ai aussi dit à Luis de déménager et de te laisser la maison.

Cette remarque prit Duncan au dépourvu.

— Comment ?

— Eh bien, tu es en train de t'élever dans la société, tout comme moi, lui dit Roo sur un ton de conspirateur, en laissant son regard errer jusqu'à l'endroit où Sylvia et d'autres filles de riches marchands discutaient avec un certain nombre de jeunes gens. Alors je me suis dit que tu allais avoir besoin d'intimité pour tes... distractions. J'ai donc dit à Luis de chercher un nouveau logement.

Pendant un moment, il parut évident que Duncan ne savait pas comment prendre la nouvelle. Puis il sourit.

— Merci, cousin. C'est très généreux de ta part.

Roo se hâta de raccompagner son cousin à la porte et le laissa dire bonsoir à Karli. Quelques minutes plus tard, Dash vint le trouver en disant :

— Je vais raccompagner mademoiselle d'Esterbrook chez son père.

Roo hocha la tête en essayant d'avoir l'air peu intéressé. Mais lorsqu'il se tourna vers sa femme, il s'aperçut qu'elle le dévisageait fixement.

— Tout ça va prendre plus de temps que je croyais, dit-il en souriant. Pourquoi ne vas-tu pas voir si Abigail dort bien pendant que je chasse le reste de nos invités ? Je te rejoins dans un moment.

Karli ne paraissait pas très convaincue, mais elle acquiesça et s'engagea dans l'escalier en relevant le bas de sa robe.

Roo fit rapidement le tour de la salle en faisant poliment comprendre à ceux qui s'attardaient que la fête touchait à sa fin. Il trouva Jérôme Masterson dans une petite pièce située en retrait du salon principal. Son associé s'était endormi dans un gros fauteuil et tenait dans ses bras une bouteille vide de cognac keshian extrêmement cher. Roo prit Jérôme par le bras et le conduisit jusqu'au salon, où se trouvait Jason, en pleine conversation avec un autre jeune homme. Roo fit signe à son comptable de le rejoindre et lui confia Masterson en lui demandant de le raccompagner chez lui.

Puis il retourna à la porte d'entrée pour saluer le départ des derniers invités, parmi lesquels se trouvaient Sylvia et Dash. Il ne restait plus qu'eux et Roo lorsque le véhicule de louage qu'avait demandé Dash s'arrêta devant la maison. Sylvia se tourna pour souhaiter bonne nuit à Roo et fit mine de trébucher. Elle tomba contre Roo qui la rattrapa et sentit le corps de la jeune femme tout contre le sien.

— Juste ciel ! murmura-t-elle. J'ai dû boire trop de vin.

Son visage ne se trouvait qu'à quelques centimètres de celui de Roo, qu'elle regarda droit dans les yeux en disant :

— Qu'allez-vous penser de moi ?

Puis, comme mue par une brusque impulsion, elle lui déposa un baiser sur la joue en chuchotant :

— Je vous en prie, revenez bientôt me voir.

Puis elle recula et se tourna vers la porte en s'exprimant cette fois d'une voix claire :

— Merci encore, Rupert. Et pardonnez-moi cette... maladresse.

Elle descendit rapidement les marches du perron et monta dans la voiture, dont Dash tenait la porte ouverte à son intention. Le jeune homme jeta un coup d'œil en direction de son employeur, puis monta à son tour dans le véhicule qui s'éloigna.

Roo le regarda disparaître au coin de la rue avant de rentrer dans la maison, où l'attendaient les trois serviteurs engagés pour l'occasion. Il les félicita, car ils avaient fait du bon travail, et leur donna leurs gages, augmentés d'une prime, avant de les renvoyer chez eux. Quant à Mary et Rendel, elles devaient déjà dormir, car toutes deux se levaient à l'aube. Roo ôta son manteau et le laissa sur la rampe de l'escalier, trop fatigué pour aller le suspendre dans la penderie que sa femme lui avait fait acheter.

Il avait l'esprit enflammé par des visions de Sylvia d'Esterbrook et ne parvenait pas à chasser son parfum de ses narines, ni à oublier la chaleur de son corps et le contact de ses lèvres sur sa joue. Roo désirait la jeune femme à un point tel que c'en était douloureux. Il entra dans la chambre qu'il partageait avec Karli. Dans la pénombre, il aperçut Abigail endormie dans son berceau. Il en fut soulagé car si le bébé avait été dans le grand lit avec sa mère, Roo serait allé dormir dans l'une des chambres d'invité plutôt que de risquer de les réveiller toutes les deux.

Il se déshabilla rapidement et se glissa sous les couvertures. Dans le noir, il entendit Karli lui demander :

— Ils sont enfin tous partis ?

Le jeune homme était encore légèrement ivre et se mit à rire.

— Non, j'en ai enfermé quelques-uns dans le jardin. Je les libérerai demain matin.

Karli soupira.

— La fête était réussie ?

Roo se tourna sur le côté.

— Tu étais là. Qu'en as-tu pensé ?

— Je crois que tu étais content d'être avec tous ces gens puissants... et ces jolies femmes.

Roo tendit la main et serra l'épaule de sa femme à travers le fin coton de sa chemise de nuit.

— J'aime regarder, admit-il d'un ton qu'il aurait voulu plus léger. Tous les hommes aiment ça. Mais je sais où est ma place et à qui j'appartiens.

— Vraiment, Roo ? demanda Karli en se tournant sur le côté pour lui faire face. Tu le penses ?

— Bien sûr que je le pense.

443

Il attira la jeune femme dans ses bras et l'embrassa. Au bout d'un moment, il sentit l'excitation le gagner et lui retira sa chemise de nuit.

Il la prit rapidement et violemment sans penser un seul instant à elle. Pendant ces quelques minutes remplies de passion, il eut une autre femme à l'esprit et ne pensa à rien d'autre. Tandis qu'il parvenait essoufflé à l'apogée de son plaisir, c'était le parfum de Sylvia qu'il respirait et son contact qu'il se remémorait. Lorsque ce fut terminé, il roula sur le dos et resta à contempler le plafond en se demandant si Sylvia était déjà arrivée chez elle.

Ils firent une partie du trajet en silence. Dash attendait qu'elle parle la première mais lorsqu'elle se décida à lui adresser la parole, ils étaient déjà à mi-chemin de la propriété des d'Esterbrook.

— Je suis désolée, j'ai oublié votre nom.

— Dashel, répondit-il avec un grand sourire. Dashel Jameson. Vous avez rencontré mon père et mon frère.

Elle fronça les sourcils.

— Votre père ?

— Arutha, lord Vencar.

Elle eut un hoquet de surprise, comme si elle était profondément gênée.

— Mais alors votre grand-père...

— N'est autre que le duc de Krondor, conclut Dashel. C'est exact.

Elle le regarda comme si elle le voyait sous un nouveau jour.

— Je vous ai confondu avec cet autre jeune homme qui ne parle pas beaucoup en ma présence.

— Il doit s'agir de Jason. Il reste complètement bouche bée devant vous, mademoiselle.

— Et ce n'est pas votre cas ? demanda-t-elle d'un ton espiègle.

Le sourire de Dash s'élargit.

— Pas vraiment.

— Je parie que je pourrais remédier à ça, répliqua la jeune femme en se penchant vers lui, si bien que son visage n'était plus qu'à quelques centimètres de celui de Dash qui avait ainsi une vue imprenable sur son décolleté.

Le jeune homme se pencha à son tour, au point que leurs nez se touchaient presque.

— Je parie que vous en seriez capable, en effet, chuchota-t-il d'un air de conspirateur.

Puis il se redressa.

— Mais je suis, malheureusement, fiancé à une autre.

Elle se redressa à son tour et se laissa aller contre le dossier de la banquette. Elle se tapota le menton tout en riant.

— Qui est l'heureuse élue ?

— Je ne sais pas. La fille d'une noble maison, cela ne fait aucun doute. Mon grand-père m'en informera le moment venu.

Elle fit mine de bouder.

— Un mariage arrangé, quelle déception.

Dash haussa les épaules, comme si toute cette discussion l'ennuyait.

— Apparemment, ça s'est bien passé pour mes parents. Ils sont, d'après ce que j'ai pu voir, très attachés l'un à l'autre.

Ils firent le reste du trajet en silence. Lorsqu'ils entrèrent dans la propriété, le garde de faction à la porte courut à côté du véhicule, afin de pouvoir ouvrir la porte à Sylvia lorsqu'il s'arrêterait. Dash sortit le premier et tendit la main à la jeune femme qui descendit à son tour. Il l'accompagna jusqu'à la porte de sa demeure, qu'elle ouvrit avant de se tourner vers lui en disant :

— Vous êtes sûr que je ne peux pas vous convaincre de rester ?

Elle se rapprocha du jeune homme et glissa sa main le long de sa poitrine, puis sous sa ceinture.

Dash supporta ses caresses un moment, puis recula en disant :

— Désolé, mademoiselle.

Il fit demi-tour et se hâta de remonter dans le carrosse. Sylvia rentra chez elle sans vraiment chercher à retenir un éclat de rire malicieux.

Le carrosse franchit le portail et reprit la route de la cité. Dash songea que son employeur allait bientôt se retrouver plongé jusqu'au cou dans les ennuis. Il regrettait à présent de s'être montré si généreux avec Jimmy en le laissant séduire la fille du meunier. Au bout d'une minute, Dash sortit la tête par la fenêtre et cria :

— Cocher !

— Oui, monsieur ?

— Conduisez-moi à *L'Aile Blanche* !

— Bien, monsieur !

Dash s'assit de nouveau et soupira. Puis il murmura, au bout d'un long moment de réflexion :

— La garce.

Chapitre 16

DES AMIS

Karli fronça les sourcils.

En effet, Roo s'habillait à la hâte pour se rendre à un dîner et semblait ne pas prêter attention à ce qu'elle racontait. Puis il vit quelle tête elle faisait et lui dit :

— Je suis désolé, ma chère. Qu'est-ce que tu disais ?

— Que j'aurais bien aimé que tu restes dîner à la maison ce soir. J'ai une nouvelle à t'annoncer.

Roo ramena ses cheveux en arrière à l'aide d'une brosse et fronça les sourcils en regardant son reflet dans le miroir. En dépit des beaux vêtements qu'il portait et de la fortune qu'il dépensait chez le barbier, il n'aimait toujours pas son apparence.

Il baissa les yeux en entendant des éclats de rire enfantin et vit sa fille franchir le seuil de la chambre à quatre pattes. La petite agrippa la poignée de la porte et poussa un cri de joie lorsqu'elle parvint à se lever. Malgré tous ses efforts, elle ne savait pas encore marcher, mais elle réussissait à se tenir debout si elle pouvait s'accrocher à un objet. Karli se tourna vers la porte et s'écria d'un ton impatient :

— Mary !

— Oui, m'dame ? répondit la servante depuis la chambre voisine.

— Vous avez encore laissé Abigail échapper à votre surveillance ! Elle a traversé le palier à quatre pattes ! lui reprocha Karli.

Mary semblait croire, bizarrement, qu'elle pouvait déposer le bébé à un endroit, s'absenter, et espérer le retrouver à la même place en revenant. Mais cela faisait près de trois mois que ce n'était plus vrai.

— Et si elle était tombée dans l'escalier ? ajouta Karli.

Abigail sourit à son père. Un peu de bave coulait de son menton, car elle perçait des dents, ce qui l'amenait souvent à geindre la nuit. Mais Roo devait bien admettre qu'il commençait à éprouver de l'affection pour sa fille.

Il se baissa pour la prendre dans ses bras. Abigail le regarda d'un œil sceptique, puis tendit la main et essaya d'enfoncer autant de doigts que possible dans la bouche de son père. Au même moment, une très forte odeur parvint aux narines de Roo.

— Oh, non, murmura-t-il en tenant l'enfant à bout de bras tout en vérifiant que la couche n'avait pas fui sur son nouveau manteau. Rassuré sur ce point, il conduisit le bébé – toujours en le tenant loin de ses vêtements – dans la pièce voisine.

— Chérie, la petite a encore rempli sa couche.

Karli prit sa fille et renifla délicatement avant de dire :

— Je crois que tu as raison.

Roo déposa un baiser sur sa joue.

— Je vais essayer de ne pas rentrer trop tard, mais si nos discussions devaient se prolonger tard dans la nuit, ne m'attends pas.

Elle n'eut pas le temps de répondre qu'il avait déjà quitté la pièce. Le cocher avait sorti le carrosse de la remise, derrière la maison, et l'avait avancé devant la porte. Roo avait acheté le véhicule le mois précédent et se promenait parfois en ville avec, rien que pour être vu.

La compagnie de la Triste Mer consolidait rapidement son réseau d'influence et le nom de Roo Avery commençait à devenir célèbre dans Krondor et le royaume de l'Ouest. Roo monta dans le carrosse en se demandant ce qu'il allait bien pouvoir faire pour continuer à accroître sa puissance financière. La compagnie de transport L'Étoile Bleue avait, selon la rumeur, des difficultés financières, et Roo estimait que la compagnie de la Triste Mer aurait bientôt besoin de davantage de navires. Peut-être devrait-il envoyer Duncan surprendre d'autres rumeurs sur les quais tandis qu'il demanderait à Dash et à Jason de s'entretenir avec leurs contacts. Roo regrettait de ne pas pouvoir convaincre Jimmy, le frère de Dash, de venir lui aussi travailler pour lui, car il s'était révélé très utile lors de la manipulation du marché du blé. Mais si Dash travaillait pour Roo avec la bénédiction de son grand-père le duc, ce dernier semblait bien décidé à garder son autre petit-fils au palais.

Roo s'installa sur la banquette et se servit de sa canne à pommeau doré pour donner un petit coup au toit, signalant ainsi au cocher qu'il était prêt à partir. Puis, tandis que la voiture parcourait les rues de Krondor, les pensées du jeune homme se tournèrent vers Tim Jacoby et la façon dont il allait pouvoir se venger de lui. L'atteindre au moyen de l'escroquerie du blé n'avait pas suffi. Déjà, à deux reprises, Jacoby & Fils avait obtenu des marchés au détriment de la compagnie de la Triste Mer. Tim Jacoby avait également réussi à réunir d'autres firmes au sein d'une espèce d'alliance, en raison de la peur que leur inspirait le pouvoir grandissant de la compagnie de la Triste Mer. Mais réussir mieux que Jacoby & Fils n'était pas suffisant aux yeux de Roo. Pour lui, la dette de la mort d'Helmut ne serait pas réglée tant qu'il ne verrait pas l'assassin gisant mort à ses pieds.

Il échafauda une demi-douzaine de plans qu'il rejeta au fur et à mesure. Lorsque la confrontation finirait par avoir lieu, il faudrait que les événements se déroulent comme si Roo n'avait rien fait pour les provoquer. Autrement, il pourrait bien se retrouver à nouveau dans la cellule de la mort, et il avait beaucoup trop à perdre désormais pour s'y risquer.

Comme si la richesse était un aimant attirant toujours plus d'argent, le succès de la compagnie de la Triste Mer provoquait l'apparition de nouvelles occasions. Roo contrôlait à présent la majeure partie du secteur des transports entre Krondor et le Nord, ainsi qu'un gros pourcentage de ce même secteur entre Krondor et le royaume de l'Est. Il n'y avait que dans les échanges entre Kesh et le royaume qu'il n'avait pas réussi à s'imposer, car c'était Jacoby & Fils qui avait décroché la plupart des contrats, lesquels paraissaient inattaquables. Au contraire, on aurait même dit qu'ils se multipliaient, car il y avait de plus en plus de caravanes en provenance du Sud.

Roo cessa de penser au commerce et à ses affaires lorsque le carrosse s'approcha de la propriété des d'Esterbrook.

— Qui va là ? demanda le garde de faction au portail.

— Monsieur Rupert Avery, répondit le cocher.

Le portail s'ouvrit rapidement. C'était la quatrième fois, depuis qu'il avait donné sa grande fête, que Roo rendait visite aux d'Esterbrook. La première fois, Sylvia s'était montrée charmante et d'humeur séductrice. La deuxième, elle s'était attardée après que son père eut souhaité bonne nuit à Roo. Elle avait embrassé le jeune homme sur la joue en pressant son corps contre le sien ; elle avait à nouveau rougi en mettant son geste sur le compte du vin. La dernière fois, elle s'était encore attardée, mais le baiser qu'elle lui avait donné était empreint de passion et n'avait pas été posé sur sa joue. De plus, elle n'avait rien dit au sujet du vin, lui demandant seulement de revenir bientôt. L'invitation à dîner était parvenue à Roo deux semaines plus tard.

Bien qu'il fût impatient de revoir Sylvia, Roo attendit, lorsque sa voiture s'arrêta devant le perron, qu'un

450

serviteur vienne lui ouvrir la porte. En sortant, il se tourna vers son cocher.

— Retournez en ville pour dîner et revenez ici ensuite. Attendez que je sorte de la maison. Je ne sais pas pour combien de temps j'en aurai.

Le chauffeur le salua et s'éloigna tandis que Roo montait les marches du perron. Le serviteur lui ouvrit la porte. Roo entra dans le hall où il fut accueilli par Sylvia, qui lui offrit un sourire éblouissant.

— Rupert ! s'exclama-t-elle comme si elle ne s'attendait pas à le voir.

L'intéressé frissonna rien que d'entendre la jeune femme prononcer son nom. L'excitation le fit rougir lorsqu'il vit qu'elle portait une autre de ses robes au décolleté scandaleux. Elle glissa son bras sous le sien et l'embrassa sur la joue en pressant sa poitrine contre lui.

— Vous êtes superbe ce soir, lui murmura-t-elle à l'oreille.

Il aurait pu jurer qu'elle ronronnait presque en parlant.

Elle le conduisit jusqu'à la salle à manger. Il s'aperçut que la table n'avait été dressée que pour deux convives.

— Où est votre père ? demanda-t-il, brusquement inquiet mais aussi excité.

Elle sourit.

— Il est en voyage d'affaires. Je croyais que vous le saviez. J'aurais pourtant juré que je l'avais mentionné dans mon invitation. Aurais-je oublié ?

Roo attendit qu'elle soit assise pour prendre une chaise à son tour.

— À dire vrai, je croyais que l'invitation venait de Jacob.

— Non, c'est moi qui l'ai envoyée. J'espère que ça ne vous dérange pas.

Roo se sentit rougir.

— Non, pas du tout, répondit-il doucement.

Il eut du mal à avaler quoi que ce soit et se surprit à tendre fréquemment la main vers son verre de vin. Lorsque Sylvia annonça que le dîner était terminé, Roo était bien parti pour être ivre. Il se leva, incapable de se rappeler d'un dixième des paroles échangées ce soir-là. En sortant de la salle à manger, Sylvia se tourna vers les serviteurs en disant :

— Vous pouvez disposer, je n'aurai plus besoin de vous ce soir.

Au lieu de raccompagner Roo jusqu'à la porte d'entrée, elle le conduisit à l'étage. Il la suivit sans dire un mot, de peur de rompre le charme qui, à n'en pas douter, enveloppait la jeune femme. Ils remontèrent un long couloir jusqu'à une pièce qui devait être sa chambre. Sylvia ouvrit la porte et lui fit franchir le seuil en le prenant par la main. Elle referma la porte derrière eux tandis que Roo restait immobile à contempler l'immense lit à baldaquin qui occupait la pièce.

Puis Sylvia lui passa les bras autour du cou et l'embrassa. Les derniers lambeaux de pensées rationnelles disparurent instantanément de l'esprit de Roo.

Dans la pénombre, le jeune homme contemplait le ciel de lit au-dessus de sa tête. Sylvia devait dormir, car il l'entendait respirer lentement et calmement. Lui-mëme était épuisé mais trop excité pour s'abandonner au sommeil. Sylvia était la femme la plus incroyable qu'il eût jamais rencontrée. Elle était aussi la plus belle qu'il eût jamais vue, mais pour une jeune femme bien née, fille d'un riche marchand, elle révélait un surprenant mélange de puérilité espiègle et de sensualité osée. Elle faisait l'amour comme les pensionnaires les plus expertes de *L'Aile Blanche* et acceptait volontiers, voire même avec enthousiasme, de se livrer à des pratiques qui auraient horrifié Karli.

Le fait de penser à sa femme l'obligea à repousser un élan de culpabilité. Il savait à présent qu'il ne l'aimait pas et qu'il l'avait épousée par pitié. Il regarda Sylvia endormie et soupira. Voilà la femme qu'il devrait avoir à son bras, songea-t-il, et non la petite créature falote qui dormait dans leur lit à la maison en croyant qu'il parlait affaires avec un quelconque magnat du transport. C'était Sylvia qu'il devrait présenter à la noblesse, Sylvia encore qui devrait porter ses enfants.

Son cœur se mit à battre plus vite tandis que son amour pour Sylvia se teintait d'amertume. Il se tourna sur le côté pour la regarder dormir, le contour de son corps à peine visible dans l'obscurité. Jamais dans ses rêves d'adolescent il n'avait imaginé qu'il deviendrait l'homme qu'il était à présent ni qu'une femme à la beauté époustouflante de Sylvia d'Esterbrook accepterait de partager son lit avec lui.

Roo se remit sur le dos et contempla de nouveau le tissu tendu au-dessus de sa tête, en songeant à quel point sa vie avait miraculeusement changé depuis la nuit où Erik et lui avaient fui Ravensburg, les chiens du baron à leurs trousses.

Comme il pensait à Erik, il se demanda où pouvait bien se trouver son ami, et ce qu'il faisait. Il devait être quelque part en mer avec Calis, de Loungville et un groupe d'hommes que Roo ne connaissait pas. Il ne savait pas quelle était leur mission, mais il ne doutait pas qu'il s'agissait de quelque chose de terrible. De même, il savait parfaitement pourquoi ils acceptaient de courir de tels risques.

Comme ces pensées ne contribuaient nullement à apaiser son esprit, il tendit doucement la main et fit courir ses doigts sur la peau incroyablement douce de la jeune femme qui dormait à ses côtés. Aussitôt, elle s'éveilla et s'étira langoureusement. Sans un mot, elle se tourna vers lui et le prit dans ses bras. Stupéfait de constater avec quelle rapidité elle devinait ce qu'il voulait, Roo chassa Erik de ses pensées.

Erik désigna les rochers en hurlant :

— À bâbord toute !

La tempête continua de faire rage tandis que le timonier poussait sur le gouvernail de toutes ses forces afin de faire virer le bateau à bâbord. Erik se tenait à la proue du navire-dragon depuis des heures, tentant de percer l'obscurité du petit matin afin qu'il n'aille pas s'échouer sur les rochers. Mais le brouillard et la neige tourbillonnante ne lui facilitaient pas la tâche.

Ils étaient passés en flèche au sud de Kesh la Grande et avaient réussi à trouver le courant qui devait leur permettre d'effectuer une traversée rapide jusqu'à Novindus. Depuis, le navire-dragon, – avec ses soixante-quatre passagers, Calis, de Loungville, Erik, Miranda et soixante soldats choisis parmi les Aigles cramoisis de Calis –, filait à toute allure sur l'océan.

Les rameurs se relayaient jour et nuit, ajoutant la force de leurs muscles à celle du courant. Autour d'eux, l'eau s'étendait à perte de vue, au point de leur donner parfois l'impression qu'ils ne reverraient jamais la terre ferme. De temps en temps, Miranda se servait de ses pouvoirs magiques pour calculer leur position et affirmait qu'ils suivaient la bonne trajectoire.

Le temps s'était considérablement refroidi, au point qu'il leur arrivait parfois de croiser un iceberg dérivant vers le nord. Une nuit, Miranda avait expliqué à Erik que le pôle Sud de leur monde était pris dans les glaces à longueur d'année. Cette coquille de givre était si énorme que l'esprit humain avait du mal à se la représenter. De temps à autre, des pans de glace de la taille d'une cité entière tombaient dans l'océan et dérivaient vers le nord pour fondre au contact de l'air chaud qui balayait cette mer que l'on appelait Bleue ou Verte, selon le point de vue.

Erik était resté dubitatif jusqu'à ce qu'un jour il aperçoive à l'horizon ce qu'il prit tout d'abord pour une voile. Il s'était ensuite rendu compte, plus tard ce même jour, qu'il s'agissait de l'un de ces énormes blocs de glace dont lui avait parlé Miranda. À compter de ce jour, Calis avait demandé à ses hommes de prendre des quarts supplémentaires et les rameurs avaient commencé à se relayer jour et nuit afin que le navire ne cesse d'avancer.

Puis ils s'étaient retrouvés face à l'une des péninsules de cette terre prise dans les glaces. Malheureusement, ils étaient arrivés trop vite sur elle et ils s'efforçaient à présent d'empêcher le navire d'y faire naufrage. Calis avait prévenu ses compagnons : s'ils s'échouaient là, ils mourraient de froid et de faim. Ils n'auraient aucune chance de s'en sortir.

— Ramez, tas de fainéants ! rugit Bobby de Loungville par-dessus le vacarme des vagues et du vent et le gémissement de la coque.

Le navire se souleva et se mit à virer de bord, au mépris de toutes les lois de la nature. Mais Erik sentit qu'il dérivait sur le côté, happé par la puissance des vagues.

— Encore plus à bâbord !

Les deux hommes qui manœuvraient la barre s'efforcèrent d'obéir. Calis, qui se tenait avec eux sur le gaillard d'arrière, ajouta sa force surnaturelle à celle des deux humains. Le gouvernail grinça de façon alarmante. On les avait prévenus que les longs gouvernails des navires-dragons brijaners pouvaient se briser et qu'alors il n'y avait plus que les rameurs pour contrôler leur trajectoire. Mais seul un équipage de Brijaners aguerris était capable de le faire, non sans difficulté. Or les membres de l'équipage n'étaient ni aguerris ni brijaners.

Miranda remonta sur le pont et écarta les bras en criant un mot qu'Erik à la proue entendit à peine. Brusquement, une force invisible s'abattit sur l'arrière du navire. Erik dut s'agripper au bastingage pour ne pas passer par-dessus bord. L'embarcation hésita un moment, puis stoppa sa ruée fatale et s'immobilisa un moment au beau milieu des vagues.

Puis elle obéit enfin aux rameurs et au gouvernail, se libéra de l'attraction de la marée et commença à suivre une trajectoire parallèle à la côte. Miranda laissa retomber ses mains et inspira profondément. Puis elle se rendit à la proue. Erik la suivit des yeux. Il savait qu'elle partageait la minuscule cabine de Calis, sur l'arrière du navire, et qu'il fallait y voir plus qu'une marque de galanterie de la part du capitaine. Il y avait quelque chose entre ces deux-là, même si Erik aurait été bien en peine de mettre un nom dessus. De Loungville jouait les chiens de garde lorsque Calis et Miranda se retiraient dans la cabine. Dans ces moments-là, seul un événement très grave aurait pu pousser un membre de l'équipage à tenter de franchir cet invincible barrage.

Bien sûr, Miranda était très séduisante, se dit Erik en la regardant venir à sa rencontre. Mais il y avait quelque chose en elle qui le perturbait tant qu'il lui paraissait presque impossible d'avoir une quelconque intimité avec la magicienne – sauf qu'il n'avait pas eu de femme depuis des mois et que cela commençait à lui peser, comme à ses compagnons d'ailleurs.

Lorsqu'elle arriva près de lui, elle pointa l'index droit devant elle.

— Pendant quelques jours, je préférerais ne pas avoir à utiliser un autre sortilège, surtout d'une telle puissance, de peur d'attirer l'attention de nos ennemis. Alors écoute-moi bien. Si tu pouvais voir à travers cette purée de pois, tu apercevrais trois minuscules étoiles formant un triangle quasi parfait à environ deux empans au-dessus de l'horizon. Si la proue du navire est dans l'alignement de ce triangle, on finira par atteindre la côte de Novindus, à moins d'une journée de rame d'Ispar. Ensuite il faudra suivre la côte en direction du nord-est pour trouver l'embouchure du fleuve Dee. Il va falloir éviter de recourir à la magie pour arriver à destination.

Le sort que Miranda avait utilisé pour empêcher le navire de se briser sur les rochers l'avait visiblement fatiguée. Pourtant, elle venait de prononcer plus de mots en l'espace de cinq minutes qu'elle ne l'avait fait durant tout le voyage. Erik se demanda si c'était à cause de la magie ou pour une autre raison. Mais il était réticent à l'idée de lui demander si tout allait bien. Miranda connaissait mieux que lui le véritable but de cette expédition, or il savait déjà qu'ils risquaient de ne jamais rentrer. Sans doute était-elle encore plus soucieuse que lui.

— Est-ce que ça va ? finit-il par lui demander malgré tout.

Elle le regarda d'un air franchement surpris. Son expression se figea pendant un long moment. Puis elle éclata de rire, sans qu'Erik comprenne très bien pourquoi. Enfin elle lui prit le bras, à travers l'épaisse cape de fourrure qu'il portait.

— Oui, je vais bien. (Elle soupira.) Le sortilège de repérage que j'ai utilisé tout au long de la traversée n'était guère plus qu'un murmure perdu dans le vacarme d'un marché à midi. Mais le sort que j'ai utilisé pour éviter au navire de s'échouer a résonné comme un cri dans la nuit. Si quelqu'un nous cherche ou a établi un système de surveillance pour détecter toute forme de magie...

Elle secoua la tête et tourna les talons.

— Miranda ?

Elle s'arrêta et regarda par-dessus son épaule.

— Oui, Erik ?

— Vous croyez qu'on va pouvoir rentrer chez nous ?

Son rire de tout à l'heure avait bel et bien disparu. Elle n'hésita qu'un instant avant de répondre :

— Probablement pas.

Elle s'en alla et Erik reprit sa position, tentant de percer l'obscurité pour éviter le danger. Au bout de quelques heures, Alfred, le caporal de la Lande Noire, vint le trouver.

— C'est moi qui vous remplace, sergent.

— Très bien.

Erik lui laissa la place. Depuis qu'il avait brisé Alfred en le dépouillant du rang et de l'arrogance qui en faisaient une brute et un bagarreur, l'homme était devenu un soldat de tout premier ordre. Erik se disait même qu'il serait sûrement l'un des premiers à accéder au rang de caporal lorsqu'ils rentreraient à Krondor... si jamais ils rentraient.

Il n'y avait pas d'endroit où dormir à bord du navire-dragon en dehors de la petite cabine que partageaient Calis et Miranda. La seule solution était de s'allonger sur une paire d'avirons excédentaire, derrière le dernier banc de rame, comme un galérien, ou de s'étendre sur le pont entre les rameurs. L'équipage se relaya également pour dormir. Des hommes moins disciplinés qu'eux auraient pu en venir aux mains en raison du manque d'espace, des mois passés en mer et du danger qu'ils allaient affronter. Mais de Loungville et Calis avaient choisi les soixante meilleurs soldats de la compagnie. Chacun mettait de côté sa mauvaise humeur et aucun ne se plaignait de l'inconfort.

Erik s'allongea et s'endormit presque aussitôt. La fatigue était sa compagne au quotidien et il avait pris l'habitude, depuis qu'il était devenu soldat, de voler quelques minutes de sommeil dès que possible. Peu de choses arrivaient encore à le tenir éveillé lorsqu'il décidait de dormir. Mais tandis qu'il s'assoupissait, il se demanda, en passant, comment allaient ses amis. Roo était-il en passe de devenir riche ? La jambe de Jadow avait-elle bien guéri ? Et comment se déroulait l'entraînement des autres soldats ? Erik regretta de ne pas avoir Greylock avec qui parler. Puis il pensa à Nakor. Le drôle de petit homme et Sho Pi étaient

458

restés au port des Étoiles plutôt que de rentrer avec le capitaine. Erik s'endormit en se demandant ce que pouvaient bien fabriquer les deux Isalanis.

Une dizaine de jeunes hommes et femmes éclatèrent de rire tandis qu'une vingtaine d'autres froncèrent les sourcils, marmonnèrent dans leur barbe ou conspuèrent Nakor.

— C'est vrai ! insista ce dernier.

Sho Pi se tenait debout derrière l'homme qu'il avait choisi pour maître, prêt à le défendre au cas où l'un des étudiants en colère déciderait de prendre les choses en main. Il savait Nakor capable de se défendre contre au moins la moitié d'entre eux, car son compatriote était un expert du combat à mains nues, cet art martial d'Isalan que l'on enseignait au temple de Dala. Mais il risquait d'avoir besoin d'aide face à une vingtaine d'individus enragés.

— Assieds-toi, ordonna l'un de ceux qui riaient à l'adresse d'un des étudiants qui huaient Nakor.

— Et si je refuse ? C'est toi qui vas m'y obliger peut-être ?

— Hé là, une minute ! protesta Nakor.

Il rejoignit les deux jeunes hommes et prit chacun d'eux par une oreille.

Il promettait de faire beau ce jour-là au port des Étoiles. L'aube n'était pas encore levée que Nakor s'était retrouvé embarqué dans une discussion avec un étudiant au cours du petit déjeuner. Tandis que le soleil s'élevait à l'est, le petit Isalani avait décidé de faire cours dehors, loin des pièces sombres et puant le renfermé qui servaient habituellement de salles de classe. Tandis qu'il amenait les deux étudiants qui poussaient les hauts cris au centre du cercle formé par leurs camarades, les trois factions en présence éclatèrent de rire.

Sho Pi jeta un coup d'œil à la grande fenêtre qui surplombait la pelouse où se déroulait le cours et s'aperçut qu'on les observait. Depuis que Calis lui avait laissé la charge de l'académie, Nakor n'avait pratiquement pas touché à la routine quotidienne, même s'il décidait, de temps à autre, de faire cours sur des sujets de son choix.

Il passait la plupart de son temps avec le mendiant anonyme et fou qui faisait désormais partie de la communauté insulaire. Tous les matins, deux étudiants avaient pour mission de le jeter dans le lac, ce qui constituait la seule toilette du pauvre homme. De temps à autre, il arrivait qu'un étudiant plus hardi tente de le savonner, mais il ne parvenait en général qu'à récolter un œil au beurre noir ou un saignement de nez.

Lorsqu'il n'était pas dégoulinant d'eau, le mendiant trottinait d'un endroit à l'autre pour observer la vie de la communauté. Sinon, il dormait, ou hantait les cuisines où il essayait de voler de la nourriture si on ne lui en donnait pas. Lorsqu'on essayait de le faire asseoir à table pour prendre un vrai repas, il renversait tous les plats et s'accroupissait pour manger par terre, avec les doigts.

Nakor passait le reste de son temps dans la bibliothèque pour lire et prendre des notes. Sho Pi avait parfois l'occasion de poser une question ou de réclamer des explications sur un sujet qu'il souhaitait mieux comprendre. Dans ces cas-là, Nakor lui proposait d'accomplir des quêtes étranges ou répondait à ses questions par des devinettes apparemment incompréhensibles. Que Sho Pi échoue dans sa quête ou réussisse en trouvant la réponse à l'une des énigmes, Nakor réagissait invariablement avec une suprême indifférence.

Il libéra les deux étudiants en leur disant :

— Merci de m'avoir aidé à démontrer la validité de mes arguments.

Il se tourna vers l'étudiant qui appartenait à la faction des Cavaliers Bleus, du nom du groupe créé par

Nakor lui-même lors de son tout premier séjour à l'académie.

— Tu crois que je dis la vérité lorsque je prétends que ces énergies que nous appelons « magie » peuvent être manipulées sans avoir recours à tous ces salamalecs que beaucoup d'entre vous croient obligatoires, c'est bien ça ?

— Bien sûr, maître, répondit le jeune homme.

Nakor soupira car tous les Cavaliers Bleus l'appelaient ainsi en dépit de ses objections. C'était la faute de Sho Pi.

Il se tourna vers l'autre étudiant, un membre de la faction appelée la Baguette de Watoom.

— Et toi tu crois que c'est impossible, n'est-ce pas ?

— Évidemment. Il est impossible de manipuler les forces magiques comme vous le prétendez. Ce ne sont que des tours de passe-passe.

Nakor leva l'index en disant :

— Dans ce cas, regardez bien.

Au moment où Nakor se plaçait derrière le jeune homme appartenant aux Cavaliers Bleus, le mendiant traversa le cercle des étudiants, bousculant quelques-uns d'entre eux. De temps en temps, le malheureux, que tout le monde, sauf Nakor, croyait fou, semblait s'intéresser à ce qui se passait autour de lui. Il s'accroupit non loin du petit Isalani pour observer la scène.

Nakor demanda à l'étudiant :

— As-tu pratiqué le reiki comme je te l'ai enseigné le mois dernier ?

— Bien sûr.

— C'est bien. Ce que je vais t'apprendre n'est pas très différent. Ferme le poing.

Il prit le bras de l'étudiant et le ramena en arrière, puis il demanda au jeune homme d'écarter les pieds comme s'il s'apprêtait à combattre.

— Reste comme ça, si tu veux bien. Voilà. Tire sur ton bras et sens l'énergie qui est en toi. Ferme les yeux si ça peut t'aider.

L'étudiant obéit.

— Maintenant, reprit Nakor, sens comme l'énergie qui est en toi te traverse et t'entoure. Sens comme elle circule. Quand tu seras prêt, je veux que tu donnes un coup de poing dans l'estomac de ton camarade. Mais attention, je ne veux pas seulement que tu le frappes, je veux que tu libères l'énergie à travers ta main.

Il se tourna vers l'étudiant de la Baguette de Watoom.

— Prépare-toi, lui dit-il. Durcis tes abdominaux, tu pourrais avoir mal.

L'autre ricana, sceptique. Néanmoins, il bomba le torse, juste au cas où. Le premier étudiant lança son coup de poing qui atterrit avec un bruit sourd dans le ventre de son camarade, lequel tressaillit à peine.

— Il va falloir qu'on travaille tout ça, commenta Nakor. Tu ne sens pas l'énergie comme il faut.

Brusquement, le mendiant bondit sur ses pieds et écarta le jeune Cavalier Bleu. Il adopta une posture de combat et fit parfaitement reposer l'équilibre de son corps sur ses pieds écartés. Puis il ferma les yeux. Nakor s'écarta de lui en sentant une étrange énergie crépiter dans l'air autour de lui. Puis le mendiant ramena sa main en arrière et la propulsa en avant. Dans le même temps, il libéra son souffle et prononça un mot qui ressemblait à « fermé ». Lorsque le coup atteignit sa cible, le malheureux étudiant en eut le souffle coupé et fut projeté en arrière sur près de deux mètres. Il atterrit sur deux de ses camarades qui eurent à peine le temps de réagir et de le rattraper.

Le jeune homme se plia en deux en se tenant le ventre. Il avait visiblement du mal à respirer. Nakor se précipita vers lui, le fit rouler sur le dos et le prit par la taille pour l'obliger à respirer. Le jeune homme inspira de l'air en haletant et regarda Nakor, les yeux écarquillés et les joues inondées de larmes.

— J'avais tort, murmura-t-il alors qu'il était à peine capable de parler.

— En effet, répondit Nakor qui se tourna vers les deux autres jeunes gens. Ramenez-le à l'intérieur et demandez au guérisseur de vérifier s'il n'est pas blessé. Il a pu subir des dommages internes.

Puis il se retourna et s'aperçut que le mendiant s'était de nouveau accroupi, le regard vide. Sho Pi rejoignit Nakor et lui demanda :

— Que s'est-il passé, maître ?

— Si seulement je le savais, avoua Nakor à voix basse.

Puis il se tourna vers le cercle d'étudiants.

— Vous voyez ? Même cette pauvre créature sait comment utiliser le pouvoir qui est déjà présent, partout autour de nous.

Sur la plupart des visages ne se lisaient que l'étonnement et la perplexité. Nakor céda et agita la main en direction du bâtiment principal.

— Très bien. Le cours est terminé. Retournez donc à vos activités, quelles qu'elles soient.

Tandis que les étudiants s'en allaient, le petit Isalani rejoignit le mendiant et s'accroupit pour le regarder dans les yeux. Peu de temps auparavant, il y avait décelé une lueur de sagesse et de puissance, mais à présent, ce n'était plus que deux globes vides.

— Qui es-tu donc, mon ami ? soupira Nakor.

Au bout d'un moment, il se releva et se retourna. Comme il s'y attendait, Sho Pi se tenait derrière lui.

— Si seulement j'étais plus intelligent, regretta Nakor. Si seulement j'en savais plus.

— Maître ? s'inquiéta Sho Pi.

Nakor haussa les épaules.

— Si seulement je savais aussi ce que devient Calis. Je commence à m'ennuyer ici. En plus, quelque chose se prépare, ajouta-t-il en regardant le ciel bleu où le soleil venait d'atteindre le zénith. Nous allons bientôt devoir partir, même si le remplaçant de Krondor n'est pas encore arrivé.

— Quand, maître ?

463

Nakor haussa de nouveau les épaules.

— Je ne sais pas. Bientôt. Peut-être cette semaine, ou le mois prochain. Nous le saurons le moment venu. Viens. Allons chercher de quoi manger.

À ces mots, le mendiant bondit sur ses pieds et s'éloigna d'un pas traînant, avec force grondements et sifflements, en direction des cuisines. Nakor le désigna du doigt.

— Vois comme notre ami comprend la relativité des choses. Tu as vu qu'il donne des coups comme un grand maître de l'ordre de Dala ? ajouta-t-il à l'intention de Sho Pi dans la langue d'Isalan.

Son élève répondit dans ce même idiome :

— Non, maître. Il frappe plus fort. Je ne sais pas qui il est, mais cet homme a plus de *cha* (Il utilisa l'ancien mot pour désigner le pouvoir personnel.) que tous les prêtres que j'ai rencontrés au temple lorsque j'étais novice. Je crois qu'il aurait pu tuer ce gamin, ajouta-t-il en baissant la voix.

— Sans aucun doute, s'il l'avait voulu, convint Nakor.

Ils entrèrent dans la salle à manger en songeant à l'événement dont ils venaient d'être témoins.

Lorsque Roo se réveilla, la lumière grise qui précédait l'aube éclairait la fenêtre. Il s'aperçut alors qu'il aurait à peine le temps de rentrer chez lui avant que Karli se réveille. Si Abigail avait fait sa nuit complète sans réveiller sa mère, Roo savait qu'il avait une chance de convaincre sa femme qu'il était rentré tard, mais il allait devoir faire vite.

Non sans regrets, il sortit du lit aussi discrètement que possible. Le souvenir du corps de Sylvia et de ses exigences durant la nuit réussirent à l'exciter de nouveau, en dépit de sa fatigue. Il s'habilla et sortit de la pièce en silence. Il descendit l'escalier sur la pointe des pieds et quitta la maison. Puis il se rendit jusqu'à son carrosse, où somnolait le conducteur. Roo le réveilla et lui donna l'ordre de le ramener chez lui immédiatement.

À l'intérieur de la maison, Sylvia était étendue sur son lit, parfaitement réveillée et le sourire aux lèvres. Dans le noir, le petit troll n'était pas si difficile à accepter, songea-t-elle. Il était jeune, enthousiaste et bien plus costaud qu'il en avait l'air. Elle savait qu'il croyait être amoureux d'elle, mais ce n'était qu'un début. Le malheureux n'avait pas idée de l'obsession qu'elle allait bientôt devenir pour lui. Avant un mois, il serait prêt à compromettre une affaire de moindre importance pour elle. Avant un an, il trahirait ses associés.

Satisfaite, la jeune femme bâilla et s'étira. L'absence de son père devait durer encore quelques jours et elle recevrait sûrement un mot de Roo avant midi. Mais elle l'ignorerait un jour ou deux avant de l'inviter à nouveau chez elle. Tout en s'abandonnant au sommeil, elle se demanda combien de temps elle devrait attendre avant de lui faire le coup des regrets, lorsqu'elle lui annoncerait qu'elle ne pouvait continuer à voir un homme marié en dépit de l'amour qu'elle éprouvait pour lui. Puis elle s'endormit pour de bon en se disant qu'il y avait en ville deux jeunes gens qu'elle devrait inviter chez elle avant le retour de son père.

Roo monta l'escalier sur la pointe des pieds et se glissa dans sa chambre à coucher. L'aube venait de se lever et il vit dans la semi-obscurité que Karli était endormie. Il se déshabilla en silence et se glissa dans le lit à côté de sa femme.

Moins d'une demi-heure plus tard, elle se réveilla et Roo fit semblant de dormir. Karli se leva et s'habilla, puis se rendit dans la chambre d'Abigail qui chantonnait doucement. Roo attendit un moment avant de descendre dans la salle à manger.

— Bonjour, lui dit Karli qui faisait manger le bébé.

Abigail gloussa et s'écria « Pa ! » en voyant son père, lequel se mit à bâiller.

— Tu n'as pas beaucoup dormi ? lui demanda Karli d'un air neutre.

Roo prit une chaise et s'assit tandis que Mary arrivait de la cuisine avec une grande tasse de café pour lui.

— J'ai l'impression de n'avoir fermé les yeux que pendant cinq minutes.

— La soirée s'est prolongée très tard ? demanda Karli.

— Très. Je ne sais même pas à quelle heure nous avons fini.

Karli fit un petit bruit évasif et donna une cuillerée de purée de légumes à la fillette affamée.

— J'ai quelque chose à te dire, reprit la jeune femme au bout de quelques minutes.

Roo sentit son cœur se serrer. L'espace d'un instant, il se demanda, pris de panique, si elle savait qu'il l'avait trompée. Mais il chassa cette idée de ses pensées, car elle ne s'était doutée de rien lorsqu'il était rentré de Ravensburg après avoir couché avec Gwen. Il se dit qu'elle n'avait aucune raison de le soupçonner maintenant.

— De quoi s'agit-il ? demanda-t-il calmement.

— Nous allons avoir un autre bébé.

Roo regarda sa femme et s'aperçut qu'elle le dévisageait, inquiète de sa réaction.

— C'est merveilleux ! s'exclama-t-il en s'efforçant d'avoir l'air content.

Il se leva et fit le tour de la table.

— Cette fois, ce sera un garçon, dit-il en embrassant Karli sur la joue.

— Peut-être, répondit-elle doucement.

— Il le faut, insista Roo en s'efforçant toujours d'être jovial. Sinon, je vais devoir changer toutes les pancartes. Tu imagines un peu, « Avery & Filles » ?

Elle sourit faiblement.

— Si un fils doit te rendre heureux, alors j'espère que le bébé sera un garçon.

— Si c'est un enfant aussi merveilleux qu'Abigail, je serai déjà très heureux.

Karli ne parut pas convaincue. Roo se leva en laissant sur la table sa tasse de café encore à moitié pleine.

— Tu ne veux rien manger ? protesta la jeune femme.

— Non, il faut que je file au bureau, répondit-il en prenant son manteau accroché à côté de la porte d'entrée. J'ai une lettre importante à écrire. Ensuite, il faudra que je revienne par ici, j'ai une réunion au *Barret*.

Sans attendre de réponse, il quitta la maison. Karli entendit claquer la porte et soupira en essayant de nourrir le bébé et de l'empêcher de répandre la nourriture par terre.

Le temps passa et la vie s'installa dans une routine étrange mais stable. Roo s'arrangeait pour voir Sylvia en cachette une ou deux fois par semaine tout en passant un certain nombre de soirées avec ses associés. Au début, la jeune femme lui fit une horrible scène, car elle éprouvait des remords à l'idée de coucher avec un homme marié. Roo dut la supplier pendant des semaines avant qu'elle consente à le revoir, ce qu'elle fit lorsqu'il lui envoya un collier d'émeraudes et de diamants qui lui coûta plus d'or qu'il n'aurait pu l'imaginer encore deux ans auparavant. Sylvia reconnut finalement qu'elle l'aimait et Roo s'installa dans sa vie d'adultère et de mensonges.

Ses qualités d'homme d'affaires émergèrent rapidement et il ne s'aventura que rarement dans de mauvais placements. Il y en eut, certes, mais aucun ne le mit en difficulté financière. Les mois passaient, et la compagnie de la Triste Mer prospérait.

Roo apprit également à utiliser au mieux les dons de ses employés.

Personne ne savait mieux que Duncan détecter les rumeurs de placements judicieux et d'affaires juteuses dans les auberges et les tavernes du caravansérail ou du port.

Jason, pour sa part, excellait dans le seul domaine qui restait hermétique à Roo, à savoir la comptabilité. Être un marchand ne signifie pas seulement acheter et revendre. Jason maîtrisait des concepts aussi étranges que le nantissement multiple et les risques partagés avec des gens qui ne faisaient pas partie de la compagnie. De plus, il savait comment investir l'or dont on n'avait pas besoin pour les achats et quand il valait mieux jouer la sécurité et le laisser simplement dormir. Roo avait du mal à le suivre et ne s'expliquait pas comment l'ancien serveur faisait cela. Mais les résultats étaient là. Roo couchait avec Sylvia depuis six mois lorsque sa compagnie s'empara d'une banque et commença à faire ses propres opérations bancaires.

Luis était un véritable trésor pour Roo. Il pouvait se montrer aussi patient avec une cliente en colère qu'intraitable avec le plus borné des charretiers. À deux reprises, il dut prouver aux plus agressifs d'entre eux qu'il était capable de faire exécuter ses ordres, même avec une main estropiée.

Seul Dash restait un mystère pour son patron. Personnellement, l'argent ne l'intéressait pas et pourtant il était aussi heureux que Roo de voir prospérer la compagnie de la Triste Mer. C'était comme s'il travaillait pour le seul plaisir de la voir grossir et non pour en profiter. À l'occasion, il lui arrivait même d'impliquer son frère dans ses stratagèmes. À eux deux, Jimmy et Dash faisaient une paire formidable à laquelle Roo n'aurait pas aimé se mesurer.

Pendant ce temps, le ventre de Karli ne cessait de s'arrondir, abritant ce que Roo espérait être son fils. La vie ne lui avait jamais paru plus belle à deux exceptions près : Tim Jacoby était encore en vie et son ami d'enfance n'était pas là.

Chapitre 17

DÉSASTRES

Roo poussa un soupir.

Le bébé s'agita dans ses bras lorsque le prêtre, qui marmonnait ses incantations d'un ton monotone, lui versa de l'huile parfumée sur le front. Même si Roo était enchanté d'avoir un fils, il n'en trouvait pas moins la cérémonie du baptême toujours aussi insupportable.

— Je te baptise du nom d'Helmut Avery, dit enfin le prêtre.

Roo tendit le bébé à Karli et déposa un baiser sur sa joue. Puis il embrassa la petite Abigail, qui gigotait dans les bras de Mary.

— Il faut que je file, j'ai du travail qui m'attend au bureau, mais je serai de retour d'ici deux heures au plus tard.

Karli ne parut guère convaincue, car elle savait que son mari travaillait souvent jusqu'à des heures impossibles. Parfois il lui arrivait même de rester au bureau pendant deux jours d'affilée.

— Nous attendons des invités, lui rappela-t-elle.

— Je m'en souviens.

Il sortit du temple avec sa famille et dévala les marches en laissant Karli derrière lui.

— Prends le carrosse, dit-il à sa femme. J'irai à pied.

Il s'éloigna de la place du temple et parcourut les rues de Krondor jusqu'à ce qu'il trouve une voiture de louage. Quelques minutes plus tard, il franchit les portes de la cité, en route pour la demeure d'Ester-brook. Il était surpris d'être de si mauvaise humeur. Sylvia était pour lui une telle source d'émerveillement qu'en allant la voir il laissait généralement derrière lui toute colère ou frustration. Apparemment Jacob n'était jamais chez lui ces jours-ci, si bien que lorsque Roo se présentait pour dîner ou, comme aujourd'hui, rendait à Sylvia une visite surprise le midi, la jeune femme l'accueillait à bras ouverts et l'emmenait immédiatement dans sa chambre. Roo avait été à la fois surpris et ravi de découvrir que les appétits de sa maîtresse égalaient les siens. Il lui arrivait parfois de se demander qui avait enseigné à une jeune demoiselle de bonne famille comme Sylvia tant de caresses érotiques inventives, mais elle ne lui parlait jamais de son passé, de même qu'elle ne cherchait pas à savoir quelles expériences il avait vécues avant de la connaître.

Soudain, tandis que la voiture franchissait les portes de la propriété des d'Esterbrook, Roo comprit quelle était la cause de sa mauvaise humeur. Erik ne se trouvait pas parmi tous ceux qui avaient assisté au baptême d'Helmut ce matin-là ou qui viendraient fêter sa naissance chez les Avery ce même soir, alors que Roo aurait tellement aimé qu'il soit présent.

Sur un geste d'Erik, la colonne de cavaliers s'arrêta. Toujours par signes, il leur donna l'ordre de mettre pied à terre. Erik chevauchait en tête de la colonne, aux côtés de Miranda et de Bobby de Loungville, tandis que Calis et un soldat prénommé Renaldo jouaient les éclaireurs.

Le navire-dragon avait bien accosté à l'endroit prévu par Calis, lequel avait été visiblement soulagé lorsque ses agents de la Cité du fleuve Serpent avaient rejoint la compagnie au bout de quelques jours. Les nouvelles qu'ils apportaient n'étaient pas bonnes.

La reconstitution de la grande flotte de la reine Émeraude était à moitié terminée et ses armées contrôlaient à présent le continent tout entier, à l'exception d'une petite région au sud du Ratn'gary et de quelques endroits le long de la côte ouest. De partout, les nouvelles arrivaient identiques et terribles : l'armée de la reine Émeraude ravageait Novindus et s'emparait de toutes ses ressources afin de créer cette grande flotte dont elle avait besoin pour envahir le royaume. La mort de dizaines de milliers d'esclaves capturés durant la guerre ne comptait pas aux yeux des soldats.

Plusieurs rébellions marginales au sein de l'armée formée d'anciens mercenaires avaient été sauvagement réprimées et les rebelles crucifiés ou empalés sous les yeux de leurs camarades. Les chefs avaient également choisi au hasard un soldat sur mille et les avaient brûlés vifs pour bien montrer que le moindre signe de désobéissance ne ferait que semer davantage de morts et de souffrances.

Cette nouvelle avait rappelé à Erik l'époque où les cinq membres de son escouade étaient collectivement responsables de leurs actes. Ils avaient veillé à ce qu'aucun d'entre eux n'échoue, sinon ils seraient tous retournés sur le gibet.

La seule bonne nouvelle pour Calis, c'était que l'attention de la reine Émeraude était tournée tout entière vers les environs de la Cité du fleuve Serpent, de la cité de Maharta et des terres fluviales. La région où le capitaine devait opérer avec sa compagnie n'était pratiquement pas occupée par l'armée de la reine.

Cependant Calis avait fait remarquer que cela ne serait sûrement plus le cas lorsqu'ils arriveraient à destination. En attendant, ils s'étaient préparés à partir. Ils avaient acheté des chevaux et échangé leurs tenues de Brijaners contre des costumes locaux. Six des agents de Calis avaient pris le navire-dragon et lui avaient fait longer la côte jusqu'à un petit village de pêcheurs. L'embarcation resterait dissimulée dans un grand bassin de cale sèche jusqu'à ce que la compagnie s'enfuie du continent.

Personne ne souffla mot, mais ils n'étaient pas nombreux à croire en un possible retour.

Ils se trouvaient à présent dans les montagnes, dont ils avaient traversé les contreforts durant une semaine entière. Ils n'avaient pas encore eu à faire face au danger, mais Erik savait ce qui les attendait, car il faisait partie de ceux qui avaient dû fuir les Saaurs dans les tunnels occupés par les Panthatians. En effet, lorsque ces derniers avaient appris que les Aigles cramoisis de Calis – qu'ils prenaient pour des mercenaires rebelles – étaient entrés dans les montagnes, ils avaient envoyé les Saaurs occuper la région. Erik savait qu'ils n'avaient eu la vie sauve qu'en prétendant être l'une des compagnies humaines recevant ses ordres des Saaurs et en montant directement au front, à l'opposé de la direction qu'ils auraient logiquement dû prendre.

Renaldo accourut à leur rencontre, essoufflé, et fit son rapport à de Loungville :

— Le capitaine a trouvé un endroit sûr où monter le camp. Il a dit qu'on allait s'arrêter là pour aujourd'hui.

Erik regarda en direction du ciel. Le soleil ne se coucherait pourtant pas avant plusieurs heures. De Loungville parvint à la même conclusion et demanda :

— On se rapproche ?

Renaldo acquiesça et tendit l'index en direction des arbres.

— De la crête, là-bas, on aperçoit la gorge du fleuve, et le capitaine dit qu'il peut voir le pont aussi.

Erik hocha la tête. Calis était doté d'une vision bien plus perçante que celle d'un humain. Mais si la gorge était en vue, le pont n'était plus qu'à une journée de cheval, et il fallait en rajouter encore une pour trouver l'entrée des grottes. S'ils décidaient d'abandonner les chevaux, à pied, ils mettraient deux jours pour y arriver au lieu d'un.

Erik mit pied à terre. Il se sentait partagé, car il serait plus facile pour ses hommes de chevaucher jusqu'aux mines, mais en abandonnant les chevaux à l'entrée, ils signeraient leur arrêt de mort. En effet, il était peu probable qu'ils traversent le pont de leur propre initiative, et il n'y avait rien à manger pour eux du côté des grottes. Certains risquaient même de se tuer en tombant. Erik songea, non sans ironie, qu'il s'inquiétait plus du sort des pauvres bêtes que du sien.

Il haussa les épaules et chassa le sujet de ses pensées, tandis que de Loungville donnait l'ordre de monter le camp. Les hommes obéirent avec ce sens de la discipline que l'on exigeait d'eux et qu'on leur avait inculqué, parfois au prix de grandes douleurs. Alfred avait été récemment promu caporal et rappelait un peu plus chaque jour à Erik le caporal Charlie Foster, l'homme qui, sur l'ordre de Bobby de Loungville, avait fait de sa vie un enfer au début de son aventure parmi les Aigles. Des années plus tard, Erik comprenait désormais qu'il était nécessaire que chacun obéisse sans hésiter ni réfléchir, car c'était le meilleur moyen d'assurer la survie de tous et, plus important encore, le succès de la mission.

Lorsqu'ils eurent fini de dresser le camp, les hommes établirent un tour de garde et s'en allèrent manger. Ils se nourrissaient d'aliments séchés et ne faisaient pas de feu, afin que la fumée ne trahisse pas leur présence. L'hiver arrivait à grand pas, si bien que la nuit risquait d'être froide et inconfortable pour tout le monde.

Tandis que ses compagnons mangeaient, Erik examina les chevaux pour s'assurer qu'aucun n'était malade ou blessé. Puis il vérifia que chaque homme se trouvait à la place qu'on lui avait assignée. Alors seulement, il rejoignit de Loungville, Calis et Miranda.

Le capitaine lui fit signe de s'asseoir.

— Les chevaux vont bien, annonça Erik.

— Tant mieux, répondit Calis. Il va falloir trouver un endroit où nous pourrons les laisser.

— Pourquoi s'en donner la peine ? protesta Miranda.

Calis haussa les épaules.

— On ne sait jamais. Il se pourrait qu'on sorte vivants de cette aventure. Dans ce cas, nous aurons besoin de quitter rapidement les montagnes. Si je trouve un canyon dans le coin avec suffisamment d'herbe pour qu'ils puissent se nourrir une semaine ou deux, j'y laisserai les chevaux. Les grandes neiges ne sont pas encore là et nos montures pourraient bien s'avérer utiles.

Erik intervint :

— Quand nous avons contourné le pic à midi, j'ai aperçu une petite vallée en dessous. Je ne suis pas sûr, mais je pense qu'il y a un chemin qui y mène, même si ce n'est qu'une sente pour les chèvres.

— J'ai l'intention de rester ici pendant deux jours, annonça Calis, pour que les hommes se reposent, alors demain tu auras le temps d'aller vérifier par toi-même. Si on peut passer, tu emmèneras les chevaux dans cette vallée.

Erik n'était toujours pas tout à fait à l'aise en présence du capitaine, alors qu'il avait passé suffisamment de temps avec Bobby pour parler librement lorsqu'il en éprouvait le besoin. Cependant, Calis appréciait toujours la franchise lorsqu'il s'agissait de la mission.

— Qu'attendons-nous, capitaine ? Plus nous nous attardons, plus nous risquons d'être découverts.

— Nous attendons quelqu'un, expliqua Calis.

— C'est l'un de mes agents, ajouta Miranda. Il essaye de trouver des hommes de la région, avec qui nous devons discuter.

Erik attendit, mais la jeune femme se tut, si bien qu'il se résigna à devoir patienter pour savoir qui pouvait bien être ce mystérieux agent. Il demanda à ses compagnons de l'excuser et se leva pour aller voir ses hommes.

Il ne fut pas surpris de constater que chacun était à son poste et qu'il n'avait besoin de rappeler les instructions à personne. Selon messire William et de Loungville, ces soldats étaient les meilleurs de toute l'histoire du royaume. Erik éprouvait une fierté farouche à l'idée d'en faire partie. Il avait beau minimiser le rôle qu'il avait joué dans la création de cette unité, il s'attribuait quand même le mérite de son évolution en tant que soldat.

En effet, il avait passé des heures à lire des traités de guerre et de tactique militaire et n'avait pas manqué une occasion d'en discuter avec des gens au palais. Il lui était même arrivé d'en parler à des nobles venus rendre visite au prince. Ces discussions avaient parfois lieu pendant les repas dans les quartiers des soldats, ou elles se tenaient au cours d'un dîner officiel à la cour. De temps en temps, elles se déroulaient même sur le terrain de manœuvres, lorsqu'un baron venu de la frontière ou un duc de l'Est observait l'entraînement des Aigles cramoisis de Calis.

Erik ne se trouvait pas particulièrement doué en matière de stratégie, de ravitaillement ou de déploiement. En revanche, il avait l'impression de savoir commander, ou du moins d'arriver à ce que ses hommes fassent le nécessaire sans qu'il ait à les brutaliser ou à les menacer, contrairement à certains officiers. Il savourait réellement l'idée que d'autres hommes étaient prêts à le suivre, sans pour autant s'expliquer pourquoi il ressentait ça. C'était comme ça, voilà tout.

Après avoir fini son tour d'inspection, Erik retourna s'asseoir et sortit des rations séchées de sa sacoche de selle. Il ouvrit le linge entouré de cire qui protégeait la nourriture et s'assura que les fragments de cire tombaient dans un autre linge. Il lui faudrait inspecter le site lorsqu'ils lèveraient le camp afin de s'assurer qu'il ne restait aucun morceau de cire susceptible de trahir leur passage en ces lieux. Il savait que de Loungville s'en occuperait s'il oubliait, mais qu'il le lui ferait regretter. Leurs relations avaient certes changé depuis ce jour funeste où Bobby avait donné l'ordre de pendre Erik, mais le jeune homme n'était pas exempt d'un sermon devant ses subordonnés si le sergent-major jugeait qu'il négligeait ses devoirs.

Calis et Miranda approchèrent.

— Capitaine ?

— Nous allons faire quelques pas, Erik. Dis aux sentinelles que le mot de passe, c'est deux claquements de doigts et le mot « pie ». Entendu ?

Erik hocha la tête.

— Entendu.

Si quelqu'un voulait s'aventurer dans le camp, la sentinelle lui signalerait sa présence en claquant deux fois des doigts. Si l'intrus ne répondait pas aussitôt par le mot « pie », c'était la mort en personne qui l'accueillerait. Erik espérait qu'aucun négociant itinérant ou frère mendiant ne passerait par ici ces prochains jours.

Calis s'apprêtait à partir mais Erik le retint.

— Capitaine ?

L'intéressé s'arrêta.

— Oui ?

— Pourquoi le mot « pie » ?

D'un signe de tête, Calis demanda à Miranda de répondre.

— Parce que mon agent connaît ce mot et qu'en plus il n'y a pas de pies sur ce continent. On ne risque donc pas de laisser passer un intrus qui aurait eu de la chance aux devinettes.

Erik haussa les épaules et retourna à son dîner.

— Il faut qu'on parle, déclara Calis.

— De quoi donc ? demanda Miranda en s'asseyant sur le tronc d'un arbre déraciné.

Calis s'assit à ses côtés.

— Si nous survivons à cette histoire, y a-t-il un avenir pour nous ? Enfin, pour toi et moi ?

Miranda lui prit la main.

— C'est difficile à dire, soupira-t-elle. Non, il est même impossible d'y réfléchir. (Elle se pencha et l'embrassa.) Nous ressentons quelque chose de spécial depuis le jour où nous nous sommes rencontrés, Calis. (Il ne répondit pas.) Nous nous sommes découvert l'un pour l'autre des sentiments que peu de gens éprouvent. (Elle se tut un moment.) Mais envisager l'avenir ? Je ne sais même pas si nous serons encore en vie dans une semaine.

— Penses-y, insista Calis. Moi, j'ai bien l'intention de le rester.

Miranda contempla le visage de son amant dans la lumière dorée de cette fin d'après-midi qui filtrait à travers les arbres. Puis elle se mit à rire.

— Qu'y a-t-il de si drôle ? demanda-t-il en esquissant un sourire réservé.

— Moi, répondit-elle en se levant et en passant les bras dans son dos pour défaire sa robe. J'ai toujours eu un certain faible pour les beaux garçons blonds. Maintenant, viens me réchauffer. Il fait froid.

Sa robe tomba autour de ses chevilles. Calis se leva et l'entoura de ses bras en posant les mains sur les fesses de la jeune femme. Puis il la souleva comme il l'aurait fait avec un enfant et déposa des baissers entre ses seins tout en la faisant tournoyer. Enfin, il la déposa délicatement sur le sol en disant :

— Où vois-tu un garçon ? Sache que j'ai plus d'un demi-siècle, femme.

Miranda éclata de rire à nouveau.

— Ma mère m'a toujours dit que les hommes jeunes sont des amants enthousiastes mais qu'ils se prennent beaucoup trop au sérieux.

Calis s'immobilisa quelques instants et contempla le visage de la jeune femme.

— Tu ne parles jamais de ta mère, lui dit-il doucement.

Miranda garda le silence pendant un bon moment.
Puis son rire résonna pour la troisième fois.

— Enlève donc tes vêtements, gamin ! s'exclama-
t-elle en feignant l'exigence. Le sol est froid.

Calis eut un large sourire.

— Mon père m'a toujours dit de respecter mes
aînés.

Ils firent l'amour rapidement. La peur de ce que
leur réservait l'avenir s'évanouit au cours de cet acte
qui est l'un des plus primaires de l'existence humaine
mais qui leur permettait justement de se prouver qu'ils
étaient en vie.

Deux claquements de doigts résonnèrent dans le
silence, rapidement suivis du mot « pie » prononcé
d'une voix teintée d'un léger accent étranger. Erik
rejoignit la sentinelle à peine quelques instants avant
de Loungville et Calis.

Ils attendaient depuis trois jours maintenant et le
capitaine avait décidé que si l'agent de Miranda n'arrivait pas, la compagnie se remettrait en route. Les
chevaux avaient été conduits dans une vallée luxu-
riante où ils avaient de quoi se nourrir pendant des
semaines. Erik savait aussi que si personne ne revenait
les chercher, les bêtes, à l'approche de l'hiver, n'auraient aucun mal à sortir de la vallée et à trouver le
chemin des prairies au bas des montagnes. Cela l'aidait à se sentir mieux, même s'il ne comprenait pas
très bien pourquoi. Les montagnes de la lande Noire
étaient bien moins impressionnantes que celles-ci et
pourtant Erik reconnaissait les changements de
temps. Il n'allait pas tarder à geler la nuit et la prochaine tempête leur amènerait la neige. L'hiver était
sur le point de s'installer.

L'homme qui apparut était vêtu d'une étrange
armure blanche dont Erik vit tout de suite qu'elle

n'était pas faite dans un métal de sa connaissance. D'abord, les différentes pièces auraient dû s'entrechoquer bruyamment, ce qui n'était pas le cas ; d'autre part, l'homme qui portait cette armure aurait dû se déplacer d'un pas pesant, alors qu'il se mouvait avec légèreté. Sa tête disparaissait complètement dans un heaume percé de deux fentes étroites pour les yeux ; sur son dos se trouvait une arbalète de conception étrangère à ce monde. En dehors de ça, on pouvait dire que son corps était véritablement hérissé de toutes sortes d'épées, dagues et couteaux.

Erik reconnut les deux personnages qui le suivaient et les salua à voix basse lorsqu'ils le rejoignirent :

— Praji ! Vaja ! C'est bon de vous revoir !

Les deux vieux guerriers lui rendirent son salut.

— On a entendu dire que tu faisais partie de ceux qui ont réussi à fuir Maharta, dit Praji.

Les deux hommes étaient vêtus comme des mercenaires, mais Erik se demanda jusqu'à quel point ils étaient encore capables de se battre, compte tenu de leur âge avancé. Cependant, deux ans plus tôt, il avait pu constater leur prouesse et leur efficacité et rien ne semblait indiquer qu'ils auraient perdu de leur talent. Ils avaient simplement l'air fatigué.

Prajichitas était sans doute l'individu le plus laid qu'Erik ait jamais vu, mais il était malin et sympathique. Vajasia était un véritable paon sur le déclin, toujours aussi vaniteux malgré son grand âge. Ces deux hommes, pourtant de caractère opposé, faisaient preuve l'un envers l'autre d'une loyauté indéfectible, comme s'ils étaient frères.

— Boldar, vous n'avez pas eu d'ennuis ? demanda Miranda.

L'arsenal ambulant retira son heaume et dévoila un visage juvénile, pâle et couvert de taches de rousseur. Il avait les yeux bleus et les cheveux brun-roux. Seul un léger voile de transpiration trahissait sa fatigue, alors que Praji et Vaja entrèrent dans le camp et allèrent s'asseoir, visiblement épuisés.

— Aucun, répondit le dénommé Boldar. Mais il m'a fallu un certain temps pour retrouver vos amis, Calis.

Ce dernier jeta un coup d'œil interrogateur à Miranda, qui expliqua :

— Je lui ai fait une description de toi. Il devait te rejoindre ici et être capable de te retrouver si jamais je n'étais plus là.

La dernière partie de la phrase ne sembla pas plaire à Calis qui demanda à Praji :

— Comment ça va dans l'Est ?

— Mal. C'est pire qu'on l'imaginait. Cette garce de reine Émeraude est bien pire que le souvenir qu'on en avait gardé après Hamsa. (Praji retira ses bottes et remua les orteils.) Tu te rappelles le général Gapi ? Celui qu'on a rencontré au *Rendez-vous des Mercenaires* avant l'assaut sur Lanada ? On l'a envoyé combattre les Jeshandis dans les steppes du Nord – une belle erreur, si j'en crois ma propre expérience avec ces cavaliers. Ils n'en ont fait qu'une bouchée, du général. Seul un homme sur dix est revenu. Mais la reine Émeraude l'a pris pour un affront personnel : elle a fait attacher Gapi sur une fourmilière et lui a badigeonné les couilles avec du miel. Ensuite elle a obligé tous ses généraux à regarder jusqu'à ce qu'il arrête de hurler.

Vaja secoua la tête.

— Il n'y a pas de place pour l'échec dans son armée. (Il sourit.) Ça donne un nouveau sens à l'expression « vaincre ou mourir ».

— Alors les Jeshandis continuent à résister ? demanda Calis.

— Plus maintenant, répondit Praji avec une note de tristesse dans la voix. Après la défaite de Gapi, ils ont envoyé cinq mille Saaurs dans les plaines. Les Jeshandis se sont bien défendus – ils ont réussi à faire saigner les lézards là où tous les autres ont échoué – mais les Saaurs les ont finalement écrasés.

Erik hocha la tête en silence. Lui-même n'avait combattu les Saaurs et leurs monstrueux chevaux qu'une seule fois, mais il savait qu'en dépit de leur taille gigantesque ils étaient les meilleurs cavaliers qu'il ait jamais vus. Aucun humain ne pouvait rivaliser avec eux à un contre un. Il fallait pas moins de trois ou quatre cavaliers humains pour neutraliser un seul Saaur. À ses heures perdues, Erik tentait de mettre au point une tactique pour défaire les Saaurs en combat singulier, mais il n'en avait pas encore trouvé une seule qui soit un tant soit peu réalisable.

— Quelques survivants chevauchent encore dans les collines et attaquent les campements pour trouver de la nourriture, ajouta Praji. Mais le Peuple Libre n'est plus.

Calis garda le silence un long moment. De toutes les civilisations qui florissaient autrefois sur ce continent, c'était celle des Jeshandis qui comptait le plus d'elfes. Or, la mort d'un d'entre eux représente pour les elfes une perte qu'aucun humain ne peut appréhender. Le peuple de sa mère pleurerait pendant des décennies à l'annonce de cette nouvelle. Calis se secoua pour chasser cette humeur pensive et demanda :

— Qu'en est-il des clans du Sud ?

— C'est là qu'il nous a trouvés, répondit Praji en désignant Boldar. Nous campions hier soir en compagnie d'Hatonis...

— Vous étiez dans les terres orientales ce matin ? s'exclama Erik, surpris.

Praji hocha la tête.

— Ce gamin a un moyen pour se déplacer très rapidement.

Boldar sortit un artefact et le fit tourner entre ses mains. Il s'agissait d'une sphère ornée de petits boutons proéminents.

— On est arrivés ici en un clin d'œil, reprit Praji. On a passé la majeure partie de la journée à arpenter ces foutues montagnes pour vous retrouver.

Il se tourna vers Calis.

— Nous sommes totalement impuissants, mon vieil ami. La reine Émeraude fait bel et bien camper son armée sur les deux rives du fleuve en ce moment. C'est à peine si on arrive à tirer une flèche ou deux sur les barges qui charrient le bois. Le mieux qu'on puisse faire, c'est parfois de tendre une embuscade depuis la rive, pour que l'une des barges s'échoue. La dernière fois qu'on a essayé de lancer une attaque sur la Cité du fleuve Serpent, on y a perdu la moitié de nos forces sans faire de dégâts qui vaillent la peine d'être mentionnés.

Il soupira et regarda Calis droit dans les yeux.

— Ici, la guerre est finie. Je ne sais pas ce que tu as l'intention de faire, dans ces terres occidentales, mais il vaudrait mieux que ce soit quelque chose de spécial parce que la flotte que construit la reine sera prête à appareiller l'année prochaine, ou celle d'après au plus tard. On croyait qu'on arriverait à t'obtenir dix ans de répit, mais au bout du compte, ça n'en fera que trois ou quatre.

Calis acquiesça :

— Et deux se sont déjà écoulés.

Il regarda les deux vieillards fatigués et leur dit :

— Reposez-vous et mangez un peu.

Tandis que l'on apportait des rations séchées à Praji et Vaja, Miranda se tourna vers Boldar.

— L'avez-vous apportée ?

Boldar posa le sac qu'il portait sur l'épaule et en sortit une petite amulette.

— Ça m'a coûté une certaine somme, mais pas autant que je le pensais. J'ajouterai cette dépense à tout ce que vous me devez.

— Qu'est-ce que c'est ? demanda Calis.

Miranda lui tendit l'amulette. Il la leva pour l'observer, sous le regard attentif d'Erik. On aurait dit un simple pendentif en or, au bout d'une chaîne de même métal.

— C'est une protection contre la magie, pour éviter qu'on nous espionne. À partir de maintenant, aucun magicien ne peut te retrouver, toi et ceux qui t'entourent dans un rayon de dix pas. Cela nous sauvera peut-être la vie lorsqu'il sera temps de ficher le camp d'ici.

Calis hocha la tête et fit mine de rendre le talisman à Miranda. Mais celle-ci leva la main :

— Je n'en ai pas besoin, contrairement à toi.

Elle prit la main du capitaine et la repoussa gentiment. Calis hésita. Puis il hocha la tête et passa l'amulette autour de son cou. Ensuite, il se tourna vers Bobby de Loungville.

— On lève le camp à l'aube.

Erik se leva pour faire son tour d'inspection. De Loungville n'eut pas besoin de lui dire ce qu'il devait faire, ni à quel moment.

Jason arriva en courant au *Barret*, une liasse de parchemins à la main. Il balaya la grande salle du regard et aperçut Roo dans les escaliers. Aussitôt, il le héla et se précipita vers lui en passant devant deux serveurs éberlués.

— Qu'y a-t-il ? demanda Roo.

Il avait les yeux cernés car il n'avait presque pas dormi depuis deux jours. Il s'était pourtant promis de rester loin de Sylvia pendant quelques jours. Il avait l'intention de passer du temps avec sa femme et ses enfants et de prendre un repos bien mérité dans la grande chambre de maître tandis que Karli dormait dans la nursery avec le bébé. Mais ces deux derniers soirs, il avait demandé à son cocher de le conduire chez les d'Esterbrook. On aurait dit qu'il n'avait aucune volonté.

Jason lui répondit à voix basse :

— Quelqu'un a convaincu Jurgens de demander le remboursement de notre créance.

Roo en oublia aussitôt sa fatigue. Il prit Jason par le bras et l'entraîna jusqu'à la table que l'on appelait désormais « la table de la compagnie de la Triste Mer ». Masterson, Hume et Crowley s'y trouvaient déjà. Roo les rejoignit et annonça en s'asseyant :

— Jurgens exige le remboursement de notre créance.

— Comment ! s'exclama Masterson. Mais il était d'accord pour retarder l'échéance. Que s'est-il passé ? demanda-t-il à Jason.

Ce dernier s'assit à son tour et étala ses documents devant lui.

— Messieurs, l'affaire qui nous préoccupe est bien pire qu'une demande prématurée de remboursement de dette. (Il leur montra une feuille de comptabilité.) J'ai découvert qu'une personne au sein de notre banque détourne des fonds.

Hume et Crowley se redressèrent vivement.

— Quoi ! s'écria Crowley.

Jason commença à expliquer la situation, poliment et patiemment en dépit de plusieurs interruptions. En résumé, non seulement quelqu'un avait intelligemment détourné des dizaines de milliers de souverains lors de transferts d'un compte à un autre, mais en plus, pendant des mois, il avait réussi à ne pas se faire repérer. Jason n'avait découvert le pot aux roses qu'en raison de la demande de remboursement de la créance.

— Le pire dans tout ça, messieurs, ajouta Jason, c'est que cette demande de remboursement tombe au plus mauvais moment pour la compagnie de la Triste Mer. Si nous ne nous acquittons pas de notre dette envers Jurgens, nous perdrons les options que nous détenons sur L'Étoile Bleue. Sans leurs navires, nous serons dans l'incapacité d'honorer une demi-douzaine de contrats extrêmement importants.

— Que risquons-nous au pire ? demanda Roo.

— Si vous ne remboursez pas cette dette, vous pourriez tout perdre, répondit brutalement Jason.

Crowley se tourna brusquement vers Roo :

— Tout ça, c'est votre faute, Avery. Je vous avais bien dit que nous allions trop vite. On avait besoin de temps pour consolider la compagnie et nous bâtir une réserve financière, mais vous avez insisté pour continuer à acquérir des parts. La chance tourne, Rupert ! Et c'est justement ce qu'elle vient de faire pour nous !

— À combien s'élève notre créance ? demanda Masterson.

— Six cent mille souverains, répondit Jason.

— Combien nous manque-t-il ?

Jason laissa échapper un rire amer.

— Précisément cette somme. C'est le montant des fonds qu'on a détournés. On peut toujours liquider rapidement quelques avoirs et réunir quatre cent mille souverains environ. Mais il nous en manquera au moins deux cent mille.

— Qui a fait ça ? voulut savoir Hume.

— Je pense qu'il y a plus d'un employé impliqué. (Jason se laissa aller contre le dossier de sa chaise et se gratta le menton.) Je déteste avoir à dire ça, mais c'est comme si la banque tout entière s'efforçait de ruiner la compagnie de la Triste Mer.

Roo réfléchit un moment avant de dire :

— C'est bien ce qui s'est passé. Cette banque marchait trop bien pour qu'aucun de nous ne laisse passer l'occasion de s'en emparer. (Il montra Crowley du doigt.) Vous aussi, vous étiez d'accord, Brandon.

— C'est vrai, admit ce dernier à contrecœur.

— Quelqu'un nous a piégés, messieurs. Reste à savoir de qui il s'agit.

— D'Esterbrook, suggéra Masterson. En tout cas, c'est l'une des rares personnes à en avoir les moyens.

— Non, il se porterait préjudice à lui-même, protesta Roo. Il est impliqué dans une demi-douzaine de transactions avec notre compagnie.

— Mais nous sommes assez gros pour lui donner des inquiétudes, rétorqua Hume.

— En tout cas, il n'y a pas que lui, ajouta Masterson : les frères Wendel, Jalanki, et même, par l'enfer, toutes les grosses maisons de commerce des Cités libres. Kilraine et les autres ont des raisons de se méfier de nous.

— Jason, ordonna Roo, retourne au bureau et rassemble Luis, Duncan et tous ceux à qui on peut faire confiance et qui savent tenir une épée. Puis va à la banque et arrête tous les employés. Nous allons découvrir la vérité avant que la personne qui veut notre peau sache qu'on est au courant.

Jason se leva.

— J'y vais tout de suite.

— Si c'est bien les employés au grand complet qui nous ont trahis, je vous parie qu'il trouvera la banque déserte, annonça Masterson.

Roo repoussa sa chaise et secoua la tête.

— Je préfère ne pas parier là-dessus, en ce qui me concerne.

Un sombre pressentiment menaçait de l'envahir. Il sentait naître en lui la terreur de se voir réduit à la mendicité aussi rapidement qu'il était devenu riche. Il prit une profonde inspiration.

— En tout cas, reprit-il, ce n'est pas l'angoisse qui va nourrir l'attelage, comme disait mon père. Je propose que nous trouvions ensemble le moyen de réunir un quart de million de souverains en deux jours, ajouta-t-il en jetant un coup d'œil à la demande de remboursement que Jason avait laissée sur la table.

Les autres gardèrent le silence.

Duncan balaya l'auberge du regard. Puis il indiqua d'un rapide signe de tête l'homme qu'il avait repéré. Roo alla s'asseoir en face de l'individu en question tandis que Luis et Duncan se postaient de chaque côté de la table.

— Qu'est-ce que... ? dit l'homme en faisant mine de se lever.

Duncan et Luis lui mirent la main sur l'épaule et l'obligèrent à se rasseoir.

— C'est vous, Rob McCraken ? demanda Roo.

— Qui le demande ? répondit l'autre, visiblement moins courageux qu'il essayait d'en avoir l'air. Il avait pâli et ne cessait de regarder autour de lui comme s'il cherchait à s'échapper.

— Vous avez un cousin du nom d'Herbert McCraken ?

De nouveau, l'individu essaya de se lever, mais il s'aperçut que les deux autres le tenaient d'une poigne ferme.

— Peut-être.

Brusquement, Luis sortit son couteau et l'appliqua sur le cou du type.

— On t'a posé une question qui demande une certaine réponse, l'ami. Soit tu dis : « Oui, c'est mon cousin » ou « Non, ce n'est pas mon cousin ». Sache en tout cas que tu risques d'avoir très mal si tu nous donnes la mauvaise réponse.

— Oui, Herbert est mon cousin, répondit à voix basse le dénommé Rob.

— Quand l'as-tu vu pour la dernière fois ? demanda Roo.

— Il y a quelques jours. Il a dîné avec moi et ma famille. Il est célibataire, alors il vient manger chez nous toutes les deux ou trois semaines.

— Est-ce qu'il t'a dit s'il devait partir en voyage ?

— Non. Mais c'est vrai qu'il m'a dit au revoir d'une drôle de façon.

— Comment ça ?

McCraken regarda autour de lui.

— Il s'est attardé sur le pas de la porte et il m'a serré très fort dans ses bras, alors qu'on n'a pas fait ça depuis qu'on était gamins. C'était peut-être un adieu et pas un au revoir, finalement.

— Sûrement, approuva Roo. S'il devait quitter Krondor pour aller s'installer ailleurs, où irait-il ?

— Je ne sais pas. J'y ai jamais réfléchi. On a de la famille dans l'Est, mais c'est juste un cousin éloigné. Il vit à Salador. Ça fait des années que je l'ai pas vu.

Roo réfléchit et tambourina sur la table avec ses doigts.

— Si ton cousin gagnait beaucoup d'or de façon inattendue, où pourrait-il bien aller, à ton avis ?

L'autre étrécit les yeux.

— De quelle quantité d'or on parle, là ? Assez pour s'acheter un titre de noblesse quegan ?

Roo regarda Luis qui hocha la tête :

— Ça suffirait à acheter un titre mineur s'il prenait tout l'argent.

Roo se leva.

— Il va à Sarth. Duncan, demande à ce monsieur de nous faire une description aussi précise que possible de son cousin. Ensuite, envoie une dizaine de cavaliers à Sarth. S'ils prennent des montures supplémentaires, ils devraient pouvoir le rattraper en dix heures.

» Luis, va sur les quais et commence à poser des questions. Aucun navire en provenance ou en partance pour Queg n'est enregistré, mais on ne sait jamais, l'un d'eux a peut-être réussi à entrer dans le port en disant qu'il venait des Cités libres ou de Durbin. Fouine aux alentours et veille à ce qu'aucun homme correspondant à la description de McCraken n'essaye de quitter la ville à bord d'un navire. On a suffisamment d'espions dans le port pour arriver à le retrouver.

» J'ai des choses à faire, ajouta-t-il à l'intention des deux hommes, mais je serai au bureau dès l'aube. Si demain à midi on n'a toujours pas retrouvé cet homme, nous serons ruinés.

Duncan prit place sur la chaise que Roo venait de laisser.

— Fais-moi un portrait avec des mots, Rob, et ne m'épargne aucun détail. À quoi ressemble Herbert ?

— Ben, c'est un type plutôt ordinaire. Il est à peu près aussi grand que moi...

Sans attendre la suite, Roo s'en alla et rejoignit son carrosse à pied. Une fois à l'intérieur, il demanda à son cocher de le conduire chez les d'Esterbrook.

Calis fit une série de signes dans la pénombre. Erik se retourna et relaya l'information, toujours par gestes. Ils se déplaçaient pratiquement à l'aveugle, soixante-six hommes et une femme déployés en une longue file et marchant par deux. Calis avait pris la tête du groupe car il avait une très bonne vue, même si la luminosité était très faible. Boldar Blood fermait la marche car il prétendait être capable de voir dans le noir. Erik trouvait cela hautement improbable mais l'étrange mercenaire n'avait pas fait un seul faux pas jusqu'ici. Cette faculté surnaturelle devait venir de son heaume, se disait Erik.

Miranda ne quittait pas Calis d'une semelle, car sa vision était presque aussi bonne que celle du capitaine. Le reste du groupe faisait de son mieux pour se déplacer dans l'obscurité avec pour seule lumière une torche au centre de la colonne. Erik savait par expérience que les hommes les plus proches de la torche étaient pratiquement aveugles lorsqu'ils détournaient les yeux de la lumière, alors que ceux qui se tenaient à chaque extrémité de la colonne avaient une faible chance de voir ce qui se passait au-delà de la zone éclairée par la torche.

Tous relayèrent l'information à leurs camarades. Quelque chose, ou quelqu'un, de dangereux se trouvait devant eux. Tous portèrent la main à leurs armes en silence. Bobby de Loungville, qui se trouvait à mi-chemin entre Boldar et l'homme qui tenait la torche, remonta la file, Praji et Vaja sur les talons. Erik aurait préféré que les deux mercenaires ne les suivent pas, mais deux vieillards à dos de cheval, seuls dans les montagnes, n'auraient guère eu de chances de retrouver le semblant de civilisation qui vivait dans ces terres hostiles.

Erik s'avança et sentit une brise légère effleurer sa joue. Il rejoignit Calis qui chuchota :

— Il y a quelque chose qui bouge en bas.

Il voulait parler du profond puits circulaire qui servait de « route » verticale et qui commençait au sommet de la montagne, où ils se trouvaient actuellement, pour s'enfoncer jusque dans ses entrailles. Deux ans plus tôt, Erik et les survivants de la compagnie de Calis avaient péniblement remonté le chemin en spirale qui parcourait l'intérieur de cet énorme puits. À présent, le jeune homme s'apprêtait à y descendre en compagnie des nouvelles recrues. Il tendit l'oreille mais ne perçut aucun son, ce qui arrivait souvent étant donné que le capitaine avait l'ouïe bien plus fine que lui.

Puis il entendit un bruit, très faible. On aurait dit qu'une main effleurait la pierre. Quelques secondes plus tard, cela se reproduisit. Puis le silence retomba.

La compagnie resta immobile pendant cinq longues minutes avant que Calis fasse signe pour que cinq hommes l'accompagnent. Erik regarda autour de lui et choisit les quatre soldats qui venaient en tête. Puis il les suivit en tirant l'épée.

Ils allumèrent une lanterne qu'ils voilèrent afin que seul un faible rai de lumière filtre. Il fallait que les hommes puissent voir sans être vus – du moins, ils l'espéraient.

Les six Aigles se mirent en marche. Erik portait la lanterne. Ils s'engagèrent dans le tunnel qui paraissait très légèrement en pente et ils se retrouvèrent brusquement dans l'énorme puits. Comme souvent au sortir d'un tunnel, la route s'élargit, afin que les personnes entrant ou sortant du puits puissent manœuvrer sans se gêner mutuellement. Les six Aigles s'arrêtèrent

490

et tendirent à nouveau l'oreille. Le faible raclement leur parvint une nouvelle fois d'en bas.

Ils descendirent lentement et s'arrêtèrent à chaque tournant jusqu'à ce qu'ils entendent de nouveau le bruit. Lorsque celui-ci s'arrêta, ils se remirent en route.

Erik estimait qu'à chaque tour de puits qu'ils faisaient, ils descendaient d'au moins sept mètres. Ils avaient accompli trois tours complets lorsqu'ils découvrirent le cadavre.

Par gestes, Calis recommanda à ses compagnons d'être vigilants. Les quatre hommes qui accompagnaient Erik et le capitaine tournèrent le dos à la lumière. Deux d'entre eux firent face à l'entrée du puits tandis que les autres regardaient vers le bas de la piste. En évitant de regarder la lanterne, ils étaient plus à même de percer l'obscurité et de voir si quelque chose approchait dans les ténèbres.

Le cadavre était vêtu d'une robe. Lorsque Calis lui retira sa capuche, Erik ne put retenir un hoquet de stupeur. C'était un Panthatian.

Il ne s'était jamais tenu aussi près de l'un de ses ennemis. Il en avait seulement aperçu quelques-uns de loin dans ces mêmes tunnels, et depuis le sommet d'une colline lors du rendez-vous des mercenaires, quand ils étaient venus inspecter les troupes.

— Retourne-le, murmura Calis.

Erik se baissa et mit le cadavre sur le dos. Il s'aperçut alors que la créature avait été à moitié éviscérée. Une grande partie de ses intestins sortait de la blessure béante.

Calis montra un objet que la créature avait à la main.

— Enlève-le-lui, ordonna-t-il.

Erik obéit. Mais dès qu'il toucha l'objet, il le regretta. Une étrange énergie remonta le long de ses bras et lui donna la chair de poule. Brusquement, il eut envie d'arracher ses vêtements et de se frotter la peau jusqu'à en saigner et en perdre ses cheveux.

Calis eut l'air de réagir tout aussi violemment, même si c'était Erik qui tenait l'artefact. Le jeune homme le tourna entre ses mains et s'aperçut qu'il s'agissait d'un heaume. Le casque était à mi-chemin de son crâne lorsque la voix de Calis rompit le charme :

— Ne fais pas ça.

Erik s'arrêta net et s'aperçut qu'il avait été sur le point de mettre le heaume.

— Qu'est-ce que j'en fais ? demanda-t-il.

— Pose-le par terre. (Calis se tourna vers un autre soldat.) Amène les autres ici.

Le soldat prit la lanterne et disparut, laissant Erik vivre un moment très étrange dans le noir. Tandis qu'il se tenait là, complètement aveugle, d'étranges images lui vinrent. Il vit des hommes sombres revêtus d'armures étrangères à ce monde et des femmes d'une beauté incroyable. Mais aucun d'eux n'était humain. Erik secoua la tête. Le temps que les images disparaissent, il fut rejoint par ses compagnons.

Miranda s'avança et demanda :

— Qu'y a-t-il ?

Calis désigna la créature. Miranda s'agenouilla pour examiner le cadavre et le heaume. Elle souleva ce dernier et ne parut pas affectée par son pouvoir.

— J'ai besoin d'un sac, finit-elle par dire.

L'un des soldats les plus proches lui donna un sac en tissu. Elle mit le heaume à l'intérieur.

— Porte-le, dit-elle à Boldar. De nous tous, c'est toi que l'artefact devrait le moins indisposer.

L'étrange mercenaire haussa les épaules, prit le sac et le mit dans la grande besace qu'il portait sur la hanche.

Miranda examina de nouveau le cadavre pendant un long moment.

— On dirait que les événements prennent une tournure inattendue.

— Il devait fuir, sans doute pour protéger l'artefact, ajouta Calis.

— Ou alors il voulait le voler. (Elle secoua la tête, frustrée.) Ces spéculations ne nous mèneront nulle part. Remettons-nous en route.

Calis hocha la tête et donna le signal du départ.

La compagnie franchit galerie après galerie, plateau après plateau, sans jamais cesser de tourner et de s'enfoncer à l'intérieur du puits. En arrivant devant un tunnel que rien ne distinguait des autres, Calis fit signe de tourner.

La compagnie entra dans la galerie en question, où la pente était plus abrupte. À mesure qu'elle s'enfonçait dans le corridor, la température grimpait rapidement. Pourtant, il faisait un froid glacial la nuit dans les montagnes et jusqu'ici, la température dans les tunnels n'avait pas été plus clémente. Mais voilà que chaque pas semblait les conduire à la chaleur. Avec elle apparurent la puanteur du soufre et l'écœurante odeur sucrée de la viande pourrie.

Ils entrèrent dans un tunnel qui allait en s'élargissant. Sur ordre de Calis, chacun prit ses armes. Le capitaine leur avait parlé de cette partie de leur mission, maintes et maintes fois, jusqu'à ce que tout le monde puisse répéter les consignes en dormant.

Ils venaient d'entrer dans la première galerie des Panthatians, à l'intérieur de laquelle ils trouveraient des prêtres-serpents et des femelles nourricières. Les œufs et les petits étaient certainement dans une sorte de crèche. Les consignes étaient simples : il fallait entrer et tuer toute créature vivante.

Calis fit de nouveau un geste et l'attaque commença.

Elle prit fin tout aussi rapidement.

La puanteur qui régnait dans la galerie était bien plus oppressante que dans les tunnels. Plus d'un soldat se pencha pour vomir à cause d'elle. Partout où ils posaient les yeux, il n'y avait que des cadavres. La plupart étaient des Panthatians et parmi eux se trouvaient des petits. D'autres appartenaient à la race des

Saaurs. Mais aucun d'eux n'était intact. Le Panthatian qu'ils avaient vu dans le puits n'était pratiquement pas mutilé comparé aux cadavres qui jonchaient le sol de cette salle. Des morceaux de corps avaient été dispersés dans toute la pièce et la puanteur de la mort et de la putréfaction était presque insupportable.

Calis désigna un trône, au pied duquel gisait la créature qui sans doute s'y était assise autrefois. Il s'agissait d'un cadavre panthatian momifié et réduit en pièces.

— Regardez, dit Calis d'une voix étouffée.

Il tentait de rester serein tandis qu'autour de lui, ses hommes, moins forts que lui, avaient des haut-le-cœur et vomissaient.

L'odeur ne paraissait pas déranger Miranda et Boldar qui s'approchèrent du cadavre. Miranda passa les mains au-dessus de la momie et l'examina pendant une bonne minute. Puis elle se retourna pour demander :

— Y avait-il d'autres artefacts ?

— Une armure, une épée, un bouclier, ce genre de choses, répondit Calis.

— Dans ce cas, déclara Miranda, quelqu'un a fait main basse sur ces objets avant notre arrivée.

Elle fit le tour de la grotte en contemplant le carnage. L'un des soldats alluma une autre lanterne pour éclairer la grande salle.

— Ceux-là étaient prêts à mourir pour défendre cette salle et ils en ont payé le prix, ajouta la jeune femme. Celui que nous avons trouvé a dû mettre plusieurs jours à mourir.

Erik choisit deux des soldats et inspecta avec eux les galeries voisines. Il découvrit dans un grand bassin d'eau chaude une demi-douzaine de coquilles d'œufs brisées et de petits Panthatians à demi formés qui flottaient dans des flaques d'écume. Dans une autre galerie, ils tombèrent sur une dizaine de petits cadavres, des bébés à en juger par leur taille. Ils gisaient parmi les os de plusieurs espèces dont certains avaient l'air humain.

Erik revint dans la première salle et fit son rapport.

— C'est partout le même spectacle, capitaine. Je ne vois pas une seule blessure qui ait l'air d'avoir été faite par une épée, ajouta-t-il à voix basse. (Il désigna le torse d'un guerrier saaur.) Ce n'est pas une arme blanche qui a tué celui-ci, capitaine. On dirait plutôt que quelque chose a déchiré son corps en deux morceaux.

— J'ai déjà vu plusieurs créatures capables de faire ça, intervint Boldar Blood.

Il regarda Erik et Calis, le visage dissimulé derrière son étrange heaume, les yeux invisibles derrière les étroites fentes noires.

— Mais elles ne sont pas nombreuses et n'appartiennent pas à ce monde, ajouta-t-il.

Calis regarda de nouveau autour de lui.

— Quelqu'un a traversé ces galeries comme le feu traverse une prairie l'été et a tué tout le monde.

— Eh bien, il nous a épargné tout le sale boulot, répliqua de Loungville.

Mais pour la première fois depuis qu'il le connaissait, Erik trouva que Calis avait l'air perturbé.

— Bobby, quelqu'un s'est emparé de puissants artefacts qu'on n'avait pas vus en ce monde depuis que mon père a revêtu pour la première fois son armure blanche et or.

— Il y a un troisième joueur en lice, alors ? dit de Loungville.

— On dirait bien, approuva Miranda.

— Qu'est-ce qu'on fait maintenant ?

— On continue, répondit Calis sans hésiter. Nous devons découvrir qui a attaqué ce nid et si les autres ont également été détruits. Les consignes ont changé, ajouta-t-il en s'adressant à l'ensemble des soldats.

Aussitôt, chacun lui accorda toute son attention.

— Nous avons maintenant un nouveau mystère à résoudre. Nous allons continuer à descendre à l'inté-

495

rieur des montagnes et si nous rencontrons des Panthatians encore en vie, nous les tuerons jusqu'au dernier. (Il s'arrêta quelques secondes.) Mais nous tom-
berons peut-être sur les personnes ou les choses qui
les massacrent. Faites attention : les ennemis de nos
ennemis ne sont peut-être pas nos amis. Nous devons
découvrir qui ils sont. (Il baissa la voix.) Mais il faut
que vous sachiez qu'ils sont forts et qu'ils possèdent
à présent certains des artefacts les plus puissants des
Valherus, ou des Seigneurs Dragons si vous préférez.
Je ne saurais trop vous conseiller de les craindre.

Sur ces mots, il tourna les talons. La compagnie tout
entière fit demi-tour et repartit dans le tunnel pour
revenir dans le puits. Lorsqu'ils y arrivèrent, Calis
ordonna une halte et laissa ses hommes manger et se
reposer. Puis, le moment venu, il donna l'ordre de se
remettre en marche. Alors ils continuèrent à descendre toujours plus profondément dans le puits.

Chapitre 18

DÉCOUVERTE

Roo hocha la tête en guise d'approbation.

Duncan leva le poing et frappa l'homme assis sur la chaise. La tête du malheureux partit en arrière et du sang coula de son nez.

— Mauvaise réponse, dit Duncan.

— Je ne sais pas, répéta Herbert McCraken.

Duncan le frappa de nouveau.

— C'est très simple, McCraken, expliqua Roo. Dites-moi qui vous a demandé de détourner mon or, qui l'a en sa possession, et nous vous laisserons partir.

— Ils me tueront si je parle, répliqua l'autre.

— Nous vous tuerons aussi si vous ne parlez pas, lui rappela Roo.

— Si je parle, après, je ne pourrai plus négocier. Qu'est-ce qui vous empêchera de m'égorger lorsque vous saurez tout ?

— Je n'ai rien à gagner en vous supprimant, répliqua Roo. L'or est à moi, ce n'est pas comme si on violait la loi en essayant de le récupérer. Si je vous amène au bureau du guet de la cité pour déposer une plainte auprès d'un officier, il suffira de trouver un juge capable de s'y retrouver dans la pagaille que vous avez mise dans mes comptes. Vous risquerez alors de faire des travaux forcés pendant les quinze prochaines années.

— Et si je vous dis tout ?

— On vous laissera sortir vivant de Krondor.

McCraken réfléchit quelques instants et finit par craquer :

— Votre homme s'appelle Newton Briggs. C'est lui qui s'est occupé de faire transférer les fonds.

Roo jeta un coup d'œil en direction de Jason, qui se tenait dans la pénombre derrière McCraken, lequel ne pouvait pas le voir.

— Il était l'un des associés de la banque avant qu'on la rachète, murmura le jeune homme.

— Il n'a pas aimé perdre le contrôle de l'établissement, renchérit McCraken. Je pense que quelqu'un l'a payé pour qu'il vous dérobe votre or. Tout ce que je sais, c'est qu'il m'en a promis assez pour pouvoir acheter un titre de noblesse quegan et une villa. Je pourrai aussi monter ma propre affaire.

— Pourquoi un titre quegan ? demanda Duncan, curieux.

Luis, qui s'occupait de maintenir leur prisonnier sur sa chaise, répondit en haussant les épaules :

— Beaucoup de gens dans notre royaume rêvent de devenir un riche noble quegan, vivant dans une villa entourée d'une dizaine de jeunes esclaves, filles ou garçons.

Roo éclata de rire.

— McCraken, vous êtes un idiot. Quelqu'un s'est moqué de vous. À la minute où vous poserez le pied sur les quais de la cité de Queg, les esclavagistes vous enverront aux galères et l'or que vous aurez en poche sera confisqué par l'État. À moins que vous ayez de puissants alliés là-bas, les non-citoyens de Queg n'ont aucun droit.

McCraken battit des paupières.

— Mais on m'a promis...

— Relâchez-le, ordonna Roo.

— Quoi, on le laisse partir ? s'étonna Roo.

— Où veux-tu qu'il aille ?

Moins de quatre heures plus tôt, Luis avait retrouvé McCraken devant un entrepôt où il avait rendez-vous avec une personne dont ils savaient maintenant qu'il s'agissait de Briggs. Duncan avait déjà envoyé un cavalier prévenir les hommes qui se dirigeaient vers Sarth. Si tout allait bien, ils devraient être de retour à la boutique en moins d'une heure.

McCraken se leva.

— Qu'est-ce que je vais faire maintenant ?

— Allez à Queg pour essayer d'y obtenir vos lettres de noblesse, répondit Roo. Mais utilisez l'argent de quelqu'un d'autre. Si vous n'avez pas quitté la ville d'ici demain soir, vos anciens partenaires ne seront pas les seuls à vouloir vous supprimer.

Du revers de la main, McCraken essuya le sang qui coulait de sa lèvre déchirée et sortit de la pièce d'un pas chancelant.

— Attends une minute, Duncan, puis suis-le, ordonna Roo. Il a trop peur pour essayer de s'enfuir seul. Si quelqu'un d'autre est impliqué, il pourrait nous conduire directement à lui. En tout cas, ne le laisse pas vraiment s'en aller ; on risque d'avoir besoin de lui pour témoigner devant la cour royale. Il est peut-être le seul rempart qui se dresse entre nous et une accusation de vol.

— Où pourrai-je te retrouver ?

— Sur les quais, répondit son cousin. Je préfère vérifier qu'il n'y a pas de navire en partance pour Queg à la première marée.

Duncan hocha la tête et s'en alla.

— Jason, retourne au bureau et attends là-bas. Luis et moi t'enverrons quelqu'un si on a besoin de toi ailleurs.

Jason s'en alla à son tour. Luis prit la parole.

— L'un de nos navires est prêt à lever l'ancre dès que tu en donneras l'ordre.

— Bien, approuva Roo. Si l'on s'aperçoit que notre voleur essaye de fuir la cité, je veux pouvoir le rattraper au-delà de la ligne des brisants. Il faut que le problème soit réglé rapidement, avant qu'un navire de guerre du royaume ne vienne s'en mêler. Imagine aussi que les douaniers soient de la partie. La situation sera bien plus facile à expliquer lorsque l'or sera entre nos mains.

Luis secoua la tête.

— Mais pourquoi prendraient-ils le risque de déplacer tout cet or ? Pourquoi ne pas le garder au chaud en attendant que la compagnie de la Triste Mer s'effondre ?

— Parce que c'est à la fois plus malin et plus risqué. Ce serait la chose à faire si tu étais sûr que tes complices vont quitter la ville et ne rien dire à personne. Mais si tu as peur qu'ils se fassent prendre et qu'on les oblige à parler, tu sais qu'on ne tardera pas à remonter jusqu'au cerveau de l'affaire, c'est-à-dire toi (Roo claqua des doigts.) Cette personne sait que nous la cherchons, Luis, et que si nous retrouvons sa trace, nous embaucherons tous les mercenaires que nous pourrons trouver et qu'alors ce sera la mêlée générale. (Il soupira.) Mais si l'or a déjà quitté la ville et qu'il est en sécurité en mer ou sur un chariot dans les montagnes...

Roo haussa les épaules.

— Le cerveau de l'affaire, comme tu dis, a particulièrement bien choisi son moment, remarqua Luis.

— C'est précisément ce qui m'inquiète. Non seulement il fallait que ces salauds à la banque soient de la partie, mais en plus il fallait qu'ils en sachent plus sur les finances de notre compagnie que des gens comme McCraken et Briggs. (Il déplia un doigt.) Ils devaient savoir que Jason, ou un autre, ne tarderait pas à découvrir la fraude. Ça durait depuis trop longtemps. (Il déplia un deuxième doigt.) Et ils devaient également savoir que s'ils attendaient encore quelques semaines, nous n'aurions pas été affectés par la perte de cet or que nous aurions été capables de rembourser. (Il secoua la tête en signe de frustration.) Nous avons des caravanes qui doivent arriver de l'Est et une livraison de céréales qui doit accoster à Ylith au moment où je te parle. Nos navires de la Côte sauvage doivent être à Carse à moins qu'ils aient déjà levé l'ancre pour rentrer ici. Tous nous rapporteront suffisamment pour couvrir nos pertes, mais cet or n'arrivera pas aujourd'hui, bon sang ! s'exclama-t-il en frappant du poing sa paume ouverte.

— Tu penses qu'il y a un espion parmi nous ?

— Oui, en quelque sorte. En dehors de Duncan, tu es la seule personne à qui je fasse vraiment confiance, Luis. Nous avons séjourné ensemble dans la cellule de la mort et nous avons aussi nagé dans la Vedra ensemble. Nous avons tous les deux vu la mort en face et, à l'exception de Jadow et de Greylock, il n'y a personne d'autre que toi à Krondor à qui je ferais confiance pour garder mes arrières.

— Même si je n'ai qu'une main ? répliqua Luis d'un air à la fois triste et amusé.

Roo ouvrit la porte.

— Tu te sers mieux d'un couteau avec ta main valide que la plupart des hommes qui ont leurs deux mains. Viens, allons écumer les quais.

Luis donna une claque dans le dos de son employeur, le suivit à l'extérieur et referma la porte de l'un des nombreux hangars que possédait la compagnie de la Triste Mer dans le quartier des marchands. Ensemble, les deux hommes s'éloignèrent rapidement en direction des quais.

Lorsqu'ils furent partis, une personne se leva sur le toit du hangar. Silencieuse comme une ombre, elle se laissa tomber sur les pavés et regarda Luis et Roo disparaître dans les ténèbres. Alors l'ombre se retourna et émit un léger sifflement en montrant la direction qu'ils avaient prise. Deux autres silhouettes surgirent dans la rue, un pâté de maisons plus loin, et vinrent rapidement à la rencontre de la première. Elles discutèrent un moment, puis l'une des deux revint sur ses pas. Les autres suivirent Luis et Roo en direction du port.

— C'est une embuscade ! s'écria Renaldo.
— Déployez-vous ! ordonna Calis.

Aussitôt, ses hommes lui obéirent et se déployèrent en formant une ligne de défense. Ils se trouvaient dans une grande galerie qui faisait facilement soixante mètres de large et qui avait six entrées. Comme on le leur avait appris, quarante d'entre eux se replièrent derrière leurs boucliers, côte à côte, l'épée prête à abattre leurs agresseurs. Les autres prirent leurs arcs courts et encochèrent calmement leurs flèches tandis que des cris et des grondements inhumains s'élevaient.

Des flots de Panthatians surgirent des trois tunnels qui leur faisaient face, prêts à attaquer les Aigles cramoisis de Calis. Erik essaya d'estimer grossièrement à combien se montaient leurs forces, mais il fut rapidement obligé d'arrêter de compter lorsque la première vague d'agresseurs se rua sur les archers. Très vite, ils se heurtèrent au mur de boucliers.

Erik distribua de grands coups d'épée autour de lui. À deux reprises, il entendit l'acier résonner sous sa lame quand des soldats panthatians essayèrent de la bloquer avec leur propre épée. Mais il découvrit que ses adversaires n'avaient guère de talent. Sans attendre les instructions de Calis, il s'écria :

— Deuxième rang, à vos épées ! Suivez-moi !

Les vingt archers laissèrent tomber leur arc et tirèrent l'épée. Erik contourna ses compagnons par la droite et attaqua l'armée des Panthatians sur son flanc. Comme il s'en doutait, ses ennemis ne tardèrent pas à sombrer dans la confusion la plus totale.

Mais au lieu de fuir, ils se jetèrent sur les soldats du royaume et moururent jusqu'au dernier. Alors le silence retomba dans la galerie.

— On aurait dit qu'on coupait du bois, fit remarquer Boldar Blood.

Erik regarda l'étrange mercenaire et vit que le sang qui avait giclé sur son armure commençait à couler, comme s'il ne pouvait pas sécher sur cette surface blanche.

— Ils ont fait preuve de courage, mais ce n'étaient pas des guerriers, reconnut Erik après avoir repris son souffle.

Il posta deux hommes devant chaque tunnel au cas où d'autres Panthatians viendraient dans leur direction.

— Non, ils n'étaient pas courageux, rétorqua Boldar. C'étaient des fanatiques.

Calis regarda Miranda qui prit la parole à son tour :

— Personne ne les a jamais combattus au corps à corps. En tout cas, on n'en a jamais entendu parler. Ils préfèrent recourir à la ruse et à la dérobade pour faire leur guerre.

Erik retourna l'un des cadavres de la pointe de sa botte.

— Celui-ci est petit.

— Ils le sont tous, répliqua Calis. Ils sont plus petits que celui que nous avons trouvé hier.

Erik regarda de Loungville.

— Enverraient-ils leurs jeunes nous combattre ?

— Peut-être, répondit le sergent-major. S'ils ont subi des massacres aussi importants que celui de cette crèche que nous avons vue hier, ils tentent peut-être désespérément de préserver ce qui leur reste.

Erik s'assura rapidement que ses hommes allaient bien, tandis que Calis et Miranda examinaient les cadavres des Panthatians. Le jeune sergent fut soulagé de constater que personne n'était sérieusement blessé parmi les Aigles.

— Ils n'ont que des bleus et des entailles, rapporta-t-il à de Loungville.

503

— Dis-leur qu'ils ont quelques minutes pour se reposer avant de se remettre en route.

Erik hocha la tête et demanda quel tunnel ils allaient prendre. De Loungville répéta la question à Calis.

— Celui du centre, je pense. S'il le faut, on reviendra sur nos pas.

Erik espérait que ce serait le cas, mais garda cette pensée pour lui.

Roo s'accroupit derrière une balle de coton et laissa passer le gros contingent d'hommes armés qui se déplaçaient prudemment dans l'obscurité. Le brouillard avait envahi le port et il avait du mal à distinguer sa propre main dans la pénombre du petit matin.

Il était en train d'explorer les quais avec Luis lorsque l'un de ses hommes était venu lui dire qu'un chariot faisait route vers le port sous bonne escorte. Roo avait envoyé Luis chercher du renfort tandis que lui-même suivait le véhicule et ses gardes.

Le jeune homme se retourna brusquement, l'épée à la main, en entendant un faible bruit derrière lui. Duncan leva les mains en chuchotant : « C'est moi ! ». Roo baissa la pointe de son épée et se tourna vers le chariot qui venait d'apparaître sur le quai. Duncan s'agenouilla à côté de son cousin.

— McCraken est venu jusqu'ici. Je l'ai perdu à cause du brouillard, j'ai vu quelqu'un – c'était toi – se glisser dans cette allée et je t'ai suivi. Je parie qu'Herbert ne va pas tarder à faire son apparition.

Roo hocha la tête.

— Je parie que c'est notre or qui est dans ce chariot.

— Est-ce qu'on va les attaquer ici, sur les quais ?

Roo compta le nombre de gardes qui entouraient le chariot.

— Non, sauf si Luis et nos hommes arrivent avant qu'ils lèvent l'ancre, chuchota-t-il. Tous nos hommes

sont sur le *Reine de la Triste Mer* ou à l'entrepôt, attendant mes ordres.

Le chariot s'arrêta. Une voix s'éleva dans le noir.

— Portez la cargaison dans la chaloupe.

On alluma une lanterne, ce qui permit à Roo et à
Duncan de distinguer clairement le chariot et les hommes qui l'entouraient.

Certains baissèrent le hayon et commencèrent à
décharger plusieurs petits coffres. Brusquement une
autre personne surgit dans la lumière. Les gardes tirèrent leur épée.

— C'est moi, McCraken ! s'écria aussitôt une voix
inquiète.

Un homme sauta à bas du siège du conducteur et
attrapa la lanterne tandis que deux gardes s'empa-
raient des bras de McCraken. L'homme leva sa lanterne et s'avança.

Roo retint son souffle. C'était Tim Jacoby. Derrière
lui se trouvait son frère, Randolph.

— Qu'est-ce que vous foutez là ? demanda Tim.

— Briggs n'est jamais venu, répondit McCraken.

— Imbécile ! On vous avait dit d'attendre jusqu'à
ce qu'il vienne, peu importe le temps que ça prenait.
Je parie qu'il est justement à l'entrepôt et qu'il vous
cherche.

— Qu'est-il arrivé à votre visage ? ajouta Randolph.

Herbert porta la main à son visage.

— Je suis tombé dans le noir et je me suis ouvert
la lèvre sur une caisse.

— On dirait plutôt que quelqu'un vous a tabassé,
répliqua Tim.

— Personne ne m'a frappé ! répliqua McCraken
d'une voix trop forte. Je le jure !

— Baissez d'un ton, ordonna l'autre. Est-ce que
vous avez été suivi ?

— Dans ce brouillard ? (McCraken reprit son souffle.) Il faut m'emmener avec vous. Briggs était censé
me retrouver au coucher du soleil pour me donner

505

mon or. J'ai attendu et il n'est pas venu. On m'a promis cinquante mille pièces d'or pour le rôle que j'ai joué dans cette affaire. Vous devez vous acquitter de votre dette.

— Et si je refuse ? demanda Tim.

Brusquement McCraken prit peur.

— Je...

Roo nota qu'aucun des hommes présents autour du chariot n'avait bougé depuis l'arrivée de McCraken. La chaloupe se balançait doucement le long du quai en pierre, au pied des marches. *Continuez à parler*, pria Roo en silence, car il savait que chaque minute qui passait laissait à Luis et à ses hommes le temps de les rejoindre. Il serait tellement plus facile de combattre les hommes de Jacoby ici, sur la terre ferme, que de courir le risque d'une bataille navale. Il n'avait que jusqu'au coucher du soleil pour payer la dette de Jurgens. S'il ne pouvait s'emparer de son or sur les quais, il lui faudrait poursuivre Jacoby et ses hommes en mer et aborder leur navire avant midi.

Il se rapprocha de Duncan pour lui murmurer à l'oreille :

— S'il le faut, j'ai l'intention de les retenir ici le temps que Luis nous rejoigne. Peux-tu les contourner pour les prendre à revers ?

— Quoi ? chuchota Duncan. Tu veux qu'on essaye de les arrêter rien que nous deux ?

— Non, je veux juste les ralentir, c'est tout. Contourne-les et suis mes instructions.

Duncan leva les yeux au ciel.

— Par tous les dieux, j'espère que tu ne vas pas nous faire tuer, cousin.

Puis il tourna les talons et disparut dans le brouillard.

— Si vous ne vous acquittez pas de votre dette envers moi, j'irai témoigner devant le duc, menaça McCraken. Je dirai que vous et Briggs m'avez obligé à falsifier les comptes de la banque.

Tim secoua la tête.

— Vous êtes un homme très stupide, monsieur McCraken. Nous étions censés n'avoir aucun contact. C'était le boulot de Briggs.

— Il n'est jamais venu ! protesta l'autre d'une voix quasi hystérique.

Tim hocha la tête. Brusquement, les deux gardes qui retenaient McCraken prisonnier resserrèrent leur étreinte, le forçant à rester immobile. Jacoby prit un poignard à sa ceinture et l'enfonça d'un geste fluide dans le ventre du malheureux.

— Vous auriez dû rester à l'entrepôt, McCraken. Briggs est mort et maintenant, c'est votre tour.

L'employé de banque s'effondra entre les bras des gardes. D'un signe de tête, Jacoby leur fit signe de jeter le corps dans l'eau du port. Les deux sbires obéirent et descendirent les marches du quai avant de jeter le cadavre à quelques mètres de la chaloupe. La découverte d'un nouveau cadavre dans le port de Krondor ne risquait pas de faire grand bruit.

Roo les laissa charger les coffres sur l'embarcation, le temps de calculer combien d'or il pouvait y avoir. Puis il se leva et s'écria d'une voix qu'il espérait pleine d'autorité :

— On ne bouge plus ! Vous êtes cernés !

Comme il l'espérait, les personnes proches du chariot ou de la chaloupe ne le voyaient pas à cause du brouillard. Cette circonstance donna à Roo l'avantage qu'il attendait, car s'ils l'avaient chargé immédiatement, il n'aurait pu leur résister, bien qu'il fût un excellent bretteur.

Un cri étranglé retentit derrière le chariot et un homme s'effondra sur les pavés. Roo fut surpris, jusqu'à ce qu'il entende Duncan crier :

— On vous a dit de ne plus bouger !

L'un des hommes les plus proches jeta un coup d'œil au cadavre et s'exclama :

— C'est une dague ! C'est pas le guet !

Il fit un pas avant de s'écrouler, abattu par une autre dague. Une nouvelle voix s'éleva pour dire :

— On n'a jamais dit qu'on faisait partie du guet.

Une silhouette vague surgit lentement de l'autre côté du bâtiment où Roo s'était caché un moment plus tôt. Le jeune homme croyait reconnaître cette voix. Lorsqu'il parvint à distinguer le visage du nouveau venu, il s'aperçut que ses traits lui étaient tout aussi familiers. Dashel Jameson s'avança tranquillement sur les quais jusqu'à ce que tout le monde puisse le voir.

Dans le lointain, on entendait le bruit d'une cavalcade sur les pavés.

— Les renforts sont en route, ajouta Dash. Jetez vos armes.

Certains hésitèrent, mais une troisième dague surgit des ténèbres à l'endroit que Dashel venait juste de quitter et se planta avec un bruit sourd dans le côté du chariot.

— Il vous a demandé de jeter vos armes ! s'écria une nouvelle voix, qui résonnait de façon étrange.

Roo adressa une prière à Ruthia, déesse de la Chance, en espérant que les hommes qui arrivaient au loin étaient bien les siens, avec Luis à leur tête. Les sbires de Jacoby s'agenouillèrent lentement et déposèrent leurs armes sur les pavés.

Roo attendit encore quelques instants puis s'avança à son tour.

— Bonjour Timothy, Randolph.

Il essaya d'avoir l'air nonchalant.

— Vous ! s'écria Tim Jacoby.

Au même moment, Luis arriva à son tour en compagnie d'une dizaine de cavaliers qui se déployèrent pour entourer les hommes de Jacoby. Plusieurs portaient des arbalètes qu'ils pointèrent sur le chariot et la chaloupe.

— Vous croyiez vraiment que je vous laisserais vous enfuir avec mon or ?

Jacoby était tellement en colère qu'il manqua de s'étouffer.

— Comment ça, *votre* or ?

— Allons, Tim, lui dit Roo. McCraken et Briggs m'ont tout dit.

— Briggs ? Mais comment aurait-il pu ? Nous...

— La ferme, imbécile, ordonna Randolph à son frère.

Roo jeta un coup d'œil en direction du cadavre de McCraken qui flottait dans le port.

— Alors vous avez envoyé Herbert rejoindre Briggs, pas vrai ?

— Je vais vous envoyer les rejoindre en enfer ! hurla Timothy Jacoby en tirant l'épée malgré les arbalètes pointées dans sa direction.

— Non ! s'écria Randolph en poussant son frère sur le côté tandis que les carreaux se mettaient à pleuvoir.

Deux d'entre eux l'atteignirent à la poitrine tandis qu'un troisième se fichait dans son cou. Du sang gicla sur les hommes qui se tenaient à ses côtés. Il alla heurter le sol telle une mouche foudroyée par une main humaine.

Tim Jacoby se releva, une épée à la main et un poignard dans l'autre. On ne lisait plus que la rage et la folie dans ses yeux. Luis fit mine de lever sa dague pour la lancer mais Roo interrompit son geste.

— Non ! Laisse-le faire ! Il est temps d'en finir.

— Vous avez été une épine dans mon flanc depuis le jour où on s'est rencontrés ! Vous venez de tuer mon frère !

Roo leva son épée et répondit :

— Et vous, vous avez tué Helmut Grindle. Venez ! Qu'est-ce que vous attendez ?

Jacoby se rua sur le jeune homme tandis que tout le monde autour d'eux reculait. Roo était le plus aguerri des deux, alors que Jacoby n'était rien d'autre qu'une brute meurtrière. Mais cette fois, la brute avait le cœur enflammé par la haine et le désir de se venger.

Il arriva sur Roo plus vite que ce dernier l'avait anticipé, si bien qu'il dut se défendre et reculer sous les attaques de Jacoby.

— Donnez-leur de la lumière ! cria Duncan.

Rapidement, les hommes dévoilèrent une lanterne qui éclaira les deux combattants d'une lueur sinistre à travers le brouillard. L'un des cavaliers sauta à bas de sa monture, ouvrit sa sacoche de selle et en sortit un paquet de petites torches. Il parvint à faire jaillir une petite flamme à l'aide d'un silex et d'une pierre, tandis que Roo et Jacoby échangeaient attaques et ripostes. Puis le cavalier distribua rapidement les brandons enflammés à ses compagnons, jusqu'à ce qu'un cercle de lumière entourât les deux bretteurs.

Luis ordonna à ses hommes de ramasser les armes et de rassembler les gardes de Jacoby près du chariot. Pendant ce temps, Roo se battait pour rester en vie. Les deux hommes ne cessaient d'avancer et de reculer, attaquant et parant tour à tour. Chacun attendait que l'autre fasse le premier faux pas. La fureur de Jacoby commençait à faiblir, mais Roo se promit de ne plus laisser passer autant de temps sans s'entraîner au maniement des armes. Le tintement de l'acier résonnait dans tout le port. Sur de lointains navires à l'ancre, les marins de quart allumèrent des lanternes en demandant ce qui se passait.

Un homme du guet surgit entre deux bâtiments, aperçut Randolph qui gisait dans une mare de sang, les deux bretteurs et les deux groupes autour d'eux, et s'empressa de repartir. Un peu plus loin, lorsqu'il fut en sécurité, il tira de sa poche un tout petit sifflet et commença à souffler dedans de toutes ses forces. Trois de ses collègues le rejoignirent un moment plus tard. Il leur raconta ce qu'il avait vu. Son officier supérieur envoya l'un de ses hommes au quartier général afin de ramener des renforts, et suivit l'autre vers le quai où se déroulait la scène.

Roo commençait à avoir mal au bras. Jacoby manquait certes de talent, mais il compensait ce défaut en se battant avec deux armes blanches. Or il est difficile dans ce cas-là de se défendre avec une seule lame.

De plus, Jacoby connaissait une botte qui donnait des difficultés à son adversaire : il avançait l'épée levée avant de donner un coup de taille avec son poignard, qu'il tenait de la main gauche. Le geste était censé lui permettre d'atteindre son adversaire à la poitrine au moment où il tenterait de riposter. La première fois que Jacoby essaya cette manœuvre, Roo ne dut la vie qu'à ses réflexes et en réchappa avec une simple déchirure à sa tunique.

De la main gauche, il essuya la sueur qui lui maculait le front tout en gardant son épée pointée sur son adversaire. Il entendit le talon de la botte droite de Jacoby taper sur le sol. Juste après, l'autre se fendit, avança et tenta son vicieux coup de taille de la main gauche. Roo bondit en arrière, risqua un coup d'œil par-dessus son épaule et vit qu'il reculait en direction d'une grosse pile de caisses. Il n'allait pas tarder à se retrouver dos au mur, sans possibilité de s'échapper.

Le fait d'entendre à nouveau le talon de Jacoby claquer sur les pavés sauva la vie de Roo, qui bondit derechef en arrière sans même se retourner pour faire face à son adversaire. Le poignard ne fit que balayer les airs, ratant sa cible d'un cheveu à peine. Roo s'accroupit.

Comme il s'y attendait, le talon de Jacoby martela de nouveau le sol. Aussitôt, Roo se pencha et repoussa de côté l'épée de son adversaire. Mais au lieu de se jeter sur lui, il laissa tomber son épée, prit appui sur les pavés de la main gauche et plongea pour éviter le coup de poignard. Pendant quelques instants, Roo se retrouva complètement vulnérable, mais Jacoby ne put en profiter en raison de sa position. Roo savait qu'un combattant aguerri lui aurait donné un coup

511

de pied qui l'aurait étalé sur les pavés, mais Jacoby n'avait sans doute jamais vu une chose pareille. Roo récupéra son épée de la main droite et porta un coup d'estoc qui atteignit son adversaire au flanc gauche, juste sous les côtes. L'épée s'enfonça dans la chair et perça l'un des poumons et le cœur.

Jacoby écarquilla les yeux tandis qu'un son étrange, presque enfantin, s'échappait de ses lèvres. Son épée et son poignard tombèrent de ses mains privées de force. Puis ses genoux cédèrent sous son poids et il s'effondra face contre terre lorsque Roo retira sa lame.

— Que personne ne bouge ! s'écria alors une nouvelle voix.

Roo regarda par-dessus son épaule et vit arriver l'officier du guet, qui tenait un gourdin avec lequel il frappait distraitement la paume de son autre main. Tout en reprenant son souffle, Roo ne put s'empêcher d'admirer cet homme, membre du guet de la cité princière, prêt à affronter deux bandes d'hommes armés rien qu'avec son insigne et une matraque.

— Ça me viendrait même pas à l'idée, répliqua le jeune homme.

On entendit d'autres cavaliers approcher des quais.

— Alors, qu'est-ce qui se passe ici ? demanda l'officier.

— C'est simple, répondit Roo. Ces deux hommes que vous voyez là, par terre, étaient des voleurs. Ceux-là (Il désigna les gardes désarmés près du chariot.) sont les sbires qu'ils avaient embauchés. Sur ce chariot et à bord de cette chaloupe se trouve l'or qu'ils m'ont volé.

Voyant que personne n'essayait de déclencher une émeute, l'officier coinça son gourdin sous son bras et se frotta le menton.

— Et qui peut bien être ce type qui flotte dans le port ?

Roo expira et inspira profondément.

— Herbert McCraken. Je l'employais dans ma banque et c'est lui qui a aidé ces deux-là à voler mon or.

— Hum, fit l'officier, visiblement peu convaincu. Et qui êtes-vous, monsieur, pour posséder une banque et une telle quantité d'or ? (Il jeta un coup d'œil aux frères Jacoby.) Ainsi qu'un surplus de cadavres ?

Roo sourit.

— Je m'appelle Rupert Avery. Je suis l'un des associés de la compagnie de la Triste Mer.

L'officier du guet hocha la tête. Les cavaliers débouchèrent sur le quai et s'avancèrent vers le groupe.

— C'est un nom que l'on entend beaucoup à Krondor depuis un an. Quelqu'un pourrait-il confirmer vos dires ?

Dash s'avança.

— Moi, je peux. C'est mon patron.

— Et vous êtes ?

— C'est mon petit-fils, répondit le chef des cavaliers.

— À qui ai-je l'honneur ? répliqua l'officier en essayant de discerner les traits du cavalier dans la pénombre.

— Je m'appelle James et d'une certaine façon, je suis votre patron, répondit messire James en s'avançant au sein du cercle de torches et de lanternes.

Les autres cavaliers, vêtus de l'uniforme de la garde personnelle du prince, le rejoignirent. Parmi eux se trouvait le maréchal William.

— Vous devriez arrêter ces hommes, officier, dit-il en désignant les gardes de Jacoby. Nous nous occuperons des autres.

L'officier, stupéfait d'être en présence du duc de Krondor et du maréchal, en resta pratiquement sans voix. Il hésita un long moment avant de dire :

— Bien, monsieur. Titus !

Un jeune soldat du guet, armé d'une arbalète, sortit de l'ombre. Visiblement, il avait vingt ans à peine.

— Oui, sergent ?

— Arrêtez ce groupe d'hommes là-bas.

— Bien, sergent. (Il pointa son arbalète sur eux d'un air menaçant.) Suivez-moi sans faire d'histoires.

D'autres officiers du guet firent leur apparition. Le sergent leur assigna une position autour des dix prisonniers et leur donna l'ordre de les emmener.

Roo se tourna vers messire James.

— Je suppose que vous ne passiez pas par hasard et que vous n'êtes pas sorti faire une promenade extrêmement matinale ?

— Non. Nous vous avons fait suivre.

Katherine et Jimmy surgirent de l'ombre à leur tour.

— Vraiment ? s'étonna Roo. Mais pourquoi ?

— Il faut qu'on parle. (James fit faire demi-tour à sa monture.) Allez faire un brin de toilette, mettez votre or en lieu sûr et présentez-vous au palais, nous y prendrons le petit déjeuner ensemble.

Roo hocha la tête.

— Tout de suite, messire. Luis, Duncan, déchargez la chaloupe et rapportez l'or au bureau. Quant à toi, Dash, dis-moi, qui t'emploie ? Moi ou ton grand-père ?

Le jeune homme sourit et haussa les épaules.

— Les deux, d'une certaine façon.

Roo se tut un moment avant d'annoncer :

— Tu es viré.

— Ah, je ne pense pas que vous puissiez faire ça.

— Pourquoi pas ?

— Grand-père vous expliquera.

Roo haussa les épaules. Brusquement, il se sentit trop fatigué pour réfléchir et dit :

— J'ai besoin de manger un morceau et de boire du café. Des litres de café, ajouta-t-il en soupirant.

Ses hommes commencèrent à remettre les coffres d'or dans le chariot des Jacoby. Deux d'entre eux prirent les cadavres des deux frères et les déposèrent également dans le véhicule. Roo remit son épée au fourreau en se demandant ce qui allait lui arriver. Au moins, se dit-il, il allait pouvoir rembourser sa dette et maintenir sa compagnie à flot. Il se promit en silence de ne jamais plus la laisser devenir aussi vulnérable.

Roo goûta le café et poussa un soupir de contentement.

— C'est excellent.

James hocha la tête.

— Jimmy l'achète pour moi au *Barret*.

Roo sourit.

— Assurément le meilleur café de la ville.

— Que vais-je bien pouvoir faire de vous ? demanda abruptement le duc de Krondor.

— Je ne suis pas sûr de comprendre, messire.

Il prenait le petit déjeuner dans les appartements privés de James. Le maréchal William, assis à côté du duc, Jimmy, Dash et Katherine étaient également présents. Owen Greylock entra au même moment et prit lui aussi un siège.

— Bonjour à tous, dit-il en souriant.

— J'expliquais à l'instant à votre vieil ami ici présent, capitaine Greylock, que je ne sais pas vraiment quoi faire de lui, répéta James.

Greylock parut perplexe.

— Comment ça ?

— Eh bien, nous avons retrouvé plusieurs cadavres sur les quais, ainsi qu'une grosse quantité d'or, mais on ne m'a pas vraiment expliqué comment tout ce petit monde était arrivé là.

— Pardon messire, intervint Roo, mais avec tout le respect que je vous dois, je vous ai tout expliqué.

— Certes, reconnut James, qui se pencha en avant et pointa un index accusateur sur Roo. Mais vous êtes un meurtrier, anciennement condamné à mort, et plusieurs de vos transactions ces dernières années ont flirté avec la limite de la légalité.

La fatigue rendait Roo irritable.

— Si j'ai flirté avec cette limite, c'est que je ne l'ai pas franchie... messire.

— Eh bien, nous pourrions confisquer cet or et ouvrir une enquête, suggéra le maréchal.

Roo se redressa.

— Vous n'avez pas le droit ! Si je n'apporte pas cet or à mes débiteurs d'ici ce soir, je serai ruiné. C'était exactement ce que Jacoby cherchait à faire, d'ailleurs.

— Que tout le monde sorte, ordonna James, excepté vous, monsieur Avery. Le petit déjeuner est terminé.

Greylock regarda d'un air de regret la nourriture qui s'étalait sur la table, mais il se leva et partit avec les autres, laissant Roo seul avec James.

Ce dernier se leva et vint s'asseoir sur la chaise voisine de celle de Roo.

— Voilà comment je vois les choses. Vous vous en êtes très bien sorti. Le mot « remarquable » ne suffit pas à décrire votre ascension dans le monde du commerce, jeune Avery. À un moment donné, j'ai cru qu'on allait devoir intervenir pour vous aider à survivre aux attaques de vos ennemis, mais vous n'avez finalement pas eu besoin de notre aide. C'est tout à votre honneur.

» Mais ce n'étaient pas des menaces en l'air tout à l'heure. Je veux que vous compreniez que malgré votre puissance actuelle, vous n'êtes pas plus au-dessus des lois que lorsqu'Erik et vous avez tué Stefan de la Lande Noire.

Roo ne répondit pas.

— Je ne vais pas vous confisquer votre or, Rupert. Payez donc vos dettes et continuez à prospérer, mais n'oubliez jamais que vous pouvez chuter très rapidement, comme lorsqu'on vous a jeté dans la cellule de la mort.

— Pourquoi me dites-vous tout ça ?

— Parce que vous n'avez pas vraiment quitté notre service, jeune Avery. (James se leva et se mit à faire les cent pas.) Les nouvelles que nous avons reçues de Novindus sont bien plus mauvaises que nous le pensions. Votre ami Erik est peut-être déjà mort d'après ce qu'on en sait. Peut-être que tous ceux qui ont accompagné Calis ont disparu, comment être sûr ? (Il s'arrêta et regarda Roo.) Mais même s'ils réussissent leur mission, on peut être certain d'une chose : l'armée de la reine Émeraude se prépare à nous envahir et vous savez presque aussi bien que moi que si elle débarque sur nos rivages, votre richesse ne vaudra plus rien. Votre femme et vos enfants ne seront que des insectes qu'elle balayera sur son passage en cherchant à atteindre son véritable but : la destruction de toute vie sur ce monde.

— Qu'est-ce que vous voulez que je fasse ?

— Pourquoi croyez-vous que je veux que vous fassiez quelque chose ? s'étonna James.

— Parce que vous ne m'auriez pas fait venir uniquement pour me dire que vous êtes en mesure de me pendre dès que ça vous chantera ni pour me rappeler les choses terribles que j'ai vues quand je servais sous les ordres de Calis. (La voix de Roo, chargée de colère, monta d'un cran.) Croyez-moi, je sais tout ça, bon sang ! (Il abattit son poing sur la table, si bien que la vaisselle et les verres s'entrechoquèrent.) Messire, ajouta-t-il tardivement.

— Je vais vous dire ce que je veux.

James se pencha, les mains sur le dossier d'une chaise, et regarda Roo droit dans les yeux.

— J'ai besoin d'or.

Roo battit des paupières.

— Vraiment ?

— Vraiment. J'ai besoin de plus d'or que même un sale petit bâtard avide tel que vous peut l'imaginer, Rupert. (James se redressa.) La pire guerre que le monde ait jamais connue est sur le point d'atteindre nos rivages. (Il alla jusqu'à une fenêtre qui surplombait le port et balaya le paysage d'un geste de la main.) À moins que quelqu'un de plus puissant et de plus intelligent que tous les seigneurs de ce royaume trouve une solution inattendue, dans moins de trois ans, nous verrons débarquer dans ce port la plus grande flotte que l'on ait jamais vue, avec à son bord la plus gigantesque de toutes les armées.

James se tourna pour regarder Roo et poursuivit :

— Et tout ce que vous voyez de cette fenêtre sera réduit en cendres. Cela inclut votre maison, votre boutique, le *Café de Barret*, les quais, vos entrepôts, vos navires, votre femme, vos enfants et votre maîtresse.

Roo sentit sa gorge se serrer. Il croyait que personne n'était au courant de sa liaison avec Sylvia. James s'exprimait calmement mais son attitude trahissait une colère soigneusement contrôlée.

— Vous ne comprendrez jamais l'amour que j'éprouve pour cette cité, Rupert. (Il désigna la salle.) Vous ne comprendrez jamais pourquoi ce palais m'est plus cher que n'importe quel endroit au monde. Un homme très spécial a vu en moi ce que personne d'autre n'aurait décelé, et il m'a tendu la main et m'a permis de m'élever jusqu'à occuper une position qu'un individu de mon espèce n'aurait jamais dû atteindre.

Roo perçut comme des larmes dans les yeux de James.

— J'ai donné le nom de cet homme à mon fils, pour lui rendre hommage. (Le duc tourna de nouveau le dos à Roo et regarda par la fenêtre.) Vous n'avez pas idée à quel point j'aimerais que cet homme soit avec nous aujourd'hui. C'est à lui que j'aimerais demander conseil alors que cette terrible échéance approche.

Il prit une profonde inspiration et retrouva le contrôle de lui-même.

— Mais il n'est pas là. Il est mort et il serait le premier à me dire que c'est une perte de temps de rêver à ce qui ne peut pas être. (De nouveau, il regarda

Roo droit dans les yeux.) Or, nous disposons justement de moins de temps que nous le pensions. J'ai dit que cette flotte sera ici dans moins de trois ans, mais peut-être qu'il ne lui en faudra que deux. Nous ne le saurons pas avant que le premier navire de Novindus apparaisse.

— Deux ou trois ans ? répéta Roo.

— En effet. C'est pourquoi j'ai besoin d'or. J'ai besoin de financer la plus grande guerre de l'histoire du royaume, une guerre qui ridiculisera celles que nous avons connues. Nous entretenons une armée régulière de moins de cinq mille hommes dans la principauté. Lorsque nous réunirons les forces de l'Est et de l'Ouest pour lever la bannière du royaume, nous arriverons peut-être à rassembler quarante mille soldats sur le champ de bataille. Combien d'hommes la reine Émeraude va-t-elle amener avec elle ?

Roo se souvint du *Rendez-vous des Mercenaires*.

— Je dirais deux cents à deux cent cinquante mille hommes si tous peuvent traverser l'océan.

— D'après les derniers rapports, elle dispose déjà de six cents navires et en fait construire deux nouveaux chaque semaine. Elle est en train de détruire le continent tout entier pour maintenir le rythme de production, mais elle écrase la population sous son joug et le travail continue.

Roo réfléchit.

— Ça fait cinquante semaines au minimum, car elle a besoin d'au moins une centaine de navires supplémentaires pour transporter le ravitaillement et le matériel. Si elle est prudente, elle restera là-bas encore une centaine de semaines.

— Croyez-vous qu'elle ait fait preuve de prudence jusqu'ici ?

— Non, reconnut Roo, mais même si elle est prête à tuer tous ceux qui sont à son service, elle doit bien savoir de quoi elle a besoin pour réussir la mission qu'elle s'est donnée.

James acquiesça :

— On en revient au point de départ. D'ici deux ou trois ans, ils seront ici.

— Quel rôle ai-je à jouer ? demanda Roo.

— Je pourrais vous saigner à blanc avec des impôts pour financer cette guerre, mais même si j'envoyais l'armée réquisitionner tout l'or qui circule entre les Crocs du Monde, l'empire de Kesh la Grande, les îles du Couchant et Roldem, ça ne serait pas suffisant. (James se pencha à nouveau et s'exprima à voix basse comme s'il avait peur d'être espionné.) Mais dans deux ou trois ans, avec de l'aide, vous serez peut-être capable de financer cette guerre.

Roo eut l'air de ne pas comprendre.

— Mais comment, messire ?

— Il faut que vous fassiez assez de bénéfices durant les deux prochaines années pour prêter à la couronne l'or dont elle aura besoin.

Roo poussa un long soupir.

— Eh bien, c'est plutôt inattendu. Vous voulez que je devienne plus riche que dans mes rêves les plus fous, afin que je prête tout cet or à la couronne pour financer une guerre que nous risquons de perdre.

— C'est ça, en résumé.

— D'après ce que vous dites, la couronne ne sera peut-être pas en mesure de me rembourser dans un délai raisonnable si nous survivons à cette terrible épreuve.

— C'est vrai, admit James, mais pensez donc à l'alternative.

Roo hocha la tête.

— Je pourrais ne pas vous prêter cet or et mourir. (Il se leva.) Bien, si je dois devenir l'homme le plus riche de ce tas de cendres d'ici trois ans, je ferais bien de me remettre au travail et de rembourser ma dette avant le coucher du soleil.

— Il reste encore une chose, ajouta James.

— Quoi donc, messire ?

— Cette histoire avec les Jacoby. Le père est encore en vie.

— Dois-je craindre d'autres attaques ?

— C'est possible. Il serait judicieux d'aller le voir tout de suite, avant qu'il apprenne que vous avez tué ses fils. Faites la paix avec lui, Rupert, parce que vous avez besoin d'alliés et non d'ennemis pour les années à venir. Je ne peux pas vous aider dans ce domaine. J'ai le bras long mais pas à ce point-là.

— Lorsque j'aurai réglé la question des Jacoby, il faudra que j'explique la situation à mes associés, ajouta Roo.

— Je suggère que vous leur rachetiez leurs parts, ou du moins que vous preniez le contrôle de la compagnie de la Triste Mer.

Brusquement, James sourit et Roo put voir sur son visage à la fois l'ombre du petit voleur qui parcourait autrefois les rues de Krondor et aussi la ressemblance avec ses petits-fils.

— C'est bien ce que vous aviez l'intention de faire de toute façon, n'est-ce pas ? ajouta le duc.

Roo éclata de rire.

— C'est vrai, mais pas tout de suite.

— Mieux vaut le faire dès maintenant. Si vous avez besoin d'un peu d'or pour y parvenir, la couronne sera ravie de vous le prêter. Nous le récupérerons très vite, et en ramasserons bien plus au passage.

Roo promit de le tenir au courant et s'en alla. Lorsqu'il sortit du palais, il se dit que son sort était de nouveau lié à celui de la couronne et que malgré tous ses efforts, il ne pouvait s'affranchir du destin qui s'était imposé à lui la nuit où Erik et lui avaient tué Stefan.

En franchissant les portes, il se rendit compte que personne ne l'attendait et qu'il n'avait ni cheval ni carriole pour repartir. Il se dit que le fait de marcher jusqu'à son bureau l'aiderait à réfléchir à ce qu'il dirait à Frederick Jacoby lorsqu'il irait lui apprendre la mort de ses fils.

521

Erik envoya les éclaireurs explorer la galerie qui leur faisait face. Depuis près de dix minutes, on entendait de faibles bruits, mais leur origine restait pour le moment indéterminée, car il y avait de nombreux passages et galeries aux alentours. Les sons se répercutaient en écho de façon étrange et déroutante.

Quelques minutes plus tard, les éclaireurs revinrent.

— Cette galerie est remplie de lézards, chuchota l'un d'entre eux.

Erik lui fit signe de le suivre jusqu'à l'endroit où attendaient Calis et les autres. L'éclaireur leur expliqua rapidement comment se présentait le passage.

Il s'agissait d'un demi-cercle presque parfait, avec une rampe d'accès qui s'enfonçait dans la fosse en suivant le mur de droite, et une corniche le long de la paroi gauche. La troupe descendrait la rampe et chargerait les Panthatians pendant que les archers se déploieraient sur la corniche pour arroser leurs ennemis de flèches.

Calis donna des ordres qui furent relayés par Erik et de Loungville. Erik entendit Calis dire à Boldar de rester avec Miranda pour la protéger. Puis le capitaine passa à côté du jeune homme et insista pour mener lui-même l'attaque.

Chacun fit exactement ce que l'on attendait de lui, sans hésiter, et se lança dans la bataille dès son entrée dans la galerie. Erik avait déjà pu le constater par lui-même et l'avait lu dans tous les livres que William lui avait prêtés : au cœur de la mêlée, les plans les mieux préparés n'étaient que de la paille emportée par le vent.

Les Panthatians qu'ils affrontèrent étaient adultes et mesuraient une fois et demie la taille des jeunes guerriers qui les avaient attaqués un peu plus tôt dans la journée. Le plus grand arrivait à peine au menton d'Erik et leur meilleur guerrier ne pouvait rien face au plus faible des soldats de Calis. Mais ils avaient l'avantage du nombre.

En effet, ils étaient plus de deux cents dans cette fosse. Erik remarqua au passage que certains d'entre eux avaient récemment reçu des blessures. Mais il n'eut pas le temps de se demander contre qui ils avaient bien pu se battre. Il supposa que c'était le fait de ce troisième joueur auquel pensait Calis.

Tous les membres du groupe savaient que l'effet de surprise ne leur donnait qu'un mince avantage et qu'ils devaient en profiter pour tuer le plus grand nombre de Panthatians. Des ordres résonnèrent du côté de leurs ennemis, mais il était impossible pour une oreille humaine de comprendre le langage sifflant des prêtres-serpents. Erik se battit du mieux qu'il pouvait. Au cours des deux premières minutes du combat, un Serpent s'effondrait à chaque coup qu'il donnait.

Puis leurs ennemis organisèrent leur défense et commencèrent à les repousser. Juste au moment où le cours de la bataille paraissait sur le point de s'inverser, les vingt archers prirent position sur la corniche qui surplombait la fosse et firent pleuvoir leurs flèches sur les Panthatians.

Erik en profita pour donner l'ordre d'avancer. Tandis qu'il pataugeait parmi les corps de ses adversaires, il entendit ses camarades relayer ses ordres. Comme lors du combat précédent, les Panthatians refusèrent de se rendre, tinrent leurs positions et moururent un à un sous les flèches et les coups d'épée.

Puis ce fut le silence.

Erik regarda autour de lui et ne vit que des corps agités de soubresauts. Quelques-uns d'entre eux n'étaient autres que ses camarades, mais la plupart avaient la peau verte. Il fit un bilan dans sa tête et balaya le champ de bataille du regard à deux reprises, avant de se tourner vers de Loungville qui se tenait non loin de là, le souffle court.

— Nous avons sept hommes à terre, sergent-major.

De Loungville hocha la tête. Erik donna l'ordre de s'occuper des blessés et de les amener sur la corniche

où attendaient les archers. Puis il se joignit à de Loungville, qui faisait le tour de la salle en compagnie de
Calis et de Miranda. Certains soldats furent envoyés
en éclaireurs dans les galeries voisines dont l'entrée
était à peine visible malgré la lumière.

L'air était chaud et humide, rendant la respiration
difficile. Une fissure dans le sol le long du mur opposé
à l'entrée vomissait de la vapeur sans interruption.
Plusieurs Panthatians étaient encore en vie et furent
rapidement exécutés. Les ordres étaient clairs. Si les
Aigles cramoisis de Calis rencontraient un Panthatian,
il devait être tué. Aucun Serpent, homme, femme ou
enfant, ne devait être épargné. Erik ne s'en souciait
guère mais certains hommes avaient beaucoup discuté au sujet de ces ordres.

Cependant, il n'était pas difficile de les exécuter à
l'issue d'une bataille au cours de laquelle ils avaient
perdu certains de leurs camarades.

— Par ici, sergent ! s'exclama soudain l'un des éclaireurs.

Erik le rejoignit en courant.

— Qu'y a-t-il ?

— Regardez, sergent.

Le jeune homme jeta un coup d'œil dans une galerie et aperçut un bassin d'eau bouillonnante au centre
de la salle. Il avait visiblement été creusé par les prêtres-serpents car les outils avaient laissé des marques
dans la roche. Plus d'une dizaine de gros œufs se
trouvaient au bord du bassin, suffisamment près pour
pouvoir incuber, mais pas trop pour ne pas cuire.

L'un des œufs bougeait.

Erik s'en approcha et vit une fissure apparaître sur
la coquille. Puis celle-ci se brisa dans un grand bruit.
Le petit corps qui en sortit était légèrement plus gros
qu'un chien. Il battit des paupières comme s'il se
demandait ce qu'il faisait là et poussa un cri qui ressemblait étrangement à celui d'un bébé humain.

524

Erik leva son épée et hésita en entendant la créature pousser des petits cris interrogateurs. Puis le bébé panthatian leva les yeux vers Erik et les étrécit brusquement.

Le jeune homme décela de la haine dans le regard du nouveau-né. Avec une animosité proche de la rage, la petite créature se jeta sur Erik en sifflant.

Le jeune homme réagit par réflexe, abattit son épée et décapita le bébé. Puis il sentit sa gorge se serrer et eut du mal à avaler sa salive.

— Il faut briser les œufs ! s'écria-t-il.

L'éclaireur vint l'aider à accomplir cette sinistre besogne. Les corps jaillirent des coquilles écrabouillées. Erik aurait voulu être n'importe où plutôt qu'à côté de ce bassin. La puanteur qui s'éleva très vite des cadavres était plus nauséabonde que tout ce qu'il avait respiré jusque-là.

Il sortit de la galerie après avoir achevé sa triste mission et s'aperçut que d'autres soldats faisaient de même dans les passages voisins. Lorsqu'ils revinrent, plus d'un vomit en raison de l'horreur dont ils avaient été acteurs.

— Je sens quelque chose..., annonça Miranda quelques minutes plus tard.

— Qu'est-ce que c'est ? demanda Calis.

— Je ne sais pas... Mais ça se rapproche.

Calis resta un instant immobile avant de déclarer :

— Je crois que je sais ce que c'est. (Il s'avança en direction d'un tunnel qui continuait à descendre à l'intérieur de la montagne.) Par ici.

— On a deux morts et cinq blessés, intervint de Loungville. Il n'y en a qu'un qui soit trop mal en point pour nous suivre.

Seule une brève tension des muscles de la mâchoire de Calis vint trahir l'émotion qu'il ressentit à l'annonce de cette nouvelle. Il voulut monter sur la corniche où l'on s'occupait des blessés mais de Loungville l'en empêcha :

— Je vais le lui demander.

Erik savait que Bobby allait demander au malheureux s'il préférait une mort rapide des mains de ses camarades ou s'il voulait prendre le risque de rester seul et de s'en remettre au destin en espérant que les autres repasseraient le prendre au retour. Erik pensait savoir quel serait son choix et se demanda comment de Loungville pouvait se porter volontaire pour une telle besogne.

Puis tandis que les archers et les autres blessés descendaient la rampe, Erik s'aperçut qu'il savait parfaitement pourquoi Bobby en était capable. Il avait été témoin des exactions commises par les Panthatians et leurs alliés. Un coup de couteau bien placé et un instant de douleur brûlante valaient mieux pour l'un de ses compagnons que la terrible agonie qu'il risquait d'endurer s'il se faisait capturer.

Un grognement de douleur étranglé apprit à Erik quel avait été le choix du soldat. De Loungville revint, le visage figé en un masque indéchiffrable.

— Donne l'ordre de former les rangs.

Erik obéit et les Aigles se préparèrent à repartir.

Chapitre 19

RÉVÉLATIONS

Roo soupira.

Sur le trajet du retour, il n'avait cessé de penser à la manière dont il allait aborder Frederick Jacoby. Si le vieil homme était d'un naturel plutôt calme, à l'image de son fils Randolph, il serait peut-être possible de parvenir à un compromis. Mais s'il avait un caractère instable, à l'image de Timothy, la querelle entre les deux familles ne cesserait que par la disparition de l'une d'entre elles.

Roo rentra chez lui. On n'y entendait pas un bruit à l'exception de ceux venant de la cuisine où Rendel et Mary faisaient à manger pour la journée. En haut, le couloir était plongé dans le silence. Roo comprit que sa femme et ses enfants dormaient encore. Il s'aperçut alors qu'il n'avait aucune idée de l'heure qu'il pouvait bien être – sans doute pas plus de huit heures, à en juger par la couleur du ciel.

Il ouvrit la porte de la pièce où Karli dormait avec le bébé. Il envisagea de la réveiller mais décida d'attendre jusqu'à ce que le bébé demande à être nourri. Roo s'avança jusqu'au lit et contempla sa femme et son fils dans la faible lumière qui filtrait à travers les rideaux.

Dans la pénombre, Karli paraissait très jeune. Brusquement, Roo se sentit terriblement vieux et s'assit dans la chaise à bascule où s'installait Karli pour calmer le bébé lorsqu'il était très agité. Il ne dormait pas aussi bien que sa sœur et pleurait plus souvent.

Roo se passa la main sur le visage. Il avait l'impression que la fatigue imprégnait ses os. Il avait les yeux gonflés par le manque de sommeil et un goût amer dans la bouche. C'était dû à un excès de café et au fait d'avoir tué des gens.

Il ferma les yeux.

Un peu plus tard, ce furent les pleurs du bébé qui le réveillèrent. Karli s'assit en demandant : « Qu'y a-t-il ? ». Puis elle vit son mari assis sur la chaise à bascule.

— Roo ? Qu'est-ce que tu fais ici ?

— J'ai dû m'endormir.

— Pourquoi n'es-tu pas allé te coucher ?

— Il faut que je te dise quelque chose, annonça-t-il tandis qu'elle s'apprêtait à allaiter le bébé affamé.

— Oui ?

— Les hommes qui ont tué ton père sont morts.

Karli ne réagit pas. Au bout d'un moment, Roo expliqua :

— Ils ont essayé de me ruiner, mais je m'en suis aperçu à temps. Nous nous sommes battus... et ils sont morts. Je reviens tout juste du palais où j'ai longuement discuté de ces événements avec le duc.

— Alors c'est enfin fini.

— Non, pas tout à fait.

— Comment ça ? demanda Karli en le dévisageant longuement.

— Ces deux hommes avaient un père. (Il inspira profondément.) Le vieux rival d'Helmut, Frederick Jacoby.

La jeune femme hocha la tête.

— Ils ont grandi ensemble dans la communauté advarienne de Tannerus. (Sa voix s'adoucit.) Je crois qu'ils étaient amis autrefois. Pourquoi ? Est-ce lui qui a donné l'ordre de tuer mon père ?

528

— Non, c'est son fils Timothy. Je pense que son frère Randolph a dû l'aider, ou du moins il était au courant et n'a rien fait pour i en empêcher.

— Et ces deux hommes sont morts ?

— Oui.

— Mais Frederick est encore en vie. (Karli paraissait triste, comme si elle allait se mettre à pleurer.) Il va falloir que tu le tues lui aussi ?

— Je ne sais pas, avoua Roo. Il faut que j'essaye de faire la paix avec lui, si c'est possible. (Il se leva.) Je devrais y aller, d'ailleurs. Le duc a bien insisté là-dessus, c'est important.

Il allait contourner le lit lorsqu'il s'arrêta et se retourna. Il se pencha et embrassa le crâne du bébé avant de déposer un baiser sur la joue de Karli.

— Je ne rentrerai sans doute pas avant le dîner. Et j'ai vraiment besoin de sommeil.

La jeune femme lui prit la main et la serra très fort.

— Sois prudent.

Il lui serra la main à son tour et quitta la pièce. Du haut des escaliers, il demanda à Mary de faire amener la voiture devant la porte et se rendit rapidement dans sa chambre pour y faire un brin de toilette et changer de tunique. Puis il descendit dans le hall et sortit de la maison. Lorsqu'il monta dans son carrosse, il aperçut une ombre qui l'attendait à l'intérieur.

Dash le salua d'un signe de tête.

— Vous vous sentez mieux ?

— Je me sens surtout fatigué. Qu'est-ce que tu viens faire ici ?

— Grand-père pense qu'il serait plus prudent que je vous accompagne. Les serviteurs ou les membres de la maisonnée de monsieur Jacoby risquent de mal prendre la nouvelle.

Dash désigna l'épée posée en travers de ses genoux. Roo hocha la tête.

— Tu sais t'en servir ?

— Mieux que la plupart des gens, répliqua le jeune homme sans se vanter.

Ils roulèrent en silence jusqu'à ce que le carrosse s'arrête devant la résidence des Jacoby. Dash accompagna Roo jusqu'à la porte. Ce dernier hésita un moment avant de se résoudre à frapper. Quelques instants plus tard, une jeune femme vint ouvrir. Elle était jolie sans être exceptionnellement belle, avec ses yeux et ses cheveux bruns, son menton volontaire et son nez droit.

— Oui ? Que puis-je pour vous ?

Roo s'aperçut qu'il avait du mal à parler. Il ne savait pas quoi dire.

— Je m'appelle Rupert Avery, finit-il par dire après un moment d'hésitation.

La jeune femme plissa les yeux.

— Je connais votre nom, monsieur Avery. On n'en parle pas avec chaleur dans cette maison.

— Je m'en doute. (Roo prit une profonde inspiration.) Je pense que ce sera encore moins le cas lorsque vous saurez ce qui m'amène. Je souhaite parler à Frederick Jacoby.

— J'ai bien peur que ce soit impossible. Il ne reçoit pas de visiteurs.

Le visage de Roo dut trahir son trouble car la jeune femme lui demanda :

— Que se passe-t-il ?

— Pardonnez-moi, madame, mais qui êtes-vous ? intervint Dash.

— Je suis Helen, la femme de Randolph.

Roo ferma les yeux et dut inspirer de nouveau profondément.

— J'ai peur d'avoir une terrible nouvelle à vous annoncer, à vous et à votre beau-père.

La jeune femme agrippa la porte de toutes ses forces.

— Randy est mort, n'est-ce pas ?

Roo hocha la tête.

— Est-ce que je peux entrer, s'il vous plaît ?

La jeune femme recula. Visiblement, elle était sur le point de s'évanouir. Dash s'avança et la prit par le coude pour l'empêcher de s'effondrer. Juste à ce moment, un petit garçon et une petite fille arrivèrent en courant dans le hall d'entrée en se plaignant d'une quelconque injustice fraternelle. La jeune femme les sépara. Roo se dit qu'ils ne devaient pas avoir plus de quatre et six ans.

— Les enfants, retournez dans votre chambre et jouez en silence, leur dit-elle.

— Mais, maman..., protesta le garçon, irrité de voir que l'on ignorait ses plaintes.

— Va dans ta chambre ! répliqua sèchement sa mère.

Le garçon parut vexé alors que la fillette s'éloigna en sautillant. Comme sa mère avait fait la sourde oreille aux plaintes de son frère, la petite croyait certainement avoir marqué des points dans l'éternelle guerre qui opposait la fratrie.

Lorsque les enfants furent partis, leur mère regarda Roo et lui demanda :

— Comment Randy est-il mort ?

— Nous avons piégé Randolph et Timothy sur les quais – ils essayaient de faire disparaître de l'or qu'ils m'avaient volé. Timothy m'a attaqué et mes hommes lui ont tiré dessus avec leurs arbalètes mais Randolph a poussé son frère et a reçu un carreau qui ne lui était pas destiné. Il n'a pas eu le temps de souffrir, ajouta-t-il dans l'espoir d'atténuer un peu la douleur que devait éprouver cette femme. Il essayait de sauver son frère.

Les yeux d'Helen se remplirent de larmes.

— Il essayait toujours de sauver son frère ! s'exclama-t-elle d'une voix chargée de colère. Tim est-il encore en vie ?

— Non, répondit doucement Roo. Je l'ai tué.

— C'était un duel équitable, madame, ajouta Dash. Timothy est mort les armes à la main en essayant de tuer monsieur Avery.

— Que faites-vous ici ? demanda la jeune femme à Roo. Êtes-vous venu vous réjouir de la chute de la maison Jacoby ?

— Non, je suis ici parce que le duc James m'a demandé de venir, soupira-t-il. (Il ne s'était jamais senti aussi fatigué de toute sa vie.) Je n'avais rien contre votre mari, ou vous-même, ou votre beau-père, madame. La querelle ne concernait que Tim. Il a fait assassiner mon associé et beau-père. Il a essayé de me ruiner.

Helen leur tourna le dos.

— Je vous crois, monsieur Avery. Venez avec moi, je vous prie.

Elle leur fit emprunter un grand couloir. Roo s'aperçut alors que la maison était beaucoup plus spacieuse qu'il ne l'aurait cru en la voyant depuis la rue, car elle était construite en profondeur.

Ils débouchèrent sur un jardin, à l'arrière de la maison, entouré d'un grand mur en pierre. Un vieil homme était assis, seul, enveloppé dans une épaisse robe de chambre, avec une grosse couverture en patchwork sur les genoux. En s'approchant, Roo vit que le vieillard était atteint de cataracte et qu'une partie de son visage restait complètement figée.

— Qui est là ? demanda-t-il d'une voix faible qui peinait à articuler.

Helen éleva la voix.

— C'est moi, père ! Il est dur d'oreille, ajouta-t-elle en se tournant vers Roo. Il a eu une attaque il y a deux ans et depuis il est dans cet état. C'est votre chance, monsieur Avery. Tout ce qui reste de l'entreprise autrefois florissante des Jacoby, c'est un vieux fou aveugle et à moitié sourd ainsi qu'une femme et deux enfants. Vous pouvez tous nous tuer maintenant et mettre fin à cette querelle.

Roo leva la main, l'air totalement impuissant.

— Je vous en prie, je... je ne souhaite pas apporter davantage de souffrances à nos deux familles.

— Ah non ? répliqua-t-elle, de nouveau en larmes. Mais comment vais-je pouvoir m'en sortir ? Qui va gérer l'entreprise ? Qui va s'occuper de nous ? Il serait bien plus clément de mettre fin à nos souffrances d'un coup d'épée.

Elle se mit à sangloter pour de bon. Dash s'avança et la laissa pleurer contre son épaule.

— Helen ? articula difficilement le vieil homme. Quelque chose ne va pas ?

Roo s'agenouilla auprès de lui.

— Monsieur Jacoby ?

— Qui êtes-vous ? répondit l'intéressé en tendant la main gauche – la droite reposait inerte sur ses genoux.

— Je m'appelle Rupert Avery, répondit le jeune homme en prenant cette main et en parlant bien fort.

— Avery ? Est-ce que je vous connais, monsieur ? J'ai connu un Klaus Avery dans le temps... Non, il s'appelait Klaus Klamer. Quel était donc le nom du gamin Avery ?

— Je ne crois pas avoir déjà eu l'honneur de vous rencontrer. Mais je connaissais l'un de vos vieux amis, Helmut Grindle.

— Helmut ! répéta le vieil homme en souriant.

De la bave se mit à couler au coin de sa bouche. Helen reprit ses esprits, donna une petite tape sur l'épaule de Dash pour le remercier et se servit d'un mouchoir pour essuyer le menton du vieux monsieur.

— Lui et moi, on a grandi dans la même ville, vous le saviez ? Comment va-t-il ?

— Il est mort récemment.

— Oh, comme c'est triste. Je ne l'ai pas vu depuis longtemps. Je vous ai dit que nous avions grandi dans la même ville ?

— Oui, monsieur, répondit Roo.

— Est-ce que par hasard vous connaîtriez mes deux garçons, Tim et Randy ? demanda le vieil homme d'un ton réjoui.

— En effet, monsieur, je les connais.

Le vieil homme lui souleva la main, comme pour mieux souligner ses propos.

— Si vous êtes l'un de ces gredins qui viennent toujours voler des pommes sur notre arbre, surtout ne l'admettez pas ! dit-il en riant. J'ai dit à Tim d'empêcher les autres gamins de grimper dans cet arbre ! On a besoin de ces pommes pour faire des tartes ! Mon Eva en fait chaque automne !

Roo regarda Helen, qui lui expliqua dans un murmure :

— Il perd un peu la tête. Parfois, il croit que ses fils sont encore des enfants. Eva était sa femme, elle est morte il y a treize ans.

Roo secoua la tête et lâcha la main du vieil homme.

— Je ne peux pas.

— Lui dire ? demanda Helen.

Roo secoua de nouveau la tête pour montrer qu'il en était incapable.

— Randy ? fit le vieillard en faisant signe à Roo, qui se pencha vers lui. Randy, tu es un bon garçon. Veille sur Tim, il a si mauvais caractère ! Mais ne laisse pas les autres gamins nous voler nos pommes !

Il tendit sa main valide et donna une petite tape sur l'épaule de Roo. Le jeune homme se redressa et contempla pendant quelques instants le vieillard qui était à nouveau perdu dans ses rêves ou ses souvenirs. Roo s'écarta et se tourna vers Helen :

— À quoi bon ? Laissons-le croire que ses fils sont encore en vie. (Il pensa à la flotte ennemie et à la destruction qui ne tarderaient pas à s'abattre sur Krondor.) Donnons-nous à tous le temps de faire des rêves agréables.

Helen les ramena dans la maison.

— Merci pour ce geste de bonté, monsieur.

— Qu'allez-vous faire ? lui demanda Roo.

— Vendre la maison et l'entreprise. (Elle se mit à pleurer de nouveau.) J'ai de la famille à Tannerus. J'irai chez eux. Ce sera difficile, mais on s'en sortira.

Roo pensa au petit garçon et à la fillette, ainsi qu'à ses deux enfants.

— Non. Je ne crois pas que les enfants doivent souffrir des... erreurs de leurs parents.

— Que suggérez-vous ? s'enquit Helen.

— Laissez-moi prendre en charge Jacoby & Fils. Je ne prendrai pas un sou de bénéfice à l'entreprise. Je la dirigerai comme si c'était la mienne, mais elle passera sous le contrôle de votre fils lorsqu'il sera assez vieux pour cela. (Roo regarda autour de lui tout en regagnant l'entrée.) Je n'ai pas échangé plus d'une parole avec Randolph, mais il me semble que le seul défaut de votre mari, c'était de trop aimer son frère. C'est à Tim que j'en voulais. Que tout ceci s'arrête, maintenant, dit-il en prenant la main de la jeune femme.

— Vous êtes généreux.

— Non, je suis désolé, plus que vous ne pouvez l'imaginer. Je vais demander à mon avocat d'établir un contrat entre vous, la veuve de Randolph Jacoby, et la compagnie de la Triste Mer, afin de gérer l'entreprise Jacoby & Fils jusqu'à ce que vous souhaitiez disposer de votre bien ou que votre fils soit prêt à en prendre le contrôle. Si vous avez besoin de quoi que ce soit, vous n'avez qu'à demander. (Il désigna Dash.) Mon associé viendra vous chercher cet après-midi pour vous emmener au temple. Avez-vous de la famille que vous souhaitez avoir à vos côtés ?

— Non, ils vivent tous en dehors de la cité.

— Je vous souhaiterais bien une bonne journée, madame Jacoby, mais j'ai peur que cela sonne creux. Laissez-moi m'en aller en vous disant que j'aurais aimé vous rencontrer dans d'autres circonstances.

— Il en va de même pour moi, monsieur Avery, répondit Helen Jacoby en retenant de nouvelles larmes. Je pense même que si les choses avaient été différentes, Randolph et vous auriez pu être amis.

Roo et Dash sortirent de la maison et montèrent dans le carrosse. Dash garda le silence et Roo se couvrit le visage de la main. Au bout d'un moment, il pleura.

Calis donna l'ordre à ses hommes de faire une halte. Au cours des trois derniers jours, ils avaient rencontré de petites troupes de Panthatians. Selon Calis, ils avaient parcouru une trentaine de kilomètres au nord du grand puits au cœur de la montagne. À plusieurs reprises, ils avaient vu de nouveaux signes de combat et de destruction. Parfois, ils étaient tombés sur des cadavres de Saaurs mais ils n'avaient pas encore croisé un seul homme-lézard vivant. Pour Erik, qui avait déjà dû les affronter, c'était un soulagement.

Mais le jeune homme avait l'impression que leur mission virait à l'absurde et il s'efforçait de combattre ce sentiment. Les galeries semblaient courir sous la montagne à l'infini. Il se souvenait d'avoir vu des plans au palais qui suggéraient que cette chaîne de montagnes pouvait faire jusqu'à mille six cents kilomètres de long. Calis pensait que le royaume des Panthatians n'occupait pas une très grande surface, mais s'il se trompait, la troupe entière mourrait bien avant d'avoir réussi à détruire le nid des hommes-serpents.

Les hommes étaient nerveux car un autre spectre hantait leur imagination : celui de ce mystérieux troisième joueur. Les cadavres appartenaient tous à la race des Panthatians ou à celle des Saaurs. Les seuls restes humains appartenaient à de malheureux prisonniers que l'on avait traînés au cœur de la montagne pour nourrir les jeunes Panthatians. La personne ou la chose qui avait déclaré la guerre au peuple serpent semblait avoir la même mission que Calis et ses hommes, car ces derniers avaient déjà retrouvé trois salles d'incubation jonchées de cadavres de bébés panthatians, tous mis en pièces.

Plus Erik contemplait le carnage, plus il était convaincu qu'il ne s'agissait pas de l'œuvre d'une autre force d'invasion. Plusieurs corps paraissaient avoir été littéralement déchirés, les membres arrachés un par un. Certains paraissaient avoir été coupés en deux par des mâchoires monstrueuses. Erik n'arrivait plus à repousser l'image d'un monstre sorti tout droit d'une vieille fable et envoyé ici par un magicien désireux de détruire ses ennemis.

Mais lorsqu'il en avait fait part à la compagnie, Miranda lui avait répondu :

— Dans ce cas, où sont les magiciens panthatians ?

Au cours de leur périple, Erik avait entendu la jeune femme partager sa théorie avec Calis. Elle pensait que la totalité des prêtres-serpents était sortie des montagnes pour servir la reine Émeraude. Cependant, elle n'arrivait pas à s'en convaincre elle-même.

Un éclaireur rejoignit Erik et annonça :

— Il n'y a rien devant nous, mais l'écho nous renvoie des sons étranges, sergent.

— Qu'entendez-vous par « étranges » ?

— Je n'arrive pas à leur donner un nom, mais il y a quelque chose devant nous, peut-être même assez loin de nous, qui fait tellement de bruit qu'on devrait pouvoir s'en approcher sans être entendus.

Erik rapporta la conversation à Calis. Pendant ce temps, Miranda s'essuyait le front.

— La chaleur est aussi suffocante que dans les vertes étendues de Kesh.

Ce n'était pas Erik qui dirait le contraire. Les soldats portaient le moins de vêtements possible sous leur armure et il devait constamment veiller à ce qu'ils n'abandonnent pas leurs lourds manteaux de fourrure, roulés en boule et attachés au gros sac à dos qu'ils trimballaient. Erik prenait le temps de rappeler à chacun que lorsqu'ils ressortiraient des grottes, ils se retrouveraient en plein hiver et qu'il ferait aussi froid qu'il faisait chaud maintenant.

Calis ordonna une pause et Erik choisit quelques soldats pour monter la garde tandis que les autres s'efforçaient de grappiller un peu de sommeil. Il passait en revue tous les détails dont il se souvenait lorsque de Loungville lui fit signe de le rejoindre dans une partie reculée de la grotte.

— Ça pue, hein ?

Erik hocha la tête.

— Quelquefois, le soufre me brûle les yeux.

— Qu'est-ce que tu en penses ?

Erik parut perplexe.

— De quoi ?

— De tout ça, répondit Bobby.

Erik haussa les épaules.

— On ne me paye pas pour penser.

Bobby sourit.

— C'est vrai. (Puis son sourire disparut.) Maintenant, dis-moi, qu'est-ce que tu en penses vraiment ?

— Je ne sais pas, répondit Erik avec un nouveau haussement d'épaules. Parfois, j'ai l'impression qu'on ne reverra jamais la lumière du jour, mais le reste du temps, je me contente de mettre un pied devant l'autre et d'aller là où on me l'ordonne. Je m'efforce aussi de garder nos hommes en vie et j'essaye de ne pas trop penser au lendemain.

De Loungville acquiesça :

— Je comprends. Mais c'est là que les choses se compliquent. Cette attitude, c'est bon pour les soldats dans les tranchées, mais toi, tu as des responsabilités.

— Je sais.

— Non, je n'en suis pas si sûr. (De Loungville regarda autour de lui pour s'assurer qu'on n'espionnait pas leur conversation.) Miranda a les moyens de sortir d'ici rapidement en emmenant quelqu'un avec elle. Des moyens spéciaux, je veux dire.

Erik acquiesça. Il s'était depuis longtemps habitué à l'idée que Miranda était une magicienne, si bien que l'annonce de Bobby ne le surprenait pas.

— S'il m'arrivait quoi que ce soit, ta mission, c'est de veiller à ce que le capitaine parte avec Miranda, c'est compris ?

— Non, peut-être pas.

— Il est spécial, expliqua de Loungville. Le royaume a besoin de lui plus qu'il a besoin d'une paire de pauvres bougres comme toi et moi. S'il le faut, assomme-le et jette-le dans les bras de Miranda, mais ne la laisse pas s'en aller sans lui.

Erik essaya de ne pas rire. Au sein de la troupe, une seule personne était plus forte que lui et c'était le capitaine. D'ailleurs, d'après ce qu'Erik avait pu voir au cours des dernières années, Calis était largement plus costaud que lui. Il avait donc la forte impression que même s'il assommait son supérieur, cela ne le ralentirait pas.

— Je verrai ce que je peux faire, répondit le jeune homme sans s'engager.

Ils se remirent en route deux heures plus tard. Erik garda à l'esprit ce qu'avait dit de Loungville. Cependant, il ne tint pas compte de l'avertissement car il n'arrivait pas à imaginer un monde où de Loungville ne serait plus là pour lui dire quoi faire. De plus, il ne pensait pas pouvoir un jour donner un ordre au capitaine.

Ils se trouvaient à présent dans un long et étroit tunnel qui semblait descendre en pente douce. La chaleur était toujours aussi forte mais n'augmentait plus.

À deux reprises, ils firent une pause et envoyèrent des soldats en éclaireurs. Ces derniers revinrent en parlant à chaque fois de ces bruits lointains qu'ils ne parvenaient pas à identifier.

Deux heures après la dernière pause, Erik entendit à son tour les sons dont ils parlaient. On aurait dit de faibles grondements, un peu comme le tonnerre au loin, accompagnés d'une mélopée aiguë qui se répercutait en écho sur une grande distance. Telle fut du moins la façon dont Erik perçut la chose.

Ils arrivèrent dans une nouvelle grotte dans laquelle ils trouvèrent encore des signes de combat. Mais ceux-ci paraissaient relativement récents, contrairement aux autres.

— On dirait que la bataille a eu lieu hier, remarqua Calis en désignant des endroits où les flaques de sang n'avaient pas encore tout à fait coagulé.

Un soldat demanda à Calis de le rejoindre près d'un bassin d'incubation. Erik emboîta le pas au capitaine.

— Par tous les dieux ! s'exclama le jeune homme à la vue du carnage.

C'était le plus grand bassin qu'ils aient trouvé jusqu'à présent. Les œufs étaient brisés et le jaune et l'albumine flottaient dans l'eau. L'odeur des œufs pourris était presque insupportable, mais Erik l'ignora en s'apercevant d'un détail étrange.

— Où sont les cadavres des bébés ?

Seul un bras gisait dans une eau rosâtre et bouillonnante. Au bord du bassin, les éclaboussures de sang étaient nettement visibles.

— On dirait que quelqu'un s'est régalé par ici, finit par dire Calis.

Erik ne souhaitait pas s'attarder sur l'image d'une créature brisant les œufs et dévorant les bébés panthatians. Aussi tourna-t-il les talons.

— On devrait se remettre en route, ajouta le capitaine.

Erik rassembla les hommes et leur donna l'ordre d'avancer.

La cérémonie fut aussi brève qu'elle l'avait été pour Helmut. Roo y assistait, Karli à ses côtés. Leurs enfants étaient restés à la maison avec Mary.

Helen et ses deux enfants se tenaient debout en silence tandis que le prêtre de Lims-Kragma récitait la bénédiction des morts et allumait le bûcher funéraire.

540

La petite fille jouait avec sa poupée d'un air absent tandis que le petit garçon observait la cérémonie d'un air perdu.

— Cette histoire est enfin terminée ? demanda Karli lorsque tout fut fini.

Roo lui tapota la main.

— Oui. La veuve est une femme remarquable, elle a une grande force et n'éprouve aucune amertume envers nous. Elle prend également grand soin de ses enfants.

— Pauvres chéris, murmura Karli en regardant les enfants.

Elle alla trouver Helen et lui dit :

— Je ne me réjouis pas de ce qui est arrivé. Si je peux vous aider, n'hésitez pas à demander, il n'y a pas de honte à cela.

Helen hocha la tête. Elle avait les traits pâles et tirés, mais elle réservait ses larmes pour plus tard, lorsqu'elle se retrouverait de nouveau seule.

Karli revint auprès de Roo.

— On rentre à la maison ?

Roo secoua la tête.

— J'aimerais bien, mais je dois m'occuper d'une certaine affaire. (Il jeta un coup d'œil au soleil qui déclinait dans le ciel.) Je dois m'acquitter d'une dette avant la tombée de la nuit. Après ça... je ne sais pas.

— Je dois retourner auprès des enfants.

Roo l'embrassa sur la joue, comme un bon époux.

— Je rentrerai dès que possible.

Karli s'en alla. Roo alla rejoindre Helen et remarqua à nouveau en son for intérieur à quel point cette femme était raffinée et courageuse. Elle n'avait certes pas la beauté de Sylvia, mais elle l'attirait malgré tout.

La jeune femme se retourna et s'aperçut qu'il la dévisageait. Aussitôt, il baissa les yeux.

— Je voulais juste vous redire que si vous avez besoin de quoi que ce soit, n'hésitez pas à demander.

— Merci, répondit-elle calmement.

541

Sans savoir pourquoi, il ajouta :

— Non, ne me remerciez pas. Jamais.

Impulsivement, il lui prit la main et la serra brièvement. Puis, sans attendre de réponse, il tourna les talons et quitta le temple.

Il donna l'ordre à son cocher de le conduire au *Barret*. Le trajet s'effectua pour lui dans une sorte de léthargie, car il avait du mal à se concentrer sur une pensée cohérente, en raison de la fatigue et de toutes ces émotions nouvelles. Il pensa au duel et à la mort et revit le visage d'Helen Jacoby. Puis il songea aux enfants, ce qui le ramena alors à sa propre progéniture.

Le cocher dut lui dire qu'il était arrivé car il ne s'en était pas rendu compte. Épuisé, il monta rejoindre ses trois associés qui l'attendaient. Il se laissa lourdement tomber sur sa chaise et commanda au serveur une grande tasse de café.

— Comment ça s'est passé ? demanda Masterson.

— J'ai récupéré l'or, répondit Roo.

Il avait fait exprès de ne pas avertir ses associés jusqu'à maintenant, car il n'avait pas oublié sa conversation avec le duc James et il savait qu'il lui fallait discuter avec eux tant qu'ils étaient encore sous le coup de l'angoisse.

— Les dieux soient loués ! s'exclama Hume tandis que Crowley se contentait de pousser un profond soupir de soulagement.

— Où est l'or ? s'enquit Masterson.

— En chemin. Il devrait bientôt arriver chez notre créancier.

— Bien, bien, commenta Crowley.

Roo fit une courte pause avant d'annoncer :

— Je veux que vous me rachetiez mes parts.

— Quoi ? s'écria Masterson.

— Tout ça va trop vite, expliqua Roo. Nous sommes très vulnérables et je me suis rendu compte que je passe trop de temps à m'occuper de la compagnie de la Triste Mer, au détriment de ma première entreprise, Avery & Fils.

— Pourquoi devrions-nous vous racheter vos parts ? répliqua Crowley.

— Parce que j'ai bien mérité le droit de m'en aller. (Pour mieux souligner ses propos, Roo tapa du poing sur la table.) C'est moi qui me suis battu en duel ce matin pour sauver notre peau à tous. Ça ne me dérange pas de sauver la mienne, mais je ne vous ai pas vus à mes côtés dans le noir, messieurs, une épée à la main.

— Eh bien, c'est-à-dire que, si nous avions su..., dit Hume.

— Je ne suis pas franchement persuadé que nous vous devions quoi que ce soit, monsieur Avery, l'interrompit Crowley, et encore moins une sortie rapide de cette association.

Jusqu'ici Masterson avait gardé le silence qu'il rompit pour demander :

— Vous croyez donc que notre partenariat devrait être dissous ?

— Ou tout au moins réorganisé.

Masterson eut un petit sourire.

— Comment ?

— Laissez-moi acheter le plus grand nombre de parts possible si vous ne voulez pas que je vende les miennes. L'un ou l'autre, je m'en moque, mais si je dois mettre ma vie en jeu, je ne le ferai que pour mes propres intérêts.

— Vous êtes un rapide, Roo Avery, répliqua Masterson. Je crois que vous vous en sortirez très bien, avec ou sans nous. Puisque vous avez tellement envie de faire un coup d'éclat, je vous vends mes parts.

— Tout ça me dépasse, avoua Hume. Je suis perdu.

— Bah, ce n'est qu'un stratagème pour m'obliger à abandonner le poste de président de la compagnie de la Triste Mer, riposta Crowley.

— Vendez-moi la moitié de vos parts, messieurs, insista Roo, et je ferai de vous des hommes riches. Mais je refuse de risquer à nouveau ma vie et l'avenir de ma famille pour protéger votre or.

Masterson éclata de rire.

— Vous avez raison, Avery. Je vais vous dire ce que je vais faire : je vais vous vendre, avec l'accord de nos associés, suffisamment de parts pour vous permettre de prendre le contrôle de la compagnie. Mais je ne vous céderai pas tout. C'est vrai que c'est peut-être votre talent et votre sacrée chance qui nous ont permis de gagner une fortune, mais c'était notre or à nous aussi qui était en jeu.

— Je vous suis, annonça Hume. Je passe trop de temps à m'occuper de la compagnie de la Triste Mer au détriment de mes intérêts.

— Eh bien moi, je refuse, répliqua Crowley. Rachetez-moi mes parts ou vendez-moi les vôtres.

— À quel prix ? demanda Roo.

— D'achat ou de vente ?

Ses trois associés éclatèrent de rire et Crowley finit par les imiter au bout d'un moment.

— Très bien. Je vais vous fixer un prix.

Il prit une plume et griffonna un montant sur un bout de parchemin qu'il fit passer à Roo.

Ce dernier prit le parchemin, s'aperçut que la somme était exorbitante et secoua la tête. À son tour, il prit la plume, barra la proposition de Crowley, en écrivit une autre et rendit le parchemin à son associé.

— C'est du vol ! s'exclama Brandon Crowley.

— Dans ce cas, dois-je considérer le premier montant comme votre offre de rachat de mes parts ? demanda Roo.

Masterson éclata de rire.

— Il vous tient, Brandon.

— J'accepterai la différence entre les deux, finit par dire l'intéressé.

C'était exactement ce que Roo avait prévu, si bien qu'il s'exclama :

— Marché conclu ! (Il se tourna vers Hume et Masterson.) Messieurs, vous êtes témoins.

Ils se mirent rapidement d'accord sur le transfert de propriété. Puis, avant qu'il comprenne ce qu'il faisait, Masterson demanda qu'on lui apporte son cognac personnel. Après les événements de ces deux derniers jours, Roo se sentait vidé, émotionnellement et physiquement. Un seul verre de cognac le rendit pratiquement ivre, ce qui ne lui était jamais arrivé.

Il réussit à retrouver son chemin jusqu'au rez-de-chaussée où l'attendait Duncan.

— Luis m'a demandé de te prévenir que l'or est arrivé à bon port et que tout va bien, annonça son cousin en souriant.

Roo lui rendit son sourire.

— Tu es un bon ami en plus d'être mon cousin, Duncan. (Il le serra contre lui de façon complètement inattendue.) J'ai oublié de te le dire.

Duncan éclata de rire.

— Tu as bu ?

Roo acquiesça.

— Oui. Sache que tu t'adresses au propriétaire de la compagnie de la Triste Mer. (Il demanda à ce qu'on avance son carrosse.) Je crois que ça fait de moi l'un des hommes les plus riches de Krondor, Duncan.

— Si tu le dis, répondit son cousin en riant toujours.

Le carrosse s'arrêta devant le café. Duncan ouvrit la portière et aida Roo à monter à l'intérieur.

— Où dois-je aller, monsieur ? demanda le cocher.

Roo se pencha car la portière était encore ouverte et dit à son cousin :

— Duncan, j'ai besoin d'une faveur. Je devais dîner ce soir avec Sylvia d'Esterbrook, mais je suis tout simplement trop fatigué pour y aller. Veux-tu être un ami et lui présenter mes excuses ?

Duncan sourit.

— Ça devrait être dans mes cordes.

— Tu es vraiment un ami, Duncan, est-ce que je te l'ai déjà dit ?

— Oui, répliqua son cousin en riant. (Il referma la portière.) Allez, rentre chez toi.

Le carrosse s'éloigna. Duncan retourna à l'endroit où il avait attaché sa monture. Il se mit en selle et partit en direction de la propriété d'Esterbrook. Puis, après avoir longé un pâté de maisons, il fit demi-tour et se rendit à la petite maison qu'il partageait, depuis le départ de Luis, avec une prostituée rencontrée sur les quais.

Il trouva la jeune femme au lit et comprit qu'elle avait dû passer la journée à dormir. Sans cérémonie, il arracha les couvertures. Elle se réveilla en reniflant.

— Quoi ?

Il contempla un moment le corps dénudé de la jeune femme, puis se pencha et ramassa sa robe.

— Prends tes affaires et va-t'en, ordonna Duncan en lui jetant le vêtement à la figure.

— Quoi ? répéta la prostituée qui s'assit, encore à moitié endormie.

— J'ai dit, va-t'en ! hurla Duncan avant de la gifler pour mieux lui faire comprendre. Je vais prendre un bain. Quand j'en sortirai, tu auras intérêt à ne plus être là.

Il laissa la jeune femme, choquée et en pleurs, dans la chambre et se rendit dans un coin de la pièce voisine, où se trouvait un baquet à côté d'un petit réchaud. Il fit chauffer de l'eau et examina son visage dans un miroir de métal poli. Après s'être passé la main sur le menton, il décida qu'il avait besoin de se raser. Il passa son rasoir sur du cuir en fredonnant une mélodie tandis que dans la pièce voisine, la putain dont il ne parvenait pas à se rappeler le nom rassemblait ses affaires en le maudissant tout bas.

Les hurlements résonnaient en écho dans les tunnels. Erik, Calis et leurs compagnons se déplaçaient avec beaucoup de prudence. Une lumière éclatante brillait devant eux, à l'endroit où avait apparemment lieu une bataille. Parfois, les combats semblaient s'arrêter, puis les cris et le tintement de l'acier reprenaient de plus belle. Les hurlements sifflants des Panthatians étaient ponctués par ce qu'Erik reconnut comme étant les cris de guerre des Saaurs, mais aussi par un autre bruit, qui faisait se dresser les cheveux sur la nuque du jeune homme.

En dépit du vacarme, Erik transmit ses ordres par signes, afin d'éviter qu'on les entende arriver. Renaldo rejoignit son sergent, à l'avant de la colonne, et tous deux s'avancèrent suffisamment pour voir ce qui se passait.

Une grande caverne, aussi vaste que celles qu'ils avaient déjà traversées, s'ouvrait devant eux. Il s'agissait d'un puits circulaire semblable à celui qu'ils avaient emprunté en entrant dans les montagnes. Il s'élevait si haut au-dessus de leurs têtes qu'Erik ne savait pas où il s'arrêtait. Pour leur part, les deux humains étaient entrés près du bas de la caverne. Il fallait encore descendre la rampe le long des parois du puits et faire le tour complet de la cavité avant d'atteindre le fond.

La scène qui s'y déroulait était empreinte d'horreur et de désespoir. La plus grosse réserve d'œufs panthatians qu'ils aient vue jusqu'ici se trouvait dans un grand bassin d'eau bouillonnante. Erik enregistra rapidement tous les détails. Une chute d'eau dévalait une paroi pour terminer sa course dans le bassin. Il devait s'agir d'eau froide, se dit Erik, sinon les œufs auraient risqué de cuire. La glace fondue arrivant des hauteurs de la montagne et l'eau chaude du bassin devaient se mélanger afin que les œufs puissent incuber.

Le bassin devait mesurer une vingtaine de mètres de large. Accroupie en son centre se trouvait une créature si étrange qu'Erik avait du mal à définir ce qu'elle était. Il fit signe aux autres de le rejoindre et continua à observer la scène tandis que ses compagnons sortaient un par un du tunnel et se déployaient au bord de la corniche. Brusquement, Erik éprouva une douleur à l'épaule et s'aperçut que c'était la main de Calis qui le serrait fortement.

— Ça va, capitaine ? murmura-t-il.

Calis battit des paupières.

— Désolé, fit-il en retirant sa main.

Erik comprenait sa stupeur mais était surpris de constater à quel point la scène semblait l'affecter.

La créature dans le bassin mesurait cinq ou six mètres de haut et avait de grandes ailes parcheminées dans le dos. Elle était d'un noir luisant et avait les yeux vert émeraude. Elle partageait son attention entre les ravages qu'elle effectuait parmi les œufs restés dans le bassin et le combat contre les derniers défenseurs encore en vie. Méthodiquement, la chose brisait les œufs et en sortait les petits Panthatians pour n'en faire qu'une bouchée. Sa tête ressemblait un peu à celle d'un cheval, mais elle s'ornait de cornes incurvées plantées de chaque côté du crâne, comme celles d'un bélier. Chacun de ses bras se terminait par une main semblable à celle d'un humain, dotée de cinq doigts avec de longues griffes effilées à la place des ongles.

— C'est quoi cette horreur ? demanda de Loungville.

— Une *mantrecoe*, répondit Boldar. Je suppose que vous diriez plutôt un démon. C'est une créature originaire d'un autre plan de la réalité. Je n'en avais encore jamais vu une, mais j'en ai entendu parler. Et vous ? demanda-t-il en se tournant vers Miranda.

— Non, jamais, répondit-elle en secouant la tête. Je croyais avoir affaire à un adversaire tout à fait différent.

— Mais comment est-elle arrivée jusqu'ici ? se demanda Boldar. Les sceaux entre ce monde et le

Cinquième Cercle sont intacts depuis des siècles. Si l'une de ces créatures était passée par le Couloir, nous le saurions.

— De toute évidence, elle n'a pas emprunté le Couloir entre les Mondes, répliqua Miranda en se tordant le cou pour mieux voir. Maintenant, nous savons où se trouvent les magiciens panthatians.

Soudain, un cri strident s'éleva dans la grotte. La créature hurlait de douleur. Elle se tourna vers un groupe d'hommes-serpents qui récitaient une incantation pour la détruire.

— Là-bas, regardez ! s'exclama Calis.

Erik suivit la direction qu'indiquait son index et aperçut un tunnel, à environ sept mètres des combats qui se déroulaient au bord du bassin.

— Eh bien ? demanda-t-il.

— C'est ce passage qu'il faut prendre.

— Vous êtes cinglé ? s'écria Erik avant de se rappeler à qui il s'adressait.

— Malheureusement, non, répondit Calis. Bobby, emprunte la rampe avec nos hommes et arrêtez-vous juste au-dessus de cette ouverture. Ensuite, lancez une corde pour pouvoir descendre. Essayez de ne pas attirer l'attention. Je ne tiens pas à devoir affronter l'une ou l'autre des parties en présence.

Par gestes, de Loungville donna l'ordre d'avancer. Erik prit la tête du groupe et s'engagea sur la rampe en restant aussi près que possible de la paroi, si bien qu'à plusieurs reprises, tandis qu'il faisait le tour du puits, il ne vit plus que la tête de la créature qui se baissait pour essayer de se faufiler entre les sortilèges et les explosions d'énergie qui lui étaient destinés. Par deux fois, des vagues de chaleur étouffante s'élevèrent du champ de bataille. À un moment donné, Erik fut presque aveuglé par un éclair de lumière si vif qu'il continua à cligner des yeux pendant un moment.

Mais il finit par arriver au-dessus de l'entrée que Calis voulait emprunter. Il se retourna afin que l'homme derrière lui puisse prendre une corde dans son sac à dos. Il n'y avait rien pour attacher la corde, si bien qu'Erik rassembla ses forces et fit signe au soldat à côté de lui de descendre et de s'engager dans le tunnel.

Tous suivirent les ordres sans réfléchir ni hésiter. Deux archers attendaient à proximité, prêts à tirer sur le démon ou les magiciens panthatians. Mais tous semblaient se concentrer sur le conflit.

Après que le dixième soldat fut descendu, Calis vint trouver Erik.

— Comment tu vas ?

— J'ai mal aux bras, mais ça va aller.

— Je vais tenir cette corde pendant un moment, proposa le capitaine.

Il prit la corde d'une seule main. Erik fut bien obligé de constater à nouveau à quel point le capitaine était bien plus fort qu'il en avait l'air.

D'autres soldats descendirent dans la caverne et se baissèrent pour entrer dans le tunnel. Erik avait du mal à en être sûr, mais il lui semblait que la bataille tournait peu à peu à l'avantage du démon. Chaque fois que les magiciens panthatians lançaient un assaut, la créature réagissait de façon plus vicieuse encore. Erik avait l'impression que les magiciens se fatiguaient, mais il était difficile d'en juger.

Ce fut au tour de Miranda de descendre.

— C'est toi le prochain, Erik, annonça Calis.

Le jeune homme obéit et de Loungville le suivit. Puis la corde tomba derrière eux et Calis sauta dans le vide, atterrissant avec légèreté sept mètres plus bas. Il trouva ses hommes déployés dans le tunnel, dos à la paroi. Calis passa devant eux et dit : « Suivez-moi » lorsqu'il arriva en tête de la file.

Les soldats lui emboîtèrent le pas. Erik prit position à l'arrière et jeta un coup d'œil par-dessus son épaule, en direction du combat. Un étrange hurlement sifflant s'éleva. L'un des magiciens venait sans doute de se faire dévorer par le démon.

Ils débouchèrent dans une petite salle, à peine assez grande pour les contenir tous.

— Écoutez-moi tous, dit Calis. Quelque chose a modifié l'équilibre des forces que nous devions affronter. Nous devons découvrir qui est ce nouvel agent. Boldar ?

— Oui, Calis ? dit le mercenaire.

— Vous avez donné un nom à cette chose. Qu'est-ce que vous savez d'elle ?

Boldar regarda Miranda, qui hocha la tête.

— Dites-le-lui.

Le mercenaire retira son heaume.

— Les prêtres d'Ast'hap'ut, un monde que j'ai visité, appellent cette créature une *mantrecoe*. Je n'en avais encore jamais vu jusqu'aujourd'hui, mais j'ai vu des peintures dans les temples.

Boldar fit une pause, comme s'il essayait de trouver ses mots.

— Les autres mondes sont régis par d'autres lois, expliqua-t-il. Sur Ast'hap'ut, ils ont déjà eu affaire à ces créatures. Il s'agit d'une espèce de culte qui implique des invocations et des sacrifices rituels. Mais sur d'autres mondes encore, on les considère comme des créatures issues d'un plan d'énergie différent.

— Comment ça ? demanda Calis.

Ce fut Miranda qui lui répondit :

— Il existe de nombreux êtres dans l'univers, qui vivent dans des endroits qui obéissent à des lois différentes de celles de ce monde, Calis. Tu as déjà entendu ton père parler des Terreurs ?

Le capitaine hocha la tête. Un nombre important de soldats esquissèrent un signe de protection contre le mal.

— Il a vaincu un maître de la terreur une fois.

De telles créatures faisaient partie des légendes, comme les Seigneurs Dragons. Les Terreurs étaient considérées comme les créatures les plus puissantes du néant, capables d'aspirer les âmes et de drainer la vie des humains. Sous leurs pas, l'herbe se desséchait, et seule une magie très puissante pouvait en venir à bout.

— Eh bien, poursuivit Miranda, le démon que nous venons de voir vit dans un univers qui obéit à des lois différentes, exactement comme les Terreurs. (Elle jeta un coup d'œil en arrière.) Il n'est peut-être pas aussi radicalement différent de nous que le sont les Terreurs, mais il est suffisamment différent pour nous causer de très gros ennuis dans les jours à venir.

— Comment est-il arrivé jusqu'ici ?

— Je ne sais pas, avoua Miranda. Peut-être trouverons-nous la réponse en continuant à avancer.

Calis acquiesça :

— Allons-y.

Il prit la tête du groupe en compagnie d'Erik, Boldar et de Loungville.

— Au moins, nous savons pourquoi certains bassins d'incubation étaient encore intacts, remarqua Bobby.

— Cette chose est trop grosse pour entrer dans certaines des grottes, approuva Erik.

— Ça n'a peut-être pas toujours été le cas, intervint Boldar.

— Comment ça ? lui demanda Calis.

Le groupe se déplaçait dans le noir, avec pour seule lumière une torche portée par un soldat au milieu de la colonne. Erik trouva étrange d'entendre la voix du capitaine dans la pénombre.

— Il est possible que cette créature se soit faufilée dans une scission dimensionnelle.

— Qu'est-ce qu'une scission ? demanda Calis.

— Une faille, répondit Miranda. Oui, c'est logique. Si un tout petit démon s'est glissé dans ces cavernes sans se faire remarquer, il a pu prendre des forces en s'attaquant aux imprudents qui parcouraient seuls les tunnels, jusqu'à ce qu'il soit assez fort pour aller attaquer les crèches...

— Mais ça ne nous dit pas comment il est arrivé ici, ni pourquoi, regretta Calis.

Brusquement, le tunnel déboucha sur une grande caverne. Une demi-douzaine d'autres galeries y arrivaient également. Devant eux se dressait une immense porte à double battant en bois ancien.

Les battants étaient ouverts, si bien qu'ils franchirent le seuil et s'aventurèrent dans la plus grande salle souterraine qu'ils aient vue jusqu'ici. Erik avait du mal à en croire ses yeux. Il s'agissait d'un temple, mais il ne ressemblait à aucun des lieux de culte humains qu'il avait visités.

— Mère de tous les dieux ! gémit un soldat derrière Erik.

La salle s'étendait devant eux sur une bonne centaine de mètres. Partout où ils posaient les yeux, il n'y avait que des cadavres déchirés et mutilés. La puanteur était presque insupportable et pourtant ils respiraient l'odeur de la mort depuis des jours.

Autrefois, un millier de torches éclairait brillamment cette salle, mais seule une sur dix brûlait encore, si bien que des ténèbres lugubres et des ombres vacillantes avaient envahi la pièce et dansaient sur les parois, donnant à la salle un aspect plus terrifiant encore qu'à l'origine.

Or c'était une pièce qui aurait inspiré l'effroi à n'importe qui, même si le soleil de midi avait pu l'atteindre.

Une statue aux proportions gigantesques avait été sculptée dans le mur du fond. Il s'agissait d'une femme à l'air majestueux, assise sur un trône. Elle mesurait plus d'une trentaine de mètres de haut, depuis les orteils jusqu'à la couronne. Sa robe cascadait sur son corps à partir de ses épaules, dénudant sa poitrine. Dans ses bras, la statue portait deux créatures. L'une d'elles était visiblement un Panthatian grandeur nature tandis que l'autre ressemblait à un Saaur, même si Erik n'avait jamais vu d'hommes-lézards aussi petits. La statue était entièrement verte comme si elle avait été taillée dans le plus gros morceau de jade de l'univers.

Devant elle s'ouvrait une large fosse. Erik se fraya un chemin entre les cadavres pour y jeter un coup d'œil.

— Par les dieux ! murmura-t-il en découvrant son contenu.

Il avait du mal à estimer le nombre d'humains qui avaient été jetés dans cette fosse pour la remplir, car il n'en connaissait pas la profondeur. Mais d'après ce qu'il pouvait voir, le chiffre devait être impressionnant. D'ailleurs il comprit que la rambarde qui entourait la fosse devait sa couleur sombre, non pas à la peinture, mais au sang des générations d'humains qui s'y étaient succédé.

Boldar rejoignit Erik.

— Voilà de pauvres âmes qui demandent à être vengées. Je vous ai pris pour des types au cœur froid quand Miranda m'a dit où nous allions et dans quel but, mais maintenant je comprends pourquoi vous devez détruire ces créatures.

— Et encore, vous n'avez pas tout vu, répliqua Calis derrière eux.

Il désigna des niches où étaient exposés des artefacts, de part et d'autre de la statue.

— C'est là que nous devons aller, annonça le capitaine.

Erik regarda autour de lui. Il n'avait pas très envie de traverser la montagne d'os. Puis il aperçut une entrée près de la base de la fosse.

— C'est peut-être par-là ?

Calis hocha la tête.

— Erik, Boldar et Miranda, avec moi. Bobby, donne aux hommes l'ordre de se déployer et de fouiller la salle. S'ils trouvent quelque chose qui leur paraît avoir de l'importance, qu'ils l'apportent ici.

— Mais soyez prudents, intervint Miranda. Ne mettez pas en contact des objets qui vous sont inconnus.

554

Boldar fit écho à cette remarque.

— Les conséquences pourraient être terribles si des magies incompatibles se rencontraient.

De Loungville distribua des torches à une partie des soldats afin qu'ils aient de la lumière pour explorer les ruines du temple. Calis conduisit les autres à la petite porte qu'Erik avait vue et qui permettait en effet d'accéder à l'autel et à l'immense statue sans avoir à traverser la fosse.

Lorsqu'ils arrivèrent près du grand piédestal sur lequel reposait l'idole, Calis fit signe à Erik et à Boldar de reculer pendant que lui et Miranda s'approchaient avec précaution de la niche la plus proche. Erik vit qu'elles étaient toutes en pierre, noircie par ce qu'il savait maintenant être du sang humain. Mais il vit que Miranda et Calis ne s'intéressaient pas aux niches, seulement aux artefacts qu'elles contenaient.

Erik ne voyait pas ce qu'ils avaient de remarquable : il s'agissait surtout de bijoux, de quelques armes et de plusieurs objets indéfinissables. Mais Calis et Miranda s'en approchaient comme s'il s'agissait d'objets maléfiques.

Ils se contentèrent de les regarder tranquillement, en les effleurant à peine. Brusquement, Calis s'exclama :

— Ce sont des faux !

— Tu en es sûr ? lui demanda Miranda.

— Aussi sûr que de mon propre héritage ! (Il ramassa une dague.) Le heaume que nous avons trouvé réveille en moi des sons, des goûts, des visions anciennes. Il n'y a rien de tel ici.

Miranda prit une autre arme et l'examina. Il s'agissait d'une épée courte qu'elle lança à Erik, poignée en avant, en lui disant :

— De la Lande Noire, frappez un objet quelconque.

Erik regarda autour de lui sans trouver la cible idéale. Il passa de l'autre côté de l'immense idole et

555

frappa le bord de l'une des grandes niches. L'épée se fracassa comme si elle avait été forgée dans un métal ordinaire.

— Elle n'a pas été très bien faite, remarqua Erik en examinant la poignée qu'il tenait toujours. La lame n'était même pas en acier, ajouta-t-il, fort de son expérience de forgeron.

Calis s'agenouilla et ramassa l'un des débris de métal.

— Ce n'était pas censé être de l'acier, mais quelque chose de plus... fatal.

Erik jeta la poignée au loin. Calis fit le tour de la statue pour l'examiner.

— Elle est censée représenter la dame Verte, dit-il doucement. D'une certaine façon, c'est ma tante.

Erik écarquilla les yeux et regarda Miranda et Boldar. La jeune femme dévisageait Calis avec attention, comme si elle s'inquiétait. Boldar répondit au regard interrogateur d'Erik par un haussement d'épaules.

— Ce ne sont que... des accessoires de scène, dit Miranda en désignant les artefacts. C'est comme si une troupe de comédiens avait mis tout ça en scène. (Elle balaya la salle du regard.) Oui, ça ressemble plus à un théâtre qu'à un temple.

Boldar contempla le carnage par terre et les os dans la fosse.

— Les meurtres sont réels, eux.

— Regardez par ici, dit Calis.

Erik le rejoignit et aperçut une mince fissure au dos de la statue. Il passa la main dessus et sentit un souffle d'air.

— Il y a une cavité derrière.

Calis et Erik se poussèrent de l'épaule. Ils s'attendaient à une grande résistance de la part d'une statue aussi massive, mais elle s'écarta d'un mètre ou deux, bougeant sur des gonds situés à l'opposé de l'endroit où ils se tenaient. Une ouverture permettant à un homme de passer était visible dans le mur derrière l'idole et menait à une volée de marches qui s'enfonçaient dans la terre.

Miranda s'agenouilla derrière la statue pour examiner sa base.

— Voilà une merveille de technique, commenta-t-elle.

Boldar contempla à son tour l'ouvrage en métal.

— Il n'a pas pu être forgé sur Midkemia.

Erik se pencha pour regarder le système de roues, de poulies et de charnières et fut bien obligé d'admettre que c'était vrai. Il aurait aimé avoir plus de temps pour examiner l'ensemble, car l'art de la forge le fascinait toujours, mais Calis s'était déjà engagé dans l'escalier.

Erik agrippa fermement sa torche de la main gauche, son épée de l'autre, et dit par-dessus son épaule :

— Sergent-major !

— Qu'y a-t-il ? demanda de Loungville.

— Il y a un passage qui descend par ici. Le capitaine s'y est déjà engagé.

— Compris ! répondit Bobby.

Autour de lui, les soldats continuaient à examiner les cadavres à la recherche du moindre indice qui pourrait expliquer ce qui s'était passé dans cette étrange cité souterraine du peuple serpent.

Erik posa le pied sur la première marche de l'escalier et suivit Miranda, Calis et Boldar.

Duncan frappa au portail. Un serviteur lui répondit rapidement, sans doute parce qu'il attendait l'arrivée de Roo.

— Que puis-je pour vous ? demanda le serviteur.

— J'apporte un message de monsieur Rupert Avery pour dame Sylvia.

Voyant que le cavalier était vêtu de beaux habits, le serviteur ouvrit la porte et demanda :

— Et vous êtes, monsieur ?

— Duncan Avery.

— Bonsoir monsieur, dit l'autre en refermant le portail tandis que Duncan chevauchait jusqu'à la maison.

Il mit pied à terre, donna les rênes de sa monture à un palefrenier et s'avança jusqu'à la porte où il frappa bruyamment.

Quelques instants plus tard, la porte s'ouvrit sur Sylvia qui dévisagea Duncan. Elle portait encore une de ces robes du soir splendides que seules les jeunes femmes les plus audacieuses de Krondor osaient mettre. De fait, elle était l'une des rares à pouvoir rendre justice à ce genre de tenue.

Duncan lui offrit son sourire le plus charmant.

— J'attendais Rupert, dit Sylvia.

— Il vous présente ses excuses. Je me suis dit qu'il serait plus poli de vous les apporter en personne plutôt que de m'en remettre à un billet impersonnel.

— Entrez, proposa-t-elle en s'écartant.

— Mon cousin regrette que ses affaires et des questions de famille le retiennent loin de vous. Il est anéanti.

Sylvia esquissa un petit sourire.

— J'ai du mal à croire que Roo ait pu dire les choses de cette manière.

Duncan haussa les épaules.

— Je me suis dit que peut-être, si vous n'y voyez pas d'objections, je pourrais vous tenir compagnie.

Elle éclata de rire et prit le bras du jeune homme sous le sien en pressant bien fort sa poitrine contre lui le temps de le guider jusqu'à la salle à manger.

— Je doute que les femmes trouvent votre compagnie ennuyeuse, cher... Duncan, c'est bien ça ?

— En effet, Sylvia. Si je puis me permettre de vous appeler Sylvia ?

— Je pense que vous vous permettez un grand nombre de choses, répondit-elle en entrant dans la salle à manger.

Elle le guida jusqu'à une chaise à l'extrémité de la grande table et lui fit signe de s'asseoir. Un serviteur aida ensuite la jeune femme à s'asseoir également.

— Nous nous sommes rencontrés à la fête de Rupert, je m'en souviens maintenant.

Duncan sourit. Sylvia contempla son visage pendant quelques instants.

— Mangeons, proposa-t-elle. Et buvons. Oui, je me rends compte que je suis d'humeur à boire beaucoup de vin, ce soir. Apportez-nous l'un des meilleurs crus de mon père, ordonna-t-elle au serviteur.

Celui-ci disparut pour aller chercher le vin. Sylvia fixa Duncan d'un regard pénétrant.

— Ce bon cousin Duncan. Oui, Roo m'a parlé de vous. (Elle sourit de nouveau.) Buvons ensemble, Duncan, et enivrons-nous. Puis, plus tard, nous réfléchirons à ce que nous pourrons bien faire d'autre.

Le sourire de Duncan s'élargit.

— Quel que soit votre bon plaisir, je suis à votre service.

Elle tendit le bras et lui égratigna le dos de la main avec ses ongles.

— Plaisir et service... Ma parole, mais vous êtes un véritable trésor.

Le serviteur revint avec la bouteille, leur versa à chacun un verre de vin, et le dîner commença.

Chapitre 20

DÉCOUVERTE

Roo sourit.

Il avait longuement dormi et s'était réveillé dans une maison pleine de bruit. Mais au lieu de l'irriter, ce tapage le ravit. Le bébé roucoulait et poussait parfois des cris aigus tandis qu'Abigail babillait gaiement.

Karli paraissait aussi éteinte qu'à son habitude, mais elle sourit à un commentaire qu'il fit en passant. Roo fit durer le petit déjeuner mais finit par se lever pour partir au travail. Karli l'accompagna jusqu'à la porte d'entrée. Sur le seuil, Roo s'arrêta.

— Est-ce que tu aimerais vivre à la campagne ? demanda-t-il.

— Je n'y ai jamais songé, avoua Karli.

Roo regarda de l'autre côté de la rue, en direction du *Barret*.

— Quand j'étais enfant, j'avais l'habitude de courir pendant des heures – enfin, on aurait dit que ça durait des heures – sans voir personne. En pleine campagne, l'air est pur et la nuit on n'entend que le silence. Je pense que j'aimerais nous faire construire une maison en dehors de la ville, un endroit où les petits pourraient courir, jouer et prendre des forces.

Karli sourit, car il parlait rarement des enfants.

— Pourras-tu gérer tes affaires en étant si loin de la ville ?

Il éclata de rire.

— Je dirige la compagnie, à présent. Je pense pouvoir déléguer plus de travail à Dash, Jason et Luis.

— Et Duncan ?

— Lui aussi, bien sûr. C'est mon cousin.

Karli hocha la tête.

— Il faudrait que je revienne en ville de temps en temps, admit Roo. Toi et les enfants, vous pourriez m'accompagner pour les vacances et on passerait l'hiver en ville. Mais quand il fait beau, ce serait agréable d'avoir un endroit à nous à une journée de cheval de la cité.

— Si tu penses que c'est mieux, répondit la jeune femme en baissant les yeux.

Roo tendit la main et lui souleva doucement le menton.

— Je veux que tu sois heureuse, Karli. Si tu ne souhaites pas vivre loin de Krondor, nous resterons ici. Mais si tu penses que c'est une bonne idée, nous ferons construire une autre maison. C'est toi qui décides.

Elle parut réellement surprise.

— Vraiment ?

— Oui, répondit-il en souriant. Prends le temps d'y réfléchir. Si tu as besoin de moi, tu me trouveras en face, au café.

Il traversa la rue et entra dans l'établissement. Kurt se précipita pour lui ouvrir la porte et, dans sa hâte, faillit tomber.

— Bonjour, monsieur Avery.

Roo faillit trébucher lui aussi, tant il était surpris de découvrir que le serveur, généralement revêche, pouvait également se montrer poli envers lui. Il entra dans la salle commune et des gens qui lui avaient à peine accordé un regard lorsqu'il était devenu l'un des leurs se levèrent pour le saluer. Son nom était sur toutes les lèvres, y compris celles d'hommes qu'il connaissait à peine.

Lorsqu'il arriva au premier étage, il découvrit qu'une nouvelle rambarde barrait l'accès au dernier tiers de la galerie et que de l'autre côté étaient assis Luis, Jason et Dash. Ce dernier se leva avec souplesse et ouvrit le portillon d'un grand geste théâtral.

— Qu'est-ce que c'est que ça ? s'enquit Roo.

Dash sourit.

— J'ai demandé à monsieur McKeller la permission d'occuper de façon permanente cette partie de la galerie et j'ai également mis une option sur cette autre partie, au cas où nous voudrions nous agrandir.

— Vraiment ? fit Roo en dévisageant Dash d'un œil torve. Et c'était quoi ce cirque, là, en bas ?

Dash tenta d'avoir l'air innocent.

— Hier après-midi, après que vous êtes rentré chez vous, j'ai simplement fait savoir que vous étiez désormais le dirigeant de la compagnie de la Triste Mer. Ce matin, vous êtes probablement l'homme le plus riche de Krondor, Rupert, ajouta-t-il à voix basse.

Jason remit à Dash une liasse de documents, qu'il donna à son tour à Roo.

— La flotte des Cités libres est arrivée la nuit dernière avec la marée !

Roo passa les parchemins en revue.

— C'est fantastique !

Non seulement ils avaient vendu les dernières livraisons de céréales bien au-dessus du prix du marché, car le fléau des locustes avait franchi les Tours Grises pour s'abattre durement sur la Côte sauvage, mais en plus les navires étaient revenus la cale pleine de marchandises achetées à des prix tels qu'elles rapporteraient sûrement un bénéfice substantiel. Rupert pensait que les navires reviendraient à vide, si bien qu'il était effectivement bien plus riche qu'il ne l'imaginait.

— Ah vous voilà ! s'exclama Crowley en montant les marches deux à deux.

— Bonjour, Brandon, lui dit Roo.

— Ah non ! Pas de ça avec moi, espèce de voleur !

— Comment ? s'écria Roo, dont la bonne humeur s'évanouit.

— Vous saviez que cette flotte allait arriver et pourtant vous êtes resté assis là à nous faire votre baratin sur les risques que vous preniez...

— Quel baratin ? protesta Roo en se levant. Brandon, j'ai proposé de vous revendre mes parts !

— De toute évidence, ça faisait partie d'un complot bien pensé pour nous dépouiller tous.

— Oh, par pitié, marmonna Roo en se tournant vers Dash.

— N'ayez surtout pas l'audace de le nier, insista Crowley.

Roo lui fit de nouveau face.

— Brandon, je n'ai pas assez de patience pour démentir vos propos. (Il dévisagea son ancien associé.) Voilà ce que je vais faire. Vous avez le choix. Je vais dire à Jason de calculer les bénéfices de ce voyage et de vous donner l'argent qui vous serait revenu si vous ne m'aviez pas vendu vos parts hier soir.

» Mais sachez que si je vous donne cet argent, je ne vous inviterai plus jamais à faire la moindre affaire avec la compagnie de la Triste Mer. La somme que nous vous donnerons aujourd'hui sera la dernière que vous recevrez de nous. En fait, si le destin venait à nous opposer, je ferais même en sorte de vous écraser, ajouta-t-il en souriant méchamment.

» Mais vous pouvez aussi admettre, tout simplement, que vous avez parié sur la mauvaise carte et nous laisser de bonne grâce. Si vous arrivez à faire ça, je promets de vous inviter à faire affaires avec la compagnie lorsque j'aurai besoin de partenaires. Voilà quel est le choix qui s'offre à vous : quelle solution préférez-vous ?

Crowley resta immobile pendant un long moment avant de s'exclamer :

— Bah, vous parlez d'un choix ! Je ne suis pas venu ici quémander vos faveurs. Je ne veux pas de votre or si mal acquis, Roo Avery. Un marché est un marché et vous n'entendrez plus parler de Brandon Crowley.

Il tourna les talons et s'en alla en marmonnant dans sa barbe.

Lorsqu'il fut parti, Dash éclata de rire tandis que Jason disait :

— S'il avait pris ne serait-ce qu'une journée pour réfléchir à votre offre, il serait devenu beaucoup plus riche.

Roo hocha énergiquement la tête.

— C'est bien là la raison de sa plainte. Il est en colère contre lui-même.

— Crois-tu que tu viens de te faire un ennemi ? demanda Luis.

— Non. Brandon adore se plaindre. Il reviendra à la seconde même où je le lui proposerai, mais il continuera à se plaindre.

Les autres associés se présentèrent un peu plus tard ce matin-là, mais contrairement à Crowley, ils félicitèrent Roo de sa bonne fortune et se réjouirent des bénéfices qu'ils allaient toucher grâce aux parts qu'ils possédaient encore.

Roo passa l'heure suivante à échanger des plaisanteries avec d'autres membres importants du café. Puis le dernier visiteur s'en alla en milieu de matinée et Roo demanda où était Duncan.

— Je ne l'ai pas revu depuis hier, répondit Dash.

Roo haussa les épaules.

— Quand on a quitté le café, je lui ai demandé de me rendre un service. Connaissant Duncan, je parie qu'ensuite il est sorti chercher une fille à culbuter.

Roo jeta un coup d'œil autour de lui pour s'assurer qu'il n'y avait personne à proximité. Puis il fit signe à ses trois compagnons de se rapprocher afin qu'il puisse parler à voix basse.

— Quelqu'un nous a trahis.

Jason regarda Luis et Dash.

— Comment le savez-vous ?

— La personne qui nous a vendus aux Jacoby en savait trop sur cette compagnie pour ne pas en faire partie.

Il expliqua ensuite comment il avait accepté de gérer l'entreprise Jacoby & Fils pour le compte d'Helen et ses enfants.

— Jason, va à leur bureau et présente-toi aux employés qui y sont encore. La plupart des collaborateurs de Tim sont en prison aujourd'hui, mais il doit bien rester un secrétaire ou deux. S'ils ont besoin d'une preuve, envoie-les chez Helen Jacoby, afin qu'ils aient confirmation de notre accord.

» Puis passe en revue les livres de comptes. Regarde les sommes qu'ils doivent et ce qu'on leur doit, mais essaye aussi de trouver un indice nous permettant de découvrir l'identité du traître.

Jason acquiesça :

— J'y vais de ce pas.

Roo reprit la parole lorsqu'il fut parti.

— Très bien, messieurs, qu'avons-nous à l'ordre du jour ?

Sur ce, il commença à s'occuper des devoirs qui incombaient à l'homme le plus riche de Krondor.

Duncan se tenait sur le pas de la porte. Sylvia lui donna un long baiser.

— Arrête ça, lui dit-il, ou nous allons remonter dans ta chambre.

Elle sourit et referma sa robe de chambre transparente, qui s'était ouverte.

— Je suis au regret de te dire non. Il faut que je dorme et la matinée est déjà à moitié passée. Maintenant, va-t'en.

Elle ferma la porte derrière lui tandis qu'il descendait les marches du perron pour récupérer sa monture, qu'un palefrenier lui avait amenée. La jeune femme attendit jusqu'à ce qu'elle entende le cheval s'éloigner. Puis elle s'engagea dans le couloir de gauche et se rendit jusqu'au bureau de son père.

Jacob d'Esterbrook leva les yeux lorsqu'elle entra.

— Couvre-toi, Sylvia, lui dit-il à la vue de la robe de chambre ouverte. Que diraient les serviteurs s'ils te voyaient ?

— Quelle importance ? répliqua la jeune femme qui, ignorant l'injonction de son père, laissa la robe ouverte.

Elle aimait provoquer l'indignation de son père et s'assit de l'autre côté du bureau.

— Un jour ou l'autre, ils m'ont tous vue en petite tenue.

Elle omit de préciser que plusieurs d'entre eux avaient également partagé son lit. Le père et la fille faisaient tous deux semblant d'ignorer qu'il était au courant de ses incartades.

— Était-ce le jeune Avery ?

Sylvia sourit.

— C'était l'autre jeune Avery. Duncan est venu à la place de son cousin, alors je me suis dit que puisqu'il était ici, il pouvait bien remplir toutes les obligations de Roo.

Jacob soupira.

— Tu nous crées de possibles difficultés, Sylvia.

Elle éclata de rire en penchant le corps en arrière, si bien que la robe de chambre s'ouvrit encore davantage.

— J'en crée tout le temps, c'est dans ma nature. Mais je parie que Duncan est vénal, comme tous les hommes que j'ai rencontrés, qu'on les tente avec de l'or ou du sexe. Je pense que nous pouvons l'utiliser, surtout si nous lui offrons à la fois de l'or et du sexe.

— Vraiment ? fit Jacob en ignorant les tentatives effrontées de Sylvia pour l'embarrasser.

— Il pourrait être une arme utile entre nos mains, insista-t-elle avec un sourire.

Jacob hocha la tête.

— Eh bien, il est déjà utile d'avoir un allié au sein de la compagnie de la Triste Mer. En avoir un deuxième serait encore mieux, mais compte tenu de la situation, je préfère te rappeler le désastre qui nous attend si tu fais une erreur et que tu laisses chacun découvrir l'existence de l'autre.

Elle se leva et s'étira, le dos rond tel un chat.

— Ai-je déjà commis une erreur en ce qui concerne les hommes, père ?

L'intéressé se laissa aller contre le dossier de sa chaise.

— Pas encore, mais tu es jeune, ma fille.

— Je ne me sens pas jeune, répliqua Sylvia qui tourna les talons et sortit du bureau.

Jacob songea un moment à la créature qui était sa fille. Puis il la chassa de ses pensées. Il n'avait jamais compris les femmes, qu'il s'agisse de Sylvia, de sa défunte mère ou des prostituées avec lesquelles il couchait lorsqu'à l'occasion, il se rendait à *L'Aile Blanche*. Pour lui, les femmes devaient être soit utilisées, soit ignorées. Mais il repensa à sa fille et se rappela combien il pouvait être dangereux, voire fatal, d'ignorer une femme comme elle. Il soupira en constatant ce qu'elle était mais refusa de s'en attribuer le blâme. Il n'avait jamais voulu que les choses tournent ainsi. De plus, elle servait admirablement les besoins de Jacob d'Esterbrook & compagnie.

Erik tendit le doigt.

— Qu'est-ce que c'est ? demanda-t-il.

Au bas de l'escalier dissimulé derrière l'idole, ils avaient trouvé un long tunnel qui se perdait dans le noir. De Loungville n'avait rien trouvé d'intéressant parmi les ruines du temple et Calis avait donné l'ordre à la compagnie au grand complet de descendre jusqu'à l'entrée de ce tunnel.

Puis, voyant comme ses hommes étaient fatigués, il avait ordonné une halte. D'après l'estimation d'Erik, ils avaient dormi pendant plusieurs heures sur le palier au bas des marches.

Tandis que ses camarades se reposaient, Erik avait remarqué un gros tuyau au plafond.

— C'est peut-être un conduit d'évacuation ? suggéra Praji.

Erik essaya de l'examiner et finit par demander une lanterne. Vaja lui en passa une. Erik approcha la lumière et expliqua :

— Ce n'est pas un tuyau. J'ai l'impression que c'est plein.

Il prit son épée et tapa doucement l'étrange objet du plat de sa lame.

Un hurlement strident résonna en écho le long du tunnel. Ceux qui étaient réveillés se couvrirent les oreilles et ceux qui dormaient encore se réveillèrent en sursaut. Un éclair de lumière verte faillit aveugler Erik.

— Ne recommence pas ! l'avertit Praji, qui se tenait à côté de lui.

Miranda se mit à réciter une incantation à voix basse tout en agitant les mains.

— Ne t'inquiète pas, je n'en ai aucune envie, répliqua Erik, qui avait des fourmis dans tout le bras.

— C'est bien une canalisation, annonça Miranda.

— Mais que transporte-t-elle ? s'enquit Calis.

— La vie.

Erik fronça les sourcils et regarda Boldar, lequel se tenait à côté de la jeune femme qui l'employait. Le mercenaire étranger haussa les épaules.

— Je ne sais absolument pas de quoi elle parle.

— Remettons-nous en route, ordonna Calis.

Les hommes formèrent les rangs et s'engagèrent dans le tunnel. Erik entendit Alfred marmonner :

— À cause de ce hurlement, personne ne sera surpris par notre arrivée.

— Compte tenu de ce que nous avons déjà vu, ceux qui se laissent encore surprendre par quoi que ce soit sont des idiots, répliqua Erik.

— Ce n'est pas faux, admit l'ancien caporal de la Lande Noire.

— Ferme la marche, Alfred. Il faut une personne aux nerfs solides à l'arrière-garde.

Le compliment arracha un faible sourire à l'ancien bagarreur qui s'écarta pour laisser passer ses compagnons.

Ils suivirent le tunnel jusqu'à une grande porte en bois. Ils l'examinèrent avec soin et tendirent l'oreille pour essayer de savoir ce qui se trouvait derrière. Comme il n'entendait aucun bruit, Calis poussa la porte qui s'ouvrit vers l'intérieur.

Il entra en compagnie d'Erik dans une grande salle. Le jeune homme sentit ses cheveux et les poils de ses bras se hérisser. La pièce était remplie d'énergies étranges qui le traversèrent et lui donnèrent le vertige.

La salle était éclairée par plusieurs lanternes encastrées dans le plafond si bien que la source de lumière restait invisible à moins de se tenir directement au-dessous. La faible lueur était teintée de vert, de sorte qu'Erik se dit qu'il devait y avoir un lien entre cette étrange lumière et l'éclair vert qu'il avait vu lorsqu'il avait touché ce que Miranda appelait une canalisation.

Cinq silhouettes se tournèrent vers eux lorsqu'ils entrèrent. Dès qu'il les vit, Calis dégaina son épée et les chargea. Erik, Praji et Vaja n'attendirent pas qu'on leur donnât des ordres et imitèrent le capitaine.

Miranda ordonna aux autres de reculer et commença à réciter une nouvelle incantation.

Cinq prêtres-serpents s'apprêtaient eux aussi à lancer un sortilège. Un sixième prêtre, vêtu d'une robe chargée d'ornements, était assis, immobile, sur un grand trône, observant la scène d'un air impassible. Erik plongea sous le bras tendu de l'une des créatures au moment où un éclair aveuglant surgissait de sa main. Il fit une roulade et aperçut Miranda qui se servait d'une espèce de bouclier magique pour détourner l'éclair en direction du sol.

Calis, Praji et Vaja se tenaient côte à côte lorsque l'un des prêtres dirigea une nouvelle boule d'énergie dans leur direction. Praji et Vaja la reçurent en pleine figure et tombèrent à la renverse en s'enflammant brutalement. Ils moururent avant même de toucher le sol.

Calis se retourna et prit une partie de la décharge sur le flanc gauche. Il trébucha et hurla de douleur tandis que les énergies s'enflammaient autour de lui. Pendant un long moment d'angoisse, on eût dit qu'il était transformé en torche vivante. Puis le feu magique disparut. Mais le côté gauche de Calis n'était plus que chair carbonisée et fumante et blessures suintantes.

— Calis ! hurla Miranda.

Pendant ce temps, Erik termina la trajectoire de sa roulade dans le premier prêtre-serpent. Il renversa la créature et se releva en donnant un grand coup d'épée autour de lui, tuant un autre prêtre. Sans hésiter, il asséna un coup de talon sur la gorge de la créature qu'il avait renversée et laissa le Panthatian se tordre de douleur en suffoquant.

Un troisième prêtre fit face à Erik en essayant d'invoquer un sort mais il mourut avant d'avoir suscité la moindre magie, lorsque le jeune homme lui détacha la tête des épaules.

Brusquement, un cri au bout du tunnel avertit Erik que d'autres ennuis n'allaient pas tarder à s'abattre sur eux. Il se tourna vers les trois prêtres restants. L'un d'eux était sur le point de lancer un sort lorsqu'un fin rayon de lumière, pulsant d'un éclat blanc et pourpre, l'atteignit à la tête. C'était Miranda qui attaquait.

La créature siffla de douleur, juste avant que sa tête explose dans un bouquet de flammes surnaturelles. Il y eut un bref éclair et elle disparut. Le corps décapité s'effondra sur le sol.

Calis se releva à force de volonté pour tuer le cinquième prêtre avant qu'Erik ait le temps de l'atteindre. Même blessé, le capitaine était encore assez fort pour traverser le corps du prêtre de part en part avec son épée.

Erik fit volte-face lorsque de Loungville, resté près de la porte, s'écria :

— Les Saaurs ! Ils arrivent !

Erik se tourna alors vers le prêtre assis sur son trône. Miranda s'avança également, d'abord pour empoigner Calis et l'aider à se tenir debout et ensuite pour le protéger. Elle n'accorda aux corps fumants de Praji et Vaja qu'un bref regard, car il était évident qu'ils étaient au-delà de toute aide. Puis elle et Calis firent face au dernier Panthatian. La magicienne était prête à défendre Calis en cas d'attaque du haut-prêtre.

Mais le Panthatian ne fit que battre des paupières en observant le carnage à ses pieds.

Erik s'approcha lentement et vit que les cinq prêtres s'étaient efforcés de protéger un objet encastré dans un bassin en pierre, à quelques centimètres de la base du trône. On aurait dit une grosse émeraude verte qui brillait d'une lumière étrange.

— Par tous les dieux ! s'exclama Miranda d'une voix rendue rauque par la peur.

— Tes dieux n'ont rien à voir avec ça, humaine, répliqua la silhouette sur le trône.

Le haut-prêtre s'exprimait d'une voix sifflante mais compréhensible.

— Ce ne sont que de nouveaux venus sur ce monde, des intrus et des usurpateurs.

Erik leva les yeux et vit miroiter faiblement l'énergie verte qui se déversait d'une baguette métallique et retombait lentement en cascade sur la pierre. Il suivit du regard la baguette jusqu'au mur au-dessus de la porte et comprit qu'il devait s'agir de la canalisation qu'il avait frappée.

Des bruits de bataille résonnaient dans le tunnel. Erik regarda Calis qui lui dit d'une voix faible :

— Ferme la porte et trouve quelque chose pour la bloquer.

Erik courut trouver de Loungville.

— Le capitaine dit qu'il faut fermer la porte et la bloquer.

— Repliez-vous ! s'écria de Loungville. On a un avantage sur eux, ajouta-t-il en se tournant vers Erik. Ils sont si grands qu'ils n'arrivent à passer dans le tunnel qu'un par un, si bien qu'on les taille en pièce dès qu'ils montrent leur vilain minois.

Les hommes se replièrent. Erik vit que la plupart d'entre eux étaient couverts de sang. Il se dit que leur tâche avait dû être sinistre à l'autre bout de la colonne. Le dernier homme à franchir le seuil de la salle fut Alfred qui attaquait et parait les coups d'un adversaire invisible. Puis Erik aperçut la grosse tête verte d'un guerrier Saaur courbé en deux qui tentait d'avancer tout en combattant. Sans attendre, Erik prit sa dague et la lança de toutes ses forces par-dessus l'épaule d'Alfred qui entra à reculons. La lame atteignit le Saaur au cou. Le guerrier se griffa en tentant de la retirer et tomba en avant, bloquant à moitié la porte. Un cri s'éleva derrière la créature. Erik comprit que les autres Saaurs avaient vu leur camarade tomber.

Sans hésiter, de Loungville s'écria :

— Tirez-le à l'intérieur !

Trois hommes de chaque côté attrapèrent la créature qui mesurait plus de trois mètres de haut et la tirèrent à l'intérieur, tandis qu'un autre soldat imitait le geste d'Erik et lançait une dague en direction du premier Saaur qui apparut. Il le manqua mais fit reculer la créature assez longtemps pour permettre à ses camarades de fermer la porte. Erik fit signe à deux soldats de prendre la grosse barre en bois à côté de la porte et de la poser en travers du panneau dans ses deux énormes supports en fer. Quelques instants plus tard, on entendit le bruit d'un corps heurtant la porte, suivi d'une exclamation pleine de colère – sans doute un juron dans la langue des Saaurs.

572

— Bloquez la porte ! cria Erik.

Quatre soldats traînèrent le Saaur agonisant loin de l'entrée tandis que d'autres prenaient des idoles de pierre représentant des lézards accroupis, qui semblaient garder quelque chose. Ils les entassèrent devant la porte. Erik se retourna et vit Calis et Miranda s'approcher lentement de la gemme verte.

— Quelle est cette chose ? demanda Miranda.

— Ton intellect est inférieur au nôtre et ne peut appréhender ce dont il s'agit, humaine, répliqua le haut-prêtre.

Avec l'aide de Miranda, Calis clopina jusqu'à l'objet et laissa la lumière verte l'irradier. Les brûlures infligées par les magiciens devaient être incroyablement douloureuses, mais il n'en laissait rien paraître.

— C'est une clé, expliqua-t-il.

— Tu es plus intelligent que tu en as l'air, elfe.

Calis se dégagea du soutien de Miranda et tendit la main vers le bord du bassin où reposait l'émeraude. Le Panthatian se leva lentement, comme si l'âge ou une infirmité quelconque pesait lourdement sur lui.

— Non ! ordonna-t-il. N'y touche pas ! C'est presque fini !

— C'est fini, répliqua Calis, qui posa la main sur la gemme et ferma les yeux.

La lumière verte et frémissante rampa lentement le long de son bras. Ses blessures avaient l'air terribles, surtout avec la chair à nu et ses cheveux carbonisés, mais la lueur verte sembla le revivifier. Il retira la main de la surface de la gemme et se dirigea vers la créature qui se tenait très droite et l'observait d'un air ébahi.

— Tu devrais être mort, dit le haut-prêtre. Tu as devant toi le résultat de décennies de travail, la force de vie de milliers de créatures massacrées, la clé qui ramènera notre maîtresse.

— Votre maîtresse n'existe pas ! s'écria Calis en rejoignant le Panthatian. Vous n'êtes que des serpents sortis des marais à qui l'on a donné des bras, des

573

jambes, la ruse et le don de la parole ! Vous n'êtes encore et toujours que des serpents ! (Il se pencha jusqu'à avoir pratiquement le nez contre le museau de la créature.) Regarde dans mes yeux, Serpent ! Vois qui te fait face !

Le vieux prêtre battit des paupières et plongea son regard dans les yeux de Calis. Une forme de communication dut passer entre eux, car brusquement le Panthatian tomba à genoux et se détourna en levant les bras comme pour se protéger du regard de Calis.

— Non ! C'est impossible !

— Je porte ce sang en moi ! répliqua Calis.

Erik se demanda où son capitaine puisait la force de se tenir debout. Un homme ordinaire serait mort de telles blessures.

— C'est un mensonge ! hurla le prêtre en détournant le visage.

— C'est votre dame Verte qui est un mensonge ! riposta Calis. Ce n'est pas une déesse ! Ce n'est qu'une des Valherus !

— Non ! Ils étaient ses parents mais d'une race inférieure. Personne n'était aussi grand que Celle-Qui-Nous-A-Donné-Vie ! Nous œuvrons pour la ramener parmi nous afin qu'en mourant nous puissions renaître pour régner à ses pieds !

— Imbéciles !

Erik sentit que la force qui animait Calis était en train de le quitter. Prudemment, Miranda lui prit le bras droit pour l'aider à rester debout.

— Effroyables imbéciles, vous n'êtes rien d'autre que ce qu'elle a fait de vous, des créatures sans origine naturelle, les jouets d'un être vaniteux qui ne se préoccupait que de ses propres plaisirs. Vous n'étiez que de la poussière sous ses pieds et lorsqu'elle s'est soulevée avec ses frères durant les guerres du Chaos, elle vous a oubliés ! (Calis trébucha et de Loungville s'avança pour l'aider lui aussi à tenir debout.) S'il y

574

avait la moindre chance de rédemption pour toi et ton peuple, nous ne serions pas ici.

À ce moment, Calis inspira profondément.

— Vous n'êtes que des pions et il en a toujours été ainsi. Ce n'est pas votre faute, mais nous devons vous détruire jusqu'au dernier.

— C'est pour ça que vous êtes venus ? demanda le haut-prêtre.

— En effet. Je suis le fils de l'homme qui a emprisonné votre Alma-Lodaka !

— Non ! Personne n'a le droit de prononcer le plus sacré de tous les noms !

Le vieux Serpent se redressa et sortit une dague de sous sa robe. Sans hésiter, Erik monta les deux marches du piédestal et abattit son épée sur le haut-prêtre, de toutes ses forces. La tête de la vieille créature se détacha de ses épaules et atterrit non loin de là tandis que le corps s'effondrait.

Erik regarda Calis qui le rassura.

— Tu as bien fait.

— Qu'est-ce qui va se passer maintenant ? demanda de Loungville tandis que les coups sourds assénés contre la porte devenaient plus rythmés. Les Saaurs ont trouvé un bélier. La barre qui soutient la porte est massive, mais elle ne tiendra pas longtemps. Les autres sont costauds.

— Trouve-nous un autre moyen de sortir d'ici ou il faudra se tailler un chemin pour repartir en sens inverse, répliqua le capitaine.

De Loungville se tourna vers ses hommes et leur ordonna de chercher une autre sortie.

— C'était donc ça le but de leur temple, murmura Calis tandis que Miranda l'aidait à s'asseoir sur les marches du trône. Des dizaines de milliers de vies sacrifiées au cours des cinquante dernières années afin de créer ça. (Il désigna d'un doigt tremblant la gemme verte.) Elle contient les vies qu'ils ont capturées.

— Ton père m'a parlé une fois du faux prophète Murmandamus qui s'est servi des vies de ceux qui mouraient à son service pour se projeter dans la même dimension que la Pierre de Vie. Nous aurions dû nous douter qu'ils allaient réemployer de tels moyens. (Miranda désigna la gemme à son tour.) C'est un outil très puissant.

— Qu'allons-nous en faire ? s'enquit Erik.

Calis gémit de douleur.

— Toi, dit-il à Miranda, prends-la. Tu dois la porter à mon père. Pug et lui sont les deux seuls hommes en ce monde qui sauront peut-être comment l'utiliser. (Les coups sur la porte ne faisaient que souligner l'urgence de ses mots.) Si la reine Émeraude emporte cette clé à Sethanon et la fusionne avec la Pierre de Vie...

Miranda hocha la tête.

— Je crois que je comprends. Je peux emmener quelques-uns d'entre vous avec moi...

— Non, répliqua Calis. Je reste. Je suis le seul à pouvoir comprendre ce que nous sommes susceptibles de trouver ici. Prends le heaume valheru que nous avons trouvé et cette clé. Essaye de regagner la surface. (Il regarda Boldar.) Emmène le mercenaire avec toi. Il te permettra de rester en vie jusqu'à ce que tu trouves un endroit où tu pourras te servir de ta magie pour rentrer à la maison.

Miranda sourit.

— Espèce de salaud. Tu m'avais dit que tu ne connaissais rien à la magie.

— La magie n'existe pas, tu te souviens ?

— Si seulement Nakor était là, regretta Erik.

— Si Pug n'a pas réussi à retrouver les Panthatians alors qu'il les a cherchés pendant cinquante ans, c'est sûrement parce que cet endroit est très bien protégé, expliqua Calis. Je suppose donc qu'il est impossible d'utiliser la magie, que ce soit pour y entrer ou pour en sortir.

— Sois maudit, dit doucement Miranda tandis qu'une larme dévalait sa joue. Il est vrai qu'il faut que nous regagnions la surface, ou du moins que nous nous en rapprochions.

— Dans ce cas, mieux vaut espérer qu'il y a une autre sortie.

Quelques instants plus tard, de Loungville revint en annonçant qu'ils avaient trouvé un escalier à l'arrière de la salle et qu'il semblait monter.

— Et voilà, dit Calis en s'efforçant de sourire. J'ai besoin de me reposer un peu et il faut que les hommes fouillent la salle.

Miranda lui prit la main et la serra très fort.

— Que dois-je dire à ton père ?

— Que je l'aime. Dis la même chose à ma mère. Ensuite, dis-leur qu'un démon erre dans cette montagne et qu'il y a un troisième joueur en lice. Je pense que lorsque mon père examinera cette gemme, il s'apercevra qu'elle n'est pas ce qu'elle semble être.

— Comment ça ?

— Laisse les tisseurs de sorts examiner cette chose sans que mes théories influencent leurs opinions.

Miranda s'approcha de l'objet avec prudence et le toucha délicatement. Elle marmonna quelques paroles et agita les mains, puis souleva la gemme.

— Je n'aime pas devoir te laisser.

Calis réussit à lui sourire bravement.

— Moi non plus, ça ne me plaît pas. Maintenant, si tu penses réussir à m'embrasser sans toucher mes blessures, fais-le et va-t'en.

Miranda s'agenouilla et embrassa le côté droit de son visage.

— Je reviendrai te chercher, chuchota-t-elle.

— Non, car nous ne serons plus ici. Nous allons réussir à sortir de ces grottes et à retrouver le bateau brijaner. Dis au maréchal William d'envoyer des gens à notre rencontre, juste au cas où, mais ne t'avise surtout pas de revenir ici me chercher. Il y a encore

577

des prêtres dans ces montagnes, j'en suis presque sûr, et même si nous avons tué les premiers d'entre eux, les autres seront sûrement assez puissants pour te retrouver si tu te sers de la magie pour revenir.

Puis il toucha du doigt le talisman qu'elle lui avait donné.

— En plus, comment pourrais-tu me retrouver ?

Un nouvel assaut sur la porte ponctua sa question. Miranda serra de nouveau la main valide de Calis tout en tenant la gemme brillante de l'autre.

— Bon sang, tu as intérêt à rester en vie !

— Je te le promets. Bobby !

— Oui, capitaine ?

— Choisis une douzaine d'hommes et accompagne-la.

De Loungville se tourna et cria :

— Brigades deux et trois, venez ici !

Douze hommes arrêtèrent leurs fouilles et se présentèrent au rapport.

— Accompagnez la dame ! ordonna de Loungville.

— Toi aussi, Bobby, lui rappela Calis.

De Loungville se tourna et répliqua avec un sourire effrayant :

— Essaye de m'y obliger, pour voir.

Il se tourna vers les douze hommes qui attendaient et leur montra la porte en disant :

— Emmenez la dame et le mercenaire et fichez le camp d'ici !

Les soldats désignés regardèrent Miranda et Boldar. Ce dernier prit la tête du groupe, suivi de six des soldats. Les autres attendirent que Miranda serre la main de Calis une dernière fois. Puis elle se mit en route et ils la suivirent.

Erik se tourna vers Calis.

— Qu'est-ce qu'on fait maintenant, capitaine ?

— Combien d'hommes nous reste-t-il ?

Erik n'avait pas besoin de les compter.

— Maintenant que deux brigades sont parties, il ne nous reste plus que trente-sept hommes, y compris vous.

— Des blessés ?

— Cinq, mais ils peuvent encore se battre.

— Aide-moi à me lever.

Erik aida Calis à se redresser et passa un bras autour de sa taille en s'accrochant à sa ceinture pour ne pas toucher sa chair brûlée. Le capitaine s'appuya lourdement sur le jeune homme, du côté où il n'était pas blessé, et dit :

— Il faut que je voie tous les objets qui ont pu appartenir aux Anciens, aux Seigneurs Dragons.

Erik ne savait pas comment il reconnaîtrait l'un de ces artefacts même s'il marchait dessus, mais Calis ajouta :

— Tu te souviens des impressions que tu as eues quand tu as touché ce heaume ?

— Difficile d'oublier, avoua Erik.

— C'est ce genre d'objet que nous cherchons.

Pendant quinze minutes remplies de tension, ils passèrent la salle au peigne fin. Ils finirent par découvrir, dissimulée derrière une tenture, une porte fermée par une lourde barre. Lorsqu'ils réussirent à l'ouvrir, Calis donna l'ordre à ses compagnons de reculer. Puis il obligea Erik à le lâcher et entra en clopinant dans le réduit. À l'intérieur se trouvait une armure entourée d'une lueur verte. Erik sentit les poils sur ses bras se hérisser de nouveau.

— Voilà les véritables artefacts de son règne, annonça Calis.

Erik supposa qu'il parlait de la déesse ou de cette dame qui avait fait partie des Seigneurs Dragons. Mais il fut distrait par le grincement du bois et le gémissement des gonds, car les Saaurs continuaient à marteler méthodiquement la porte de la salle.

— Qu'est-ce qu'on en fait ? demanda Bobby.

— Il faut les détruire, répondit Calis.

Il s'avança d'un pas chancelant. Erik et de Loung-ville se précipitèrent pour l'aider à marcher. À mesure qu'il s'approchait des objets, Erik sentait des fourmillements sur sa peau et il réprima l'envie de se gratter. À côté de l'armure se trouvait une parure d'émeraudes comprenant une tiare, un gros tour de cou orné de très grosses pierres, des bracelets assortis et des bagues. Calis tendit la main et effleura le plastron de l'armure. Mais il retira aussitôt sa main, comme s'il s'était brûlé les doigts.

— Non ! s'exclama-t-il.

— Qu'y a-t-il ? demanda de Loungville.

— Quelque chose ne va pas. (Il toucha rapidement chacun des artefacts.) Ces objets ont été contaminés. Quelque chose les a changés.

Brusquement, et pour la première fois depuis qu'il le connaissait, Erik vit la peur apparaître sur le visage de Calis.

— Je suis un imbécile ! Je suis presque aussi bête que les Panthatians. Bobby, il faut détruire ces objets le plus vite possible. Mais surtout, il faut que nous réussissions à sortir d'ici.

— Ce n'est pas moi qui vais vous contredire, capi-taine, répliqua de Loungville.

— Erik, tu as été forgeron. Quel est le meilleur moyen de détruire cette armure ? s'enquit Calis.

Le jeune homme souleva le plastron, une pièce de métal vert miroitant ornée d'un serpent en relief. Lors-qu'il le toucha, il fut envahi par un flot d'images étran-ges et par une colère qui ne lui appartenait pas. Il lui sembla aussi entendre une musique envoûtante. Erik laissa tomber le plastron qui résonna en heurtant le sol.

— Je ne sais pas si on peut détruire cette armure, du moins par des moyens normaux. Une forte chaleur est nécessaire pour forger le métal, et également pour le fondre. Si nous parvenions à alimenter un feu assez fort...

Calis regarda autour de lui.

— Que pouvons-nous brûler...

Puis il s'évanouit et Bobby le déposa par terre. Il regarda Erik et ordonna à Alfred de les rejoindre.

— À mon grand désarroi, me voici désormais votre chef, annonça de Loungville lorsque le caporal fut là. J'apprécierais que vous ayez des suggestions à me faire, là, tout de suite.

— On devrait ficher le camp d'ici, sergent-major, répondit Alfred. La porte ne résistera plus très longtemps.

— Qu'est-ce qu'on fait de ces satanés objets ? demanda Bobby à Erik.

Ce dernier essaya de réfléchir le plus vite possible.

— Je n'y connais rien à la magie. Moi, mon domaine, c'est les armures, les chevaux et les combats. Tout ce que je sais à propos de ces trucs, c'est que Miranda m'a prévenu qu'il ne fallait pas les mettre au contact les uns des autres. Si chacun d'entre nous en mettait un dans son sac, nous pourrions les emporter avec nous. Au moins, on ne les laisserait pas aux mains des Saaurs.

— Distribue-les.

Erik lança ses ordres. Les soldats attrapèrent des tentures et enveloppèrent les pièces d'armure et les bijoux dans du tissu.

— Vous allez tous devoir vous surveiller mutuellement. Si vous voyez l'un d'entre vous commencer à agir... bizarrement, comme s'il était perdu, perplexe ou distrait, dites-le moi tout de suite.

Il répartit les artefacts entre plusieurs soldats et assigna les autres à la surveillance de leur voisin, quelle que soit la taille de ce qu'il portait.

— C'est toi qui ouvres la marche, annonça de Loungville. Je te suis. S'ils ne cassent pas la porte avant, je quitterai la salle dans dix minutes.

— Essayez donc de bloquer cette autre porte lorsque vous serez passé, lui suggéra Erik.

— Allez, va-t'en, répliqua de Loungville avec un sourire moqueur.

Erik alluma une torche et conduisit les soldats qui portaient les artefacts jusqu'à l'escalier plongé dans la pénombre. Sans mot dire, il entama l'ascension.

Nakor somnolait sous un arbre lorsqu'il se redressa brusquement. Il regarda autour de lui et vit Sho Pi qui l'observait, assis non loin de lui. Le mendiant aussi le contemplait.

— Qu'est-ce qu'il y a ? demanda Nakor.

— Je ne souhaitais pas vous déranger, maître, alors j'ai attendu. Lord Vencar est arrivé. Le prince l'a envoyé prendre le contrôle du port des Étoiles.

— Ce n'est pas de ça que je parlais, répliqua Nakor en se levant. Tu l'as senti toi aussi ?

— Senti quoi, maître ?

— Laisse tomber. On s'en va.

Sho Pi se leva à son tour.

— Où on va ?

— Je ne sais pas. Krondor, je pense. Peut-être même Elvandar. Ça dépend.

Sho Pi suivit Nakor qui se dirigeait d'un pas pressé en direction du grand bâtiment qui dominait l'île. Le mendiant s'en alla vers les cuisines. Le petit Isalani aux jambes arquées entra dans l'académie et se rendit jusqu'à la pièce centrale. Il y trouva un homme bien vêtu qui présidait la table. Kalied, Chalmes et les autres magiciens étaient également présents.

— Vous devez être Nakor, lui dit le comte.

— Oui, c'est moi. Il faut que je vous dise deux ou trois choses. Pour commencer, tous ces gens sont des menteurs.

Les magiciens eurent des hoquets de surprise ou se mirent à protester, mais Nakor ne s'interrompit pas pour autant.

— Ils n'ont pas vraiment l'intention de mentir, mais ils ont tellement pris l'habitude de faire les choses en secret qu'ils ne peuvent plus s'en empêcher. Ne croyez rien de ce qu'ils vous diront. Mais à part ça, leurs intentions sont bonnes.

Arutha, lord Vencar, commença à rire.

— Père m'a dit que vous êtes un homme remarquable.

— Je pense que messire James est un homme plutôt exceptionnel, lui aussi. Doublé d'un sacré joueur de cartes, ajouta-t-il avec un clin d'œil. C'est le seul homme qui ait réussi à tricher aux cartes avec moi. C'est une qualité que j'admire chez lui.

— Nous pourrons sûrement discuter de tout ça au dîner, dit Arutha.

— Non, c'est impossible. Il faut que je m'en aille.

Arutha, qui ressemblait à son père mais avait les cheveux plus clairs, protesta :

— À la minute même ?

— Oui. (Nakor se tourna vers la porte.) Dites à ces imbéciles bornés que des choses terribles vont bientôt arriver et qu'ils feraient bien de songer sérieusement à aider le royaume, sinon plus rien n'aura d'importance. Je reviendrai dans quelque temps.

Si le représentant du prince de Krondor avait quelque chose à dire, il n'en eut pas le temps car Nakor sortit de la salle et s'engagea dans un couloir en marchant si vite qu'on eût dit qu'il courait.

— Maître, je croyais qu'on devait s'en aller, intervint Sho Pi.

— C'est ce qu'on fait, répliqua Nakor en montant un escalier.

— Mais ce n'est pas le chemin des quais, ça, c'est l'escalier qui mène...

— À la tour de Pug. Je sais.

Sho Pi suivit Nakor dans l'escalier à vis qui menait jusqu'au sommet de la tour. Ils se retrouvèrent face à une porte en bois apparemment dépourvue de verrou. Nakor tambourina sur le battant.

— Pug ! appela-t-il.

Un étrange miroitement apparut sur la surface de la porte. Le bois gonfla et se tordit, formant un visage.

— Allez-vous-en ! fit la chose. Personne ne doit entrer ici !

Nakor ignora l'avertissement et frappa plus fort encore en criant de nouveau le nom de Pug.

— Maître, il n'est pas ici...

Sho Pi s'interrompit en voyant la porte s'ouvrir.

— Alors, vous l'avez senti, vous aussi, dit Pug en regardant ses visiteurs.

— Comment aurais-je pu le manquer ? répliqua Nakor.

— Mais ils disaient que vous n'étiez pas là, protesta Sho Pi.

Nakor plissa les yeux en regardant son étudiant.

— Quelquefois, tu me désespères, gamin. Es-tu stupide ou simplement trop confiant ?

— Depuis combien de temps le sais-tu ? demanda Pug en leur faisant signe d'entrer.

La porte se referma derrière eux.

— Depuis le premier jour, répliqua Nakor. Tes allées et venues font beaucoup de bruit. (Il sourit.) Un jour, je suis venu jusqu'ici sur la pointe des pieds et je vous ai entendus, toi et ton amie. (Il écarquilla les yeux et secoua la main comme s'il avait touché quelque chose de brûlant.) Vous deux alors ! s'exclama-t-il en riant.

Pug leva les yeux au ciel.

— Merci de ne pas nous avoir dérangés.

— Je n'avais aucune raison de le faire, mais maintenant il faut qu'on s'en aille.

Pug acquiesça.

— Oui, on risque une attaque.

— Je ne crois pas. Ce que nous sentons là dehors fait tellement de bruit que même s'ils nous cherchent, ils ne s'apercevront pas que tu nous auras permis de nous déplacer tous les trois. Où on va ? À Krondor ?

Pug secoua la tête.

584

— Non, en Elvandar. Il faut que je parle à Tomas.

Nakor fit signe à Sho Pi de s'approcher et lui prit la main. Pug compléta le cercle. Autour d'eux, la pièce trembla et se mit à miroiter. Puis ils se retrouvèrent brusquement dans une clairière.

— Suivez-moi, leur dit Pug.

Ils parcoururent une courte distance jusqu'à une rivière peu profonde.

— Voici le fleuve Crydee, expliqua le magicien. (Puis il éleva la voix.) Je suis Pug du port des Étoiles ! Je suis venu chercher conseil auprès de messire Tomas !

Quelques minutes plus tard, deux elfes apparurent sur l'autre rive.

— Vous avez la permission d'entrer en Elvandar, annonça l'un d'eux.

Ils traversèrent le fleuve.

— Personne ne peut entrer en Elvandar si on ne l'y a pas autorisé, expliqua Pug à l'intention de Sho Pi.

Lorsqu'ils furent sur l'autre rive, Pug demanda :

— J'espère que vous ne voyez pas d'inconvénient à ce que nous nous hâtions ?

— Pas du tout, répondit l'elfe en souriant.

Pug sourit.

— Vous êtes Galain, n'est-ce pas ?

— Vous vous souvenez, dit l'elfe.

— J'aimerais avoir le temps de vous rendre des visites de courtoisie.

Galain hocha la tête.

— Ma patrouille et moi rentrons à la cour dans quelques jours. Peut-être pourrons-nous nous voir.

Pug sourit. Il prit de nouveau la main de Nakor et de Sho Pi et les transporta jusqu'à un autre endroit de la forêt.

Sho Pi écarquilla les yeux. Pug se rappela sa propre réaction lorsqu'il avait vu pour la première fois le cœur de la forêt elfique. Des arbres géants, auprès desquels même les plus vieux chênes paraissaient rabougris, s'élevaient pour former une voûte presque impénétrable. Certains portaient des feuilles d'un vert très profond alors que d'autres affichaient des couleurs rouge, or, argent et parfois blanc de neige. Une étrange lumière baignait l'ensemble. Des troncs géants dans lesquels des marches avaient été taillées et aux branches suffisamment larges pour servir d'allées s'étalaient dans toutes les directions.

— C'est une cité d'arbres, murmura Sho Pi.

— En effet, approuva un vieil homme qui se tenait non loin de là, appuyé sur un arc long. Il avait les cheveux entièrement blancs et la peau parcheminée par l'âge, mais il se tenait toujours très droit et portait le cuir vert des chasseurs.

— Martin ! s'exclama Pug en allant à sa rencontre.

Le vieil homme lui serra la main.

— Ça fait longtemps.

— Vous avez l'air de bien vous porter, intervint Nakor en souriant.

— Espèce de vieux tricheur ! s'exclama Martin en lui serrant la main à son tour. On dirait que vous n'avez pas vieilli, ne serait-ce que d'une journée !

Nakor haussa les épaules.

— Pour quelqu'un qui n'a hélas pas le don de longue vie, vous vous portez comme un charme.

Martin sourit.

— Pour un homme de mon âge, vous voulez dire. (Il regarda autour de lui.) Je m'attarde en ces bois. Les elfes se sont montrés bons pour moi. Je crois que les dieux ont décidé que mes dernières années seraient paisibles.

— C'est une paix méritée, répliqua Pug.

Martin l'Archer, autrefois duc de Crydee, frère du roi Lyam et oncle du prince Borric, répondit :

— Mais voilà que la paix semble une nouvelle fois compromise.

Pug acquiesça :

— Il faut que je parle à Tomas et Aglaranna. Est-ce que Calis est ici ?

Martin prit son arc.

— On m'a envoyé vous attendre. Miranda est arrivée il y a une heure en compagnie d'un jeune homme très étrange. (Il se mit en route.) Tomas a dit que vous ne tarderiez pas à arriver. Calis est... Enfin, il ne reviendra peut-être pas.

— Voilà une bien mauvaise nouvelle, regretta Nakor.

— Qui est-ce ? demanda Martin en désignant le compagnon de Pug et de Nakor.

— Sho Pi. Un disciple, répondit Nakor.

Martin éclata de rire en se déplaçant parmi les arbres.

— C'est sérieux ou vous jouez de nouveau les saints mendiants ?

— C'est très sérieux, protesta Nakor, l'air vexé. Je n'aurais jamais dû raconter cette histoire à Borric. Il en a parlé à toute sa famille.

Les yeux bruns de Martin s'étrécirent.

— Il avait une bonne raison de le faire. (Puis il rit de nouveau.) En tout cas, c'est bon de vous revoir.

— Est-ce que vous nous accompagnez ? demanda Pug.

— Non, je participe rarement au conseil de la reine, désormais. Je me contente d'être un simple invité et j'attends que ma vie se termine.

Pug sourit.

— Je comprends. Nous parlerons ce soir, après le dîner.

Il prit les mains de Nakor et de Sho Pi et ferma les yeux. De nouveau, l'air trembla autour d'eux et ils se retrouvèrent dans un autre endroit.

Ils se tenaient au centre d'une grande plate-forme qui se dressait très haut dans les arbres.

— Bienvenue, Pug de Crydee, fit une voix.

Pug ne put s'empêcher de rire.

587

— Merci, mon vieil ami.

Un homme imposant qui mesurait près de deux mètres s'avança et serra la main de Pug avant de lui donner l'accolade.

— C'est bon de te revoir, Pug.

L'éclat de sagesse dans ses yeux démentait le caractère juvénile de ses traits. Il ressemblait à un mélange d'homme et d'elfe avec ses pommettes hautes, ses oreilles pointues et ses cheveux blonds. Ceux qui connaissaient Calis ne doutaient pas en voyant Tomas qu'il s'agissait de son père.

Pug donna une grande claque dans le dos de son ami.

— Trop d'années ont passé, dit-il avec un regret sincère.

Puis il présenta Sho Pi et Nakor à Tomas, le chef de guerre de l'armée elfique d'Elvandar, et à une femme majestueuse, d'une grande beauté, qui n'était autre qu'Aglaranna, la reine d'Elvandar.

Nakor sourit.

— Je suis ravi de vous rencontrer, madame.

Pendant ce temps, Sho Pi mit un genou en terre. La reine des elfes était une femme jeune en apparence, bien qu'elle fût âgée de plusieurs siècles. Elle avait de beaux cheveux d'or roux et les yeux d'un bleu profond. Sa beauté était à couper le souffle en dépit de ses traits inhumains.

Un elfe qui paraissait jeune au regard des critères humains prit place aux côtés de Tomas.

— Voici Calin, annonça ce dernier. Il est l'héritier du trône d'Elvandar et le frère de mon fils.

Calin accueillit les deux nouveaux venus puis se tourna vers Pug.

— Miranda est arrivée il y a une heure.

— Où est-elle ? demanda le magicien.

— Par là-bas, répondit Tomas en indiquant une deuxième plate-forme, située sur le côté en retrait de la première.

Sho Pi suivit les autres en promenant autour de lui un regard où l'émerveillement se mêlait au respect. On eût dit que les arbres étaient rendus vivants par les lumières et la magie. Il n'aurait jamais cru goûter à un tel sentiment de paix.

Ils arrivèrent à l'endroit qu'on leur avait indiqué. Miranda y examinait une étrange gemme brillante, ainsi qu'un heaume. Aucun des elfes rassemblés autour d'elle ne touchait ces objets qu'ils étudiaient pourtant avec attention.

Pug se hâta de rejoindre la jeune femme.

— Miranda !

Elle se retourna et, lorsqu'elle le vit, lui passa les bras autour du cou.

— C'est si bon de te revoir, dit-elle.

— Comment va Calis ?

— Il est blessé.

— Grièvement ? demanda Pug.

— Très.

Pug serra la jeune femme contre lui un moment avant de reprendre la parole :

— Dis-moi où le trouver.

— C'est impossible. Il porte une amulette qui le protège de la magie. Cela empêche les Panthatians de détecter sa présence, mais nous ne pouvons pas nous non plus le retrouver.

— Raconte-moi tout.

Miranda résuma les différentes étapes de son voyage, les découvertes qu'ils avaient faites et comment elle s'était échappée.

— J'ai laissé les six hommes qui ont survécu aux combats au moment de notre fuite dans une grotte glaciale dans les sommets, conclut-elle. J'espère qu'ils ont réussi à descendre des montagnes, mais j'ai bien peur qu'ils soient tous morts.

— Chacun d'entre nous connaissait les risques, rétorqua Pug.

Miranda, les traits tirés, hocha la tête en continuant à se raccrocher à sa main.

— Nous avons trouvé ces artefacts. Calis pensait qu'il était essentiel que je les apporte ici.

Pug regarda la gemme.

— Qu'est-ce que c'est ?

— Un objet panthatian. Une clé pour libérer la dame Verte de sa prison, la Pierre de Vie.

Pug avait l'air dubitatif. Il regarda l'objet pendant de longues minutes et plaça sa main au-dessus sans le toucher tout à fait. Il ferma les yeux plusieurs fois et ses lèvres se mirent à bouger. Brusquement, une petite étincelle d'énergie surgit de la paume de sa main et s'enfonça dans la pierre. Enfin, Pug se redressa.

— C'est bien une clé, mais je ne suis pas sûr qu'elle serve à libérer les Valherus...

Il regarda les tisseurs de sorts d'Elvandar et s'adressa au plus âgé d'entre eux.

— Tathar, qu'en pensez-vous ?

— Je crois que cela appartient à ceux dont on ne doit pas prononcer le nom, répondit le plus vieux conseiller de la reine. Mais je perçois également une présence étrangère qui m'est totalement inconnue.

— Le démon dont tu as parlé, Miranda ?

— Je ne pense pas. C'est un être sans esprit qui ne sert qu'à tuer. Je l'ai vu à l'œuvre et bien qu'il soit puissant et capable de tenir en échec une douzaine de prêtres-serpents, il n'est doué que de ruse, pas d'intelligence – du moins pas assez pour mettre au point un tel objet. Quelqu'un lui a fait traverser une faille aboutissant au cœur du foyer des Panthatians afin d'y semer le chaos et de les détruire comme nous avions l'intention de le faire.

— Une fois déjà, nous avons été confrontés à la duplicité, rappela Pug. Peut-être est-ce à nouveau le cas maintenant.

— À quoi penses-tu ? lui demanda Tomas.

590

Pug se lissa la barbe.

— Murmandamus n'était qu'une fausse icône pour inciter les Moredhels à se soulever et à s'emparer de Sethanon. Il s'agissait d'une ruse des Panthatians. Ce démon ne serait-il pas une autre ruse pour utiliser les Panthatians dans leur quête de la Pierre de Vie ?

— Mais dans quel but ? demanda Aglaranna.

Pug soupira.

— Le pouvoir. C'est un puissant outil, quelle que soit la personne qui le manipule.

— C'est une arme, pas un outil, corrigea Nakor.

— Qu'en est-il des Valherus ? s'enquit Tomas. Une autre force s'imaginerait-elle pouvoir se servir de la Pierre à volonté sans avoir à s'occuper de ceux qui y sont enfermés ?

— Le problème, c'est que les seules connaissances dont nous disposons sont tes souvenirs d'Ashen-Shugar. (Tomas possédait en effet les souvenirs d'un Seigneur Dragon mort depuis des lustres et dont il avait revêtu l'armure durant la guerre de la Faille.) Mais il est le seul de sa race qui n'ait rien à voir avec la création de la Pierre de Vie. Il savait en partie quelle était sa nature et son but, il savait qu'il s'agissait d'une arme pour détruire les nouveaux dieux, mais là se limitaient ses connaissances.

— Tu crois donc que la personne qui a fait entrer ce démon dans notre monde a peut-être pour la Pierre de Vie des desseins qui nous échappent ? résuma Miranda. Pourrait-elle s'en emparer et l'utiliser comme une arme, de la même façon qu'un homme se sert d'une épée ou d'une arbalète ?

— Ça, je ne sais pas, avoua Pug. Mais il est clair que quelqu'un se prépare à essayer.

— Qu'est-ce qu'on fait ?

— Nous attendons et prenons le temps d'étudier cet objet. Ensuite, nous aviserons.

— Et pour Calis ? insista Miranda.

— Nous attendons, annonça Tomas.

— Je veux retourner là-bas à sa recherche, répliqua Miranda.

— Je le sais bien, intervint Pug, mais ce serait stupide. Ils ont dû se déplacer. Les gens qui sont encore là-bas, quels qu'ils soient, doivent le chercher et être sur leurs gardes. À la seconde où tu apparaîtras là-bas, leur magie s'abattra sur toi telle une maison en flammes.

— Moi, je vais y aller, proposa Nakor.

— Pardon ? s'exclama Pug en se retournant.

— Je vais y aller, répéta lentement le petit Isalani. Emmenez-moi à Krondor, j'affréterai un navire, j'irai jusqu'à l'endroit où il a laissé son bateau et je le ramènerai.

— Tu es sérieux ?

— J'ai dit à ce jeune homme que nous partions en voyage, répliqua Nakor en désignant Sho Pi. C'est juste un peu plus loin que je ne le pensais.

Il sourit un moment. Puis son visage perdit toute gaieté. Personne ne l'avait jamais vu aussi sérieux.

— Une grande et terrible tempête fond sur nous, Pug. Elle est noire et fatale et nous ne comprenons pas encore ce qui se cache derrière. Chacun d'entre nous doit accomplir son devoir. Moi, j'ai le mien : je dois retrouver Calis et les autres et ramener avec eux les informations qu'ils ont trouvées après le départ de Miranda.

— Prenez chez nous ce que nous pouvons vous offrir afin de vous aider à retrouver mon fils, proposa Aglaranna.

— Aidez-moi simplement à aller à Krondor, répondit Nakor.

— Un endroit en particulier ? demanda Pug.

Nakor réfléchit avant de répondre :

— La cour du prince, ce sera parfait.

Pug hocha la tête et se tourna vers Sho Pi :

— Toi aussi, tu es du voyage ?

— Je veux suivre mon maître.

592

— Très bien, prenez-vous la main, ordonna Pug.

Ils firent ce qu'on leur demandait. Pug tissa son sortilège. Brusquement les trois hommes disparurent.

Calis était inconscient. Erik le portait comme il l'aurait fait avec un enfant. Bobby n'était guère plus en forme et s'appuyait sur l'épaule d'Alfred. Sur les trente-sept hommes qui étaient sortis du temple panthatian enfoui sous les montagnes, seuls neuf avaient survécu. À trois reprises, ils avaient rencontré les forces ennemies et avaient dû les combattre. Calis avait insisté pour que ses hommes poursuivent leur chemin. Il aurait voulu qu'ils l'abandonnent, mais ils préférèrent continuer à le porter.

Erik avait découvert une profonde crevasse dans la montagne. Il en sortait des vagues de vapeur miroitante. Il avait alors donné l'ordre de jeter l'armure et les autres artefacts dans la crevasse, car il était certain que, même si la chaleur ne suffisait pas à détruire les objets valherus, aucun mortel ne serait capable d'aller les récupérer.

Quelques minutes après que la troupe se fut débarrassée des artefacts, la montagne fut secouée par un terrible tremblement de terre et des pierres se détachèrent des parois, tuant un soldat et en blessant un autre. Le vent s'engouffra en hurlant dans le tunnel où ils se trouvaient et les jeta tous par terre en les rendant sourds pendant une heure environ. Une énergie crépitante parcourut le plafond du tunnel, comme si des éclairs cherchaient à remonter à la surface et à gagner le ciel.

Erik se dit alors qu'il valait mieux ne jamais mettre les artefacts au contact les uns des autres, même lorsqu'on essaye de les détruire. Il espérait au moins que toute cette violence soudaine signifiait que les objets avaient bel et bien été détruits.

Puis le groupe se fit attaquer, d'abord par une troupe de Panthatians hagards qui semblaient avoir survécu aux attaques du démon, puis à deux reprises par les Saaurs. Les hommes de Calis ne durent leur survie qu'au fait que leurs ennemis essayaient aussi désespérément qu'eux de sortir des montagnes et ne les poursuivirent pas lorsque les combats prirent fin.

Mais en dépit des attaques qu'ils subirent, ils avançaient toujours plus haut dans les montagnes, jusqu'à ce qu'Alfred, qui ouvrait la marche, annonce :

— Il y a une caverne devant nous.

Le groupe y entra et Erik s'avança jusqu'à la sortie. À ses pieds se trouvaient les pics enneigés des montagnes, que le soleil de fin d'après-midi colorait de rose et d'or. Pendant un bref instant, le jeune homme songea qu'en dépit de la douleur et de la peur qu'il éprouvait, la beauté existait encore. Mais il était trop fatigué, affamé et transi de froid pour admirer le paysage.

— Montez le camp, ordonna-t-il en se demandant combien de temps ils allaient pouvoir survivre.

Certains soldats sortirent des torches de leur sac à dos et s'en servirent pour allumer un petit feu. Erik dressa rapidement un inventaire de leurs affaires et se dit qu'ils avaient suffisamment de provisions et de matériaux à brûler pour cinq ou six jours. Après ça, peu importerait l'état de santé de ses hommes, il leur faudrait commencer à redescendre le long des pentes enneigées. Il leur faudrait également essayer d'éviter les Panthatians qui avaient survécu à la destruction des artefacts valherus, en espérant qu'ils trouveraient suffisamment de nourriture pour continuer à avancer.

Erik se demanda si les chevaux se trouvaient toujours dans la vallée et s'il serait capable de retrouver l'endroit en question. Étant donné que Calis et de Loungville étaient tous les deux blessés, c'était à lui désormais de prendre la tête des survivants.

— Sergent, appela Alfred, vous feriez bien de venir ici.

Erik passa à côté des soldats qui s'efforçaient d'allumer le feu et s'agenouilla à côté d'Alfred. De Loungville avait les yeux ouverts.

594

— Sergent-major, dit Erik.

— Comment va le capitaine ? demanda de Loung-ville.

— Il est en vie, répondit le jeune homme, qui s'émerveillait de l'endurance de Calis. Un autre que lui serait mort ce matin. Pour l'instant, il dort. (Erik dévisagea son supérieur, qui avait le teint très pâle.) Et vous, comment allez-vous ?

De Loungville toussa. Erik vit que du sang se mêlait à la salive qui coulait de sa bouche.

— Je suis mourant, répondit de Loungville du ton qu'il aurait employé pour demander une deuxième part de tarte. Chaque respiration devient... plus diffi-cile. (Il montra son flanc.) Je crois que j'ai une côte cassée qui m'a perforé un poumon. (La douleur lui fit fermer les yeux.) Non, je ne crois pas, j'en suis sûr.

Erik ferma les yeux et repoussa le regret qui menaçait de l'envahir. Si le malheureux avait pu se reposer et si on avait découvert les fragments d'os avant qu'ils ne lui perforent un poumon, on aurait pu faire quelque chose pour lui. Mais il avait fallu le porter, le traîner, l'obliger à marcher... Cela devait faire une demi-journée que cette côte lui cisaillait le poumon. La douleur avait dû être terrible. Pas étonnant que de Loungville ait été inconscient la plupart du temps.

— Non, pas de regrets, souffla Bobby comme s'il lisait dans les pensées d'Erik.

Il tendit la main et agrippa la tunique d'Erik pour obliger le jeune homme à se pencher vers lui.

— Garde-le en vie, dit-il.

Erik acquiesça. Il n'avait pas besoin de demander de qui il parlait.

— S'il meurt, je reviendrai te hanter, je le jure, ajouta de Loungville.

Il toussa et la douleur fut si forte que son corps fut pris de spasmes et que ses yeux se remplirent de lar-mes. Lorsqu'il put de nouveau parler, il chuchota :

595

— Tu ne le sais pas, mais j'étais le premier. J'étais un soldat et il m'a sauvé à Hamsa. Il m'a porté pendant deux jours ! (De nouveau des larmes affluèrent dans les yeux de Bobby ; Erik n'aurait su dire si elles étaient dues à l'émotion ou à la souffrance.) Il a fait de moi quelqu'un d'important. (Sa voix s'affaiblit davantage.) Je n'ai pas de famille, Erik. Il est mon père et mon frère. Il est mon fils. Garde-le...

De nouveau, son corps fut parcouru d'un spasme. Il vomit du sang sur sa poitrine. Un son déchirant s'échappa de ses lèvres lorsqu'il essaya de respirer et de nouvelles larmes apparurent dans ses yeux. Il se redressa.

Erik entoura Bobby de Loungville de ses bras et le serra contre lui, suffisamment fort pour qu'il ne s'effondre pas sur le sol de la grotte, mais aussi le plus délicatement possible, comme il l'aurait fait avec un enfant. Les joues humides de larmes, il écouta Bobby essayer de reprendre un souffle qui ne voulait plus venir. On n'entendit qu'un gargouillis tandis que ses poumons se remplissaient de sang. Puis le corps du malheureux se détendit brusquement.

Erik le serra tout contre lui pendant une longue minute et laissa ses pleurs couler librement, sans honte. Puis il déposa doucement le corps de Bobby sur le sol. Alfred tendit la main et ferma les paupières du sergent-major sur son regard désormais vide. Erik resta assis là, incapable de réfléchir, jusqu'à ce qu'Alfred lui dise :

— Il faut que je trouve un endroit où les charognards ne pourront pas l'atteindre, sergent.

Erik hocha la tête et regarda Calis, étendu à quelque distance de là. Songeant au froid glacial qui régnait dans la grotte, il commença à retirer à Bobby son lourd manteau de fourrure.

— Aidez-moi, dit-il à un soldat tout proche. C'est ce que lui aurait fait.

Ils déshabillèrent le cadavre du sergent-major et empilèrent ses vêtements sur le demi-elfe inconscient. Erik réfléchit en regardant le capitaine. S'il avait survécu à la magie des prêtres panthatians, il survivrait peut-être à ce froid, à condition de pouvoir se reposer et guérir.

Erik savait que la seule solution était de se reposer quelques jours avant que le froid et la faim les obligent à abandonner la caverne pour redescendre de la montagne. Il se retourna et vit Alfred et un autre soldat soulever le corps de Bobby de Loungville pour le déposer à l'extérieur dans la neige. Puis Erik regarda de nouveau Calis.

— Je vous le promets, Bobby, murmura-t-il. Je le garderai en vie.

Quelques instants plus tard, Alfred et l'autre soldat revinrent.

— Il y a une petite caverne de glace par là-bas, expliqua Alfred en désignant l'ouest. Nous l'avons déposé à l'intérieur avant d'empiler des rochers devant l'entrée. (Il s'assit aussi près que possible du feu.) Je ne crois pas que la neige fonde par ici. Il sera en sécurité dans cette caverne, sergent.

Erik hocha la tête. Son esprit aurait voulu sombrer dans le désespoir le plus noir et son corps lui réclamait le repos, mais le jeune homme savait qu'il lui fallait penser et agir car la survie de six soldats et d'un être très spécial, qui était plus qu'un homme, dépendait de lui. Il avait fait une promesse et il comptait bien la tenir. Il prit une profonde inspiration, mit de côté la fatigue et le sentiment d'échec, et commença à réfléchir à la façon dont il réussirait à sortir tout le monde de ces montagnes.

Roo leva les yeux lorsqu'un vacarme retentit dans la salle commune. Plusieurs voix s'élevèrent pour protester.

— Qu'est-ce que... ? Nakor ! s'écria-t-il en voyant le petit Isalani monter les marches, juste devant les trois serveurs qui essayaient de l'arrêter.

— Vous ne pouvez pas aller là-haut ! s'écria Kurt en essayant de le rattraper.

Roo se leva.

— Ce n'est rien, Kurt. C'est un vieil... associé.

— J'ai essayé de le lui dire, répliqua Nakor.

Il adressa un sourire à Kurt qui fit demi-tour, dépité.

— Qu'est-ce qui vous amène ? demanda Roo.

— Toi. Je sors à l'instant du palais. Le duc James m'a dit qu'il ne pouvait pas me donner un navire. Mais moi, j'en ai besoin. Il m'a dit que toi, tu en as, alors je suis venu t'en demander un.

Roo éclata de rire.

— Vous voulez que je vous donne un navire ? Mais pour quoi faire ?

— Calis, Erik, Bobby et les autres sont coincés à Novindus. Il faut que quelqu'un aille les chercher.

— Comment ça, « coincés » ?

— Ils sont allés détruire les Panthatians, expliqua Nakor. Je ne sais pas s'ils ont réussi, mais en tout cas, ils leur ont porté un coup terrible. Calis a envoyé Miranda chez son père pour une affaire de grande importance et maintenant ils sont tous coincés là-bas et n'ont pas les moyens de rentrer à la maison. Messire James dit qu'il ne peut pas se défaire d'un seul de ses navires, qu'il en a besoin pour la défense de la cité. Alors je me suis dit que j'allais te le demander à toi.

Roo n'hésita pas une seconde et se tourna vers Jason :

— Combien de nos navires sont à quai ?

Jason consulta une liasse de documents.

— Six sur...

— Quel est le plus rapide ?

— Le *Reine de la Triste Mer*.

— Je veux qu'on l'arme pour un voyage de six mois. Il me faut aussi cinquante des mercenaires les plus endurcis qu'on puisse trouver. Dis-leur d'être prêts à embarquer avec nous demain à la première heure.

— Comment ça « nous » ? répéta Nakor.

Roo haussa les épaules.

— Erik est le seul frère que j'aie jamais eu. S'il est là-bas avec Calis, je vais le chercher aussi.

Nakor s'assit et se servit une tasse de café du broc posé au coin du bureau de Roo. Puis il avala une gorgée du breuvage brûlant avant de demander :

— Tu vas être capable de faire ça ?

Roo acquiesça :

— Je peux laisser mes affaires à des personnes de confiance.

Il pensa à Sylvia, à Karli et à Helen Jacoby, et ajouta :

— Mais avant, il faut que je dise au revoir à quelques personnes.

— Et moi, j'ai besoin de manger, répliqua Nakor. Oh, au fait, Sho Pi est en bas. Comme il est plus poli que moi, il les a crus quand ils nous ont dit qu'on ne pouvait pas monter.

Roo demanda à Jason d'aller chercher le jeune Isalani et ajouta :

— Ensuite, il faut que je trouve Luis et Duncan. Il va falloir que je désigne quelqu'un pour diriger tout ça en mon absence.

Jason acquiesça et s'en alla.

— On va les ramener, assura Roo.

Nakor sourit, hocha la tête et but une nouvelle gorgée de café.

Épilogue

LE SAUVETAGE

Erik tendit le doigt devant lui.

— Je le vois, acquiesça Calis.

Les cinq survivants étaient assis sur un promontoire, au-dessus de l'océan, devant la hutte grossière dans laquelle ils vivaient depuis plus de deux mois.

— Le pêcheur qui m'en a parlé a aperçu ses voiles à l'horizon hier soir, avant le coucher du soleil. Il a dit qu'il naviguait trop au sud pour être un patrouilleur de la reine. Et aucun marin du coin ne passerait si près des icebergs.

— Vous pensez que c'est un navire du royaume ? demanda Renaldo en se tournant vers Micha, l'autre soldat qui avait accompagné Calis, Erik et Alfred hors des montagnes.

— Peut-être, répondit Calis en se relevant à l'aide d'une béquille improvisée.

Il était sorti exténué de leur périple dans les montagnes, trois mois plus tôt. Après avoir passé six jours dans la grotte, sans rien d'autre que des torches et leurs compagnons d'infortune pour se tenir chaud, les rescapés avaient entamé la descente. Calis avait réussi à reprendre des forces en se reposant mais il avait fallu l'aider les deux premiers jours.

Ils avaient trouvé une autre caverne à l'endroit où il n'y avait plus de neige. Erik avait allumé un feu et pris quelques lièvres dans ses pièges. Ils en avaient

601

profité pour se reposer deux jours. Après ça, ils avaient marché pendant très longtemps car non seulement Erik n'avait pas été capable de retrouver la vallée avec les chevaux, mais en plus il avait failli les mener du mauvais côté du fleuve Dee, sans pouvoir rejoindre la rive sud à gué.

Cependant, ils avaient fini par atteindre la côte et retrouver le village de pêcheurs. Ce dernier avait été attaqué par une patrouille de Saaurs. L'abri où se trouvait le navire brijaner avait été incendié et les six hommes assignés à sa garde avaient été tués. Les Saaurs avaient laissé des guerriers dans le village pendant deux semaines, mais comme ils n'avaient vu revenir personne, ils avaient rejoint leurs compatriotes. Erik et ses compagnons s'étaient laissé aller au désespoir et au découragement. Puis, au bout d'une journée, Erik avait mis à contribution les trois autres hommes valides de la troupe et, avec eux, avait commencé à établir un modeste campement à quelque distance du village.

Il avait proposé aux villageois que ses hommes et lui travaillent pour eux en échange de leur aide. Les pêcheurs avaient accepté avec enthousiasme, notamment parce que ces hommes étaient de toute évidence les ennemis de leurs oppresseurs. Personne n'avait suggéré de les trahir et de les remettre à l'armée de la reine Émeraude.

Tandis qu'ils contemplaient l'océan, les soldats virent le navire grossir lentement à l'horizon.

— C'est un navire du royaume, finit par dire Calis.

Alfred et Renaldo laissèrent échapper un cri de joie tandis que Micha adressait une courte prière de remerciement à l'adresse de Tith-Onanka, le dieu de la Guerre. Calis se mit en route en s'appuyant sur sa béquille.

— On ferait mieux de retourner au village.

Erik marcha à côté de Calis au cas où ce dernier aurait besoin d'aide. Il avait subi des blessures si terribles qu'aucun humain n'aurait pu les supporter et pourtant il avait survécu. Il guérissait, lentement. Il aurait des marques de brûlure sur le visage, du côté gauche, mais ses cheveux commençaient à repousser. Compte tenu de la gravité des blessures, qu'Erik avait nettoyées tous les jours et sur lesquelles il avait pratiqué le reiki, les cicatrices n'étaient pas trop laides. Calis éprouvait encore quelques faiblesses du côté gauche et continuait à boiter, mais Erik était certain que lorsqu'ils seraient rentrés à Krondor, un chirurgien du palais ou un prêtre guérisseur aiderait son capitaine à retrouver toute sa vigueur.

Ils ne parlaient jamais de Bobby de Loungville, seul dans sa tombe glacée, très haut dans les montagnes. Erik avait vaguement le sentiment que ce refus de parler des disparus était dû à l'héritage elfique de Calis. Mais il s'agissait également d'une perte douloureuse car Bobby avait été plus qu'un ami aux yeux du capitaine. Il avait été sa première recrue et avait survécu plus longtemps que n'importe lequel des membres de la compagnie des Aigles cramoisis.

Lorsqu'ils arrivèrent sur la plage, Erik s'aperçut avec une espèce de choc que seul Jadow Shati avait servi plus longtemps que lui sous les ordres de Calis, sur une période qui couvrait à peine trois années. Le jeune homme secoua la tête.

Calis le remarqua et lui demanda ce qu'il y avait. Erik haussa les épaules.

— Je me disais juste que la longévité n'est pas une caractéristique de notre compagnie.

— C'est bien vrai, reconnut le capitaine. Mais je crains que le carnage ne fasse que commencer. Nous serons peut-être morts tous les cinq lorsque ce conflit prendra fin.

Erik ne répondit pas. Ils arrivèrent au village où l'un des pêcheurs les plus âgés, un certain Rajis, leur demanda :

— Souhaitez-vous aller à la rencontre de ce navire ?

— Oui, c'est l'un des nôtres, expliqua Erik. Il va nous ramener chez nous.

Le villageois hocha la tête et leur serra la main à tous les cinq.

— Nous ne pouvons que vous remercier, lui dit Calis.

— Si nous vous avons aidés à vaincre la reine Émeraude, il n'est nul besoin de nous remercier.

Ils montèrent à bord d'une chaloupe qui fut mise à la mer par les villageois. Les deux pêcheurs qui les emmenaient commencèrent à ramer. Tandis que le navire se rapprochait, Erik fit remarquer à ses compagnons :

— Ce n'est pas un navire royal.

Calis acquiesça :

— Il bat pavillon commercial.

— Quoi, c'est un marchand ? s'étonna Alfred.

Au bout de quelques minutes, Erik murmura :

— Je ne sais pas...

Puis il se mit debout et agita la main. Alors que le navire faisait route vers eux, des silhouettes sur le pont les saluèrent en retour. Soudain Erik reconnut l'une d'entre elles.

— C'est Roo ! s'exclama-t-il. Nakor est avec lui ! Et Sho Pi aussi !

Bientôt, ils furent le long de la coque. On leur lança une échelle de corde. Deux marins se laissèrent glisser le long d'un cordage et aidèrent Calis à monter à bord. Erik laissa grimper ses compagnons et dit au revoir aux deux pêcheurs. Il fut le dernier à quitter la chaloupe.

Lorsqu'il prit pied sur le pont, il vit que Nakor, Sho Pi et Roo l'attendaient. Ce dernier s'avança à sa rencontre. Les deux amis d'enfance s'étreignirent. Au bout d'un moment, Erik lui dit :

— C'est bon de te revoir, tu n'as pas idée !

Roo dévisagea les cinq hommes brûlés par le soleil, mal nourris, sales et vêtus de guenilles.

— Vous n'êtes que cinq ? dit-il en secouant la tête.

— Du moins à notre connaissance. Miranda avait une douzaine d'hommes avec elle.

— S'ils ne vous ont pas rejoints, c'est qu'ils ne s'en sont pas sortis, décréta Nakor. Elle est allée en Elvandar avec un homme étrange appelé Boldar. Je les ai vus là-bas. Ensuite, Pug m'a envoyé trouver Roo pour que je puisse venir vous chercher.

Calis hocha la tête.

— Nous avons beaucoup à nous dire, car j'ai vu des choses sous les montagnes que je ne comprends toujours pas. Peut-être que ton point de vue tordu m'aidera à y voir plus clair.

— Un long voyage nous attend, répliqua Nakor. Nous aurons tout le temps de discuter. D'abord, tes hommes et toi avez besoin de manger et ensuite de dormir. Sho Pi et moi examinerons vos blessures à votre réveil.

On conduisit les soldats sous le pont. Erik se tourna vers Roo.

— Comment se fait-il que tu sois ici ?

Son ami haussa les épaules.

— Le duc James a refusé de prêter un navire à Nakor. J'ai un peu d'argent devant moi et j'avais des navires à quai alors je me suis dit que je pouvais lui en donner un. (Il jeta un coup d'œil en direction de l'Isalani qui descendait avec les autres.) Puis, quand je me suis rappelé quel genre de maniaque il est, je me suis dit que je ferais bien de l'accompagner pour être sûr de récupérer mon bien.

Erik éclata de rire. Roo lui demanda où était de Loungville. Erik perdit son sourire.

— Il est quelque part là-haut, expliqua-t-il en indiquant les lointaines montagnes dont les sommets se perdaient dans les nuages.

Roo se tut un long moment avant de se tourner vers le gaillard d'arrière.

— Capitaine !

— Oui, monsieur Avery ?

— Ramenez-nous à la maison.

— À vos ordres.

Le capitaine donna ses consignes à son second et le navire fit demi-tour, s'éloignant lentement de Novindus.

Erik passa un bras autour des épaules de Roo.

— Vous n'avez pas eu trop de mal à arriver jusqu'ici ?

Roo éclata de rire.

— On s'est frottés à l'un des cotres de la reine. Mais j'ai amené avec moi quelques méchants gaillards, que j'ai dû engager dans un délai très court. On a laissé l'équipage du cotre se rapprocher de nous, puis on l'a abordé et coulé. Je ne crois pas qu'ils aient eu beaucoup d'expériences avec les pirates dans le coin.

Erik se mit à rire lui aussi.

— Alors, es-tu devenu l'homme le plus riche de Krondor ?

— Sûrement. Si ce n'est pas le cas, j'y travaille. Allez, viens, allons te chercher de quoi manger, ajouta-t-il en riant.

Les deux hommes descendirent dans la cambuse. Le navire termina son demi-tour et commença le long voyage de retour vers ce port lointain que les deux amis d'enfance considéraient comme leur foyer.

8444

Composition PCA à Rezé
Achevé d'imprimer en France (La Flèche)
par Brodard et Taupin
le 25 novembre 2007 - 44683.
Dépôt légal novembre 2007 EAN 9782290001646
1er dépôt légal dans la collection : août 2007

Éditions J'ai lu
87, quai Panhard-et-Levassor, 75013 Paris
Diffusion France et étranger : Flammarion